더모던 감성클래식 06

안녕, 앤

빨강 머리 앤이 어렸을 적에

더모던 감성클래식 06

안녕, 앤

빨강 머리 앤이 어렸을 적에

버지 윌슨 지음 | 나선숙 옮김

더모던
Themodern

앤 셜리의 어린 시절 이야기

《빨강 머리 앤》의 속편을 내며

《빨강 머리 앤》의 속편으로 '앤 셜리의 어린 시절 이야기'를 써 달라는 의뢰를 받았을 때 난 이렇게 말하고 싶은 마음이었습니다.

"내게 부탁해 줘서 고마워요. 하지만 안 되겠어요. 난 이 책을 쓰고 싶지 않아요."

덜컥 이 일을 하겠다고 나섰다가 루시 모드 몽고메리의 명성에 누를 끼치게 될까 봐 걱정스러웠거든요. 학계에 앤을 연구한 분들이 많고, 또 어릴 때 만난 앤의 책들을 두루 섭렵해 온 독자들도 부지기수인데, 내가 써낸 속편이 그분들에게 비판을 받게 되면 어쩌나 하는 두려움도 무시할 수 없었고요.

하지만 더 중요한 이유가 있었습니다. 내가 이 책을 쓰게 된다면, 대단히 슬프고 가슴 아픈 내용들이 들어갈 수밖에 없다는 거예요. 《빨강 머리 앤》의 5장을 보면 앤의 과거가 녹록지 않았으리라고 짐작할 수 있습니다. 뿐만 아니라 여섯 살 꼬마부터 여든 살의 노부인까지 《빨강 머리 앤》을 사랑하는 모든 독자가 읽을 텐데, 무슨 수로 그렇게 광범위한 독자층을 만족시킬 수 있겠어요? 아무리 생각해도 자신이 없었어요.

하지만 앤의 이야기들을 다시 읽으면 읽을수록, 앤은 분명 어린 시절이 행복하거나 편하지 않았을 텐데, 어떻게 브라이트리버 기차역에서 매슈 커스버트를 처음 만났을 때와 같은 쾌활하고 낙천적이고 표현력 풍부한 아이가 될 수 있었을까 하는 궁금증이 커졌습니다. 앤이 《빨강 머리 앤》의 5장에서 언급했던 상황들보다 긍정적인 사건들도 일어났을 게 틀림없었어요. 앤의 인격이 형성되던 시기에 어떤 사람들이 영향을 미쳤을까? 어떤 사람들이 있었기에 프린스에드워드 섬의 기차역에 내린 11살의 앤이 그렇게 생동감 넘치고 마음 따뜻한 사람이었을까? 앤의 놀라운 어휘력은 어디서 생겨난 걸까?

이러한 의문들이 나의 호기심을 자극했습니다. 그래서 결국 나는 이 책을 쓰는 도전을 받아들였지요. 앤 인생의 흥미진진한 간극을 채우기 위해 노력하는 것은 즐거운 경험이었습니다. 그리고 내가 느꼈던 두려움은 대부분이 근거 없는 것이었다는 게 밝혀졌어요. 이 책은 모든 연령층의 독자들에게 무리 없이 받아들여지고 있고요, 루시 모드 몽고메리 협회측에서도 매우 마음에 들어 합니다. 모쪼록 원저자인 루시 모드 몽고메리도 이 책의 탄생에 흐뭇해 했으면 좋겠다는 게 저의 바람입니다.

Before
Green Gables

ADVENTURES
OF
THE

차례

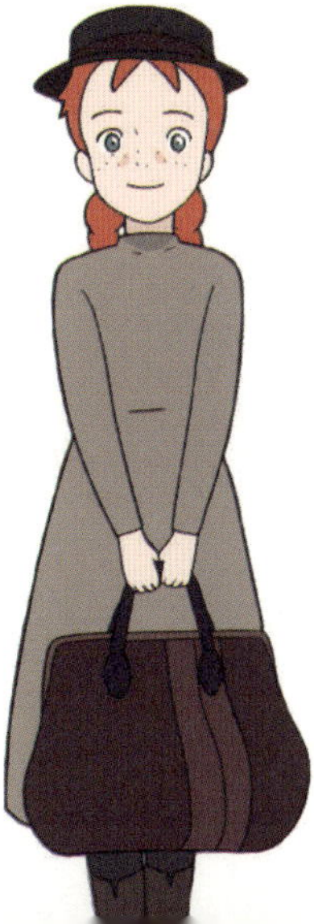

Before
Green Gables

1

버사 셜리와 월터 셜리

버사 셜리는 자그마한 노란 집 문 앞에 서서 남편에게 손을 흔들었다. 남편인 월터 셜리는 볼링브룩 고등학교로 오랜만에 출근하는 길이었다. 두 팔 가득 책을 들고 있어서 아내에게 마주 손을 흔들 수는 없었지만 얼굴 가득 활짝 미소를 지어서 따뜻한 인사를 건네고 있었다. 그녀는 헵워스의 집 쪽으로 걸어 내려가는 남편의 뒷모습을 하염없이 바라보았다. 과학을 가르치는 동료교사 제프리 헵워스가 자신의 2인승 마차에 월터를 태우고 초록빛 습지를 지나 시내로 달려갈 것이다.

월터는 사실 걷고 싶었지만, 오늘은 가을 학기 첫날이라 가져갈 교재들이 너무 많았다. 평소에는 이른 아침에 걸어서 출근하며 그날의 수업을 시작하기 전에 머릿속의 거미줄을 걷어 냈다. 그렇게 산책을 한 날에는 수업이 끝나도 지치지 않고 활기가 넘쳤다. 기하학(사실은 수학에서 파생된 모든 학문)은 대단히 규칙적이고, 지극히 논리적이며, 확실한 예측이 가능했다. 모든 게 딱 맞아떨어진다.

월터만큼이나 버사도 자신이 가르치는 과목을 열렬히 사랑했다. 그녀도 지난 6월에 결혼하기 전까지 그와 같은 학교에서 영어를 가르쳤다. 그래서 월터가 헵워스 소유지의 서쪽 구석에 엉켜 있는 장미덤불과 야생 사과나무들 사이로 사라진 뒤에도 버사는 오랫동안 문 앞에 서 있었다. 남편과 함께 학교로 가고 싶었다. 교실에 들어가서 학생들의 눈과 귀, 마음과 머리를 아름다운 시의 경이로운 세계로 안내하고 싶었다. 워즈워스Wordsworth의 시, 키츠Keats의 시, 신인 작가 매슈 아널드Matthew Arnold의 시, 셰익스피어Shakespeare의 작품까지.

'새로 오는 선생님이 셰익스피어에 관심이 없으면 어쩌지?'

결혼을 했다는 이유만으로 학교를 그만둬야 하는 이유를 그녀는 도무지 이해할 수 없었다. 그래서 몇몇 사람들에게 물었다.

"왜 둘 다 교사를 하면 안 되는 거죠?"

사람들의 대답은 늘 한결같았다.

"당신은 집에 남아서 남편을 뒷바라지해야 하잖아요."

'어째서 서로를 뒷바라지할 수 없는 걸까?'

그들의 집은 작았고, 식사는 간소했다. 날마다 집 안 구석구석 먼지를 털어 낼 필요도 없었다. 어릴 때 어머니가 돌아가신 뒤로는 그녀가 모든 요리를 도맡았기 때문에, 한끼 식사 준비에 (후식까지 다 합쳐서) 25분이면 충분했다. 빨래? 월터가 시트의 물기를 짜는 일이나 스토브에 데울 커다란 물통 채우는 일을 맡았는데, 빨래하는 날을 토요일로 유지하면 그가 변함없이 일해 줄 것이다.

버사는 이런저런 일들을 생각하면서 한숨을 내쉬고는, 집으로 들어가려고 돌아섰다.

2

이웃집 제시

"셜리 부인! 셜리 부인!"

어디서 나는 소리지? 버사가 어깨 너머로 고개를 돌렸다. 누군가 머리핀에서 흩어져 내린 머리카락과 앞치마를 휘날리며 노란 집 쪽으로 달려오고 있었다. 버사는 돌아서서 손을 흔들었다. 제시 글리슨이었다. 버사의 머리는 모양이 어떻건 뭘 하고 있건 상관없이 항상 흐트러짐이 없었다. 그녀의 아담한 외모는 늘 단정하고 평온하고 차분했다. 가끔 꽤 장난스러운 생각도 했지만, 겉으로는 절대로 드러내지 않았다.

제시 글리슨은 전혀 딴판이었다. 머리카락은 고정핀을 아무리 꽂아도 어느새 제멋대로 삐져나와 있었고, 외출할 때도 앞치마 벗는 일을 잊어서 사방팔방으로 펄럭이며 달려오는 일이 예사였다. 그녀가 고함을 치며 길을 달려 내려오는 모습은 동네에서 별로 낯설지 않은 풍경이었다.

6월에 버사와 월터가 자그마한 노란 집으로 이사했을 때, 제시는 새로운 이웃을 자주 방문했었다. 그런데 어느 날부터 발길을 뚝 끊었다. 이따금 버사는 자신이 제시를 불쾌하게 만드는 실수를 한 건 아닌지 걱정했다. 제시를 좋아했기 때문에 나쁜 이유가 아니기를 바랐다. 그렇게 자주 왔는데 왜 갑자기 발길을 끊었을까? 이런저런 생각에 잠겨 있을때, 거짓말처럼 제시가 숨을 헐떡이며 집 앞에 와 있었다. 버사는 반가워서 제시에게 집으로 들어오라고 했다.

하지만 제시는 출입로 끝에 서서 고개만 흔들었다. 숨이 차서 말을 끝까지 잇지 못했다.

"안 돼요. 오븐에 빵이…… 우리 집에 가서…… 아이들은 학교에…… 아주 조용해…… 차 우리는 중인데……."

버사가 웃었다. 그래, 이것이 《햄릿》을 가르치는 것처럼 짜릿하진 않지만 먼지가 쌓이지도 않은 깨끗한 선반을 청소하는 것보다는 훨씬 나았다. 그녀는 문을 닫고 계단을 뛰어내려가 제시 곁으로 갔다.

제시가 어느 정도 제 목소리를 되찾았다.

"셜리 씨가 긴 다리로 성큼성큼 걸어가는 것을 봤어요. 학교 가시는 길이겠죠? 당신이 혼자 외롭겠다 싶었죠."

"고마워요."

둘은 제시의 부엌으로 가서 각자 흔들의자에 앉았다. 잠시 어색한 침묵이 감돌았다. 제시가 입을 열었다.

"내가 왜 당신 집에 발길을 끊었는지 궁금했죠?"

"음, 정말 궁금했어요. 혹시……."

버사는 이 말을 어떻게 마무리 지어야 할지 알 수 없었다.

"궁금할 거 없어요. 어떻게 설명할지 막막했는데, 당신한테 얘기는 해 줘야겠다는 생각이 들었어요. 셜리 씨가 제프리와 함께 떠나는 게 보이길래, 당신이 이제 혼자 있겠구나 싶었죠. 당신은 혼자 있을 때가 없는데……."

그녀가 말꼬리를 흐렸다.

"그래서요?"

"그래서 내 마음에 용기가 솟았어요. 당신에게 말하겠다고요."

"뭘 말해요?"

"당신네 집에 몇 번 가고 나서, 더 이상 갈 수가 없었어요."

"네? 왜요?"

"'왜'라니요? 늘 끊이지 않는 그 애정 어린 행동들을 견딜 수가 없었어요. 당신들이 항상 껴안고 있다거나 한다는 게 아니에요. 셜리 씨의 눈길이 항상 당신을 따라다닌다고요. 당신이 차를 젓는 간단한 일을 하고 있을 때조차 말예요. 그리고 당신도 그래요. 남편을 쳐다보고, 또 쳐다봐요. 그에게 날개라도 달린 것처럼."

'그에게는 날개가 달렸어! 제시의 말이 정확해. 셰익스피어라고 해도 그를 이보다 더 잘 설명할 수는 없을 텐데! 제시는 5학년까지밖에 다니지 않았지만, 그녀는 시인이야.'

버사는 이렇게 생각했다. 제시는 계속 말하고 있었다.

"제럴드가 우리 결혼 생활 12년 동안 단 한 번이라도 내게 그런 눈길을 보여 주었더라면 내가 그렇게까지 힘들지는 않았을 거예요."

"한 번도 없어요?"

"그게……."

제시가 잠깐 멈칫했다.

"음…… 아마 가끔은 그랬을지도 모르죠. 그렇지만……. 알잖아요. 당신들과는 달라요. 당신들은 일상적으로 눈길을 주고받죠. 서로 반대편에 앉아만 있어도……."

버사는 어떻게 대꾸해야 할지 몰라 하며 귀를 기울였다.

"제럴드는 나한테 자주 성질을 부리고 못되게 굴어요. 내가 토스트를 태우거나 아이가 울어댈 때, 뭐든지 자기한테 거슬리는 게 있으면 전부 내 잘못이라고 생각해요."

마침내 제시가 말을 마쳤을 때, 버사는 말했다.

"미안해요, 제시."

"아뇨, 당신 잘못이 아닌데요, 셜리 부인. 어쩌면 제럴드의 잘못도 아닐 거예요. 돈 걱정 때문이죠. 먹여 살릴 입이 여섯이나 되니 골치가 아플 거예요. 공장에서 일하는 것도 무척 힘들 거고요. 어쨌든 난 이제 익숙해져서 괜찮아요. 하늘이 무너지는 일은 아니잖아요. 하지만 갑자기, 당신과 당신 남편 사이에 오가는 그 다정한 시선들을 보자 내 마음이 슬퍼지더라고요. 그래서 결심했던 거예요."

"어떤 결심이요?"

"당신이 혼자 있을 때만 보러 가기로. 아니면 당신한테 우리 집으로 오라고 하기로. 당신과 친구가 되고 싶지만 내가 감당할 수 있는 길은 이 방법밖에 없는 것 같아요, 셜리 부인."

"좋아요. 하지만 한 가지 조건이 있어요. 나를 버사라고 불러 줘요. 셜리 부인이라고 부르면 우리 사이에 울타리를 친 느낌이 들어요."

잠시 후 버사는 새로 담은 구스베리 잼 단지를 주머니에 넣고 갓 구운 빵 한 덩이를 겨드랑이에 끼고 제시의 집을 나섰다. 집으로 돌아오면서 점심시간마다 월터가 많이 그리울 거라고 생각했다. 작년에는 학교에서 남편과 함께 점심을 먹었다. 그녀는 그의 얼굴을 떠올렸다. 넓적한 코, 블루베리 같은 눈, 굵고 곧은 검붉은 머리카락, 긴 손가락 윗면에 뿌려진 주근깨들, 크고 상냥한 입…… 참 재미있게 생겼으면서도 그녀에게는 너무나 아름다운 모습이었다. 게다가, 그래, 그는 날개까지 달렸다.

버사는 집 안을 가로질러 가서 뒷문을 활짝 열었다. 따뜻한 9월의 대기 속에서 아직 초록빛이 남은 평평한 습지가 강으로 이어진 풍경을 바라보았다. 그녀는 물이 빠질 때는 미끌미끌한 진흙 비탈이 드러나고, 물이 찰 때는 굼뜨게 느릿느릿 흐르는 그 강을 사랑했다. 풀밭 위로 나지막이 날아가는 검은 새 떼의 지저귐을 들으며 마음속에 뭉클한 감동이 밀려왔다.

'저 새들은 남쪽으로 떠날 준비를 하고 있어. 펠리컨과 야자수와 넓은 해변이 펼쳐진 따뜻한 곳이겠지. 하지만 난 저들을 따라가고 싶지 않아. 지금 내가 사는 바로 이곳에 계속 머물고 싶어. 느리게 흐르는 저 사랑스런 강물을 바라보며 언제까지나 변함없이 지금과 같았으면 좋겠어.'

3

자그마한 노란 집

시곗바늘이 3시를 가르키자, 월터는 수업 도구들을 책상 서랍에 쑤셔 넣고 퇴근 준비를 서둘렀다. 정돈하는 성격을 지닌 버사와 달리, 월터는 어수선하고 건망증이 심했다. 내일쯤이면 그것들을 전부 어디에 뒀는지 까맣게 잊어버릴 것이다. 언제 어디서나 그런 편이었다. 실내인 집이나 학교에서도 강풍이 몰아치는 절벽에 서 있는 것처럼 머리가 헝클어져 보였다. 말끔히 다림질한 셔츠도 입은 지 한 시간이 지나면 자다 깨서 그대로 나온 사람처럼 구겨졌다. 분필을 꺼내려고 수납장 맨 위 선반으로 손을 뻗거나, 칠판 윗부분에 뭔가를 쓸 때면 어김없이 셔츠자락이 바지에서 삐져나왔다.

그런 외모만큼이나 성격도 예측할 수 없었다. 그는 가장 놀라운 순간에 껄껄 웃음을 터트리는 사람이었다. 예를 들면, 기하학적 정리가 지닌 기적적인 완벽함을 증명하고 'QED'* 라고 적는 순간에 웃음을 터트렸다. 순수한 기쁨이 담긴 그 웃음은, 수학과 동떨어진 학생들을 수학자로 만들어 내는 원천으로 유명했다. 그의 열정은 전염성을 지녔다. 그에게 수학을 배우는 많은 학생들이 흔히 비인기 과목으로 분류되는 이 과목을 사랑하게 됐으니 말이다.

월터가 까다로운 대수학 방정식을 들고 찾아온 학생에게 끈기 있게 설명해 주는 사이, 제프리 헵워스가 말과 마차를 몰고 출발해 버렸다. 월터는 제프리가 자신을 기다려 주지 않은 게 섭섭했다. 이른 아침에는 걷고 싶은 열망이 그토록 강렬했는데, 교실의 시계가 3시 45분을 가리키는 지금은 흔적도 없이 사라졌다. 거의 4시가 다 됐다! 아침 7시 반 이후로 버사를 보지 못했다. 영원처럼 긴 시간이다! 논리를 그토록 숭배하는 그가, 이처럼 놀랍도록 비논리적인 이유로 낙담해서, 학생의자에 풀썩 주저앉고 말았다. 긴 다리로 의자를 누르고 책상 위에 두 팔을 내려놓고는, 여기가 자그마한 노란 집이면 좋겠다고 간절히 바랐다. 지금 당장 손가락 한 번 탁 튕겨서 집으로 갈 수 있다면 얼마나 좋을까.

월터는 텅 빈 칠판을 바라보며 버사를 떠올렸다. 우아한 코(사실 월터의 코는 너무 컸다), 완벽한 작은 턱, 초록색을 띠었다가 회색으로 보였다가 하는 커다란 눈, 늘 미소를 머금고 있는 달콤한 입술…… 눈을 감자 그녀의 향기가 맡아지는 듯했다. 흉터가 없고 주

* Quod Erat Demonstrandum. 라틴어로 '증명되었음'이라는 뜻. 어떤 정리의 증명이 완벽하게 끝났음을 나타내는 표시다.

근깨도 하나 없는, 완벽하게 희고 매끄러운 피부였다. 상아 같다고 하는 편이 맞을지도 모르겠다. 그는 그 모든 경이로움에 숨을 몰아 쉬었다. 이 놀라운 신체적 특징들에 그토록 따뜻하고 관대한 영혼과 대단한 지성까지 합해진 인간이 있다니! 작은 기적이었다. 그런데 그런 존재가 그의 청혼을 허락했으니, 그것은 아주 '중대한 기적'이었다! 그는 이 특별한 놀라움을 떠올린 것만으로도 기운이 쏙 빠져서, 자신에게 너무 작은 학생용 책상과 의자에서 몸을 일으키는 게 쉽지 않았다. 학교에서 집까지 어떻게 걸어갔는지도 모르겠다.

그래도 월터는 무사히 집에 도착했다. 예정보다 한 시간이나 늦게 왔기 때문에 버사는 기다리면서 노심초사했다. 학교에 불이 난 건 아닐까? 도망쳐 나온 말 때문에 길에서 사고가 난 건 아닐까? 혹시 심장마비라도 일으킨 건 아닐까? 하지만 그가 문 앞에서 부드럽게 안아 주며 환하게 인사하자, 그녀는 그런 걱정을 입 밖으로 내지 않았다. 이후에도 출퇴근하는 월터를 목격한 이웃들은 '아침에 출근할 때는 전쟁터에 나가는 것 같고, 돌아올 때는 전투에서 승리하고 귀환하는 장군 같다'고 말했다.

버사가 식사를 준비하는 동안, 월터는 부엌에 앉아 개학 첫날에 대해 이야기했다. 자신의 모험들을 이야기하면서 그의 눈은 한시도 버사를 떠나지 않았다. 그녀는 양배추를 썰고, 끓고 있는 소금절이 쇠고기를 긴 포크로 찌르고, 토마토 껍질을 벗겼다. 조리 시간을 확인하면서, 재빠르고 우아한 동작으로 양배추와 감자를 집어서 화려하고 예술적인 몸짓으로 고기 냄비에 하나하나 떨어뜨렸다.

월터에게는 그 모든 것이 어느 뛰어난 무용수가 자신만을 위해 안

무한 춤을 선보이는 특별 공연과도 같았다. 버사는 식사를 준비하고, 시간을 재고, 이리저리 움직이느라 바쁜 와중에도 남편이 하는 모든 말에 귀를 기울였다. 나중에 식탁에 앉았을 때, 그녀는 남편이 설명한 하루의 이모저모를 대화의 주제로 삼았다. 그의 수업에 대해 자세히 물어보면서, 자신이 사실은 수학을 싫어하고 특히 기하학을 싫어한다는 사실이나, 11학년 때 대수에서 낙제할 뻔했다는 사실은 요령껏 숨겼다.

'제시도 월터와 함께 있는 자리를 즐기면 좋을 텐데 안타까워. 셋이 함께면 틀림없이 멋진 조화를 이뤘을 텐데…….'

버사는 월터에게 버터를 건네며 이렇게 생각했다.

4
기적

몇 주가 지나 10월 중순이 되었다. 버사는 낯선 곳에 고립된 외로움을 달래려고, 또 고등학교에서 영어를 가르치던 시간들이 계속 그리워서, 근처 숲으로 산책을 나갔고 가을이 물들인 색들에 경탄했다. 특히 단풍나무의 선명한 빨강을 사랑했다. 아마 열정적이고 과장된 모습이 월터의 성격과 닮아서였을 것이다. 버사는 월터처럼 활기차고 재미있고 경이로운, 상상력이 넘치는 사람을 한 번도 본 적이 없었다.

이상하게 생긴 외모에도 불구하고, 월터는 여자들에게 인기가 있었다. 버사는 그가 동경의 눈빛을 보내는 모든 여자들을 뿌리치고 자신을 택해서 놀랐다. 사범학교에서 학생들을 배꼽 쥐게 하던 월터의 모습이 어제의 일처럼 선명하게 떠오른다. 그때 그가 말을 뚝 끊더니 무리의 끄트머리에 서 있는 그녀에게 다가와 이렇게 속삭였다.

"시내로 가서 차 한 잔 합시다."

그가 자신의 손을 잡고 방에서 빠져나갈 때, 그녀는 왕자와 춤추는 신데렐라가 된 기분이었다. 버사는 그 순간의 감정을 또렷이 기억했고, 떠올릴 때마다 늘 새로웠다. 그녀는 스스로를 옅은 금발에 분필처럼 하얀 피부를 지닌 개성 없고 밋밋한 사람으로 생각했는데, 그런 자신을 세상에서 가장 아름답고 흥미로운 여자로 여기는 이 남자와 '결혼'까지 했다. 그녀가 다채로운 자연색들을 머금은 가로수 숲을 산책한 이야기를 하면, 그는《로미오와 줄리엣》의 한 장면을 듣듯 열성적으로 귀를 기울였다.

하지만 오늘은 월요일이다. 주말이 끝나서 월터는 다시 설거지통과 빨래판, 빗자루와 먼지떨이가 뒤섞인 곳에 버사를 남겨 놓고 학교로 출근했다. 그녀는 주부와 아내로만 사는 인생이 만족스럽지 않았다. 남편도 소중하지만, 결혼 전 영어교사로서 활약했던 수업 시간이 무척 그리웠다. 햄릿의 '행동'과 '행동하지 않음'에 담긴 의미, 코델리아가 처한 곤경, 맥베스 부인의 몰락을 다루는 열띤 토론들이 사무쳤다. 버사는 월요일이 싫었다. 그녀는 주부로서는 미숙하고 열의도 없지만, 좋은 선생님이었다. 교실에 들어서서 사랑하는 문학을 학생들에게 소개할 때면 평소의 수줍음을 잘 타던 모습은 완전히 사라지고 다른 사람이 되었다. 버사는 그런 자신의 모습이 좋았다. 그녀가 가르치던 학생들이 일곱 명이나 따로 월터를 찾아와서 "버사 선생님이 떠난 뒤 영어 수업이 영 재미가 없다"고 말했다니, 그녀만큼이나 학생들도 그녀를 그리워하는 게 분명했다.

버사는 우주의 부당한 기운이 자신의 영혼을 갉아먹고 있는 것 같았다. 아닌 게 아니라 몸이 좋지 않았다. 벌써 몇 주째 몸이 아팠다. 자꾸 지치는 어떤 끔찍한 병에 걸린 걸까? 폐결핵일지도 모르겠다. 월터에게는 말하지 않았다. 그는 학교 일로 바빴고 종종 피곤해 했다. 그가 이미 짊어지고 있는 짐에 다른 짐까지 더해 주고 싶지 않았다. 솔직히 말하면 그녀 스스로 자신의 짐을 지고 싶었다.

여태까지는 늘 제시가 버사의 집을 찾아왔다. 그녀는 기대감과 반쯤 부끄러움이 담긴 표정으로 셜리 부부의 집 문 앞에 서 있곤 했다. 하지만 지금 버사는 갑자기 제시를 찾아가고 싶은 충동을 느꼈다. 원피스 위에 가벼운 코트를 걸치고, 혹시 마음이 변할까 봐 재빨리 집을 나섰다. 버사는 수줍음이 많아서 자주 얼굴을 붉혔기 때문에, 길을 걸어 내려가 글리슨네 집으로 이어진 좁은 길로 들어서서 계단을 올라가 닫힌 문을 노크하기까지가 결코 쉬운 일이 아니었다. 제시가 문을 열었을 때 버사는 머뭇머뭇 말했다.

"혹시…… 스토브에 차를…… 올려놓지 않았나 싶어서요."

그 말에 제시가 지은 표정은 버사의 영혼에서 수줍음의 장막을 걷어 냈다. 제시는 여왕을 맞이하듯 버사를 환영했다.

"들어와요! 오, 이럴 수가! 당신을 보니 정말 행복해요! 마침 오븐에서 호박 파이를 꺼냈는데, 정말 맛있는 파티를 열 수 있겠어요. 어머나, 세상에! 지루한 아침에 이렇게 사랑스런 일이 생기다니! 제니가 학교에 다니기 시작한 다음부터 마음이 너무 허전했거든요. 심하게 울적한 기분이 들어서, 이 부엌에 기적이 일어나길 기원하던 참이었어요. 그런데 당신이 온 거예요!"

제시에게 '고귀한 숙녀'라고 불릴 만한 사람이 먼저 호감을 갖고 다가온 건 이번이 처음이었다. 버사가 자신보다 더 젊고 더 가난했지만, 그녀는 버사가 고귀한 숙녀인 걸 느꼈다. 말투부터 달랐다. 게다가 '학교 선생님'이었다. 제시도 버사의 집으로 찾아갈 때마다 용기를 내기가 쉽지 않았던 게 사실이다. 그런데 지금 버사가 스스로 자신의 문 앞에 서 있었다.

버사는 금세 분위기에 적응했고 적절하게 행동했다. 제시에게 그녀의 어린 시절과 부모, 형제자매, 제럴드의 구애, 자녀들에 관한 질문을 했다. 제시는 모든 질문에 기쁘게 대답했고, 버사 역시 제시의 질문에 편안하게 대답할 수 있었다. 제시가 파이를 좀 더 꺼내려고 오븐을 향해 돌아섰을 때, 버사는 문득 밀려드는 생각에 스스로 놀랐다.

'자매가 있으면 바로 이런 느낌일 거야.'

자매란 남에게 새어 나갈 걱정 없이 비밀 이야기를 털어놓을 수 있는 존재일 것이다. 부모님이나 형제들, 혹은 남편에게 말하지 못할 것들을 서로에게 전부 터놓고 이야기하는 존재일 것이다. 버사는 대대로 외둥이밖에 없는 집안에서 태어났고 부모님이 두 분 모두 돌아가셔서, 지금은 세상천지에 혼자뿐이었다. 사촌도 하나 없었다. 불쑥 이런 말이 튀어나왔다.

"난 외톨이에요."

"버사, 그게 무슨 소리예요?"

"나에겐 가족이 없어요. 부모님이 안 계시거든요. 형제나 자매, 숙

모나 삼촌도 없어요. 먼 친척이라고 부를 만한 사람조차 없어요."

놀란 제시는 하마터면 차를 엎지를 뻔했다.

"어머, 세상에! 내 어머니는 6남매고, 아버지는 11남매세요. 그분들은 어른이 돼서 자녀를 여덟 명까지도 낳으셨죠. 그래서 나는 숙모와 삼촌이 열일곱 명이고, 사촌들은 너무 많아서 세지도 않았어요. 크리스마스 때 전부 모이면 어떨지 상상이 돼요? 다들 이곳 볼링브룩이나 근처에 살거든요. 대략 열 집쯤이 칠면조를 오븐에 넣고 지글지글 요리하다가, 다들 냄비째 꺼내 뚜껑만 덮어서 마차로 실어와요. 경주마 떼처럼 모두들 어머니의 집으로 전력질주해 오죠. 칠면조가 식기 전에 도착하려고요.

어머니 집은 아주 크고 아주 커다란 식탁이 있지요. 당신은 말해줘도 못 믿을 거예요. 어른들은 모두 가장 좋은 옷들을 차려입어요. 속치마의 레이스는 풍성할수록 좋아요. 앉았을 때 적어도 3센티미터 정도 확실하게 보여야죠. 남자들은 계속 주머니 시계로 시간을 확인해요. 남들이 거기 매달린 커다랗고 거추장스럽게 무거운 사슬을 보고 감탄할 수 있도록요. 가끔 교회에 갈 때를 빼곤, 남자들이 서랍장에서 그 시계를 꺼내는 건 크리스마스 때뿐이에요. 새 장난감을 자랑하는 아이들, 여자애들의 땋아 내린 머리를 잡아당기는 남자아이들, 울어대는 아기들…… 내 평생 아기들 울음소리가 들리지 않는 곳에서 크리스마스 칠면조를 먹은 적이 없다니까요. 오, 셜리 부인. 아니, 버사, 그날이 얼마나 근사한지 상상도 못할 거예요."

버사는 자신을 익사시킬 듯 넘실대는 작은 부러움의 조류를 밀어내려 애썼다.

"아뇨, 상상이 돼요. 그 모든 소음과 색채와 웃음소리들…… 모두 행복해 하는 사람들……."

버사는 제시가 자신의 슬픈 기분을 알아차리지 못하도록 웃음을 지어 보였다. 어렸을 때 크리스마스 요리를 준비할 사람은 자신뿐이었고, 아버지와 둘이서 칠면조 한 마리를 다 먹을 수도 없었기 때문에 칠면조가 아닌 닭을 선택해야 했다. 한동안은 그들도 크리스마스 날 부엌에 앉아 있는 게 처량해서 최고의 옷으로 차려입고 '최고의 응접실'에 앉아 있었다. 너무나 휑하고, 조용하고, 낯선 응접실에서 서로 말없이 앉아 있었다. 어차피 그 자리에 함께하자고 초대받은 사람은 장로교 목사 한 사람뿐이었다. 둘 다 조용한 성격이었기 때문이지만 크리스마스 같은 명절에는 어울리지 않는 분위기였다.

웃고, 떠들고, 노래하고, 평범한 날을 파티처럼 만들던 사람은 버사의 어머니였는데, 버사가 아홉 살 때 폐결핵으로 돌아가셨다. 더 이상 노래하지 않고, 더 이상 웃지 않는 엄마가 물망초와 작은 잎사귀들이 수놓인 베개에 머리를 기대고 어머니의 할머니가 만드셨다는 따뜻한 퀼트 이불을 덮고서 조용히 질병의 시간들을 견디던 모습이 아직도 생생하다.

버사는 전부 또렷이 기억했다. 엄마의 창백한 얼굴, 생기 없는 눈, 퀼트 위에 늘어진 두 손. 아홉 살의 그녀가 침대 옆에 서서 "엄마, 엄마!" 하고 부르니, 한참을 대답이 없다가 창백한 손이 아주 천천히 다가왔다. 그때를 떠올렸더니 버사의 눈에 금세 눈물이 가득 고였다. 그와 동시에 반대편 벽에 걸린 거울 속 자신의 눈과 마주쳤다. 창백한 얼굴이 맞받아 쳐다보고 있었다.

'창백해!'

버사는 자기도 모르게 이런 말을 내뱉었다.

"내 몸에 문제가 있나 봐요."

곧바로, 엄마가 바로 그날 돌아가셨던 게 기억나서 울음이 터졌다. 제시가 곧장 의자에서 일어나 다가와서는 버사를 꼭 끌어안았다.

"괜찮아요, 괜찮아!"

그녀가 어린 딸을 달래듯 나지막이 속삭였다.

"아무 문제없을 거예요. 매일 거친 습지대로 걸어가는 당신을 본걸요. 아주 젊고 건강해 보였어요. 당신은 괜찮아요. 틀림없이……."

"아니에요! 때로 아주 지독한 기분이 드는걸요. 항상 그런 건 아니지만…… 메스꺼운…… 금방이라도 토할 것 같은 느낌이 들어요. 어머니가 폐결핵으로 돌아가셨는데 나도 그 병에 걸렸나 봐요."

제시가 갑자기 버사의 몸에서 팔을 풀고 일어나더니 허둥댔다.

"얼마나 오래……? 그러니까 마지막이…… 무슨 말인지 알죠?"

"마지막이라뇨?"

"아이참, 알잖아요."

제시는 이런 말을 하는 게 어렵다고 느꼈다. 버사가 비록 고귀한 숙녀라 해도, 자신의 부엌에서 호박 파이를 들고 눈물을 보이는 지금만큼은 그녀가 편했다. 하지만 누구와도 쉽게 나누기 힘든 얘기들이 있는 법이다. 그래도 묻는 수밖에 없었다.

"몇 달이나 걸렀어요?"

"몇 달이요? 아! 그거요…… 그게…… 네, 거르긴 했어요, 하지만 내가 원래 한두 달씩 자주 건너뛰곤 해요. 의사 선생님은 너무 말라서 그렇대요."

제시가 웃었다.

"글쎄요, 나 같으면 당신이 너무 말라서라고 말하지 않을 거예요. 아주 빼빼 마른 사람들도 아기를 낳잖아요."

"아기요!"

버사의 커다란 눈이 더 커졌다.

"무슨 말이죠, 제시? 그럴 리 없어요. 그런 증상이 아침에만 일어나는 것도 아니고, 난 끼니 한번 거른 적도 없어요. 하루 중 어느 때라도 그 느낌이 생겨요. 내가 죽어 가는 기분이요. 게다가 계속 잠이 쏟아져요. 다 병에 걸렸다는 신호잖아요. 어머니 생각이 자꾸 나요. 어머니도 잠을 아주 많이 주무셨어요. 지금의 나처럼. 눈물도 잘 흘리셨죠. 죽어갈 때."

버사는 다시 울음이 터져나올 것 같았다. 하지만 제시는 웃고 있었다.

"당신은 안 죽어요. 잠이 많아지고, 눈물도 많아지고, 회전목마를 타는 것처럼 속이 미식거리고. 전부 딱 들어맞아요. 버사, 내일 의사한테 가 봐요. 의사가 임신했다고 알려 줄 거예요."

그녀가 다시 웃으며 말했다.

"제니의 출산을 준비할 때 내가 쓰다 남은 실이 있어요. 바로 오늘 오후부터 아기 옷을 뜨기 시작해야겠어요."

며칠째 흐리고 눅눅한 날씨였다. 버사가 집으로 돌아갈 때, 태양이 구름을 뚫고 나오려고 안간힘을 쓰는 것처럼 하늘에 묘한 빛이 서려 있었다.

'아니, 어쩌면 저 빛은 내 안에 있는지도 몰라.'

빛으로 가득한 하루였다. 하늘은 더 밝고, 습지의 풀들은 더욱 싱그러웠다. 현관 앞 계단 옆에 몇 줄 피어 있는 노랑 데이지들이 화사한 자태로 그녀의 눈길을 잡아끌었다.

버사는 집에 도착하자마자 문 닫는 것도 잊고, 곧바로 2층으로 올라가 벽에 커다란 거울이 붙어 있는 방으로 갔다. 그녀는 거울에 비친 자신의 눈을 들여다보며 생각했다.

'죽음일까, 탄생일까? 끝일까, 시작일까?'

버사는 거울 속에 비친 자기의 얼굴을 솔직하고 차분하게 바라보았다. 아니다, 죽음의 병상에 누워 있던 엄마와 비슷해 보이지 않았다. 그녀의 얼굴은 항상 창백했기 때문에 이제 와서 새로울 것은 없었다. 커다란 초록빛 눈동자는 여전히 생기로 가득 찼다. 금발 머리는 단정하게 매만졌지만, 숱이 많아서 생기발랄한 곱슬머리가 이마로 흘러나왔다. 남쪽 창으로 스며드는 늦은 아침 햇살에 반사된 머릿결은 윤기가 흘렀다. 빈 집에 혼자 있었던 탓에 슬픈 생각들을 하게 되고 그것이 우울한 예측들로 이어졌던가 보다.

버사는 거울로 자신의 몸도 들여다보았다. 드레스의 양쪽을 여민 조그만 진주 단추들이 완벽한 일직선이 아니었다. 팽팽하게 당겨진 듯이 보였다. 문득 그날 아침 단추 여미는 일이 쉽지 않아서 혼자 중얼거렸던 게 생각났다. "왜 이리 서툴지." 그녀가 서툰 게 아니었다. 그 원피스는 몇 달 동안 입지 않았는데, 그날 아침 공기가 10월처럼 서늘하기에 따뜻한 옷을 골라 입었던 것이다. 버사는 몸을 옆으로 돌려 거울에 비쳐 보았다.

"오, 이런! 그래! 이 안에 아기가 있어. 새로운 생명이 있어. 내 안에 월터의 아이가!"

버사는 아래층 부엌으로 내려갔다. 배 속이 거칠게 재주넘기를 하고 있는 것 같았지만, 확실히 배고프다는 느낌이 들었다. 점심을 먹고 나서는 잠깐 낮잠을 자도 괜찮으리라.

"기적이 일어나고 있어."

부엌 찬장을 열면서 그녀는 자신에게 속삭였다.

5

3월을 기다리며

이후 세 달은 버사 인생에서 가장 행복한 시간이었다. 입덧은 줄더니 이내 완전히 사라졌다. 버사는 그 어느 때보다 활력이 넘쳐서 주말마다 월터와 함께 긴 산책을 했다. 더 넓은 바다를 향해 끝없이 펼쳐진 갯벌이 있는 첼시 만 위까지 갈 때도 있었다.

버사는 땅콩, 딸기잼, 머스터드 피클, 황갈색 사과 등등 평소에 즐기지 않았던 음식들을 찾았다. 오전 11시에 한자리에 앉은 채로 황갈색 사과를 연달아 세 개나 먹어 치웠다. 창백하던 양볼이 연분홍빛으로 피어올랐다. 그녀는 자신이 근사하게 느껴졌다.

하지만 버사가 가장 짜릿했던 순간은 태동을 처음 느꼈을 때였다. 한밤중이었는데 이 놀라운 기쁨을 알리려고 곤히 잠들어 있던 월터를 흔들어 깨웠다. 그에게도 느끼게 해 주고 싶었지만 그녀의 살과 피부를 통해 느끼기에는 태동이 너무 미약했다. 다음 날 차 한잔하러 들른 제시가 버사는 설명하기 어려웠던 느낌을 완벽하게 표현해 주었다.

"아직 나는 법을 배우지 못한 작은 새의 날갯짓처럼 파닥거리죠."

제시는 네 번이나 그 날갯짓을 경험했다. 지금 그녀의 아이들은 넷 다 학교에 다니지만, 그 느낌은 강렬하게 남아 있다.

"조금만 기다려 봐요. 꼬맹이가 발길질을 시작할 테니. 그건 세상에서 가장 사랑스러운 느낌이랍니다."

정말 그랬다. 월터도 펄떡펄떡하는 움직임을 느끼며 버사만큼이나 짜릿해 했다.

월터는 남들이 보면 '아빠가 아이를 낳는다'고 생각할 정도로 아기를 자랑했다. 그는 중요한 운동경기를 앞두고 즐겁게 훈련하는 사람처럼 비가 오든, 길이 질퍽하든, 눈이 깊이 쌓였든 매일 아침 씩씩하게 출근했다. 방과 후에 과제물 검사나 시험지 채점을 하면서도 지치지 않았다. 그는 인류 최초의 아버지인양 기대감으로 부풀어 올랐고, 아내를 '우주의 여왕'처럼 떠받들었다. 제시는 월터의 애정 표현들을 지켜보는 게 여전히 편치 않았다. 그래서 월터가 출근한 동안에만 버사를 만났다.

의사는 아기가 3월 중순쯤 태어날 거라고 말했다. 크리스마스 무렵에도 버사는 건강했고 활기찼다. 그래서 제시가 볼링브룩의 글리슨 가족과 매킨타이어 대가족이 모이는 어머니 집으로 초대했을 때 기꺼이 응했다. 버사는 만찬을 위해 크랜베리 젤리 열두 단지와 민스 파이 다섯 개를 만들었다.

오전 11시, 글리슨 가족 여섯 명과 셜리 가족 두 명은 거대한 썰매에 빽빽이 올라탔다. 김이 모락모락 나는 칠면조 구이와 구운 감자, 플럼 푸딩, 당의를 입힌 생강 쿠키, 선물들 옆에 자리를 잡았다. 모두들 쿠션이나 베개에 앉아 담요나 모포로 몸을 덮었다. 글리슨 씨는 운전석에 올라, 늙은 말들이 최대한 빨리 달리도록 재촉하며, 강 건너편을 향해 출발했다. 그가 집에 있는 썰매 방울들을 모조리 말들에게 달아 놓아서, 눈길을 달릴 때 유쾌한 음악이 연주됐다. 썰매 활주로 아래서 들리는 찍찍 끽끽 소리들도 악기처럼 한몫했다.

목적지에 도착했을 때, 버사는 아버지와 단둘이 보냈던 쓸쓸한 크리스마스를 생각하지 않으려고 노력했다. 집 안에 가득한 웃음소리, 노랫소리, 아이들이 떠드는 소리, 아기들 울음소리, 음식으로 꽉 찬 식탁들, 줄줄이 실에 꿴 팝콘과 양초들이 달린 크리스마스트리, 모두들 서로에게 친밀감을 느끼며 편안한 분위기를 한껏 받아들였다.

제시의 어머니는 버사가 예상한 그대로였다. 통통한 체형에 마음씨가 따뜻한 분이었다. 쇼를 진두지휘하는 대장 기질도 엿보였다.

"조지! 귀 잡아당기는 거 그만하고 애기 숙모랑 같이 거기 앉아. 제시! 네 친구 분들에게 편안한 자리를 찾아 드려라. 아서! 저녁 먹고 나서 이번에 새로 장만한 말을 월터에게 보여 주는 게 어떻겠니. 누가 가서 우는 아기 좀 달래! 아니,애너벨, 크리스마스에는 당근 안 먹어도 돼! 허버트, 넌 좀 붙어 앉아. 조 삼촌이 앉을 자리를 마련해 줘야지! 앨리스! 그 크랜베리는 우리 다 같이 먹을 거니까 건드리지 마라. 옆으로 전달해! 벌린더, 속치마에 촛불 붙지 않도록 조심해라!"

두 개의 방에 다섯 개의 식탁을 잇고, 식탁마다 칠면조를 한 마리씩 놓고, 버사가 셀 수 없을 정도로 많은 사람들이 둘러앉았다. 수줍어서 말을 많이 하진 않았지만, 그녀는 따뜻한 제시의 가정에서 행복하고 편안한 느낌을 만끽했다. 월터는 여유가 넘쳤다. 식사가 채 끝나기도 전에 양쪽 무릎에 아이를 하나씩 앉히더니 열심히 종알거리는 이야기를 듣고 함께 웃었다. 그 모습을 지켜보며, 버사는 경제적으로 넉넉하진 않지만 아이를 적어도 여섯쯤은 낳겠다고 마음먹었다. 제시도 내년 크리스마스 만찬에도 셜리 부부를 초대하리라고 다짐했다. 무뚝뚝한 제럴드가 월터의 자상한 성품을 조금 닮을 수도 있지 않겠는가. 제럴드가 썰매 방울 다는 것을 잊지 않고, 크리스마스에 입을 새 원피스를 사 준 것도 상기했다.

그날 밤 버사는 월터와 침대에 누웠을 때 말했다.

"이제 내가 인생에서 뭘 원하는지 알겠어요."

"그게 뭔데요?"

"이 작은 집을 아이들과 웃음소리로 가득 채우고 싶어요. 공간이 부족해지면 당신이 늘려서 지어 줘요. 나중에는 손자 손녀와 숙모와 삼촌과 사촌들이 여기에 다 모여서 성대한 파티를 열고요. 오늘 우리가 갔던 파티처럼 말이에요."

"당신이 바라는 대로 합시다, 여보."

그는 말을 하는 동시에 그만 곯아떨어졌다.

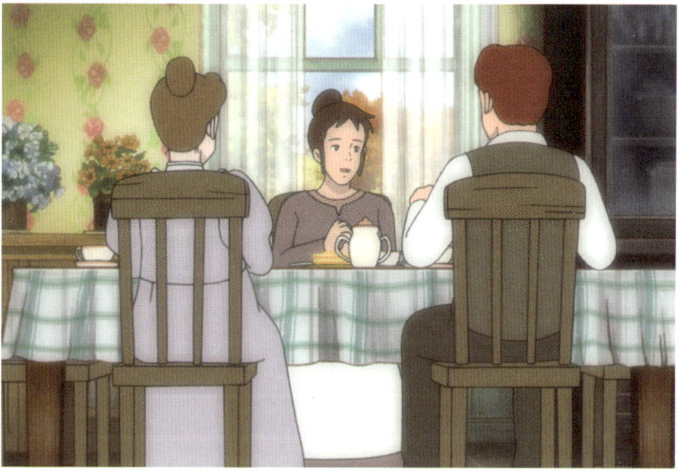

6

조애너 토머스

1월로 접어들었다. 버사의 배는 나날이 불룩해졌고, 날씨는 갈수록 추워졌다. 그녀는 오전에 이미 지쳐서 산책을 가기가 힘들었다. 2월 초에 베이츠 박사가 그녀를 진찰하러 왔다.

"막달에 아주 흔히 생기는 문젯거리일 뿐입니다. 하지만 산모와 아기 모두에게 위험할 수도 있어요. 그러니 이제 집안일은 남에게 맡기고 부인은 오로지 편히 쉬시도록……."

이때 갑자기 의사가 찡그리며 말하기를 주저했다.

"아, 그게…… 혹시…… 가정부를 쓸 만한 여유가 있으시다면요."

그는 학교 선생님의 봉급이 형편없는 수준인 것을 알고 있었다.

월터는 버사가 염려되었지만 애써 여유로운 웃음을 보였다.

"여유는 없지만, 꼭 그렇게 해야지요."

그는 어찌해야 좋을지 막막했지만, 반드시 그렇게 하겠다고 다짐했다. '아버지께 받은 시계를 팔아야 할지도 모르겠군.' 예전에 누군가에게 그게 꽤 값비싼 물건이라고 들은 적이 있었다. 그 시계를 간직하고 싶은 마음은 굴뚝같았지만, 버사와 아기가 더 소중했다.

"선생님께서 추천해 주실 수 있을까요? 괜찮은 분이 있다면 당장 오시라고 했으면 좋겠는데요."

"있어요. 아마 내일부터 오라고 해도 가능할 겁니다. 토머스 부인이라는 분인데요, 일하던 집의 주인이 지난주에 킹즈포트로 이사를 가서 일자리를 잃었는데 잘됐군요. 돈이 꼭 필요한 사람이거든요."

다음 날 오후, 토머스 부인이 왔다. 키가 크고 앙상하게 야윈, 부드러운 구석이라고는 찾아볼 수 없는 서른두 살의 여자였다. 조애너는 열여섯 살에 기가 막히게 잘생기고, 쾌활하고 자상한 데다가, 뛰어난 춤꾼이자 짓궂은 장난꾸러기인 버트 토머스에게 홀딱 반했다. 그녀도 날씬하고 매력적인 춤꾼이었다. 그녀는 춤으로 버트의 마음을 사로잡았고, 남은 평생을 춤추며 보낼 수 있으리라고 믿었다. 그런데 조애너가 버트와 결혼하겠다고 말했을 때, 부모님은 방으로 들어가서 고민했다. 조애너의 어머니는 이렇게 말했다.

"그 애는 자기보다 못한 남자와 결혼하려는 거예요. 토머스 집안 사람들이야 잘 알죠. 하지만 조애너가 예쁜 게 언제까지 가겠어요. 지금이야 젊어서 예쁘지만, 서른이 지나면 바싹 마르고, 마흔이 되면 피죽도 못 먹은 것처럼 말라비틀어질 걸요. 그러니 아직 젊고 매력이 있을 때 그 젊은 녀석을 붙잡는 게 나을 수도 있어요."

조애너의 아버지 해리건 씨의 마음은 다른 부분에 쏠려 있었다.

"버트 녀석, 잘생긴 청년이지. 게다가 둘 다 키가 크잖아. 튼튼한 아들을 두세 명만 낳으면, 그 커다란 토머스 농장을 물려받아 떵떵거리며 살 수 있을거야. 그리 미련해보이지도 않더군."

그는 버트가 4학년 겨울학기에 학교를 그만둔 사실을 몰랐다. 해리건 부인이 한숨을 쉬었다.

"조애너가 그 녀석과 살면 1년도 지나지 않아서 토머스 집안 사람처럼 말하게 될 거예요. 'g' 발음은 죄다 빼고 말이에요. 그런 말씨는 왜 꼭 따라하게 되는지. 두고 봐요, 금방 그렇게 될 테니. 하지만 그게 무슨 상관이겠어요. 7월에 결혼시킵시다."

늦여름, 아직 신혼집과 헛간을 짓고 있을 때 토머스의 형제들과 사촌들이 거기에 모여서 다양한 춤곡을 연주하고 푸짐한 술판을 벌였다. 해리건 부부는 참석하지 않았다.

"그렇게 요란 떠는 자리엔 절대 안 간다. 일요일 한나절쯤이면 건물 외벽을 다 세우겠지. 집 안은 겨울에 버트더러 꾸미라고 해라."

부인은 딸에게 블루베리 파이 여섯 개만 만들어서 보냈다.

첫눈이 내리기 전, 조애너는 남편이 게으르고 술주정뱅이에 다혈질이라는 걸 알게 되었다. 집은 바람이 휘휘 통하는 미완성으로 남겨졌다. 헛간은 작았지만, 말과 젖소를 한 마리씩 들이고 버트와 그의 술병들까지 들여놓을 정도는 됐다. 조애너는 넉 달이나 심하게 입덧을 하고 힘겨운 산고를 겪었다. 더 이상 그들은 춤추지 않았다.

토머스 부인은 직업이 있을 때보다 없을 때가 더 많은 남편과 먹여 살려야 할 세 딸까지 딸려 있었다. 딸들은 연년생으로 열다섯 살, 열네 살, 열세 살이었는데, 셋 다 아버지의 잘생긴 외모를 닮았다. 그래서인지 조애너는 그들과 함께 있으면 원래보다 더 초췌하고 수척해 보였다. 손이 빠르고 지혜로운 맏딸 일라이저는 엄마가 바깥일을 하는 동안에 집안일을 도맡았다. 아버지가 계실 때에 동생들이 헛간에서 숨바꼭질을 하지 못하게 감시하기도 했다. 그가 침울하거나 숙취에 시달릴 때면 성질이 사나워졌기 때문이다.

조애너는 셜리 부부의 작은 집과 차분한 분위기, 다정한 부부를 금세 좋아하게 됐다. 지난번 일했던 집에서는 큼지막한 3층 집을 청소하고 일곱 식구의 음식을 만들어야 했는데, 버사의 집은 식은 죽 먹기처럼 쉬웠다. 집은 아주 작고, 식사는 매우 간소했으며, 고함치거나 잔소리하거나 불평하는 사람은 없었다.

버사와 조애너는 '셜리 부인, 토머스 부인'으로 서로를 정중하게 불렀다. 하지만 마음에 점점 진정한 애정이 자랐다. 조애너는 자신의 집에서는 불쾌감과 분노가 일었다. 딸들이 시끄럽게 떠드는 소리, 남편 버트의 역정과 손찌검, 그녀가 자신만 아름답지 않다고 느끼는 자격지심 등에 울화가 치밀었다. 하지만 셜리 부부의 집에 오면 다른 사람이 된 기분이 들었다. 월터가 휴일이면 노래를 부르며 장작을 패거나 눈을 치웠는데, 조애너는 곧 자신도 청소를 하거나 음식을 하면서 노래하고 있다는 걸 깨달았다. 16년 만에 노래를 부르게 된 것이다. 그녀는 찢어진 커튼을 꿰매거나 버사에게 차를 끓여 주는, 굳이 하지 않아도 되는 일까지 나서서 했다. 한번은 당의를 입힌 것처럼 설탕을 뿌려 구워낸, 작은 하트 모양의 슈거 쿠키를 구웠다.

"어머나, 토머스 부인! 이 쿠키를 보니 눈물이 나려고 해요. 어머니가 자주 만들어 주시던 쿠키인데! 내가 아주 아주 좋아하는 거예요."

버사는 감격의 눈물을 흘리며 폐결핵으로 돌아가신 어머니 얘기를 들려주었다. 그때부터 조애너는 금요일마다 셜리 부부에게 주말 간식으로 슈거 쿠키를 구워 주었다. 조애너에게는 그 자그마한 노란 집이 사막 같은 32년 인생에서 찾은 오아시스 같은 존재였다. 그녀는 칭찬보다 꾸지람을 더 많이 들으면서 싸늘하고 엄격한 어린 시절을 보냈다. 버트와 연애하는 동안에는 춤추는 광란의 시간으로 빠져들었다가, 몸도 마음도 빈껍데기뿐인 집으로 들어가곤 했다. 결혼 후 정신적, 육체적으로 가해지는 남편의 학대에 '나는 사랑받지 못하는 존재'라는 상실감이 커졌다. 조애너는 어느새, 자신의 어머니가 그랬듯 딸들에게 엄격하고 신경질적인 엄마가 되어 있었다.

하지만 셜리 부부의 집은 그녀의 선한 마음을 끌어냈다. 지금까지 숨겨져 있던 긍정적이고 특별한 기질들을 드러내게 했다. 조애너는 작고 창백한 버사를 걱정스럽게 바라보았다. 그녀는 퉁퉁 부은 다리와 발목을 발 받침대에 올리고 커다란 모포를 덮은 채 흔들의자에 움츠리고 앉아 있었다.

"뭐 필요한 거 없으세요, 셜리 부인? 뭘 해 드려야 기분이 더 나아지시려나, 뭐든지 말씀하세요."

"어머, 토머스 부인! 당신은 정말 친절하고 사려 깊은 분이에요. 그럼 차 한 잔 부탁해도 될까요? 스토브에 올려놓은 물이 있다면요. 당신이 만든 그 맛있는 슈거 쿠키도 하나 먹었으면 좋겠어요."

조애너는 난생처음 친절하고 사려 깊다는 말을 들었다. 버사가 뒷마당에 다과를 준비해 달라고 말하면, 조애너도 인정 많은 제시가 먹을거리와 유쾌한 기분을 가득 안고 찾아오기를 기다렸다. 지금껏 이 사람들은 대체 어디에 있었던 걸까?

그날은 금요일이었다. 3월인데도 날씨가 유난히 어둡고 우중충했다. 버사가 조애너에게 책장에서 키츠 시집을 갖다 줄 수 있느냐고 부탁했다.

"빨간색 표지에 금색 글자들이 제목이 박힌 작은 책이에요. 오늘은 시를 읽고 싶네요."

조애너는 얼룩 하나 없게 닦은 유리문 뒤로 가지런히 줄 서 있는 책들이 아주 마음에 들었다. 갖가지 색의 제복을 입은 병정들 같았다. 하지만 책장을 열고 버사가 부탁한 책을 꺼낼 때, 갑자기 응접실에서 신음과 비명이 뒤섞인 소리가 들렸다. 그녀는 책을 떨어뜨리고 응접실로 달려갔다. 버사가 의자에서 몸을 뒤틀고 있었다.

"빨리, 조애너! 월터를 불러 줘요! 제시를 데려와요! 의사를! 누구든 데려와요! 나오려고 해요! 틀림없어요! 아아!"

조애너는 나중에 입버릇처럼 말했다. 천사가 제시의 집으로 건너가, 그녀를 들어 올려서 바로 그 순간에 셜리의 집 앞 계단에 떨어뜨린 거라고. 현관문 두드리는 소리가 나더니 제시가 들어온 것이다.

"오, 고마워라, 세상에! 글리슨 부인! 아기가 나오려나 봐요! 베이츠 선생님을 불러와야 돼요. 당신 아니면 내가. 당신이 결정하세요. 하지만 서둘러야 해요! 진통이 방금 시작되긴 했지만, 진행이 빨라질 수도 있고 일이 잘못될 수도 있어요. 발이 먼저 나오면 어쩌죠?"

“어머나! 내가 갈게요. 제럴드가 마침 점심 먹으러 일찍 와서 수레에서 아직 말을 풀지 않았어요. 그에게 베이츠 선생님을 모셔 오게 시키고, 나는 바로 돌아와서 당신을 도울게요. 월터도 아마 학교에서 일찍 돌아올 거예요. 시험 기간이니까. 의사가 오기 전에 아이가 나오게 해서는 안 돼요! 버사가 호흡을 잘 가다듬게 도와줘요!”

제시는 이미 문밖에 나가고 안 보였다. 하지만 다시 벌컥 문이 열리더니 고함 소리가 들렸다.

“조애너, 물을 끓여요! 버사의 손도 꽉 잡아 주고요.”

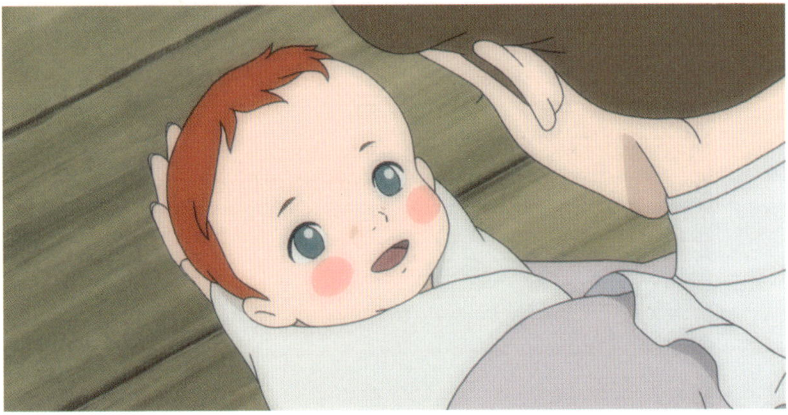

7
우리 딸, 앤 셜리

조애너의 예상이 맞아떨어졌다. 출산은 빠르게 진행됐다. 하지만 다행히 베이츠 박사가 제때 도착했다. 월터도 아기가 세상을 만나기 전 집으로 돌아왔다.

나중에 제시가 부엌에서 조애너에게 이렇게 말했다.

"아! 내 아이들 네 명 중에 하나라도 그렇게 빨리 나왔더라면 얼마나 좋았을까요."

"맞아요. 하지만 아시다시피 셜리 부인은 두 시간 동안 내가 딸 셋을 낳을 때 느낀 고통을 다 합친 것보다 더 고통스러워 했어요. 세상에, 그 엄청난 비명이라니! 가엾게도 셜리 씨가 어찌나 벌벌 떨던지. 셜리 부인처럼 얌전한 분이 코요테처럼 울부짖다니."

조애너는 스토브로 걸어갔다.

“산모에게 먹일 맑은 수프를 데웠어요. 의사 선생님과 셜리 씨에게도 따끈한 머핀을 드려야겠어요.”

“나도 머핀 하나 줘요, 토머스 부인. 누가 나를 탈수기에 넣고 쥐어짠 것 같네요. 내 몸으로 아이를 몇 낳았다고 해서 다른 사람이 아이 낳을 때 뭘 해야 하는지 아는 것은 아니에요.”

제시가 손등으로 이마의 땀을 닦으며 말을 이었다.

“아기 목욕시킬 때 자세히 봤어요? 아직 아기가 너무 쭈글쭈글하고 빨개서 실제 생김새가 가늠되지 않죠?”

“글쎄요, 아이가 그렇게 쭈글쭈글하고 빨갛지는 않았어요. 하지만 입을 아주 크게 벌리고 굉장히 큰 소리로 울어서 자세히 보진 못했어요. 기껏해야 비쩍 마르고 신생아치고는 길쭉하다는 것 정도죠. 다행히 코가 셜리 씨를 닮지는 않았더군요. 입을 그렇게 크게 벌리고 있었는데도 아이가 셜리 부인의 아름다운 코를 물려받은 게 보여서 얼마나 다행이던지요! 근데 좀 이상했어요. 날이 굉장히 어두침침했는데, 베이츠 선생님이 셜리 부인의 팔에 아기를 내려놓는 순간, 갑자기 서쪽 하늘에서 태양이 두껍디 두꺼운 구름을 뚫고 나와 옆집 창문을 확 비치더군요. 그다음에는 빛이 이 집의 동쪽 창문으로 쏟아져 들어왔어요. 오후 4시에 해가 뜨는 것 같았다니까요. 덕분에 내가 아기를 아주 분명하게 볼 수 있었던 거예요.”

“머리는 무슨 색이었어요?”

“그게, 확실하게 말하긴 힘들어요. 흠뻑 젖어 있었거든요. 셜리 씨처럼 검붉은색 같더군요. 숱도 많고 곱슬곱슬했어요. 하지만 분명히 말할 수 있는 건……."

"뭔데요?"

"토실토실하게 껴안아 주고 싶은 아기는 아니었다는 거예요. 셜리 부인이 실망하지 않았으면 좋겠는데."

실망? 동쪽 창으로 스민 태양빛으로 버사는 따뜻한 플란넬 담요에 둘둘 말려 있는 갓 태어난 딸을 보았다. 그렇게 사랑스러운 아기는 처음 봤다. 출산의 혼란과 고통을 겪은 후라서, 그녀는 앤이 동틀 녘에 태어났다고 생각했지만, 아무도 그녀의 오해를 따지지 않았다. 월터는 아기만 바라보고 또 바라보면서, 숨 막힐 듯한 사랑을 느꼈다. 월터가 아내에게 속삭였다.

"아기가 당신의 완벽한 코를 빼닮았어요. 당신의 사랑스러운 작은 턱도. 하지만 우리 아이 눈 봤어요? 엄청나게 커요. 바로 '당신의 눈' 처럼."

월터의 뺨으로 굵은 눈물방울이 흘러내렸다.

"이 기다란 손가락을 봐요. 월터, 전부 다 길어요. 조그만 발가락까지도. 다 당신을 빼닮았어요. 게다가 자신만의 특색도 있어요. 머리카락을 보세요."

보송보송한 아이의 머리카락은, 전에 본 적 없는 선명한 빨간색이 되려는 게 분명했다. 월터의 머리카락은 거의 뾰족뾰족할 정도로 곧고 검붉은색이었다. 아기의 머리카락은 가늘고 부드러운 곱슬머리에 새빨간색이었다. 월터는 자신의 긴 손가락으로 그 조그만 머리를 매만지면서 감탄했다.

"월터, 아이 이름을 뭐라고 할까요? 지금 우리 아이에게 이름을 지어 주고 싶어요."

월터가 미소 지었다.

"우리가 생각했던 이름은 네 개였어요. 진, 재닛, 도로시, 그리고 앤. 우리 아이를 보면서 차례로 이름을 불러 봤는데 다 어울리지 않았어요. 앤만 빼고. 앤은 뭔가 특별한 느낌이에요. 'Ann'이 아니에요. 끝에 'e'가 꼭 붙은 앤. 이 아이는 우리의 완벽한 앤이에요."

노크소리가 나더니 조애너가 닭고기 수프를 들고 들어왔다. 제시가 따끈한 머핀과 진한 차 한 잔을 담은 쟁반을 들고 따라 들어왔다. 버사가 그들을 향해 활짝 웃었다. 그녀의 머리는 어른이 된 후 처음으로 엉클어졌고, 얼굴은 기쁨으로 빛나고 있었다.

"두 숙녀 분께 우리 딸을 소개할게요. 앤 셜리랍니다."

8

엄마 버사

버사는 아기를 안아 올리고 목욕시키고 기저귀 가는 법을 익히느라 정신없이 시간을 보냈다. 그녀는 왜 자신이 그토록 영어 수업을 그리워했었는지 알 수 없을 정도였다. 지난 크리스마스 때는 아이를 적어도 여섯 명은 낳고 싶었는데, 아기가 하나만 있어도 인생이 갑자기 너무나 충만해져서 다른 것을 그리워할 여지가 없었다.

앤은 몸무게 2.7킬로그램으로 자그마하게 태어났지만, 식욕은 왕성했다. 버사는 시계처럼 정확하게 세 시간마다 젖을 먹였지만, 중간에 아이가 심하게 울 때마다 배가 고픈 거라고 여겨서 젖을 더 먹였다. 아기는 하루가 다르게 무거워졌고, 버사는 그보다 훨씬 빠르게 살이 빠졌다. 피로와 수면 부족에 불안감까지 더해졌기 때문이다. 볼링브룩 주변에 악성 전염병이 번지고 있다는 소문이 나돌았다. 버사는 월터가 학생 중 누군가의 치명적인 병균을 집으로 옮겨 와서 앤이 아프면 어쩌나 하고 걱정했다. 앤에게 나쁜 일이 일어난다고 생각만 해도 죽을 것 같았다.

토머스 부인은 앤이 태어나고 2주 후에 셜리 부부의 집을 떠났다. 하지만 4월을 지나 5월의 쌀쌀한 바람이 불 때까지도 버사가 좀처럼 예전의 건강을 되찾지 못하고 그 지역을 휩쓰는 열병도 진정될 기미를 보이지 않자, 월터는 보물 같은 아버지의 시계를 팔아서 토머스 부인을 다시 고용했다. 여름 방학이 되려면 아직도 두 달이나 남았는데 월터가 버사를 도울 수 있는 날은 주말뿐이었기 때문이다. 버사는 안색이 아주 창백하고 파리했다. 그는 젊은 나이에 폐결핵으로 돌아가신 그녀의 어머니를 떠올렸다.

조애너는 이 근사한 가정으로 돌아와서 행복했다. 힘든 육체노동에 단련돼 있는 그녀에게 자그마한 노란 집의 가사일은 전혀 어렵지 않았다.

"조애너, 당신에게 영원히 고마워할 거예요. 당신이 도와주니까 이제는 견딜 만해요. 이젠 앤을 돌보는 게 아니라, 아이 키우는 재미를 느낄 수 있어요. 하지만 이렇게 약하고 무기력한 내가 부끄러워요. 세상에는 머리카락 한 올 흐트러뜨리지 않고 아이 여섯을 돌보는 여자들도 있는데."

버사는 앤이 태어난 날부터 그녀를 '조애너'라는 이름으로 부르고 있었다.

"글쎄요, 버텨내는 여자들이야 있지만, 그래도 머리카락은 많이 흐트러진답니다. 자주 화가 나고, 아이들한테 짜증 내는 것 말고 다른 아무것도 할 힘이 남아 있질 않아요."

"정말이에요? 짜증을 내요?"

"그럼요. 나도 자주 그러는걸요. 아이가 겨우 셋뿐인데 말이에요. 하지만 사실 정말 화가 나는 건 남편 때문이에요. 버트가 직장을 계속 그만두고, 자기가 버는 돈에 내가 버는 돈까지 죄다 술로 마셔 없애거든요. 일과 술 중에서, 항상 술을 선택하죠. 그러나 그이가 나보다 체격이 훨씬 크고 힘도 센 데다가 자기 말에 반대하거나 불평하는 걸 못 참으니까, 난 화풀이를 애들한테 다 해요. 정말 옳지 않죠. 나도 그런 내가 싫지만 어쩔 수가 없어요. 어떤 사람들은 지독하게 배가 아프고 머리가 아파진다던데 나는 성질이 고약해져요."

"오, 조애너!"

버사는 그런 감정을 느끼게 될 날이 없기를 바랐다. 술에 취해 못되게 구는 월터는 전혀 그려지지 않았다. 앤에게 짜증을 내는 모습은 상상조차 하고 싶지 않았다.

"조애너, 바닥은 그만 쓸고, 이리 와서 앤을 좀 봐요. 눈빛이 정말 초롱초롱하죠? 무엇이든 다 받아들이는 이 커다란 초록색 눈동자를 좀 봐요. 어찌나 똑똑한지 오늘 아침에 내가 사진을 한 장 보여 줬는데, 아이가 다 큰 어른처럼 호호호 하고 웃지 뭐예요. 생후 두 달 반 만에 유머 감각을 갖는 아기는 없잖아요!"

조애너는 버사의 옆에 잠시 앉아 앤을 바라보았다. 이 아이는 확실히 생기가 넘쳤다. 그 점은 의심의 여지가 없었다. 게다가 자신이 보고 있는 모든 것을 이해하는 듯했다. 그게 아니라면 커다란 눈으로 다급하게 질문을 해 대는 것 같기도 했다. 빨간 곱슬머리는 분명히 시선을 끌었다. 하지만 체중이 꾸준히 느는데도 포동포동 살이 오르지는 않았다. 조애너는 문득 이 조그만 생명체가 어떤 인생을 만나든 용감하게 헤쳐 나갈 거라는 확신이 들었다.

조애너는 한숨을 내쉬었다. 월터와 버사 같은 부모 밑에서 자란다면, 그런 극진한 사랑에 둘러싸여 있으면 뭔들 극복하지 못하겠는가. 하지만 그런 앤에게조차, 삶은 호락호락하지 않으리라. 삶에는 언제든 잔인한 친구, 그러니까 사고와 질병, 재앙이나 다름없는 결혼이 끼어들 가능성이 있는 것이다.

"그래도 아가, 넌 그 어떤 일에서도 결국 살아남을 거야."

조애너는 조그맣고 빨간 앤의 머리를 부드럽게 쓰다듬으며 나직이 중얼거렸다.

"그게 무슨 뜻이에요, 조애너?"

"아네요. 그냥 저도 모르게 나온 말이라……."

조애너가 서둘러 변명했다. 하지만 어차피 버사는 대답을 듣고 있지 않았다. 아기에게 감탄하느라고 정신이 없었다.

9

아, 두려운 열병

"글리슨 부인이 왜 안 오실까요? 월요일엔 항상 들르셨잖아요. 부인이 셜리 씨가 출근해서 속상해 하는 걸 아시니까요. 주중에 두 번쯤 더 오셨고요. 그런데 벌써 일주일째 안 오고 계세요. 이제 화요일 오후 3시가 다 돼 가는데 말이에요."

"정말 그러네요, 토머스 부인."

버사는 그녀의 호칭을 헷갈리는 적이 없었다. '조애너'라고 부를 때는 뭔가에 몰입했을 때(엄청나게 기쁘거나 놀랐을 때, 그리고 출산할 때)였다. 반면에 조애너는 항상 '셜리 부인'이라고 호칭했다. 버사가 단둘이 있을 때 갑자기 진통을 시작해서 두려웠던 순간만 빼고.

"앤 때문에 바빠서 미처 거기까지 생각하지 못했는데. 괜찮은지 연락해 봐야겠어요. 제시가 다리가 부러졌거나 앓아 누워 있었는데 내가 격려의 편지 한 장 보내지 않은 거라면 너무나 미안할 거예요."

'앤 때문에 바빠서'라는 말은, 버사가 앤을 바라보고, 앤에게 얘기하고, 앤을 보듬어 안고, 앤과 같이 놀았다는 뜻이었다. 크로커스꽃들은 지고, 작은 뒷마당에 수선화 꽃무리가 한창이었다. 경쾌하고 진한 노란빛이 이 축축하고 바람 부는 5월이 봄이라고 말해 주었다.

"셜리 부인, 오븐에 넣은 빵이 익는 대로 내가 건너가 볼게요."

하지만 그 전에 월터가 학교에서 돌아왔다. 버사가 제시에 대해 걱정하자, 그는 곧바로 다시 부츠를 신고 글리슨네로 향했다. 그리고 30분 후에 돌아왔다.

"제럴드가 금요일 오후부터 열병으로 앓아 누웠는데, 지금은 두 딸까지 병에 걸렸대요. 제시는 지금 제정신이 아니에요. 내가 잠깐 들어가서 필요한 물건들 목록을 받아왔어요. 내일 오후에 제럴드의 말과 수레를 빌려서 사다 주면 되니까. 밀가루, 설탕, 감자, 우유, 토근 등등 전부 사 와야 해요. 이 방 저 방에서 재채기와 기침 소리가 어찌나 많이 들리는지. 물론 난 그들 근처에도 가지 않았고, 제시도 목록을 만들자마자 날 집에서 몰아냈어요. '노란 집으로 글리슨네 병균을 하나도 들여보내서는 안 돼요,' 그렇게 말하면서요."

다음 날 필요한 물건들을 글리슨네 집으로 갖다 주고 부엌으로 들어서는 월터의 얼굴이 잔뜩 찌푸려 있었다. 버사는 스토브 앞에서 스튜 냄비의 내용물을 저으며 감자가 익었는지 확인하고 있었다. 앤은 부엌 식탁에 놓인 광주리에 누워서 옹알거렸다.

"월터! 왜 그래요?"

그가 이런 표정으로 집에 돌아온 건 처음이었다. 시험지를 채점하느라 학교에서 밤을 새웠어도 집에 들어설 때는 얼굴에 미소를 띠는데 말이다.

"그집 막내 제니가 열이 높아요. 제시 말로는 그 조그만 몸이 불덩이처럼 뜨겁대요. 제럴드가 침대에서 나와 베이츠 선생님을 부르러 갔는데, 의사 선생님마저 앓아누워서 만나지 못했대요. 겨우 여섯 살인데. 가엾은 제시! 얼굴이 두려움으로 질려 있어요. 뭘 어떻게 해야 그녀를 도울 수 있을지 모르겠어요."

버사는 스튜를 젓다 말고 의자에 주저앉았다. 얼굴이 평소보다 더 창백했다. 그녀는 앞치마 끈을 집게손가락에 돌돌 말고 비틀었다.

"아, 월터, 당장 달려가서 제시를 위로하고 돕고 싶은데, 난 그 집에 들어갈 수 없어요."

바구니에 누워 있는, 행복하고 '건강'한 앤을 바라보는 버사의 눈에 눈물이 그렁그렁 맺혔다. 그녀는 눈을 감았다.

"오, 하느님, 제발!"

다음 날 버사는 토머스 부인에게 커다란 냄비에 스튜를 가득 끓여 달라고 부탁했다.

"빨래와 청소는 놔둬요. 저녁도 월터와 내가 알아서 먹을게요. 스튜에 야채와 고기를 듬뿍 넣고 15인분 정도를 만들어 줘요. 월터가 퇴근하면 제시에게 가져다줄래요. 그래봐야 몇 끼밖에 못 먹겠지만, 내가 할 수 있는 일이 이것밖에 떠오르질 않네요."

저녁에 월터가 글리슨네 집으로 스튜를 가져다주고 돌아왔을 때 버사는 문 앞에서 그를 맞았다.

"어때요?"

"제니가 더 심해졌어요. 숨소리가 아주 거칠어요. 제시는 밤에 잠드는 게 무섭대요. 혹시라도……."

그가 말꼬리를 흐렸다.

"제럴드와 제시가 교대로 자며 간호하는 모양이에요. 제럴드는 나아졌고, 다른 딸들도 괜찮아졌대요."

다음 날 오후, 월터는 머핀 한 접시와 빵 두 덩이를 글리슨네 집에 가져다주고 돌아와서 같은 질문을 받았다.

"제니는요?"

"심각해요. 상태가 아주 나빠요."

"의사 선생님은 아직도 병상에 계세요?"

"그렇대요. 하지만 다음 주쯤이면 회복되실 것 같다는군요."

"제시는 어때요?"

"글쎄요. 걱정이 극심하고 잠까지 제대로 못 자니까 환자보다 더 아파 보여요. 목이 아프기 시작해서 소금물로 목을 헹군다는군요."

"어머나, 큰일이네!"

버사가 얼굴에 두 손을 올리며 숨을 들이켰다.

"그들에게 무슨 일이 일어날까 봐 너무나 두려워요."

'난 우리에게 무슨 일이 일어날까 봐 두려워요.'

월터는 자신도 그날 아침부터 목이 아프다고 말하지 못했다. 그저 뒷문 고리에 걸려 있던 두꺼운 스웨터를 끌어내렸다. 6월 3일, 부엌 창으로 오후 햇살이 한가득 들어오는데 이상하게도 으슬으슬 몸이 떨렸다.

10

둘만의 세상

주말에는 부부가 직접 집안일을 했다. 그러다 보니 버사의 피로감이 더 심해져서 젖이 말라붙었다. 이제 앤은 젖병으로 우유를 먹었다. 아기는 모유가 아닌 분유가 싫다고, 제발 알아달라는 듯 맹렬하게 자주 울었다. 하지만 새로 바뀐 수유 방법은 이제 월터가 한밤중에 일어나 우유를 먹일 수 있고, 낮에도 양육에 관련된 다른 필요한 일들을 어느 정도 대신해 줄 수 있다는 뜻이었다.

그런데도 버사는 너무나 기운이 없었다. 수프 한 냄비를 끓이거나, 앤의 우유를 데우거나, 젖병을 삶거나, 침대를 정리하거나, 식사 준비를 하면서 당근 껍질을 벗기는 아주 간단한 일조차 하기 버거웠다. 앤이 얼마나 자랐는지 보려고 작은 딸랑이 장난감을 들고 찾아온 헵워스 부인은 버사의 모습에 충격을 받았다. 버사는 그 어느 때보다 더 창백하고 야위어 있었다.

그녀가 차를 마시려고 부엌 흔들의자에 앉으며 말했다.

"내 생각에는, 당신이 전염병에 걸린 것 같지는 않아요. 그 병에 걸리면 아무것도 못할 정도로 지쳐 쓰러진다니까. 하지만 버사, 뭐라고 해야 하나, 아마 알겠지만…… 당신이 그리…… 건강해 보이지는 않아요."

버사는 애써 생기 있는 웃음을 지었다.

"어머, 아니에요, 헵워스 부인. 전혀 아프지 않아요. 전염병에 해당되는 증상은 하나도 없는걸요. 머리도, 목도, 뼈마디도 쑤시거나 아프지 않아요. 그런데 어떻게 그 병에 걸렸다고 할 수 있겠어요? 저는 전염병에 걸린 사람을 만나지도 않았답니다."

배려심보다는 솔직함이 돋보이는 성격의 헵워스 부인이 말을 이었다,

"음, 그렇다면 당신 건강이 왜 이렇게 지독하게 나빠 보이죠? 얼굴도 푸석하고 머리카락도 건조해 보이잖아요."

버사는 얼굴에 미소를 유지하며 헵워스 부인의 말을 마음에서 몰아내려 했다. 건강하지 않다는 말은, 굳이 듣지 않아도 온 몸으로 지독하게 느껴졌고 그것만으로도 충분히 힘들었다.

"잠을 못 자서 지쳤나 봐요. 게다가 걱정도 이만저만이 아니고요."

앤의 울음소리나 나더니, 위층 침실에서 아이를 안고 걸어 다니는 월터의 발소리가 들렸다.

"무슨 걱정인데요?"

헵워스 부인이 진심으로 걱정하며 물었다.

"음, 열병이 이 집으로 들어와 앤에게 옮겨질까 걱정돼요. 제시가 그 병에 걸려서 가족을 돌보지 못하면 어쩌나도 걱정이고. 하지만 무엇보다 어린 제니 때문에 불안해요. 제니가 위독하거든요."

"이젠 아니에요."

헵워스 부인은 충격을 완화시켜주는 짤막한 서론조차 없이 말했다.

"제니는 어젯밤 자정에 죽었어요. 그냥 눈을 감고 숨을 멈췄다더군요. 제프리가 따끈한 롤빵을 가지고 갔었거든요, 아까 한 시간쯤 전에. 제럴드가 그이한테 알려 주더래요. 제럴드가 앞치마를 두르고 있었다더군요. 가족 모두가 슬피 울고 있었대요."

버사는 몸을 푹 숙여 두 손에 얼굴을 파묻었다. 제니가 죽다니! 자녀가 먼저 하늘나라로 가면 부모가 어떻게 버틸 수 있을까? 헵워스 부인이 말을 멈추고 그만 떠나 주지 않는다면 대놓고 큰 소리로 비명을 지르게 될 것 같았다. 버사는 얼굴에서 손을 떼지 않고 간신히 물었다.

"제시는, 제시는 괜찮은가요?"

괜찮을 리 없겠지만, 그래도 물어봐야 했다.

"아뇨. 당연히 안 괜찮죠. 그녀는 침대에 누워 있어요. 소리 내서 울 기운도 없을 정도로 아프대요. 제럴드 말로는 누워서 내내 눈물만 흘린다는군요."

버사는 울음이 터졌다. 울음을 멈출 수 있을 것 같지도 않았다. 헵워스 부인조차 일어서야 할 시간이라는 것을 알아차렸다. 그녀는 의자에서 일어나 현관문 쪽으로 걸어가며 월터를 불렀다.

"셜리 씨! 아무래도 부인에게 당신이 필요할 것 같아요."

그러고는 떠나버렸다.

월터는 앤을 요람에 누이고 조심스레 이불을 덮어 주었다. 아기는 이제 울음을 멈추고 곤히 잠들었다. 그는 다른 침실로 들어가 거울 속의 자신을 바라보았다. 몸으로 느껴지는 것만큼 아파 보이지는 않아서 다행이었다. 목의 통증은 이제 침을 삼키기가 힘들 정도로 심해졌다. 머리는 심장 박동의 리듬과 함께 쿵쾅거렸다.

지금까지 월터는 건강하게 살아왔다. 거의 한 번도 아파본 적이 없었다. 그리고 만약 병에 걸려도 버텨낼 힘이 있었다. 하지만 버사는 몸이 약했다. 순식간에 열병에 걸려서 심하게 앓아누울 수 있었다. 게다가 친정어머니의 약한 폐까지 물려받지 않았는가. 그는 몸서리를 쳤다. 어떻게 해야 하나? 그는 자신이 아프다는 것을 아내에게 알리지 않았다. 그녀는 글리슨 가족을 걱정하느라 기력이 쇠해서 부엌을 걸어 다니는 것조차 힘들어 했다. 월터는 어떻게 해야 아내와 앤에게 이 질병을 옮기지 않을 수 있을까 고민했다.

그때 헵워스 부인이 내려와 보라고 소리치며 현관문을 닫고 나가는 소리가 들렸다.

월터는 당장 계단을 달려 내려가 부엌으로 들어섰다. 버사가 걷잡을 수 없이 오열하고 있었다. 하지만 다행히도 잠시 후에 그녀는 자리에서 일어나 두 팔을 벌리더니 가까스로 입을 열었다.

"제니가 죽었어요. 월터, 제시는 소리 내어 울 수도 없을 정도로 많이 아프대요. 안아 줘요. 월터, 이 모든 일에서 나를 안전하게 지켜

줘요. 오, 하느님…… 사실이 아니라고 말해 주세요."

이 상황에서 그가 무엇을 할 수 있겠는가? 그는 앤을 안고 달랠 때 얼굴을 계속 옆으로 돌리고 있었고, 모유를 먹는 아기들은 질병에 면역력이 생긴다는 말도 들은 적이 있었다. 앤은 안전할 것 같았다. 아내는 전혀 안전하지 않았다. 하지만 그는 앞으로 다가가 버사를 품에 안았다. 아내의 헝클어진 머리에 얼굴을 묻고, 그녀의 목을 쓰다듬으며 꼭 끌어안았다.

한참만에야 버사의 울음이 잦아들었다. 얼굴이 붓고 상기됐지만, 그녀는 힘겹게 마음을 다잡았다.

"고마워요, 월터. 당신이 내 슬픔을 위로해 줬어요, 두려움을 몰아내 주었어요. 언제나 그랬듯 당신이 날 구해 줬어요."

그녀가 흔들의자에 앉으며 속삭였다.

월터는 나쁜 생각은 않기로 했다. 눈을 질끈 감았다 뜨고는, 아내에게 뜨거운 차 한 잔을 만들어 주려고 스토브로 걸어갔다.

월터는 따뜻한 포옹이 버사에게 병균을 옮길까 봐 걱정할 필요가 없었다. 그녀는 이미 아팠다. 초저녁이 되기 전까지는 목의 통증과 지독한 두통은 없었지만, 현기증이 나고 기운이 없었고 머릿속이 복잡했다. 그녀는 감자 삶는 냄비에 소금 대신 설탕을 넣었다. 어느 순간 제시의 이름이 기억나지 않았다. 제니의 죽음으로 인한 비통한 마음이 꿈같이 느껴졌다.

주말 내내 월터가 식사준비를 했는데, 버사는 그것조차 알아차리지 못했다. 하지만 막연히 앞으로 다가올 일들을 알 수 있었다. 그래서 그녀는 딸을 안거나 입맞추지 않았다. 손가락 하나 건드리지 않았다.

"앤, 아가, 태어나 줘서 고마워. 석 달밖에 안됐지만, 이렇게 아름답고 영리하고 경이로운 아이로 자라줘서 고마워. 이처럼 완벽한 선물을 받았으니, 세상에 나처럼 축복받은 사람은 없을 거야. 건강해야 돼. 행복하게 살아야 돼."

버사의 말을 들으니 월터는 불안했다. 무슨 뜻일까? 버사가 왜 앤을 안지 않지? 지금까지 그녀의 예감은 거의 들어맞았다. 그래서 그는 묻지도, 대답을 듣고 싶지도 않았다.

해질녘, 버사의 이마는 불덩이처럼 뜨거웠다. 그녀는 오한에 심하게 떨었고, 따끈한 우유조차 삼킬 수 없을 정도로 목의 통증도 심해졌다. 뼈마디가 쑤시고 욱신거렸으며, 머릿속에서는 고통스런 북소리가 연신 울렸고, 눈동자가 녹을 것처럼 불타올랐다. 베이츠 선생님이 월요일부터 왕진을 다닐 수 있다는 걸 알았지만 월터는 기다릴 수가 없었다. 내일은 일요일이다. 사람들이 아침부터 교회에 가려고 말과 마차를 준비할 것이다. 그중 하나를 빌려 곧장 베이츠 선생님 댁으로 가서, 버사를 봐달라고 부탁하리라. 필요하다면 무릎이라도 꿇고 애원하리라.

다음 날 월터가 베이츠 선생의 집에 도착했을때, 의사가 직접 문을 열었다. 마르고 창백해 보였지만 꼿꼿하고 눈빛은 맑았다. 의사는 월터를 잘 알았다. 앤을 받았고, 셜리 부부의 집을 여러 번 방문한 바 있었다. 그의 두 아들이 월터에게 수학을 배우고 있었고, 베이츠 선생은 월터가 좋았다.

"일요일이고 선생님이 몹시 아프셨다는 것도 알지만……."

의사는 이미 월터의 얼굴에서 불안감과 고열로 상기된 얼굴을 봤다. 그의 말이 채 끝나기도 전에, 베이츠 선생은 이미 가방과 재킷을 챙겨들고 왕진 채비를 했다. 월터는 버사와 앤만 집에 남겨 두고 오는 게 염려스러웠지만 어쩔 수가 없었다. 전염병이 돌고 있는 마당에 이웃에게 와 달라고 부탁하는 것은 무리한 요구였다. 월터가 의사 선생님을 모시고 집에 도착했을 무렵 교회에 갈 시간이 거의 다 되었기 때문에 의사가 버사를 진찰하러 들어간 사이 월터는 서둘러 말과 마차를 돌려주러 갔다.

월터가 돌아왔을 때 의사는 버사의 몸 위로 고개를 숙여 숨소리를 듣고 있었다. 숨소리는 거칠고 힘겨웠으며, 눈동자는 초점이 없었다. 베이츠 선생이 몸을 바로 세우고 월터를 마주보았다.

"부인이 위중하다는 것은 제가 말하지 않아도 알 겁니다. 셜리 씨, 당신에게 들은 얘기로 추측컨대, 이미 쇠약해져 있는 몸에 열병이 들어온 것 같습니다. 부인은 환각 상태에 빠져 있어요. 열도 대단히 높아요. 회복 가능성이 별로 없다고 말씀드릴 수밖에 없군요. 가족분들에게 연락하세요."

"우린 가족이 없습니다, 선생님. 이 세상에 우리 둘뿐이에요. 앤을 제외하면요. 이 아이가 우리의 세상이에요."

"그러면 스스로를 잘 보살피셔야 합니다, 셜리 씨. 이제 아이가 '당신의 세상'이고, 당신도 '아이의 세상'이니까요. 아이를 위해 그 세상을 안전하게 유지하세요. 당신도 열병에 걸려 있어요. 그 징후들이 보입니다. 물을 많이 마시도록 해요. 차와 맑은 수프를 들이켜요. 소금물로 목도 헹구고요. 무엇보다도 많이 쉬세요. 마음을 편히 가져요."

버사는 월요일 새벽에 잠든 채로 생을 마감했다. 월터는 오랫동안 그녀 옆에 앉아서 머리를 쓰다듬고, 얼굴을 하나하나 마음에 새기며 애통해 하느라 자신의 몸에 도사리고 있는 열병도 잊었다.

"열병이 너무 빨리 움직였어. 이 가혹한 충격에 내 마음을 준비할 시간도 주지 않았어."

마침내 멀리 언덕 위로 해가 솟아오를 때, 그는 자리에서 일어났다. 창밖으로 버사가 심은 꽃들을, 강으로 뻗어 내려가는 습지대를, 글리슨네 집으로 이어진 길을 내다보았다. 천천히 앤의 방으로 들어갔다. 이상하게, 아이는 깨어 있었지만 먹을 것을 달라거나 관심을 달라고 보채지 않았다. 그 작은 손을 뻗으며 그를 향해 웃었다.

월터는 아래층으로 내려가 손을 씻었다. 깨끗한 셔츠로 갈아입고 단추를 신중하게 잠근 다음 앤의 방으로 들어가 아이를 안고, 가슴에 꼭 끌어안았다. 그의 눈물이 아이의 빨강 머리카락으로 떨어져 내렸다.

"이제는 너와 나뿐이로구나……. 참 조그만 세상이야."

그가 나지막이 속삭였다.

11
홀로 남다

월터는 몽롱한 시간을 보냈다. 사랑하는 아내를 잃은 슬픔과 비통한 심정은 어느 정도 진정이 됐지만, 살아남는 일은 힘이 들었다. 그는 아내의 장례식에 필요한 절차를 준비하면서 틈틈이 토머스 부인과 함께 있는 앤을 살피고, 조문객들을 접대하고, 비용을 해결할 방법을 고심했다. 머릿속이 빙빙 돌았다. 피부는 화끈거렸고, 뼈마디가 아파서 뭔가를 보는 것조차 힘이 들었다. 의사는 마음을 편히 가지라고 했는데, 그는 단 1분도 하던 일을 멈출 수가 없었다.

화요일에는 학교에 나가서 수학 수업을 했고, 엄마 품이 그리워서 우는 앤을 달래느라 밤을 꼬박 새웠다. 안아 주지는 못했다. 병을 옮겨서 앤까지 잃을까 봐 두려웠기 때문이다. 그는 토머스 부인에게 앤을 맡기는 편이 더 안전하겠다고 생각했다.

목요일에 그가 교직원 회의를 하던 중 정신을 잃었다. 교장이 그를 집으로 보내며 완전히 회복될 때까지 출근하지 말라고 못을 박았다. 월터는 비틀비틀 집으로 돌아가 소파에 쓰러졌다. 토머스 부인이 앤에게 우유를 먹이고 아래층으로 내려왔을 때도 그대로 있었다. 토머스 부인은 낡은 모포를 덮어 주고는 저녁 식사를 준비하려고 부엌으로 들어갔다. 부인은 월터에게 차를 권하려고 했지만 여전히 그는 잠든 듯 보였다. 호흡은 얕고 거칠었으며, 이마는 불덩이처럼 뜨거웠다. 그는 그녀의 치마가 바스락거리는 소리를 듣고는 눈을 뜨더니 팔을 뻗어 치마를 붙잡았다.

"조애너…… 내 말 잘 들어요. 버사가 브로치들을 넣어 둔 작은 파란색 에나멜 상자 알죠? 그걸 앤에게 줘요. 앤이 가질 수 있게 해 줘요. 버사의 결혼반지는 내가 가질게요. 뭔가 간직할 게 필요해서."

조애너가 방을 나가자 월터는 지친 눈을 감았다. 그리고 숨을 거뒀다.

조애너는 부엌에서 월터에게 줄 수프를 젓다가 문득 손을 멈췄다. 느낌이 이상했다. 오, 제발…… 틀림없이 뭔가 잘못됐다. 이제 이 자그마한 노란 집은 더 이상 행복한 집이 아니었다. 그토록 명랑한 웃음과 따뜻한 친절이 넘치던 셜리 씨가 슬픔으로 마비되어 가는 모습을 지켜보는 건 끔찍하다 못해 처참했다.

잘못된 일은 또 있었다. 그녀가 월요일 아침 셜리 부부의 집으로 출근할 준비를 하고 있을 때, 금요일부터 내리 술에 취해 있던 남편이 시비를 걸었다.

"그래, 그 빌어먹을 완벽한 셜리네 인간들과 있어서 좋겠구나. 일주일 내내 그 인간들을 위해서 일하면서, 제 집구석은 더럽게 팽개치고. 제 식구 배 속에서 꼬르륵 아우성치고 있을 때 말이야."

그러더니 버트가 그녀의 따귀를 때렸다. 조애너는 셜리 씨가 왼쪽 눈 아래의 멍을 알아채지 못했으면 하고 바랐는데, 걱정할 필요도 없었다. 월터는 멍해서 아무것도 알아차리지 못하는 상태였다.

그렇다. 잘못된 게 아주 많았다. 친애하는 셜리 부인은 아직 땅에 묻히지도 못했다. 무덤 파는 일꾼 두 명이 열병으로 쓰러졌고, 셜리 씨는 아직 관을 주문하지도 못했다. 그는 그녀를 놓아줄 수 없었던 것이다. 조애너는 접시에 나무 숟가락을 내려놓고, 셜리 씨가 아직도 깨어 있는지 확인하려고 응접실로 들어갔다.

월터의 얼굴은 원래 언제나 건강한 혈색이었는데, 지난주에는 지독하게 열이 올라서 붉은빛을 띠더니 지금은 백지장처럼 하얬다.

"죽음처럼 하얘. 게다가 차갑기까지."

조애너는 의자에 앉아 한참을 멍하니 있다가, 고개를 숙여 두 손으로 이마를 감쌌다. 셜리 씨의 시신을 어쩌지? 또 하나의 관은? 집은? 가구는? 옷들은? 책들은? 청구서들과 의사 진료비는? 뒷문 앞에 새로 쌓아둔 장작 값은? 장례식 비용은? 내 봉급은 어떻게 하지?

위층에서 앤이 울기 시작했다.

조애너는 천장을 올려다보며 눈을 감았다.

"무엇보다, 앤을 어떻게 하지?"

12

장례식

눈부시게 아름다운 6월, 제시는 응접실 창밖을 내다보고 있었다. 왜 하필이면 오늘, 하늘이 이토록 구름 한 점 없이 맑고, 들판은 사과꽃과 민들레꽃으로 화사하고 경쾌하며, 대기는 라일락의 부드럽고 향긋한 향기로 가득한 건지! 제시는 도저히 이해할 수가 없었다. 노란 집으로 이어진 길과 이따금씩 현관문 안팎으로 드나드는 사람들이 보였다. 몇몇은 음식 바구니와 꽃다발을 들고 있었다. 도대체 누굴 위해서 가져왔을까? 토머스 부인이 받아서 식탁에 놓고, 항아리와 꽃병에 꽃을 꽂고, 카드에 적힌 글들을 읽을 텐데. 그리고 앤에게는 우유를 먹이겠지.

제시는 한숨을 쉬었다. 날씨가 아름다워서 오히려 얻어맞은 것처럼 아팠다. 일주일 사이에 자신의 아이와 절친한 친구를 잃었으니 그럴 만도 했다. 게다가 열병이 지나갔다지만 여전히 중병에 걸린 사람처럼 지치고 기운이 없었다. 그래도 제시는, 딸 제니의 장례식에는 못 갔어도, 친구의 장례식에는 기어서라도 갈 작정이었다.

제시의 어머니인 매킨타이어 부인이 그녀를 돌봐주러 강을 건너와 있었다. 그녀가 거실의 커튼을 정리하고 있을 때, 어머니가 조용히 뒤에 들어와서 말했다.

"제시, 현명하게 생각하렴. 넌 병석에서 일어난 지 겨우 하루밖에 안 됐어. 누구 장례식까지 쫓아다니기에는 너무 이르단 말이다. 집 밖으로 나갈 생각은 하지도 말거라."

제시는 가장 가까이에 있던 의자에 앉았다. 어머니를 설득할 힘을 모으기 위해서였다. 사실은 비명을 지르고 싶었지만 무의미하다는 걸 알고 있었다. 그럴 기력조차 없었다. 그녀는 차분하게 말했다.

"어머니, 난 내 딸의 장례식에도 못 갔어요. 다들 그런 몸으로 가면 안 좋다고 강하게 말리는데 반박할 기운도 없어서요."

그녀는 한참을 울었다. 어머니는 딸의 울음이 그치기를 기다렸다.

"그래, 나는 이번에도 네가 우리의 의견을 따라 주면 좋겠다. 너를 필요로 하는 아이들이 셋이나 있잖니. 제럴드도 있고. 무리했다가는 다시 열병에 걸릴 수도 있어."

"그럼 그냥 걸리고 말래요!"

제시가 사납게 대들었다. 그녀가 앉은 채로 등을 꼿꼿이 세웠다.

"난 오늘 버사의 장례식에 갈 거예요. 그리고요, 앤을 데려올 거예요. 버사는 가장 마음씨 고운 친구였고 월터는 훌륭한 사람이었어요.

앤은 그들은 딸이니까 앤도 장례식에 참석해야죠. 게다가……."

제시가 흐느낌을 억누르며 말했다.

"그 아이는 내가 필요하고, 그보다 더, 내가 그 아이가 필요해요."

제시는 어제 오후에 제럴드와 나눴던 대화를 회상했다.

"제럴드, 앤을 우리가 입양했으면 좋겠어요."

그녀는 난데없이 이렇게 말했었다.

"뭐?"

"앤을 데려오고 싶어요. 내가 키울래요. 버사와 월터를 위해서요. 그리고 솔직히 말해서, 무엇보다도 나를 위해서 그러고 싶어요."

"당신 정신 나갔군. 완전히 미쳤어!"

제럴드가 의자에서 튕겨져 일어나더니 방 안을 서성였다.

"우리에겐 아직도 남은 애들이 셋이나 있어, 내가 일해서 버는 돈으로는 걔들만 키우기에도 벅차다구."

제시의 얼굴에 눈물이 흐르기 시작했다. 제럴드는 자신의 말실수를 깨달았다.

"오, 제시! 제니가 벅찼다는 말이 절대로 아니야. 제니처럼 사랑스러운 아이라면 여섯 명이라도 더 키우고 싶어."

그가 말을 멈췄다. 그에게도 아직 제니의 이름을 부르는 건 힘겨운 일이었다. 그의 슬픔을 보자, 제시는 남편을 용서하고 이해했다.

"나를 위해서 그래요. 앤을 데려오면 더 빨리 건강해질 거예요. 안아 주고 보살펴 주고 사랑해 줄 작은 아기가 있으면 좋을 거예요."

그러자 제럴드는 다시 단호해졌다.

"앤이 평범한 아이라면 나도 어느 정도 당신 말에 수긍하겠어. 하지만 그 애는 깡말라서 거죽밖에 없는 것 같아. 차라리 폭스테리어를 안는 게 나을걸. 게다가 그 볼썽사나운 빨강 머리라니! 안 돼, 여보! 우리의 예쁜 제니 자리를 대신할 아이를 집으로 들이자는 형편없는 핑계가 통할 줄 알았다면, 당신이 한참 잘못 안 거야. 새벽마다 악쓰고 울 텐데, 잠도 못 자면서 안아 주고픈 마음이 전혀 안 드는 그런 아이는 절대 안 돼. 미안해, 여보, 당신이 기분 좋아질 뭔가가 필요한 건 알아. 하지만 그 아기 마녀를 데려오는 건 당신한테 조금도 도움이 되지 않을 거야."

제시는 제럴드가 틀렸다는 걸 알고 있었다. 앤을 데려오면 한결 기분이 좋아질 것이다. 하지만 그녀는 자신이 돌벽을 두드리고 있을 때가 언제인지 알 정도로 충분히 제럴드의 곁에서 오래 살았다. 그의 마음은 결코 변하지 않을 것이었다.

장례식은 짧았지만 감동적이었다. 많은 사람들이 진심으로 슬퍼하고 눈물을 흘렸다. 학교의 선생님들과 학생들이 오후 수업을 중단하고 교회 장례식에 참석했다. 월터를 영웅으로, 스승으로, 절친한 친구로 여기는 옛 제자들도 자리를 가득 메웠다. 그토록 밝고 씩씩했던 월터가 죽었다는 사실에 다들 망연자실했다.

학생들뿐만이 아니었다. 가구제작자이자 세 자녀의 교육을 맡겼던 허드슨 씨는, 월터에게 주는 선물로 버사의 관(소박하지만 아름답게 조각된 소나무 관)을 짜는 막바지 작업 중에 월터의 부고를 들었다. 갑자기 아들이 울면서 작업장에 들어와 알려 준 것이다. 허드슨 씨는 말없이 나무를 집어들고 월터의 관을 만들기 시작했다.

장례식이 끝나자, 다들 자그마한 노란 집으로 와서 조애너가 준비한 차를 마시고, 친구들이 가져온 빵과 쿠키와 음식들을 나눠 먹었다. 그러면서 버사와 월터가 얼마나 훌륭한 선생님이었는지, 두 사람의 죽음을 얼마나 많은 사람들이 슬퍼하는지, 두 사람을 얼마나 그리워하게 될지를 이야기했다. 설탕 가격과 그해 유독 수확이 빨랐던 딸기 맛에 대해서도 말했다. 교육위원회 위원은 볼링브룩 고등학교 최고의 교사 두 분을 기리는 기념비를 세울 거라고 공언했다.

하지만 사람들은 기념비보다 치료비와 집세를 누가 낼지, 토머스 부인은 봉급을 받을지, 가구와 책, 옷가지, 선반과 책상 서랍에 있는 소소한 물건들은 어떻게 처리될지, 무엇보다 제시 글리슨의 무릎에 누워 있는 앤은 누가 키우게 될지를 더 궁금해 했다.

13

토머스 부부에게 입양되다

버트는 침대 끝에 앉아서 아내가 옷을 입고 머리 매무새를 다듬는 모습을 지켜보고 있었다. 조애너는 원피스가 3개뿐이었고, 전부 그닥 좋지는 않았다. 하지만 지금 그녀는 자신이 가장 좋아하는 원피스를 골라 입었다. 지난번 개리스리버에서 열린 사촌 미니의 결혼식에 그 옷을 입고 갔을 땐, 이틀 동안 술을 마셔 대던 남편은 '나무 판때기에 여왕 드레스를 입힌 꼴'이라고 말했지만 그런 건 상관없었다. 그녀는 머리에 핀을 꽂아 틀어 올리고 혈색이 돌게 하려고 뺨을 꼬집었다. 그런 아내를 바라보며 버트 역시 전에 자신이 했던 말을 떠올렸다.

'그렇게 못되게 말하지 말았어야 했는데.'

그는 사흘 동안 술을 한 방울도 마시지 않았다. 아내 얼굴에 생긴 흉측한 멍은 사흘이 지나도 사라지지 않았다. 볼을 꼬집는 정도로는 그녀의 왼쪽 눈 밑에 난 커다란 자국이 감춰지지 않았다. 꺼멓던 멍은 푸르게 변했고, 이제 누렇게 변하는 중이었다. 버트는 페인트로 그걸 칠하고 싶은 심정이었다. 너무 미안했다.

그는 취하지 않았을 때는 가족에게 자상하고 따듯했다. 그래서 술에서 깼을 때 아내의 팔이나 얼굴에서 폭력의 흔적을 발견하면, 헛간에 처박혀서 죄책감을 달래려고 술을 마셔야 했다. 그런데 셜리 씨까지 쓰러져서 조애너가 돈을 받지 못했고, 자신도 3주 전에 일자리를 잃은 터였다. 집 안팎을 샅샅이 뒤졌지만 그를 구원해 줄 술이라곤 한 방울도 찾을 수가 없었다.

"당신, 근사해 보여, 결혼 전에 함께 춤추던 게 생각나네. 당신은 아주 근사하게 춤을 췄지."

그는 누운 채로, 미안한 마음에 괜히 아내를 추켜세웠다.

거울을 보던 조애너가 고개를 돌려서 남편을 보았다. 버트는 이런 말을 하는 적이 없었다. 자신을 때렸던 게 미안한 데다가, 셜리 부부의 죽음에 상심한 모습이 딱해 보였던 모양이었다. 아니면 속죄하고 싶었는지도 모른다. 그녀는 이 기회에 걱정거리를 털어놓기로 했다.

그녀가 손가락의 결혼 반지를 빙빙 돌리며 어렵게 말문을 열었다.

"여보, 내가 지난달 셜리 부부 댁에서 일한 돈을 못 받을 것 같아요. 원래 부유한 집은 아닌 데다가 집세도 몇 달 밀렸을 거예요. 얼마 전에 주문한 장작 값이랑 의사 진료비도 내야 하고……. 하지만 여보, 난 아무것도 못 받아도 괜찮아요. 난 그 집에서 행복했고, 그 행복했던 기억은 누구도 빼앗을 수 없으니까요. 다만……."

"다만 뭐?"

"다들 아기를 어떻게 해야 할지 고민하고 있어요. 그러니까…… 그들이 버사의 물건을 내게 줄 줄지도 모르죠. 내가 만약에……."

"당신이 만약에 뭐?"

"앤을 데려오면요. 그럼 가구랑 옷도 가져올 수 있을 거예요. 옷은 버사처럼 예쁘고 아담한 일라이저한테 잘 맞을 거예요. 당신도 우리 딸이 고아처럼 보이는 건 싫죠? 이제 다 컸으니까 내가 바깥일을 할 때 일라이저가 앤을 돌봐줄 수도 있고요. 그러니 버트?"

그녀는 얼굴의 멍 자국을 문지르며 말했다.

"왜?"

"내가 앤을 데려와도 될까요?"

버트는 생각에 잠겼다. 가구를 가져다 팔면 돈이 생기겠지. 아, 술을 못 마셨더니 죽을 맛이야. 어차피 죽은 부부네 집에서 땡전 한 푼 안 나올 게 분명해. 아, 술을 딱 한 병만 구할 수 있다면, 그것만 아주 천천히 마시고 나서 딱 끊어야지. 일자리가 생길지도 모르겠군. 돈이 더 생기면 겨울이 오기 전에 집을 수리해야지. 동생한테 도와달라고 하면 돼. 아, 이런, 당장 딱 한 잔만 마셨으면!

"그렇게 해. 데려와. 앤이라는 애를 데려와. 나도 한 번 봤어. 괴상하게 생겼더군. 무슨 애가 그렇게 말랐는지. 많이 먹은 것처럼 보이질 않더라고. 아이를 데려와. 오늘 아침에 가서 당장 말해."

'누구한테 말하지?'

조애너는 알 수 없었지만, 그저 그 문제가 거론될 때까지 기다리기로 했다. 그녀는 버트에게 일말의 애정을 느끼며 웃음 지었다. 그는 여전히 잘생겼다. 그녀는 거울 속 자기 모습을 흘깃 보았다. 제일 좋은 원피스를 입었는데도 초라했다. 그러나 이제 곧 셜리 부부가 돌아가신 부모님에게서 물려받은 멋진 가구를 갖게 될 것이다. 일라이저에게도 예쁜 원피스들을 줄 수 있다. 그저 앤만 데려오면 됐다. 앤이 이 심란한 집구석에 행복한 가정 한 조각을 선물할 것이다.

따듯하고 화창했던 장례식이 끝나고, 오후 늦게 한 무더기의 구름과 매서운 바람이 몰려왔다. 글리슨 부부가 조애너를 집까지 데려다주었다. 그녀는 앤을 안고 있었고, 아기 옷상자들과 젖병과 요람의 행렬이 뒤를 이었다. 제럴드가 떠나자 버트가 앤을 보며 말했다.

"흠, 우리에게 새 아기가 생겼군."

앤이 버트를 보며 활짝 웃었다. 그는 자신도 모르게 미소 지었다.

"가구는 언제 와?"

조애너는 몹시 두려웠다. 그래도 '설마 앤을 안고 있는데 손찌검을 하지는 않겠지' 하고 생각했다.

"그건 못 가져오게 됐어요. 앤더슨 목사님이 처리하셨거든요. 목사님이 가구는 진료비 몫으로 베이츠 선생님께 드렸어요. 난 버사의 옷을 전부 다 받았고요. 그집 응접실의 커다란 상자에 있어요. 아기 물건들이 든 더 작은 상자도 함께요. 남은 음식들도 상자에 따로 담았어요. 많지는 않아요. 자잘한 물건들은 또 다른 네 번째 상자에 넣었고요. 상자에 다 표시돼 있어요. 내게 열쇠가 있으니까 내일 한꺼번에 옮기면 돼요. 어머! 깜박했네!"

갑자기 조애너가 화들짝 놀란 표정으로 말을 멈췄다.

"뭔데, 이 여자야!"

"셜리 씨가 앤에게 주라고 한 중요한 게 있거든요. 셜리 부인이 좋아했던 조그맣고 예쁜 에나멜 상자예요. 파란색. 앤에게 그걸 꼭 주라고 했는데. 그분들 책상에 있는데, 그걸 깜빡했어요. 어머나, 어쩌지! 거기 그대로 있어야 할 텐데."

버트는 조애너를 쳐다보았다. 화난 기색이 역력했지만 때리지는 않았다.

"그러니까, 상자 네 개하고, 머리가 당근 색깔인 비쩍 마른 애새끼 하나만 달랑 받은 셈이로군."

그가 돌아서서 뒷문을 꽝 닫고 나갔다.

조애너가 앤을 일라이저에게 건넸다. 일라이저는 엄마가 저녁을 준비하는 동안 앤을 안고 흔들어 주었다. 버트는 설거지까지 끝내고도 한참이 지난 9시에야 돌아오더니, 거칠게 한마디 내뱉었다.

"밖에 말을 꺼내 놨어. 마커스 헤니거의 수레를 빌려서 매 놨지. 오늘밤에 상자들을 가져올 거야. 열쇠 내놔."

위층에서 앤의 울음소리가 들려왔다. 버트가 코웃음 쳤다.

"멋진 음악이군. 춤추기에 제격이야."

그는 증오심 가득한 눈으로 조애너를 노려보고 집을 나섰다.

버트는 조그만 노란 집으로 말을 몰고갔다. 버사가 심은 꽃들과 잔디가 펼쳐진 뒷마당으로 말과 수레를 이끌었다. 거기에 말을 묶어 두고 뒷문 열쇠 구멍에 열쇠를 집어넣었다. 딸깍, 문이 열렸다. 좋았어! 엿보는 인간들한테 들키지 않고 물건을 빼낼 수 있겠어!

버트는 랜턴을 켜고 집 안을 돌아다녔다. 가구는 훌륭했다. 어퍼 캐나다*에 살던 셜리 씨의 가족이 물려준 것이라고 했다. 의사 선생, 복이 터졌군. 베이츠 선생은 이 집에 겨우 다섯 번 왔을 뿐이고, 조애너는 이 가족을 위해 몇 달을 일했는데. 바닥을 문질러 닦고, 옷을 빨고, 천 번쯤 요리했을걸. 물론 그녀는 꼬박꼬박 돈을 받았다. 그가 그 사실을 모를 리는 없었다. 그 돈을 다 쓴 사람이 자신이었으니까. 하지만 지난 2주 동안은 단 1센트도 받지 못했다.

그는 신중하게 가구를 훑어보았다. 뭐가 제일 좋을까? 어떤 게 진짜…… 장모가 말하던 단어가 뭐였지? 아, 그래, 품위! 어떤 게 진짜 품위 있어 보일까? 정교하게 조각된 틀에 유리문 두 개가 끼워진 커다란 책장을 보는 순간, 그는 바로 이게 이 집에서 가져갈 가구라는 걸 알았다. 그래서 유리문을 열고 안의 책들을 전부 바닥으로 집어던졌다. 키츠, 셰익스피어, 매슈 아널드의 작품들이 수학 교재들 위아래에 뒤죽박죽 쌓였다. 버트는 그것들을 옆으로 걷어차고 그 무거운 책장을 홀 바닥으로 끌고 나와, 부엌을 지나, 수레로 밀쳐서 끌어올렸다. 그런 다음 응접실의 상자 네 개를 가져와 책장 옆에 실었다.

마지막으로, 그는 파란 에나멜 상자를 가지러 위층으로 올라갔다. 상자는 책상 위에 있었다. 그는 그것을 얼른 주머니에 쑤셔 넣고 내려왔다. 누군가가 불빛을 보고 조사하러 오기 전에 빨리 이 집에서 벗어나야 했다.

버트가 상자들과 책장을 집으로 가져갔을 때, 조애너는 모르는 척

* Upper Canada. 캐나다 온타리오 주의 별칭

해야 한다는 걸 직감했다. 그녀는 심장이 쿵쾅거려서 간신히 한 가지만 물었다.

"파란 에나멜 상자가 있던가요?"

"없던데. 누가 가져갔나 봐."

다음 날 버트는 파란 에나멜 상자를 들고 전당포로 갔다. 상자 안에 반지 하나, 작은 금목걸이 하나, 브로치 두 개가 들어 있었다. 그는 전당포에서 돈을 받아서 주류 밀매업자에게 가서 술을 다섯 병 샀다. 하나는 마시려고, 네 개는 숨겨 두려고. 그는 사흘을 취해 있었다.

14

특별한 아기

일라이저는 앤을 처음 본 순간부터 강한 모성애를 느꼈다. 자기 아이 같았다. 이 열다섯 살 소녀는 오로지 이 심란한 집구석을 떠나 결혼해 아이들을 낳고 가정을 꾸리고 싶었다. 그녀는 공부는 잘하지 못했다. 버트는 딸에게 학교에 보내지 않겠다고 말했다. 그녀는 6학년 수업을 2년째 받았는데, 버트 생각에는 그 정도면 충분했다. 이미 자신보다 3년이나 더 학교를 다닌 것이다. 좋은 일자리를 얻을 때 학교 공부를 잘하거나 똑똑할 필요가 없었다. 그도 종종 좋은 일자리를 구했는데, 매번 해고당했다. 술을 인사불성이 되도록 퍼마시는 술꾼이면, 아무리 일을 잘해도 소용없었다.

게다가 일라이저에게 절실한 건 좋은 일자리나 돈이 아니었다. 하얀 우윳빛 피부에 탐스러운 진갈색 곱슬머리를 가졌으니, 분명히 잘생긴 청년이 금방이라도 구애할 수도 있었다. 비옥한 땅덩어리를 가진, 예쁜 아내를 얻고 싶어서 안달 난 농사꾼쯤이 아닐까? 일라이저는 열여덟 살이 되기 전에 결혼할 수도 있었다. 버사의 예쁜 옷들을 입으면 열일곱에 청혼을 받을지도 모른다. 그러니 더 이상 공부는 필요 없었다. 학교는 그저 시간낭비였다. 더군다나 조애너가 가정부 일을 나가면 집안일을 할 사람이 필요했다. 일라이저는 공부는 잘 못해도, 식구들 시중은 기가 막히게 들었다. 조애너보다 요리도 잘하고, 옷을 지을 줄도 알았으며, 아버지가 헛간에 틀어박혀서 술을 마시면 동생들을 근처에 가지 못하게 단속할 줄도 알았다. 그래, 버트는 딸의 센스가 필요했다.

일라이저는 따뜻한 포대기에 싸여 잠들어 있는 앤을 내려다보면서, 자신이 이미 이 아이를 깊이 사랑하고 있음을 깨달았다. 그녀는 가장 작은 닭을 보호하고, 병이 나서 쏴 죽여야 하는 송아지 때문에 눈물을 흘리며, 상처 입은 동물들을 치료해 주는 소녀였다. 일라이저는 이상하게 생긴 이 조그만 아기가 좋았다. 그래서 걸핏하면 싸워대는 동생들로부터 보호하고, 자기 방에서 함께 지낼 작정이었다.

외풍이 센 토머스네 집에는 침실이 세 개 있었다. 하나는 부모님이, 하나는 동생들이 썼고, 나머지 하나는 일라이저가 월경을 시작한 후로 혼자 쓰고 있었다. 거기에 요람을 들여놓을 공간은 충분했고, 앤의 옷들은 상자에 담아 침대 아래로 집어넣으면 될 것이다. 일라이저는 앤의 보드라운 곱슬머리를 쓰다듬으며, 자신이 품에 안은 이 아이가 세상에서 가장 귀엽고 사랑스럽다고 생각했다. 게다가 이렇게 빨강 머리카락을 가진 아기는 볼링브룩에 단 한 명도 없을 것이다. 이 아기는 특별했다.

버트는 헛간에서 술을 마시고 있었다. 조애너는 남편의 뒷주머니에서 삐죽 나온 술병을 보고 그가 어디서 돈을 구했는지 의아했다. 어쨌든 그녀는 다른 일자리를 찾아야 했다. 짐 제이미슨이 연로한 어머니를 집으로 모셔 왔다던데, 덩치 큰 그 할머니는 심각한 뇌졸중을 앓았다. 그런 할머니를 안아 올리고, 대소변을 받아 내고, 빨래까지 해내려면 짐의 아내에게 도움이 필요할 것이다. 조애너는 앤을 더 보살펴야 한다고 생각했다. 아기는 가엾게도 부모를 잃은 뒤 엄청나게 울었다. 하지만 일라이저가 앤을 마치 자신의 아이인양 돌보고 있지 않은가. 앤도 일라이저의 얼굴을 만지려고 조그만 두 손을 내밀고는, 옹알대고 까르르 웃었다. '좋아!'

조애너는 문득 깨달았다. 앤을 데려오고 싶었던 것이 사실은 앤을 위해서가 아니었다는 것을. 셜리 부부 집에서의 행복했던 짧은 몇 달을 상기시켜 줄 누군가를 원했던 것이다. 훌륭한 가구들을 차지하고 싶은 마음도 있었다. 어쨌든 책장은 가졌다. 그 안의 책들도 함께 가져왔더라면 좋았을 것이다. 읽고 싶어서가 아니라, 유리문 뒤에 색색으로 서 있는 모습이 감탄스러웠기 때문이다. 버트가 서두르느라 책들을 바닥에 죄다 쏟았을 게 틀림없다.

'하는 수 없지, 여기 접시들을 넣자.'

유리문 안에 들여 놓으면, 이가 빠지고 빛이 바랜 결점들이 감춰질 것이다. 그 자랑스러운 가구를 조부모님에게 직접 물려받은 척할 수도 있으리라. 그러면 손님들은 그녀가 꽤 훌륭한 집안에서 자란

줄 알겠지. 조애너의 어머니는 엄격하고 자부심이 강한 사람이었다. 그래서 찢어지게 가난해도 남들 앞에서 있는 척 속였다(하지만 마을 사람들 모두가 알았다). 가난한 사람들 특유의 자존심이었다.

제이미슨네 집의 일은 고되었다. 조애너는 그 집 며느리 아이다가 늙은 시어머니를 침대에서 들어 올릴 때마다 함께 돕고, 매일매일 오물이 묻은 침대 시트를 빨고, 오래된 소나무 마룻바닥을 문질러 닦고, 감자껍질을 벗기고, 고기에 소금 간을 하고…… 일이 끝이 없었다. 그래서 집에 돌아오면 앤을 돌볼 기운이 하나도 남아 있지 않았다. 하지만 일라이저가 옆에서 신나서 쉬지 않고 떠들었다.

"엄마! 앤이 얼마나 자랐는지 보세요. 키가 크려나 봐요. 앤의 옹알이 소리에는 뭔가 의미가 담겨 있는 것 같아요. '사랑해요, 노래를 불러 주세요, 딸랑이를 주세요' 같은, 앤이 정말 좋아하는 일들요. 설탕물을 입에 대 주면 고맙다고 말하는 것 같기도 하다니까요."

"그래, 저녁 준비는 다 됐니?"

조애너가 묻기가 무섭게 식구들의 불평이 이어졌다.

"그 망할 갓난쟁이랑 노는 짓밖에 할 일이 없으면, 차라리 이 부엌 바닥에 쌓인 먼지나 닦아!"

아버지 버트는 이렇게 쏘아붙였다.

"아휴, 그만 좀 떠들어! 날마다 앤, 앤, 앤! 지겨워 죽겠어."

"그래. 길쭉하고 크기는 해. 하지만 웃기게 생긴 아기야."

두 동생 트루디와 마거릿도 한마디씩 거들었다.

그리면 일라이저는 새쭉하게 골이 나서 앤을 안고 작고 추운 자기 방으로 올라갔다.

일라이저가 앤을 돌보느라 저녁 준비를 놓쳐서 하루 종일 가정부로 힘겹게 일하고 돌아와서까지 저녁 준비를 해야 하는 조애너가 상냥할 수는 없는 노릇이었다. 특히나 일라이저와 앤에게 더욱 새되게 굴었다. 일라이저는 자기 방에 웅크리고 앉아서 이 험악한 집에서 어떻게 도망칠까 궁리했다. 멋진 남자를 찾는 즉시 결혼해서 떠나든가, 아니면 온 식구가 점잖고 상냥하며 큰소리를 내지 않는 근사한 집안에 하녀 자리라도 구하겠어. 앤은 꼭 데려가야지. 누구든 앤을 환영할 테니까. 모든 것에 흥미를 보이고 항상 행복하게 활짝 웃는, 이 커다랗고 영리한 눈을 지닌 앤을 누가 싫어하겠어.

피곤에 찌든 조애너의 눈에도, 굳이 보려고 애쓰지 않는데도, 앤의 성장이 모든 면에서 빠르다는 게 보였다. 또한 날이 갈수록 매력적으로 솟는 코와 갸름한 턱, 커다란 회색 눈동자에서 버사의 모습이 보였다. 버사의 눈동자처럼 빛의 움직임에 따라 초록색으로 보이기도 했다. 앤은 힘, 빠른 운동신경, 행복이 터져나오는 듯한 웃음 같은 월터의 자질들도 물려받았다. 대부분의 아기들은 누워 있을 시기인데 앤은 혼자 힘으로 일어나 앉았다. 그러고는 의자 다리에 매달려 일어서서는 의자를 붙잡고 뱅뱅 돌았다.

"엄마!"

조애너는 일라이저의 고함을 듣고 놀라서 달려갔다. 그녀가 계단에 이르기도 전에 외치는 소리가 들려왔다.

"앤이 걸어요!"

"그럴 리가 없어!"

조애너는 단호하게 말하며 짜증스럽게 2층으로 올라갔다.

"이제 겨우 8개월밖에 안 된 아기잖니."

그러나 월터와 버사의 아기가 판자로 된 2층 복도 바닥을 다소 안정된 걸음으로 걷고 있었다. 앤은 8개월짜리 아기가 걷는 게 신기한 일인 걸 안다는 듯이 웃었다.

또 어느 날인가는 앤이 조애너의 눈을 똑바로 바라보며 아주 또렷한 소리로 "엄마!" 하고 불렀다. 그녀는 놀라서 앤을 쳐다보았다. 자신의 자녀들은 두 살이 다 되어서야 말을 했는데, 9개월 된 앤이 엄마라고 부르고 있었다. 기쁨과 놀라움을 주는 이 아기를 데려온 것이 어쩌면 현명한 일이었는지도 모른다. 가구와는 별개로 말이다.

앤은 분명 특별한 아이였다. 그녀는 딸들이 결혼해서 전부 집을 떠나도 앤이 이 집을 기쁨으로 채워줄 거라고, 앤이 함께하는 게 어쩌면 다행이라는 마음의 출렁임을 느꼈다. 하지만 다음 순간 이내 마음을 접었다.

'앤이 1살이 되면…….'

그녀는 한동안 의심해 오던 일을 확인한 참이었다. 임신을 한 것이다. 자녀들이 모두 집을 떠나려면 앞으로 한참 걸릴 것이다.

15

엄마라고 부르지 마!

조애너에게 이번 임신은 유난히 더 힘들었다. 입덧이 5개월이나 이어졌고, 허리가 심하게 아파서 몸을 구부리거나 무거운 물건을 들어 올리는 게 고역이었다. 그래서 제이미슨 댁에서 일하는 게 '완벽한 고문' 같았다. 그 덩치 큰 할머니를 침대에서 밀고 당기고, 빨래판 앞에 쭈그리고 앉아 시트를 문질러 빨고, 힘이 빠져 후들거리는 손으로 빨래를 비틀어 짜고, 뜨거운 부엌 스토브 앞에 서서 요리를 했다. 만약 일라이저가 저녁 식사 준비를 잊고 데이트를 나가기라도 한 날이면, 귀가하자마자 부엌에서 저녁까지 준비해야 했다.

트루디와 마거릿은 앤을 보살펴 주기보다는 놀리고 괴롭혔다. 저녁이면 하루 종일 괴롭힘을 당한 아기 앤은 식탁보를 끌어당기고 쿠션을 이리저리 집어 던지며 심술을 부렸다. 혼자 단지에서 쿠키를 꺼내 먹으려고 의자에 기어오르다가 엎기도 했다. 한편 남편 버트는 헛간에 술병을 몇 병 숨겨 놓았느냐에 따라서 일자리가 있고 없고 했다. 그래서 일과가 끝날 무렵이면 조애너는 세상천지에 화가 났고, 분노를 모두 앤에게 쏟아부었다.

"못된 것, 못된 계집애! 네가 쿠키 통을 엎어서 얼마나 엉망이 됐는지 봐! 그 쿠션이랑 종이들 다 치워! 뭐가 불만이야? 내가 널 맡아 준 걸 고마워할 줄 알아야지. 고마워하는 마음이 있으면 적어도 얌전하게라도 굴어야 할 거 아냐."

그러고도 분이 풀리지 않으면 조애너는 앤의 손을 찰싹 때렸고, 앤은 울음을 터트렸다. 앤은 17개월일 때 거의 36개월 된 아이처럼 보였다. 사람들이 앤의 나이를 두 배로 보는 바람에 앤은 더 많이 혼났다. 앤에게 두 배나 더 많은 일을 기대했기 때문이다.

조애너는 아기가 태어나기 일주일 전까지 일을 했다. 출산 경험이 있는 터라 분만은 빨리 진행됐고, 자신의 침대에서 아기를 낳았다. 아들이 태어나자 버트는 너무나 기쁜 나머지 몇 달 동안 술을 입에 대지도 않았다.

"이 집안에 사내 녀석들이 생길 때도 됐어!"

그는 철도 회사에 일자리를 구하고 조애너에게 꼬박꼬박 봉급을 가져다주었다. 그리고 목재 하치장에서 목재를 사 와서 휴일마다 집에 외풍이

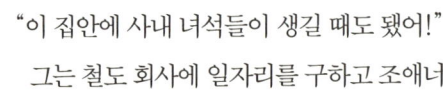

심한 곳을 메웠다. 아기가 감기에 걸릴까 봐 염려했던 것이다. 조애너는 죽어서 천국에 온 것 같다고 생각했다. 아기는 건강하고 튼튼했다. 조애너는 아들을 무척 사랑했다.

일라이저는 열여섯 살이었다. 호러스가 태어난 후로 토머스 집안은 평화 자체였다. 고함이 멎었다. 하지만 일라이저는 이런 날이 계속되지 않으리라는 것을 알았다. 그래서 그녀는 결혼하고 싶었다. 안정된 직업에 주말에만 약간의 술과 춤을 즐기는 키 크고 잘생긴 남편을 원했다. 단, 앤도 좋아하는 사람이어야 했다. 그런 남자가 나타난다면 미련 없이 저 문을 열고 떠나리라고 굳게 마음먹었다.

일라이저는 변함없이 앤을 사랑했다. 앤이 두 살 무렵에는 이 아이가 무척 영리하다는 걸 깨달았다. 이따금 앤이 잠들기 전에《로열리더》*를 읽어 주었는데, 그러면 이튿날 앤이 전날 들려준 이야기에 등장했던 사람이며 장소의 이름을 그대로 말하거나 이렇게 물었던 것이다.

"시냇물이 정말 반짝반짝 빛났어?"

"배가 아직도 불타고 있어?"

"헛된 꿈이 뭐야?"

일라이저의 예상대로 버트는 다시 술을 마셨다. 조애너는 몸이 좋지 않은데도 다시 일하러 나가야 했다. 시간이 흐르며 조애너는 자신이 '그냥' 몸이 안 좋은 게 아니라, 또 임신했다는 것을 알았다. 아들이 태어났다며 그토록 흥분했던 버트는, 그해 11월 둘째 아들이

* 《Royal Reader》. 당대 노바스코샤 주의 학교들에서 교과서로 사용하던 책의 이름.

태어났을 때는 조금도 기뻐하지 않았다.

앤이 세 살 때, 일라이저가 앤을 데리고 숲길로 산책을 나갔다. 거기서 학교 동창이었던 케이티 모리스 이야기를 들려주었다.

"케이티 모리스…… 케이티 모리스……."

앤이 그 이름을 몇 번이고 따라했다. 그 이름을 말할 때 소리가 좋은 모양이었다. 앤이 소리쳤다.

"케이티! 폴짝폴짝 뛰어오르는 소리야. 들어 봐, 언니! 케이티! 케이티!"

"모리스는? 모리스도 마음에 들어?"

"응, 좋아! 그건 고요하게 흐르는 강물 같아."

여름에 일라이저가 앤에게 강을 보여 주려고 데려간 적이 있었다. 만에서 물이 들어와 강은 바다를 향해 쉼 없이 흐르는 강물로 가득 차 있었다. 가을에 다시 앤을 데려갔을 때 물은 빠져나갔고, 거의 바닥이 보이는 얕은 물 옆으로 반짝이는 진흙 비탈이 드러나 있었다. 앤은 그것을 잊지 않았다. 물이 있는 강과, 물이 없는 강을 구분했다.

"일라이저 언니! 케이티 모리스가 친구였다고 했지? 근데 친구가 뭐야?"

일라이저가 말문이 막혔다.

'가엾은 앤…… 이 집에 다른 아이들이 다섯이나 있는데, 넌 친구가 뭔지도 모르는구나.'

"친구란…… 가족이 아닌데도 너를 사랑하는 사람이야. 너도 그 사람을 사랑하고 너랑 날마다 함께 노는 사람. 친구들은 서로 비밀을 얘기해. 슬플 때는 도움을 주기도 해."

앤은 바위에 앉아 갸름한 턱을 괬다.

"난 친구가 없는 것 같아."

너무나 조용히 말해서 들릴 듯 말 듯했다.

"일라이저 언니처럼 아주 나이 많은 사람도 친구가 될 수 있어?"

일라이저가 웃었다.

"그렇진 않아. 나는 네 엄마뻘이잖니. 완전히 그런 건 아니지만 '마음의 친구'는 너랑 같은 또래여야 해."

"여기 있는 바위랑 꽃들과도 친구가 될 수 있어?"

일라이저는 입술을 깨물었다. 속으로는 거짓말을 하는 거라고 생각했지만, 슬픈 표정을 짓는 앤을 바라보는 건 견딜 수 없었다.

"물론이지. 많은 것들을 네 친구로 만들 수 있어. 바위랑 꽃들은 좋은 친구가 될 거야. 강아지와 새들도 그렇고. 그리고 말이야, 다시 생각해 보니까 나도 네 친구가 될 수 있어. 그렇고 말고. 나이는 차이가 나도 너는 내 친구야. 아주 특별한 친구."

"일라이저 언니의 엄마도? 내 엄마나 친구가 될 수 있어?"

그 질문에는 도저히 마땅한 대답이 떠오르지 않았다.

"그건 모르겠다. 이제 집으로 돌아가자. 저녁 시간 다 됐어."

조애너는 8인분의 식사를 준비하면서, 먹여야 할 입은 많은데 먹을 것은 넉넉지 않은 현실에 낙담해서 미칠 것 같은 기분에 빠져 있었다. 그런데 앤이 그녀에게 다가와 말했다.

"엄마, 일라이저 언니가 그러는데, 내일이 내 생일이래요. 이제 나는 네 살이 되는 거래요."

조애너는 이 조그만 말라깽이 여자애를 내려다보면서 주체할 수 없는 짜증이 솟구쳤다. 잘생기고 아름다운 브루넷*들의 가정에서 주근깨투성이 빨강 머리 꼬마가 뭘 하고 있는 거지? 꼴도 보기 싫어!

"엄마라고 부르지 마! 왜 내가 네 엄마야? 난 네 엄마가 아니야. 앞으로도 영원히 아닐 거야. 너는 어느 누구도 거들떠보지 않을 때 내가 친절을 베풀어 받아 준 버르장머리 없는 고아일 뿐이야! 그리고 생일 어쩌고 하는 말로 나를 귀찮게 하지 마. 이 집에 새로 태어나는 애들과 생일이 몇이나 되는 줄 알아? 생일파티를 하는 사람들, 있기는 있지. 하지만 이 집에서는 냄비에 넣을 감자가 있어도 다행인 거야."

다음 순간 조애너는 부엌 의자에 털썩 주저앉고, 고개를 숙여 두 손으로 이마를 감쌌다. 앤의 얼굴에 떠오른 표정을 견딜 수가 없었다. 손을 내밀어 아이의 뺨을 어루만졌다. 젖어 있었다.

"미안하다, 앤."

그녀는 마치 열여덟 살짜리에게 하듯이 앤에게 말했다.

"아줌마가 오늘은 생일 따위는 생각도 하기 싫어서 그랬어. 8월에 또 아기가 태어나잖니. 이제 너는 나를 '토머스 아주머니'라고 부르는 게 좋겠다. 날 엄마라고 부르는 아이들이 너무 많아서 말이야."

앤은 위층으로 올라가 자신의 요람으로 들어가서 탱탱한 공처럼 몸을 말았다. 앤에게 요람은 이제 작았지만 아무도 새 침대 얘기를 꺼내지 않았다. 앤은 울다가 잠이 들었다. 앤이 여섯 살이 채 되기도

* 진한 갈색 머리와 하얀 피부를 가진 여자

전에 토머스 부인이 아기를 넷이나 낳을 줄 알았더라면 더 서럽게 울었을 것이다. 게다가 그때쯤엔 아기들을 보살피는 일을 도울 여자아이는 그 집에 앤만 남게 될 것이다.

제시 글리슨은 창밖으로 자신이 아직도 '버사의 집'이라고 부르는 그곳을 보았다. 여전히 노란색이었다. 6월 초, 문앞 라일락꽃들도 변함없이 활짝 피었고, 정원도 깔끔하게 정리되어 있었다. 하지만 제시는 차마 그 집을 오래 바라볼 수가 없었다. 버사의 죽음을 떠올리면, 그때마다 늘 제니가 이 세상에 없다는 생각도 따라 들었다. 두 비극이 서로 너무나 밀접하게 엮여 있었다. 오랜 시간이 흘렀는데도 슬픔은 처음처럼 낯설고 아프게 찾아들었다. 그때마다 앤이 보고 싶었다. 앤을 보듬어 키우면 이 끝없는 슬픔이 긍정적으로 바뀔 것 같았다. 제시는 노란 집을 쳐다보지 않으려고 무진 애를 썼다. 앤을 생각하지 않으려고 노력했다. 아픈 기억으로부터 마음을 닫아야만 몇 시간이라도 슬픔을 잊을 수 있었다.

하지만 오늘은 조절할 수가 없었다. 제시는 조애너의 남편이 술독에 빠져 지낸다는 소문을 들었다. 조애너를 고용한 집주인 여자가 그녀의 팔과 얼굴의 상처가 깊더라고 말하고 다녔다.

'앤은 무사할까?'

이 불안감이 제시를 고문했다. 하지만 그녀는 그것을 알아볼 용기가 부족했다. 토머스 부부의 큰딸이 앤을 사랑으로 보살핀다는 소문도 알고 있었다. 제시는 그 생각에만 매달렸다.

아이들은 모두 학교에 있었다. 남편은 공장에서 기계가 고장나서

일찍 퇴근했는데, 오후 늦게 볼일이 있다고 말을 마차에서 풀지 않고 두었다. 토머스네 집에 가 보고 마음을 놓을 수 있는 기회였다! 제시는 제럴드에게 1시간 안에 돌아오겠다고 말한 다음, 마을 반대편을 향해서 출발했다. 비장한 기분마저 들었다. 왜 이렇게 오래 기다렸을까? 그녀는 이렇게 간단한 여행을 미적거렸던 자신의 어리석음을 비웃었다.

'다 잘될 거야. 앤을 보면 기분이 좋아질 거야.'

하지만 모퉁이를 돌아서 토머스네 집으로 연결된 길에 접어들었을 때 제시는 용기가 꺾였다. 현관 근처 말뚝에 말 한 마리가 묶여 있고 문이 열려 있었다. 그녀는 마차의 속도를 늦추며 귀를 기울였다. 여자의 비명이 들렸다. 고래고래 고함을 치고 있었다.

"그만해! 제발!"

아기 울음소리도 들렸다. 한 명이 아니었다.

"와장창!"

유리 깨지는 소리가 들렸다. 제시는 급히 말에 채찍을 휘둘렀다. 그 집에 들어가는 게 무서웠다. 진실을 확인하는 게 두려웠다. 토머스 씨가 술병을 휘두르며 비틀비틀 걸어 나올 때, 마차 한 대가 쏜살같이 지나쳐 가고 있었다.

제시는 집으로 돌아온 후에 별일 아니었을 거라고 자꾸 되뇌었다. 하지만 그 이후로 웬만해서는 노란 집 쪽으로 시선을 돌리지 않았고, 앤도 생각하지 않으려고 애썼다. 제시는 자신이 목격한 장면을 기억에서 지우려고 온갖 노력을 다했다.

16
청혼의 조건

다섯 살이 된 앤은 어느 날 고개를 푹 숙이고 집 쪽으로 걸어오는 일라이저를 보았다. 석양에 물든 뺨이 젖어 있었다. 설마 우는 걸까? 앤은 문밖으로 달려 나가 일라이저의 손을 잡았다.

"언니, 울지 마…… 일라이저 언니는 나한테 엄마 같은 사람인데, 언니가 우니까 내 맘이 아주 끔찍해. 언니가 울면 불안해. 웃어 줘. 평소처럼."

일라이저는 계단에 주저앉아서 앤을 끌어안았다.

"지금은 웃을 수 없어. 내 인생이 전부 엉망이야."

"왜? 왜 그래, 언니?"

"잘 들어, 앤. 정말 잘 들어야 돼. 로저 에머슨이 청혼했어."

앤의 얼굴이 밝아졌다.

"잘됐다! 그 아저씨 아주 잘생겼어. 언니도 그 아저씨를 사랑한다고 했고. 전부 다 마음에 든다고 했잖아. 그런데 왜 엉망이야? 그 아저씨는 완벽해. 잘생기고, 춤도 잘 추고, 직장도 좋고, 술도 주말에만 마셔. 전부 다 언니가 좋아하는 대로잖아. 난 이유를 모르겠어."

이때 앤의 커다란 눈이 더 커지더니, 거의 소리치듯 말했다.

"아! 언니가 그 아저씨랑 결혼하면 우리 이제 떠날 수 있잖아! 언니가 항상 약속한 대로! 이제 고함치는 사람도 없고 우는 아기들도 없는 곳으로 갈 수 있겠네. 술 취해서 화내는 사람도 없는 곳으로. 여기 일은 언니랑 나 대신에 트루디 언니가 하면 돼."

앤은 이미 '일'을 알았다. 매일 기저귀를 개고, 달걀을 걷어 오고, 상자에 올라서서 접시들을 씻는 게 앤의 '일'이었으니까. 앤은 가끔 가느다란 두 팔을 비눗물에 담근 채로 멍해져 서 있었는데, 일라이저가 읽어 준 이야기의 세계에 빠져 있는 것이었다. 토머스 부인은 그때마다 앤에게 게으르고 못된 계집애라고 고함을 쳤다.

"은혜도 모르는 게으른 계집애! 내가 널 손수 키웠어. 내가 낳은 자식도 아닌데 말이야! 이쯤 됐으면 밥값은 해야 할 거 아니야! 그렇게 굼떠서야 다음번 식사 때나 돼야 설거지가 끝나겠구나."

"하지만 힘들어요, 아주머니."

"나한테 힘들다고 투정부릴 생각 마. 어린 놈 셋에다 배 속에 또 하나 들어 있는 건 네가 아니라 나야, 나! 네가 한번 해 봐라. 그럼 정말 힘든 게 뭔지 알게 될 테니까. 빨리하지 못해!"

앤은 일라이저의 품에 안겨 눈을 감고 일라이저와 함께할 새로운 생활을 생각했다.

'우리는 아주 작은 집에 살게 되겠지. 내가 태어났다는 노란 집 같은 곳일 거야.'

언젠가 토머스 부인이 얘기해 준 적이 있었다. 노란 집이 얼마나 포근했고, 엄마인 버사 셜리가 앤을 얼마나 사랑했는지에 대해서. 토머스 부인은 앤이 자기가 본 아이들 중에서 가장 못생겼었다는 말도 덧붙였다.

'그런 말을 하는 건 나빠. 아무리 그게 사실이래도 말이야.'

일라이저 부부와 함께하는 삶은 아주 근사할 것이다. 식탁에는 방수포 대신 예쁜 식탁보가 깔릴 것이다. 일라이저가 수를 놓은 장미 무늬 식탁보를 상상했다. 일라이저는 바느질 솜씨가 아주 좋았다. 식구가 셋뿐이니 먹을 것도 넉넉할 것이다. 새끼 고양이도 한 마리 키우면 좋겠다. 고양이를 껴안고 쓰다듬으면 얼마나 행복할까? 인형도 하나 사 달라고 할까? 파란 눈에 예쁜 속눈썹을 가진 아기 인형이면 좋겠다. 바지에 오줌을 싸거나, 밤새 빽빽 울거나, 나쁜 냄새가 나지 않는 아기 인형. 로저는 좋은 직장에 다니니까 앤의 생일 선물로 사 줄지도 모르겠다. 아니, 생일을 기억해 주기만 해도 정말 행복하겠다! 일라이저와 로저의 아기가 태어나면, 앤이 보살피고 안아 주고 사랑해 줄 것이다. 이 모든 게 현실로 이루어진다면 더 바랄 것이 없었다.

"일라이저 언니, 현관 앞에 데이지 심어도 돼? 라일락이어도 괜찮을 거야. 로저 아저씨가 좋아할까?"

하지만 일라이저는 대답하지 못하고 펑펑 울기만 했다.

"결혼하지 말까. 그냥 여기서 살까 봐. 아, 어떻게 하면 좋을지 모르겠어."

앤은 언니의 품에서 빠져나와 한발자국 뒤로 물러나서 일라이저를 물끄러미 바라보았다. 언니의 얼굴이 지독하게 슬퍼 보였다. 앤은 언니의 팔에 매달리며 울먹였다.

"왜 그래, 일라이저 언니? 뭐가 잘못됐어? 다 잘된 거 아니야?"

일라이저가 울음을 멈추고 길게 심호흡을 했다.

"안 돼. 난 못 가."

그러고는 집으로 뛰어갔다. 집 안은 평소보다 더 엉망이었다. 더러운 접시들이 그대로 쌓여 있는데, 저녁 식사 준비가 거의 다 되었다. 조애너가 트루디에게 설거지를 하라고 소리치고 있었다. 하지만 트루디는 숙제를 핑계로 위층에 숨어 있었다. 아래층에서 벌어지는 일보다는 산수가 훨씬 나았다. 헛간에 있던 버트가 비틀거리며 집으로 들어와 소리쳤다.

"왜 아직도 저녁을 안 차렸지?"

조애너가 되받아쳤다.

"일해서 먹을 거나 사 와요. 그럴 거 아니면 날 괴롭히지 말든지!"

그러자 그가 그녀의 따귀를 때리고 주먹으로 식탁을 내리쳤다. 아기들이 울음을 터트렸다. 마거릿은 없었다. 그날 오후에 제이미슨 댁으로 떠난 참이었다. 거기서 자신의 방을 갖고 목요일 오후에 쉬는 조건으로 더부살이 하녀 노릇을 하기로 했다. 토머스 집안의 일손은 턱없이 부족했다. 조애너가 신경질적으로 소리쳤다.

"식탁 차려, 앤! 그리고 너, 일라이저! 바빠 죽겠는데 나가서 로저

랑 놀러다니면 어쩌자는 거냐! 얼른 와서 설거지 끝내."

그녀는 젖을 먹이려고 앞섶을 풀어헤치며 더 어린 아기를 들어 올렸다. 다른 아기는 계속 울어댔다. 호러스가 금속 숟가락으로 냄비 바닥을 두드리며 뛰어다녔다. 버트가 버럭 소리를 질렀다.

"여기가 정신병원이지 뭐야! 에잇, 내 아들 놈들한테는 절대 춤추러 가지 말라고 단단히 일러둘 거야. 그놈의 춤 때문에 내 꼴이 이 모양이 됐어."

그가 헛간으로 돌아가며 소리쳤다

"준비 다 되면 불러!"

그의 등 뒤로 문이 쾅 닫혔다. 일라이저는 설거지통 앞으로 가서 중얼거렸다.

"떠날 수 없어. 하지만 여기 남을 수도 없어."

조애너가 의자에 앉더니 딸에게 물었다.

"무슨 일이니, 일라이저? 로저한테 차였어? 그런 거라면 울 게 아니라 기뻐할 일이야. 네 인생을 가질 수 있을 테니까."

"아니에요. 오늘 오후에 로저가 청혼했어요."

"뭐? 아니, 그럼 왜 그래? 그 녀석한테 무슨 문제라도 발견했어? 일자리를 잃었다니? 술을 마시디? 널 때렸어?"

일라이저는 설거지통 앞에서 돌아섰다.

"아뇨, 엄마. 전부 다 아니에요. 로저는 착하고 자상하고 좋은 직장도 있어요. 그런 남자가 날 간절히 원해요. 하지만 나만 원한대요. 샌을 데려오는 건 싫대요. 내가 애원하고 또 애원했는데…… 절대로 안 된대요."

일라이저는 두 손에 얼굴을 파묻고 흐느꼈다.

“엄마, 가슴이 찢어지는 것처럼 아파요.”

17
가슴 아픈 선택

일라이저는 갈등했다. 사흘 동안 밤낮으로 고민했지만 아무 해답도 얻지 못했다. 그러다가 오후인데 웬일로 의자에 앉아 쉬고 있는 엄마를 보고 조언을 구했다.

"가지 마라. 지금은 로저가 널 사랑한다고 생각하겠지만, 조금만 기다려 봐. 달콤한 순간은 순식간에 사라져 버린단다. 아이들이 태어나면 그냥 일뿐이야. 일, 일, 일!"

그 순간 조애너의 머릿속에 버사와 월터가 서로를 다정하게 바라보던 눈길이 떠올랐다. 가끔은 지속되는 사랑도 있다. 하지만 대개는 어릴 때 엄마가 읽어 주던 동화에서나 볼 수 있는 일이다. 그녀는 버사와 월터에 관한 기억들을 머리에서 밀어냈다.

“게다가 난 네가 필요해. 마거릿이 가 버렸잖니. 걔가 우리 집에서 설거지하는 것보다 제이미슨 노부인을 들어 올리는 걸 더 좋아할 줄이야. 게다가 트루디도 다음 주에 떠나. 아처드 부부네로 들어가면 아마 다시는 이 집에 안 올 거다. 꽤 큰 부잣집이고 아이가 둘뿐이야. 아처드 부인이 시키는 일이래야 은식기를 닦고, 가구를 광내고, 마나님이 휘스트*를 하러 갈 때 아이들을 돌보는 정도가 고작이겠지. 휘스트라니! 트루디는 잘 먹으며 지낼 거고, 자기 방도 갖게 될 거야. 운이 좋은 아이라니까. 마거릿이 샘나서 어쩔 줄 모를 거다. 나도 샘이 난다니까. 오후에 휘스트 놀이를 하고 작은 티파티를 여는 삶이라니…… 상상해 보렴!”

일라이저는 엄마가 자신을 필요로 하든 말든 관심 없었다. 트루디가 편하고 쉬운 일을 얻은 것에도 관심 없었다. 앤만은 달랐다. 하지만 그녀는 로저를 사랑했다. 오랫동안 기다려 온 이상형의 청년을 어느집 하녀가 되어버리기 직전에 만났다. 그녀도 어느덧 스무 살이니까 말이다. 그러니 로저와 헤어진다면 다시는 그렇게 흠 잡을 데 없는 남편감을 만나지 못할 것이다. 로저가 더 이상 친절하고 다정하지 않는 날이 올 거라고는 한순간도 상상할 수 없었다.

일라이저는 지혜로운 여인이었다. 자신이 앤을 위해 로저를 포기한다면, 언젠가는 앤을 원망하게 될 거라는 걸 알았다.

“사는 게 힘들어요. 쉬운 게 하나도 없어요.”

조애너는 일라이저가 전혀 가엾지 않았다. 그녀는 이제 겨우 서른

* whist. 카드 게임의 한 종류.

일곱 살이지만, 결혼생활로 인생이 팍팍한 여인이었다. 이제는 작은 꿈조차 없었다. 젊은 날의 추억도 깊이 파묻혀서 자신을 잃어버렸다. 그러니 엄마로서 딸에게 내뱉은 말이 '난 널 사랑한단다. 네가 여기 머물면 좋겠어'가 아니라 '난 네가 필요해'였던 것이다.

"엄마, 로저도 내가 필요해요. 앤도 그렇고요. 난 엄마 인생을 대신 살아 줄 수 없어요. 엄마는 내가 좋은 결정을 내릴 수 있게 도와주지 않으시네요."

버트는 이틀 동안 술을 마시지 않았다. 그리고 새 일자리를 구했다. 기차에 짐을 싣고 보수, 관리하는 일이었다. 그 자리를 잃지 않기 위해 열심히 노력할 생각이었다. 곧 아기가 태어날 테니, 술보다 가족들을 먹일 음식을 사기 위해서 일할 작정이었다.

일라이저는 평생 처음으로 헛간 문을 두드렸다. 그녀는 아버지가 술을 마시지 않은 것을 알고 있었다. 이틀 동안 고함이나 구타가 없었던 것이다. 문이 열리더니 버트가 놀란 눈으로 서 있었다. 그가 헛간에 있으면 식구 중에 아무도 근처에 오지 않았다. 일종의 불문율이었다.

"들어와라."

그들은 소젖을 짤 때 쓰는 착유용 걸상 두 개에 걸터앉았다.

"아빠, 조언을 듣고 싶어요. 로저가 청혼했어요. 하지만 앤을 데려와서 같이 사는 건 안 된대요. 나는 앤을 사랑해요. 앤은 내 아이나 다름없어요. 내가 앤을 두고 떠나면 그 애도 나도 마음이 찢어질 듯 아플 거예요. 하지만 난 로저도 사랑해요. 그리고 또……."

"또 뭐냐?"

버트는 젖소의 옆구리를 무심히 쓰다듬으며 듣고 있었다.

"음, 말하기 쉽진 않지만 그냥 얘기할게요. 아빠, 여긴 살기에 좋은 집이 아니에요. 곧 겨울이 닥칠 텐데 우리 집은 끔찍하게 추워요. 먹을 것도 충분하지 않고요. 아기 울음소리와 분노는 지나쳐요. 난 떠나고 싶어요. 마거릿과 트루디처럼. 그런데 엄마는 나더러 남아서 집안일을 도우래요. 하지만 아빠……."

"그래, 뭐냐?"

"엄마의 인생이 아니잖아요. 내 인생이에요. 엄마가 힘에 부치도록 열심히 일하고 계신 거 알아요. 하지만 그건 내 잘못이 아니잖아요. 그러니까…… 전 어떻게 하면 좋을까요?"

버트는 소를 쓰다듬던 손을 멈추고 자신의 아름다운 큰딸을 바라보았다. 아랫입술을 깨물고, 그녀의 질문에 대해 생각했다. 그는 일라이저가 삼키고 말하지 않은 것들까지 듣고 있었다. 못난 아비가 저지른 나쁜 행동들을 말이다.

"로저와 함께 가거라. 네가 앤 때문에 여기 남는다면, 넌 몇 년 안에 앤을 미워하게 될 게다. 아무런 희망 없이 늙어갈 테니까. 네 엄마 때문에 남기로 한다면, 아마 그 즉시 엄마를 미워하기 시작할 테고."

'게다가 나야 이미 미워하잖니. 당연히 미워해야 마땅하고.'

그도 이 말을 꾹 삼키고 대신에 이렇게 말했다.

"아빠도 이제 술을 안 마시려고 노력해 보마. 전에도 수없이 말했나만, 우리 모두 언젠가는 이뤄질 거라고 믿어야 하지 않겠니? 그리고……."

"뭔데요?"

"앤 말이다. 내가 그 애를 지켜 주마. 그 애한테는 특별한 게 있어. 참으로 강한 영혼을 지닌 아이야. 난 그게 감탄스럽다. 내 자식들한테 화내는 것처럼 그 애한테 화내지는 않잖니. 터무니없다만 겨우 다섯 살인 그 애가 나를 꿰뚫어 보는 것 같이 느껴진단 말이야. 내 마음속에서 일어나는 일을 아는 것 같다고나 할까. 내가 얼마나 힘들게 싸우는지, 그 싸움에서 이기지 못할 때 내 기분이 얼마나 고약한지 이해하는 것만 같단 말이다. 내가 고함을 지르고 가끔…… 네 엄마를 때리는 걸 그 아이가 싫어하더라만, 날 미워한다는 느낌은 들지 않더구나. 그러니까 일라이저, 얘야……."

"말씀하세요, 아빠."

"네가 간 뒤 어려운 일이 있으면 헛간 문을 두드리라고 그 애한테 말해 줘라. 이런 허락을 받은 사람은 지금까지 없었어. 그러니까 이건 너하고 나하고 앤만 아는 비밀이야."

그들은 서로를 마주 보았다. 일라이저가 아빠의 얼굴을 살짝 만졌다. 아주 어릴 때 이후로는 처음이었다. 그동안 아빠를 전혀 몰랐다는 생각이 그녀의 뇌리를 스쳤다.

일라이저의 뺨으로 눈물이 흘러내렸다.

"고마워요,아빠."

18

엿들은 진심

이 모든 일이 진행되는 동안에 앤은 뭘 하고 있었을까? 이 모든 대화들이 오가고 있을 때? 숨어서 듣고 있었다.

앤은 일라이저가 엄마에게 하소연하는 소리를 들었다.

"로저는 나만 원한대요. 앤을 데려오는 건 싫대요……."

그 순간 앤은 몸이 얼음조각처럼 딱딱하고 차갑게 굳었다. 그리고 알았다. 머리로 이해하려고 애쓰지 않아도 그냥 알 수 있었다. 다 끝났다는 것을. 일라이저와 함께했던 행복한 시간들, 따뜻한 포옹과 숲 속 산책, 함께 모은 들꽃들을 찬장 꽃병 위에 장식해 두던 나날들이 끝났다. 앤이 꿈꿔 왔던 것들, 자수 놓은 식탁보와 보라색 라일락나무, 새끼 고양이, 인형이 전부 사라졌다. 잠에서 깨어 사라지는 꿈처럼, 허무하게 걷히는 짙은 안개처럼.

그래서 일라이저가 아빠와 이야기하러 헛간으로 갈 때, 앤도 몰래 따라와서 판자가 느슨해서 틈새가 있는 곳에 쭈그리고 앉아 엿들었다. 앤은 전에도 이렇게 엿들은 적이 있었다. 토머스 씨가 집에서 "다들 조용히 좀 해!" 하고 고함을 지르다가 그가 제일 시끄럽다고 말대꾸한 토머스 부인의 따귀를 때리고, 트루디의 교과서들을 죄다 벽에 던지며 고래고래 소리 지르고는, 헛간 문을 쾅 닫고 들어가 버린 적이 있었다. 그때 앤은 한쪽 구석에서 몸을 최대한 웅크리고 지켜보고 있었다. 꼬마 녀석들 셋이 악을 쓰며 울고, 트루디도 큰 소리로 엉엉 흐느껴 울며 교과서를 집어 들고 있었다. 앤은 이 모든 슬픔에서 달아나려고 뒷문으로 빠져나왔다.

그런데 헛간에서 이상한 소리가 들렸다. 슬픔의 신음 소리……. 앤은 헛간 옆면에 판자가 헐거워진 곳으로 가서 풀숲에 납작 엎드렸다. 판자 사이로 안이 들여다보였다. 놀랍게도, 토머스 씨가 울고 있었다. 그가 착유용 걸상을 주먹으로 계속 내리치면서, 정말로 눈물을 흘리고 있었다. 그러다가 가끔 주먹질을 멈추고 소의 불룩한 배에 뺨을 대고 울부짖었다. 끔찍하고도 낮은 울음이었다. 그때 앤은 네 살이었는데, 토머스 씨가 아파하는 게 느껴졌다. 그는 자신이 저지른 못된 행동들에 스스로 상처를 입고 있었는데, 그 복잡한 생각들을 말로 풀어낼 수가 없어서 앤은 마음에만 담아 두었다. 하지만 앤은 토머스 씨에 대한 마음이 달라진 것만은 또렷이 느꼈다. 뭔지는 모르지만 그를 미워하는 생각으로부터 멀어졌다.

앤을 떼어 놓아야만 일라이저가 결혼할 수 있다는 사실을 알게 된

이 끔찍한 날에, 앤은 일라이저와 토머스 씨 사이에 오고가는 대화를 모두 지켜보았다. 그것으로 슬픔이 사라지지는 않았지만, 두 가지 사실을 알게 되었다. 하나는 매우 곤란한 처지에 놓였을 때 토머스 씨에게 도움을 청할 수 있다는 것이다. 물론 술에 취해 있으면야 소용없겠지만, 적어도 토머스 씨가 때릴까 봐 걱정할 필요는 없었다. 다른 하나는, 토머스 씨가 앤을 좋아한다는 것이었다. 앤은 사랑받는 일에 익숙하지 않았다. 토머스 부인은, 어쩌면 조금쯤은 앤을 좋아했을지 모르지만, 그런 말은 한마디도 안 했고 전혀 그렇게 행동하지도 않았다. 트루디와 마거릿은 앤을 완전히 무시했다. 호러스와 에드워드와 해리는 걸핏하면 앤을 때렸는데, 다들 당연하게 생각했다.

일라이저의 사랑으로 그 모든 것을 견딜 수 있었다. 비참한 환경이었지만 곁에 일라이저가 있는 한 앤은 쾌활하고 행복한 아이였다. 봄에 피어나는 꽃들, 여름에 느껴지는 햇살, 거친 들판에서 자라는 민들레와 미나리아재비, 느릿하고 순한 늙은 소, 늦가을에 부는 선선한 바람, 겨울에 소복이 쌓이는 하얀 눈, 별처럼 반짝이는 백만 가지 눈의 결정체, 일라이저의 《로열 리더》에 나오는 동물들과 멋진 드레스를 입은 숙녀들의 사진들…… 일라이저와 함께면 늘 행복했다. 일라이저는 언제나 그 자리에 있었다. 하지만 이제 모든 것이 변할 것이다.

'행복한 삶은 끝났어.'

앤은 직감했다. 앤은 혼자 숲으로 들어가서 온 숲이 흔들리도록 악쓰며 울고 싶었다. 하지만 떠나겠다는 일라이저의 결심을 처음 들은 이날은 갑자기 장님이 된 것 같았다. 아무것도 보이지 않았다.

19

일라이저의 결혼식

일라이저와 로저에게 결혼 예식은 없었다. 새 드레스나 부케, 부드러운 연주도 없었다. 특별 제작한 삼단 케이크와 분홍색 탄산 음료를 나누며 모두가 함께 웃는 피로연도 없었다. 토머스 씨가 철도 회사에 일자리를 구했어도, 점점 불어나는 가족을 먹여 살리기에는 돈이 충분하지 않았던 것이다.

일라이저와 로저는 마틴 맥클라우드 목사님 댁으로 가서 결혼식을 올렸다. 맥클라우드 부인이 들러리 겸 증인으로 섰다. 그녀는 들꽃으로 작은 꽃다발을 만들어서 탁자 위에 성경책과 나란히 놓고, 가장 고급스러운 놋쇠 촛대에 양초를 밝혀 꽃다발 옆에 세웠다. 로저의 가족은 모두 펀디 만에 접한 뉴브런즈윅 세인트조지에 살았기 때문에 그쪽 가족들도 다녀가기엔 무리였다.

토머스 부인은 큰딸의 결혼식에 참석할 계획이었는데, 그날 아침에 양수가 터지는 바람에 버트가 의사를 모시러 달려 나가야 했다. 맥클라우드 목사가 일라이저와 로저에게 남편과 아내가 되었음을 선언하던 순간, 집에서는 일라이저의 네 번째 남동생 노아가 태어나고 있었다.

마지막 순간까지 일라이저는 앤이 결혼식에 와 주기를 소망했다. 하지만 일라이저가 앤을 두고 로저와 결혼하기로 결심한 순간부터 이상하게도 앤은 일라이저를 피해서 말없이 젖병을 데우고, 우유를 가져오고, 기저귀를 빨고, 뒷마당에서 채소를 캤다. 일라이저가 말을 걸어도 못 들은 척했고, 안아주려 하면 몸이 굳어졌다. 마치 일라이저의 존재가 없는 것처럼 행동했다.

그날 아침, 일라이저는 앤에게 애원했었다.

"이건 내게도 힘든 일이야. 제발, 앤. 나한테 말 좀 해. 조금만 웃어 줘. 손이라도 잡든지, 뭐든지 좀 해 봐. 결혼식 날 나를 슬프게 하지 말아 줘!"

앤은 일라이저 언니가 결혼식 날 슬프대도 상관하지 않았다. 애초에 결혼이 다 뭐길래? 앤에게 결혼이란, 일라이저가 로저의 아내가 되어 집을 떠나기 때문에 모든 행복이 죽는 일이었다. 그러니 일라이저 언니가 슬프면 좀 어때? 앤은 너무 슬퍼서 일라이저 언니의 마음까지 헤아리지 않았다. 아이는 충격으로 마음의 문을 닫아걸었다. 다만 엄청난 분노만 뚫고나왔다. 신혼집에 앤을 못 오게 한 로저에게 화가 났고, 로저를 따라가려고 앤을 이 춥고 소란스러운 집에 버리는 일라이저에게 화가 났다. 심지어 이렇게나 아기를 많이 낳은 토머스 아주머니에게도 화가 났다.

정오가 되자, 앤은 어차피 결혼식에 갈 수 없게 되었다. 토머스 부인이 산통을 시작해서 토머스 씨는 산파를 데리러 나갔으니, 집에 남아서 어린 녀석들을 돌볼 사람이 앤뿐이었던 것이다.

일라이저는 스토브에 냄비를 올려서 물을 끓였다. 그러고는 슬픈 마음으로 2층으로 올라가 제일 아름다운 옷을 꺼내 입었다. 앤의 엄마가 입었던 장미색 시폰 드레스로, 깃이 높고 가슴팍에 레이스가 풍성하게 달려 있었다. 그녀는 앳된 신부에게 어울리는 올림머리를 하고, 귀 뒤에 조그만 장미를 꽂았다. 작은 거울 앞에 서서 발그레한 색을 내려고 두 뺨을 꼬집었다. 아주 예뻐 보였다. 아래층으로 내려가면 언제나처럼 앤이 달려와 나를 힘껏 끌어안겠지. 앤의 손이 끈적끈적하든, 이 예쁜 드레스에 우유가 쏟아지든 상관 없어.

하지만 그녀가 부엌으로 들어갔을 때, 앤은 흔들의자에 앉아서 한 살 된 해리에게 우유를 먹이고 있었다. 앤이 잠깐 고개를 들었다가, 결혼식 준비를 끝낸 사랑스러운 차림의 일라이저를 보고는 눈이 휘둥그레졌다. 하지만 이내 앤은 시선을 내리고 아기에게 우유를 먹였다. 앤은 그 옷차림의 의미를 알았기에, 그토록 아름다운 일라이저를 바라보기가 괴로웠다. 호러스가 쿵쿵 뛰어다니다가 장난감 마차로 앤의 다리를 때렸지만, 앤은 아픔도 느끼지 못했다. 호러스는 네 살이었다. 앤은 고작 1년 6개월 더 일찍 태어났을 뿐이었다.

그때 현관문이 열리고 토머스 씨가 들어왔다. 의사가 뒤따라 들어

왔다. 모든 일이 빠르게 진행됐다. 일라이저는 땀으로 축축하게 젖은 엄마의 뺨에 입을 맞추고 순산을 기원했다. 조애너가 간신히 말했다.

"네가 앤을 두고 가서 다행이야, 일라이저. 아기가 넷이나 되는데, 도와줄 사람이 없으면 어쩔 뻔했니."

순간 산통이 밀려왔고 신음은 비명이 되었다. 의사가 일라이저를 옆으로 밀어내고 조애너를 진찰하기 위해 허리를 굽혔다. 꽃다발을 한아름 안은 로저가 도착했다. 버트는 스토브 옆에 서서 물이 끓기만을 기다렸다. 호러스와 에드워드는 사방으로 뛰어다녔다. 앤은 말없이 앉아서 해리에게 우유를 먹였다. 일라이저가 무릎을 꿇고 앤의 뺨에 입을 맞췄다. 앤의 시선은 아기에게 고정되어 있었다.

"날 용서해 줘, 앤."

이 말을 남기고 그녀는 로저와 함께 집에서 걸어나갔다.

20
마음의 친구

일라이저가 결혼하고 한 달쯤 지난 어느 날, 앤이 숲에서 엉엉 목놓아 운 날로부터는 3주가 지났을 때, 앤은 부모님의 것이던 고풍스러운 책장에 접시들을 정리해 넣고 있었다. 책장은 이제 찬장이 되어서 빛이 거의 들지 않는 어둑한 구석 자리에 놓여 있었다. 접시를 다 넣고 문을 닫을 때 유리에 얼핏 한 소녀가 비쳤다. 앤은 바라보고 또 바라보았다. 유리 속 소녀도 앤을 마주 보았다. 유리에 비친 제 모습이었다. 하지만 어두운 탓에 그 소녀가 주근깨도 없고 머리카락도 갈색이어서, 앤은 잠깐 동안 소녀를 다른 사람으로 착각했다. 제 모습인 줄 안 후에도 한동안 그 생각에 매달렸다. 앤은 숨죽여 중얼거렸다.

"친구! 친구!"

집 안이 평소와 다르게 고요했다. 토머스 부인은 네 아이와 함께 잠들어 있었다. 토머스 씨는 벌써 여러 주째 술을 끊고 착실하게 직장에 나가 있었다. 앤도 일라이저가 떠난 슬픔에 조금 익숙해졌다. 그리고 새로 태어난 아기에게 정을 붙였다. 아기는 토머스 가의 다른 아이들만큼 많이 울지 않았다. 그리고 훨씬 못생겼다. 사실은 꽤나 이상하게 생겼다. 코는 지나치게 컸고, 눈은 한쪽이 약간 비뚤어졌다. 사팔눈까지는 아니지만 다른 아이들에 비해 굉장히 못생겼다. 앤은 언제나 자기가 못생겼다고 생각했다. 남들이 깨알 같은 주근깨, 새빨간 머리카락, 깡마른 다리라고 부르는 것에 익숙했다. 토머스 집 안 아이들의 잘생기고 아름다운 외모가 늘 부러웠고, 그들 속에서 갈수록 진한 소외감을 느꼈다. 그래서 앤은 노아에게 묘한 끌림을 느꼈다. 다른 아이들보다 노아를 돌볼 때 행복했다. 게다가 토머스 씨가 다시 돈을 벌고, 꽤 오랫동안 술을 마시지 않았기 때문에 먹을 것들이 풍성했다. 얼어붙었던 앤의 마음은 아주 조금씩 녹고 있었다.

거기에 찬장의 유리문 뒤에서 이 환상의 친구, 마법의 친구까지 나타났다. 앤은 일라이저 언니에게 제 생각과 꿈과 비밀을 털어놓곤 했었는데, 지금은 아무도 없었다. 어쩌면 찬장 속의 새 친구에게 털어놓을 수 있을 것 같았다.

'식구들이 이 구석자리는 잘 안 오니까, 주위에 아무도 없을 때 이 아이에게 얘기할 수 있겠어. 아! 마법의 친구는 이름이 뭘까?'

바로 그 순간 앤의 입가에 이름 하나가 맴돌았다.

"케이티 모리스!"

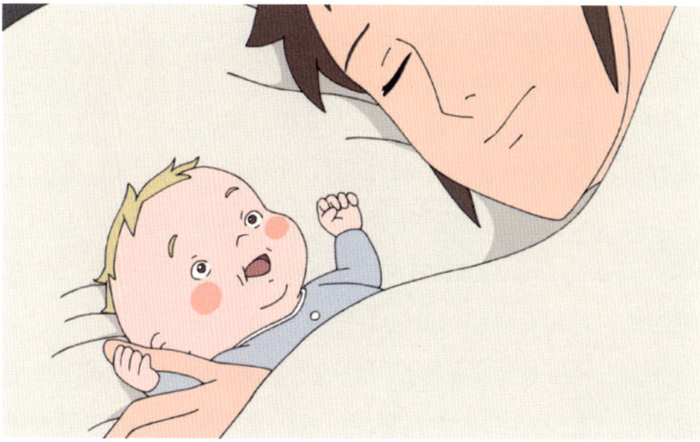

앤은 소리내서, 그러나 작은 소리로 조심스럽게 불러 보았다.

"너는 폴짝폴짝 뛰어오르는 행복한 사람이야. 고요하게 움직이는 강처럼 온화한 친구야. 일라이저 언니 친구 이름이 케이티 모리스라는 걸 들었을 때 내가 느꼈던 바로 그대로 말이야."

유리 안의 작은 여자애도 말하고 있었다. 그 애의 입술이 앤의 입술과 똑같이 움직였다. 갑자기 노아의 울음소리가 들려서 앤이 손을 들어 작별 인사를 할 때도, 케이티 모리스는 함께 손을 들어 작별 인사를 건넸다.

3주 만에 처음으로 앤은 외풍 센 이 집의 부엌에 기쁜 마음으로 들어섰다. 내일까지 기다리기가 힘들었다. 일라이저가 책을 읽어 주기 시작한 이후로, 앤은 자신의 꿈과 환상에 대한 이야기를 만들어 보고 싶었다. 일라이저가 떠나고 더 슬퍼지자, 자기 이야기를 누군가와 나누고 싶은 마음이 더 절실했다. 하지만 주변에 말할 사람이 아무도 없었다! 글자를 알았더라면 종이에라도 썼을 텐데, 앤은 글을 쓸 줄 몰랐다. 그런데 갑자기 속마음을 털어놓을 친구가 생긴 것이다. 케이티 모리스에게 하고 싶은 말이 너무나 많았다. 많은 비밀들, 슬픈 생각들과 행복한 생각들까지 다 털어놓고 싶었다. 말로 하든 글로 쓰든 상관 없겠지만, 앤이 글을 배우려면 한참이나 더 기다려야 했다. 글 쓰는 법을 배우려면 학교에 가야 하는데, 앤은 아직 여섯 살에도 넉 달이 부족한 나이였으니까.

그래도 앤은 괜찮았다. 말동무가 생겼으니까. 케이티 모리스는 앤의 말을 가로막거나 입 좀 다물라고 핀잔 주지 않고 다 들어줄 것이다. 이 멋진 일은 내일 오후부터 시작될 것이다. 아이들이 낮잠을 자고 토머스 아주머니도 잠깐 쉬러 들어가면. 케이티 외에는 아무도 내 말을 못 듣겠지. 이제부터 케이티가 내 얘기를 전부 들어줄 거야!

그날 밤, 앤은 잠들지 못했다. 내일 케이티 모리스와 만날 생각에 잔뜩 들떠 있었다.

'새 친구는 아름다운 진초록색 드레스를 입었을 거야. 속치마가 세 개 이상 있고 밑단이 전부 레이스인 드레스야. 갈색 머리에 뽀얀 피부와 아름다운 미소를 지녔겠지.

무슨 이야기부터 할까? 아, 내 부모님과 자그마한 노란 집이 좋겠어. 내가 아기였을 때 엄마가 날 얼마나 예뻐했는지, 아빠가 얼마나 자상하셨는지, 절대로 화내는 법이 없고 술도 마시지 않았다고 얘기해 줘야지. 노란 집 현관문 옆에 라일락 향이 가득했고, 뒤마당에 알록달록한 꽃들이 만발했던 것도 말할 거야. 케이티는 내 엄마가 얼마나 예쁜 인형을 만들어 줬는지도 궁금하겠지. 그때 나는 아직 인형을 가지고 놀기에 너무 어렸지만 말이야. 집 안은 항상 따스했고, 날마다 맛있는 음식도 가득했다고 말해 줘야지. 큼직하게 잘라서 산딸기 잼을 바른 빵과 당밀 쿠키들이 수북이 쌓여 있었다고……. 케이티 모리스는 내 이야기를 아주 흥미로워 할 거야!'

이튿날 오후, 앤은 문득 자신이 케이티 모리스를 진짜 사람으로, 첫 번째 또래 친구로 믿을 수 있을지 잠시 걱정했다. 하지만 곧 걱정을 떨쳐냈다. 사실 앤은 이미, 자그마한 노란 집에서 엄마 아빠와 함께 산다고 상상하며 행동할 때가 많았다. 지금 자신이 엄마를 도와 쿠키와 빵을 만들고 있는데 오븐에서 풍겨 나오는 냄새가 근사하다고, 학교에서 아빠가 돌아오시기를 기다리고 있다고 말이다. 상상 속에서 엄마의 다정한 목소리나 따뜻한 품이 너무나 좋기 때문에, 앤은 그게 전부 진짜라고 믿는 것이 별로 어렵지 않았다. 케이티 모리스도 그렇게 만들 자신이 있었다.

앤은 어둠침침한 복도 끝 찬장 앞에 서서 눈을 감았다. 여럿이 코 고는 소리들이 배경음악처럼 들려와서 마음이 놓였다. 앤은 한 손을 들어 올리며 눈을 떴다. 유리문 뒤에서 케이티가 환하게 미소 지으며 손을 흔들어 인사하고 있었다. 앤은 심장 박동이 한두 박자 건너뛰는 느낌이었다.

"안녕, 케이티 모리스. 내 친구가 되러 와 줘서 정말 기뻐. 내 이름은 앤이야. 앤 셜리. 앤을 쓸 때는 끝에 꼭 'e'를 붙여야 돼."

그게 무슨 뜻인지는 모르지만 중요한 것임에 틀림없었다. 일라이저가 항상 말해 줬으니까. 앤은 잠시 말을 멈췄다. 케이티 모리스가 조용히 미소 짓고 있었다. 앤이 말하는 것은 무엇이든 열심히 들으려는 게 분명했다.

"난 네 달 있으면 여섯 살이 돼. 토머스 아주머니는 내가 아주 못생긴 아기였다고 하시는데, 우리 엄마는 내가 온 세상에서 가장 아름다운 아기라고 생각하셨어. 나는 엄마 생각이 맞았으면 좋겠는데, 넌 어떤 것 같아?"

앤은 새 친구를 만나자 마음이 따스해졌다. 자신의 생각을 모두, 심지어 일라이저에게 말할 수 없었던 것들까지 전부 이야기할 수 있었으니까. 토머스 아주머니에게 게으르고 못됐다고 혼날 때마다 얼마나 슬픈지도 말했다. 일라이저가 읽어 준《로열 리더》속의 공주인 척하거나, 용을 죽이는 용감한 기사인 척하려고 고작 몇 분간만 일을 멈췄을 뿐인데 말이다. 앤는 이미 그 얘기를 케이티에게 재잘거리고 있었다.

"기저귀 빨래 같은 재미없는 일을 하고 있으면 그냥 그렇게 돼. 저절로 말이야. 그런데 일단 그런 게 떠오르면 하던 일을 멈춰야 하거든. 공주가 입은 옷과 용의 생김새를 봐야 해서 말이야. 그건 게으르거나 못된 게 아니잖아. 안 그래, 케이티?"

앤은 케이티를 뚫어져라 바라보았다. 친구가 머리를 절레절레 흔들고 있었다. 앤은 안도의 한숨을 내쉬었다.

"오, 케이티 모리스! 네가 이해할 줄 알았어. 그럼 지금부터는 내 멋진 부모님에 대해서 전부 얘기해 줄게."

앤은 한 시간 반 후에 아기 울음소리가 터져나올 때도 여전히 이야기하고 있었다.

21

앤과 케이티 모리스

앤은 하루도 빠짐없이 케이티 모리스와 만났다. 그러면서 매일 조금씩 일라이저 언니의 빈자리를 더 편안하게 받아들였다. 때때로 잠들기 전에 눈을 감으면, 결혼식 날 로저와 함께 떠나는 언니를 쫓아 나가 마지막으로 꼭 껴안고 입맞추며 사랑한다고 말해 주지 못한 게 후회스러워서 한참을 뒤척였다. 이제 일라이저 언니는 머나먼 뉴브런즈윅에 있어서 도저히 그런 마음을 전할 수 없는데, 케이티 모리스에게 그런 후회를 이야기하면 어쩐지 앤의 마음을 정확히 이해하는 듯했다.

"참 속상해. 일라이저 언니가 떠나던 날 착한 행동을 못했거든. 심지어 일주일 내내 최고로 고약하게 굴었어. 너, 찡그리고 있구나. 너도 내가 토머스 아주머니의 말대로 정말 못된 아이라고 생각하니? 하지만 심장이 얼어붙고, 혀가 입천장에 달라붙어서 아무 말도 할 수 없었는걸. 일라이저 언니가 날 버리고 로저 아저씨를 선택했잖아! 겨우 6개월 안 사람을. 나랑은 몇 년을 알았으면서. 로저 아저씨도 나빠. 어떻게 새집에서 함께 살 수 있는 기회를 내게서 빼앗을 수가 있지? 아마 내 부모님의 집처럼 노란색이었을 텐데. 새 인형과 새끼 고양이, 어쩌면 책까지 생겼을지 모르는데. 일라이저 언니가 책을 다 가져갔어. 나한테 읽어준 시와 사진들이 있는 《로열 리더》 말이야. 그 정도는 나를 위해 남겨 줘도 되지 않았을까?"

케이티 모리스가 한쪽으로 고개를 기울이고 슬픈 표정으로 앤을 바라보았는데, 앤을 못된 아이로 생각하는 것 같지는 않았다. 앤은 훨씬 더 많이 얘기할 용기가 생겼다.

"일라이저 언니는 내가 자기 아이 같댔어. 그런데 어떻게 날 두고 떠날 수가 있어? 내가 얼마나 화가 났는지 넌 모를 거야. 일라이저 언니가 토머스 아저씨의 도끼를 가져다가 내 심장을 100조각으로 쪼개 버린 것만 같았어. 난 아직 100까지는 못 세. 학교에 갈 나이가 안 됐거든. 하지만 모두들 100이 아주 많은 거랬어. 그러니 심장을 100조각으로 자른 사람에게 다정하게 대하기란 쉽지 않아. 내가 무지무지 화가 나서 꼼짝도 못 하겠는데, 어떻게 언니를 껴안을 수 있겠어? 어떻게 내 어머니의 드레스(토머스 아주머니가 말해 줬어)를 입은 모습이 아름답다고 말해 줄 수 있었겠어? 안 그래, 케이티 모리스?"

틀림없이 케이티 모리스가 고개를 끄덕인 것처럼 보였다.

"그런데 말이야, 지금은 후회해. 의자에 나를 묶어 놓은 것 같았던 보이지 않는 밧줄을 풀고 일어나 언니를 쫓아갔더라면 좋았을 텐데. 침대에 누우면 다른 방법들이 떠올라. 언니가 마차에 오르기 전에 따라잡아서 있는 힘껏 껴안는 거야. 그러면 언니는 로저 아저씨가 한눈파는 사이에 나를 마차로 들어 올려 좌석 밑으로 밀어 넣지. 그리고 둘이 목사님 댁으로 들어갈 때 나도 살금살금 따라가서 결혼하는 방 한쪽 구석에 숨는 거야."

앤은 케이티를 바라보았다. 그 애가 웃었다. 마치 "그래서? 얼른 계속 얘기해봐!" 하고 재촉하는 것 같았다. 앤은 말을 이었다.

"그러면 결혼식이 끝났을 때 로저 아저씨가 돌아서서 나를 봤겠지. 구석에 앉아 너무나 슬프게 눈물을 뚝뚝 흘리고 있는 나를 보고 이렇게 말했을 거야. '일라이저, 저길 봐! 앤이야! 당신의 아이와 다름없는 앤이 저기 있어. 저 아이한테서 당신을 떼어 놓다니 내가 나빴어. 앤과 함께 갑시다. 라일락과 데이지가 피는 작은 집으로 데려갑시다. 우리 집에 빨강머리 소녀가 있으면 즐거울 거야. 생일에 예쁜 인형도 사 주자고. 아, 아이가 너무나 슬프고 외로워 보이는군. 일라이저, 앤을 가까이 오라고 해요. 내가 껴안아 줄 수 있게. 그러면 우리 셋이 함께 뉴브런즈윅으로 가자는 내 말이 진심이라는 걸 앤도 알게 될 거요.'"

공상이 너무나 생생하고 행복해서 앤의 주근깨투성이 뺨에 행복한 눈물이 흘러내렸다. 케이티 모리스도 울고 있었다.

"그러면 난 달려가서 로저 아저씨를 껴안았을 거야. 아저씨를 미워하지도 않았을 거야. 아저씨가 인형뿐만 아니라 새끼 고양이도 구해 줄 거라고 믿었을 거야. 일라이저 언니는 영원히 나와 함께 살았겠지. 내 엄마의 옷을 입고, 진짜 내 엄마처럼 말이야."

앤은 한숨을 내쉬었다.

"하지만 나는 아무것도 하지 않았어. 그냥 해리에게 우유만 먹였지. 일라이저 언니와 로저 아저씨도 그냥 갔어. 그게, 일라이저 언니는 내게 뽀뽀해 줬지만, 어쨌든 가 버렸어. 난 여기 남았고."

건넌방에서 노아가 울었다. 호러스가 부엌을 뛰어다니며 금속 숟가락으로 땅땅 두들겼고, 다른 녀석들은 싸우고 있었다. 토머스 부인은 조용히 하라고 소리 지르며 말했다.

"앤! 앤! 빨리 와서 날 도와야지! 게으름 피우지 말고!"

앤이 케이티 모리스에게 손을 흔들자, 케이티도 마주 흔들었다

"내일 또 올게. 고마워, 얘기 들어줘서."

토머스네에서는 '고마워'라는 말을 쓰지 않았다. 그건 일라이저만 썼던 말이다. '네가 날 위해 그 일을 해 줘서 기쁘다'라는 뜻이었다. 앤은 '고마워'라고 말할 때 일라이저와 함께 있다고 느꼈다.

앤은 단어들을 좋아했다. 단어를 더 많이 알고 싶었다. 때때로 아주 복잡한 생각이 들었는데, 그것을 어떻게 표현해야 할지 몰라서 답답했다. 일라이저가 책들을 놓고 갔더라면 새 단어를 많이 배울 수 있었을 것이다. 길고 어려운 단어까지도. 글자는 못 읽어도 사진을 보고 상상했을 테니까. 하지만 일라이저와 함께 책들도 사라졌다.

"지금 가요!"

앤이 대답하면서 부엌으로 달려갔다.

22

토머스 씨의 상상

앤은 월요일부터 금요일까지 케이티 모리스와 만났다. 긴 만남일 때도 있고, 아주 짧을 때도 있었다.

"안녕, 케이티 모리스. 오늘은 너랑 얘기할 시간이 없어. 빨래하는 날이거든. 토머스 아주머니가 빨래하시는 거 돕고 물도 날라야 돼. 기저귀도 짜고. 으, 진짜 싫다. 손이 아프거든. 내일 이야기하자."

그저 순식간에 속삭이고 돌아설 때도 있었다.

"미안해, 케이티 모리스. 오늘은 네게 갈 수 없어."

그래도 워낙 자주 만나서, 앤은 자신이 무서워하는 것들과 좋아하는 것들, 슬픈 일들, 근사한 것들과 소망하는 일들까지도 다 말할 수 있었다. 일라이저 언니가 있을 때보다 좋을 순 없어도, 꽤나 좋았다.

일라이저가 '화산'이 무엇이고 어떻게 '분출'하는지 알려 준 적이 있었다. 앤은 두 개의 단어가 너무나 근사해서 마음속에 그림을 떠올렸다. 하지만 그 단어를 써먹을 곳이 마땅치 않았다. 만약 "노아가 아침 먹은 것을 분출하고 있어요"라고 말한다면, 이 집안의 누구도 도대체 앤이 무슨 말을 하는 건지 모를 테니까. 그런데 이제는 새 친구에게 말할 수 있게 됐다.

"케이티 모리스, 너와 함께 있으면 나는 '화산'이 돼. 넌 내가 엄청나게 '분출'해도 전혀 싫어하지 않고, 오히려 내가 하는 모든 이야기들을 재미있게 들어 주니까."

앤은 케이티 모리스에게 토머스 씨의 분노와 폭력에 대해서도 말했다. 앤이 잠깐 일손을 멈추고 자신이 공주나 백마, 아니면 다정한 엄마를 가진 주근깨 하나 없는 평범한 아이라고 꿈꿀 때 토머스 부인이 얼마나 화를 내는지도 말했다. 뿐만 아니라 일라이저가 《로열 리더》에서 읽어 준 이야기와 시도 들려주고, 함께 산책하면서 보았던 광경들도 묘사해 주었다. 숲속의 조각상 같던 왜가리들, 수백 송이의 야생화들, 친절한 눈을 가진 거대한 갈색 소들, 볼링브룩 시내에서 뒷자락이 잔뜩 부풀고 계단을 오를 때 레이스 속치마가 드러나는 드레스를 입고 걷는 여자들, 가을의 단풍나무들……. 하지만 앤은 케이티 모리스에게 이렇게 말했다.

"내가 본 것들도 멋있지만, 네가 사는 곳은 훨씬 더 아름다워."

찬장 문 안쪽은 요정과 여왕과 왕이 사는 성이었고, 일라이저가 얘기해 주었던 것들이 존재하는 완벽한 세상이었다. 온 세상의 근사한 것들이 모두 유리문 뒤에 숨어 있었고, 케이티 모리스는 그 한가운데에 있었다.

토머스 씨는 술을 멀리한 지 오래되었다. 아들놈들이 일으키는 소음에 짜증을 내긴 했지만, 사납고 흉악하게 분노를 터트리던 일은 과거가 되었다. 부인에게 친절하고 상냥했다. 사랑하던 마음은 사라졌지만, 더 이상 미워하지도 않았다. 앤에게는 절대로 화내는 법이 없었다. 사실 앤을 보고 있으면 당황스러우면서도 흥미로워서, 둘만 있을 때면 말을 걸었다.

부엌이 유난히 더 소란스럽던 어느 날, 어린 사내 녀석들이 고함치며 뛰어다니고, 서로 레슬링을 하거나 때리고, 부인이 제발 그만두라고 소리치고 있을 때, 토머스 씨가 의자를 가져다가 앤의 옆에 앉았다. 앤은 노아를 안고 흔들의자에 앉아 우유를 먹이는 중이었다.

"안녕, 얘야."

"안녕하세요, 토머스 아저씨."

"여기서 서로 두들겨 패는 아들놈들을 보고 있자니 괴롭구나. 전쟁터가 따로 없어. 난 조용한 게 좋거든. 그런데 얘야, 넌 어떻게 차분할 수가 있니?"

"아저씨가 술에 취해서 화내고 아주머니를 때리실 때에 비하면 지금이 조용한 걸요. 게다가 아기에게 우유 먹이는 건 아주 평화로운 일이에요. 난 노아가 좋아요. 얘는 웃기게 생겼어요. 노아도 나를 잘 따르니까, 가끔 노아가 내 아이인 척해요. 마음속으로 그런 척하면 엄청나게 나쁜 일들까지도 그렇게 지독하지는 않게 돼요. 아저씨도 한번 해 보세요."

앤의 커다란 눈이 토머스 씨를 올려다보았다. 오늘은 초록색이었다. 어쩔 때 앤의 눈동자는 회색빛으로 보였다.

토머스 씨는 앤을 바라보며 생각에 잠겼다. 주근깨투성이에 비쩍 마른, 이상하게 생긴 조그만 아이가 커다란 흔들의자에 너무나 차분하게 앉아서 그의 아들에게 우유를 먹이고 있었다. 이 모든 울음소리와 쿵쾅거림과 아우성 가운데서도 평온하고 만족스러워 보이는 아이. 일곱 아이의 아버지이자, 남편이자, 철도 회사의 일꾼인 덩치 크고 잘생긴 남자는 이 아이처럼 되고 싶다고 생각했다.

그는 앤에게 씩 웃어 보였다. 정말이지, 얼마나 웃기는 꼬마인가.

"그런 척하다니, 그건 어떻게 하는 거니?"

"음…… 제일 쉬운 방법은 하던 일을 멈추는 거예요. 기저귀를 빨거나 마루를 닦으면서, 내가 고요하게 흐르는 강가의 큰 성에서 아름다운 인형을 가지고 노는 공주인 척하기는 힘들잖아요. 그러니까 5분쯤 일을 멈추고, 아주 열심히 내가 그 공주이기를 바래야 해요. 그러면 고요하게 흐르는 강이랑, 성의 창문이랑, 창에서 빛나는 촛불들이 눈앞에 나타나요. 나는 어느새 그 성 안의 방에서, 거대한 캐노피가 달린 침대에 앉아 인형들을 가지고 놀고 있어요. 어린 여자애들은 아무리 공주라도 인형을 좋아해요. 내가 인형을 가져 본 적은 없지만 그건 알아요. 캐노피 달린 침대도 알아요. 일라이저 언니가 말해 줬거든요. 침대 주변에 멋진 브로케이드 커튼들이 묵직하게 달려 있는 거랬어요. 그래서 침대가 자기만의 조그만 비밀의 집처럼 느껴지죠."

토머스 씨는 눈살을 찌푸렸다.

“어떻게 하는 건지 난 잘 모르겠구나.”

“자기가 정말로 좋아하는 행동이나 갖고 싶은 거, 아니면 정말로 되고 싶은 사람을 생각하면 쉬워요. 난 일라이저 언니랑 숲속을 산책하는 게 좋았거든요. 그래서 숲속에 산책을 나간 척하면, 갑자기 내 머릿속에 나무들과 들꽃, 조그만 점박이 무당벌레와 사랑스런 작은 두꺼비들이 보여요. 나뭇가지에 앉은 새들도 보이고, 더 열심히 생각하면 새들의 노랫소리까지 들려요. 정말 하나도 어렵지 않아요. 근데 아저씨는 아마 연습이 필요할 수도 있겠어요. 아니면, 나이가 너무 많아서 안 될지도 모르겠네요.”

앤은 노아를 안아 어깨에 대고 트림할 때까지 등을 토닥였다. 그런 후에 덧붙였다.

“내가 일해야 할 시간에 그렇게 하면 아주머니가 싫어하세요. 정말로 되고 싶은 사람이 되거나 하고 싶은 일을 하는 것처럼 느껴질 때까지 하던 일을 멈추거든요. 그건 빨래가 빨리 끝나지 않을 거라는 뜻이죠.”

“아주머니가 뭐라고 하면 기분이 나쁘지?”

토머스 씨는 아이가 어떤 대답을 할지 궁금했다.

“네, 기분 나빠요. 가끔은 아주 화가 나요. 토머스 아주머니가 내 아름다운 꿈들을 방해하니까요. 하지만 나를 화나게 만드는 일보다도, 내가 정말로 화를 낼 때 더 기분 나빠요. 그런데요, 이 집에 일곱 명이 사는데 그 중 네 명은 아무것도 못하는 꼬마들이니 할 일이 엄청나게 많잖아요. 토머스 아주머니를 도울 사람은 나뿐이고요. 그러니까 아주머니도 이해해요. 화는 나지만요.

있잖아요, 내가 호러스 나이였을 때는요, 심지어 에드워드만 했을 때부터 집안일을 많이 했거든요. 그런데 그 애들은 일을 하나도 못해요. 하지만 걔들은 아주머니의 아이들이고, 나는 아니죠. 나는 그저 고아원에 가지 않아도 되게 아주머니가 데려와 준, 엄마도 아빠도 없는 고아잖아요. 그래서 아주 감사하려고 노력해요. 하지만 때로는 내가 다른 곳에 있는 척, 다른 사람인 척해야만 가능해요."

토머스 씨는 들을수록 당혹스러웠다.

"그런 척한다는 거, 그것에 대해 더 자세히 얘기해 줄래? 시작은 어떻게 하는 건데?"

"아저씨가 하고 싶은 일이나 되고 싶은 사람을 생각하세요."

"글쎄다, 나는 아처드 씨가 되면 좋겠구나. 크고 멋진 집을 가진 부자잖니. 트루디가 일하러 간 집 말이다. 하지만 나는 그 사람처럼 제분소 주인이 되는 법을 모르니……."

"아, 그런 건 몰라도 돼요. 저도 작은 금관을 쓰고 브로케이드 치마와 가슴에 레이스가 가득 달린 드레스를 입는 공주가 되려면 어떻게 해야 하는지 모르거든요. 그래도 어쨌거나 공주인 척할 수 있죠."

"나는 그게 잘 안 되니까, 내가 하고 싶은 일부터 생각해 봐야겠구나. 어디 보자…… 그래, 난 춤추는 걸 좋아했어. 아주머니도 그랬단다. 조애너는 춤을 아주 잘 췄지. 우리가 평생 함께 춤을 추면서 살 줄 알았는데…… 인생은 그렇게 되질 못했어."

"그거예요! 춤추는 걸 열심히 생각해 보세요. 아저씨가 어떻게 춤을 췄는지. 어떤 음악이 들렸는지. 어떤 옷을 입었는지."

"그래, 노력해 보마."

그는 눈을 감고 바이올린으로 릴 춤곡이 연주되는 무도장을 떠올렸다. 구석에서 스텝을 밟다가 서서히 플로어 중앙으로 움직이는 자신의 모습이 보였다. 담배와 맥주 냄새가 났다. 풍성한 치마와 높은 레이스 칼라가 달린 옷을 입고 벽쪽에 서서, 자기들끼리 얘기하는 척하지만 사실은 춤 신청이 들어오기를 간절히 바라고 있는 어여쁜 소녀들도 보였다. 그 모든 것이 보이고, 들리고, 냄새가 맡아졌다.

그 순간 토머스 부인의 목소리가 그 꿈을 갈가리 찢었다.

"앤! 노아는 요람에 내려놓고 이리 와서 저녁에 쓸 당근을 썰어라. 너는 어째서 틈만 나면 꿈이나 꾸고 얘기하는 것밖에 모르냐. 그리고 버트! 불 땔 장작이 더 필요해요. 당신은 하루쯤 일을 쉴 수 있을지 몰라도, 난 그게 어떤 건지 전혀 몰라. 나한테 일요일은 다른 날과 전혀 다를 게 없어."

그날 저녁, 버트 토머스는 깨끗한 셔츠에 가장 좋은 바지를 입고 춤출 때 신었던 구두를 꺼내 신었다. 그리고 말에 안장을 올리고 매킨토시네 헛간으로 달려갔다. 시드 매킨토시가 남동생의 결혼을 축하하는 대형 댄스파티를 벌인다는 소식을 들었기 때문이다. 근처 코커리 마을에서 바이올린 연주자를 셋이나 불러온다고 했다. 상상으로 춤추기가 어렵다면, 진짜로 춤을 추리라. 지치도록 스텝을 밟아서 몸속에 쌓인 나쁜 생각과 찌꺼기들을 없애 버리고 싶었다.

그렇게 오랜 세월이 흘렀는데도 그의 발은 여전히 스텝을 정확히 기억하고 있었다. 키 크고 잘생긴 외모는 예쁘고 젊은 아가씨들의 마음을 사로잡았다. 그는 오랫동안 느끼지 못한 행복을 맛보았다. 지금 이 춤을 다음에 기차가 도착하기를 기다릴 때, 부엌의 시끄러운 소음을 틀어막고 싶을 때 떠올리리라. 이 신나는 음악, 발 구르기, 젊은 아가씨들의 빙빙 도는 치맛자락들을 회상하기란 그리 어렵지 않을 것이다.

그런데 이때, 한 이웃이 토머스 씨가 아내 없이 혼자 댄스파티에 와서 인기를 끄는 것을 보고 심술이 났다. 그래서 과일 펀치 잔에 럼주 6온스를 따라서 버트에게 건넸다. 버트는 들떴고, 피곤하고 갈증도 나서, 그것을 무심코 단숨에 마셔 버렸다. 그는 새벽 4시까지 파티장에서 술을 마셨고, 집으로 돌아오는 길에는 주류 밀매업자에게 들렀다.

23

해고

새벽 4시 15분, 앤은 요란한 노랫소리에 잠에서 깼다. 앤이 자는 곳은 원래 벽장이라서 창문이 없었다. 추운 겨울 새벽 한기가 느껴졌지만, 아이는 살금살금 아래층으로 내려가 부엌 창밖을 내다보았다. 말을 달려 뒷마당으로 들어서는 토머스 씨의 모습이 보였다. 그가 허공에 모자를 흔들어 대며 목청이 찢어져라 노래를 부르고 있었다.

"거기 강가에에, 아가씨가 살았네에!"

하늘에 보름달이 떠 있어서 안장에 술병들이 담긴 커다란 봉지가 매달린 것이 보였다. 앤은 자신도 모르게 손으로 얼굴을 감쌌다. 달빛이 눈에 장난친 것이기를, 잘못 본 것이기를 바랐다.

"오, 제발…… 내 짐작이 틀리게 해 주세요. 저게 내가 생각하는 것이 아니게 해 주세요."

앤은 비틀비틀 헛간으로 들어가는 토머스 씨와 그 뒤로 따라가는 말, 그리고 술병 봉지를 지켜보았다. 그가 버터제조기에 부딪힌 모양이었다. 금속 들통들이 쌓여 있는 곳으로 쿵 떨어지는 충돌음이 들렸다. 그가 말의 마구를 풀어내고 축사에 집어 넣으려 끙끙대면서 노랫소리는 시끄러운 욕설로 변했고, 그 후에는 조용해졌다. 앤은 손톱을 물어뜯으며 창가에 서서, 아저씨가 헛간에 쓰러져 그냥 잠들어 버리면 어쩌나 걱정했다. 1월의 밤 추위에 헛간에서 얼어 죽을 수도 있었다. 하지만 술에 취한 아저씨 곁에 가는 건 정말 두려웠다.

정적이 10분간 이어지자, 마침내 앤은 부츠를 신고 걸칠 만한 코트를 찾았다. 그런 다음 현관문을 열고 헛간까지 눈길을 헤치고 걸었다. 과연 토머스 아저씨는 한쪽 구석 바닥에서 술병 봉지를 끌어안고 잠들어 있었다. 어떡하지? 깨울까? 깨웠다가 술병을 휘두르면 어쩌지? 아저씨가 스스로의 분노로부터 앤을 보호하겠다고 일라이저에게 약속했지만, 지금은 약속을 잊을 정도로 취해 있었다. 얼마든지 술병으로 앤을 때릴 수 있었다. 봉지에서 삐죽 나온 술병이 제법 컸다.

헛간의 문틈 사이로 겨울바람이 휘휘 불고, 헛간 바닥에 내동댕이쳐진 랜턴은 소름끼치도록 무시무시한 빛을 깜박였다. 앤은 무서웠다. 집으로 돌아가 토머스 아주머니를 깨울 수도 없었다. 아저씨는 분명히 아내에게 더 끔찍한 분노를 터트릴 것이다. 이 헛간에는 위험한 무기들이 너무 많았다. 삽, 갈퀴, 착유용 걸상, 금속기계의 커다란 부품들, 럼주 병들…….

하지만 이대로 내버려 두면 토머스 아저씨는 먼동이 틀 때쯤 얼어 죽어 있을 것이다. 그럴 수는 없었다. 게다가 토머스 가족 중에서 앤을 좋아해 주는 사람은, 노아를 빼고는 토머스 아저씨 하나뿐인 듯했다. 어젯밤만 해도 아주 상냥하게 말을 걸어 주지 않았던가. 앤은 추위와 두려움으로 벌벌 떨면서도, 손을 뻗어 아저씨의 어깨를 힘껏 흔들었다.

"아저씨, 일어나세요!"

앤은 목에서 끌어낼 수 있는 가장 큰 목소리로 말했다. 토머스 씨가 눈을 뜨고 무시무시한 랜턴의 불빛 속에서 앤을 쳐다보았다.

"오호라! 마녀 계집애로구나! 날 구출하려고 왔어."

그는 위태롭게 휘청대며 간신히 일어섰다.

"그런데 말이야, 난 구출당하고 싶지가 않아. 얼른 비켜! 우리 둘 다 후회할 일이 벌어지기 전에."

그는 술병들을 헛간 구석으로 걷어차면서 비틀비틀 문을 빠져나갔다. 뒷문을 통해 집으로 들어가려다가, 계단 꼭대기에서 휘청하더니 쓰레기통으로 고꾸라졌다. 그가 욕설을 내뱉으며 커다란 눈삽을 집어 들더니, 그걸 통 위에 대고 두 동강을 냈다. 그 한쪽 끄트머리를 잡고 집으로 들어가면서 스토브, 싱크대, 안락의자, 탁자 등을 사정없이 두들겼다. 그러고는 뒤쪽 복도로 홱 들어가서 창장을 후려쳤다.

쨍그랑!

유리 깨지는 소리만 듣고도 앤은 무슨 일이 일어났는지 알았다. 앤는 바닥에 털썩 무릎을 꿇었다. 얻어맞은 게 바로 자신인 것처럼.

"케이티 모리스!"

다음 순간 앤은 벌떡 일어나 자신의 벽장으로 달려가서 문을 걸어 잠그고, 코트와 부츠를 걸친 채 떨리는 몸 위로 이불을 끌어당겼다. 그러고는 소리 죽여 울었다.

새벽 6시, 토머스 부인이 앤의 방문을 두드리며 소리쳤다.

"일어나라, 앤! 일어나! 아래층이 생전 본 적 없는 난장판이야. 내려와서 치우는 걸 거들어!"

문을 열었을 때 앤은 토머스 부인의 얼굴에 난 멍 자국을 보았다. 내내 울었는지 얼굴도 퉁퉁 부어 있었다. 앤은 충동적으로 아주머니에게 다가가 끌어안았다. 토머스 부인은 그 행동에 놀라서 잠깐 앤의 머리를 쓰다듬으며 마주 끌어안았다. 하지만 그 순간은 짧았다. 이내 앤을 떼어 내며 핀잔을 주었다.

"도대체 코트는 왜 입고 있니? 빨리 아래층으로 내려와. 사방이 깨진 유리 파편이야. 아이들이 다치겠어. 이런 난리 통에 녀석들이 어떻게 잤는지 모르겠네. 자, 서둘러라!"

하지만 앤의 머리속에는 온통 한 가지 생각뿐이었다.

'케이티 모리스! 나의 불쌍한 케이티 모리스.'

그런데 찬장 근처로 다가가자, 앤은 부서진 유리문이 왼쪽이라는 것을 단박에 알아보았다. 케이티 모리스의 집이 아니었다! 사실, 그녀는 지금 거기에서, 빨갛게 퉁퉁 부은 눈으로 앤을 바라보고 있었다. 앤은 비밀스럽게 그녀에게 손을 흔들어 주었다. 케이티 모리스는 지금 그녀가 말을 걸 수 있는 상황이 아니라는 것을 이해할 것이다. 그녀는 변함없이 그 자리에 있었다. 요정들과 작은 탑들이 솟아 있는 성들, 캐노피 침대들과 아름답고 화사한 보랏빛 드레스들이 환상적인 세상에 그대로 있었다. 완전히 다 잃어버린 것은 아니었다.

토머스 씨는 나흘 동안 헛간에 처박혀 밤낮으로 불을 지피고, 건초 위에서 담요를 덮고 잠만 잤다. 닷새째 되는 날 오전에 술 냄새를 풍기며 간신히 철도역으로 출근했다. 그의 상사 헤일리 씨는 매우 안타까워하며, 자신이 6개월 동안 버트가 나무랄 데 없이 근무한 사실을 상부에 보고했지만 철도역 직원들은 절대적으로 믿을 수 있어야 한다는 대답만 들었다고 말했다. 지연, 충돌, 부상, 심지어 사망사고까지도 일어날 수 있는 위험한 현장이기 때문이다. 헤일리 씨는 메리스빌에 안전 수칙이 까다롭지 않은 일자리가 하나 비어 있다고 알려 주면서, 그 일을 맡으면 작은 헛간이 딸린 집도 받을 거라고 했다. 하지만 어쨌든, 버트가 그토록 보람을 느꼈던 볼링브룩 철도역의 일자리는 더 이상 그의 것이 아니었다. 그는 해고되었다.

24

앤이 자책하다

토머스 씨는 집으로 돌아와 헛간으로 들어가서, 젖소 옆구리에 이마를 대고 한참을 그대로 있었다. 그리고 헛간 한 켠에 꾸민 자신의 공간으로 가서 남은 럼주를 절반쯤 마신 다음, 코르크 마개로 술병을 막고 바닥에 내려놓았다. 그러고는 착유용 걸상에 허리를 세우고 앉아서 헛간 벽을 응시했다.

처음으로 조애너와 함께 춤췄던 순간이 떠올랐다. 그녀가 얼마나 사랑스럽고 화려하게 춤을 췄던지 기억이 났다. 결혼식, 조금씩 짓던 헛간, 결국 완공하지 못하고 외풍을 그대로 맞게 된 집, 심각한 음주의 시작, 아름다운 세 딸을 키웠던 예전의 가정, 잘생긴 아들 셋에 못생긴 아들 하나로 이루어진 지금의 가족을 회상했다. 그 기억의 어던가에 앤의 입양과 앤의 부모가 소유했던 가구를 차지할 수 있으리라는 산산조각 난 희망이 끼어 있었다.

버트는 자신이 조애너에게 주먹을 휘둘렀던 기억들이 희미했지만, 너무나 많은 멍 자국들 앞에서 부인할 수 없었다. 조애너가 입덧으로 우울해 하면서 춤이 멈췄고, 아내가 육아와 남의 집 가정부로 일하느라 짜증이 늘면서 애틋했던 감정이 흔적도 없이 증발되었다. 조애너가 번 돈을 가져가 술을 퍼마시고 오자, 그녀는 불같이 화를 내다가 점차 침묵으로 빠져들었다. 그녀가 함께 춤추던 때처럼 매력적으로 매무새를 단장하던 일을 언제 그만두었던가를 더듬었다.

버트는 방금 해고된 철도역의 일을 자신이 얼마나 좋아했는지, 새로운 일은 얼마나 지루할지, 철도 회사의 친구들이 없으면 얼마나 외로울지에 대해서도 생각했다. 이 집의 모든 가구와 옷가지와 냄비와 팬들을 다 메리스빌로 옮길 일이 막막했고, 그 집이 일곱 식구가 살기에 좁을까 봐 걱정했다.

그는 앤을 생각했다. 이 일이 마침내 앤의 영혼을 깨뜨려 버린 건 아닐지, 아니, 자신의 영혼이 이미 깨져 버린 것은 아닌지……. 그는 몸을 앞으로 기울여 두 손에 머리를 묻었다. 한참을 있다가 말에 안장을 얹고, 마지막 럼주 병을 들고서 강둑으로 달려갔다. 그러고는 강 한가운데로 병을 세차게 집어 던졌다.

그날 오후, 철도 회사 동료 세 명이 집으로 찾아왔다. 그들은 부츠를 벗지도 않고 그냥 부엌 문간에 서서, 발을 이쪽 저쪽 번갈아가며 짝다리를 짚으면서 몸을 연신 앞뒤로 흔들었다. 무척 난처해 보였다.

"버트, 자네가 해고되었다니 우리도 아주 유감일세. 매킨토시 헛간 파티의 소동은 소문이 파다하게 퍼졌어. 앨버트 매클린티가 자네 음료에 술을 탄 거 말이야. 놈이 한 잔의 술로 자네 인생을 망친 것이나 다름없지. 우리도 그 일에 아주 화가 난다네."

그러고는 옆에 있는 남자를 돌아보았다.

"자네 차례야, 네드."

네드가 헛기침을 몇 번 해서 목청을 가다듬더니 말하기 시작했다.

"우리가 부지런히 통을 돌렸네. 어젯밤하고 오늘 말이야. 얼마 안 되지만 돈을 좀 모았어. 이사 비용이며 거기 가서 당분간 굶지 않고 지낼 정도는 될 걸세. 거기가 뉴욕시 한복판은 아니잖나. 제리 볼랜드, 이제 자네가 얘기해야지?"

그러자 이번에는 제리가 나섰다.

"내게 큰 수레가 하나 있어. 11월에 아버지가 폐결핵으로 돌아가실 때 받았다네. 말도 한 마리 더 생겼고. 그런데 그 수레가 엔간히 커야 말이지. 그걸 뭐에다 써먹어야 할지 알 수가 없더라니까. 새로 생긴 말도 그렇고. 그 녀석을 넣어 둘 데도 없고, 말을 먹이려면 돈도 상당히 들고 말이야."

그가 바닥을 내려다보았다. 목소리가 작아졌고 약간 더듬거렸다.

"자네가 그 고…… 골치 아픈 수레와 마…… 말을 가져가주면 내가 한시름 놓겠는데 말이야. 그렇게 우라지게 큰 수레를 끌려면 말이 두 마리는 필요한데 자…… 자네는 한 마리밖에 없잖나. 그걸로 자네 짐도 옮길 수 있고 아마 메…… 메리스빌에서 별도로 일을 구하는 데도 쓸모가 있을 거야."

마침내 제리는 고개를 들어 버트를 똑바로 바라보며 말했다.

"자네가 그것들을 가져가주면 참으로 고마울 걸세."

버트는 눈에 눈물이 고였지만, 눈물을 보이지 않으려고 애썼다.

"자네들, 그거 참 고맙군. 아주 고마워. 노바스코샤 사람들에 대한 얘기가 사실인가 보구먼. 북아메리카에서 가장 관대하다더니. 힘든 일이 생길 때 자기 주머니 비우는 법을 잘 안다는 것도 내가 확실히 알겠네. 뭐라 말할 수 없이 고맙네."

그러자 세 남자가 동시에 말했다. 마치 미리 말을 맞춘 것처럼.

"안녕히 가세요, 토머스 부인. 앞으로 잘 지내시길 빌겠습니다!"

남자들이 떠난 뒤, 토머스 부인은 부엌 흔들의자에 앉아 앞치마에 얼굴을 묻고 울었다. 슬픈 건지 고마운 건지 모를 일이었다. 버트는 아내의 등을 한 번 토닥이고 헛간으로 나갔다. 웬일인지 꼬마 녀석들도 조용했다. 아이들은 부엌 바닥에 앉아 있다가 손님들과 부모의 대화를 처음부터 끝까지 보고 들었다. 손님이 돌아간 지금, 눈썹을 찌푸리며 무슨 상황인지 이해해 보려고 애쓰는 듯했다.

앤은 부엌 의자에 앉아 있었다. 커다란 회색빛 눈에 복잡한 생각들이 엿보였다. 그 와중에도 한 손으로 식탁 위에 놓인 노아의 요람을 흔들어 주기를 잊지 않았다. 다른 손은 무릎 위에 가만히 놓여 있었다. 아니, 더 자세히 보니 둘째 손가락이 치마를 반복적으로 긁고 있었다. 앤은 꼼짝 않고 앉아 있었다.

토머스 부인이 갑자기 울음을 뚝 그치고 불쑥 입을 열었다.

"앞으로 이삼일은 눈코 뜰 새 없이 바쁘겠어. 지금은 우리 모두 많이 지쳤어. 호러스. 에드워드, 해리, 너희는 낮잠 자러 방으로 가. 한 마디라도 징징대는 소리가 들리면 혼날 줄 알아! 너희가 부엌에서 나가면 나도 한 시간쯤 누워야겠어. 어서 가! 다들 빨리 움직여!"

'케이티 모리스!'

케이티에게 갈 절호의 기회였다. 앤이 일어나서 부엌을 나갔지만 아무도 신경 쓰지 않았다. 앤은 뒤쪽 복도에 도착하자마자 속삭였다.

"케이티 모리스! 오, 케이티! 모든 게 완전히 엉망진창이야. 너무 두려워서 죽을 것 같아."

찬장에 남은 유리를 들여다보았다. 친구도 앤 못지않게 슬퍼 보였다.

"이 두려움을 떨칠 수 있게 도와줘. 금방이라도 화산처럼 폭발해서 분출될 것 같단 말이야. 화산이 폭발하는 장면을 직접 본 적은 없지만, 금방이라도 그렇게 터져 버릴 것 같은 기분이야.

아! 제일 무서운 게 뭔 줄 알아? 이 찬장, 네가 좋아하는 요정과 공주와 성과 용들과 용감한 기사가 모두 살고 있는 이것을 너무 크다고 수레에 싣지 않으면 어쩌나 하는 거야. 침대랑 접시랑 냄비랑 옷이랑 의자랑 사람들부터 우선 전부 실어야 하잖아. 토머스 아저씨가 두 번 왔다 갔다 하면 좋을 텐데.

만약에 메리스빌에 학교가 없으면 어떡하지? 그런 일이 생긴다면 딱 죽어버리고 말 정도로 고통스러울 거야. 학교에 못 간다면 난 계속 살 수가 없어. 내가 얼마나 오랫동안 기다렸는데. 영원처럼 긴 시간이었단 말이야.

그리고 토머스 아저씨가 계속 술을 마시면 어떡하지? 나를 때리

시진 않겠지만, 그래도 아저씨가 난폭해질 때는 너무너무 무서워. 그러면 어쩌지? 어떻게 해야 해? 아, 사는 게 너무 힘들어.

게다가, 그거 알아, 케이티 모리스? 이 끔찍한 일들이 일어난 건 모두 내 잘못이야. 내가 토머스 아저씨한테 전에 좋아하는 일을 하는 척해 보라고, 춤추는 척해 보라고 했잖아. 아저씨가 거의 성공할 뻔했는데, 토머스 아주머니가 그 꿈을 깨뜨렸고. 그래서 토머스 아저씨가 그날 밤에 진짜 춤을 추러 갔던 거야. 그런데 무슨 일이 벌어졌는지 봐! 모든 게 끝장났어. 내 잘못이야, 내 잘못!"

앤이 어두운 복도에서 눈물을 터트렸다. 케이티 모리스도 앤과 함께 울고 있었다.

Robert Browning

25
엇갈림

그 후 사흘간은 토머스 부인의 예상대로 '눈코 뜰 새 없이 바쁜 나날'이었다. 혼란스럽고, 슬프고, 흥분되고, 기운 빠지고, 피곤하고, 돌발상황들이 끊임없이 일어났다. 수레가 크긴 했지만 집에 있는 모든 사람과 모든 물건이 실릴 리도 없었다. 반드시 일부는 여기에 남겨 두거나 남에게 주거나, 쓰레기통에 버려야 했다.

앤도 쉬지 않고 일했는데, 정작 앤을 녹초로 만든 건 노동이 아니라 두려움이었다. 엄청난 두려움 때문에 제 몸만 한 짐을 들어도 무거운 줄 모르고 아이들이 말썽을 피워도 힘든 줄 몰랐다. 난생처음 앤은 일하던 걸 멈추고 공상에 빠져들지도 않았다. 머릿속이 오직 두 가지로 꽉 찼던 것이다. 케이티 모리스의 찬장, 그리고 앤 자신. 찬장은 부서져서 더 이상 아름다운 앤티크 가구가 아니었다. 그러니 남에게 주거나 장작으로 써 버릴 수도 있는 노릇이었다. 게다가 앤은 어쩌면 자신도 찬장처럼 처분될지 모른다는 생각에 사로잡혔다. 고아원에 보내질 수도 있다는 예감이 괴물처럼 마음속을 헤집었다. 결국 앤의 운명이 메리스빌의 집 크기에 달린 것 같았다.

둘째 날 토머스 씨는 복도에 산더미처럼 쌓인 짐들을 보고 깜짝 놀랐다. 메리스빌에 최소한 세 번은 왕복해야 할 분량이었다. 그는 오늘 헛간의 작업 공구들을 옮기고, 내일은 침대와 사람을, 모레 젖소와 나머지 물품들을 옮기기로 마음먹었다. 앤은 내일 아저씨가 돌아오면 집의 크기나 위치, 헛간의 상태를 알 수 있겠다고 생각했다.

이런 혼란의 와중에 많은 사람들이 들렀다. 이전에 한 번도 온 적이 없는 사람들이 많았다. 작별 인사를 하러 왔다고들 말했지만, 토머스 부부가 물건들을 버리거나 나눠 준다는 소문을 듣고 찾아온 것이었다. 이제껏 토머스 부인에게 친절한 말 한마디 한 적 없었던 이웃들이 비스킷 접시, 수프 단지, 따끈한 빵 덩어리, 심지어 돼지허벅다리로 만든 햄까지 통째로 들고와서 축복의 말을 한마디 건네고 살림살이들과 바꿔 갔다. 앤은 복도로 이어진 문가에 서서, 누군가 찬장을 싣고 사라질까 봐 겁에 질려 있었다.

제시 글리슨의 방문은 정말 뜻밖이었다. 2년 전 토머스네 집 앞에서 난폭한 장면을 목격했던 이후로 첫 방문이었다. 그 사이 그녀는 아기를 낳았다. 그러자 제니를 잃은 상처가 서서히 치유되었다. 다만 앤의 운명에 관해서는 여전히 죄책감에 시달렸고, 자신의 인생에서 가장 행복했던 버사와의 시간을 잊지 못했다. 제럴드의 벌이도 이제 더 나아졌다. 큰딸이 일자리를 구해서 집을 떠났기 때문에 집 안은 덜 북적였다. 제럴드는 제니를 잃은 후 더 온화하고 여유 있는 사람이 되었다. 슬픔은 때로 사람을 변화시킨다. 제럴드도 이제는 앤을 기꺼이 가족으로 받아들일 수 있을 것이다. 앤을 살피러 토머스네 집으로 갔다가 그냥 돌아왔던 때부터 한순간도 그 광경과 비명이 제시의 뇌리에서 떠나지 않았다. 그녀는 그때의 후회를 만회하고 싶었다. 이제는 너무 늦어서 앤이 자신의 도움을 거절할 만큼 상처 입었을지도 모르지만 그녀는 토머스 가족이 메리스빌로 사라지기 전에 마지막으로 한 번 더 시도해 봐야 했다.

제시가 토머스네 집에 다다랐을 때 마침 버트의 마차가 떠나고 있었다.

토머스 부인이 문을 닫으려다가 다가오는 제시를 발견하고 그대로 멈춰 섰다. 6년 전 버사에게 슈거 쿠키를 사랑으로 구워 주던 기억이 났다. 회한, 슬픔, 분노, 죄책감…… 그녀는 이 모든 감정에 휩싸여서 달려나가 제시를 끌어안았다. 제시는 손수건에, 조애너는 앞치마에 눈물을 훔치며 집 안으로 들어왔다.

제시는 조애너의 모습에 충격을 받았다. 볼링브룩 거리에서 마주쳤다면 못 알아보고 지나쳤을 것 같았다. 조애너가 아주 예쁜 편은 아니었어도 매력이 있었는데, 그게 전부 사라져 버렸다. 나이보다 열다섯 살은 더 늙어 보였고, 머리는 단정하게 빗으려는 노력조차 하지 않은 모양으로 헝클어져 있었다. 양미간에 영원히 없어지지 않을 팔자 주름이 새겨져서, 보기만 해도 슬픔이 도사리고 있었다.

집 안은 난장판이었다. 호러스는 부엌 식탁을 돌며 에드워드를 쫓아다니고, 해리는 자기도 끼워달라며 소리를 질렀다. 옷가지를 가득 넣은 베갯잇들이 복도에 쌓였고, 보이는 곳마다 음식, 수건, 커튼, 모포를 담은 상자들이 널려 있었다. 앤은 부엌 식탁 앞에 서서, 입에 가득 옷핀을 물고, 노아의 기저귀를 가는 중이었다.

"안녕, 앤."

제시가 말했다. 앤이 조심스레 올려보았다. 드물게 잘 차려입은 여인이었다. 찬장을 사러 왔나? 유리문을 갈아끼울 돈쯤은 있어 보였다. 앤은 저도 모르게 입에 물고 있던 옷핀들을 빼내며 찡그렸다.

"안녕하세요!"

제시는 아이의 찡그림에 약간 기운이 빠졌지만 계속 말을 이었다.

"나는 네 엄마와 아는 사이였어. 네 엄마는 내가 가장 좋아하는 친구였단다."

"내 엄마!"

앤이 거의 들리지 않는 목소리로 말했다. 아이의 얼굴이 기쁨으로 환해졌다. 조애너가 전에 한 번도 본 적 없는 표정이었다.

"그래."

제시는 길게 땋아 내린 흐트러진 빨강 머리와 버사를 똑 닮은 코와 턱, 눈부시게 환한 월터의 미소, 주근깨들, 한심하게 작은 원피스, 바쁘게 움직이는 두 손, 노아를 다루는 부드러운 손길을 한눈에 알아보았다. 제시는 조애너의 손을 잡고 뒤쪽 복도로 갔다.

"토머스 부인…… 아니, 조애너. 내가 시간이 별로 많지 않아요. 제럴드가 3시에 마차를 쓸 거라서 얼른 돌아가야 하거든요. 6년 전보다 아이가 넷이나 더 늘었네요. 당신이 지금 힘든 상황이고 이사해야 한다는 거 알아요. 당신에게 도움이 된다면 내가 기꺼이 앤을 데려가겠어요. 내가 그 아이한테 좋은 가정을 만들어 줄게요."

앤은 전혀 듣지 못했다. 제시가 뒤쪽 복도로 들어가자 역시나 찬장을 사려고 그러는 줄 알고 두려워서 노아를 안고 위층으로 올라가 버렸다. 그 여자가 엄마를 알았던 사람이라고 해도, 찬장이 떠나는 모습을 보는 건 앤에게 견딜 수 없는 일이었다.

조애너는 말없이 서 있었다. 귓가에 방금 들은 말이 울렸다.

'내가 앤에게 좋은 가정을 만들어 줄게요.'

토머스 부인은 제시가 진심인 걸 알았다. 앤에게야 항상 고아원에 보내지지 않은 걸 행운으로 알라고 말했지만, 그녀도 이 집이 앤에게 좋은 가정이 못 되는 걸 잘 알았다. 그래서 이렇게 말하고 싶었다.

'그래요. 앤을 데려가세요. 아직 시간이 있을 때 앤이 어린아이다운 시절을 누리게 해 주세요.'

하지만 순간적으로 조애너의 눈앞에 고통스런 현실이 펼쳐졌다. 새집은 지저분하고 쥐들이 득실득실할 테고, 버트는 다시 술을 마시기 시작할 것이며, 자신은 배고픈 아이들을 먹이기 위해서 일자리를 찾아야 할 것이다. 그러면 집안일은? 물을 나르고, 기저귀를 빨고, 노아를 돌보고, 아이들을 단속하고, 그 많은 설거지를 누가 하지? 그녀는 다급하게 외쳤다.

"아뇨, 나는 그 애를 6년이나 키웠어요. 난 그 애가 필요해요. 자기 밥값을 해야죠. 그 아이한테는 여기가 충분해요."

제시가 떠난 뒤, 앤은 노아를 품에 안고 천천히 계단을 내려왔다.

엄마의 친구라는 여자분에게 묻고 싶은 이야기가 있었는데, 그녀가 너무나 순식간에 뒤쪽 복도로 사라졌던 것이다. 케이티 모리스가 사는 찬장이 있는 곳! 앤은 위층에 숨어 있으면서 엄마를 안다는 여자분이 케이티의 찬장을 가져갔다고 확신했다. 그래서 계단을 다 내려가서 마음을 졸이며 뒤쪽 복도로 접어들었을 때 깜짝 놀랐다.

찬장이 아직 있었다! 앤은 다행스러운 기분에 젖어 잠시 제시가 했던 그 놀라운 말을 잊고 있었다.

'네 엄마는 내가 제일 좋아하는 친구였단다.'

아! 뒤늦게 기억이 났지만 너무 늦었다. 케이티 모리스의 안전을 확인한 대신, 엄마에 대한 천 가지 질문을 할 수 없게 되었다. 엄청난 후회가 밀려왔다. 다시 위층으로 올라가, 노아를 요람에 누이고 해리의 침대에 앉아서 두 손으로 머리를 감쌌다. 모든 게 지독하게 느껴졌다. 과거와 미래는 막막했고, 현재는 생각하기도 끔찍했다. 불확실한 인생, 끝도 없는 일, 케이티 모리스를 잃을 거라는 두려움, 명확하게 설명할 수 없는 것들에 대한 갈망…….

한 시간 후 토머스 부인이 찾으러 왔을 때, 앤은 그 자세 그대로 앉아 있었다.

"앤, 그만 내려와서 날 도와라. 저녁을 준비할 시간이잖아."

앤은 말없이 침대에서 일어나 토머스 부인을 따라 아래층으로 내려갔다. 아이는 그날 조애너와 제시 사이에 어떤 말이 오갔는지 전혀 몰랐다. 그날이 자신의 인생에서 결정적으로 중요한 날이었다는 사실을 영원히 알지 못할 것이다.

Robert Browning

26
새로운 집, 새로운 꿈

토머스 씨는 다음 날 11시쯤 돌아왔다. 엄청나게 추운 날이어서, 그가 말 두 마리와 수레를 헛간에 들여놓고 젖소 축사를 청소할 때까지 모두들 부엌에서 기다렸다. 그는 말들에게 귀리와 물을 주고, 수레에서 풀지는 않았다. 오후에 다시 메리스빌로 갈 생각이었던 것이다. 이번에는 젖소, 아들 녀석 둘과 부인, 그리고 그들의 매트리스와 이틀치 음식을 실을 것이다. 부엌으로 들어가자마자 식구들에게 변경된 계획을 말할 계획이었다. 아무리 생각해 봐도 그게 최선이자 가장 간단한 방법이었다. 젖소가 관건이었다. 하루에 두 번 우유를 짜 줘야 하니까, 반드시 우유 짜는 법을 아는 사람이 동행해야 했다.

토머스 씨가 뒷문으로 들어가 부츠에 묻은 눈을 털어내려고 발을 구르는 순간, 갑자기 부엌에 정적이 깔렸다. 부엌 스토브에서 타닥타닥 장작 타는 소리와 파이프 소리만 들렸다. 아무도 입을 열지 않았다. 그가 모자, 코트, 무거운 부츠를 벗는 동안 그들은 기다렸다. 마침내 그가 부엌으로 들어섰다. 조애너는 20년 이상의 힘든 결혼 생활에도 불구하고 새삼 남편이 참 잘생긴 남자라고 생각했다. 모자 때문에 숱 많은 검은 머리가 헝클어지고 추위와 바람으로 두 뺨이 빨갰다.

"어땠어요?"

"괜찮아, 그 집 말이야. 생각보다 꽤 커. 방이 세 개야. 하나는 나하고 당신이 쓰고, 큰 방에는 꼬마 놈들 넷을 들여보내면 되겠어. 침대 네 개도 들어갈 만큼 넉넉하거든. 처마 밑의 작은 방은 앤이 쓰고."

앤의 눈이 흥분으로 커지고 희망으로 생생해졌다.

'진짜 방! 내 방! 나만의 방!'

앤은 도저히 더 기다릴 수가 없어서 물었다.

"제 방에 창문이 있어요?"

"그래."

앤은 아픈 사람처럼 소리쳤다.

"우와! 우와! 창밖에 뭐가 보여요?"

토머스 씨는 머리를 긁적였다.

"아마 나무들이겠지. 부엌에 커다란 스토브가 있어. 연결하면 쓸 수 있을 거야. 전에 살던 사람들이 두고 간 가구도 좀 있어. 의자 세 개, 응접실에 낡은 소파하고 찢어진 쿠션 두 개, 코바늘뜨개로 된 낡은 러그 몇 개. 하지만 아마 그걸 쓰고 싶지는 않을 거야."

"아!"

앤은 자기도 모르게 소리를 냈다. 자신의 방에 러그 하나를 두고 싶었다.

이번에는 토머스 부인 차례였다.

"다른 건요?"

"접시 몇 개랑 꽃병 한두 개가 도자기 찬장 같은 곳에 들어 있더군. 그거 말고는 자잘한 거야."

앤은 숨을 죽였다.

'찬장이 이미 있다면, 케이티 모리스의 집을 두고 갈지도 모르겠네. 아예 부숴 버릴지도 몰라.'

이번에는 호러스가 물었다.

"다른 건요?"

"아이들용 수레, 낡은 곰 인형, 장난감 따위도 있는데 대부분은 망가졌더라. 너희가 쓸 만한 침대 두어 개랑 서랍 달린 장롱도 있고."

토머스 부인이 말했다.

"집 안은 깨끗해요?"

"아니. 창문 하나가 깨져서 짐승들이 들락거리던걸. 사방에 쥐랑 다람쥐 배설물들이 있어. 쥐 둥지까지 있더라니까. 아무래도 고양이를 구해야겠어. 두 마리쯤. 밤에는 헛간에 놔두면 될 거야."

'고양이! 두 마리나! 그러면 하나는 내 침대에 재울 수 있겠어. 그게 인형보다 나을 거야.'

"자, 이제 잘 들어. 우린 서둘러야 돼. 날이 금세 어두워질 거야. 젖소는 오늘 가야 돼. 조애너 당신이랑 너희 둘도. 계획을 바꿨어. 그냥 내가 하라는 대로 하면 돼. 젖소 때문에 이게 최선이야. 빨리 준비해, 조애너, 애들도 준비시키고. 이틀 동안 먹을 음식도 넉넉히 챙겨. 앤과 어린 두 녀석은 내일 다시 와서 데려갈 거야. 자, 자, 한 시간 안에 출발해야 돼. 해 떨어지기 전에 스토브를 연결해야 하니까. 따뜻하게 챙겨 입어. 바깥이 끔찍하게 추우니까. 게다가 갈 길이 아주 멀고. 당신이 음식을 준비하는 동안, 내가 가구하고 담요를 수레에 싣지. 서둘러야 어두워지기 전에 도착할 수 있어. 자, 일 시작하기 전에 배부터 채워야겠어."

"한 시간!"

토머스 부인이 눈을 치떴다. 원래의 계획보다 온전히 하루가 더 빨랐다. 하지만 그녀는 소란 피우지 말자며 자신을 다독였다. 이 혼란 속에 토머스 씨의 안달하는 성질까지 더해져 상황은 충분히 나빴다. 적어도 그가 술은 마시지 않고 있는 걸로 위안을 삼았다. 남편이 떠나 있는 동안 헛간을 구석구석 뒤졌는데, 단 한 병의 술도 나오지 않았던 것이다. 하지만 달리 보면, 그가 럼주를 챙겨갔을지도 모를 일이었다. 토머스 부인은 벌떡 일어나서 옷과 음식과 담요를 챙기러 갔다. 더 깊이 생각하지 않으려고.

앤은 차가운 햄 조각들을 접시에 담고, 감자를 익기 좋게 작게 썰었다. 빵은 큼직큼직하게 썰었다. 아직 요리까지는 무리지만, 칼질하고 끓이는 일로는 7인분의 식사도 준비할 수 있었다. 거기에 방문객이 주고간 파이가 2조각 남아 있었다.

토머스 부인은 혼잣말로 중얼거리며 분주하게 뛰어다녔다.

"스웨터, 양말, 모자, 잠옷, 베갯잇, 베개, 빵, 치즈, 남은 햄, 감자, 당근, 사과……."

앤도 계속 일을 하면서 어린애 둘을 데리고 혼자 남게 됐을 때를 생각했다.

'누가 문을 두드리면 어떡하지? 열어 줘야 하나? 다 떠나고 없는 척할까? 하지만 아이들이 울지도 몰라. 창가에 얼굴이 나타나면 어떡하지? 그런 일이 일어나면 난 죽고 말 거야. 얼어붙지 않으려면 스토브에 불을 계속 지펴야 할 텐데. 그대로 잠들었다가 집이 불타버리면 어쩌지? 토머스 아저씨가 돌아오는 길에 수레가 망가져서 이틀 이상 늦게 오시면? 우리는 뭘 먹지? 장작도 얼마 없는데…….'

이런저런 생각을 하다 보니 어느새 저녁이 준비되었다. 토머스 부부와 아이들이 식사하려고 자리에 앉았다. 앤은 몰래 빠져나와 케이티 모리스에게 달려갔다.

"잘 들어, 케이티 모리스. 오늘 밤에 결정될 것 같아. 네가 함께 가든지 여기 남든지 말이야. 그래서 이 말을 꼭 해 주고 싶었어. 그동안 내 친구가 되어 줘서 고마워. 나의 슬픈 이야기들을 들어줘서 고마워. 내 꿈들이 이루어질 거라고 믿어 줘서 고마워. 나한테 단 하나밖에 없는 진실한 친구가 되어 줘서 고마워.

새로 이사 가는 집에는 쥐랑 다람쥐가 많대. 고양이를 키워야 하나 봐. 두 마리쯤. 이보다 더 근사한 얘기를 들은 적 있니? 한 마리는 어쩌면 내가 좋아하는 회색 고양이가 아닐까? 내 침대에서 재우고 싶어. 내게 몸을 살며시 붙이겠지. 나는 고양이가 따뜻하고 사랑받는 기분을 느끼도록 꼭 껴안아 줄 거야. 그러면 나까지 사랑받는 느낌이 들 거야. 창문이 있는 내 방에서 말이야.

너도 꼭 와야 하는데. 그래야 내가 내 방도 알려 주고 고양이들을 들어 올려서 너한테 보여 줄 수 있잖아."

부엌으로 돌아오라고 소리치는 토머스 부인의 목소리가 들렸다. 그들은 식사를 끝내고, 이미 살림들을 수레로 실어 나르고 있었다.

"앤, 찬장의 접시들 다 꺼내서 상자에 조심히 넣어. 시트에 잘 싸서. 수레에 찬장을 실을 수 있겠어. 그러니까 얼른얼른 거기서 접시들을 꺼내. 조심히! 하나라도 깨면 혼날 줄 알아."

잠시 앤은 입을 벌리고 토머스 부인의 앞에 서 있었다. 놀라움과 더없는 기쁨으로 그녀의 작고 야윈 얼굴은 환하게 밝아졌다. 그러다가 정신을 차린 듯, 큰소리로 외치며 접시들을 챙기러 달려갔다.

"아, 고맙습니다! 고맙습니다!"

버트가 다른 짐을 가지러 들어왔을 때, 토머스 부인이 머리를 절레절레 흔들며 말했다.

"내 평생 저렇게 이상한 애는 처음 본다니까요. 할 일을 잔뜩 안겨 줬는데 나더러 고맙대요!"

두 마리 말이 끄는 수레가 사람 네 명과 찬장, 많은 상자들, 젖소를 싣고 떠났다. 그 모든 것이 굽이진 길가에 있는 가문비나무 숲길로 들어가자 시야에서 완전히 사라졌다. 앤은 멋대로 날뛰려는 상상력을 납작하게 눌렀다. 아무 생각도 하지 않으려고 정신을 집중했다. 문을 잠그고 일하기 시작했다. 아직 눈 덮인 들판에는 태양이 내리비쳤고, 빛이 있는 동안에는 안전한 느낌이었다. 물을 데우고 설거지를 했다. 난로에 장작을 새로 넣었다. 새로운 먹이가 들어가자 불길이 호의적인 소리로 화답했다. 두 아이의 잠자리를 준비했지만, 외로움을 느끼지 않으려고 평소보다 늦은 시간까지 재우지 않았다. 앤은 뒤쪽 복도로 들어가 케이티 모리스가 머물던 텅 빈 공간을 바라보고 또다시 큰 소리로 외쳤다.

"고맙습니다!"

날이 완전히 어두워지자 앤은 창밖을 보지 않았고, 밖에서 들여다보는 얼굴이 있으리라는 생각도 애써 마음에서 몰아냈다. 그 대신 화사한 보랏빛 드레스를 입은 공주와 잘생긴 왕자가 꼬리에 방울을 매단 백마를 타고 등장하는 이야기를 지었다. 따뜻한 스토브 옆 걸상에 해리를 앉히고, 노아는 낡은 요람에 누였다. 그들은 밤새도록 깔깔 웃는 소리를 내는 따뜻한 장작 스토브 옆의 부엌 바닥에서 잠들었다. 앤의 예쁜 상상력과 함께.

27

메리스빌의 다락방

해리와 노아와 앤을 태운 수레가 메리스빌에 도착했을 무렵, 토머스 부인은 집 안의 짐승 똥들을 죄다 쓸고 스토브에 끓인 뜨거운 물로 바닥 청소까지 막 끝낸 참이었다. 토머스 씨가 전날 저녁에 연통을 연결한 것이다.

앤과 두 소년은 집으로 달려들어가 이리저리 뛰어다니며 구석구석 살폈다. 앤은 찬장부터 찾았다. 찬장을 부엌 한가운데 놓았으면 어쩌나 걱정했는데, 다행히 주사로 유리를 깼던 것이 내심 부끄러웠던 토머스 씨가 지하실로 내려가는 문 근처 으슥한 곳에 두었다. 뒷문 옆에 지저분한 코바늘뜨개 러그 여러 개와 부서진 가구가 놓여 있었다. 버리려고 모아 둔 모양이었다. 앤은 부엌으로 달려갔다.

"아주머니, 제발, 제발요. 러그 하나 가져도 돼요? 가져도 괜찮죠? 새로 생긴 내 방에 놓을래요."

갑작스러운 앤의 애원에 토머스 부인은 어리둥절해서 하던 일을 멈추고 바라보았다.

"뭐? 아, 그 지저분하고 조그만 코바늘뜨개 러그! 그래, 하나 가지렴. 더 많이 가져도 좋고. 하지만 우선 꼭 밖으로 가져가서 눈으로 빨아라. 얼마나 때가 눌어붙었는지 무늬가 하나도 안 보이잖니."

말이 끝나기도 전에 앤이 문으로 달려 나가자, 토머스 부인이 다급히 외쳤다.

"나중에! 오늘은 해 떨어지기 전에 해야 할 일들이 산더미야. 네가 날 많이 도와야지. 어서! 나는 음식을 챙겨야 하니까, 너는 그동안 저 커다란 상자들부터 풀어서 정리하거라."

"접시들부터 시작할까요? 식사하려면 필요하잖아요?"

앤은 공손하게 말했다. 그녀는 간절히 원하는 것이 있을 경우 비밀스럽게 굴 정도로 어리진 않았다. 토머스 부인이 무심히 말했다.

"그래라. 하지만 접시 조심하고, 유리문에 흠집나지 않게 주의해. 유리문이 하나 없어진 것으로 충분하니까."

앤은 신문지 포장에서 접시들을 꺼내며 미소 지었다. 그녀가 케이티 모리스의 집인 그 문에 손가락 얼룩 하나라도 묻히겠는가. 게다가 그녀와 잠깐 도둑 대화를 나눌 기회가 생긴 것이다.

앤은 얼른 접시들을 제자리에 정리해서 넣은 다음 말했다.

"케이티 모리스! 너도 여기가 좋니?"

케이티 모리스가 앤에게 미소로 화답했다.

"아, 다행이다. 나는 이미 여길 사랑하게 됐거든. 네게 방을 보여 줄 수 있다면 얼마나 좋을까. '나의 방' 말이야. 창이 하나 있는데 창밖으로 가지에 소복이 눈꽃이 핀 자작나무가 다섯 그루나 보여. 나무 둥치들은 하얀데 검은 선이 있지. 그 뒤쪽은 평평해. 자그마한 들판인데, 난 '작은 연못'이라고 생각할래. 간절히 바라면 정말 그렇게 될지도 모르잖아.

내 생각에 내 방은 거의 완벽해. 벽지가 좀 찢겨 있지만 군데군데만 그래. 초록색 이파리들이랑, 체리처럼 보이는 작고 동그란 열매 그림이 있어. 구석에는 여기 살던 사람들이 쓰던 작은 흔들의자가 있어. 하지만 거기 앉았다간 등이 부러질걸. 너무 낡아서 산산이 부서질 것 같거든. 그래도 난 거기에 옷을 걸 거야. 전에는 바닥에 쌓아 놔야 했거든. 벽에 벽걸이가 여섯 개나 있고 아주 작은 거울도 달려 있어서 내 주근깨를 세어 볼 수도 있고 내 머리색이 점점 진해지는지도 확인할 수 있어. 토머스 아주머니가 그러는데 내 아빠의 머리는 적갈색이었대. 그래서 나도 그렇게 되기를 기다리는 중이야.

거울이 나한테 딱 맞는 높이인 걸 보면 이 방의 전주인도 아이였나 봐. 내가 거의 여섯 살이니까, 그 애는 여덟 살이나 아홉 살이었을 거야. 이사하기 전날 음식을 들고 왔던 어느 여자분이 나더러 '나이보다 비정상적으로 크고 두세 살 더 들어 보인다'고 했거든. 내 머리도 비정상적으로 빨갛다고 했어. 아주머니는 그 단어를 진짜 좋아하나 봐. 그건 '특별히 많이'라는 뜻인 것 같아. 아니면 '대부분의 사람들보다 더 많이'라든가. 이 집에 고양이가 생기면 나도 비정상적으로 행복할 것 같아.

아, 더 많은 단어들을 알고 싶어. 중요하게 들리는 긴 단어들, 내가 말하려는 의미에 더 정확한 단어들 말이야. 학교에 가면 배울 수 있겠지? 학교에 간다면 말이야. 학교가 너무 멀지 않아야 할 텐데. 그래야 토머스 아주머니가 보내 주실 거야. 정말이지 내 인생은 대답할 수 없는 질문들로 가득해. 하지만 이제 괜찮아. 네가 메리스빌에 함께 왔고 네 집이 땔감으로 부서지지 않았으니까, 또 내게 벽지에 체리들이 가득 그려져 있고 창밖에 자작나무들이 보이는 작은 방이 생겼으니까, 지금은 많은 것들을 몰라도 견딜 수 있어."

"앤! 얼른 부엌으로 와서 내가 저녁을 준비하는 동안 노아한테 우유 좀 먹여라. 기저귀도 빨아야 해. 빨리빨리! 지금쯤이면 접시들은 다 정리했을 거 아니니!"

앤은 얼른 케이티 모리스에게 작별의 손을 흔들고 부엌으로 달려갔다.

그날 저녁, 앤은 저녁을 먹고, 설거지를 하고, 소젖을 짜고, 꼬마들을 재운 다음, 자신의 방으로 올라갔다. 그리고 옷을 담을 큰 상자와 보물(혹시 생긴다면)을 넣을 작은 상자, 그리고 얼어붙은 연못이길 바라는 들판과 다섯 그루의 자작나무를 바라볼 때 의자로 쓸 나무 궤짝을 창 쪽에 가져다 놓았다.

앤에게 그 방은 궁전이었다. 큰 상자는 정교하게 돋을새김한 금속 손잡이가 달린 서랍장이었다. 작은 상자는 잠금 열쇠가 달린 보물상자로 다이아몬드 귀걸이, 은 목걸이, 빛나는 금속벨트를 보관할 수 있다. 나무 궤짝은 노란 장식 술들이 달린 초록색 새틴 쿠션이 깔리고 정교하게 조각한 다리들이 달린 걸상이었다. 침대는 당연히 캐노피 침대였다. 위아래로 주름장식들이 있고, 자주색 브로케이드 커튼들이 드리워졌다. 공주에게 꼭 맞는, 심지어 여왕에게도 잘 어울리는 방이었다. 그곳이 바로 앤의 방이었다.

앤은 재빨리 플란넬 잠옷으로 갈아입고 촛불을 껐다. 방은 춥고 잠옷은 닳고 해지고 작았다. 앤은 다이빙하듯 이불 속으로 들어가 바짝 잡아당겼다. 따뜻한 달빛이 창으로 들어와 반짝거렸다. 앤은 부르르 떨었다. 추워서가 아니라 기뻐서. 메리스빌을 사랑하게 될 것만 같았다.

28

러그와 학교와 달걀

이튿날은 너무 많은 일들이 일어나서 앤은 가만히 의자에 앉아 생각해 보고 싶었다. 잠시 벽에 기대기만 해도 괜찮을 것 같았다. 아예 부츠와 코트와 모자로 중무장하고 발이 푹푹 빠지는 눈길을 걸어 다섯 그루의 자작나무가 있는 곳으로 나가 생각해도 좋을 것이다. 요즘은 토머스 집안에서 일어나고 있는 일들을 생각하는 것이 상상만큼이나 신났다. 하지만 그럴 수 없었다. 해야 할 일들이 너무 많아서 '생각하는 시간'도 사치였다.

'그래, 오후까지 기다리자.'

토머스 부인은 피곤에 지쳐 노아의 형들을 한 방에 몰아넣고 침대에 쓰러질 것이다. 그러면 앤은 따뜻한 설탕물을 노아에게 먹이고 낡은 요람(앤도 3개월 아기 때 누웠던 바로 그 요람)에 눕혀서 아이를 금세 곤히 재울 것이다.

노아는 1살이니까 걸음마와 몇 마디 말을 할 정도로 컸지만, 젖병을 좋아했기 때문에 앤이 혼자만의 시간이 필요할 때마다 젖병을 물렸다. 케이티 모리스를 만나러 가거나, 보석가운을 입은 공주가 되어 목에 레이스 주름 깃이 달리고 새까만 단추들이 박힌 빨간색 조끼 차림의 왕자와 춤추러 가는 척할 때 말이다. 앤은 무도회의 모습을 몰랐고 왕자와 공주의 복장도 잘 몰랐다. 하지만 옷이야 조금 틀리면 어떠랴. 앤의 머릿속에서는 완벽하게 아름다운 광경이었다.

부엌에 딸린 조그만 방은 식료품 저장실이나 광으로 쓰는 곳이었다. 하지만 첫날 밤에 꼬마 녀석 셋이 밤새 떠들고 시끄럽게 게임을 하는 바람에 노아가 칭얼대자, 토머스 씨가 노아의 요람을 그 좁은 곳에 들여놨다. 선반에 아기의 옷가지와 기저귀, 장난감 약간을 놓고도 상자와 자루에 담긴 음식이나 당근과 순무 같은 뿌리채소들과 감자 따위를 찬장에 들여놓을 공간이 남았다.

앤이 지금 그곳에서 노아의 조그만 머리에 입을 맞추고 안아 주며 요람에 다.

"너라서 참 감사해, 노아. 네가 가장 순한 아이야."

그러고는 서둘러 야채 닦는 솔과 지저분한 코바늘뜨개 러그 두 개, 두툼한 겉옷을 챙겨 밖으로 나갔다. 뒷마당에 쌓인 눈밭에서, 앤은 꼬박 한 시간 동안 러그들을 야채솔로 문질렀다. 일하면서 틈틈이 자작나무들과, 그 뒤로 펼쳐진 미지의 평지와, 하얀 구름들이 휙휙 내달리는 하늘과 이야기를 나눴다. 마음속에 담긴 이야기를 하니 편안하고 행복해졌다. 일라이저 언니가 떠난 이후로 '분출'할 것 같은 심정을 케이티 모리스와 나눴는데, 오늘은 러그들에게 얘기하고 싶었다.

"사랑하는 나의 조그만 러그들아, 부디 너희의 그림들이 더러운 때를 뚫고 나타날 수 있도록 아주아주 깨끗해지렴. 하나만이라도 좋아. 그거면 나는 충분히 행복할 것 같아."

앤은 코바늘뜨개 사이사이의 틈에 눈을 집어넣고 위에도 눈을 바른 다음 야채솔로 맹렬하게 공격했다. 작고 야윈 손으로 있는 힘을 다해 문질렀다. 그러자 그림이 희미하게나마 드러나기 시작했다. 동시에 솔의 뻣뻣한 털들은 닳고 벌어지고 더러워졌다. 하지만 앤은 러그를 깨끗하게 빨겠다는 마음뿐이었다. 게다가 앤은 지금 한참 신나는 이야기에 빠져 있었다.

"아, 얼마나 근사한 아침이었는지! 커튼들을 달았어. 내가 사다리에 올라가 있으면 아주머니가 커튼 달린 봉들을 건넸지. 크기가 딱 맞지는 않았어. 너무나 짧은 내 잠옷이 생각날 정도로. 게다가 그나마도 부족해서 마지막 창문에는 못 달았어. 그래도 커튼을 다니 어찌나 달라 보이든지. 부엌은 노란색으로 아늑해졌고, 온통 조그만 장미 무늬인 연녹색 플란넬 드레이프 커튼을 친 응접실은 거의 궁전처럼 화사해.

그때 어떤 남자가 찾아왔어. 아주 중요한 사람처럼 보였어. 굉장히 키가 크고 꼿꼿하게 서 있어서, 평범한 옷을 입었는데도 경찰이나 군인처럼 보였지. 그런데 그 사람이 이 집에 학교 갈 나이가 된 아이가 있느냐고 묻는 거야. 하마터면 사다리에서 떨어질 뻔했지 뭐야. 나는 사다리에서 내려와 가까이 다가갔어. 남자가 내 키를 보고 여덟 살쯤으로 생각해서, 학교에 '절대적으로' 가야 한다고 말해 주도록 말이야. 이 단어는 그 남자한테 들은 거야. 아주머니가 내가 곧 여섯 살이 된다고 하니까, 그는 아직 그렇게 어리냐고 놀라더라. 나는 살짝 웃으면서 일라이저 언니가 일러준 대로 여왕님께 드리는 인사처럼 예를 갖췄어. 단순히 빨강 머리에 주근깨투성이의 비쩍 마른 여자애가 아니라 싹싹한 아이라고 생각하도록 말이야.

근데 이 중요한 남자가, 여섯 살이면 학교에 '절대적으로' 갈 필요는 없다고 말하는 거야. 내 심장이 무거운 돌처럼 쿵 떨어졌지. 하지만 그는 학교가 작아서 학생도 많지 않고, 선생님이 젊고 '활기찬'(또 다른 근사한 단어! 하지만 정확한 뜻은 아직 잘 몰라) 분이어서 더 많은 학생들이 오기를 바란다고 했어. 그래서 내가 숲길을 걸어서 학교에 올 수 있으면 와도 된대! 거센 눈보라가 치는 숲속을 5마일 걸어야 한대도 난 좋아! 아주머니의 대답을 기다리는 동안 어찌나 입술을 세게 깨물었던지 아주 조금 피가 났어.

토머스 아주머니는 한참을 생각하시다가 대답하셨어. '아이가 원하면 보낼게요. 비싼 옷이나 특별히 돈 들어갈 일이 없다면요. 남편이 얼마 전에 좋은 직장을 잃었고, 새 직장은 벌이가 좋지 않거든요. 또 여기는 닭을 키울 공간도 없는데, 남편하고 나 말고도 아이가 다섯에 세 마리 짐승까지 먹여야 해요. 일손이 딸려서 이 아이를 보내는 건 정말 싫지만, 주말에 더 열심히 일하라고 하면 되겠죠.'

그 남자가 주위를 둘러보며 눈살을 찌푸리는 거야. 아마 남자 애 셋이 이리저리 뛰어다니면서 고함치는 게 싫었나 봐. 그래서 노아가 울기 시작하길래 얼른 무릎에 안고 우유를 먹였어. 이 남자가 시끄러운 걸 싫어한다면 뭐든 조용히 시키고 싶었거든.

그때 중요한 남자가 이렇게 말했어. '노바스코샤인들이 적절한 교육을 받도록 하는 것이 우리의 임무입니다. 그러니 이 아이가 집에 절대적으로 있어야 하는 게 아니라면, 3월 15일부터 학교에 다녔으면 합니다. 여기《로열 리더》1, 2권을 놓고 가죠. 아이가 읽지는 못하겠지만 그림에라도 익숙해지면, 학교에 가는 걸 꺼리거나 겁내지는 않을 겁니다.'

내가 책을 받으려고 급하게 일어서다가 하마터면 노아를 떨어뜨릴 뻔했지 뭐야.

'학교에 가는 건 절대로 겁나지 않아요. 처음에 조금 부끄럽겠지만, 학교에 간절히 가고 싶으니 부끄러운 것쯤 얼마든지 괜찮아요.'

그러니까 그 남자가 말했어. '좋아! 그럼 결정됐다. 네가 올 거라고 헨더슨 선생님에게 얘기해 두마. 토머스 부인, 이 아이의 이름은 뭐죠?'

내가 재빨리 대답했어. '제 이름은 앤 셜리예요. 앤을 쓸 때는 끝에 e를 붙여야 돼요. 저는 토머스 아주머니가 낳은 아이가 아니에요. 고아예요. 돌아가신 부모님은 두 분 다 학교 선생님이었어요.'

내 엄마와 아빠가 학교 선생님이었다는 것을 알면 그 사람이 마음을 바꾸지 않을 것 같았어. 예상대로 마음을 바꾸지 않더라. 그냥《로열 리더》두 권을 나한테 줬어. 아주 환하게 웃으면서 말이야.

그 사람이 아주머니를 돌아보며 말했어. '안녕히 계십시오, 토머스 부인. 학교에 오는 길이나 등교 시간 등 자세한 내용들은 따로 자

료가 나올 겁니다. 첫날은 아마 같이 오시는 게 좋겠지요.'

내가 그 사람을 보면서 아주 확실하게 말했어. '그런 건 절대적으로 필요하지 않아요. 전혀 필요 없죠. 저 혼자 알아서 하는 데 익숙하거든요.' 꼬마 녀석들이 쫓아다니고 소리소리 지르면서 내 인생의 가장 아름다운 날을 망치는 건 싫었거든.

그는 미소를 짓고 싶은데 그러면 안 된다는 것을 아는 듯한 표정을 지으며 '그렇구나' 하고 말했어. 그러고는 문으로 나가려다가 돌아서서 '토머스 부인, 길을 따라 반대편으로 1마일쯤 내려가면 달걀 파는 곳이 있어요. 비싸지도 않죠. 남편분이 그쪽으로 말을 타고 나갈 일이 있으면 사다 달라고 하세요'라고 말하고 떠났어."

그 시점에서 앤이 말을 멈췄다. 코바늘뜨개 러그에 작은 분홍색 집과 나무 그림이 나타나 있었다. 앤은 두 손을 맞잡고 벌떡 일어나서 러그 주위를 돌며 덩실덩실 춤을 췄다.

"하나면 충분해! 게다가 문지르는 것도 이젠 지쳤어."

그림이 분명해지자 러그를 뒤쪽 계단 난간에 널어놓고, 그날 일어난 일들을 떠올리며 기쁨에 겨워 자신을 끌어안았다. 하지만 앤의 기쁨은 그리 오래 가지 못했다. 토머스 부인이 뒷문에 나타나서 불처럼 화를 내며 고함을 질렀다.

"이 못된, 못된 년! 내 야채솔에 무슨 짓을 한 거야! 세상에, 그걸 얼마나 문질렀으면 털이 저렇게 다 닳았을까! 새까맣게 더러워져서 못 쓰게 됐잖아. 당장 들어와서 일해! 네 밥값을 해! 정말 구제불능이야. 기회 있을 때 글리슨 부인한테 보내 버렸어야 하는 건데!"

앤은 그 말이 무슨 뜻인지 몰랐다. 영원히 모를 것이다.

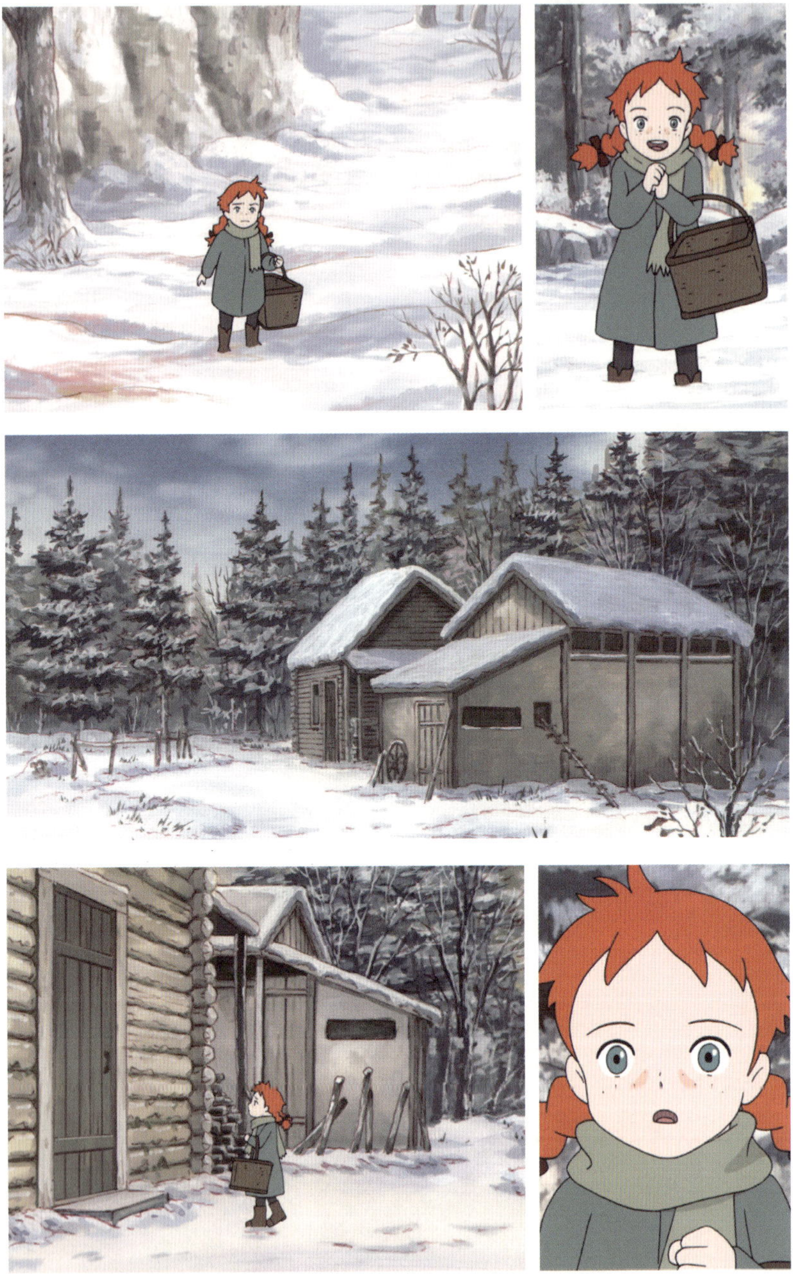

29

달걀 사러 가는 길

곧 2월이었다. 토머스 부인은 불현듯 6주 후면 앤을 수시로 불러서 자질구레한 일들을 시킬 수 없다는 사실이 생각났다. 앤이 학교에 갈 것이기 때문이다. 부인은 자신도 6년간 학교에 다녔지만 뭐가 도움이 됐는지 단 한 가지도 떠올릴 수 없었기에 앤의 학교 교육을 시간 낭비라고 여겼다. 하지만 노바스코샤에서는 아이를 의무적으로 학교에 보내야 한다는 것을 알고 있었고, 법을 어기고 싶지는 않았다. 술 때문에 계속 일자리를 잃는 남편만으로도 충분히 수치스러운데, 아이를 등교시키지 않는 부모라고 벌을 받거나 심지어 감옥에 갇히기까지 한다면, 그런 망신이 어디 있겠는가?

그녀는 학교가 메리스빌에서 걸어갈 수 없을 정도로 아주 멀었으면 했다. 하지만 확실히 그보다 가까운 모양이었다. 그나마 3월 말이나 4월 초까지는 가끔 얼음장 같은 비나 눈이 퍼부어서 숲길이 다닐 수 없는 지경이 되니까, 거기에 희망을 거는 수밖에 없었다.

그러나 토머스 부인은 희망을 품는 일에 익숙하지 않았다. 그래서 앤이 아직 하루 종일 집에 있을 때 최대한 많은 일을 시키기로 결심했다. 게다가 그녀는 아직도 야채솔 때문에 화가 나 있었다. 솔이 완전히 망가져 버렸고, 근처에 새 물건을 구할 수 있는 가게도 없었던 것이다. 앤이 끔찍이도 더러운 코바늘뜨개 러그를 다소 매력적인 작은 러그로 바꾼 것에는 관심이 없었다. 결국 제 방에 놓고 저만 보는 것 아닌가. 제 물건을 위해서 딱 하나 있는 야채솔을 완전히 못 쓰게 망가뜨리다니 이기적인 계집애 같으니! 자신의 인생에서 소중한 기억으로 남은 버사 셜리의 딸이 자기밖에 모르는 아이라는 게 기가 막혔다. 할 일이 태산인데도 언제나 빈둥빈둥 서 있질 않나……. 토머스 부인은 이 감정이 화풀이인 줄 의식하지 못하고, 앤에게 벌을 줄 방법을 궁리했다.

달걀! 달걀을 사 오라고 시켜야겠다! 날씨가 좋든 나쁘든 무조건 주1회 이상 심부름을 보내자. 꽤 먼 데다가 사람의 왕래가 뜸해서 눈이 자주 쌓여서 걸어다니기가 쉽지 않았다. 게다가 달걀도 어떤 식으로 포장했느냐에 따라서 무거울 수도 있다.

'그 애가 스스로 자초한 벌이야. 그 애 잘못이야.'

앤은 다음 날 달걀을 사러 출발했다. 가는 길과 달걀 사는 법에 대해서는 확실하게 들었다. 다들 달걀 장수를 존슨 씨라고 불렀다. 식장에서 이런저런 소문을 듣는 토머스 씨가, 존슨 씨는 키가 크고 마르고 너저분하게 찢어진 옷을 입고 성질도 고약하고 불친절하지만 누구도 해치지는 않는다고 앤에게 말해 주었다.

하지만 정작 앤은 발이 푹푹 빠지는 눈도, 긴 거리도, 존슨 씨도 두렵지 않았다. 집을 나서는 앤의 머릿속에는 기쁨뿐이었다.

'오늘 아침에는 혼자 있을 수 있다! 얼마나 먼 길이 됐든 오가며 보이는 모든 것들을 즐길 거야! 일하지 않아도 되니까!'

기저귀 빨래도, 바닥 청소도, 음식 준비도 안 한다. 너무 멀어서 집에 늦게 돌아간다면 저녁 설거지도 없다. 가는 도중에 집이 두 채 있다는데, 앤은 거길 지나면 눈이 더 평평하고 얕을 거라고 기대했다. 말과 썰매와 사람들이 지나다녔을 테니까. 하지만 거기까지 가는 동안 쭉 뻗은 가로수들을 보고, 어쩌면 소도 한두 마리 보고, 크고 하얀 들판과 마주칠지도 모른다. 그러면 두 다리의 피곤함쯤은 쉽게 잊을 수 있으리라.

발이 푹푹 꺼지는 눈길을 걸어 본 사람은 그게 얼마나 힘든 일인지 알 것이다. 그러니 여섯 살 아이라면 얼마나 더 힘겹겠는가. 아무리 나이에 비해 커도 말이다. 앤은 터벅터벅 걸으며 중얼거렸다.

"1마일은 긴 거리야. 예전 집에서 볼링브룩 시내까지 2마일 떨어져 있었는데 거의 다니지 않았잖아. 너무 멀어서."

앤은 숨을 헐떡이면서, 집들이 빨리 나타나 길이 좀 편해지기를 바랐다. 다음 굽이를 돌면 나오려나. 아니면 그다음 굽이…….

그때 눈앞에 커다랗고 새하얀 것이 불쑥 나타났다. 토끼였다. 토끼가 평온하게 서서 앤을 바라보고 있었다. 앤은 순식간에 매료되었다. 아, 놀라움들이 가득 숨어 있는 길! 앤은 보물 찾기라도 하듯 눈을 더 말똥말똥 뜨고 하나도 허투루 지나치지 않으려고 했다. 지친 다리를 잊었다. 흰 눈꽃이 핀 가문비나무와 거대한 소나무 가지들에 감탄했다. 머리 위로 다른 나무 가지들이 하나로 합쳐져 이룬 거대한 아치! 찬 아침 공기 속에서 햇살이 밝게 빛났고 하얀 눈은 반짝거렸다. 이쪽 나뭇가지에 진홍색 콩새가, 저쪽 나뭇가지에 파란색 어치가 앉아서 노래했다.

마을에 도착하기 직전에는 사슴도 보았다. 사슴은 조그만 공터에서 단풍나무 껍질을 찾아 눈 속에 코를 디밀었다가 자작나무 싹을 찾아 고개를 들었다가 했다. 앤은 멈춰 서서 아주 오랫동안 사슴을 훔쳐보았다. 더 이상 피곤도 추위도 느끼지 못했다. 앤은 처음 보는 사슴의 아름다움에 넋이 나갔다. 앞으로 학교와 존슨 씨의 가게를 오가면서 더 많은 사슴을 보게 되리라. 하지만 이 녀석은 '최초의 사슴'이니 특별했다. 호리호리한 목과 주위를 살피는 크고 동그란 눈동자, 털가죽 위의 둥근 무늬들, 녀석 주위에 병풍처럼 둘러선 나무들…… 결코 잊지 못할 깊은 경탄의 기억이었다.

한없이 서 있고 싶었지만 그럴 수는 없는 일. 앤은 마지못해 걸음을 옮겼다. 모퉁이 길을 도니 마침내 집 두 채가 보였다. 그중 흰 눈 속에서 선명한 주황색이 도드라지는 집 옆을 지날 때, 한 부인이 문을 열고서 앤에게 외쳤다.

"안녕, 얘야! 처음 보는 아이로구나! 여기는 무슨 일로 왔니?"

"달걀 장수한테 가요! 달걀 사려고요."

앤도 큰소리로 대답하고는, 눈에 흠뻑 젖어 버린 천 가방을 들어 올렸다.

"쿠키 좋아하니? 아니면 뜨거운 차 한 잔 마실래?"

"네!"

"그럼 이리 오너라, 얼른! 집 안으로 찬 공기가 들어오는구나."

그녀는 앤이 집 안에 들어서자마자 자신을 아치볼드 부인이라고 소개하며 부엌으로 데려갔다. 계피와 초콜릿 향이 가득한 따뜻하고 멋진 부엌이었다. 부인은 앤에게 코트를 벗고 편히 앉으라고 권했다. 쿠키는 맛있고, 차는 뜨겁고 달콤했다. 앤은 영원히 그 부엌에 살고 싶었다.

"어머나! 참 아름다운 머리로구나!"

앤이 모자를 벗었을 때 아치볼드 부인이 이렇게 말했다. 앤은 깜짝 놀라서 그 여인을 바라보았다.

'아름다운 머리!'

잘못 들었나? 아니, 정말로 그렇게 말했어. 혹시…… 진심일까? 토끼랑 사슴이랑 이런 일까지! 오늘 대체 무슨 일이 일어나고 있는 거야? 꿈인가?

"저는 앤 셜리예요. 길 저쪽 아래에 토머스 가족과 함께 사는 고아인데, 이름 끝에 꼭 e를 붙여서 불러 주세요. 여기 오는 길에 토끼랑 사슴이랑 빨간 새랑 파란 새를 봤어요. 아주 피곤하긴 하지만, 다음 번 심부름을 기다릴 수 없을 정도로 너무나 근사한 일들이 많이 일어났어요. 흰 눈이 햇빛 속에서 온통 반짝였고요."

"그랬구나. 내게도 너만 한 어린 딸이 있었는데."

"이제는 없어요? 딸이 죽었어요? 도망쳤어요? 어머! 죄송해요. 아주머니가 엄마였으면 틀림없이 딸도 아주 착했을 거예요."

아치볼드 부인이 웃었다.

“내 딸애는 죽지 않았고, 도망치지도 않았어. 어른이 됐지. 결혼해서 킹즈포트로 이사했단다.”

“아, 일라이저 언니랑 똑같군요. 떠난 거요. 그래서 난 아직도 속상해요.”

“일라이저가 누구니?”

아치볼드 부인이 쿠키를 하나 더 건넸다. 첫 번째 쿠키는 이미 순식간에 사라진 뒤였다.

“토머스 아주머니의 큰딸이에요. 그 가족 중에서 유일하게 나를 사랑해 줬는데 충분히 사랑한 건 아니었나 봐요. 로저 아저씨와 결혼해서 뉴브런즈윅으로 떠났으니까요. 언니가 떠날 때 나는 슬퍼서 죽을 것 같았어요. 하지만 죽지는 않았어요. 언니는 나를 같이 데려가려고 했는데, 그 집에 인형이나 심지어 새끼 고양이까지 있었을지도 모르는데, 로저 아저씨가 나를 원하지 않았어요.”

아치볼드 부인이 손을 뻗어 앤의 손을 꼭 쥐었다.

“그래, 일라이저 언니는 떠났고, 지금은 그 집에 누구랑 사니?”

“음, 마거릿 언니는 제이미슨 할머니를 안아서 침대로 눕히고 일으키는 일을 하러 제이미슨 댁으로 떠났어요. 토머스 아주머니 말이 그건 힘든 일이래요. 트루디 언니는 아처드 부인네로 갔는데 거기는 쉬운 일이에요. 아주 작은 레이스 원피스를 입고, 문을 열고 들어가서 아름다운 가운을 입은 숙녀분들에게 샌드위치를 갖다 주면 되니까요. 나도 그렇게 쉬운 일을 하고 싶어요.”

“그렇게 쉬운 일? 그게 무슨 뜻이니?”

"음, 내 일이 그렇게 쉬웠으면 좋겠다는 뜻일 거예요."

"일? 무슨 일?"

"기저귀 빨고, 바닥 청소하고, 물을 긷고, 저녁거리에 쓸 재료를 준비하고, 설거지하는 일이요. 레이스 앞치마를 입고 문을 여는 게 훨씬 더 쉬울 것 같아요."

"집에 다른 사람이 없어?"

"토머스 아주머니랑 못된 사내아이들 셋, 그리고 노아라는 착한 아기가 있어요. 토머스 아저씨도 있고요. 아저씨는 지금은 술을 안 마셔요. 댄스파티에 갔다가 볼링브룩에서 하던 일을 그만둔 후로는 안 마셔요."

"넌 몇 살이니, 앤? 여덟 살?"

"다음 달에 여섯 살이 돼요. 그러면 나의 온 인생이 변할 거예요. 학교에 가거든요. 내가 쓰고 싶은 멋지고 긴 단어들을 전부 다 배울 거고, 읽는 것도 배울 거예요. 지난주에 우리 집에 왔던 남자가 《로열 리더》를 두 권 주고 갔는데, 일라이저 언니가 거기 나오는 얘기들을 읽어 줬기 때문에 어느 정도는 알고 있어요. 그래서 글을 몰라도 책을 펼치면 내가 그걸 읽고 있는 것 같아요. 그림들도 있어서 대강 맞출 수 있고요. 숫자는 아직 100까지 못 세지만 신경쓰지 않아요. 그보다는 읽을 줄 알면 좋겠어요. 근데 아주머니 딸은 이름이 뭐예요?"

"이사벨라."

"어머나! 정말 아름다운 이름이에요! 이사벨라, 이름이 참 마음에 들어요. 그분이 킹즈포트에서 행복했으면 좋겠어요. 일라이저 언니도 행복하기를 빌어 주려고 노력해요. 나 대신에 로저 아저씨를 선택한 것 때문에 아직도 화가 나서 잘 안 되지만요. 로저 아저씨를 미워하지 않으려고도 노력해요. 미워하는 건 너무 고단한 일이거든요. 하지만 그것도 잘 안 돼요. 아주머니도 '고단한'이라는 말을 아세요? 난 알아요. 토머스 아주머니가 늘 자기 인생이 그렇다고 말씀하셨는데, 그 단어 발음이 '피곤한'보다 훨씬 마음에 들어요. 아주머니는 그렇지 않으세요?"

"오, 절대적으로 그렇지!"

"절대적으로! 그게 무슨 뜻이에요? 학교 문제로 왔던 남자도 그렇게 말했어요. 그래서 나도 이제 그렇게 말해요. 하지만 정확히 무슨 뜻인지는 잘 모르겠어요."

"음, 그건 '확실히 그렇다. 아주 많이 그렇다'는 뜻이야. 비가 올 거라고 절대적으로 확신한다. 이렇게 말하면 비가 오리라는 걸 내가 아주 잘 알고 있다는 말이야."

"음, 난 이제 가야 한다는 걸 절대적으로 알아요. 사실 달걀을 사러 가는 아침에만 자유롭지, 메리스빌로 돌아갈 때쯤이면 저녁 먹을 시간에 가까워요. 그러니 내가 아주 늦게 가면 토머스 아주머니가…… 아, 신경쓰지 마세요. 그냥 서둘러야겠어요. 정말 맛있는 쿠키였어요. 차를 마시니까 몸도 따뜻해졌고요."

"앤, 다음에 또 달걀을 사러 오거든 나한테 들르렴. 어린아이와 함께하는 시간이 그립거든. 그리고 이 쿠키 봉지를 가져가거라. 집으로 돌아갈 때 배가 고파질 텐데 달걀을 먹을 순 없잖니."

갑자기 앤은 일라이저 언니와의 따뜻한 포옹들이 생각났다. 그래서 눈 묻은 부츠를 신은 채로 깨끗한 바닥을 걸어가 아치볼드 부인을 힘껏 껴안았다.

"안녕히 계세요!"

앤이 인사하고 문 쪽으로 향했다.

"존슨 씨 집은 이 길로 다음 굽이를 지나 조금만 가면 나와. 무뚝뚝하고 고약해 보이겠지만 걱정할 거 없단다. 위험한 사람은 아니야. 달걀도 아주 좋고."

다시 길을 나선 앤은 거인처럼 강해진 느낌이었다. 따뜻한 부엌과 쿠키 봉지, 앤의 머리가 아름답다는 아치볼드 부인의 칭찬, 따끈한 차, 토끼, 사슴들……. 앤은 존슨 씨가 무뚝뚝하고 고약하게 굴더라도 괜찮을 것 같았다. 어떤 일이든 마음의 준비가 돼 있었다.

30

존슨 씨의 비밀

존슨 씨의 집은 다음 굽이를 지나고도 '한참'을 가야 했다. 하지만 아치볼드 부인의 집에서 나온 후로 앤의 발걸음은 훨씬 가벼웠다. 숨이 턱까지 차오르던 피로가 사라졌다.

앤은 노크를 하려다가 잠시 유심히 집을 살펴보았다. 앤은 아주 사소한 것까지 꼼꼼히 관찰하곤 했다. 그래야 밤에 침대에 누웠을 때나 케이티 모리스를 만났을 때 자세히 떠올릴 수 있기 때문이다.

일단, 집이 매우 작았다. 너무 작아서 집이라고 부를 수 있을까 싶을 정도였다. 마치 방 하나가 집의 전부 같았다. 그렇게 작은 공간에 방 두 개가 들어갈 수는 없을 테니까. 벽에는 한 번도 페인트나 석회를 발라본 적이 없는 낡은 오두막이나 헛간에서나 볼 수 있는 세월에 찌든 잿빛이 감돌았다. 앤은 조금 불안해졌지만 용기를 내서 문을 두드렸다. 대답이 없었다. 장갑을 빼고 더 세게 두드렸다.

문이 빼꼼히 열리더니 누군가 낮은 목소리로 말했다.

"무슨 일이야?"

"달걀이요."

앤이 축축한 자루를 들어 올려 보였다.

"잠깐 들어와."

그가 문을 열었다.

다음 날 낮잠 시간에 앤은 존슨 씨 이야기를 해 주려고 케이티 모리스를 찾아갔다.

"케이티 모리스, 새로운 이야깃거리가 있어. 멋지지? 설거지나 기저귀 얘기는 너도 분명 지겨울 테니까. 있잖아, 달걀 장수는 얘기할 게 아주 많아.

문이 열려서 집으로 들어갔는데, 안이 아주 따뜻했어. 근데 방 건너편의 탁자에 기름 램프가 하나 켜져 있었지만 아무것도 안 보이더라. 아주 밝고 환한 햇빛 아래에 있다가 들어가서 그런 것 같아. 그래도 존슨 씨가 아주 키가 크고 빽빽하게 턱수염이 나 있는 건 보였어. 나는 아주 조금 겁이 났어. 절대로 많이 난 건 아니야.

이렇게 묻더라. '몇 개 줄까?'

내가 말했어. '16개요. 토머스 아저씨 것 4개, 나머지 사람들은 각각 2개씩. 그럼 다 합해서 16개예요. 내가 100까지 셀 줄은 모르지만, 16까지는 셀 수 있어요.'

존슨 씨는 퉁명스러웠어. '알았어, 알았어. 나한테 산수를 가르칠 필요는 없다. 달걀을 가져오마.'

그러더니 나를 밀치고 앞문을 열고 나가면서 문을 쾅 닫았어. 나 혼자 그 방에 남았지. 어두운 불빛에 익숙해지니까, 램프 아래의 탁자와 작은 창문이 보였어. 탁자 위에 컵이랑 찻주전자, 그리고 책이 몇 권 있더라. 그 책들을 정말 들춰보고 싶은데 어두컴컴한 바닥을 걸어갈 용기가 안 나는 거야. 의자나 물병, 아니면 개한테 걸려 넘어지기라도 하면 어떡해.

아까 닭장에 가려고 문간에 섰을 때 존슨 씨 생김새를 더 잘 보았어. 턱수염은 생각보다 까맣지 않더라. 나이가 많고 지저분해 보였어. 옷을 입고 잔 사람처럼 말이야. 위험한 사람이 아니라는 말을 미리 들어서 얼마나 다행이었는지 몰라. 절대적으로 위험해 보였거든.

나는 오늘 새로운 단어를 두 개나 알았어. 너도 방금 들었지? 둘 다 아치볼드 아주머니가 뜻을 알려 주셨지.

앞으로도 아주머니가 달걀을 사러 갈 때마다 차와 쿠키를 먹고 가라고 나를 불러 주시면 좋겠어. 그러면 존슨 씨 집의 문을 두드릴 때 더 강하고 용감해질 것 같아. 하지만 그러려면 내가 거기를 지날 때 아주머니가 반드시 창밖을 내다보셔야 할 텐데, 부엌을 그토록 사랑스럽고 깨끗하고 따뜻하게 꾸미고 아름다운 쿠키를 만드는 분이 창밖을 내다보며 많은 시간을 보낼 리가 없잖아.

아주머니는 딸이 하나 있는데, 죽은 게 아니라 어른이 됐대. 정말 다행이지. 아치볼드 아주머니에게 끔찍한 일이 일어나는 건 싫어. 게다가 딸이 죽는 건 세상에서 가장 끔찍한 일일 거야. 어쩌면 부모님이 둘 다 돌아가신 것보다 더! 딸의 이름은 이사벨라야. 세상에, 그렇게 절대적으로 아름다운 이름을 들어본 적이 있니? 이사벨라가 아직 어린 여자애였다면 좋았을걸. 그럼 나하고 놀 수 있잖아. 어른이 되어 버려서 함께 놀 수가 없어. 그래도 괜찮아. 내게는 네가 있으니까.

다음달이면 학교에 가. 나를 학교에 보내라고 말하러 왔던 남자가 학교에 아이들이 별로 많지 않다고 했어. 하지만 나랑 얘기하고 놀 수 있는 누군가가 틀림없이 있겠지. 케이티 모리스, 네가 세상에서 가장 완벽한 친구인 건 변함 없어. 다만 너와는 눈 속에서 같이 뛰놀거나, 봄에 연못으로 내려가 나무토막들을 띄워 보낼 수가 없잖아. 자작나무 다섯 그루 뒤에 정말로 연못이 있다면 말이야."

여섯 번째 생일이 지나고 햇살 좋은 3월의 어느 날, 앤은 또다시 존슨 씨의 집으로 향했다. 맨 처음 늙은 달걀 장수한테 갈 때 만났던 아치볼드 부인을 이때 두 번째로 마주쳤다. 역시나 부인이 앤을 따뜻한 부엌으로 불러서 쿠키와 차를 내주었다. 아치볼드 부인은 함께 앉아서 차를 마시다가 조심스레 앤을 쳐다보았다.

"네게 이런 말을 해도 될지 모르겠네. 아직 네가 너무 어려서 말이야. 하지만 존슨 씨 얘기를 해 주고 싶구나. 그 사람을 더 잘 이해하게 될 게다. 아니야, 네가 괜히 걱정하게 될지도 모르겠네. 네가 '속상해' 하면 어쩌지."

"오, 아치볼드 아주머니, 말씀해 주세요. 전 그렇게 어리지 않아요. 지난주 금요일에 여섯 살이 된걸요. 토머스 아주머니가 그날 내 생일이라고 알려 주셨지만, 난 미리 알고 있었어요. 날짜를 손가락으로 꼽고 있었거든요. 여섯 살이 아주 간절히 되고 싶었어요. 다섯 살은 아기랑 별 차이가 없게 들리잖아요. 호러스도 8월이면 다섯 살이 되는걸요."

"그래서 뭘 했니?"

"뭘 하다뇨?"

"토머스 부인이 네 생일이라고 알려 준 후에 말이야."

"음, 글쎄요, 거의 일주일이나 지난 일인걸요. 아마 기저귀를 빨았을 거예요. 햇빛이 좋은 날이었거든요. 그런 날은 빨래가 잘 말라요. 난 빨래를 밖에다 내다 너는 게 좋아요. 바람 따라 빨랫줄이 춤추는 모습이 좋아요. 정말 사랑스러운 풍경이에요. 기저귀들이 댄서들이고, 나는 그들이 어떤 음악에 맞춰 춤을 추나 귀를 기울이는 척하죠. 내 손이 빨랫줄에 더 쉽게 닿으라고 토머스 아저씨가 작은 발판을 만들어 주셨어요. 아, 빨랫줄에 빨래를 걸면 참 좋아요. 하지만 추운 날 판자처럼 굳어서 깔깔한 밧줄에 붙어버린 빨래를 걷는 건 싫어요. 손가락이 너무 시려서요."

"생일날 그런 일을 했다고?"

"아마 그럴 걸요. 확실하게 기억은 안 나요. 어떤 사람들의 생일에는 멋진 일들이 일어난다는 건 알아요. 케이크에 촛불을 켜고, 선물도 하나…… 두 개면 더 좋고요. 인형이나, 아니면 나의 이 끔찍한 머리를 거의 예뻐 보이게 만들어 줄 아름다운 파란색 리본 같은 게 좋겠어요. 하지만 남이 몇 년간 맡아 키워 준 고아들은 그런 특별한 대접을 기대하면 안 돼죠. 특히 '손수' 길러 주었을 때는요. 이건 토머스 아주머니가 하신 말인데, 무슨 뜻인지는 모르겠어요. 우리 집에는 먹여 살릴 식구가 일곱 명이나 되고, 나는 가족이 아니니까요."

앤은 잠시 얘기를 멈추고 아치볼드 부인을 보았다.

"아주머니가 제게 생일 선물을 주실 수 있을 것 같아요."

아치볼드 부인은 식탁에 몸을 기대어 앤의 손을 잡았다.

"말해 보렴! 너에게 선물을 주고 싶구나."

앤이 생긋 웃었다.

"그 선물이 뭐냐면요. 존슨 씨의 비밀을 말해 주세요. 이제 저도 여섯 살이니까 충분히 이해할 수 있어요. 걱정하지 않을게요. 속상해하지도 않을게요. 제가 걱정하고 속상한 적이 여러 번 있었는데, 그래도 죽지는 않았어요."

아치볼드 부인은 앤의 마지막 말이 자신을 웃기려는 건지 울리려는 건지 알 수 없었다. 하지만 그녀는 그 어느 쪽도 하지 않았다.

"좋아, 네가 원하는 선물을 주마. 오래전에 존슨 씨는 아름다운 여인과 결혼하기로 약속했단다. 그는 그녀를 무척이나 사랑했어. 그런데 결혼식 날 아침에 그녀가 더 이상 그를 사랑하지 않는다는 쪽지를 보냈어. 다른 남자와 함께 떠날 거라는 내용이었지. 게다가 그녀와 함께 떠나는 남자는 그의 절친한 친구였어."

앤의 큰 눈이 더욱 커져서는 아치볼드 부인을 뚫어져라 쳐다보았다. 회색빛 눈동자에 갑자기 눈물이 가득 고였다. 그다음 아이는 식탁에 머리를 대고 한참을 소리 내어 엉엉 울었다.

아치볼드 부인은 걱정스러워서 어쩔 줄을 몰랐다.

"어머나, 앤! 얘야!"

아치볼드 부인이 식탁 맞은편으로 걸어가 아이의 머리를 쓰다듬고 등을 토닥였다.

"정말 미안하구나. 난 네가 이런 사실을 알면 존슨 씨의 고약한 태도에 상처 받지 않을 거라고 생각했던 거야."

"오, 아치볼드 아주머니! 그럼요, 네, 그럼요! 아름답고도 지독한 이야기예요. 다시는 존슨 씨를 무서워하지 않겠어요. 그분은 상처 받은 가엾은 새예요. 그러니 특별히 공손하게 행동하고, 절대로 슬픈 생각이 들지 않으시게 조심할 거예요.

멋진 옷을 차려입고 결혼식에 갈 준비를 하다가 끔찍하고 잔인한 편지를 읽는 존슨 씨의 모습이 보이는 것 같아요. 아, 그 심정을 난 정확히 알아요. 일라이저 언니가 로저 아저씨와 결혼하려고 나를 떠났을 때 그랬으니까요. 하지만 로저 아저씨는 나의 절친한 친구도 아니었고, 적어도 나는 그걸 마지막 순간에 알게 된 건 아니에요."

앤은 다시 식탁에 빨간 머리를 내리고 신음했다.

"오! 오! 오!"

그러다 문득 멈추고 고개를 들었다.

"그래서 그분이 옷을 전혀 빨아 입지도 않고 작은 오두막에 사는 거예요?"

"음…… 그렇단다."

부인은 앤의 눈물이 다시 터질까 봐 걱정스러웠지만, 이야기의 끝은 알려 줘야 하겠다고 깨달았다.

"그는 갈아입을 옷 한 벌, 냄비 하나만 빼고 다른 것들을 모두 남에게 주거나 버렸지. 그러고는 이 숲으로 들어와서 추위가 닥칠 때까지 텐트에서 살았어. 당시에는 이 근처에 아무도 안 살았거든. 날씨가 추워지자 그는 조그만 오두막을 짓고 그 안으로 들어갔단다. 원래 학교 선생님이었대. 책 상자 몇 개와 그림을 몇 점 가져왔더라. 그래서 그게 존슨 씨의 일이란다. 책 읽기와 암탉들 보살피기."

"존슨 씨가 학교 선생님이었다고요!"

앤이 깜짝 놀라서 말했다.

"내 부모님도 선생님이었대요. 절대로 제가 이 슬픈 인생 이야기를 안다고 티내지 않겠어요. 하지만 영원히 그분을 사랑하게 될 것 같아요! 아주머니, 제게 정말 아름다운 생일 선물을 주셨어요!"

아치볼드 부인이 안도의 한숨을 내쉬었다. 그리고 앤이 떠날 채비를 하는 동안 위층에 올라갔다가 곧바로 분홍색 종이에 하얀 리본이 묶인 작은 꾸러미를 가지고 돌아왔다.

"네 거야. 얘야, 생일 축하한다."

떨리는 손으로 앤은 선물의 포장을 풀었다. 길게 돌돌 말린 연푸른색 리본이 담겨 있었다. 앤은 눈을 반짝이며 그 리본을 꺼내 얼굴에 갖다 댔다. 그 모습을 보며 아치볼드 부인이 말했다.

"너의 아름다운 머리에 잘 어울릴 거야."

원래 토머스 집안의 사람들은 좀처럼 고맙다는 말을 하지 않았지만, 이 경우에는 그 말이 필요 없었다. 앤의 얼굴에 떠오른 기쁨이 얼마나 생생했던지, 아치볼드 부인은 하루 종일 행복에 잠겨 있다가 저녁에 남편에게 줄 레몬 머랭 파이를 구울 정도였다.

31
꿈꾸는 단어들

달걀 장수의 집으로 이어진 모퉁이 길을 막 돌았을 때, 앤은 눈길 위에 이상한 물체가 있는 것을 발견했다. 멀리서도 그것이 움직이는 것이 보였다. 가까이 다가가며 보자, 다리가 부러진 암탉이었다. 아주 컸다. 그래서 가여우면서도 무서웠다. 부리도 뾰족하고, 녀석의 발 역시 그리 친절해 보이지 않았다.

이상하게도 앤은 토머스 부인이 생각났다. 그녀는 남편이 술을 마시지 않고 몸도 피곤하지 않으면 온화할 때도 있었지만, 사실 그런 때는 거의 없었다. 늘 피곤해 했고, 남편이 술을 마시지 않을 때도 과거에 남편에게 맞았던 기억을 떠올리며 괴로워 했다. 확실히 그런 기억을 잊기란 불가능하다. 그래서 그나마 편안할 때조차 그녀는 심하게 변덕을 부렸다.

'아픈 암탉을 보다가 토머스 아주머니가 떠오르다니, 정말 이상해! 근데 이 닭도 내가 안았을 때 변덕을 부려서 날 쪼면 어쩌지?'

그러나 이 닭을 눈밭에서 얼어 죽게 내버려 둘 순 없었다. 닭이 불쌍한 데다가, 최근 앤이 많이 공감하고 걱정하게 된 달걀 장수를 위해서도 그럴 수 없었다.

앤은 천 가방을 길에 내려놓고 몸을 숙여 닭의 부러진 다리를 살폈다. 닭은 기운 없이 축 늘어져 있었다.

'한쪽 다리 발톱과 날카로운 부리만 조심하면 되겠지.'

앤은 이를 앙다물고 얼굴을 찡그리며, 손을 내밀어 암탉을 안았다. 놀랍게도 녀석은 몸부림치거나 데굴데굴 구르지 않았다.

'어떡해. 추위에 꽁꽁 얼어붙었나 봐. 닭도 안전하게 따뜻한 품에 안기는 걸 좋아하겠지.'

앤은 팔에 닭의 탄탄한 몸통과 부드러운 깃털을 느꼈다. 그리고 그토록 무서워하면서도, 어느새 그 닭을 사랑하게 되었다. 새끼 고양이만큼은 아니지만 인형보다는 좋아졌다. 하지만 서둘러야 할 것 같았다. 닭이 죽어가고 있을지도 모르니까.

'이 녀석이 왜 이리 조용할까? 약간은 발버둥을 쳐야 하지 않나?'

앤은 가방을 길에 그대로 둔 채, 암탉의 깃털을 어루만져 위로하면서 존슨 씨의 오두막으로 달렸다. 막상 도착했지만 양손으로 닭을 안고 있어서, 하는 수 없이 발로 찼다. 평소보다 더 퉁명스럽고 심술궂은 고함 소리가 들렸다.

"발길질할 필요 없어!"

그가 문을 여는 순간, 앤은 저도 모르게 이렇게 소리쳤다.

"할아버지도 제게 고함치실 필요 없어요. 닭이 다리가 부러졌는데, 추워서 얼어붙은 거 같아요. 이 녀석을 얼른 조용하고 따뜻하게 해줘야 해요."

커다란 암닭을 안고 서 있는 말라깽이 여자아이의 모습에 존슨 씨의 태도가 변했다.

"들어와라, 들어와. 고맙구나. 너도 춥겠구나. 뜨거운 코코아를 만들어 줄게. 자, 이리 오렴."

그가 손을 뻗었다.

"암탉은 내가 받으마."

그러고는 상냥하게 앤을 쳐다보며 덧붙였다.

"암탉은 여자야. 그러니까 '녀석'이라고 하면 안 돼. 암탉은 달걀을 낳아. 수탉이 남자란다. 여기 앉으렴."

그는 등받이가 곧은 나무 의자를 탁자로 끌어왔다.

"자, 잠깐만 기다려라. 스토브에 주전자를 올리고 암탉을 안전한 곳에 내려놓아야겠다. 이 상자가 좋겠어. 상처가 다 나을 때까지."

그가 상자 안에 닭을 부드럽게 내려놓고 램프를 두 개 더 켜고 코코아를 만드는 동안, 앤은 탁자 위의 책 두 권을 제 쪽으로 잡아당겨서 책장을 넘겼다. 한 권 전체에 그림들이 있었는데, 날개 달린 사람들이었다. 커다란 요정들일까? 하지만 평소에 앤이 머릿속에 그렸던 요정의 모습과 아주 달랐다. 앤이 생각한 요정은 매끈하게 늘어진 옷을 입고, 꽃 화관을 머리에 쓰고, 머리카락은 바람에 날리고, 반짝이는 지팡이와 마법의 힘을 지녔으며, 벌레와 박새의 중간쯤 되는 아주 조그만 크기의 존재였다.

존슨 씨가 김이 모락모락 나는 컵 두 개를 들고 다가왔다.

"원래는 우유에 타야 맛있는데. 물에 탔지만 마실 만할 게다."

"저는 코코아를 처음 먹어 보니까 그 말이 틀림없이 맞아요."

그러고는 앤이 책 속 그림을 가리켰다.

"이 사람들은 왜 날개를 달고 있어요? 요정이라고 하기에는 너무 커요. 내 생각에요. 다들 아주 불행해 보이고요. 왜 그런 거예요?"

"천사야. 하지만 나쁜 천사들이라서 천국에서 쫓겨났지. 그래서 슬퍼 보이는 거야. 그리고 네 말도 절대적으로 옳구나. 그들은 요정이 아니란다."

앤이 활짝 웃었다.

"아! 할아버지도 그 단어를 아시네요! '절대적으로.' 그거 멋진 단어 아니에요? 더 짧은 단어들, 그러니까 '아주'보다 훨씬 많은 걸 말해 주잖아요. 그런데 '천사'요? 난 천사가 뭔지 몰라요. 천국도요. 하지만 할아버지는 요정을 아시네요. 할아버지도 요정들이 있다고 믿으세요? 천사들도 진짜 있을까요?"

달걀 장수는 텁수룩한 턱수염 안에서 우르르 울리는 웃음소리를 냈다.

"글쎄다. 네가 말하는 '진짜'가 어떤 의미인지에 따라 달라지겠지. 진짜일 수도 있고, 아닐 수도 있다는 말이다. 하지만 사람들이 상상력을 발휘한다면 그들은 우리 머릿속에서 진짜가 될 테고, 틀림없이 정당한 현실성을 지닌다고 말할 수도 있을 게다."

앤의 초록빛 눈이 램프 빛 속에서 커다래졌다.

"할아버지가 하는 말을 절반은 못 알아듣겠지만 그래도 아주 근사하게 들려요. 다른 사람들이 정말로 있다고 생각하지 않는 것들을 생각하는 게 죄는 아니라는 뜻 같아요. 토머스 아주머니는 공주나 요정이나 아름다운 옷을 입고 음악에 맞춰 춤추는 사람들을 꿈꾸는 나를 아주 못됐다고 생각하세요. 내가 열심히 꿈꾸면 그 음악을 정말 들을 수도 있는데 말이죠. 이게 못된 거라고 생각하세요?"

"꿈꾸지 않는다면 뭘 하지? 책을 읽니? 친구들과 어울려 노니?"

"기저귀를 빨거나 물을 나르거나 저녁 식사에 쓸 당근을 썰어요. 아직 책은 못 읽어요. 읽을 줄 모르거든요. 난 숲에서 살아요. 친구는 한 명도 없어요. 할아버지도 숲에서 살잖아요. 친구들이 있어요? 있으면 좋겠는데…… 저기 저 모퉁이를 돌면 아치볼드 아주머니가 사세요. 그 집에는 쿠키와 차가 있는 근사한 부엌이 있고, 아주머니가 나의 이 끔찍한 머리에 묶을 파란 리본도 주셨죠. 아주머니는 내 머리가 아름답다고 하셨어요. 다들 끔찍하다고 말했었는데. 아치볼드 아주머니가 할아버지의 좋은 친구가 될 거예요. 친구가 없으면 가끔 외로운 느낌이 들잖아요."

존슨 씨는 얘기하는 동안 생기가 넘치는 앤의 얼굴을 뚫어지게 바라보았다. 그리고 아이의 야윈 팔, 길고 섬세한 손가락, 갈라지고 부러진 손톱들…….

"몇 살이니, 앤?"

"여섯 살이에요. 지난주 금요일이 내 생일이었어요."

"그전에는 다섯 살이었겠구나."

그가 중얼거리면서 머리를 흔들었다. 앤이 그 말을 들었다.

"하지만 난 키가 커요. 보는 사람들마다 내가 나이가 많다고 생각해요. 여덟 살쯤? 아홉 살이냐고 묻기도 해요. 아, 그치만 그거 말고요, 제발 꿈꾸는 게 못된 거라고 생각하는지 말해 주세요. 할아버지는 아는 게 많으니까 대답을 알고 계실 것 같아요."

존슨 씨가 목을 가다듬었다.

"네가 말하는 건 상상력이란다."

"그게 뭐예요?"

"상상력. 어떤 것들을 상상하는 힘이지. 그건 인간의 소유한 가장 중요한 자질이란다."

"난 '상상'이 무슨 뜻인지 몰라요. '자질', '인간', '소유'도 뭔지 모르겠어요."

앤은 듣는 순간 뜻모를 그 단어들을 정확히 기억해 두었다.

"꿈을 꾸는 게 못된 건 아니라는 말인가요? 그게 저 단어들로 할아버지가 만든 뜻이에요?"

"그래, 맞아! 게다가 기저귀를 빨거나 물을 나르는 것보다 훨씬 더 중요하지."

앤이 크게 소리 내서 웃었다.

"지금 그 말은 꽤나 바보 같은 말이에요! 기저귀가 없으면 아기들은 어떡해요? 물이 없으면 빨래를 어떻게 하죠? 난 그런 일들을 해요. 하지만 가끔 토머스 아주머니가 '미칠' 때가 있어요. 토머스 아주머니한테 배운 단어예요. 자주 미치시거든요. 내가 설거지통 앞에 서서 벽을 쳐다보면서 요정들을 생각하고 있으면 그게 토머스 아주머니를 미치게 만든대요. 그래서 그 단어를 금방 배웠어요. 아주머니가

거의 매일 사용하시니까요. 난 단어들이 아주아주 좋은데, 지금보다 더 많이 알아야 돼요. 내가 보고 생각하는 것들을 말할 수 있는 진짜로 긴 단어들을 알고 싶어요."

존슨 씨가 조용하지만 단호하게 말했다.

"앤, 내 말 잘 들어라. 뭔가를 상상하는 건 못된 게 아니야. 아주 좋은 거야. 그게 있기 때문에 사람들이 책을 쓰고, 그림을 그리고, 음악을 작곡할 수 있는 거야. 그건 어떤 '척한다는' 뜻이야. 그대로 계속하렴. 토머스 부인이 짜증을 내더라도 절대로 그만두지 마라. 그것이 자주 너를 슬픔의 심연에서 구출해 줄 거야."

"'구출'은 뭐고 '심연'은 뭐예요?"

"내가 강물에 빠진 널 강 밖으로 끌어내면, 내가 너를 '구출'한 거야. 때로 삶이라는 게 익사하는 것과 같을 수 있으니, 아주 유용한 표현이지. 심연이란, 뭐랄까…… 아, 그건 '깊다'는 뜻이야. 우물이나 땅속 구덩이와 같은 거. 바닥이 아주 깊은 바다와 같은 거."

"난 자주 슬픔의 심연을 느껴요. 그런데 지금 기분이 나아졌어요. 그렇게 말하는 법을 알았으니까요. 케이티 모리스에게 얘기하는 일이 못된 게 아니라는 것도 이젠 알았어요."

"케이티 모리스?"

앤은 케이티 모리스에 대해 말했다. 술에 취해서 찬장의 유리문 하나를 박살낸 토머스 아저씨에 대해서도 얘기했는데, 이제는 자신이 아저씨를 좋아하고 아저씨도 자기를 좋아한다고, 그래서 아저씨가 무섭지 않다고 말했다. 자신이 고아고, 부모님이 볼링브룩에서 학교 선생님이었다는 얘기도 했다.

"불행한 이야기 같겠지만 나한테는 어릴 때 일라이저 언니가 있었고, 이제는 아치볼드 아주머니가 있어요. 할아버지도 있고요. 할아버지가 오늘 저에게 새로운 단어를 7개나 알려 주셨으니까, 집에 가는 길에 그걸 전부 연습할 거예요."

존슨 씨가 목을 가다듬었다.

"저기 말이다. 앤, 내가 매주 너를 위해 특별히 멋진 단어를 5개씩 준비하고 있으마. 네가 보고 써 볼 수 있도록 공책에도 써 주고. 공책과 연필은 걱정 마라."

그런 다음 그들은 앤이 길바닥에 두고 온 달걀 담는 천 가방을 찾으러 나갔다. 가방이 흠뻑 젖어서 무거웠지만 앤은 아무렇지 않았다. 달걀도 무거웠고 눈까지 꽤 깊었지만, 앤은 걷고 있다는 것조차 알아차리지 못했다. 오히려 날고 있는 기분이었다.

32
길 끝에서 마주친 것은

앤은 그날 오후 토마스 네로 돌아오는 길에, 오늘의 모험담을 어서 빨리 케이티 모리스에게 들려주고 싶어서 안달이 났다. 하지만 방해물이 참 많았다. 앤이 길 주위에 온통 깔린 아름다움에 정신이 팔렸기 때문이다. 높다란 가문비나무와 소나무들 사이로 하얀 눈길이 구불구불 뻗어 있었다. 그 길이 반짝이는 고드름과 눈으로 만든 웅장한 수정 궁전으로 가는 길인 척하기, 그러니까 '상상'하기는 앤에게 무척 쉬운 일이었다.

나무들은 어젯밤 내린 눈으로 묵직해져서 어떤 나뭇가지들은 거의 땅바닥에 닿을 정도로 한껏 휘었다. 태양이 서쪽 언덕 뒤로 사라지고 있었다. 그 대신 동쪽 하늘 구름들이 주황색, 장미색, 노란색으로 색칠되고 있었다. 앤은 주위를 둘러보며, 자신의 삶이 완벽하다고 생각했다. 아, 그 끝에는 아치볼드 아주머니와 존슨 할아버지가 있었다. 그들이 수정 궁전보다 훨씬 더 중요했다. 그리고 그들은 상상이 아니라 진짜다! 앤은 미소를 지으며 집을 바라보았다.

문이 열리며 토머스 부인이 나타났다. 군데군데 핀에서 빠져나와 흐트러진 곧은 갈색 머리카락들이 누렇게 뜬 양 뺨과 목에 지저분하게 흘러내려 있는데, 눈빛만은 유난히 또렷했다. 분노의 빛으로.

"대체 어딜 싸돌아다니다 온 거야! 네가 숲에서 노는 동안, 집에서 시끄러운 꼬마 놈들 넷을 데리고 있을 내 생각은 안 하냐! 지금 당장 달걀 두 개를 꺼내 놔. 뭘 꾸물거려, 얼른 들어와서 노아한테 죽 먹이고, 저녁 준비할 감자를 썰어! 감자 씻을 솔도 없으니까 얼른얼른 움직여!"

앤은 빨리 가려고 했지만 워낙 눈이 깊어서 다리를 움직이기 힘들었다. 그녀는 토머스 부인을 보면서 아치볼드 부인의 입꼬리가 위로 올라가 있던 것을 떠올렸다. 토머스 아주머니의 입꼬리는 아래로 처졌다. 눈밭을 헤치고 걸으며, 앤은 춤추는 토머스 부인을 상상했다. 토머스 씨는 그녀가 정말로 춤을 잘 췄었다고 말했다. 앤은 머릿속으로 그녀에게 레이스 속치마와 넓은 분홍색 치마가 달린 드레스를 입히고, 음악을 틀고, 나는 듯 빠른 발로 플로어를 빙빙 도는 아주머니의 모습을 떠올리려고 했다. 하지만 그녀의 상상력은 그 정도로 강력하지 못했다. 토머스 부인은 뒤쪽 포치에 단단히 발을 버티고 서서 눈살을 찌푸리고 있었다.

앤은 그녀를 자신의 엄마로 바꿔 보았다. 언제나 아름답게 웃음

짓는 엄마, 두 팔을 벌려 환영해 주는 엄마…….

"세상에 얼마나 추울까? 발이 흠뻑 젖었겠구나! 어서! 부엌으로 들어와 불가에서 쉬렴. 생강 쿠키와 뜨거운 차를 가져다줄 테니, 너의 멋진 오늘에 대해 엄마한테 전부 얘기해 주렴."

앤의 한쪽 눈에서 눈물이 비집고 나와 뺨을 타고 주르르 굴러 떨어졌다.

'매일 집에 올 때마다 그렇게 맞아주는 엄마가 있는 아이들이 세상 곳곳에 널려 있을 거야.'

앤은 서러워졌다. 미끄러운 부츠로 어렵사리 계단을 오르며 그녀가 중얼거렸다.

"늦어서 죄송해요."

"닷새만 있으면 학교에 가겠다면서. 그럼 우리 모두 궁지에 빠지게 되겠지. 토머스 씨는 다시 술을 마시기 시작했고."

그녀가 으르렁댔다.

앤은 두 조각의 정보 사이에서 잡아 뜯겨졌다. '닷새만 있으면 학교!'라는 소식에 기뻐할 겨를도 없이 밀려드는 걱정. '토머스 씨는 다시 술을 마시기 시작했고.'

앤은 얼른 코트와 젖은 양말을 벗고, 차가운 발에 포치의 고리에 걸려 있는 스타킹을 신었다. 그러고는 재빨리 부엌으로 들어가 스토브 뒤쪽의 죽 단지에서 한 그릇을 퍼 담아 노아를 찾으러 갔다. 집 안 가득 아이들 울음소리가 진동해서 노아를 찾는 데 몇 분이 걸렸다. 유일하게 울지 않고 잔뜩 겁먹은 표정으로 부엌 구석 바닥에 앉아 있는 아이.

앤은 노아를 끌어안았다. 그 팽팽한 작은 몸에서 긴장이 풀리는 것이 느껴졌다. 앤이 아기에게 속삭였다.

"왜 그래?"

"아빠가 때렸어."

앤은 자신의 몸에서 아이를 떼어 내고 그 얼굴을 쳐다보았다.

"아빠가 노아를 때렸어?"

이렇게 어린 막내를? 상상도 못 했던 일이었다.

"아니, 엄마. 호러스 형도."

앤은 노아를 안고 흔들의자로 가서 죽을 먹였고, 아이가 다 먹고 품에서 잠들자 부엌 옆방의 요람에 누였다. 그러고 나서 식탁으로 가서 감자를 썰기 시작했다. 뒤에서 남자애 셋의 우는 소리와 그들의 엄마가 조용히 하라고 악쓰는 소리가 들렸다. 이때 토머스 씨가 부엌으로 들어왔다. 자신의 균형 감각을 시험이라도 하듯 흔들흔들 조심스럽게. 머리는 장식처럼 헐렁하게 목에 붙어 있는 듯했고, 눈꺼풀은 무겁게 내려갔으며, 눈에는 초점이 없었다. 그가 주먹으로 식탁을 내려치자 감자 몇 조각이 날아가 바닥에 떨어졌다. 다른 손에는 망치가 들려 있었다.

"이놈의 지긋지긋한 소란, 그만 좀 해!"

그가 빽 고함쳤다. 갑자기 부엌에 정적이 내려앉았다.

"난 하루 종일 일했어. 바보 같은, 지루한, 외로운 일을, 단지 너희들 식탁에 빵을 가져다 놓으려고! 그러니까 제발, 내가 집에 왔을 때는 조용히 해! 평화를 달란 말이야!"

그가 다시 식탁을 내리쳤다.

“저녁은 어딨어?”

앤은 끓어오르는 낯선 감정을 느꼈다. 마음속에서 조그맣게 ‘뚝 끊어지는’ 소리가 들린 듯했다. 앤은 벌떡 일어났다.

“집에 있는 우리도 바보 같고 지루한 일을 해요. 게다가 우리만 소란을 피우는 게 아니에요. 오늘 오후에 아저씨가 한 행동 때문에 노아가 겁을 먹었어요. 노아는 아직 아기란 말이에요. 그리고 저녁은 아직 준비 안 됐어요.”

그러고는 홱 돌아서서 감자 써는 일을 계속했다. 앤의 심장이 빠르게 고동쳤다. 앤은 토머스 씨를 등지고 있었다. 앤은 등 뒤를 신경 쓰지 않으려고 애쓰면서 감자를 썰고 또 썰었다.

어느 순간, 부엌 문 닫히는 소리가 들렸다. 조심스럽게 뒤돌아보

자, 토머스 씨는 거기에 없었다.

그날 늦은 밤, 앤은 램프를 챙겨서 살그머니 계단을 내려가 지하실 복도로 걸어갔다. 아치볼드 부인과 존슨 씨에 대해 단 몇 마디라도 케이티 모리스에게 말하지 않고서는 잠들 수가 없었다. 누군가와 얘기하지 못하면 폭발해 버릴 것 같았다.

앤이 케이티 모리스의 관심을 얻는 일은 전혀 어렵지 않았다. 그 애는 이미 램프의 빛 속에서 눈을 반짝이며 앤을 기다리고 있었다. 앤은 아치볼드 부인과의 시간과 파란 리본 선물에 대해 말했다.

"아치볼드 아주머니가 선물한 리본으로 장식하면 내 머리가 조금은 아름다워 보일지도 모르겠어."

앤은 결혼식 날 아침에 존슨 씨의 친구와 도망친 잔인한 신부 이야기도 했다. 앤은 케이티의 뺨으로 흘러내리는 눈물을 보았다. 물론 자신의 뺨이 젖은 것도 느껴졌다.

그다음엔 다친 암탉 얘기를 했다.

"오, 케이티 모리스! 길 한가운데서 그 녀석이 꼼짝도 않고 있는 거야. 너도 알다시피 암탉들은 항상 바쁘게 돌아다니잖아. 알을 낳는다거나 하는 느린 일을 할 때만 빼고 말이야. 그런데 녀석은 차가운 눈 속에 커다란 반죽 덩어리처럼 웅크리고 있더라. 내가 녀석에게 다가갔을 때…… 아니지, '그녀'에게 다가갔다고 말해야 돼. 존슨 할아버지가 암탉은 모두 여자랬거든. 다리가 부러진 거였어. 그녀를 '구출(이것도 존슨 할아버지한테 직접 새로 들은 단어야!)'해야겠다는 생각이 들었어. 안 그러면 얼어 죽을지도 모르니까. 하지만 날카로운 부리와 발톱들이 무서웠어. 절대적으로 무서웠어. 그래도 난 그녀를 안아들었지. 그리고 다행히 그녀는 아주 작은 몸부림도 없이 내 품에 안겼어."

앤은 존슨 할아버지의 천사들과 코코아에 대해서, 그가 매주 가르쳐 주겠다고 한 새로운 단어들 5개에 대해서 케이티 모리스에게 이야기했다. 토머스 아저씨의 망치질에 대응했던 말과, 얼마나 겁이 났었는지도 고백했다.

"이젠 피곤해. 달걀 사러 가는 건 근사한데 갔다 오면 너무 지쳐. 잘 자, 사랑하는 케이티 모리스. 내일은 빨래하는 날이니까 얼른 자러 가야겠어. 푹 쉬어."

앤은 바닥에서 랜턴을 집어들고 복도를 지나 계단으로 올라갔다. 창밖의 자작나무 '다섯 자매들'에게 키스를 날려 보내고, 이불 속으로 뛰어들었다. 토머스 씨가 전에 약속한 대로 어서 빨리 고양이를 구해 오면 좋겠다고 생각했다. 침대에서 고양이와 찰싹 붙어 있을 수 있다면 얼마나 사랑스러울까. 하지만 지금 당장은 그에게 부탁하기에 적당한 때가 아니었다. 앤은 머리가 거의 베개에 닿기도 전에 잠이 들었다. '닷새만 있으면 학교에……'라고 중얼거리면서.

33
라킨바는 내 고양이

앤은 다음 닷새 동안 조바심으로 괴로웠다. 밤낮으로, 심지어 꿈속에서도 학교만 떠올랐다. 짬이 날 때마다 《로열 리더》를 펼치고 이야기와 시들을 읽는 척했다. 〈메리의 어린 양〉에 나오는 단어들을 암송했고, 〈폭풍우〉에 나오는 난파선과, 아이들을 모두 데리고 신발 속에서 사는 여인도 보았다. 조만간 그 모든 것이 생활의 일부가 될 것이다.

바로 이번 주에 존슨 할아버지에게 새 단어를 5개 배웠다. 앤이 학교에서 유용하게 쓸 만한 것들이었다. 그 단어들을 적은 조그만 공책도 선물받았다. 오래전 그가 이 숲에 들어올 때 가져온 종이와 펜과 잉크로 쓴 게 틀림없었다. 아니면 달걀 팔아 번 돈으로 산 것일까? 메리스빌에는 그런 물건을 파는 가게들이 있을지도 모른다. 앤은 그런 가게에 들어가서 뭔가 살 만한 돈이 있는 척하고 싶었다. 평생 한 번도, 단 한 번도 가게에 들어가 본 적이 없었으니까. 그 생각은 거의 학교에 갈 기대만큼이나 흥분되는 것이었다.

그 닷새 동안 앤은 자신이 기저귀를 빠는지, 바닥을 문질러 닦는지, 당근을 썰고 있는지조차 인식하지 못하며 일했다. 정말 일이 고되었다. 토머스 부인이 식사 준비와 청소, 고된 육아와 소란, 거기에 남편의 분노까지 홀로 남아 대처해야 한다는 생각에 화가 나서 앤에게 최대한 많은 일을 시키고 있었기 때문이다. 하지만 정작 앤은 아무렇지 않았다. 마음으로는 이미 집을 떠나 학교에 있었으니까 아무래도 괜찮았다.

게다가 그 시기에 앤을 더욱 기쁘게 하는 일들이 일어났다. 집 안에서 소리 지르고 노아를 겁먹게 한 것에 대해 앤이 토머스 씨에게 반발한 지 이틀 만에, 그가 퇴근길에 커다란 봉지를 들고 왔다.

"다들 모여 봐! 내가 뭘 가져왔는지 봐라!"

토머스 씨가 집 안을 훑어 보았는데, 주로 앤을 주시하고 있었다. 그리고 봉지를 여는 순간, 아주 커다란 오렌지색 고양이가 나왔다. 서쪽 부엌 창으로 생생한 저녁 노을이 스며들며 고양이의 몸을 에워쌌다.

토머스 부인은 기뻐했다. 벌써 쥐들이 줄어든 것만 같았다. 아이들은 고양이를 처음 보는 데다가 그 크기에 놀라서, 이 새로 온 손님으로부터 주춤주춤 뒷걸음질 쳤다. 앤의 손을 잡고 있었던 노아만은 부드러운 털을 만지려고 손을 앞으로 내밀었다. 앤으로 말하자면, 난

생처음 느끼는 강렬한 기쁨과 맞닥뜨렸다. 나중에 케이티 모리스에게 '가슴속에서 심장이 기쁨에 꽉 붙잡혀 눌리는 느낌'이라고 설명했다. 내뱉을 수 있는 말이라곤 '오오오!' 뿐이었다. 앤은 앞으로 다가가 그 무거운 고양이를 안아들고 무게, 부드러움, 가르랑거리는 소리, 호랑이 같은 줄무늬에 감탄했다. 그중 자신의 머리색과 거의 똑같은 털색이 가장 마음에 들었다. 왜 회색 고양이를 갖고 싶어 했을까? 고양이를 품에 안자 천 가지 슬픔을 위로받는 느낌이었다.

"해가 질 때쯤 서쪽에서 왔으니까 녀석을 라킨바라고 부를래요."

앤이 거대한 털뭉치에 파묻힌 채 이렇게 말했다.

"일라이저 언니가 알려 준 시가 있어요. '오! 젊은 라킨바 서쪽에서 오네.' 너무너무 아름다운 시였어요. 진짜 라킨바는 잘생기고 용감한 사람이에요. 아름다운 아가씨를 말에 태우고 달리죠. 내 고양이의 이름으로 이보다 더 완벽한 이름은 상상할 수 없어요."

'내 고양이!'

아무도 이 선언에 반대의 목소리를 내지 않았다. 남자아이들은 아주 무서워했다. 토머스 부인은 관심도 없었다. 그리고 토머스 씨는 확실히 기쁜 기색이었다.

앤은 학교까지 1마일 남짓되는 길을 처음 걸었다. 하지만 일전의 그 남자가 다시 집에 찾아와 필요한 사항을 모두 알려 줬기 때문에 길은 물론이고 학교에 도착했을 때 뭘 해야 하는지도 전부 알고 있었다. 그가 왔을 때 앤은 세탁솔과 들통을 옆에 둔 채 무릎을 꿇고 있었는데, 토머스 부인이 일어나서 그분의 말을 잘 들으라고 했다. 앤은 손을 닦고 그가 앉아 있는 부엌 식탁으로 가서 앉았다. 그는 앤의 앞에 작은 지도를 펼쳤다.

“이 길모퉁이를 돌아서…….”

그가 손가락으로 지도 위의 한 곳을 가리켰다.

“…… 이 화살표를 따라 쭉 따라가면 가게가 나올 거야. 거기서 왼쪽으로 돌아 작은 고갯길로 올라가면 오른쪽이 학교란다. 크진 않지만, 지붕에 종이 하나 있어서 눈에 쉽게 띄지. 또 운동장에서 아이들도 놀고 있을 테고. 종이 울리지 않더라도 안으로 들어가거라. 그러면 헨더슨 선생님이 네가 할 일을 말해 줄 거야.”

앤은 지도를 받아 두 손으로 매끄럽게 펴서 확인하고, 아주 소중한 보물인 양 조심스럽게 접었다. 그 남자가 돌아간 다음에는, 자기 방으로 지도를 가지고 올라가 존슨 할아버지가 새 단어 5개를 적어서 넣어 준 봉투에 함께 보관했다. 글자는 못 읽어도 앤은 각 단어들의 뜻은 정확히 알았다. ‘호기심이 강한’, ‘즐거워하는’, ‘실망시키는’, ‘심상치 않은’, ‘굉장한’이었다. 앤은 자신의 베개에 자리 잡고 앉은 라킨바에게 그것들을 큰 소리로 말해 주었다.

앤은 트루디의 낡은 책가방을 열고 봉투를 《로열 리더》 두 권 옆에 집어넣었다. 가방에 또 무엇을 넣으면 좋을까? 손수건이 쓸모 있을 것 같았다. 콧물이 나거나, 아니면 너무나 아름다운 시를 듣고 눈물이 났을 때 필요할 것이다. 그녀는 딱 하나 있는 깨끗한 손수건이 거무죽죽한 회색빛으로 보이지 않기를 바랐다. 한쪽 귀퉁이에 작은 구멍까지 났지만 상관없었다. 하나도 없는 것보다는 나으니까. 앤은 소맷자락으로 눈물, 콧물을 해결하고 싶지 않았다. 손수건을 책가방 바닥으로 쑥 집어넣었다. 앤이 정말 필요해서 꺼내기 전까지는 아무도 손수건을 알아차리지 못할 것이다.

"앤! 대체 그 위에서 뭘 하는 거야? 당장 내려와!"

'아! 설거지를 하기로 했지!'

앤은 책가방 끈을 문고리에 걸고 아래층으로 달려 내려갔다.

그 주가 지나고, 드디어 앤이 학교에 가는 첫날 아침이 밝았다. 공기 중에 봄을 약속하는 기운이 강하게 퍼져 있는 3월의 맑은 날이었다. 노바스코샤는 봄이 오려면 아직도 한참이나 남았다. 하지만 2월에도 햇살이 밝게 빛나고, 깜박 속을 정도로 따스하며, 금방이라도 날씨가 좋아질 것 같아서 그곳 사정을 더 잘 아는 노바스코샤 토박이들조차 봄이 코앞에 와 있다고 느끼는 날들이 있었다. 바로 그런 날이었다.

앤은 일어나서 옷을 입고 침대를 정리하고, 자작나무 다섯 자매들에게 키스를 날린 다음, 아래층으로 달려 내려갔다. 오늘 아침에는 설거지할 필요가 없을 것이다. 노아에게 죽을 먹이거나 빵을 자를 필요도 없을 것이다. 그럴 시간이 충분하지 않았다. 앤은 벅찬 흥분으로 가득 채워진 커다란 동굴이 된 기분이었다. 잼을 펴바른 빵을 단 한 입도 먹을 수가 없었다. 스토브에 있는 죽을 먹기는 훨씬 더 불가능해 보였다. 무엇이든 목으로 넘어가지 않았다. 앤은 기쁨으로 빛나는 커다란 눈으로 토머스 부인을 바라보며 말했다.

"너무너무 행복해서 당장 이 의자에서 떨어져 죽을 것 같은 기분이에요!"

그 순간, 토머스 부인은 앤의 빛나는 얼굴에서 사랑스러운 버사 셜리를 보았다. 동쪽의 태양이 갓 태어난 아기 앤의 얼굴을 비췄을 때가 선명히 기억났다. 토머스 부인은 미소를 지으며, 놀랍게도 앤을 두 팔로 힘껏 껴안았다. 그러고는 아침을 먹지 않은 것에 대해 호통치는 대신, 잼 바른 커다란 빵을 샌드위치처럼 접어서 작은 종이봉지에 담아 주었다.

"나중에 배고플 거야, 그 안에 지난 가을 사과도 하나 있어. 당밀 쿠키도. 자, 이제 출발해라, 안 그러면 늦겠어."

그녀가 부드럽게 앤을 밀어내며 말했다. 앤은 가방을 챙겨 와서 노아의 머리에 입을 맞추고, 라킨바의 부드러운 등을 손바닥으로 쓰다듬고, 세 명의 꼬마들에게 손을 흔들고, 토머스 부인의 팔을 살짝 잡았다가 놓고는 문밖으로 뛰어나갔다. 토머스 씨는 한 시간 전에 일터로 떠났다. 숙취가 남아 있었고 우울해 보였지만, 그래도 일을 할 수는 있었다.

학교로 가는 길은 존슨 아저씨네 집까지 가는 긴 여행과 똑같은 거리였다. 하지만 길이 잘 닦여 있어서 걷기 쉬웠다. 빽빽한 나무들이 울타리처럼 막아선 곳이 적어서 시야도 탁 트여 있었다. 앤은 천사들과 요정들처럼 새로 날개가 달리기라도 한 기분이었다. 첫 번째 모퉁이를 돌자 오른쪽으로 헛간과 작은 농가가 있는 들판이 펼쳐졌다. 왼쪽으로는 나무들이 없는 조그만 언덕으로 이어지다가 꼭대기에 커다란 포플러나무들이 솟아 있는 걸 볼 수 있었다.

앤은 일라이저와 같이 볼링브룩 외곽의 습한 목초지를 산책했을 때를 떠올리며, 숲에서보다 하늘이 더 손에 닿을 듯한 느낌을 만끽했다. 그날의 하늘은 아름다웠다. 흰 구름들이 띄엄띄엄 한가롭게 움직이고 있는 새파란 하늘이었다. 벌거벗은 단풍나무들이 경계를 이루는 짧은 구간에 다다랐을 때는 나뭇가지마다 눈이 녹아내려서 똑똑 떨어지고 있었다.

그 길을 따라 걷는 동안 더 놀라운 것들이 그녀 앞에 모습을 드러냈다. 갑작스레 따뜻해진 날씨로 얼음이 녹아서 깨지고, 조그만 시냇물이 바위들 위로 킬킬거리며 흘렀다. 작은 들판 한가운데에 밤나무 한 그루가 외로이 서 있고, 길가쪽에 집과 헛간도 있었다. 넓은 울타리 말뚝 위로 큰 회색 고양이 한 마리가 얌전하게 앉아 있었다. 작은 연못이 딸려 있는 빨간색의 아담한 집도 보였다. 연못 얼음 위에 날 자국들이 나 있는 것을 보면 아이들이 스케이트를 탄 모양이었다.

그렇게 걷다 보니 어느새 메리스빌의 중심가에 도착했다. 눈앞에 가게가 있었다. 이제 왼쪽으로 꺾어질 지점이었다. 하지만 앤은 가게 진열대에 있는 상품들을 구경하며 감탄했다. 달걀 거품기, 작은 양동이, 데이지꽃들이 그려진 파란 도자기 그릇, 색칠한 구두와 작은 장미무늬 옷감으로 만든 드레스 차림의 인형, 깃털과 체리꽃이 달린 숙녀용 모자, 그리고 야채솔. 앤은 그 솔을 살 수 있기를 간절히 열망했다!

아직도 부글부글 끓고 있는 토머스 부인의 분노를 가라앉히기 위해서, 그리고 자신의 불편한 죄책감을 없애버리기 위해서라도 말이다. 어찌나 몰입했던지, 자칫 왼쪽으로 돌아 학교까지 고갯길을 올라가야 한다는 사실을 잊을 뻔했다. 저 솔을 구해서 토머스 부인에게 주면, 낡은 솔을 망가뜨린 그 작은 러그를 완벽하게 즐길 수 있을 것이다. 게다가 이 솔은 예전에 쓰던 것보다 더 근사했다. 야채솔이 너무나 갖고 싶었으므로 인형에 대한 열망은 사라졌다.

마침내 앤은 가까스로 가게 창문으로부터 자신을 떼어 내 고갯길을 오르기 시작했다. 꼭대기 오른쪽에 학교가 있었다. 종이 보였다. 운동장에서 뛰노는 아이들도 보였다. 앤의 걸음이 느려졌다. 왜 저 건물로 들어가는 것을 쉽게 생각했을까. 아마 그렇게 근사하지 않을지도 모른다. 앤은 토머스 집안의 거친 꼬마 녀석들을 제외하고는 아이들과 함께 있는 것에 익숙하지 않았다. 운동장에 몰려다니는 아이들이 적어도 열다섯 명은 될 듯했다.

'내 옷이 쟤들 옷이랑 비슷할까? 예쁘게 땋아서 묶었지만 빨강 머리라고 놀리면 어쩌지? 파란 리본을 맸으니까 조금 괜찮아 보이려나? 아이들이 나를 좋아할까?'

앤이 운동장에 들어서는 순간, 아이들의 재잘거림과 움직임이 일제히 멈췄다. 모든 눈이 건물을 향해 걸어가는 앤을 주목했다.

교실로 들어섰을 때, 커다란 책상 하나와 칠판 뒤로 줄줄이 늘어선 2인용 책상들이 눈에 들어왔다. 책상마다 작은 석판과 석필들이 놓여 있었다. 석판은 나무틀로 된 것도 있고, 아닌 것도 있었다. 교실 뒤쪽에서 작은 장작 스토브가 타닥타닥 소리를 내며 교실에 온기를 더하고 있었다.

"저는 앤 셜리예요."

앤은 칠판에 뭔가를 적느라 바쁜 여자의 등에 대고 말했다. 여자는 앤이 읽을 수 없는 단어들과 앤이 알 수 없는 숫자들을 적어 내려가고 있었다. 앤이 말을 이었다.

"앤을 쓸 때는 끝에 'e'를 붙여야 해요."

34

학교에 가다

앤은 선생님의 등에 대고 제 이름을 말하고는 아주 똑바로 서 있었다. 선생님이 돌아섰을 때 자신이 겁먹은 줄 못 알아채기를 바라면서. 사실 앤은 겁에 질려 있었다. 이제껏 학교에 대해 그렸던 꿈들은 하나같이 다 아름다웠다. 곱슬곱슬한 금발 머리의 예쁘고 조그만 소녀와 나란히 한 책상에 앉아서 공부하고, 그 애와 다정하고 절친한 친구가 되는 꿈이었다. 석판에 새로운 단어들을 철자 하나 틀리지 않고 완벽하게 쓰는 자신의 모습도 그려 보았다. 운동장에서는 게임과 웃음이 끊이지 않을 거라 생각했다. 그런데 갑자기 어느 사악한 손이 그 모든 사랑스런 꿈들을 한순간에 전부 지워 버린 듯했다.

그 정도로 앤은 두려웠다. 곱슬곱슬한 금발 머리에 얼굴이 예쁘장한 소녀를 운동장에서 보긴 했지만, 그 아이는 호기심인지 불쾌감인지 모를 표정으로 고갯길로 올라오는 앤을 바라보며 눈썹을 한데 찌푸렸던 것이다.

'길게 땋은 빨강 머리를 보아서일까? 너무 크고 마른 아이라고 생각한 걸까? 선생님이 칠판에 쓴 저 글씨들은 뭐지? 저 글씨들이 모두 모여 무슨 뜻이 되는 것일까? 선생님이 내가 그쯤은 다 알겠지 기대하시면 어쩌지? 이 교실에서 내가 제일 멍청하면? 예전의 트루디 언니처럼 교실에 있는 아이들도 내가 알파벳도 모른다며 바보라고 놀리려나? 맞아, 알파벳! 그게 뭐지? 학교에 오기 전에 누구나 다 알고 있어야 하는 건가?'

무엇보다도 학교 운동장이 최악으로 실망스러웠다. 세상에, 운동장이 앤이 볼링브룩에서 보았던 여느 집들의 작고 네모난 뒷마당 정도밖에 되지 않았다. 게다가 상상했던 것과 달리 꽃들로 둘러싸인 풀밭도 없었다. 밟아 다져진 눈이 여기저기 지저분하게 얼룩져 쌓여 있고, 철조망을 둘러쳐서 학생들을 가둔 느낌이었다. 나무들이 해를 가릴 정도로 빽빽한 숲이 이곳보다 훨씬 자유롭겠다고 생각했다. 갑자기 앤은 사랑스러운 자작나무 자매들이 보초를 서고 있는, 자신이 연못이라고 확신하는 작은 들판이 그리워졌다. 봄에는 오리들이 올지도 모르겠다.

이 모든 생각들이 선생님의 등을 바라보며 기다리는 찰나에 앤의 머릿속을 스쳤다. 번개처럼 순간적이었지만 전부 선명했다. 마침내 선생님이 돌아서서 살짝 웃으며 앤을 마주 보았다. 그리고 손을 내밀었다.

"나는 헨더슨이란다. 네가 우리 학교에 오게 돼서 아주 기뻐. 이제 막 여섯 살이 됐다고 들었는데, 맞니? 학교 다니기에는 약간 이르지만, 너라면 잘 해낼 것 같구나. 아주 영리한 눈을 가졌으니 말이다. 의욕이 훨씬 더 중요할 수 있지. 서머스 씨는 네가 무척 학교에 오고 싶어 했다던데."

앤은 '의욕'이 뭔지 몰랐지만, 그게 좋은 것이고 분명히 자신이 갖고 있는 것인 걸 직감했다. 서머스 씨는 학교 일로 찾아왔던 남자일 것이다. 앤은 똑바로 서서 절대로 두려움을 내보이지 않을 생각이었다. 게다가 아까보다 무서운 느낌이 훨씬 줄었다. 헨더슨 선생님은 앤이 지금까지 보았던 그 어떤 여자보다 아름다웠다. 볼링브룩에서도 이만큼 아름다운 여자를 본 적이 없었다. 사랑스러운 벌꿀색 머리채를 머리 위로 높이 틀어 올렸는데, 작은 곱슬머리들이 두 뺨과 이마로 도망쳐 나와 얼굴을 감쌌다. 깨끗하고 뽀얀 피부를 지닌 부드럽고 상냥한 얼굴에 번진 그 작은 웃음은 너무나 따스해서…….

"…… 고드름이라도 녹일 수 있겠어."

그만 저도 모르게 생각이 입 밖으로 튀어나왔다.

"학교 일을 하는 그 남자분이 서머스 씨인가요? 그분 말씀이 절대적으로 옳아요. 저는 무척 학교에 다니고 싶어요. 읽는 법을 얼마나 빨리 알려 주실 수 있으세요? 제가 책을 읽을 수 있다면, 날개 달린 천사처럼 행복할 것 같아요."

헨더슨 선생님은 눈앞의 조그맣고 야윈 소녀를 바라보며 살짝 고개를 흔들었다. 서머스 씨는 엄격한 양어머니에게 심하게 혹사당하는 여자아이라고 했다. 그리고 토머스 씨의 과도한 음주는 이미 메리스빌에서도 소문이 파다했다. 헨더슨 선생님은 새 제자가 어떤 아이일지 잠깐 헷갈렸다. 아이가 두려울까? 의기소침한 걸까? 가르치기 힘든 아이일까? 그런데 '절대적으로 옳아요'라니. '날개 달린 천사처럼'이라니! 그런 말과 생각들은 도대체 어디에서 나왔을까?

헨더슨 선생님은 심장 박동이 빨라지는 느낌이었다. 비범한 학생이 나타났을 때 교사들은 누구나 느끼는 마음이다.

"최대한 빨리 읽는 법을 알려 주마, 앤. 하지만 너에게 맞는 속도로 진행할 거야. 네가 재촉당하는 것처럼 느끼지 않도록."

"아, 헨더슨 선생님, 저는 재촉당하는 것에 익숙해요. 그러니까 그런 걱정은 하지 마세요."

앤이 칠판에 어지럽게 적혀 있는 글자와 숫자들을 가리켰다.

"오늘 집에 가기 전에 제가 저걸 다 알아야 하는 건가요?"

헨더슨 선생님이 웃었다.

"앤, 이 학교에는 학생이 열여섯 명뿐이고, 내가 초급반부터 상급반까지 모든 반을 가르친단다. 칠판에 적어놓은 건 6학년들이 공부할 내용이야."

앤은 안도의 숨을 내쉬었다. 굳은 자세도 약간 풀렸다. 하지만 앤은 여전히 주의해야 했다. 중요한 뭔가를 놓칠 수도 있으니까.

"넌 오늘 알파벳부터 배울 거야. 책 읽는 법을 배우려면 제일 먼저 알아야 하는 거란다."

헨더슨 선생님이 칠판 위쪽 벽에 기다랗게 붙어 있는 글자들을 가리켰다.

"선생님이 저 글자들을 읽을 수 있게 가르쳐 줄게. 그런 다음 네가 원하면 석판에 쓰는 것도 연습할 수 있어. 매일 글자를 5~6개씩 배워 보자."

그러고는 이렇게 덧붙였다.

"알파벳을 배우면 사전을 이용할 수도 있단다."

"사전이요? 그게 뭐예요?"

"랜돌프가 하나 가지고 있어. 할머니께서 주셨다더구나."

그녀가 랜돌프의 책상에서 뭔가를 꺼냈다. 커다랗고, 무겁고, 두꺼운 책이었다.

"여기에는 단어들이 가득 들어 있어. 읽는 법을 배울 때, 그게 무슨 뜻인지 알고 싶으면 여기서 단어들을 찾아보면 돼."

앤은 가장 가까운 의자에 주저앉았다. 그리고 나직이 속삭였다.

"'단어들'이 가득한 책! 그런 책을 소유하다니, 랜돌프는 세상에서 가장 행복한 아이가 틀림없어요!"

'그런 책을 소유하다니'라니! 헨더슨 선생님은 당혹스럽고도 매혹적인 기분으로 앤을 바라보았다. 어떠한 요소들이 합해져서 이렇게 놀라운 아이를 만들어 냈을까? 이 질문에 대답이라도 하듯 앤이 말했다.

"제 엄마와 아빠는 선생님이셨대요. 그러니 틀림없이 그분들도 사전을 갖고 계셨겠죠. 하지만 두 분이 돌아가셨을 때 다 팔았대요. 의사한테 진료비를 내야 했거든요. 병을 치료하지도 못했지만요. 누군가가 부모님의 사전을 샀겠죠. 내 것이 됐더라면 좋았을 텐데."

어쩐지! 앤의 묘한 어휘는 교사였던 그들에게서 나온 게 분명해.

"몇 살 때 부모님이 돌아가셨니, 앤? 마음 아픈 일이구나."

"음, 저도 아주 마음이 아파요. 부모님은 제가 태어난 지 석 달째에 열병으로 돌아가셨어요. 하지만 전 죽지 않았어요. 보시다시피 전 아직도 여기 있어요. 그건 오래전 일이에요. 제가 6년 전, 3월 5일에 태어났거든요. 그게 제 생일이에요. 이 파란 리본은 아치볼드 아주머니가 선물해 주셨어요. 그러니까 올해는 결국 선물을 받은 셈이죠. 하지만 가끔씩 돌아가신 부모님 생각이 날 때면 저는 슬픔의 심연에 빠지곤 해요."

헨더슨 선생님은 자신도 슬픔의 우물가에 빠져 있는 기분이 들었다. 한편으로는 이루 말할 수 없이 신기했다. 부모에게 배운 것이 아니라면, 앤이 이렇게 말하는 방식과 그 긴 단어들을 어디에서 배웠을까? 그녀가 씩씩하게 말했다.

"앤, 너와 얘기하는 게 재미있어서 내가 시간 가는 줄을 몰랐구나. 이제 종을 울려야겠다. 어머, 10분이나 늦었네."

종이 울리자 열여섯 명의 아이들이 모두 교실로 밀려 들어왔다. 어떤 아이는 작고, 어떤 아이는 컸다. 잘생긴 아이도 있고, 못생긴 아이도 있었다. 지저분한 아이도 있고, 깨끗한 아이도 있었다. 어떤 애는 명랑하고, 어떤 애는 시무룩했다. 그들 모두가 교실로 들어오면서 앤을 쳐다보았다.

앤은 새이디 브라운이라는 여자아이 옆에 앉았다. 서로 수줍게 웃음을 지어 보였지만, 수업이 시작됐기 때문에 말은 나누지 않았다. 새이디는 키가 작고, 얼굴은 별로 예쁘지 않았고, 움직이는 게 어색했지만 친절했다. 그리고 앤과 동갑이었다. 그들 둘 외에 1학년은 밀드레드 플림슨뿐이었다. 금발에 사파이어 같은 파란 눈을 지닌 예쁜 아이였는데, 친절하지는 않았다. 새이디와 밀드레드는 둘 다 9월부터 학교에 나왔다. 앤은 그들보다 6개월이나 늦었다. 헨더슨 선생님은 똑똑한 밀드레드와 친절한 새이디 사이에서 고심하다가, 앤을 새이디 옆에 앉혔다.

헨더슨 선생님은 열여섯 명의 학생들 모두에게 읽거나 쓰거나 공부할 특정 과제를 부여한 뒤, 앤을 자신의 책상으로 불러서 조용히 알파벳의 첫 여섯 글자인 'A, B, C, D, E, F'를 가르쳤다. 앤은 아랫입술을 잘근잘근 깨물며 설명을 들었고, 쓰는 법까지 배웠다. 다시 자기 책상으로 돌아가서도 그 글자들의 발음들을 중얼거리고 철자를 외웠다. 앤은 이전에 일라이저가 읽어 준 시들을 전부 외워 버리곤 했으니, 이렇게 간단한 여섯 글자를 외우는 것쯤은 어렵지 않았다. 글씨가 삐뚤빼뚤했지만 어쨌든 쓰기도 금세 익혔다. 앤은 완전한 문장들을 재빠르게 칠판에 써 내려가는 헨더슨 선생님을 지켜보며 감탄을 금치 못했다. 백 살까지 살더라도 과연 저렇게 할 수 있을까?

헨더슨 선생님이 앤을 다시 자신의 책상으로 불러서, 이번에는 그 글자들이 만들어 낼 수 있는 다른 소리들을 가르쳤다. 그리고 여섯 개의 글자들을 배열해서 단어 네 개를 만들었다.

CAB

FACE

BAD

BED

"넷 다 진짜 단어들이란다. 같은 글자가 여러 가지 다른 소리를 만들어 내는 게 보이지? 오늘 배운 것들을 열심히 공부하고 열심히 생각하면, 집에 가기 전에 이 네 개의 단어를 다 읽을 수 있을 거야."

앤은 알파벳을 배우면 사전을 볼 수 있다고 했던 헨더슨 선생님의 말을 기억했다. 그래서 열심히 공부하고 열심히 생각하기로 다짐했다. 랜돌프는 키가 아주 컸다. 6학년을 3년째 다니는 중이라는데, 멍하니 자기 석판에 뭔가를 그리면서 창밖을 내다보고 있었다. 그의 책상 아래로 사전이 삐죽 튀어나와 있었다. 앤은 그것을 갖고 싶었다. 학교에 책은 별로 없었고, 사전은 하나도 없었다. 앤은 랜돌프가 부러웠다. 하지만 그는 지루하고 짜증스러운 표정이었다. 나이도 열네 살이나 되니까 앤의 친구가 될 가능성은 별로 없었다. 하지만 그에게 무조건 잘해 주겠다고 다짐했다. 그러면 언젠가 그 사전을 빌려주지 않을까.

고작해야 몇 분 지난 줄 알았는데 2시간이 흐른 뒤였다. 헨더슨 선생님이 일어서서 학교 종에 연결된 밧줄을 잡아당겼다. 그 밧줄은 천장에 난 구멍을 통해 조그맣고 뾰족한 종탑까지 연결되어 있었다.

"쉬는 시간이야!"

헨더슨 선생님이 이렇게 말하고는 새이디를 따로 옆으로 불러서 당부했다.

"새이디, 운동장에서 앤을 보살펴 주겠니? 너희가 하는 게임을 알려 주고, 아무도 못되게 굴지 못하게 해."

그때까지 앤은 학교를 사랑했다. 그리고 헨더슨 선생님을 숭배했다. 여섯 글자는 이미 모두 외웠고 쓸 수도 있었다. 'CAB, FACE, BAD, BED'도 조심스럽게 적었다. 집으로 돌아갈 때쯤에는 이 네 개의 단어도 모두 읽을 수 있으리라. 앤은 이제 글자를 읽을 수 있었다! 아, 학교는 바라던 그대로 아주 근사했다.

하지만 쉬는 시간이 끝날 때쯤에는 학교가 정말로 근사한 곳인지 확신할 수 없었다.

35

내 인생의 가장 중요한 날

새이디가 앤의 손을 잡고 작은 운동장으로 데려갔다. 새이디는 작은 눈이 가운데로 몰려 있고, 얽은 자국이 있는 넙데데한 얼굴이었다. 하지만 상냥하고 부드러운 웃음을 지녔고, 앤을 친구로 받아들이는 표정이었다. 앤은 세상 모든 아름다운 것들에 감탄하는 아이이자 어딜 가나 빨강 머리로 지나친 관심을 받곤 했기 때문에, 사실 예쁜 금발 머리 소녀가 자신의 손을 이끌어 주길 바랐었다. 하지만 새이디 옆에서 앤은 편안했다. 새이디의 옷은 앤의 것만큼이나 초라해서, 앤은 이 아이 옆에서 자신이 크고 강하게 느껴지기까지 했다. 아름다운 토머스 집안의 딸들은 늘 앤이 아주 못생겼다고 비웃었다. 게다가 꽉 막히고 답답해 보이기만 하던 학교 운동장이 이렇게 풀과 꽃으로 가득할 줄이야! 3월의 운동장은 분명히 아직 곳곳에 눈도 쌓여 있고 완벽하지 않았지만, 앤은 인생의 표면에는 무수히 많은 샛길들이 나 있다는 사실을 확실하게 배웠다. 모든 게 잘될 것이다.

글쎄, 정말 그랬을까? 앤은 식구들이 모두 잠든 밤, 자신의 하루를 케이티 모리스에게 얘기해 주려고 랜턴을 들고 내려갔다.

"케이티 모리스, 학교에서의 첫날에 대해 들려줄게. 내 인생에서 가장 중요한 날이니까. 물론 내가 태어난 날은 빼고 말이야. 나는 아무것도 아니다가, 그날 갑자기 진짜 살아 있는 '인간'이 됐잖아. 케이티, 그 전에 나는 뭐였을까? 정말 아무것도 아니었을까? 너는 네가 되기 전에 뭐였어? 그건 죽은 후에 뭐가 되는지를 알아내는 것보다 훨씬 더 힘든 일이겠지. 아, 인생은 너무나 대답하기 힘든 질문들로 가득 차 있어. 하지만 흥미로워.

이제 학교에 다니니까, 아주 많은 질문들에 대답이 있다는 걸 알게 됐어. 그게 뭔지 배우기만 하면 돼. 헨더슨 선생님이 내가 '빨리 배우는 아이'라고 하셨어. 다행이지. 내가 우리 반의 다른 여자애들보다 6개월이 늦으니까."

그러고서 앤은 케이티 모리스에게 알파벳의 첫 여섯 글자들과, 글자들로 진짜 단어들을 만드는 방법과 쓰는 방법을 전부 이야기했다.

"수업이 시작되자 학교가 세상에서 가장 행복한 곳 같았어. 헨더슨 선생님은 굉장히 상냥하고 아름다워. 가슴팍에 조그만 은색 단추들이 한줄로 달렸고, 긴 소매의 손목 주위에 레이스가 달린 드레스를 입으셨지. 게다가 내게 읽는 법을 알려 주셨어. 그것도 단 하루 만에 전부! 그리고 새이디라는 새 친구도 생겼어. '유일한' 친구지. 지금까지 내가 사귄 단 한 명의 친구. 그 애가 아름답지 않은 게 조금 아쉽더라. 쉬는 시간에 운동장으로 나가기 전까지는 말이야.

우리는 부츠랑 코트를 챙겨 입고 밖으로 나갔지. 새이디가 내 손을 잡았는데, 나는 처음에 그게 좋은지 잘 몰랐거든. 하지만 그 애는 그게 필요한 걸 알았던 게 틀림없어.

랜돌프라고 '유일'하게 사전을 가진 애가 있는데, 키가 아주 크고 잘생겼어. 그런데 성질이 못되고 머리도 나빠. 그래서 오늘 나는 아름다운 게 전부가 아니라는 걸 배웠단다. 전에도 분명히 알고 있었고, 시간이 지나면 또 잊겠지만, 오늘은 확실히 그런 생각을 가졌어. 그 애가 키가 비슷한 남자애 둘과 운동장 한가운데 서 있고, 아름답고 영리한 밀드레드가 그들 옆에 있었어. 학교에서는 딱 하루만 있어도 누가 똑똑하고 누가 멍청한지 금방 알 수 있어. 밀드레드는 무서울 정도로 똑똑해. 계산도 할 줄 알다니까. 계산은 숫자로 하는 거야. 1, 2, 3…… 이런 거 말이야. 나는 아직 계산하는 법을 안 배웠어. 딴 애들이 하는 걸 보고 듣긴 했는데, 꽤 어렵더라. 나는 당분간은 글자나 열심히 공부하려고 해. 난 절대 밀드레드를 따라잡지 못할 거야. 그 애는 멋지고 깔끔한 글씨로 완전한 문장을 쓸 줄 알아.

헨더슨 선생님이 내일 새로운 글자를 6개 가르쳐 주겠다고 하셨어. 내가 아주 빨리 배운다고 칭찬하시면서 말이야. 그런데 그 말에 밀드레드가 정말 화가 났나 봐. 아까 랜돌프가 운동장 한가운데 서 있었다고 했지? 다른 아이들보다 훨씬 컸는데, 허리춤에 두 손을 올리고 있다가 새이디와 내가 문밖으로 나가자마자 고함을 지르는 거야.

'저기 학교에서 제일 멍청하게 생긴 여자애들이 있다!'

나는 새이디의 손을 더 꽉 쥐었어. 그가 우리 얘기를 하고 있는 걸 알았거든. 하지만 난 누가 멍청한지 알고 있었어. 6학년에 3년째 다니는 건 내가 아니야.

밀드레드는 그냥 미소를 짓고 서 있더라. 그러자 랜돌프가 더 의기양양하게 말했지.

'앤이라는 저 애, 모자로 빨강 머리를 숨겼네. 그래도 주근깨는 다 보여.'

이번에는 새이디가 내 손을 약간 꽉 쥐었어. 그때 내 눈에 울타리가 보였지. 집까지 최대한 빨리 돌아가고 싶었어. 하지만 울타리에 갇힌 거야. 열다섯 쌍의 눈이 날 쳐다보는 것 같아서 어디를 봐야 할지도 모르겠고. 그래서 새이디를 울타리로 끌고 가서 그저 서 있었어. 수업 종이 울릴 때까지.

우리가 울타리 사이만 내다 보고 있는 내내, 아이들 웃음소리가 생생하게 다 들렸어. 운동장에 웃음이 있을 거라고 상상했지만, 이렇게나 다른 종류의 웃음일 줄이야. 웃는 소리가 기분 나쁠 수 있으리라고는 생각도 못했어. 아주 슬펐고, 눈물도 조금 났어. 그래도 크게 울지는 않았어. 다른 한편으로는 많이 화도 났어. 랜돌프에게 아주 못된 말을 퍼붓고 싶을 정도로. 하지만 그럴 수 없잖아. 사전을 빌려야 할지도 모르니까."

앤이 케이티 모리스에게 미소를 지었다.

"하지만 케이디, 좋은 일들도 많았어. 학교가 끝날 때쯤 내가 네 개의 단어를 읽을 수 있게 됐단다. '나는 오늘 읽는 법을 배웠다!' 그래서 오늘이 내 인생의 가장 중요한 날이라고 말했던 거야. 내가 태어난 그날 다음으로, 오늘 나는 다시 한 번 태어난 느낌이거든. 헨더슨 선생님이 새로 생긴 내 어머니인 것만 같아.

학교가 끝나고, 새이디가 메리스빌의 자기 집에 가서 놀자고 했어. 아, 얼마나 가고 싶었는지 몰라. '너무너무' 가고 싶었어. 그 애가 소꿉놀이를 하자길래 그게 뭐냐고 물었지. 그랬더니 우리가 어른 가족인 척하는 거래. 우리가 엄마와 아빠가 되고 새이디의 인형들은 우리 아이들이 되고 말이야. 그래, 걔도 척하는 법을 알더라.

하지만 새이디의 집은 학교에서 우리 집과 반대 방향으로 반 마일을 더 가야 해. 거기까지 가서 소꿉놀이를 한 다음에 어떻게 기저귀 빨고, 저녁에 쓸 야채를 썰러 제시간에 집에 도착할 수 있겠어. 그런데 내 심장이 둘로 쪼개지는 것 같았어. '인형들'이라니. 하나가 아니라 더 많다는 거잖아! 게다가 새이디는 자기 엄마가 당밀쿠키와 차를 내줄 거랬어. 소도 있대. 그 소를 토닥여 주고 싶었는데 못 간 거랑, 끔찍한 랜돌프 때문에 슬픔의 심연을 느꼈어. 하지만 그래도 오늘이 내 인생에서 두 번째로 중요한 날인 건 변함없어."

앤이 하품을 했다.

"케이티 모리스, 이제 자러 가야겠어. 내일 너무 졸리면 빨리 배우는 아이가 되지 못할 거 아냐."

앤이 친구에게 잘 자라는 키스를 날리자, 그 애도 정확히 똑같은 순간에 키스를 되돌려주었다. 방으로 올라오자 라킨바가 침대에서 앤을 기다리고 있었다. 라킨바는 이 집에 온 첫날부터 밤을 어디서 보낼지 이미 결정했다.

36

야채솥 구입 작전

등교를 시작하고 찾아온 첫 번째 토요일, 앤은 존슨 씨의 집으로 달걀을 사러 갔다. 그가 문을 열어 앤을 맞았다.

"어떠냐?"

"뭐가요?"

"학교 말이다. 어땠어?"

"매우 근사했어요."

"이번 주에는 내가 대신 차를 만들까?"

"네."

"'네, 부탁드려요'라고 말해야지. 집에서 '부탁해요'라는 말을 아무도 안 하니?"

“네, 하지만 헨더슨 선생님은 하세요.”

“좋은 선생님이시구나.”

존슨 씨가 찻주전자에 적당한 양을 부어서 스토브 가까이로 가져왔다.

“헨더슨 선생님은 뭐든지 다 아세요. 세상에 선생님이 모르는 건 단 하나도 없어요. 알파벳뿐이 아니에요. 다른 학년들 수업 때는 다른 나라들 얘기도 많이 하세요. ‘피라미드’와 진짜 성들, ‘대성당’이라고 부르는 무지 거대한 교회들, 진짜 사자와 호랑이 같은 것들요. 숫자도 잘 아시는데, 그때는 제가 귀를 닫아 버려요. 선생님이 긴 시를 낭송하는 소리는 꼭 음악 같아요. 아주 친절하고, 특히 제가 다른 아이들을 따라잡도록 열심히 도와주세요. 제가 새이디와 밀드레드보다 6개월 늦거든요.

그리고 정말 아름다우세요. 머리 꼭대기에 틀어 올린 머리카락은 벌꿀색이에요. 그런 머리색을 가질 수 있다면 목숨 걸고 사자 우리라도 들어가겠어요. 오늘 선생님이 5학년한테 사자 굴인지 우리인지에 목숨 걸고 들어갔던 다니엘 얘기를 해 주셨어요.”

“굴이 맞아. 그런데 왜 벌꿀색 머리를 가지려고 목숨을 걸겠다는 거냐? 그런 색 머리는 흔해. 네 머리 색은 특별해.”

“글쎄요, 난 그런 특별한 부류가 되고 싶지 않아요. 랜돌프가 빨강 머리는 꼴불견이래요. 걔는 내 주근깨도 싫어해요.”

“그런 말을 듣고 넌 어떻게 했니?”

“성질 고약한 멍청이라고 쏘아붙이고 싶었지만, 그냥 웃었어요.”

“어째서?”

"덩치가 거의 할아버지만큼 크니까 날 납작하게 뭉개 버릴 수 있을 걸예요. 게다가 개 사전도 빌려 쓰고 싶어요. 그러니까 개를 좋아하는 척해요. 꿈에서 개를 의자에 묶어 놓고 나쁜 말들을 쏟아내죠. 한번은 내 상상력이 거의 미칠 지경이 돼서, 걔 몸에 기사의 검을 꽂았어요. 칼날이 반대쪽으로 튀어나올 정도였다니까요."

"기사를 아는구나?"

"일라이저 언니가 학교에서 배운 이야기를 해 줄 때 들었어요. 기사들은 하얀 말을 타고 다니며 용들을 죽인대요. 나는 우리 집의 말 한 마리를 '하얀 돌격자'라고 불러요. 하지만 제 생각에 랜돌프가 용보다 더 위험한 것 같아요."

"그렇게 큰 아이가 왜 너희 학교에 다니니?"

"6학년을 마치지 못했거든요. 그냥 교실에 앉아서 창밖만 봐요. 학교를 싫어해요. 그리고 한 번도 그 멋진 사전을 펼쳐보지 않아요."

"그 녀석도 안됐구나. 학교 안에서보다 밖에서 더 많은 것을 배우는 사람들이 있단다. 농부나 사냥꾼이 되고 싶은 아이들 말이다. 그러니 때로는 감옥에 갇힌 기분이 들 게다."

"일라이저 언니가 학교를 그만둘 때 아마 그런 기분이었을 거예요. 언니도 6학년을 2년째 다녔는데, 결혼해서 아기들을 낳고 싶은 마음뿐이었죠. 이야기와 시들은 좋아했지만, 다른 건 배우고 싶어 하지 않았어요. 산수를 잘 못했어요. 토머스 아주머니는 언니가 집안일을 돕거나 동생들을 돌봐줬으면 했지만, 일라이저 언니는 집을 또 다른 감옥으로 생각했어요. 그래서 지독한 로저 아저씨와 결혼해서 떠나버린 거예요. 나를 남겨 둔 채 책까지 다 가져가고……."

앤이 한숨을 내쉬며 컵을 내려놓았다. 한동안 침묵했고, 차도 마시지 않았다. 볼 수 없는 것들을 보듯 앞만 뚫어지게 응시했다.

존슨 씨는 앤의 생각을 방해하지 않았다. 아이의 눈동자에 차마 흘리지 못한 눈물이 가득한 것을 보았다. 눈물이 언제라도 흘러넘칠 것 같았다. 존슨 씨는 앤의 눈물을 이해했다. 자신도 한 번쯤 마음껏 울고 나면 시원할 때가 있었으니까.

존슨 씨가 앤에게 쿠키 접시를 내밀었다. 앤은 슬픔에서 벗어나 그 쿠키들을 보았다. 소매로 눈을 닦았다.

"이거 아치볼드 아주머니의 쿠키죠? 맞죠? 지난주에 아치볼드 아주머니네 부엌에서 봤어요."

"그래, 어제 달걀을 가져간 후에 문밖 계단에 이걸 놔뒀더구나. 내가 혼자 있고 싶어한다는 걸 알고 존중해 준 거야."

앤은 인상을 찡그리며 컵 테두리 너머로 존슨 씨를 보았다.

"제가 여기 있으면 할아버지는 혼자가 아니잖아요."

"그렇지."

"그래도 괜찮아요?"

"그래."

"다행이에요! 저는 할아버지를 만나러 오는 게 좋거든요. 거의 학교만큼 좋아요. 여기엔 랜돌프도 없고요. 제가 사전을 세 번 빌렸는데, 그는 매번 고약한 말을 해요. 할아버지는 단어들을 제게 가르쳐 줄 때 아주…… '기분좋게 준다'는 뜻의 단어를 모르겠어요."

"기꺼이?"

"음, 좋은 단어지만 정확하지는 않아요. 제게 5센트가 있는데, 그걸 할아버지한테 준다면 그게 어떤 거예요?"

"아주 '너그러운' 일 같구나. 아치볼드 부인이 쿠키를 놔두고 간 것도 너그러운 행동이었어."

"바로 '그거' 같아요! 할아버지는 아주 너그럽게 새 단어들을 가르쳐 주세요. 하지만 저는…… 5센트를 할아버지한테 드릴 정도로 너그럽지 못할 거예요."

"그래?"

"네, 나는 메리스빌 가게에서 파는 작은 야채솔을 사야 하거든요."

"야채솔? 왜?"

"토머스 아주머니 드리려고요. 제가 집에서 작은 코바늘뜨개 러그를 깨끗하게 빨다가 아주머니의 야채솔을 다 망가뜨렸거든요. 근데 할 수 없었어요. 러그가 무늬가 안 보일 정도로 더러웠어요. 그래서 내가 러그와 솔을 눈밭으로 가지고 나가서 아주머니한테 물어보지도 않고 문지르고, 또 문질렀죠. 작은 분홍 집과 나무가 나오기 직전까지요. 그다음에 마를 때까지 포치 난간에 걸어 뒀어요."

"그다음엔 어떻게 했니?"

"제 방에 깔았어요. 그게 온통 회색이고 지저분했을 때, 토머스 아주머니가 빨아서 가져도 된다고 하셨는데."

"하지만 야채솔은……."

"아, 그것 때문에 아주머니가 사나운 짐승처럼 화를 내셨죠. 저를 절대로 용서하지 않으실 거예요. 그래서 5센트가 생기면 새것을 사 드릴래요. 야채솔이 많이 비싸지 않다면 다른 것도 사고요. 아마 사탕 같은 거. 새이디가 사탕이 쿠키보다 훨씬 더 맛있대요."

존슨 씨의 눈썹이 새파란 눈 위로 한데 모였다. 생각하는 것처럼 보였다. 마침내 그가 입을 열었다.

"음, 토머스 부인은 야채솥이 꼭 필요할 거야. 식구가 일곱이면 감자를 많이 먹을 거 아니니. 방금 좋은 생각이 났어. 네가 닭장을 청소하고 달걀 모으는 것을 세 번 도와주면 내가 5센트를 주마. 자, 어떠니? 오늘부터 시작해서 첫 번째 날로 치는 거야. 2주일 후엔 그 솥을 살 수 있다는 얘기지."

앤은 존슨 씨에게 달려가 끌어안고 싶은 충동을 애써 참았다.

"너무너무 행복해요! 제게 '일'이 생기다니요! 난 기쁨의 꼭대기에 있을 거예요. 돈을 벌 거잖아요! 지금까지 돈을 가져 본 적이 없는데. 토머스 아주머니가 날 용서할 게 거의 확실해요. 그랬으면 좋겠는데. 이건 정말 너그러운 일이에요. 아주 열심히 일할게요. 그 조그만 닭장은 우리 마을에서 가장 깨끗해질 거예요. 달걀도 하나도 깨뜨리지 않을게요. 약속해요."

그들은 30분 동안 닭장에서 일했다. 존슨 씨는 낡은 빗자루의 윗부분을 잘라서 앤에게 딱 맞는 길이로 만들어 주었다. 앤은 그걸 집으로 가져가고 싶었다. 토머스 부인의 기다란 빗자루로 일하는 것은 쉽지 않았다. 앤은 나이에 비해 키가 클 뿐 어른처럼 크지는 않았으니까. 달걀 모으는 일은 즐거웠다. 따뜻하고 부드러운 암탉들 가까이에 있는 것이 좋았다. 게다가 함께 일하는 동안 존슨 씨가 어떤 종류의 단어를 좋아하느냐고 묻더니 몇 가지를 알려 주었다.

"글쎄요, 케이티 모리스의 집에서 공주가 달고 다니는 보석들을 설명할 단어가 있으면 좋겠어요. 계속 예쁘고 아름답다고만 말하거든요. 케이티 모리스도 그 단어들을 듣는 게 지겨울 거예요."

앤은 빗자루에 기대어 아랫부분을 훨씬 더 구부러뜨리며 말했다.

"내가 딱 맞는 단어를 알지. '절묘하다'고 말해 보렴. 섬세하고 대단히 아름답다는 뜻이야. 공주의 보석들이라면 바로 그럴 거다."

존슨 씨가 씩 웃었다. 그들이 일을 마치고 존슨 씨의 집으로 돌아올 때는 어제보다 훨씬 따뜻해져서 주위로 온통 눈이 녹아내리는 소리가 들렸다. 앤이 갑자기 걸음을 멈추고, 늦은 오후의 햇살에 반짝이는 눈부신 고드름들을 가리켰다.

"보세요! 절묘한 고드름들이에요!"

"벌써 충분히 알고 있구나. 배우고 싶은 걸 하나 더 말해 보렴."

앤은 다시 걸음을 멈추고 생각했다.

"난 슬퍼질 때가 아주 많은데, 케이티 모리스에게 그 얘기를 할 때 똑같은 단어를 쓰는 게 좀 지겨워요."

"음, 아주 굉장히 슬퍼진다면 '절망'을 느낀 거야. 절망의 깊이는 우물 맨 밑바닥에 있는 것과 같단다."

"'절망'이 아주 맘에 들어요! 집에 돌아가면서 새 단어들을 연습할래요."

잠시 뒤 창밖을 내다보던 아치볼드 부인은 눈길을 따라 터벅터벅 걸어가는 앤을 보았다. 앤의 입술이 달싹거렸고, 이야기를 할 때처럼 양팔을 열심히 흔들었다. 존슨 씨 집에서 토머스네 집으로 돌아갈 때의 앤은 늘 그런 모습이었다. 하지만 반대로 존슨 씨의 집으로 갈 때는 그렇지 않았다. 아치볼드 부인은 이유가 궁금했다. 나중에 기회가 되면 물어보리라. 그때까지는 수수께끼로 남겨 두는 수밖에.

ENGLISH DICTIONARY

37

랜돌프의 사전

4월이 되자 희망적인 기대감이 공기 중에 감돌기 시작했다. 지난 수요일에 엄청나게 퍼부은 따뜻한 비가 남아 있던 눈을 모조리 녹여 없앴다. 대지는 아직도 젖은 갈색이고 나무들은 헐벗은 상태였지만, 3월의 매서운 돌풍과는 다른 부드러움이 바람 속에 섞여 있었다.

전날 저녁 토머스 부인이 옷을 수선하느라 바쁠 때, 토머스 씨는 부엌 식탁에 《로열 리더》를 펼쳐놓고 한 행을 천천히 손가락으로 짚어가며 혼잣말로 중얼거리고 있는 앤의 옆에 앉았다.

"학교는 어떠니, 앤?"

앤은 책에서 시선을 들고 쌩긋 웃었다.

"말할 수 없이 근사해요. 헨더슨 선생님이 저를 자신의 아이처럼 대해 주시고, 아주 빨리 가르쳐 주세요. 그래서 어쩌면 여름이 오기 전에 새이디와 밀드레드를 따라잡을 수 있을지도 모르겠어요. 보세요! 보이시죠? 제가 책을 '읽고' 있잖아요! 무슨 내용인지 읽어 드릴까요?"

"그래, 어디 한번 읽어 주렴."

앤이 작고 여린 집게손가락으로 글자를 하나씩 짚어가며 아주 천천히 읽었다.

"'나는 소젖을 짜고 있었다. 당신은 들판의 풀밭에 있는 그 소를 볼 수 있다.' 물론 저는 소젖 짜는 방법을 모르지만, 그래도 제가 젖 짜는 아가씨인 척하면 재미있어요. 여기 젖소 얘기도 좋지만, 나중에 3학년이 되면 훨씬 재미있을 거예요, 이야기들이 훨씬 '흥미진진'하거든요. 지난주에 존슨 할아버지가 알려 주신 단어예요. 젖소 얘기는 흥미진진하지는 않죠. 3학년 읽기 수업의 이야기들이 아주 흥미진진해서 정작 제 공부에 집중하기 힘들어요. 난파선 이야기가 있는데요, 돛을 전부 올린 아름다운 배 그림도 있고, 물에 빠진 가엾은 선원들을 어떻게 구출하는지 설명도 해 줘요. 죽어가는 사람들 얘기도 있어요. 그런 얘기들이 슬프긴 한데 그래도 좋아요. 왜 그럴까요?

이건 일라이저 언니가 가르쳐 준 건데 들어 보세요.

'그는 오지 않을 거야.' 친절한 아이가 말했다.
가엾은 개의 머리를 토닥이면서.

개의 주인이 죽어서 개가 견딜 수 없이 슬퍼하거든요. 하지만 난 이 시가 좋아요. 여기서 '비통'이라는 단어도 알게 됐어요. 난 비통한 게 어떤 건지 알아요. 그래서 그걸 설명하는 단어를 아는 건 근사한 일이에요.

그림들도 얼마나 멋있는데요! 타조를 타고 달리는 어린 남자아이 그림이 있어요. 타조는 다리가 길쭉한 아주 큰 새에요. 걔네들이 날 수 있는지는 모르겠어요. 하지만 달리기는 엄청나게 빨라요. 세인트 버나드라는 개들은 눈에 파묻혀서 굶어 죽게 된 사람들을 구출해요. 어떤 개는 마흔두 명이나 구했대요. 상상해 보세요! 하지만 그렇게 흥미로운 얘기들은 학년이 올라가야 나와요. 1학년은 아직 소들 얘기를 읽죠. 아, 얼른 다른 얘기들을 읽을 수 있는 3, 4학년이 됐으면 좋겠어요."

토머스 씨는 사흘 동안 술을 마시지 않았다. 완전히 끊으려고 버티는 중이었지만, 도저히 성공할 자신이 없었다. 그는 저녁 시간이나 휴일에만 럼주를 마셨기 때문에 직장을 유지했다. 하지만 기분이 좋지 않았고, 마시고 싶은 간질간질한 욕망이 그를 떠나지 않았다.

"그걸 어떻게 하니, 앤?"

그가 갑자기 말했다.

"뭘요?"

"너무나…… '비통'한 것들이 많은데, 행복하게 사는 거 말이다. 난 비통하지 않을 때가 별로 없어. 술에 취하면 내가 무슨 짓을 하는지도 모르게 돼. 하지만 내가 진짜 나쁜 짓을 한다는 건 알아. 내 인생은 엉망진창이야. 나한테는 일곱 명의 아름다운 아이들이 있어.

음, 노아는 좀 아닌 것 같지만 넌 그 애를 제일 좋아하지. 그 애가 착한 녀석인 건 틀림없어. 조애너는 요리를 잘하고, 살림도 깔끔하게 해. 그런데 어찌된 일인지 이런 것들이 다 더해지질 않아."

"계산을 틀리게 하는 그런 거 말이에요? 헨더슨 선생님이 산수를 알려 주려고 하시는데, 전 그걸 잘 못해요. 2 더하기 2는 4 정도는 할 수 있지만, 3~4개를 더할 때는 '부정확하다'는 말을 자주 들어요. 제가 계산이 틀릴 때 헨더슨 선생님이 이 단어를 써요. 아저씨가 말하는 게 그거예요?"

토머스 씨는 조그맣고 슬픈 소리로 낄낄댔다.

"내가 하려는 말과 거의 딱 맞는 것 같다. 내가 계산을 틀리게 하는 것 같아. 예전에는 제대로 할 수 있다는 희망이 어느 정도 있었는데 말이다. 가끔은 아직도 가능성은 있어. 하지만 또다시 멍청하고 못된 짓을 하고, 또 계산이 틀렸다는 걸 알게 되지. 난 잘 못하겠어. 그런데 넌 자주 맞는 답을 찾아내더구나. 심지어 숫자들이 잘못돼 있는 경우에도! 넌 겨우 여섯 살밖에 안 됐지만 아저씨는 네가 부러워. 그러면서 한편에서는 내가 고작 여섯 살짜리 아이를 부러워한다는 게 화나는구나. 그런 느낌이 나를 또 잘못된 쪽으로 끌고 가고."

토머스 씨가 한숨지었다. 앤은 무슨 말을 할까 생각하면서 아저씨를 쳐다보며 앉아 있었다. 그가 다시 상처 받고 있다는 걸 알 수 있었고, 자신이 뭔가 잘못한 느낌이 들었다. 잠시 뒤 그가 일어났다.

"자거라. 난 잠깐 헛간에 가 봐야겠어. 소젖은 다 짰지만 말들을 봐줘야 해."

토머스 씨가 방에서 나간 뒤, 토머스 부인과 앤은 고개를 들고 서로를 쳐다보았다. 그들 둘 다 헛간에 말 두 마리와 젖소가 있는 건 알았다. 하지만 거기에는 럼주도 몇 병 있었다. 아무도 그런 말은 입밖에 꺼내지 않았다. 앤은 조용히 위층 자신의 방으로 갔다. 라킨바가 이미 기다리고 있었다. 침대에 들어가 이불을 끌어당기자, 녀석이 그녀의 무릎에 달라붙어 큰 소리로 가르랑댔다. 앤은 노아를 사랑하는 것만큼이나 라킨바를 사랑했다.

월요일, 앤은 쌓인 눈이 모두 사라진 길을 걷는 게 즐거웠다. 비록 웅덩이와 진흙이 많아서 걷기에 마냥 좋은 길은 아니었지만 말이다. 한참을 걷던 앤이 걸음을 뚝 멈추고 서서 갈색 들판에 조각상처럼 서 있는 열네 마리의 소 무리를 바라보았다. 앤은 소들을 좋아했지만 오늘은 왠지 그들을 채근하고 싶었다.

"왜 좀 더 '기쁜' 표정을 짓지 않니? 그 가엾은 뻣뻣한 다리를 쭉 펴고 돌아다니지 않고, 왜 그냥 거기 서 있는 거야? 봄이 오고 있는 걸 모르겠니?"

앤은 그날 처음으로 사과나무 가지 위에서 빨간 가슴을 뽐내는 붉은가슴울새를 보았다. 녀석의 가슴털이 거의 앤의 머리와 같은 색이었다. 신기한 게 어찌나 많던지 또 학교에 지각할 뻔했다. 언덕 밑에 도착했을 때 수업종이 울리기 시작했기 때문에 앤은 꼭대기까지 내리 달렸다. 새이디의 옆자리에 앉은 후에도 한동안 거친 숨을 몰아쉬었다.

"아, 다행이야! 네가 아파서 안 올까 봐 엄청 걱정했어. 엄마가 너 주라고 당밀 쿠키를 하나 더 싸 주셨어. 네가 먹고 싶어할 것 같아서 내가 부탁했거든."

새이디의 엄마가 만든 당밀 쿠키? 앤은 빨리 쉬는 시간이 되길 바랐다. 당밀 쿠키는 새이디의 집에 가서 인형들과 소꿉놀이를 하는 것만큼이나 좋았다. 하지만 딱 그만큼은 아니다. '절대적으로' 인형들과 소꿉놀이하는 것만큼은 아니다.

상관없었다. 자신을 '좋아해 주는' 누군가가 옆에 앉아 있었으니까. 그게 밀드레드였다면 어땠을까! 밀드레드는 앤을 좋아하지 않았고, 자기 생각대로 교묘하게 다른 사람들을 끌고 갈 줄 알았다.

"재 좀 봐!"

밀드레드가 옆자리의 2학년 한나에게 속삭였다.

"재는 자기가 아주 똑똑한 줄 알아. 잘난 척하면서 3학년 읽기 수업을 듣잖아. 3학년에 올라가서 반에서 1등하려는 거야. 헨더슨 선생님은 저 애를 신경쓰느라 우리 같은 나머지 애들을 가르칠 시간도 없어. 정말 나빠!"

한나는 고개를 끄덕였다. 한나는 밀드레드의 매서운 독설이 무서웠다. 밀드레드에게 밉보이고 싶지 않았다. 반면에 앤의 화끈한 빨강머리와 주근깨투성이 얼굴에 영리한 머리, 이상하게 말하는 방식에 은근히 흥미를 느꼈다. 그래서 속으로는 앤 옆자리에 앉은 새이디를 부러워했다. 밀드레드가 그 고약한 독설을 못된 랜돌프 같은 애한테나 퍼부으면 좋겠다고 생각했지만, 학교에서 랜돌프가 못살게 굴지 않는 유일한 여자아이가 밀드레드였다.

헨더슨 선생님은 앤의 책상으로 다가와, 각각 계산 문제와 철자법들이 적힌 종이 두 장을 건넸다.

"어제 받아쓰기에서 100점을 맞았더구나, 앤. 더 어려운 단어들도 잘할 수 있을지 공부해 보자."

그다음에 그녀는 6학년들에게 다가갔다. 6학년 읽기 수업은 새로운 장으로 넘어갈 차례였는데, 진도를 나가기에 앞서서 받아쓰기 시험 결과부터 나눠 주었다. 6학년 학생 두 명은 92점과 96점을 받았다. 랜돌프는 12점이었다. 그는 얼른 종이를 책상에 쑤셔 넣었다. 그러고는 벌떡 일어서서 헨더슨 선생님에게 주먹을 흔들었다. 모든 아이들이 듣도록 아주 큰 소리로!

"당신은 빌어먹게 고약한 선생이야! 바보 같은 옷을 입고 얼굴에 꼴사나운 주근깨가 가득한 멍청한 고아한테는 전부 100점을 주고, 그 계집애가 여왕보다 똑똑하다고 생각하잖아! 그럴 자격도 없는 애한테! 학교에 고작 한 달 온 계집애를 자기 자식처럼 감싸면서, 거의 8년을 있었던 나는 아무것도 아닌 것처럼 굴잖아!"

앤은 자리에 앉은 채로 얼어붙었다. 그녀는 랜돌프가 밉고, 무서웠다. 그의 사전을 빌려 써야 할 필요도 있었다. 하지만 그의 몇몇 말들이 앤의 머리를 망치질했다.

'빌어먹게'

'바보 같은 옷'

'꼴사나운 주근깨'

그때 랜돌프가 마지막으로 한마디를 더했다.

"저 바보 같은 당근 머리가 내 사전을 훔쳐가려고 해!"

그게 결정적인 한방이었다. 앤은 자리에서 일어나 두 줄 건너에 있는 그를 마주 보았다. 그리고 그 애만큼이나 큰목소리로 소리쳤다.

"나쁜 놈! 넌 더럽고, 냄새나고, 멍청하고, 미친개보다 더 고약해. 헨더슨 선생님은 지극히 아름다운 드레스를 입어. 높은 목깃에 진짜 레이스가 달려 있는, 퍼프 소매와 진짜 진주 단추가 달린 옷이야. 넌 네 엄마가 구멍 뻥뻥 뚫린 옷에 온통 고깃국물이 튄 앞치마밖에 입지 않기 때문에 모르는 거야! 넌 그 사전을 가질 자격이 없어!"

물론 그의 엄마가 무슨 옷을 입는지 앤이 알 리는 없었지만, 그녀의 상상력은 아주 자세한 것까지 생각해 냈다. 그가 더럽고 냄새나는 것도 아니었다. 하지만 그것이 그녀의 입에서 나올 수 있는 최고로 나쁜 말이었다. 랜돌프가 책상으로 기어올라 서서 앤을 겨냥하고는 사전을 던지며 소리쳤다.

"옜다! 이거나 받아라! 그게 잘난 척하는 네 머리통을 부숴 버렸으면 좋겠다!"

하지만 앤은 똑똑할 뿐만 아니라 대단히 민첩했다. 그래서 전속력으로 날아오는 사전을 잡아 가슴에 끌어안았다.

"너무너무 고마워, 랜돌프. 이렇게 너그러운 선물을 줘서."

수업이 끝난 뒤에 앤이 남아서 칠판을 닦고 있을 때, 헨더슨 선생님이 물었다.

"앤, 그렇게 중요한 단어들은 어디서 배우는 거니? '너그러운'이라는 단어는 어떻게 알았어?"

"존슨 할아버지한테요. 집에서 1마일 떨어진 곳에 사는 아주 좋은 친구세요. 그 할아버지는 암탉들을 기르고 달걀을 팔아요. 커다랗게 턱수염이 난 나이 많은 분인데, 매주 새로운 단어들을 나섯 개씩 알려 주세요. 할아버지는 어떤 척하는 게 조금도 못된 게 아니래요. 어떤 척하는 게 상상력을 사용하는 거라고 했어요. 사람들이 좋은 상상력을 가지지 않으면, 그림이나 이야기나 음악도 없을 거랬어요. 랜돌프한테도 불쌍하다는 느낌이 든댔어요. 하지만 난 아니에요. 노력해 봤지만, 아무리 해도 내가 해낼 수 없는 일인 것 같아요."

앤은 잠시 생각에 잠긴 표정이었다.

"어쩌면 이제는 좀 쉽겠어요. 개 사전을 소유하게 되었잖아요."

헨더슨 선생님이 칠판을 지우고 칠판 지우개를 분필 상자 옆 서랍에 집어넣으며 말했다.

"언젠가 기회가 되면 선생님도 그 친절하고 현명한 할아버지를 만나 뵙고 싶구나."

38

좋아하는 두 사람

4월의 날씨는 사랑스럽고 따뜻하지만 변덕스러웠다. 하필이면 앤이 다시 존슨 씨네로 향하는 길 위에 있을 때 너무나 맹렬하고 빠른 눈이 들이닥쳤다. 앤은 원피스 위에 짧은 봄 재킷만 걸치고, 모자도 쓰지 않았다. 겨울 부츠도 신지 않았다. 쌓인 눈이 금세 깊어졌다. 어쩜 이렇게 순식간에 해가 사라져 버릴 수 있을까? 이 모진 바람은 다 어디서 불어오는 걸까? 앤은 몰아치는 눈발을 피하려고 고개를 숙인 채, 얼음길에 이리저리 미끄러지면서 힘겹게 걸음을 옮겼다. 마치 술 취한 사람 같았다. 어디로 가는지 잘 보이지도 않았고, 길 양쪽에 높이 솟아 있는 나무들의 벽만이 앤에게 방향을 알려 주었다.

앤이 땅만 보고 걷느라 몰랐지만, 어느새 아치볼드 부인의 집 가까이에 다다랐다. 문을 열고 길 쪽으로 나오는 유령 같은 형체가 있었다. 그 형체가 다가오더니 앤과 마주섰다. 무거운 코트와 따뜻한 스카프로 온통 따뜻하게 감싸여 있었다.

"앤! 도대체 여기서 뭐 하는 거니?"

세상에, 헨더슨 선생님이었다! 앤은 펄쩍 뛸 듯이 놀랐다. 존슨 씨가 말하던 천사 하나가 거대한 날개 한 쌍을 드러내며 나타났더라도 이보다 더 놀랍지는 않았을 것이다. 헨더슨 선생님은 앤이 뭐라고 대답하기도 전에 손을 잡고 아치볼드 부인의 집 쪽으로 데려가 미끄러운 계단을 올라 현관문으로 이끌었다. 아치볼드 부인도 헨더슨 선생님만큼이나 놀라고 걱정했다.

"앤! 거의 딱딱하게 얼어붙었구나. 제이니처럼 너도 봄옷만 입고 나온 게로구나. 너희 둘 다 노바스코샤의 4월이 절대로 진짜 봄이 아니라는 걸 모르는 거니? 지난주 날씨가 우리를 속이려 했다만, 그대로 믿으면 안 된다는 것을 알았어야지."

아치볼드 부인은 내내 앤의 얼굴과 두 팔과 머리를 따뜻한 수건으로 닦아 주고, 얇은 부츠를 벗기고, 부드러운 담요로 감싸 주었다. 앤이 입을 열기에는 아직도 너무 춥고 놀란 상태라 아치볼드 부인이 말을 이었다.

"제이니가 네 선생님이라면서? 내 조카딸이기도 하단다. 게다가 날씨에 관해서는 너만큼이나 똑똑하질 않지. 제이니가 내 동생의 집에서, 그러니까 삼촌네서 수발을 보내셨다고 하기에 내가 거기 갈 수 있도록 따뜻한 코트와 부츠를 내줬단다. 내 동생의 집은 존슨 씨의 집을 지나 400미터쯤 더 가야 있어. 아! 세상이 참 좁구나! 눈보라가 한창 몰아치는 시간에 네가 여기 있다니. 맙소사, 내 조카딸의 제자가 여기 이렇게 반쯤 얼어붙고 흠뻑 젖어 있다니 말이야. 담요를 계속 두르고 있어. 내가 뜨거운 차와 오트밀 쿠키를 가져올 테니까. 가만 있어 봐라, 위층 큰 트렁크 속에 이사벨라가 입던 옷들이 있어. 네게 맞을 만한 게 있을 거야. 달걀 사러 가는 모양인데 혼자서는 못 간다. 제이니가 데려다줄 거야."

"나도 같은 생각이야. 그리고 너의 그 존슨 씨를 어서 빨리 만나보고 싶단다."

헨더슨 선생님과 함께 존슨 씨 집에 도착했을 때, 앤은 있는 힘껏 문을 두드렸다. 세차게 불어대는 바람이 나무들 사이로 굉음을 내고 있었기 때문에, 존슨 씨가 문소리를 듣지 못할까 봐 걱정스러웠다. 그는 앤이 처음 왔을 때처럼 문을 아주 빼꼼히 열렀다. 하지만 방문객이 앤이라는 걸 보자마자 활짝 열었다.

"앤! 대체 '오늘' 같은 날 여기 웬일이냐?"

그러고는 뒤늦게 모자와 스카프들로 거의 보이지 않게 칭칭 싸여 있는 헨더슨 선생님을 발견했다.

"아!"

"존슨 할아버지. 선생님이세요. 헨더슨 선생님이요. 아주 착한 숙녀분이죠. 제가 완전히 고개를 숙이고 비틀비틀 걷고 있을 때, 거의 죽을 뻔했던 저를 구해 주셨어요. 선생님이 저를 아치볼드 아주머니 댁으로 데려갔어요. 글쎄, 아주머니가 선생님의 숙모시래요. 우린 거기서 차와 오트밀 쿠키를 먹었어요. 그러니까 오늘은 차를 끓여 주시지 않아도 돼요. 하지만 코코아라면 아주 좋아요."

그들은 아직 문밖에 서 있었다. 존슨 씨가 발을 구르며 거의 고함을 쳤다.

"앤! 제발, 말 좀 그만하고 들어와라! 눈이 마루로 들이치잖니. 선생님도 들어오시게 해. 네가 앉아서 코코아를 마시고, 일주일치 달걀을 사고, 단어들을 배우는 동안 그분을 계속 바깥 층계에 세워둘 수는 없으니까. 들어와, 어서!"

그들은 안으로 들어가서 발을 굴러 부츠의 눈을 털어내고, 모자와 코트와 스카프를 벗었다. 램프 두 개를 더 밝히는 존슨 씨의 모습을 앤은 기쁘게 바라보았다. 평소에는 천사 책이 있는 탁자에 램프 하나가 켜 있었고, 가끔 부엌 끝의 작은 램프를 켰다.

그 덕분에 앤은 처음으로 벽에 걸린 커다란 그림 세 개를 보았다. 주변의 '난장판'도 처음 목격했다. 하지만 무엇보다도, 그림! 앤은 그림들의 고요함에 사로잡혀 할 말을 잃었다.

첫 그림은 〈타지마할Taj Mahal〉이었다. 앤의 모든 상상력을 훌쩍 뛰어넘는 매우 '절묘하게 아름답고' 굉장한 건축물이었다.

그 옆의 그림은 보티첼리Botticelli의 〈비너스의 탄생Birth of Venus〉이었다. 몸에 온통 긴 벌꿀색의 머리카락을 늘어뜨리고, 거대한 조개에서 올라오는 듯한 아름다운 여인의 그림이었다. 앤의 마음에 다시 한 번 '절묘하다'는 단어가 솟아올랐다. 게다가 이 아름다운 여인이 헨더슨 선생님과 아주 많이 닮았다는 생각이 들었다. 코코아에 정신이 팔려 있는 것처럼 보이려고 애쓰는 존슨 씨도 정확히 같은 생각을 하고 있었다.

세 번째 그림은 베르메르Vermer의 작품이었다. 정리정돈의 감각이 빛나는 아주 단정하고 깨끗한 방에 서 있는 여인의 모습이었다. 헨더슨 선생님은 벽에 저런 그림을 걸어 두는 사람이 어쩜 이렇게 음울하고 무질서하고 '지저분한' 곳에서 살 수 있는지 이해할 수 없었다. 하지만 그녀는 존슨 씨가 앤에게 단어들을 가르쳐 준 장본인이며, 앤을 행복하게 만드는 법을 아는 사람이라는 걸 알았다. 손수 만든 선반들로 가득한 한쪽 벽에 놀라울 정도로 깔끔하게 꽂혀 있는 책들도 보였다. 음침한 오두막과 공포감을 주는 외모에도 불구하고, 그녀는 이 남자가 좋아질 것 같았다. 그가 겪은 사랑의 실패 이야기도 아치볼드 숙모에게 들은 적이 있었다. 이 가엾은 남자가 얼마나 오랫동안 그 끔찍한 기억들을 품고 살아온 것일까?

"이렇게 불쑥 찾아와서 죄송해요. 혼자 있는 걸 좋아하신다고 들었어요. 이렇게 읽을 책이 많으니 굳이 사람이 필요하지 않으시겠어요. 어떤 작가들을 좋아하세요?"

존슨 씨는 그녀의 시선을 피하며 이렇게 대답했다.

"네, 나는 보통 손님을 별로 환영하지 않지요. 하지만 이렇게 눈보라가 몰아치는 날에는 예외입니다. 날씨가 좋을 때는 거의 누구에게도 문을 열어 주지 않지만요."

"앤을 제외하고 말이죠."

제이니가 이렇게 말하며 그를 유심히 보았다. 그리고 주의깊게 들었다. 그의 목소리는 늙지 않았다.

"그래요. 앤을 제외하고."

그는 바닥을 내려다보며 대답했다.

"이유가 뭐죠?"

침묵이 흘렀다. 헨더슨 선생님은 그가 대답을 하지 않기로 마음먹은 줄 알았다. 하지만 마침내 그가 입을 열었다.

"나도 한때는 교사였지요. 킹즈포트의 학교에서 아이들 가르치는 일이 즐겁기만 했지요. 앤이 그때의 기쁨을 되살려주었어요. 독특한 지능을 가진 아이죠. 그 점은 당신도 동의하겠지요?"

"네, 동의해요."

이번에는 비교적 오래 침묵이 이어졌다. 문득 존슨 씨가 헨더슨 선생님을 똑바로 바라보며 말했다.

"하지만 얼마 전, 내가 이 세상과 그 안에 있는 모두를 미워하고 있다는 것을 깨달았습니다. 아니, 당신이 지적할 수도 있으니 '거의' 모두라고 말해야겠군요. 내 인생에서 신뢰와 애정이 둘 다 산산이 부서지는 일이 일어났어요. 누군가가 그 두 가지를 상자에 담아 뚜껑을 닫아버린 것 같았지요. 이제 나는 그게 다시 열리지 않도록 매우 조심하고 있습니다. 다시 열릴까 봐 두렵거든요."

앤은 구석에 조용히 앉아서 뜨거운 코코아를 홀짝이며 모든 단어에 귀를 기울였다. 전부 다 이해되는 것은 아니었지만, 어떻게 설명해야 할지 알 수 없는 과정을 통해 의미가 마음으로 스며드는 듯했다. 하지만 자신이 행복하다는 것은 정확히 알 수 있었다. 자신이 좋아하는 두 사람이 얘기하는 모습을 지켜보면서, 제대로 됐다는 느낌이 들었다. 앤은 환하게 밝힌 네 개의 램프와 아름다운 그림 세 점을 만끽했다. 수백 권의 책을 바라보면서, 그것을 전부 다 읽을 수 있다면 어떨지 궁금해 했다. 존슨 씨의 책에 있는 천사들을 생각했고, 그들의 커다란 날개를 기억했다.

앤은 오늘 날개가 달린 느낌이었다. 자신이 무슨 말을 하는지, 누구에게 말하는 것인지도 모르면서 그녀는 속삭였다.

"눈보라를 보내줘서 고맙습니다."

다시 한 번 단단히 동여매고 눈보라를 맞으며 아치볼드 부인의 집으로 돌아가는 길에 헨더슨 선생님이 말했다.

"내가 그 상자의 뚜껑을 열 수 있다면 좋겠어."

"벌써 조금 헐렁하게 해 놓으신 것 같아요. 존슨 아저씨가 언젠가 다시 와달라고 초대하셨잖아요."

39

여름 바다

드디어 봄이 왔다. 감질나는 4월의 봄이 아니라, 산사나무와 제비옥잠화와 구상난풀과 체리꽃들이 피어나는 진짜 봄이었다. 눈보라가 쳤던 날로부터 며칠 후, 앤은 메리스빌의 작은 가게에 들어갔다. 호주머니에 돈이 있었고, 거기에는 여전히 야채솔이 있었다. 아이는 인형을 쳐다보고 인형이 입은 드레스의 옷감을 만져보느라 한참을 있었지만 결국은 야채솔을 집었다. 가게 주인에게 5센트를 건넬 때는 너무나 흥분돼서 손이 떨릴 지경이었다. 그 남자는 천장에 달린 네모난 갈색 종이를 풀어 야채솔을 포장하고, 거스름돈으로 1센트를 주었다.

"이걸로 사탕 살 수 있어요?"

"사탕 다섯 개는 살 수 있지. 골라 봐라."

어떤 사탕을 고를까 고민하느라 자칫 학교에 늦을 뻔했다. 마음대로 먹을 수 있는 사탕이 생기자, 앤은 쉬는 시간에 새이디에게 사탕 하나를 주었다. 그들은 울타리 쪽 눈밭에 앉아 각자 아주 만족스러운 표정을 지으며 조용히 깨물어 먹었다.

집으로 돌아갔을 때 앤은 토머스 부인에게 야채솔을 선물하고 그 돈을 어떻게 벌었는지 설명했다. 그러자 토머스 부인의 눈에 눈물이 고였다.

"좋구나, 전에 쓰던 것보다 좋아. 미안하다, 앤. 내가 더 잘해 주지 못해서 미안해."

그녀가 앤을 꼭 끌어안자 그녀의 눈에서 넘쳐난 눈물이 앤의 얼굴로 흘러내렸다. 앤은 자신이 용서받은 것을 알았다.

메리스빌 주변의 숲과 들판에 여름이 찾아왔다. 물론 학교는 방학을 했다. 앤에게 그것은 슬픈 일이었다. 하지만 앤은 이 계절의 따뜻함과 푸르게 우거진 들판, 야생초와 나무들을 사랑했다. 때로는 집안일에서 벗어나 메리스빌 중심가로 이어진 길을 걸으며 그 여름의 아름다움을 모조리 빨아들였다. 라킨바가 강아지처럼 졸졸 쫓아다녔다. 저녁에는 케이티 모리스에게 자신의 하루를 이야기했다.

"케이티 모리스, 내 친구, 이제 여름이 왔는데 넌 하루 종일 어두운 찬장에만 있어야 하다니 너무 안타까워. 왕과 여왕과 요정들이 함께 있는 건 알지만, 그걸로 부족할 것 같아. 네가 나와 함께 숲 속을 거닐 수 있다면 좋겠어. 울타리에 앉아서 소들을 봐도 좋고. 난 개네들이 무지무지 좋아. 소들 말이야. 굉장히 점잖은 갈색 눈에 부드러운 털, 휙휙 소리 나는 꼬리를 가졌잖아. 꼬리를 휘두르는 건 파리를 쫓아내려고 그러는 것 같아. 집에서 도망쳐 나올 수 있을 때마다 난 울타리에 앉아서 소들을 바라봐.

오늘은 소 한 마리가 울타리에 아주 가까이 왔지 뭐야. 그래서 그 사랑스러운 몸을 만져볼 수 있었어. 그 소가 따끔따끔한 혀로 라킨 바처럼 내 손가락을 핥았어. 나를 좋아하나 봐. 난 말이야, 항상 동물을 좋아한다면 '완전히' 못된 사람은 아닐 거라는 느낌이 들어.

내가 할 일을 다해도 토머스 아주머니가 자꾸만 나더러 애들을 돌보라고 하셔. 노아는 괜찮지만 다른 애들은 싫어. 나를 '멍청한 고아 계집애', '빨강 머리 마녀'라고 부르며 못살게 굴거든. 막대기와 돌까지 던져. 덤불 뒤나 모퉁이나 문에서 갑자기 튀어나와 소리를 지르기도 하고. 그럴 때 나는 무섭지 않은 척, 아무렇지 않은 척하지만 심장은 펄떡펄떡 뛰어. 그 애들한테 떠는 걸 보이지 않으려고 양옆에 두 손을 꼭 붙이고 있어.

하지만 가끔은 도망쳐서 뒷문으로 뛰어나가 다섯 자매들이 있는 데까지 언덕을 달려 내려가. 거기 아래 내가 숨을 수 있는 커다란 진달래 덤불이 있거든. 그 풀밭에 앉아서 사랑스러운 작은 연못을 봐. 그날은 4월 15일이었어. 날짜까지 정확히 기억해. 왜냐면 자작나무들 뒤 평지가 눈과 얼음으로 덮여 있다가 물이 된 날, 거울웅덩이가 되던 날이거든. 나의 가장 커다란 꿈 중의 하나가 응답을 얻은 거야! 게다가 내 방 창문으로도 보여. 하늘이 맑고 달빛이 비칠 때면 밤에도 보이고. 하지만 볼 수 없을 때도 난 그게 거기에 있다는 걸 알지. 자주 그 연못 맞은편 풀밭 언덕으로 최대한 빠르게 달려 올라가서 털썩 주저앉아. 숨을 헐떡이면서 한참 동안 누워서 하늘을 바라보고 구름들로 그림도 그려보다가, 다시 깡충 일어나 언덕을 달려 내려와. 내려오는 건 올라가는 것보다 엄청 쉬워. 그래서 마치 내가 하늘을 나는 기분이 들어."

토머스 씨가 2주하고도 사흘이 지나도록 술을 입에 대지 않았다. 모든 것이 평온하고 행복하게 흘러갔다. 그는 가끔 뒷마당으로 공을 가지고 나와 아들들과 공 잡기 놀이도 했다. 한번은 식탁에서 일어나면서 이렇게 말했다.

"아주 맛있었어, 조애너."

토머스 부인은 더 자주 웃었고, 머리도 예쁘게 묶기 시작했다. 수시로 동생들을 때리던 호러스의 습관도 잠잠해졌다. 그의 아버지도 거의 3주일 동안 누구에게도 주먹질을 하지 않았다. 토머스 씨는 가끔 진달래 덤불 뒤로 내려와 앤과 함께 앉아서 자신의 어릴 적 이야기를 들려주었다.

하지만 최고의 사건은 8월의 어느 날 일어났다. 토머스 씨가 자신이 빌려 온 아주 커다란 짐수레에 말 두 마리를 묶고, 온 가족을 데리고 소풍 길에 나선 것이다. 토머스 부인은 두 끼 먹기에 충분한 음식을 준비했고, 앤은 그 거칠거칠하고 낡은 수레에 담요와 베개를 쌓아 올리는 일을 도왔다. 짐을 운반하는 수레였지만, 전날 토머스 씨가 깨끗이 쓸고 물 몇 양동이를 가져다가 닦아 놓았다. 해가 질 무렵 수레가 말끔하게 밀라서 탐험에 나설 준비가 되었다.

이튿날 다들 아침을 먹자마자 집을 나섰다. 모두가 여행에 들떴지만, 특히 앤에게는 거대한 '기적'처럼 느껴졌다. 지난주 존슨 아저씨가 알려 준 단어였는데, 이 놀라운 외출에 딱 들어맞는 듯했다. 옛날 사람들이나 그녀가 읽었던 《로열 리더》 속 사람들이 여행을 떠나고, 때때로 아주 멀리까지 갔다. 앤으로서는 직접 경험한 가장 긴 여행은 볼링브룩에서 메리스빌로 이사 올 때였다. 하지만 그것은 겨우 몇 시간이 걸렸을 뿐이고, 빽빽한 숲을 지나왔다. 게다가 불안감이 상당히 컸다. 이번 여행은 그때와는 아주 달랐다.

우선 아주 긴 여행일 것이다. 오늘은 포근한 날인데, 왜 그렇게 많은 음식과 베개와 담요들을 수레에 실었겠는가? 날이 어두워졌을 때 아이들을 재우기 위한 것이 틀림없었다. 앤은 노아가 수레 끝부분으로 기어가서 굴러 떨어지는 일이 생기지 않도록 주의 깊게 살폈다. 그러면서도 한편으로는 지나가고 있는 장소나 사람이나 사물을 단 하나도 놓치지 않으려고 했다. 그리고 나중에 케이티 모리스에게 설명해 주려고 모든 것을 머릿속에 새겼다.

다음 날, 앤은 그것을 전부 얘기할 수 있는 기회를 가졌다.

"케이티 모리스, 어디서부터 말해야 할지 모르겠어. 난 말이야, 눈이 세 개 달린 느낌이었어. 노아를 지켜보는 눈 하나, 수레 양옆으로 보이는 그 멋진 세상을 바라보는 눈 하나씩. 사실은 눈이 거의 다섯 개는 필요했어. 앞쪽과 위쪽도 봐야 했거든. 두 마리 말을 지켜보는 것만으로도 충분히 행복하더라. 길을 따라 달리며 이쪽저쪽으로 꼬리를 흔들고, 목 안에서 나오는 깊은 소리를 내면서, 평생 본 적 없는 장소로 우리를 데려가고 있었으니까. 너무 행복해서 죽을 수도 있겠다는 생각이 들 정도였어.

게다가 오른쪽, 왼쪽으로 볼 만한 게 100가지는 됐어. 밑으로 휘익 날아 내려와 나무 맨 꼭대기에 올라앉는 거대한 새를 봤어. 마부석에 앉은 토머스 아저씨가 우리한테 독수리'라고 소리쳤어. 나도《로열 리더》어딘가에서 그런 새 그림을 본 것 같아. 자기가 새들의 왕이라고 생각하는 것처럼 아주 크고 당당하더라. 소들은 셀 수 없을 정도로 많이 봤어. 온통 하얗고 털이 아주 북슬북슬한 양 떼도 봤고. 수레가 덜그럭거리는데도 그 양들이 커다랗고 거칠게 울어대는 '메에에에' 소리가 들렸어. 딱 껴안고 싶어질 정도로 아주 온화해 보이는 동물이니까 목소리도 더 부드럽지 뭐야. 네가 그 애들을 볼 수 있다면 얼마나 좋을까.

당연히 나무도 아주 많이 봤어. 어차피 노바스코샤는 완전히 나무들 천지잖아. 헨더슨 선생님은 처음 이 동네로 왔던 사람들에 관해서 5학년 학생들한테 얘기하시는 걸 들은 적이 있어. 노바스코샤를 둘러보고 나서 배를 돌려 고향으로 돌아가고 싶었을 게 틀림없어. 집을 짓기 전에 그 모든 거대한 나무들을 잘라내야 할 거 아냐. 게다가 그들의 불쌍한 소들에게 먹일 풀은 또 어디서 찾겠어? 암튼 엄청나게 많은 나무를 봤어. 잎이 뾰족뾰족한 크리스마스트리만이 아니라 온갖 종류를 다 봤어. 어떤 나무에 달린 나뭇잎들은 내 손보다 훨씬 크더라.

케이티 모리스, 토머스 아주머니는 가끔 나무 이름들을 알려 주셨어. 지금은 세 개만 기억나지만, 그래도 멋있었어. 참나무, 밤나무, 그리고 아주 거대하게 가지를 내린 단풍나무.

탁 트인 들판으로 이어질 때가 나는 제일 좋아. 풀이 가득한 언덕들, 목을 구부려 우적우적 풀을 씹어 먹는 소들, 커다란 나무뿌리들로 만들어진 울타리들, 도랑에는 노란 메역취들이 자라고 있었어. 들판이 나타나면 하늘도 나타나. 끝도 없이 이어진 파란 하늘에, 이런 저런 그림들을 만들어 볼 수 있는 커다랗고 재미있는 구름들이 있어. 방해하는 나무들이 없으니까 다 보여. 일라이저 언니와 강가 평지를 산책할 때 봤던 그 하늘이 아직도 기억나. 그때는 하늘이 너무너무 넓어서 땅이 차지할 자리가 별로 없을 정도였어.

케이티 모리스, 다음에 뭐가 나타났을지 상상해 봐!"

앤은 케이티를 궁금하게 하려고 1, 2분 동안 말을 멈췄다. 그러고는 아주 조용하게 다시 말을 이었다.

"오랫동안 수레를 타고 들판도 있고 나무도 있는 언덕으로 올라갔고, 맨 꼭대기에 도착했을 때 토머스 아저씨가 '워' 하고 소리치니 말들이 멈췄어. 우리가 뭘 봤는지 넌 짐작도 못할 거야! 물이었어. 언덕 저 밑에서부터 하늘이 시작되는 곳까지 이어진 물, 하늘이 거의 하얗게 보일 정도로 새파란 물! 내가 200살까지 살게 되더라도 영원히 잊지 못할 멋진 풍경!

싸움질을 하고 한심한 짓을 벌이던 꼬마 녀석들도 입을 딱 벌리고 수레에서 일어났어. 토머스 아주머니는 거의 예뻐 보일 정도로 얼굴이 아주 환해져서 내가 한 1분쯤 쳐다봤던 것 같아. 그 순간 내 머리가 빨간색에서 노란색으로 변했더라도 조금도 놀라지 않았을 거야. 그토록 '영광'스러운 장면은 나한테 충격이었어. 이것도 지난주에 존슨 아저씨께 배운 단어야. 이렇게 금방 쓸 기회가 오다니 행운 아니니? 우리가 날마다 영광을 마주할 수 있는 건 아니잖아.

말을 할 수 있게 됐을 때 나는 소리를 질렀어.

'이게 뭐예요?'

그러자 토머스 아저씨가 대답했어.

'바다란다.'

그래서 이제 나는 절대적으로 확실하게 알아. 바다가 세상에서 가장 아름답다는 거. 내가 오리나무를 뺀 대부분의 나무들과 모든 꽃들과 들판들과 소들과 양들과 특히 새끼고양이들을 사랑하고, 자작나무 다섯 그루 뒤에 있는 우리의 작은 연못을 사랑하지만, 그 모든 것 중에서 바다가 으뜸이라는 것을 알아. 게다가 있잖아, 바다 말고도 더 있는데 그게 뭔지 맞혀 볼래?"

앤은 어떤 대답을 들으리라 확신한 것처럼 잠시 말을 멈췄다가, 자기 질문에 대답했다.

"노바스코샤는 아주 작은 땅덩어리만 캐나다에 붙어 있어. 나머지 대부분은 바다에 맞닿아 있다고 헨더슨 선생님이 그러셨어. 노바스코샤가 아주 조그만 지방이지만 해안선은 3728.4마일이나 된대. 해안선이란 '바다에 닿아 있는 부분'을 뜻해. 5학년 수업을 엿들어서 아는 거야. 가끔은 정신을 집중하지 않아서 내 공부를 틀릴 때도 있지만, 그냥 듣기만 해도 다른 걸 많이 배우게 돼. 노바스코샤가 바다로 꽉꽉 차 있는데 나는 거의 여섯 살 반이 될 때까지 바닷물을 한 방울도 보지 못했다니, 생각해 봐."

앤은 너무 졸려서 그쯤에서 이야기를 멈춰야 했다. 하지만 그날 밤에 잘 때, 그녀는 해변에서 보낸 하루를 꿈꾸었다. 길게 뻗은 모래사장, 해변으로 밀려들어 부서지는 파도, 수평선까지 달려 나가는 하얀 물결, 쏜살같이 날아오르는 갈매기들, 조류 선을 스치며 경쾌하게 나는 작은 도요새들…… 그날은 평생에 가장 행복한 날이었다.

40
절망의 구렁텅이

8월 마지막 주쯤 되자 공기 중에 쌀쌀한 기운이 감돌았다. 하지만 여름의 끝은 더위와 장미, 자작나무들 뒤 언덕을 달려 내려가는 일이 끝났다는 의미에 그치지 않았다. 가을이라는 뜻이었다. 그리고 흔히들 노바스코샤에서 9월과 10월이 가장 아름다운 달이라고 말했다. 공기가 눈부시게 깨끗해서. 바닷가에 산다면 겨우 7마일 떨어진 섬들이며 그 위의 집들까지 길 맞은편에 있는 것처럼 또렷이 보였다. 초록빛 여름 나뭇잎들이 갖가지 놀라운 색으로 변해 갔다. 자작나무들은 햇빛을 받을 때 눈부시게 반짝이는 노란색이 되었고, 거대한 참나무들은 아주 차분하고 위엄 있는 청동색으로 변했다. 단풍나무들은 따뜻한 주황색에서부터 타는 듯이 강렬한 주홍색으로까지 색색이 다양해졌다.

거대한 잎들로 이루어진 다채로운 낙엽수들은 상록수 옆에서 더욱 화려해 보였다. 화려한 색채들 옆에서 상록수는 거의 검푸르게 보였다. 날이 갈수록 공기에 서릿발이 섞이고, 북쪽에서 바람이 불어오면 더 이상 부드럽지 않지만, 아름다움을 즐길 줄 안다면 누구든 해마다 찾아오는 이 신비로운 기적을 환영하기 위해 따뜻한 스웨터를 입고 밖으로 나서야 한다. 무지막지한 11월 바람이 잎사귀들을 떼어 내고, 나무들을 벌거벗기기 전에 가능한 자주 즐겨야 한다.

9월의 등교길은 맑고 반짝였다. 8월의 마지막 날, 앤은 창밖을 내다보며 새학기를 생각했다. 당장 트루디 언니가 쓰던 낡은 책가방을 어깨에 메고 메리스빌의 학교로 걸어가고 싶었다. 눈을 감지 않아도 언덕 아래의 가게와 학교로 오르는 비탈길, 종탑이 있는 조그만 건물이 떠올랐다. 그곳에 앤의 열렬한 귀에 시와 기교와 지식의 향연을 나눠 주려는 헨더슨 선생님이 있다. 다시 새이디를 만난다는 생각도 앤의 마음을 따뜻하게 했다. 학교 밖에서 만나거나 놀아본 적이 없기 때문에 일라이저 언니가 얘기한 '마음의 친구'인지는 확실치 않았다. 새이디는 아름다움을 추구하는 앤의 갈망에는 미치지 못했지만 다정하고, 편안하고, 안전했다.

반면 밀드레드는 안전하지 않았다. 랜돌프도 마찬가지였다. 하지만 어쩌면 랜돌프는 이제 거기에 없을 것이다. 이번에도 그는 6학년 과정을 통과하지 못했으니, 어쩌면 그의 아버지가 이제는 아들을 부유하고 저명한 법률가로 키우려는 꿈을 포기하고 이웃 농장에서 일자리를 찾아 주었을지도 모른다. 그러면 존슨 아저씨는 그를 가엾게 여길 필요가 없고, 앤도 두려움을 느낄 필요가 없을 것이다.

앤은 라킨바를 안고 왼쪽 귀 뒤를 부드럽게 긁어 주며 토머스 부인의 저녁 준비를 돕기 위해 아래층으로 내려가기 전 마지막으로 한 번 더 창밖을 내다보았다. 그녀가 달려 올라가서 달리거나 굴러서 내려오는 것을 무척이나 좋아했던 다섯 자매들 너머의 언덕은 선명한 초록빛을 잃었다. 이미 겨울 색조의 베이지색으로 흐려질 준비를 하고 있었다. 작은 연못은 앤이 가진 조그만 거울 속 유리처럼 매끄러웠고, 자작나무들은 바람 없는 공기 속에서 정지돼 있었다. 그 나무들은 아직도 화사한 노란 잎으로 갈아입지 않고 빛바랜 채 늘어져 있었다. 오늘 밤 아주 추우면, 내일 깨어났을 때 풀잎에 얇은 서리가 내려 덮여 있겠고, 잎사귀들이 변하기 시작할 것이다.

태양이 갑자기 커다란 구름 뒤로 사라졌다. 가운데는 하얗고 테두리는 잿빛이 되었다. 폭풍이 오려나? 나뭇잎들과 연못이 왜 움직이지 않지? 앤은 불길한 예감이 들었다. 하지만 그런 느낌은 마음 한구석으로 밀어넣고 아래층으로 내려갔다.

앤은 그 황홀한 바다에 다녀온 뒤 지난 2주일 동안 정말 행복했다. 어느 날 밤에는 케이티 모리스에게 이렇게 말했다.

"나를 계속 행복하게 해 주는 생각은 크게 두 가지야. 하나는 바다를 보았던 그 지극히 영광스러운 장면이야. 오로지 그거 하나만으로도 나는 아주 오랫동안 행복해. 사실은 극도로 행복해져. 다른 하나는 이제 곧 학교로 돌아갈 수 있다는 사실이야. 천국 같은 곳. 이제 나는 천국에 대해서 더 많이 알아. 존슨 할아버지와 헨더슨 선생님이 많이 얘기 해줬거든. 그들도 그걸 봤거나 가본 건 아니야. 아마 사람들은 천국을 여러 가지로 생각하는 것 같아.

존슨 할아버지는 수많은 책들에서 읽고 스스로 생각해 본 천국에 대해 이야기해 주셔. 책 속에서는 언제나 완벽한 장소라고 말하지만, 완벽한 장소란 사람마다 각기 다르다고 말이야. 잘 이해가 안 돼. 하지만 존슨 할아버지는 아주 '복잡한' 사람이야. 아, 이것도 새로 배운 단어야! 헨더슨 선생님은 천국이 완벽한 장소라고도 하고, 마음의 상태라고도 해. 그것도 무슨 뜻인지 하나도 모르겠어. 두 분이 밖에서 함께 산책하실 때 만났는데, 내가 절묘한 들판 옆 울타리에 앉아 소의 등을 쓰다듬는 것도 천국이 될 수 있냐고 물었더니, 둘 다 될 수 있을 거라고 했어. 사실 존슨 할아버지는 '절대적으로 될 수 있다'고 했어.

아 참, 그거 알아? 존슨 할아버지가 텁수룩하던 턱수염을 자르고 옷도 빨아 입으셨거든. 그랬더니 어떻게 됐는 줄 알아? 이건 기적보다 더 큰 일이야. 존슨 할아버지가 할아버지가 아니었어! 세상에, 겨우 스물여덟 살이래. 내가 몇 살이냐고 물으니까 그렇게 말씀하셨어. 나이를 물으면 기분 나빠하는 사람들도 많대. 왜 그런지 난 잘 모르겠어. 나이가 부끄러운 일이 아니잖아. 나이든 게 빨강 머리와 주근깨를 가진 것과 약간 비슷한 건가 싶기도 해. 어쨌든 존슨 '아저씨'는 아무렇지 않게 '곧바로' 대답해 줬어. 이것도 새로 배운 단어인데, 아주 쓸모가 있어. 물론 지극히 아름다운 헨더슨 선생님은 아주 젊어. 토머스 아주머니가 그러시는데, 헨더슨 선생님이 이제 막 고등학교를 졸업한 열아홉 살이래. 내가 그 학교에서 한 학년씩 올라가면 선생님만큼 많이 알게 될까?"

이게 지난주의 대화였다. 지금 앤은 케이티 모리스와 얘기하거나 그녀를 생각할 시간조차 없었다. 사랑스러운 야채솔로 씻을 감자들이 있었고, 그다음에는 그걸 감자튀김용으로 썰어야 할 것이다. 앤은 감자튀김을 좋아했다. 하지만 부엌으로 들어서는 순간, 앤은 곧바로 뭔가 잘못됐다는 것을 알았다. 토머스 부인이 부엌 의자에 앉아, 앞치마 끝부분을 돌돌 비틀어 말았다가 반대 방향으로 다시 비틀었다가 하며 안절부절못했다. 자기 앞의 텅 빈 벽을 응시하면서. 꼬마 녀석들은 조용히 엄마를 보고 있었다.

앤이 그녀의 팔을 움켜잡았다.

"무슨 일이에요? 왜 그래요?"

토머스 부인이 생기 없는 흐릿한 눈으로 앤을 보았다.

"토머스 씨가 다시 술을 마셨어. 게다가 낮에 메리스빌 직장에서 싸움을 벌여서 해고됐어. 이제 그가 벌 수 있는 돈은 수레로 일해서 버는 돈이 전부일 거야. 우린 그것으로 살 수 없어. 그러니 난 다시 일하러 나가야 해. 넌 학교를 다닐 수 없고. 이 녀석들을 돌보고 끼니를 챙겨 줘야 하니까. 이 집에서는 계속 살아도 된대. 이유는 몰라. 새로운 일꾼이 마을에 집이 있어서 그런 모양이지. 그건 안심이야. 하지만 먹고살기에는 부족해. 꼬마 녀석들이 하루가 다르게 크니 옷도 사야 하고. 넌 한동안 많이 자라더니 이제 안 자라나 보다. 일곱 살이 다 돼 가는데, 여덟 살 정도로 보일 뿐이니까. 네 옷은 그대로 입어도 될 거야. 메리스빌에 가정부를 구하는 사람들을 알아봐야겠네."

앤은 토머스 부인에게 동정심을 느낄 겨를이 없었다. 가슴에 뻥

뚫린 커다란 상처가 느껴졌기 때문이다. 앤은 조용히 감자통으로 걸어가서 필요한 감자들을 꺼내기 시작했다.

'학교에 못 간다!'

겨우 두 달 반쯤 다녔을 뿐인데. 학교에 다녔다고 할 수도 없을 만큼 아주 짧은 기간이었다. 그저 학교의 맛을 본 정도였다. 하지만 그 맛은 너무나 감미로웠다. 감자를 자르면서 눈물이 그녀의 뺨을 타고 내려와 식탁으로 떨어졌다.

쾅! 문 닫히는 소리가 나더니 토머스 씨가 부엌에 불쑥 나타났다.

"울지 마, 이 빨강 머리 마녀야! 울 사람은 바로 나야! 내 인생에 남은 건 아무것도 없어! 아무것도! 네 앞에는 인생 전체가 있잖아. 난 이제 마흔둘인데, 다 끝났어! 그러니까 닥쳐!"

존슨 씨가 앤에게 그런 식으로 말한 적은 단 한 번도 없었다. 앤은 감자를 썰던 칼을 떨어뜨리고 그를 보았다. 앤의 커다란 눈에 두려움과 고통이 차올랐다. 아이는 빙그르 돌아서 위층으로 내달렸다. 자신의 방문을 뒤로 힘껏 닫고, 침대에 몸을 던져 가슴속의 절망과 분노를 울음으로 쏟아냈다. 아래층에서 거칠게 부엌문 닫히는 소리가 들렸다. 토머스 씨가 떠났다. '탁, 탁, 탁' 토머스 부인의 감자 써는 소리가 이어졌다.

41
다 미워!

이튿날 오후, 앤은 도망치듯 집을 나와 진달래 덤불 뒤 비밀 은신처로 내달렸다. 옆에서 흐드러진 버드나무 가지들이 아늑한 공간을 마련해 주었다. 앤은 사랑스런 거울웅덩이 연못가에 앉아서 자신의 인생에 대해 생각했다. 눈물이 하염없이 흘렀다. 절대적으로 필요할 때, 그러니까 토머스 씨의 수레 소리를 들었을 때는 울음을 그쳤다. 하지만 나중에 토머스 부인의 끔찍한 선언 뒤로 이어졌던 2주일을 돌이켜볼 때, 앤은 거의 끊임없이 울었다. 자신의 몸에 그렇게 많은 눈물이 들어 있는 줄 처음 알았다.

토머스 씨가 부엌에 들어오면 울음을 멈출 수 있었다. 어젯밤에도 그랬다. 그가 도착했을 때, 앤은 그를 쳐다보지 않았다.

'일라이저 언니에게 긴 연설을 늘어놓으며 내게 잘해 주겠다고 약속했으면서. 그런데도 내게 고함을 지르고 '빨강 머리 마녀'라고 불렀어. 용서할 수 없어. 그래, 용서하지 않을래!'

그는 일라이저와의 약속만 어긴 게 아니다. 이제껏 그를 믿어온 앤에게 그의 잔인한 말은 더 깊은 상처였다. 게다가 그가 일자리에서 쫓겨나서 앤은 학교까지 빼앗겼다. 이건 아무리 큰 붕대로도 싸맬 수 없는 상처였다.

앤은 비싼 럼주를 마셔 버려야 하는 그의 마음을 이해하려고 애써왔다. 아마도 꿈꾸고 얘기하고 상상하지 않으면 못 견디는 자기 마음과 비슷할 거라고 수시로 자신을 타일렀다. 하지만 앤의 그런 마음은 남에게 상처를 주지 않았다. 어쩌면 토머스 부인에게는 조금 상처가 됐을지도 모르겠다. 하지만 토머스 씨의 마음은 사람들을 아주 많이 해쳤다. 그래서 그를 가엾게 여기기 힘들었다. 사실 지금은 전혀 가여운 마음이 안 들었다. 그가 새 헛간에 엎드려 눈이 퉁퉁 붓도록 울든 말든 알 바 아니었다. 앤의 슬픔이 훨씬 더 컸기 때문에.

'내가 잘못하지도 않았는데!'

마음 한구석에서 어쩌면 아저씨 잘못도 아니라는 생각이 들었지만, 그를 외면하듯 그 가능성도 외면했다. 다시는 절대로 그를 보지 않을 작정이었다. 언제까지나!

눈물이 작은 개울이 되어 연못으로 흘러가는 내내, 앤은 이제껏 겪었던 모든 지독한 일들을 떠올렸다. 태어난 지 3개월 만에 고아가 됐다. 엄마도 없고 아빠도 없는 주근깨투성이 얼굴의 불쌍한 갓난아기. 잔인한 로저와 결혼하려고 자신을 버린 일라이저 언니, 케이티 모리스의 집 절반을 부숴 버린 토머스 아저씨, 앤이 상상하느라 잠깐 일을 멈췄을 뿐인데 못된 계집애라고 악을 쓰던 토머스 아주머니, 혼자 해내야 했던 그 모든 일들, 그 모든 기저귀들, 닦아야 하는 그 모든 지저분한 바닥들, 썰어야 하는 그 모든 감자들, 날라야 하는 양동이 물, 참고 견뎌야 하는 호러스까지…… 힘들어, 힘들어, 힘들어…….

9월은 아름다웠다. 화창한 햇살, 맑은 공기, 새파란 하늘, 그 모든 사랑스러움에도 앤은 마음을 단단히 닫아걸었다. 그 어떤 것도 앤의 슬픔을 뚫고 들어오지 못했다.

앤의 끝없는 재잘거림을 피곤해 하던 토머스 부인은, 이제 아이가 이야기하기를 은근히 기다리고 있었다. 토머스 씨는 방에 들어설 때마다 휙 등을 돌리는 앤의 모습에 겁이 났다. 전에는 앤과 조금이나마 얘기를 나눴는데 이제는 아이의 뒤통수에 대고 인사하는 것조차 편하지 않았다. 앤은 여전히 노아를 세심히 보살폈고, 많이 안아 주고, 적어도 하루에 한 번은 '사랑해'라고 말해 주려고 애썼다. 노아는 앤이 항상 슬퍼 보이지 않기를 바랐다.

호러스조차 앤을 괴롭히는 행동을 삼갔다. 아무리 머리가 나빠도 앤이 세상 전체에 화나 있는 것이 분명히 느껴졌다. 그는 이미 앤만큼 키가 컸고, 힘도 아주 셌다. 하지만 비쩍 마른 앤의 두 팔이 마음만 먹으면 병이나 의자를 집어던질 수 있는 걸 알았다. 앤이 그런 행동을 한 적은 없지만, 그는 그런 난폭한 감정에 대해 아주 잘 알았다. 앤이 침묵할수록 호러스는 더욱 불안해졌다.

9월 5일, 토머스 부인은 네 가지 일자리 중에서 첫 번째 일을 하러 출근했다. 6일은 호러스의 첫 등교일이었다. 앤은 등교하는 호러스의 뒷모습을 보며 다행스러움을 느끼는 동시에 강렬한 부러움에 사로잡혔다. 저 아이가 나보다 덩치도 크고 힘도 센데, 어째서 내가 하는 일들을 나눠서 하지 않지? 어째서 호러스만 알파벳 배우는 기쁨을 허락받는 거야? 고학년들이 배우는 먼 나라 이야기, 옛 이야기, 마음이 즐거움으로 아려오는 시, 그런 것들을 듣는 즐거움을 왜 호러스만 누릴 수 있는 거야?

앤은 너무 화가 났다. 이대로 영원히 화나 있기로 결심했다. 케이티 모리스와도 거의 얘기하지 않았다. 앤은 거울웅덩이의 평온한 수면을 바라보며 혼자 중얼거렸다.

"케이티와 말할 수가 없어. 케이티가 내가 깊고, 차갑고, 어두운 절망의 구렁텅이에 빠져 있는 걸 알게 하고 싶지 않아."

하지만 달걀이 다 떨어져 가고 있었다. 고기나 생선을 살 돈은 부족했지만 달걀은 쌌다. 달걀과 당근과 감자로 한 끼 식사를 준비해야 했다. 삶은 달걀은 앤이 만들 수 있는 요리였다. 앤은 에드워드에게 두 동생을 보라고 맡기고 달걀을 사러 존슨 씨의 집으로 향했다.

촉촉한 상록수 잎에 햇살이 반짝였지만 앤은 눈길을 주지 않았다. 유난히 아름다운 회색 고양이가 곁을 지나갔지만 말을 걸거나 턱 밑을 쓰다듬어 주려고 다가가지 않았다. 거대한 까마귀가 날아와 울타리 말뚝에 앉아서 앤을 바라보았다. 평소 같았으면 그 크기에 감탄하면서 그게 갈까마귀일지 궁금해 했겠지만, 지금은 그 무엇에도 관심이 없었다. 아치볼드 부인의 집에 가까워질 때도 앞만 보고 걸었다. 하지만 현관문이 열리고, 아치볼드 부인이 나타났다.

"앤!"

대답을 듣지 못하자 다시 소리쳤다.

"앤!"

앤은 걸음을 멈추고 손을 흔들었다. 슬픈 표정으로.

"잠깐 들어오너라! 왜 학교에 안 갔니? 얼른 와! 방금 당밀 쿠키를 오븐에서 꺼냈는데 아직 따끈따끈해. 식기 전에 얼른!"

앤 앞에 머그잔에 담긴 차와 쿠키 두 개가 놓였다. 2주 만에 처음으로 배가 고팠다. 앤이 자신의 슬픈 이야기를 털어놓았다.

"제이니한테는 내가 말하마. 네가 왜 안 오는지 궁금해 하고 있을 테니까."

존슨 씨에게도 앤은 같은 질문을 받았다.

"앤! 왜 학교에 안 갔니?"

앤은 보티첼리 그림 옆에 앉아 폭풍 같은 울음을 터트렸다. 마침내 울음을 그치고 이렇게 말했다.

"아름다운 신부가 아저씨를 놔두고 아저씨의 절친한 친구와 함께 떠나 버렸을 때, 아저씨가 어떤 기분이었을지 정확하게 알아요. 전부 다 미워요. 저도 다 팽개치고 숲에 들어가 살고 싶어요. 영원히."

앤은 어떻게 된 일인지 전부 이야기했다. 그러고는 탁자를 주먹으로 내려치며 부르짖었다.

"학교도 없고! 책도 없고! 멋진 걸 새로 배울 수도 없고! 새이디도 없고! 게다가 아! 아! 아! 헨더슨 선생님도 없어요! 토머스 아저씨는 술 마시고 저한테 고약하게 굴어요! 일! 일! 일! 전 다시는 절대로 행복해지지 못할 거예요. 다시는!"

그런 다음 다시 발작하듯 통곡했다. 존슨 씨는 앤이 울음을 그칠 때까지 두 손을 꼭 잡아 주었다. 그러고는 귀 기울여야 들을 수 있을 만큼 아주 조용한 목소리로 말했다.

"잘 들어라, 앤. 네가 지금 그런 기분이 든다는 건 알아. 나도 전에 똑같은 기분이었으니까. 내가 똑같은 길을 걸어왔다는 건 너도 알고 있을 거야. 이제 내가 묻는 말에 대답해 보렴."

그가 말을 멈췄다. 앤이 고개를 들어 그를 쳐다보았다.

"내가 너에게 거짓말한 적 있니?"

"아뇨."

앤은 이제 미동 없이 차분해졌다.

"그럼 내 말 잘 들어. 괜찮아질 거야. 오늘은 아니야. 어쩌면 내일이나 다음 주도 아니겠지. 다음 달도 아닐 거야. 내가 빠져 있던 구렁텅이에서 기어 나오는 데 얼마나 오래 걸렸는지 봐라. 하지만 빠져나왔어. 절대로 못 나올 줄 알았는데, 나왔단다.

게다가 넌 나보다 두 배나 더 큰 용기를 지녔어. 그러니 넌 더 빨리 일어날 거야. 그러니까 명심하고 믿어. 괜찮아질 거야."

앤은 길고도 깊은 숨을 들이쉬었다. 작은 웃음까지 지어 보였다.

"지난번에 왔을 때 주셨던 오트밀 쿠키 아직 있어요? 요즘 잘 못 먹었거든요. 너무 슬퍼서 삼킬 수가 없었어요."

"다행히 하나 남은 게 있구나. 먹으렴."

"하지만…… 그게 마지막 쿠키예요? 안 돼요, 그건."

존슨 씨가 던지에 손을 넣어 쿠키를 꺼냈다.

"먹으라니까. 어서."

앤이 쿠키를 허겁지겁 먹고 있을 때 그가 말했다.

"스토브에 수프를 데울 테니까 그것도 좀 먹거라. 그런 다음 나가서 달걀을 가져오고, 그 후에 새 단어를 5개 가르쳐 주마. 넌 집에 가서 아이들을 돌보고 감자를 썰어야지. 그중 한 녀석한테 물 한 양동이만 길어와 달라고 해. '부탁한다'고 말해라. 그 말이 커다란 차이를 만들어 낸단다. 토머스 씨가 저녁을 먹으러 들어오거든 그를 바라봐. 미소 지을 것까지는 없지만. 네가 그냥 그를 쳐다볼 수 있는지 알아보는 거야. 그 집에서 그 사람이 정말로 좋아하는 사람은 너 하나뿐이잖니. 그에게 희망을 주렴."

"하지만 나더러 빨강 머리 마녀라고 했단 말이에요."

"알아. 하지만 진심이 아니었을 거야."

"틀림없이 진심이에요! 머릿속에 있지도 않은 걸 어떻게 밖으로 꺼내겠어요? 그러니까 아저씨가 틀림없이 그렇게 생각한 거예요."

"앤, 넌 자주 옳은 말을 해. 하지만 지금은 틀렸어. 술 취한 사람들은 마음에도 없는 말을 할 때가 종종 있단다. 그리고 맨 정신일 때는 절대로 하지 못하는 일들을 하지. 나도 너만큼이나 이해가 안 되지만 그게 사실인 걸 어쩌겠니. 그를 용서하라는 게 아니야. 용서는 세상에서 가장 힘든 일이란다. 나도 아직 그걸 못 하고 있어. 하지만 그를 그냥 쳐다보는 건 할 수 있지 않니?"

"약속은 못 하겠어요. 하지만 집에 가는 길에 생각해 볼게요."

그들은 달걀을 거뒀고, 존슨 씨가 알려 준 새 단어 5개를 공책에 적어서 조심스럽게 달걀 가방에 집어넣었다. 거기 적힌 단어들은 '비탄', '희망', '용기', '자신감', '자비'였다.

42

헨더슨 선생님의 선물

10월, 앤과 토머스 씨 사이에는 어중간한 평화가 형성되었다. 앤은 다시 그를 바라보기 시작했고, 때때로 그가 친절한 일을 해 주면 미소도 지었다.

"너도 좀 쉬어야지."

그가 설거지할 물을 두 양동이 날라다 준 아침이라든가, 수레로 자갈을 운반할 일이 생겼을 때 꼬마 녀석들 셋을 같이 데려가 준 날에는, 착한 행동을 하는 게 부끄러운 것처럼 그가 수줍게 말했다.

토머스 씨는 매일 술을 마시지는 못했다. 수레로 할 일거리를 못 구한 날은 돈이 없었다. 돈이 없으면 럼주를 살 수가 없었다. 토머스 부인은 이제 남편 몰래 돈을 숨겼다. 토머스 씨는 아침에 아내를 데려다주고 오후 늦게 데려왔다. 하지만 토머스 부인은 돈을 받았을 때 남편에게 알리지 않았다. 그리고 돈을 코르셋 안에 숨겼으므로 나중에 토머스 씨가 돈을 찾으려고 그녀의 가방을 뒤져도 아무것도 나오지 않았다. 그때마다 그는 길길이 날뛰었지만, 손찌검은 하지 않았다. 토머스 씨는 앤이 폭력을 싫어하는 것을 알았고, 앤이 다시 그를 외면하면 견딜 수 없을 것 같았다.

10월 둘째 주에는 온통 강렬한 가을이 한창이었다. 올해 단풍나무들은 유난히 화려한 자태를 뽐냈고, 다섯 자매들은 앤이 보았던 그 어느 때보다 따뜻한 노란빛이었다. 그런 아름다움이 가끔씩 앤을 침울한 상태에서 끌어냈지만, 오래가지는 못했다. 마음속에 원망과 갈망, 너무 불공평하다는 분노가 한데 뒤엉켜 있었다.

밝은 가을 햇살이 집 맞은편의 새빨간 단풍나무들과 자작나무 다섯 그루를 눈부시게 비추던 화창한 토요일, 앤은 노크소리를 들었다. 늘 그렇듯이 토머스 부인은 마을로 나가 일하는 중이었고, 토머스 씨는 동네 길 닦는 공사장에 자갈 한 짐을 실어다 주려고 말들과 수레를 끌고 나갔다.

앤은 이제 막 빨래를 널고 들어온 참이었다. 아직 정오도 안 됐는데 벌써부터 몹시 피곤했다. 아이는 무릎 아래까지 내려오는 토머스 부인의 앞치마를 걸치고 있었다. 그날 아침에는 제대로 머리 땋을 시간도 없었기 때문에, 아무렇게나 땋은 머리카락들이 삐죽삐죽 튀어나왔다. 두 시간 동안 비눗물에 담그고 있었던 손은 빨갛고 쪼글쪼글했다. 방금 전 부엌 한가운데 떨어져 있던 에드워드의 진흙 묻은 신발 한 짝을 집어들고, 지저분한 손가락으로 얼굴의 가려운 부분을 긁었다. 앤은 정말이지 형편없는 몰골이었다.

문밖에 있는 사람은 누구일까? 토머스 씨가 낯선 사람에게는 절대로 문을 열어 주지 말라고 했다. 하지만 문을 열지 않으면 그게 낯선 사람인지 아닌지 어떻게 알 수 있겠는가? 앤은 문을 열었다.

헨더슨 선생님이었다. 틀어 올린 벌꿀색 머리 주위로 작은 곱슬머리들이 흘러내린 모습이 전보다 더 아름다워 보였다. 와인색 드레스는 길고 풍성했고, 그 위에 입은 검은색 벨벳 재킷은 화창하면서도 싸늘한 10월의 기온에 맞춰 조그만 단추들을 꼭꼭 잠가놓았다. 한쪽 어깨에는 천 가방을 메고 있었다. 너무나 애처롭고 수심 가득한 앤을 목격한 헨더슨 선생님과, 기적의 여인의 방문을 받은 앤 중에서 어느 쪽이 더 놀랐는지 말하기는 힘들다. 때때로 멋진 일들이 일어나곤 한다는 사실을 거의 잊고 있었는데, 바로 앤의 눈앞에 펼쳐지고 있었다.

'틀림없이 내가 꿈을 꾸고 있나 봐.'

앤은 잠깐 눈을 감았다가 떴다. 그래, 헨더슨 선생님이 서 있었다. 말도 했다.

"앤, 널 보니 얼마나 반가운지 모르겠어! 들어가도 될까?"

앤이 문을 활짝 열었다. 하지만 목소리를 낼 수 있게 되기까지는 몇 분이 더 걸렸다.

"진작 찾아오지 못해서 정말 미안해. 네가 어디 아픈가 보다 생각했거든. 하지만 네가 그리웠단다. 나의 앤이 없으니까 그 작은 교실이 전과 같지 않더구나. 그런데 어젯밤 네가 학교에 오지 못한 이유를 알게 됐어. 오, 앤! 너무나 마음이 아파!"

앤은 적어도 2주 동안 울지 않았다. 어떻게든 살아남기 위해 마음을 차갑고 단단하게 만들었다. 이제 갑자기 모든 것이 말랑말랑하게 녹아내리고, 눈물이 났다. 헨더슨 선생님이 자신의 야위고 작은 몸뚱이를 안아 주는 순간, 앤은 일라이저 언니가 떠난 이후로 느껴보지 못했던 위로와 따뜻함을 느꼈다. 마침내 앤의 울음이 그쳤을 때, 헨더슨 선생님이 말했다.

"선물을 가져왔어, 앤, 세게 코를 풀고 이리 와서 보렴."

그녀는 가장자리에 크로셰 뜨개가 된 작고 예쁜 연자주색 손수건을 앤에게 건네고, 식탁으로 걸어가 당근 그릇과 지저분하게 쌓여 있는 아침 접시들 옆에 가방을 내려놓았다. 앤은 그 아름다운 손수건으로 세게 코를 풀고 앞치마로 젖은 얼굴을 닦았다. 그런 다음 식탁으로 다가갔다.

"이걸 봐, 앤"

헨더슨 선생님이 커다란 가방에 손을 넣으며 말했다.

"석판과 석필이란다. 깨끗하게 지울 부드러운 천도 있어. 네가 학교에 왔으면 들어갔을 반에서 배우는《로열 리더》도 가져왔고, 그리고 '두 권 더.' 넌 항상 고학년 수업을 즐겨 들었잖니. 네게 아직 어렵겠지만 그 이야기와 시 중에서 몇 가지는 이미 외우고 있지 않을까 싶구나. 그림들을 보면서 네가 직접 그림에 어울리는 이야기를 만들어 볼 수도 있고."

헨더슨 선생님이 다이아몬드로 가득 찬 커다란 가방 세 개를 가져왔어도 지금처럼 감격스럽진 않았을 것이다. 앤은 책을 하나하나 집어 들어서 토닥이고, 매끄럽게 펴고, 페이지들을 넘기고는 가슴에 끌어안았다.

"아, 헨더슨 선생님! 너무너무 행복해요. 학교에 갈 수 없다는 걸 알게 된 뒤로는 거의 웃어본 적이 없어요. 일부러 그런 건 아니에요. 뭔가를 일부러 한다는 건 그만큼 다른 사람들 생각에 신경을 쓴다는 뜻이잖아요. 저는 다른 사람들이 무슨 생각을 하든 더 이상 관심 없어요. 토머스 아주머니한테 제가 행복해 하는 것처럼 보이려고 단 한순간도 노력하지 않아요. 토머스 아저씨가 음식 살 돈으로 술을 마셔 버리고, 다른 일자리까지 잃어버리고, 아무리 해도 더해지지 않는다는 그런 인생을 사는 것에 대해 죄책감을 덜 느끼게 하려고 아저씨한테도 웃음 지어 보이지도 않아요. 오히려 아저씨가 죄책감을 더 많이 느꼈으면 좋겠어요.

사랑하는 노아한테는 웃음을 많이 보여줘요. 껴안아 주고, 다른 여러 가지 일들도 해요. 라킨바한테도요.

케이티 모리스도 잘못한 게 하나도 없으니까, 선생님은 아마 제가 그 애한테 웃음을 보내는 시간이 많을 거라고 생각하실지도 모르겠어요. 하지만 그 애한테는 내가 왜 이렇게 불행한지 설명하거든요. 그건 웃을 문제가 아니잖아요. 그래서 보통

때 제 웃음을 조금이라도 볼 수 있는 사람은 노아와 존슨 아저씨뿐이에요. 그런데 오늘 아침 선생님이 저를 보러 오셨고, 이 모든 선물을 가져오셨어요. 오늘은 제가 온 세상에 웃음을 보내고 있는 것 같은 기분이에요."

앤은 정말로 얼굴이 활짝 펴져서 금이 갈 수도 있을 것처럼 보였다. 터부룩한 머리, 꾸깃꾸깃한 긴 앞치마, 지저분한 얼굴에도 불구하고, 헨더슨 선생님에게 앤이 매우 아름다워 보였다. 앤의 기쁨은 그녀의 모든 것을 변형시켰다. 누구든 그녀의 조그맣고 완벽한 코와 단정하고 도도한 턱, 풍부한 표정을 담은 커다란 초록색 눈동자를 쉽사리 알아차릴 수 있을 것이다.

"전에는 토머스 아저씨가 불쌍하기도 했고, 항상 내 편이라고 생각했어요. 하지만 아저씨는 내 인생을 망쳤어요. 그래서 이제는 싫어요. 아저씨가 나를 학교에 가지 못하게 만들어 버렸기 때문에 엄청 화가 나요. 존슨 아저씨는 용서가 지극히 힘든 거랬어요. 아저씨한테 힘든 일이면 나 같은 애는 절대로 그 일을 해낼 수 없을 거예요. 난 아주 조금도 자비심이 생기지 않아요."

"언젠가는 용서하게 될 거야."

"글쎄요, 생각보다 빨리 그럴 수 있을지도 모르겠어요. 오늘 선생님이 오셨으니까요. 난 학교에 갈 수 없어요. 하지만 선생님이 나한테 학교를 가져다주셨어요."

헨더슨 선생님이 웃었다.

"그래, 그리고 네가 제일 좋아하는 것들만 가져온 건 아니란다. 산수도 가져왔어. 네가 혼자서 얼마나 익힐 수 있을지 모르겠지만 노력해 볼 수는 있겠지. 덧셈은 이미 조금 할 수 있잖니. 뺄셈이 어렵거든 존슨 씨에게 여쭤 보렴."

헨더슨 선생님이 천 가방에서 산수책을 꺼냈을 때, 앤에게는 그것까지도 좋아 보였다. 갑자기 길 아래쪽에서 시끄러운 목소리들이 들려왔다.

"아이들이니?"

"네."

"앤, 얼른 이 물건들을 가방에 담아서 네 방에 숨길 곳을 찾아 봐. 가방은 네가 가지고 있어도 돼. 학교에서 호러스를 보니까, 녀석이 이 선물들을 보면 가만 놔두지 않겠더구나. 아이들이 오기 전에 전부 보이지 않게 치우렴."

나중에 아치볼드 부인과 존슨 씨의 집이 있는 길로 걸어가는 헨더슨 선생님을 보면서 앤은 기적에 대해 생각했다. 그것에 대해 자신이 잘 알고 있는 느낌이었다.

IMAGINATIO

43

마법의 날

헨더슨 선생님이 찾아온 어느 토요일에는 토머스 부인이 집에 있었다. 부인은 이 아름다운 젊은 여성 앞에서 불편했다. 헨더슨 선생님의 온화한 태도, 조용하고 예절 바른 말씨, 또 '학교 선생님'이라는 지위에 위축되었다. 그래서 그녀가 앤과 함께 방으로 올라가 산수 공부를 하겠다고 했을 때, 토머스 부인은 딱딱한 표정으로 한마디만 하고는 가로막지 않았다. 원래 앤이 설거지를 시작해야 할 시간이었지만 자신이 홱 돌아서서 시끄러운 소리를 내면서 직접 설거지를 했다.

그날 오후에 앤은 간신히 짬을 내서 케이티 모리스를 찾아갔다.

"안녕? 친애하는 케이티 모리스. 네 얼굴을 보니 무척 행복한 기분이라는 걸 알겠어. 어제는 아주 지독해 보였단다. 하지만 오늘은 그렇지 않아. 너는 마치 이 하늘에서 뚝 떨어진 위대하고 커다란 기적을 품에 안은 사람처럼 보여.

오늘 우리 집에 찾아온 기적이 뭐였는지 아니? 바로 헨더슨 선생님이었어. 선생님이 또 오셨어! 선생님이 언제 오실지 모르니까 하루하루가 너무 기대돼. 매일 아침 나 자신에게 이렇게 말할 수 있어.

'앤, 어쩌면 오늘 선생님이 오실지도 몰라!'

그 말이 나의 온 하루를 변화시켜. 하지만 오늘은 특별했어. 절대적으로 토머스 아주머니가 계셨거든. 그건 계속 계단을 오르락내리락하고 창밖을 내다보면서 꼬마 녀석들이 심하게 나쁜 짓을 하고 있지나 않은지 확인할 필요가 없다는 뜻이었어. 하지만 그것보다 훨씬 더 좋은 게 있었어."

앤은 케이티 모리스가 자신의 말에 흥미를 보이는지 확인하려고 하던 말을 잠깐 멈췄다. 머리를 한쪽으로 약간 갸우뚱하면서 커다랗게 뜬 케이티의 눈은 아주 열성적으로 보였다.

"선생님이 토머스 아주머니께 나랑 산수 공부를 하러 방에 올라가도 괜찮겠느냐고 물으셨어. 내가 설거지를 해야 할 시간이었는데 말이야. 냄비에 뜨거운 물이 있고, 김이 모락모락 나면서 모든 게 준비돼 있었지. 내 얼굴이 자주색으로 변했을 거라는 생각이 들 정도로 난 정말이지 숨을 죽였어. 토머스 아주머니가 안 된다고 하실까 봐. 하지만 헨더슨 선생님의 말투는 마치 여왕을 대하듯 정중했어. 토머스 아주머니는 그만큼 지극히 정중하게 부탁하는 사람한테 안 된다고 말할 수가 없었던 거야.

'아, 토머스 부인! 만나 뵙게 되어 얼마나 반가운지 모르겠어요! 앤과 함께 위층에 올라가 산수 공부를 할 수 있도록 허락해 주신다면 너무나 감사하겠어요.' 이렇게 말씀하셨거든. 그러니 아주머니가 어떻게 안 된다고 하시겠어? 하지만 아주머니가 '그러세요'라고 말할 때는 조금도 여왕 같지 않더라. 그다음에 시끄럽게 달그락달그락 소리를 내면서 설거지를 하셨고.

우리는 위층으로 올라갔어. 나하고 헨더슨 선생님은 침대에 나란히 앉아서 한참 동안 산수 공부를 했어. 아주 오래 한 건 아니야. 그러고 나서 선생님이 가방에서 멋진 그림들이 그려진 동화책을 꺼내서 나한테 전부 읽어 주셨어. 내가 그림들을 보면서 단어들도 볼 수 있게 아주 천천히 읽어 주셨지. 그 단어가 뭔지 내가 정확하게 알 수 있도록 단어를 하나하나 손가락으로 짚으면서. 내가 혹시라도 그 단어를 기억해서 나중에 글자 연습을 할 수 있게끔 말이야.

그다음에 선생님이 다시 가방에서 납작한 상자를 꺼냈는데, 그림들이 가득 들어 있었어. '황홀하게 폭풍우치는 바다에 떠 있는 배들'과 100년 동안 상상해도 그렇게 굉장한 사람인 척할 수 없을 정도로 아주 '아름다운 드레스를 입은 여자', 네가 한 번도 본 적이 없을 그런 '파란색 옷을 입고 손에 깃털 달린 모자를 든 남자아이' 그림도 있었어. 게인즈버러Thomas Gainsborough라는 화가가 그린 〈푸른 옷을 입은 소년The Blue Boy〉이래. 〈천사들〉의 그림도 있었는데 존슨 씨의 화난 천사들보다 더 예뻤어. 선생님이 그것들을 내가 가지고 있다가 다음에 올 때 달라고 하셨어. 다음에는 더 많이 가져오시겠다면서.

나는 선생님이 준 보물을 보관하는 매트리스 아랫부분을 보여 드렸어. 내 보물 상자에 넣어 두고 싶지만, 거기에는 절대로 진짜 보물을 넣으면 안 돼. 호러스가 훔쳐갈 테니까. 어쩌면 에드워드까지 덤벼들지도 몰라. 더 심하게, 녀석들이 그걸 일부러 부수거나 찢을지도 모르고. 선생님이 그런 게 매트리스 밑에 있으면 침대가 울퉁불퉁하지 않냐면서 웃으시더라. 난 괜찮다고 말했지. 선생님이 나를 한 번 안아 주고는 떠나셨어.

이제 난 혼자 있을 때 매트리스 밑에서 그것들을 꺼내볼 수 있어. 그것들을 보고 또 보고 또 보면서, 책 속 단어들을 읽으려고 열심히 노력해. 가끔은 읽을 수 있어. 어려운 단어들까지도. 내가 새이디와 밀드레드를 따라잡을 거라고 확신한다는 헨더슨 선생님의 목소리가 머릿속에서 메아리쳐. 선생님은 내가 할 수 있을 거라고 하셨어. 선생님 말을 떠올리면 나도 정말로 할 수 있을 것 같은 기분이 들어."

앤은 돌아서서 뒤쪽 복도로 나갔다. 멀리서 이웃 과수원에 떨어진 사과를 주우러 갔다 돌아오는 토머스 부인과 아들들의 목소리가 들렸기 때문이다. 앤은 거기에 따라가지 않으려고 온갖 핑계를 댔다. 이제 다시 앤은 토머스 가족이 부엌으로 밀려들기 전에 옆문으로 살짝 빠져나가 진달래 덤불 뒤에 쭈그리고 앉았다. 앤은 이 날이 완벽한 하루이길 바랐고, 사랑하는 거울웅덩이를 바라보는 게 그 일을 이뤄내는 최선의 방법이었다.

그날은 인디언 서머*였다. 지난주 불어닥친 강풍으로 화려한 가을 잎들 대부분이 떨어졌지만, 아직도 바라보며 감탄할 것들이 많이

* 늦가을에 봄날처럼 따뜻한 날씨.

있었다. 노바스코샤에서 까마귀들은 겨우내 남아 있었고, 앤은 파란 하늘에 대비되는 그들의 검은 실루엣을 보는 게 좋았다. 때늦은 미역취꽃들이 연못 주위에 드문드문 무리지어 피었다. 따뜻한 날씨에 지친 날개를 시험하러 나온 커다랗고 기운 빠진 나비도 한두 마리 눈에 띄었다. 가벼운 바람이 긴 풀들과 마른 잡초들 사이를 훑고 지나갔지만, 추운 것보다 격려해 주는 느낌이었다.

앤은 인디언 서머가 '인생의 기적 중 하나'라고 생각했다. 첫눈 내릴 때가 거의 다 됐는데 스웨터도 안 입고 풀밭에 앉아 있을 수 있었다. 눈을 감으면 7월 중순이라고 해도 깜빡 속을 날씨였다. 하루에 두 가지 기적이 일어나다니! 토머스 부인이 어디 갔었냐고 화를 내더라도, 구제불능의 못된 아이라고 소리치더라도, 호러스가 못생긴 고아라고 욕하더라도, 토머스 씨가 말없이 침울하게 저녁 먹으러 나타나 수프가 맛없다고 불평하더라도 이날의 기적은 앤의 마음속 깊이 간직할 수 있을 것이다.

집으로 돌아갔을 때 부엌에는 시끄러운 싸움판이 벌어져 있었다. 꼬마들이 서로 주먹을 날리고, 적어도 하나는 울고 있었다. 토머스 부인은 앤이 못되고 게으른 계집애라고 온 세상에 떠들고 있었다.

"대체 하루 종일 어디 있었어? 장장 4시간이나 감쪽같이 사라지다니! 집으로 데려와 내 자식처럼 7년간 보살펴 준 은혜를 대체 어떻게 갚을 거야?"

호러스는 앤에게 혀를 내밀고 약올렸다. 토머스 씨는 양손으로 머리를 감싸고 부엌 식탁에 앉아 있었다. 그는 술을 원했다. 술이 필요했다. 하지만 한 시간을 꼬박 뒤졌는데도 단 '1페니'도 못 찾았다. 저녁은 왜 아직 준비가 안 된 건지, 뭐라도 먹을 수 있다면 이렇게까지 지독한 기분이 들지는 않을 텐데. 게다가 저 아이는 이 견잡을 수 없는 소음 한가운데서 어찌 저리도 평온한 모습으로 당근을 썰 수 있는지……. 그런데 앤의 입술이 움직이고 있었다. 토머스 씨는 앤 가까이로 의자를 옮겼다.

"또 그걸 하고 있구나. 어떤 척하는 거 말이다. 입은 왜 그렇게 계속 우물거리니? 기도하는 거냐?"

그것은 그를 불안하게 만들었다. 앤이 고개를 돌려서 그를 보았다. 존슨 씨가 그렇게 해야 한다고 말했기 때문이다. 애써 웃음도 지어 보였다. 용서해 보려는 노력은 지금까지는 소용이 없었다. 앤의 분노는 격렬하고 깊었다. 어차피 그가 자신에게서 학교를 빼앗아가지 않았던가. 게다가 토머스 씨는 한 번도 설거지나 바닥 청소를 하지 않았다. 짐승 세 마리와 함께 헛간에 앉아 있는 건 집안일에 비하면 쉬워 보였다. 하지만 앤은 그의 얼굴에서 괴로움을 보았다. 왠지 모르게 대답해야 할 것 같았다.

"척하고 있지 않았어요. 오늘은 매우 아름다운 날이었기 때문에 그걸 기억하고 있었어요. 지극히 행복한 날을 보내면 어떤 척하는 것만큼이나 그것을 기억하는 것도 근사한 일이거든요."

그는 이 달갑지 않게 나열되는 기쁨을 경멸하듯이 대꾸했다.

"그러니까, 오늘 뭐가 그렇게 좋았다는 거냐? 소리 안 나게 중얼거리는 건 또 왜 그러는 거야?"

앤은 당근 조각들을 집어 냄비로 떨어뜨리며 말했다.

"음, 무엇보다도 오늘은 헨더슨 선생님이 찾아오셨어요. 제 선생님이요. 아시겠지만 전 이제 학교에 못 가잖아요. 집에서 아저씨의 아이들을 돌봐야 해서요. 제가 학교를 얼마나 좋아하는데. 게다가 저도 아직 어려요. 제 인생도 아저씨의 인생처럼 더해지질 않네요."

토머스 씨가 눈살을 찌푸렸다. 그는 부엌을 떠나 헛간으로 돌아가려 했지만 바깥이 너무 추워서 그대로 머물렀다.

"기억할 만한 그 모든 행복이 어떻게 생긴 건데?"

"말씀드렸잖아요. 헨더슨 선생님이 찾아오셨다고요. 선생님이 절 보러 오셨어요. 전 선생님을 아주 많이 좋아해요. 제게 어머니 같은 분이죠. 제게 어머니가 없다는 건 아저씨도 아시겠지만요."

앤은 감자들을 줄줄이 늘어놓고 새 야채솔로 문지르기 시작했다.

"선생님과 함께 방으로 올라가서 계산하는 법을 배웠어요. 저는 산수를 좋아하지 않지만, 일자리를 얻으려면 필요할 거예요. 그런 다음 선생님이 아름다운 이야기를 큰 소리로 읽어 주시고, 그 단어들을 만들고 있는 글자들을 보여 주셨어요. 우린 책에 있는 그림들도 봤어요. 아, 어느 쪽이 가장 좋았는지 결정할 수가 없네요. 단어들과 그림들이 전부 다 좋았어요. 선생님이 바로 내 방으로 학교를 가져오신 거예요. 기적 같았어요."

앤은 감자를 썰기 시작했다. 뒤쪽에서는 아직도 시끄럽게 싸우고 있었다. 아무도 그들의 대화를 엿들을 수 없었을 것이다. 그녀는 속삭였다.

"뿐만 아니라 선생님은 설명할 단어를 찾을 수도 없을 정도로 황홀한 그림들을 가져오셨어요. 화가들이 그린 거예요. 나도 그림을 그려 보고 싶은데, 그 정도로 잘 그릴 자신은 없어요. 그래서 이야기를 쓰는 게 훨씬 더 좋아요. 그게 그리 어려울 것 같지도 않아요. 물론 글씨를 쓸 줄 알고, 철자법도 잘 알아야겠지만 언젠가 다 배울 거예요. 학교로 돌아가면."

토머스 씨가 움찔했다.

"입을 우물거린 건 뭐냐니까? 기도한 거냐?"

앤은 잠시 칼질을 멈추고 다시 토머스 씨를 보았다.

"난 기도가 뭔지 몰라요. 기도하는 법을 알려 준 사람이 아무도 없어요. 헨더슨 선생님이 오늘 읽어 준 이야기의 단어들을 외우고 있었어요. 내가 그걸 정확하게 이해하면 나중에는 노아에게 얘기해 줄 수 있겠죠. 다른 녀석들은 오랫동안 가만히 앉아 있질 않아요. 일라이저 언니가 들려준 얘기들을 해 줘도 안 듣던걸요. 그래서 밤에 그걸 얘기해 주면……."

앤이 갑자기 말을 딱 멈췄다.

"누구한테?"

"아, 특별히 누가 있는 건 아니고요. 그냥 얘기하는 거예요."

"그러니까, 누구한테?"

토머스 씨는 고집스러웠다.

앤은 궁지에 몰린 느낌이었다. 간신히 이렇게 말했다.

"저한테요. 저 자신한테."

토머스 씨가 한숨을 내쉬었다.

"그거 말고, 이 '마법의 날'에 또 뭐가 그렇게 근사했니?"

앤은 깊은 숨을 들이쉬고 모든 내용을 압축해서 쏟아냈다.

"오늘은 인디언 서머라서 해가 지기 전까지 아주 따뜻했어요. 지금은 다시 추워졌지만, 딱 7월 같은 날씨였죠. 다들 사과 주우러 갔을 때 난 가지 않았고, 다들 돌아왔을 때 난 달아났어요. 거울웅덩이로 달려가서 까마귀들과 나비들을 바라보고 바람 소리를 들었어요. 그동안 내내 일하지 않았어요. 아저씨라면 이런 날을 마법의 날이라고 부르지 않겠어요? 진짜 기적들이 일어난 날이잖아요?"

토머스 씨가 의자에서 일어났다.

"앤, 가끔은 네 머릿속으로 들어가서 네가 될 수 있으면 좋겠다는 생각이 들어. 굉장히 부러워서. 하지만 또 가끔은 너한테 굉장히 화가 나. 넌 할 수 있는데, 난 못 하니까. 그래서 미칠 것 같다."

그가 아내에게 소리 질렀다.

"난 헛간으로 갈 거야. 저녁 준비 되면 호러스를 보내."

토머스 부인은 고개만 끄덕였다. 너무 바빠서 대답할 겨를이 없었다.

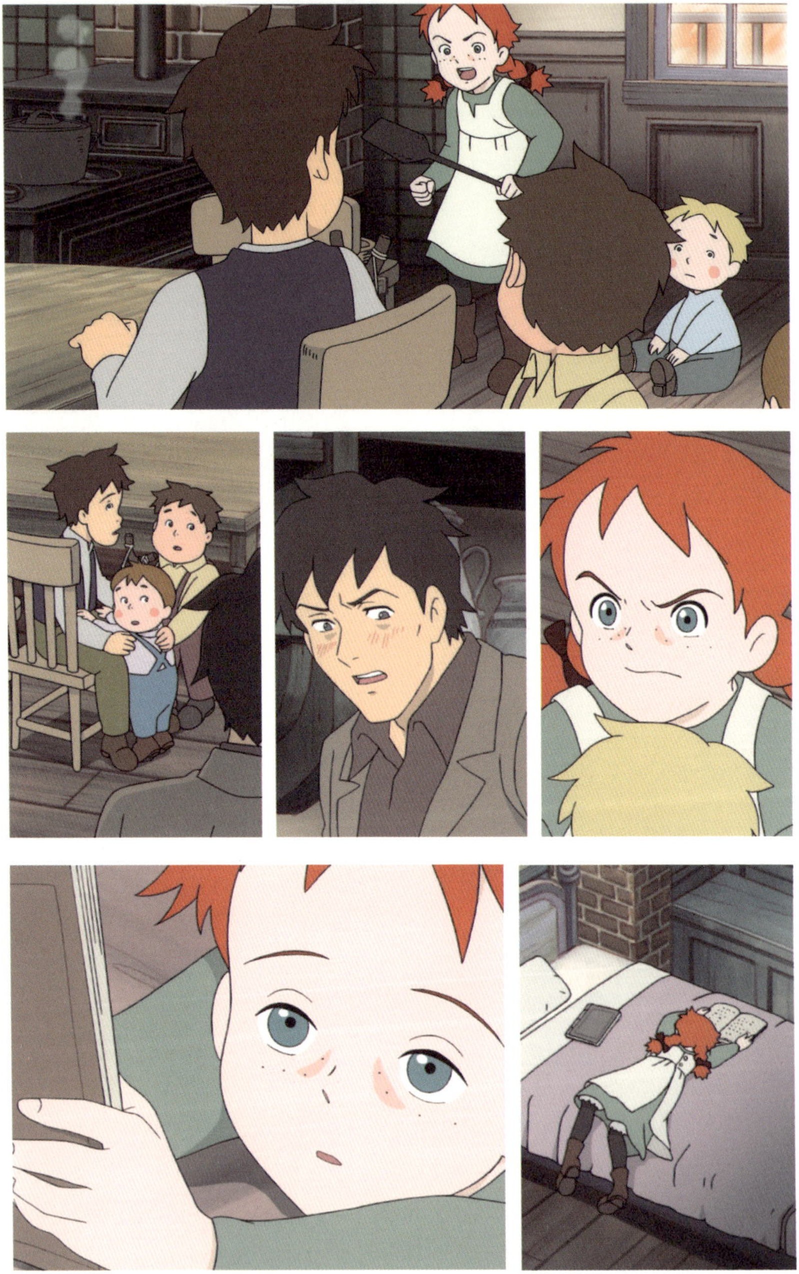

44

분노의 계절

그러나 그 후 11개월 동안이나 앤에게 기적이나 마법의 날은 찾아오지 않았다. 일밖에 없었다. 일, 일, 일…… 그리고 끊임없는 소음과 분노! 모두들 저마다 분노를 느낄 이유가 있었다. 토머스 부인은 남편이 자신을 사랑해 주지 않고 술만 마셔서, 토머스 씨는 자신과 다른 모두에게 폭력을 멈출 수 없어서, 호러스는 다른 사람들이 전부 화를 내니까, 에드워드와 해리는 호러스가 수시로 자기들을 못살게 굴어서, 앤은 학교에 갈 수 없어서 화가 났다. 다른 것들에 대해서는 슬픔을 느꼈지만, 학교를 빼앗겼다는 사실에 대해서만큼은 격렬한 분노를 느꼈다.

그 특별한 분노는 사방으로 흘러넘쳤다. 이 모든 사단을 일으킨 토머스 씨에게, 살림과 식사 준비와 육아를 전부 앤에게 맡기는 토머스 부인에게, 앤을 때리고 욕한 다음 매일 아침 아주 신나게 학교로 가는 호러스에게…….

그 불행한 집안에서 노아는 평온을 유지하는 조그만 오아시스였다. 앤은 노아를 사랑했고, 노아도 사랑으로 보답했다. 앤은 주위를 에워싼 폭력으로부터 노아를 보호했다. 그 아이는 소란과 슬픔과 분노가 난무하는 장면에 익숙해서 늘 무덤덤했다. 그저 앤이 들려주는 이야기에 귀를 기울였고, 바닥 구석에 앉아 그것들을 곱씹었다. 노아는 조용한 아이였고, 혼자 있는 것을 싫어하지 않았다. 라킨바가 노아를 잘 따랐다. 하지만 식구들은 노아에게 별 관심이 없었다. 노아는 거의 없는 아이였다.

마침내 모든 나무들에서 이파리들이 떨어지고 풀잎에서 색이 빠져나가는가 싶더니, 초록빛 언덕과 목초지들이 활기 없는 누런색으로 변했다. 근처 농장들에서는 남자들이 농작물들을 갈아엎었고, 들판에는 굳은 땅에 작은 막대들이 삐죽삐죽 튀어나와 있었다. 대지를 볼품없어 보이지 않게 하고, 푸른 가을 하늘을 배경으로 꾸준히 색채를 제공하는 것은 상록수들의 몫이었다. 하지만 그 모든 풍경에는 기다림이 있었다.

'무엇을 기다리는 걸까?'

앤은 창밖을 내다보았다. 더 나은 무언가를 기다리는 것이리라. 거센 바람이 불어닥쳤다. 앤은 바다에 갔던 날을 떠올리고 파도를 추억했다. 하지만 그곳은 멀리 있었다. 폭풍에 휘어져 사방으로 버둥거리는 나무들을 보는 것도 좋았지만, 이 세찬 바람이 바다에 불면 어떻게 되는지 보고 싶은 마음이 간절했다. 시골숲 한가운데 틀어박혀 있으면 노바스코샤의 해안선이 3728.4마일이나 된들 다 무슨 소용인가? 게다가 비바람이 몰아치는 날에는 헨더슨 선생님이 오지 못한다. 눈이 내리기 시작하면 한 번이나마 올 수 있을지 알 수 없는 노릇이었다.

12월로 접어들어 두 주가 지나는 동안 드문드문 눈발이 날리긴 했지만 눈을 쌓거나 굴려서 눈사람을 만들 수 있을 정도는 아니었다. 거울웅덩이 너머의 언덕은 감자 담는 낡은 삼베자루를 타고 미끄러져 내려갈 희망도 없이 누런색으로 남아 있었다. 미끄럼을 타기에 안전할 만큼 연못의 얼음이 단단하지도 않았다. 그랬다. 세상은 마냥 기다리고 있었다. 눈을, 헨더슨 선생님을, 크리스마스를, 그들 삶의 어느 면에서든 변화를 만들어 줄 무언가를.

12월 셋째 주 초에 헨더슨 선생님이 왔다. 아직 눈이 쌓이지는 않았지만 단단하게 굳은 진흙과 흙덩어리들뿐 아니라 미끄러운 웅덩이들이 포진하고 있는 언 땅을 걷는 건 쉽지 않다. 힘겨운 여정이었을 게 틀림없었다. 그 길을 걸어서 헨더슨 선생님이 왔다. 마침 토머스 씨가 집에 있었다. 그래서 앤은 선생님과 함께 위층 방으로 올라갈 수 있었다. 헨더슨 선생님은 멋진 이야기를 두 가지나 읽어 주고, 새로 가져온 그림들을 보여 주면서 학교에서 있었던 일들을 앤에게 들려주었다.

새이디가 앤을 그리워한다고 했다. 밀드레드는 산수를 잘하지만 읽기는 앤에게 뒤쳐진다고 했다. 랜돌프는 이미 11월에 학교와 메리스빌을 떠나 킹즈포트 부두에서 배들에 짐을 싣거나 내리는 일을 하고 있었다. 헨더슨 선생님이 킹즈포트 거리에서 마주친 랜돌프가 행복한 모습이었고 고약한 성질도 사라진 듯 보였다고 했다. 심지어 이런 질문까지 했다고 한다.

"앤, 그 계집애는 내 사전 잘 보고 있어요?"

그러고는 헨더슨 선생님이 덧붙였다.

"랜돌프가 학교에서 밀드레드 말고 누구도 좋아했던 기억이 없는데, 네가 정말로 사전을 잘 보고 있기를 바라는 것 같더구나. 물론 그 애가 좋아하지 않은 사람 중에는 나도 포함돼. 나를 자기의 교도관쯤으로 생각했지."

"음, 다시 그를 만나면 제가 지금도 그 사전을 사랑한다고 전해 주세요. 제 매트리스 아래 있는 보물들 중에서 그게 제일 덩어리가 크지만, 매일 밤 들춰 봐요. 특별히 흥미로워 보이는 새 단어가 있는지 찾아보죠. 석판에 그 단어를 쓰고, 글자 하나하나를 익힌 다음 달걀 사러 갈 때 존슨 아저씨한테 무슨 뜻인지 물어봐요."

그러면서 앤이 덧붙였다.

"난 존슨 아저씨를 아주 사랑해요."

앤은 헨더슨 선생님을 똑바로 쳐다보고 있었는데, 선생님의 얼굴이 선명하고도 진한 분홍색으로 발그레해졌다. 앤은 얼른 손에 들고 있던 그림으로 시선을 내려 못 본 척했다.

'선생님 얼굴이 왜 저렇게 빨개졌을까? 왜 저렇게…….'

왕과 왕비, 왕자와 공주, 기사와 아가씨……. 앤은 일라이저에게 많은 이야기들을 들었다. 이게 그런 걸까? 헨더슨 선생님과 존슨 아저씨가? 정말 그렇게 근사한 일이 일어날 수 있을까?

떠나기 전에 헨더슨 선생님은 지난번에 주었던 그림들과 새 그림들을 교환하고, 종이 몇 장과 새 연필, 빨간 종이로 싼 납작한 꾸러미를 앤에게 건넸다.

"빨간 종이로 포장한 건 크리스마스 선물이란다. 하지만 연필은 지금부터 쓰렴. 이건 우리만 아는 비밀이야. 가족 모두에게 선물 살 돈은 충분치 않지만, 네게는 꼭 하나 해 주고 싶었어. 크리스마스에 틈이 나거든 여기 올라와서 빨간 걸 풀어 봐. 그럼 그 특별한 날에 널 생각하는 나를 느낄 수 있을 거야."

그 뒤 헨더슨 선생님은 진한 액체가 담긴 작은 병을 내밀었다.

"넌 보살피는 아이가 넷이나 되잖니. 겨울에는 아이들이 자주 크루프*에 걸려. 이건 토근이야. 이게 필요할지도 몰라."

그녀는 크루프가 무엇인지, 약은 어떻게 사용하는지 알려 주었다.

"아이가 크루프에 걸려 심하게 아플 때는 이게 생명을 구할 수도 있어. 내가 방금 설명한 사용법을 다시 말해 보겠니?"

앤은 헨더슨 선생님이 말한 단어를 거의 정확하게 기억하면서 시키는 대로 했다. 그녀가 앤을 따뜻하게 안아 주고 계단을 내려가 현관문으로 나간 후에야, 앤은 선생님 덕분에 자신이 얼마나 행복한지 말할 수 있는 말문이 트였다. 그래도 괜찮았다. 헨더슨 선생님은 이미 알고 있었으니까.

* 급성 후두 기관지염

45

크리스마스의 기적

12월 20일에 눈이 왔다. 그 눈은 깊이 쌓였다. 꼬마 녀석들은 집 밖으로 몰려나가 서로에게 화내는 것을 잊어 버릴 정도로 행복해 했다. 눈사람을 만들고, 연못 건너편의 언덕에서 감자 포대 썰매를 타고, 요새를 만들고, 신나게 눈싸움을 벌였다.

사람들이 자주 다니는 길과 진입로의 눈을 치우는 일이 많이 생겨서 토머스 씨의 빈약한 수입이 조금 늘어났다. 예전에 버트 토머스가 볼링브룩에서 일자리를 잃었을 때 말과 수레를 내준 볼랜드 씨가 썰매날도 함께 내주었다. 썰매날을 수레에 부착하면 다른 마차와 수레들이 갈 수 없는 곳까지 다닐 수 있었다.

주머니에 돈이 들어왔으니 버트가 인생을 흥청거릴 수 있는 하나의 술판쯤으로 볼 수도 있었으리라. 하지만 크리스마스 기분이 그를 들뜨게 했다. 삽질을 하고 짐을 운반하러 가는 어느 곳에서나 사람들이 '행복한 크리스마스가 되기를!' 하고 빌어 주었고, 조금씩 가욋돈을 챙겨줄 때도 있었다. 그들은 토머스 씨를 좋아했다. 그는 이참에 악착같이 버텨서 새해에는 술을 끊어 보리라고 결심했다. 만약 크리스마스 시즌 내내 술을 마신다면, 그의 인생이 더해지지 않는다고 생각하는 사람은 자기 혼자만이 아닐 것이다. 하지만 만약 그가 올해의 마지막 날과 새해 첫날을 무사히 보낼 수 있다면, 금주 기간이 훨씬 더 오래갈 수도 있을 것이다.

버트가 집과 헛간들로 이어진 수많은 길들을 치우며 메리스빌 마을에 머물러 있는 동안 잠시 선물가게에 들렀다. 아들놈들을 위해서는 양철 장난감 병정을 하나씩 샀고, 앤을 위해서는 조그만 곰 인형을 샀다. 부인 조애너의 선물을 고르는 데는 시간이 오래 걸렸다.

'장갑을 살까? 조애너가 장갑을 끼던가? 양산은 어떨까? 12월에? 아니야. 이 지역 특산품인 부드러운 토끼털로 만든 작은 모피 머프* 는 괜찮을 것 같은데…… 조애너가 좋아할까?'

그는 그녀에게 좋은 선물을 준 적이 없었다. 그래서 걱정이 앞섰다. 그녀가 바보 같은 선물이라고 핀잔을 주면 어쩌지? 그럴 수도 있고, 아닐 수도 있다. 어쨌든 날마다 메리스빌로 오고갈 때 그녀의 손을 따뜻하게 할 선물인 건 확실했다.

그는 머프를 샀다. 별미로 오렌지도 일곱 개 샀다. 그는 어머니가

* 가운데가 뚫린 원통형으로, 양쪽으로 손을 넣고 있으면 따뜻하다.

결혼 선물로 주셨던 그릇에 오렌지들을 담아서 부엌으로 가지고 들어가, 가족들이 앉는 식탁 둘레로 각자 앞에 하나씩 내려놓는 모습을 그려 보았다. 식구들의 얼굴에 떠오를 기쁨이 눈앞에 보이는 듯했다. 특히 앤의 얼굴과, 그보다 더 특별한 조애너가 놀라워하는 모습을 떠올렸다. 그는 이 모든 특별한 물건들의 값을 치르며 웃음 짓고 있었다. 이것이 바로 앤이 '상상한다'고 말하던 의미임에 틀림없었다.

12월 23일 토머스 부인의 부엌에 달걀이 떨어졌다. 호러스가 전날 에드워드에게 달걀 하나를 집어던졌고, 그게 너무 재미있어서 두 개를 더 집어던졌다. 이제 남은 달걀은 하나도 없었다. 그녀는 집에 있는 재료들을 전부 모아서 크리스마스 만찬용 푸딩을 만들 계획이었는데, 달걀 없이는 아무것도 할 수 없었다. 크리스마스 만찬 때 내놓으려고 따로 챙겨둔 매콤한 수제 소시지가 조금 있었고, 어쩌면 식사를 더 특별한 것처럼 만들기 위해 앤과 함께 감자를 으깰 수도 있을 것이다. 하지만 푸딩을 꼭 만들고 싶었다. 그녀는 앤을 달걀 장수에게 보내기로 했다.

그날 처음으로 토머스 부인은 창밖을 내다보았다. 엄청난 속도로 비스듬히 움직이는 흰 구름 외에 아무것도 보이지 않았다. 눈보라였다. 맹렬한 바람에 실려 수평으로 흩날리는 눈구름이었다.

"'포악한' 바람이에요!"

옆에 서 있던 앤이 소리쳤다.

"그래."

앤이 사용하는 단어를 듣는 데 익숙한 토머스 부인은 한숨을 쉬었다.

"너무 포악해서 널 내보낼 수 없겠어. 넌 달걀 장수한테 갈 수 없을거야. 400미터도 가기 전에 죽고 말 테니까."

그러더니 그녀가 울기 시작했다. 앤이 그녀의 팔을 움켜잡았다.

"왜 그러세요?"

앤은 이 지치고 낙담한 여인에게 전에 없이 동정을 느꼈다.

"저 때문인가요? 죄송해요. 제가 뭘 어쨌는데요?"

토머스 부인이 흐느낌 사이사이로 내뱉을 수 있었던 것은 단어 몇 개뿐이었다.

"달걀이…… 없어…… 푸딩을 꼭…… 없어……."

부엌 스토브 옆에 토머스 씨가 앉아 있었다. 그는 이 이야기를 모두 다 들었다. 착한 사람이 되고픈 크리스마스적인 소망이 아직 그에게 남아 있었다.

"내가 갔다 올게. 말들이 아직 수레에 묶여 있어. 거기 가는 것쯤이야 일도 아니지. 다른 일하러 가기 전에 잠깐 쉬는 중이었거든. 날씨가 이렇게 나빠졌는지 몰랐어."

"글쎄, 어떻게 해야 좋을지."

비록 목소리는 흔들렸지만, 말할 능력을 되찾은 토머스 부인이 말했다.

"바람이 상당히 심해요. 앞이 전혀 안 보일지도 몰라요."

최근 버트는 죽는 것보다 살아 있는 편이 더 나은 존재로 살고 있었다. 그녀는 이 눈보라 속에서 그를 잃고 싶지 않았다.

"길 양쪽에 나무들이 있잖아. 게다가 말들은 그걸 알아. 녀석들은 사람보다 훨씬 영리하거든. 튼튼하기도 하고. 겨우 1마일 거리인걸."

그는 이미 코트 단추를 잠그고 목에 스카프를 감고 있었다.

"몇 개 사 올까?"

그가 부츠 끈을 묶으며 물었다.

"스물네 개요."

그녀가 말한 다음 덧붙였다.

"조심해요. 그리고……."

"그리고 뭐?"

"고마워요."

사실 그 일은 그리 쉽지 않았다. 얼굴에 부딪히는 바람을 맞으며 휘몰아치는 눈보라를 뚫고 수레와 말들을 존슨 씨의 오두막까지 몰려면 적지 않은 힘과 기술이 필요했다. 하지만 차갑게 젖었음에도 토머스 씨의 가슴에는 여전히 선한 마음이 강하게 물결치고 있었다. 그는 조애너에게 선물할 머프를 생각하고 있었다. 그녀가 좋아할 거라는 확신이 들었다.

마침내 목적지에 도착했을때, 토머스 씨는 존슨 씨에게 달걀 스물네 개 대신에 서른여섯 개를 달라고 했다.

"통통하고 맛있는 닭도 구할 수 있을까요? 잡아놓은 게 있다면 크리스마스 만찬용으로 두 마리 사고 싶은데요."

마침 그런 게 있었다. 존슨 씨가 그날 아침에 암탉 두 마리를 잡았는데, 한 시간 후에 고객이 주문을 취소했다. 버트는 달걀 서른여섯 개와 닭 두 마리를 받아들고, 수레와 말들을 돌려 집으로 출발했다. 돌아가는 길에는 바람이 등을 밀어주어서 여행이 한결 수월했다. 그는 무시무시한 전투를 치르고 집으로 돌아가는 전사의 심정이었다. 이렇게 굉장한 기분을 느껴본 게 언제였는지 까마득했다.

중간에 버트는 말들을 멈춰 세우고, 수레에서 내려 작은 가문비나무를 잘랐다. 아마 모두들 크리스마스트리를 갖고 싶겠지. 트리를 장식할 것들은 없었지만, 어쩌면 아이들이 방법을 생각해 낼 것이다. 트리를 세울 받침대는 내일 만들면 된다. 크리스마스는 아직 이틀이나 남았으니까. 시간은 얼마든지 있었다. 날씨가 조금 나아지면 내일 메리스빌 가게로 말을 타고 나가 트리 꼭대기에 걸 별이나 천사 장식품을 구할 수 있을지 알아보리라. 그 가게에 썰매종이 있을지도 모른다. 아직 겨울은 남아 있었고, 그는 말을 몰고 돌아다닐 때 짤랑짤랑 음악소리를 듣고 싶었다.

그는 식구들과 함께할 크리스마스에 대해 생각해 보았다. 닭고기 굽는 냄새가 나는 듯했다. 크리스마스 전날 아이들이 모두 잠든 다음 크리스마스트리에 장난감 병정들을 놔둬야지. 다시 한번 머프를 생각했다. 조애너가 틀림없이 좋아할 거야. 그리고 앤도 곰 인형이 마음에 든다면 아마 다시 상냥해질지 몰라. 앤이 어제는 그에게 등을 돌리지 않고, 가끔씩 웃음을 보이기도 했다. 하지만 그건 예전 같지 않았다. 곰보다는 예쁜 여자인형이 더 나았을 것이다. 지난주 가게에 갔을 때 그런 인형이 하나 있었다. 하지만 장난감 병정들을 사러 갔다 온 사이에 팔려 버렸다. 토머스 씨는 앤이 곰을 좋아하기를 간절히 바랐다.

크리스마스 날 앤은 토머스 씨를 용서했다. 여전히 자신은 학교에 갈 수 없었고, 토머스 씨는 들뜬 크리스마스 정신이 빠져나가자마자 더 이상 쾌활하고 친절하지 않을 가능성이 지극히 크다는 것을 알고 있었다. 그가 술을 끊을 거라는 희미한 믿음도 포기한 지 오래였다. 하지만 뒤죽박죽 헝클어진 인생을 사흘 만에 제대로 돌려놓은 사람을 어떻게 용서하지 않을 수 있겠는가.

박싱 데이Boxing Day*의 다음 날인 12월 27일에 기회가 생기자마자 앤은 케이티 모리스에게 달려갔다.

"너무 오랜만이지? 미안해. 케이티 모리스, 너무나 많은 일들이 일어나서 올 수가 없었어. 이번엔 좋은 일들이야. 우선은 토머스 씨가 눈보라 치는 날 말을 몰고 나가서 달걀을 스물네 개가 아니라 서른여섯 개나 사 오고, 게다가 단어 선생님에게서 닭 두마리를 통째로 사 오는 일이 있었어. 이제 난 존슨 아저씨를 단 '달걀 장수' 대신 '단어 선생님'이라고 부를 때가 많아. 그런 다음 토머스 아저씨가 강풍이 몰아치는 한가운데에 말들을 세우고 우리를 위해 나무를 잘라왔어. 아저씨가 그 예쁘고 조그만 나무를 가져다가 부엌 창밖의 눈 속에만 꽂았더라도 난 충분히 행복했을 거야. 그런데 아저씨는 헛간에서 작은 받침대를 만들고, 그걸로 응접실에 크리스마스트리를 세웠어. 트리를 꾸밀 장식이 하나도 없었지만, 호러스가 나뭇가지 사이에 장난감을 끼우고, 토머스 부인은 목걸이 두 개를 매달았어. 그건 정말 절묘했지. 꼬마 녀석들도 고래고래 소리치며 뛰어다니는 걸 멈추고 낡은 소파에 앉아서 그걸 오래 쳐다보더라. 노아는 환상을 보는

* 12월26일. 우편배달부나 하인 등 다른 사람들에게 크리스마스 선물을 주는 날.

듯한 표정으로 낡은 안락의자에 앉아 있었어. 라킨바는 가르랑대면서 노아 옆에 찰싹 달라붙어 있고. 그 나무에서는 축축한 날 깊은 숲 속에서 나는 냄새가 났어.

다음 날 토머스 씨가 '하얀 돌격자'를 타고 나가서 꼭대기에 장식할 반짝이는 천사를 사 왔어. 단어 선생님 책 속의 화난 천사가 아니었어. 얇은 치마를 입은 멋진 천사였어. 아저씨가 말들한테 매달 종도 샀는데, 아직 마구에 달지는 않았어. 일단은 크리스마스트리에 달았지. 난 기쁨을 억누를 수 없을 지경이었어. 덩실덩실 춤추며 방을 돌아다니거나 바닥에 쓰러져 기절해 버릴 것 같았지. 둘 중 어느 것도 하지는 않았지만, 어쨌든 느낌은 그랬어.

하지만 뭐니뭐니해도 크리스마스 날이 최고였어. 우리 모두 선물을 받았거든. 꼬마들은 양철 장난감 병정들을 받았는데, 토머스 씨가 크리스마스이브에 그걸 트리에 숨겨놨기 때문에 애들이 그걸 찾으려고 뒤져야 했어. 애들이 너무 흥분해서 나무가 쓰러질 뻔했는데, 다행히 쓰러지진 않았어. 그리고 맞춰 봐! 나는 최고로 근사한 작은 곰 인형을 받았어! 진짜 곰하고 똑같이 생겼는데, 얼굴이 동그랗고 상냥하게 생긴 갈색 곰이야. 크기는 작지만 껴안기에는 아주 만족스러울 정도지. 그 애를 내 침대로 데려가서 라킨바와 함께 재우고 있어. 라킨바는 내 무릎에 붙는 걸 좋아하니까 질투할 일은 없어.

그래도 최고의 선물은 토머스 아주머니의 머프였어. 그걸 아주머니한테 줄 때 토머스 아저씨는 아주 불안한 표정이었어. 아마 좋아하시 않을까 봐 걱정하신 것 같아. 털이 엄청 부드러워서 엄청 비쌀 거야. 그 돈으로 술을 살 수도 있었을 텐데 아저씨는 그러지 않았어.

그게 제일 큰 기적 중 하나였어. 토머스 아주머니가 머프를 받아서 쓰다듬고 또 쓰다듬었어. 얼굴에 대고 가슴에 꼭 껴안았어. 그러다가 울음을 터트리셨어. 꼬마들도 그게 기쁨의 눈물인 걸 알았어. 그다음에 두 번째 기적이 일어났어. 아주머니가 일어나서 아저씨를 껴안은 일이야. 아주머니가 아저씨를 좋아하는 줄은 전혀 몰랐거든. 아저씨는 아주 놀라면서도 정말 크게 기뻐하셨어. 분명 아저씨한테도 만족스러운 순간이었을 거야.

난 이제 자러 가야겠어. 하지만 가기 전에 우리가 아주 근사한 만찬을 먹었다는 것만 얘기할게. 닭고기 구이랑 으깬 감자랑, 그레이비소스를 왕창 부어 먹었지. 그러고는 건포도가 많이 들어간 푸딩을 먹었어. 토머스 아저씨가 오렌지들이 담긴 커다란 그릇을 들고 군인이나 기사처럼 씩씩하게 행진하듯 들어왔어. 우린 각각 하나씩 받아서 먹었어. 그게 얼마나 아름다운 맛이었는지 넌 상상도 못할 거야.

그러고 나서 세상에서 가장 행복한 사람이 된 토머스 아주머니와 함께 설거지를 했는데, 내게도 얼마나 상냥하시던지! 아주머니 안에 정말 친절하고 부드러운 사람이 들어 있었던 거야. 그동안 너무 억눌려 지내서 밖으로 나오는 방법을 몰랐던 것 같아. 어쩌면 내 엄마가 방법을 알려 줬는지도 모르지. 전에 토머스 아주머니가 나한테 말한 적이 있거든. 내 엄마를 위해서 일할 때가 행복했었다고. 크리스마스 전에는 토머스 아주머니가 행복해 하는 모습을 본 적이 없었어. 이제야 나는 아주머니와 아저씨의 새로운 모습을 본 것 같아. 마치 두 사람이 아니라 네 사람인 것 같아! 아주 당황스럽지만, 흥미롭다는 것도 인정할 수밖에 없지.

잘 자, 친애하는 케이티 모리스. 난 이제 내 고양이와 곰 인형과 함께 자러 갈게."

하지만 앤은 풀어 볼 선물이 하나 더 있었다. 빨간 꾸러미! 그것은 바로 헨더슨 선생님이 빌려줬던 〈푸른 옷을 입은 소년〉 그림이었다. 그것이 돋을새김된 조그만 금색 액자 안에 들어 있었다. 앤은 그림에 입을 맞추고, 아주 조심히 껴안은 다음, 곰 인형 아래 끼워 놓았다. 그런 다음 〈푸른 옷을 입은 소년〉에게는 버너드, 곰 인형에게는 보리스라는 이름을 붙여줬다. 그리고 라킨바는 여전히 라킨바였다.

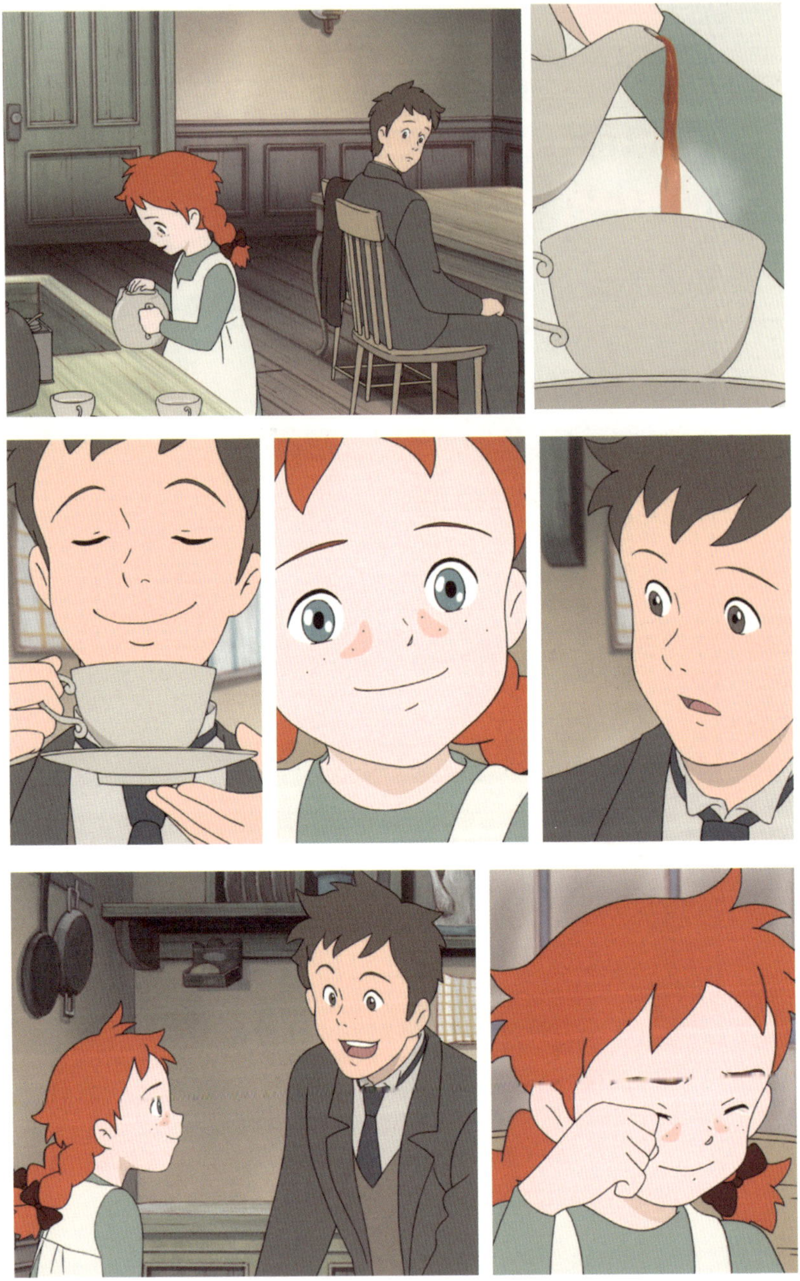

46
날아오를 준비

그해의 마지막 날이 지나고 새해 첫날도 지났는데, 토머스 씨는 여전히 술을 마시지 않았다. 앤은 작은 희망의 손가락이 톡톡 건드리는 것처럼 느꼈다. 토머스 부인은 이제 가정부 일을 그만둘까? 학교로 돌아갈 수 있을까? 랜돌프는 떠났고, 걱정할 사람은 밀드레드뿐이니, 앤에게 학교는 천국이었다. 존슨 씨의 큰 책에 나오는 천사들처럼 앤은 천국에서 쫓겨났고, 그리로 돌아가고 싶은 욕망이 점점 더 강렬해졌다.

하지만 토머스 부인은 일을 그만두지 않았다. 전에도 토머스 씨가 금주할 때마다 낙관했다가 실망했던 적이 많았다. 그게 몇 번이나 되는지는 셀 수도 없었다. 마음을 놓을 때쯤 그는 어김없이 다시 술을 입에 댔고, 고함과 손찌검이 뒤따랐다. 남편이 왜 그렇게 술을 원하는지 알아내려고 노력해 본 적도 있었지만 모두 헛수고로 끝났다.

그해 겨울은 춥고 폭설도 자주 내려서 토머스 씨의 수레와 말들로 할 일이 많아졌다. 메리스빌 양쪽으로 뻗은 넓은 지역에 걸쳐서 사람들은 그의 말들이 내는 짤랑짤랑 종소리에 친숙해졌다. 그는 많은 사람들을 알아보고 그를 좋아했다. 그의 인생이 풀리기 시작하고 있었다. 하지만 그는 볼링브로크에서도 철도역 일을 좋아했고 친구도 많았다. 딱 술 한 잔이 모든 것을 망쳤을 뿐이다. 이번에도 그의 결심이 무너지지 않을 거라고 확신할 수 없었다. 그가 무너지면, 가족도 함께 무너지리라. 토머스 부인은 어떤 위험도 감수하고 싶지 않았다. 그래서 앤이 얼마나 학교에 가고 싶어 하는지 알았지만 외면했다. 상황은 이듬해 11월까지도 바뀌지 않았다.

문제의 가을 아침, 현관문을 두드리는 소리가 들렸다. 토머스 부인은 집에 있었고, 부엌 흔들의자에 앉아 때늦은 완두콩 깍지를 벗기는 중이었다. 앤은 무릎을 꿇고 바닥을 닦고 있다가 즉각 등을 세웠다. 앞문으로 올 만한 사람은 헨더슨 선생님밖에 없었으니까! 하지만 토머스 부인이 문을 열었을 때, 서 있는 사람은 서머스 씨였다. 학교 일로 찾아왔던 남자.

그는 토머스 부인을 따라 부엌으로 들어왔다. 눈은 내리지 않지만 대기가 얼음장처럼 추운 날이었다. 위층에서 아이들이 엄청난 소음을 내며 뛰었다. 서머스 씨는 바닥에 무릎 꿇고 있는 앤을 보았다. 열렬했다가 슬픔으로 바뀌는 표정, 손에 든 수세미, 그 옆의 물 양동이도 보았다. 그가 말했다.

"오랜만이다, 앤."

그러고는 눈살을 찌푸렸다. 그는 시간을 낭비하지 않았다.

"토머스 부인, 기록에 따르면 앤은 여덟 살인데 고작 3개월만 학교에 다녔습니다. 새 학기가 시작되었는데도 등교하지 않고요. 헨더슨 선생님은 앤이 보기 드물게 재능 있는 아이라고 하더군요. 토머스 부인, 노바스코샤는 탁월한 아이들을 교육시킬 의무가 있습니다. 혹시 앤이 학교에 다니지 못할 이유가 있습니까?"

토머스 부인은 앉은 채로 완두콩 깍지를 까며 대답을 회피하고 있었다. 무슨 말을 어떻게 할지 고심하느라 시간이 필요했다. 교육받은 사람처럼 말하는 방법이 뭘까? 마침내 그녀가 입을 열었다.

"앤은 고아예요. 토머스 집안의 핏줄이 아니에요. 부모를 잃은 아기였을 때 우리가 데려왔어요. 그뒤 우리가 그 애를 보살피고 먹이고 입혀왔어요. 우리가 부자가 아니기 때문에 쉬운 일은 아니었어요. 학교 다니는 데 필요한 것들을 준비하려면 돈이 들어요. 새 구두나 옷들이요. 난 마을의 다섯 집에서 일을 해요. 그러니 앤이 여기에 있어야 해요. 집에 어린아이가 셋이나 있고, 하나는 학교에 다녀요. 그 애 이름은 호러스예요."

"호러스는 잘 압니다. 규정보다 이르게 학교에 다니기 시작했더군요. 우리는 그 점을 확인했지만 문제 삼지 않았어요. 헨더슨 선생님이 기꺼이 그 아이를 받겠다고 하셔서요. 그런데 앤은 규정 연령이 지났습니다. 학교에 다녀야 합니다."

그는 집에 들어왔을 때부터 지금까지 웃지 않았다.

"그 애는 사실 내 책임이 아니에요. 내 아이가 아니란 말이에요.

입양을 한 것도 아니에요. 우린 돈을 벌어야 돼요."

"당신 남편의 일에 때때로 어려움이 있다는 것은 우리도 압니다만, 현재는 짐을 운반하는 일과 이런저런 일로 웬만큼 살림을 꾸려나가는 걸로 알고 있습니다."

"하지만 그래도……."

토머스 부인은 버트가 일자리를 잃거나 번 돈을 술로 탕진한 적이 얼마나 많았는지를 생각하고 있었다. 그런 일이 다시 일어날 수 있었다. 하지만 서머스 씨는 부인에게 전혀 자비심을 보이지 않았다.

"부인께서 학교 보내는 데 동의한다면, 앤에게 교과서와 준비물들을 지원하겠다고 헨더슨 선생님이 약속했습니다. 주 3일만 등교해도 괜찮습니다. 부인도 세 가지 일은 그만두고, 두 가지 일만 하시면 어떨까요? 아니면 토요일에 다른 일을 하든가."

앤은 바닥에 앉아서 테니스 경기를 관람하는 것처럼 서머스 씨와 토머스 부인을 번갈아 쳐다보고 있었다. 거의 숨도 쉬지 못할 지경이었다. 심장이 가슴속에서 고장 난 북처럼 쿵쾅거렸다.

토머스 부인이 더듬거렸다.

"생각 좀 해 봐야겠어요. 남편한테 물어봐야 하거든요. 내가 일하는 집에도 얘기해 봐야 하니까 쉬운 일이 아니에요."

서머스 씨의 얼굴이 일그러졌다.

"부인에게 앤이 없었다면 어떻게 했겠습니까?"

"네? 그게 무슨 말이에요?"

"부인에게 앤이 없었더라면, 메리스빌에서 일하는 동안 누가 아이들을 돌보고 집안일을 했겠냐는 말입니다."

토머스 부인이 까고 있던 꼬투리를 내려놓았다. 그녀의 손이 떨리고 있었다.

"글쎄요, 난…… 아마…… 잘은 모르겠지만……."

계속 더듬거리기만 할 뿐, 그녀는 분명한 대답을 하지 못했다. 버트 토머스와 함께 살아온 23년이 한때 괜찮았던 그녀의 말솜씨를 망가뜨렸다. 젊었을 때 신중했던 말씨가 뒤죽박죽 엉클어졌다.

"우린 이 아이에게 잘해줬어요. 내 딸들이 꽤 좋은 옷을 갖고 있었는데 그건 이 아이한테 잘 맞아요. 신발도 그렇고. 우린 이 아이를 많이 먹여요. 이 아이 부모가 말랐었어요."

서머스 씨가 코트 단추를 잠그고 떠날 준비를 했다.

"난 일주일에 5일을 다 학교에 나오라고 요구한 게 아닙니다, 토머스 부인. 헨더슨 선생님은 앤이 3일만 나와도 진도를 따라잡을 거라더군요. 앞으로 앤이 일주일에 3일 학교에 나올 거라고 헨더슨 선생님께 말하겠습니다. 이번 주 월요일부터 나올 거라고 일러두죠. 눈보라 치는 날을 제외하고 날씨가 좋을 때만 등교하는 걸로 하시죠. 부인이 일하는 집들과 모든 상황을 조정하십시오."

그가 문을 열고 나갔다. 토머스 부인은 자리에서 꼼짝할 수 없었다. 앤에게 말할 수도 없었다. 하지만 앤은 그런 건 아무래도 좋았다. 앤은 바닥에 묻은 진흙 얼룩을 힘차게 닦으며, 이미 날개를 달고 날아오를 준비를 하고 있었다. 마음으로 이미 책가방을 꾸리고, 학교로 향하는 발걸음이 즐겁도록 호러스보다 30분 먼저 숲과 들판으로 출발하고 있었다. 앤에게는 그 시간을 고대할 수 있는 이틀이 온전히 남아 있었다.

3 × 5 =
8 × 7 =
4 × 4 =

47

다시 학교로

앤은 평소보다 한 시간 일찍 일어나서 옷을 입고, 꼼꼼하게 땋은 머리에 아치볼드 부인이 선물한 파란 리본을 묶었다. 주말에 세 번이나 책가방을 다시 꾸렸는데도, 필요한 걸 다 넣었는지 하나하나 다시 확인했다.

너무 흥분해서 아침을 먹기도 힘들었다. 하지만 한참을 걸어야 하고, 그 어느 때보다 열심히 공부하겠다고 결심한 오늘 하루를 잘 보내려면 힘이 있어야 했다. 앤이 3일만 학교에 나와도 충분히 진도를 따라갈 거라던 헨더슨 선생님의 말이 절대적으로 옳다는 것을 증명하고 싶었다. 그래서 산수 계산도 열심히 해야 했다. 그러니 이렇게 많이 노력해야 하는 하루를 시작하려면 적어도 약간의 음식은 먹어 둘 필요가 있었다.

'무슨 일이 있어도 헨더슨 선생님을 실망시키면 안 돼.'

뒷문 옆 추운 방으로 들어가 두꺼운 치즈 덩어리에서 한 조각을 잘라 부엌 식탁에 놓여 있던 커다란 빵 사이에 끼웠다. 라킨바가 다가와서 다리에 머리를 문질렀다. 앤은 치즈를 조금 잘라 먹이면서 녀석의 머리를 쓰다듬었다.

"나 없다고 외로워하지 마."

그렇게 속삭이고는 치즈 넣은 빵을 포장했다.

"난 학교에 가면서 아침 먹을거야. 지금은 너무 급해서 먹을 수가 없어. 호러스가 내려와서 같이 가자고 하면 큰일이거든. 학교로 돌아가는 첫날에 그렇게 끔찍한 일이 벌어지는 건 견딜 수 없어. 걸어가는 내내 행복한 것들만 생각하고 싶어. 그런데 호러스하고 같이 있으면 절대로 행복한 생각을 못 해."

앤은 코트를 입고, 모자를 쓰고, 벙어리장갑을 낀 다음 라킨바를 쓰다듬어 주었다. 그러고는 조용히 문을 닫고 출발했다.

11월의 풍경은 기본적으로 삭막하고 쓸쓸하기 그지없었다. 나무들은 잎사귀가 다 떨어졌고, 목초지에는 지친 누런색 풀들이 가득했으며, 소들은 헛간에 들어가 있었다. 잿빛 가을 하늘을 생기 있게 해줄 소 한 마리 안 보였다. 하지만 그 어느 것도 앤에게는 문제가 되지 않았다. 그런 경치가 전혀 황량해 보이지 않았다.

앤은 눈에 보이는 모든 것에 상상의 옷을 입혔다. 누런 평원에 지닌어름의 꽃들을 심고, 풀밭을 초록색으로 칠하고, 단풍나무에 새빨간 이파리들을 덧씌웠다. 그보다 더 아름다워 보인 적이 없을 정도였다. 한쪽 장갑을 빼고 맨손으로 치즈와 빵을 먹으면서도 손가락들이 얼마나 차갑게 굳었는지 알아차리지 못했다.

앤은 길을 걸으면서 학교에 갔던 첫날을 떠올렸다. 앤의 인생에서 가장 중요한 날이면서 가장 무서웠던 날이었다. 밀드레드와 랜돌프가 자신을 놀렸고, 다른 아이들 대부분이 그들을 따랐다. 새이디와 울타리 옆에 선 채 그들의 소리가 다정한 웃음소리라고 상상하려 애썼던 일을 기억했다. 하지만 바로 그 첫날에 단어를 4개 배웠던 것도 추억했다. 행복한 기분이 밀려들었다. 길에는 혼자뿐이었다. 앤은 크게 소리 내어 웃었다. 오늘은 무엇이든 두렵지 않았다. 랜돌프는 학교에 없을 테고, 다른 아이들은 못되게 굴어도 상관없었다. 그런 건 조금도 중요하지 않았다. 새이디가 내 옆에 있으니까 운동장에서 서로를 보호할 수 있을 것이다. 학교에서는 모든 위험에서 구해 줄 헨더슨 선생님이 열 마리 호랑이처럼 강하게 교실 앞에 버티고 있을 것이다.

그리고 그날은 정확히 그렇게 흘러갔다. 밀드레드는 앤을 곤혹스럽게 만들려고 주근깨를 놀리고, 험악하게 인상도 쓰고, 앤이 산수 계산을 자꾸 틀린다고 망신을 줬다. 하지만 앤은 작은 턱을 들어 올리고 밀드레드의 속셈을 모르는 척했다. 그래서 밀드레드는 더 이상 재미가 없었다. 게다가 자기 편을 들어줄 랜돌프도 없었다. 앤이 책을 아주 잘 읽는 것을 보자 고약하게 굴기보다는 불안하게 행동하기 시작했다. 그날 남은 시간 내내, 밀드레드는 주근깨 얼굴의 마녀가 자기보다 똑똑해지지 않았다는 것을 확인하려고 곱슬한 금발 머리를 자기 책과 석판에 바짝 내리고 있었다.

새이디는 더할 나위 없이 좋았다. 그녀는 앤이 월요일 아침에 올지도 모른다는 것을 알고 있었기에, 고갯길로 올라오는 앤을 보자마자 얼굴이 기쁨과 흥분으로 환해져서 앤을 향해 달려 내려갔다.

"앤! 앤!"

그러고는 아주 오랜만에 받아 보는 최고의 포옹을 해 주었다.

"너 주려고 당밀 쿠키를 두 개 가져왔어! 집에 걸어갈 때 너무 오래 걸리니까 하나 더 주라고 엄마가 여분으로 챙겨 줬어. 그리고 헨더슨 선생님이 우리가 다시 같이 앉아도 된대. 지난 1년 동안 밀드레드 옆에 앉아서 학교에 오는 게 너무 싫었거든. 걔는 맨날 나더러 멍청하대. 자기는 엄청 똑똑하다고 하고. 너도 똑똑하지만 넌 못되게 굴지 않잖아. 그러니까 괜찮아. 내가 머리가 안 좋은 건 알지만, 엄마는 착한 게 더 중요하댔어. 그래도 하루 종일 밀드레드 옆에 앉아 있으면 그렇지 않을 수도 있겠다는 생각이 들어. 이젠 더 이상 그럴 필요가 없어."

앤의 눈에 눈물이 가득했지만 넘쳐흐르지는 않았다. 그게 기쁨의 눈물이라는 것을 새이디가 이해할지 알 수 없었으므로, 그냥 소매로 얼굴을 쓱 문질러 눈물이 떨어지지 않게 했다. 그러고는 새이디의 손을 잡고 언덕을 걸어 올라갔다.

"네 인형들은 어때?"

앤이 당밀 쿠키를 한입 베어 물며 물었다. 그걸 삼키는 데는 아무런 어려움이 없었다.

일주일에 사흘 학교에 가는 것이 아예 못 가는 것보다 훨씬 좋았기 때문에, 앤은 다른 이틀에 대해 약간만 아쉬워했다. 앤은 책들을 집으로 가져왔고, 점점 더 글을 잘 읽을 수 있게 실력이 좋아지자《로열 리더》에 나오는 시들을 골라서 외웠다.

"나를 '선생님의 강아지'라고 부르는 애들이 몇 명 있어."

앤이 케이티 모리스에게 고백했다.

"선생님이 다른 애들 전부보다 나를 가장 사랑한다고 말하는 애들도 있어. 걔네들은 그걸 좋아하지 않아. 하지만 걔네들이 좋아하든 말든 상관없어. 정말로 선생님이 날 가장 사랑하면 좋겠어. 나한테는 나를 제일 사랑해 주는 다른 사람이 없잖아. 엄마나 아빠나 쌍둥이 자매나, 아니면 로저 아저씨를 가장 좋아하게 되기 전의 일라이저 언니 같은 사람이 없잖아. 그러니까 선생님이 나를 제일 사랑해 주면 근사할 거야.

케이티 모리스, 비밀 하나 얘기해 줄게. 헨더슨 선생님이 모든 아이들 중에서는 나를 가장 사랑하지만, 세상 모든 사람들 중에서는 아니야. 왜냐하면 선생님이 존슨 아저씨를 진심으로 사랑하는 것 같아. 내가 아저씨 이름을 말할 때마다 선생님 얼굴이 '발그레'해져. 사람들 얼굴이 빨개질 때 그걸 뭐라고 말하면 되냐고 내가 토머스 아주머니한테 물어봤거든. 발그레해지는 거라고 하시더라. 무언가에 당황스럽거나 남몰래 누군가를 사랑할 때 그렇게 되는 거래. 내가 아저씨 이름을 말해서 선생님이 당황하시는 건 아닐 거야. 그렇다면 선생님이 아저씨를 사랑하는 게 틀림없지. 참 '낭만적'이지 않니? 이제 나는 낭만적인 게 어떤 건지 알아. 이 집에서는 낭만적인 걸 많이 못 봤지만 말이야.

네가 사는 그 집의 왕자들과 공주들은 항상 낭만적인 일들을 하겠지만, 원래 왕자와 공주는 그러라고 있는 거잖아. 크리스마스 때 토머스 아주머니가 모피 머프를 받고 울면서 토머스 아저씨를 껴안았을 때, 아주 낭만적이라고 생각했어. 그냥 너무너무 좋았어. 하지만 이 집에서 그렇게 아름다운 일은 거의 일어나지 않아. 내가 노아와 라킨바를 아주 깊이 사랑하지만, 그건 '낭만적'의 의미가 아니야. 사랑하는 사람에게 주는 꽃다발, 음악 연주, 절묘한 의상, 달빛 아래 바람 부는 오솔길을 서로 손잡고 거니는 것, 그런 게 낭만적이지.

헨더슨 선생님과 단어 선생님은 낭만적이야. 아저씨가 사실 할아버지가 아니랬잖아. 그러니까 두 분이 결혼할 수 있을 거야. 내 엄마와 아빠처럼 학교 선생님 두 분이 결혼하는 거야. 그런 분들이 호러스와 에드워드처럼 끔찍한 아이를 낳을 리는 절대로 없어. 내가 선생님 집에 가서 기저귀도 빨고 아이들한테 얘기도 들려주면서 선생님이 쉴 수 있게 도울 거야. 어서 빨리 그런 날이 왔으면 좋겠어."

1월에 눈이 왔다. 세 번째 주에는 바람이 거세게 불고 눈이 깊이 쌓여서 토머스 집안의 어느 누구도 메리스빌에 갈 수 없었다. 소젖을 짜고, 축사 바닥을 청소하러 가기 위해 토머스 씨가 집과 헛간 사이에 길을 냈다. 그 외에는 누구도 어디에도 갈 수 없었다. 아이들이 눈밭에 놀러나갈 수 없을 정도로 눈은 깊었다.

집 안에 일곱 명이 모여 있어서 무척 소란스러웠다. 정신이 없기는 해도 싸움 없는, 평화로운 소음이었다. 앤과 토머스 부인은 요리하고 청소하며 돌아다녔고, 토머스 씨는 일을 며칠 쉴 수 있다는 사실에 안도하며 응접실의 낡은 소파에서 낮잠을 즐겼다. 꼬마들은 집

안 어딘가에서 게임을 하고, 방과 방을 뛰어다니며 고래고래 소리를 질렀다. 하지만 싸움은 일어나지 않았다. 호러스조차 몇몇 창문의 절반 높이까지 깊이 올라온 눈으로 인해 차분해졌다. 때때로 앤이 아이들에게 책을 읽어 주었고, 그들은 바닥에 앉아서 귀를 기울였다. 앤은 경이로웠다.

'이런 게 바로 행복한 가정의 모습이야.'

집에 있는 게 행복해서 학교에 며칠 빠지는 것도 그리 섭섭하지 않은 게 믿어지지 않았다.

다 금요일이 되기 전의 일이었다. 금요일에 그들은 아무도 노아가 어디에 있는지 모른다는 것을 알아차렸다. 아이가 사라진 것이다.

48
사라진 노아

해리와 에드워드와 호러스가 소리를 지르며 계단을 쿵쾅쿵쾅 뛰어 내려왔다.

"노아 어디 있어? 우리 게임에 네 번째 사람이 있어야 하는데, 위에는 아무리 찾아도 없어."

토머스 부인 대신 빵을 반죽하고 있던 앤은 하던 일을 멈추고 1층을 돌아다니며 소리쳤다.

"노아! 이리 나와! 그만 숨어! 형들이 같이 게임하재."

하지만 아무런 대답이 없었다. 토머스 씨가 소파에서 일어나 여기저기 구석과 가구 아래를 살펴보았다. 노아는 몸집이 아주 작은 데다가 구석으로 기어들어 가는 걸 좋아했다. 버트는 지하실로 이어진 위험한 계단 생각을 애써 밀어내며 지하실 문을 확인했다. 문은 잠겨 있었다. 그는 아이들이 한시라도 빨리 게임하러 위층으로 올라가 주기를 바랐다. 그래서 얼른 노아를 찾고 싶었다.

"위층 벽장이랑, 침대 밑이랑 다 찾아 봐!"

토머스 씨가 아이들에게 말했다.

'내 매트리스 밑을 들춰 보면 안 돼.'

앤은 자신의 보물이 하나라도 발견되지 않게 하려고 그들을 따라 위층으로 올라갔다. 네 명이 상자 속, 찬장 속, 제일 큰 장롱 서랍 속, 의자와 탁자와 침대 밑을 모조리 뒤졌다. 앤의 가슴 한가운데 작은 두려움이 콕콕 찔러대기 시작했다.

"틀림없이 아래층에 있을 거야. 우릴 놀리려고 숨어 있는 게 틀림없어!"

앤의 목소리가 다급하고 날카로워졌다.

하지만 아래층에서 앤이 확인하지 않은 곳은 한 군데도 없었다. 토머스 부인은 아이들의 장난과 소음에 익숙했기 때문에 초조해 하거나 걱정하지 않고 요리를 계속했다. 토머스 씨는 키가 커서 아이들이 기어들어 갈 만한 작은 공간들을 찾아볼 수 없었으므로 옆에서서 모든 표면과 구석을 훑어보았다.

그가 인상을 찡그렸다. 갑자기 자신이 노아를 전혀 챙기지 않았던 것을 깨달았던 것이다. 아이는 왼쪽 눈이 이상하게 틀어지고, 코는 펑퍼짐하니 아주 희한하게 생겼다. 연한 갈색 생머리는 항상 이마를 덮었다. 체격도 아주 작았다. 다른 아이들은 모두 튼튼했고, 아름답고 잘생긴 인물이었다. 노아는 아버지 쪽이 아니라 완전히 엄마쪽 피를 물려받은 게 틀림없었다. 어쩌면 그 애가 못생기고 약하다는 이유로 자신이 충분히 관심을 주지 않았던 것일지 모른다. 갑자기 그 모든 부정적인 자질들 때문에 그 아이가 더 그립고 애가 탔다. 노아는 어디에 있을까?

"밖에!"

갑자기 토머스 씨가 뒷문으로 달려갔다. 무단 침입자나 강도가 들어오지 못하게 그곳은 항상 잠갔다. 열쇠가 자물쇠에 꽂혀 있지 않았다. 뒷문도 살짝 열려 있었다. '노아가 열었나?' 그는 문을 활짝 열고 바깥을 보았다. 태양이 눈부셔서 처음에는 아무것도 보이지 않았다. 모든 게 너무나 하얗고 끔찍하게 밝았다. 하지만 마침내 눈동자가 햇빛에 적응되었을 때, 계단 아래쪽에 눈으로 뒤덮인 채 웅크리고 있는 조그만 형체를 발견했다. 노아였다. 아이는 뚫고 나올 방법이 없을 만큼 높은 눈에 둘러싸여 있었다. 계단 위에서 떨어진 게 분명했다.

노아는 기다리고 또 기다렸을 것이다. 토머스 씨는 계단을 뛰어 내려가 아이를 안았다. 아이를 자세히 살펴볼 엄두가 나지 않았다. 노아는 울지 않았고, 칭얼거리지도 않았다. 숨소리도 들리지 않는 듯했다. 오, 어째서 이 녀석과 더 자주 놀아주지 않았을까, 더 자주 얘기하지 않았을까! 그는 사실 노아가 어떤 아이인지도 잘 몰랐다. 노아를 품에 안고 계단을 올라가는데 두 번이나 넘어질 뻔했다. 그가 안으로 들어서며 소리쳤다.

"담요! 담요! 빨리!"

그 작은 몸뚱이를 부엌으로 데려갔다. 토머스 부인은 손으로 입을 막고 놀라서 움직이지도 못했다. 앤이 담요 두 개를 뒤로 질질 끌면서 계단을 달려 내려오고 있었다. 그러고는 토머스 씨에게서 노아를 빼앗아 눈을 털어내고 부엌 식탁에 누였다. 번개 같은 속도로 그 작은 몸에서 차갑게 젖은 옷을 벗겨내고, 첫 번째 모직 담요로 둘둘 감쌌다. 그다음 아이를 안아 들고 커다란 흔들의자로 가서 앉았다. 두 번째 담요를 끌어올려 무릎에 안은 노아를 덮었다. 그러고는 흔들흔들 움직이기 시작했다. 앞뒤로 흔들며 또다시 중얼거렸다.

"살아야 돼! 살아야 돼! 살아야 돼!"

앤의 눈이 감겼다. 토머스 부인이 조심스레 다가와 갈라진 목소리로 물었다.

"숨은 쉬니?"

앤이 매섭게 받아쳤다.

"몰라요! 알고 싶지 않아요!"

앤은 계속 흔들며 흐느끼기 시작했다. 일그러진 얼굴로 눈물이 흘러내렸다. 하지만 경련하듯 숨 쉬는 사이로 그녀가 간신히 말했다.

"이 아이가 사라진 걸 왜 알아차리지 못했을까요? 우리 모두 어떻게 된 거죠? 노아가 특별하다는 걸 모르겠어요? 왜 내가 지켜보지 않았을까요? 아! 이 일로 영원히 나 자신에게 화가 날 거예요. 노아야! 무슨 짓이든 해 봐! 무슨 말이든 해 봐! 절대 죽으면 안 돼!"

앤이 갑자기 토머스 부인을 올려다보았다.

"아주머니가 안으실래요? 노아는 내 아기가 아니에요. 아주머니 아기예요."

"아니."

토머스 부인이 슬프게 말했다.

"노아는 너를 제일 사랑하니까, 네가 안고 있으면 너의 품에서 뭔가를 느낄지도 몰라."

그래서 앤은 그 작은 몸뚱이를 계속 흔들었다. 잠시 뒤에 조그만 소리가 들렸다.

"으……."

노아가 기침을 하기 시작했다. 앤은 그렇게 아름다운 소리를 들어본 적이 없었다. 곧바로 노아가 그 이상하게 생긴 눈을 뜨고, 앤을 올려다보며 희미하게 웃었다. 모두들, 심지어 호러스까지도 기뻐했고, 천만다행이라고 생각했다.

하지만 노아의 기침은 심한 기관지염의 예고였다. 토머스 씨는 노아의 방에 있던 요람을 부엌으로 가져가 스토브 가까이에 놓았다. 앤은 만약을 대비해서 근처에 있으려고 응접실 낡은 소파에서 잤다. 노아는 수시로 앤이 필요했다. 발작하듯 기침을 했고, 훌쩍훌쩍 울었다. 그 작고 슬픈 울음소리가 들릴 때마다 앤은 소파에서 벌떡 일어나 부엌으로 달려가 노아가 괜찮은지 확인했다. 그 조그만 이마는 만져볼 때마다 점점 뜨거워졌다.

'그래, 열이 있어. 아주 심해. 내 엄마와 아빠도 이렇게 돌아가셨다고 했어.'

앤이 아침에 토머스 부인에게 말했다.

"열이 많이 나요. 그런데도 땀은 전혀 안 나요. 왜 그렇죠?"

"열병이 원래 그래. 다른 아들놈들은 아주 건강하지만, 전에 딸내미들이 아파서 여러 번 봤지. 땀이 나기 시작하면 괜찮아질 거라는 신호야. 하지만 아이 몸이 그렇게 뜨거우니 염려가 되네."

앤은 자신의 부모님을 생각하고는 눈을 감았다. 결국 그분들은 돌아가셨다.

"얘야, 위층에 가서 눈 좀 붙여라. 내가 노아를 지켜볼게."

'얘야…….'

앤은 놀라서 토머스 부인을 보았다. 그녀 안의 친절한 사람이 다시 빠져나왔다. 하지만 앤의 머릿속에는 지금 한 가지 생각뿐이었다.

"아, 토머스 아주머니, 친절한 말씀이지만, 저는 윗층에 올라가면 절대로 눈을 붙이지 못할 거예요. 무슨…… 일이라도…… 생기면 너무 멀잖아요. 소파에서 잘래요."

새벽 4시에 앤이 잠에서 깼다. 아이는 재빨리 일어나 부엌으로 갔다. 토머스 부인이 요람 옆 등받이 의자에 앉아 노아를 바라보고 있었다.

"아직도 엄청나게 뜨거워. 숨소리도 지독해. 들어 봐."

앤은 이미 듣고 있었다. 부글부글하는 소리가 났고, 눈꺼풀이 낮게 내려앉았다.

"오, 아주머니, 학교에 못 간다는 이유만으로 그렇게 깊은 절망의 구렁텅이에 빠져 있던 내가 너무 미워요. 온 세상을 다 줘도 못 바꿀 나의 노아를 제대로 돌봐야 하는데 그걸 몰랐다니……."

"나도 마찬가지야."

토머스 부인이 노아의 얼굴에서 눈을 떼지 못하며 말했다.

"버드도 나도 늘 쓰는나. 발썽 한 번 없이 아주 조용하게 잘 자라 주는 아이를 왜 그렇게 외면했을까……. 내가 애를 너무 모르고 있

었어. 가장 소중한 아이라는 생각마저 들어. 뭐가 뭔지 모르겠어."

"아저씨는 어디 있어요?"

"헛간에서 축사를 청소해. 너무 겁나서 부엌에 못 있겠나 봐. 바로 눈앞에서 노아가 죽어버릴까 봐. 그런 일이 일어난다면 더 이상 어떻게 술병을 멀리할지 모르겠대. 이 일이 일어나기 전부터도 견디는 게 지독하게 힘들었대."

갑자기 노아가 다시 기침하기 시작했다. 처음에는 약하다가 갈수록 경기를 일으킬 정도로 거칠어졌다. 컹컹대는 듯한 힘겨운 소리. 토머스 부인이 소리쳤다.

"크루프야! 확실해. 사람들이 물개 우는 소리랑 아주 똑같다고 하는 그거야! 트루디가 두 살 때 볼링브룩에 살면서 이 병에 걸렸지. 버트가 말을 타고 의사를 부르러 가야 했어. 아이가 숨 막혀 죽기 직전에 겨우 살려냈었는데. 하지만 이렇게 눈이 깊은데 어떻게 의사한테 갈 수 있겠어. 오, 맙소사, 앤! 기침 소리가 너무나 끔찍해!"

하지만 앤은 자리에 없었다. 이미 계단을 절반쯤 오르고 있었다. 크루프! 토근! 앤은 자신이 해야 할 일들을 마음속으로 계속 되뇌었다. 토근병을 들고 돌아오자 다른 아이들까지 겁먹은 얼굴로 노아의 요람 주위에 서 있었다. 기침 소리가 그 사이에 아까보다 더 크고 거세졌다. 숨 막히지 않고 살아 있는 게 믿어지지 않을 정도였다. 앤이 두 손을 뻗어 담요에 감싸인 노아를 요람에서 안아 올렸다. 그러고는 헨더슨 선생님이 가르쳐 준 대로 정확하게 약을 먹이고, 아이를 흔들의자로 데려가 꼭 끌어안고 기침 소리가 멎을 때까지 앞뒤로 흔들어 주었다.

그날 저녁, 식구들이 모두 잠자리에 들었을 때, 앤은 소파에서 일어나 노아를 확인하러 부엌으로 갔다. 기름 램프가 켜 있고, 스토브 뒤쪽 물주전자가 부드럽게 윙윙 소리를 내며 공기 중의 수분을 유지해 주었다. 노아가 평화롭게 잠들어 있었다. 눈은 감겼고, 작은 가슴은 오르락내리락했다. 이마는 시원하고 축축했다. 앤은 소파로 돌아가 모포를 몸에 단단히 감아 여미고 아침까지 잤다.

49

생일 선물

노아는 서서히 열병에서 벗어나서 3월에는 건강을 되찾았다. 앤에게 이보다 더 완벽한 생일 선물은 없었다. 지난 몇 년 만에 처음으로, 누군가 자신의 생일을 알아차려 주기만을 바라고 바라고 또 바라면서 지내지 않았다. 토머스 부인에게 일러주는 일은 이미 오래전에 포기했다. 그래봤자 기운 빠지는 대답을 듣거나("이 집에는 너 아니여도 생일이 너무 많다!" 또는 "음식 살 돈도 부족한데, 파티는 무슨 파티!" 아니면 "한 살 더 먹는 게 뭐 축하할 일이라고.") 무시당했다.

하지만 올해에는 벌써 선물을 세 가지나 받았다. 아치볼드 아주머니가 앤의 '아름다운 머리'를 위해 아주 반짝이는 선명한 초록색 리본을 주었다. 앤은 리본과 그 칭찬 중에서 어느 쪽이 더 좋은지 결정할 수 없었다. 헨더슨 선생님과 존슨 아저씨는 생일이 있던 일요일에 각자 선물을 들고 집으로 찾아왔다. 헨더슨 선생님은 직접 만든 연분홍색 손지갑에 5센트 동전 두 닢을 넣어 주셨다. 작은 분홍색 단추 두 개로 여며서 닫을 수도 있었다. 앤은 자신이 분홍색을 얼마나 사랑하는지, 결코 분홍 드레스를 입을 수 없다는 것 때문에 얼마나 슬픈지 헨더슨 선생님에게 말한 적이 있었다.

"분홍색이 이 빨강 머리를 더 끔찍하게 보이게 할 거예요. 그래서 가슴이 슬픔으로 가득 차요. 가끔은 분홍색을 갖고 싶은 마음이 너무나 강렬해서 가슴이 답답해질 때도 있어요."

헨더슨 선생님은 노아의 손만큼 작은 분홍색 지갑이라면 안전할 거라고 느꼈다. 앤이 원한다면 머리에서 멀리 떨어진 주머니에 지갑을 넣어 둘 수 있으니까.

앤은 분홍색 지갑이야말로 완벽한 선물이라고 생각했다. 그런데 존슨 아저씨의 선물은 훨씬 더 놀라웠다. 그는 달걀에서 흰자와 노른자를 빼내고 껍데기만 남겨서 거기에 복잡한 디자인과 여러 가지 색으로 색칠을 했다.

"유럽에 있을 때 만드는 방법을 배웠지. 젊은 시절에. 언젠가 기회가 되면 네게도 가르쳐 주마."

앤은 세 가지 선물이 그 어떤 성대한 축하파티보다도 좋았다. 5센트 동전 두 닢까지 포함하면 사실은 다섯 가지 선물이었다. '동전 두 닢'이라니, 얼마나 부자인가!

헨더슨 선생님과 존슨 아저씨가 다녀간 다음 앤은 따뜻하게 옷을 챙겨 입고 잎이 하나도 없는 진달래 덤불 뒤 비밀 은신처로 내려가서 얼어붙은 거울웅덩이 옆에 앉았다. 얼마나 행복한 기분인지 생각할 수 있으려면 혼자 있어야 했다. 시끄럽고 사람이 많으면 생각이 흐트러지니까. 앤은 오랫동안 거기 앉아서 언덕을 바라보고, 다섯 자매들을 올려다보며, 4월과 5월에는 이 풍경들이 어떻게 변할지 그려보았다. 그런 다음 토머스 부인이 저녁에 만들 수프에 들어갈 야채를 준비하기 위해 집으로 이어진 언덕을 오르기 시작했다.

창밖을 내다보던 토머스 씨는 천천히 뒷문으로 걸어오는 앤을 보고는 부인에게 말했다.

"앤에게 예쁜 여자인형을 사 줄걸 그랬어."

토머스 부인이 눈살을 찌푸렸다.

"걔가 인형으로 뭘 하겠어요?"

"꼭 뭘 해야 하나. 그냥 좋아할 수 있는 거야. 앤이 곰 인형을 얼마나 좋아하는지 봐. 이름까지 지어 줬잖아. 여자애들은 예쁜 여자인형을 좋아해. 그거 하나 사 주지 못한 게 마음에 걸리네."

"그래도 곰 인형이 있잖아요. 난 어렸을 때 여자인형 같은 걸 별로 안 좋아했어요."

토머스 씨는 심란한 표정으로 셔츠 단추를 만지작거렸다.

'아이도 좋아하지 않았겠지. 아내가 정말 좋아하는 건 뭘까? 아마 춤일 거야. 우리가 더 많이 춤을 출 수 있었을 텐데. 이젠 너무 늦었지. 음악도 없고. 우리의 발과 심장도 느리고 무거워졌어. 음, 그녀는 한때 호러스를 완벽하다고 생각했어. 그놈이 시끄럽고 못된 장난이 심해지는데도. 노아가 죽을 뻔했다가 건강해진 후로는 그 애를 예뻐

하는 것 같아. 잘됐어. 그 일로 그녀가 뭔가를 깨달은 것 같아. 나도 노아가 좋아졌지. 하지만 그것 말고는 내가 뭘 얻었는지 모르겠어. 앤에게 생일 선물로 예쁜 여자인형을 사 줬더라면 좋았을 텐데.'

토머스 씨가 일어나서 커다란 부엌을 이리저리 걷고, 복도를 서성였다. 토머스 부인이 그 모습을 불안한 눈길로 지켜보았다. 익숙한 분위기였다. 음울함, 죄책감, 불안감, 그 다음은……. 게다가 지금 그에게는 돈까지 있었다.

"저녁에 당신 좋아하는 딸기 파이를 만들까 봐요. 수프랑 함께."

"그거 괜찮겠군, 조애너. 고마워."

그가 모자를 쓰고 코트를 입었다.

"저녁 먹고 블랙버드를 타고 나가볼까 싶어. 녀석은 아직 가벼울 거야. 안장을 얹어야겠어. 바람 좀 쐬고 올게."

블랙버드는 검정 암말이었다. 앤이 이름을 지었다. 토머스 부인은 헛간으로 가는 남편의 뒷모습을 창밖으로 내다보았다. 어깨를 웅크리고 느릿느릿 걷고 있었다.

파이 반죽을 만드는 동안 그녀의 얼굴은 불안했고, 생각은 분주했다. 마지막 남은 딸기잼을 듬뿍 넣었으니, 딸기 파이가 효과를 발휘한다면 그만한 가치가 있을 것이다.

'그거 괜찮겠군, 조애너. 고마워.'

그녀는 버트의 말을 되새기고 있었다.

'버트가 그런 말을 다 하다니. 게다가 예쁜 여자인형은 또 뭐고? 앤은 그런 인형을 갖고 싶다고 말한 적이 없는데, 그는 어째서 그 애가 동경하는 것을 자신이 안다고 생각할까? 하지만 그의 표정이 그

랬어. 뭐더라…… 앤이 지난주에 말했던 새 단어가…… 애수! 그래, 바로 그거야.'

앤은 어떤 시인들이 애수에 잠겨 있었다는 말을 선생님한테서 들었다고 했다. 그러면서 그 말의 뜻을 얘기해 줬다.

'그가 딱 애수에 잠겨 있어. 말없이 생각만 하고 있는데, 좋은 생각은 하나도 없고 죄다 우울한 생각뿐이지. 게다가 멍하니 벽만 쳐다보고……. 그는 춤추는 구두를 벗지 말았어야 했어. 결혼하지 말았어야 했어. 나와의 결혼이 잘못이었을까. 그는 아직도 잘생겼어. 그는 항상 밝게 노래하고 춤추는 여자와 결혼했어야 했어. 내가 아니라.

노아가 죽어갈 때 그렇게 많이 걱정하길래 남편이 달라진 줄 알았어. 노아가 살아났을 때 얼마나 행복해 하던지. 요새도 아이들과 놀아주기는 하지만 눈에서 빛이 사라졌어. 눈꼬리, 눈꺼풀까지 처져 보여. 아, 난 이 징조들을 알아.'

조애너는 오늘 밤 그가 말을 타고 어디로 갈지 생각하고 싶지 않았다. 그는 바람 좀 쐬어야겠다고 말했다.

'날 속일 수는 없어. 그는 지금 바람 쐬러 가는 게 아니야.'

앤은 리본과 지갑과 돈과 달걀 때문에 행복에 겨운 상태로 당근과 감자를 써느라 주변 분위기를 느끼지 못했다. 모두들 파이를 맛있게 먹었다. 아마 조애너가 만든 최고의 파이였을 것이다. 그녀는 파이 껍질에 딸기잼 한 병을 몽땅 쏟아붓고, 두 번째 반죽으로 그것을 덮어서 필요한 구멍들을 내고, 엄지와 집게손가락으로 가장자리에 주름을 잡았다. 그 일주일이 가기 전에 머핀을 만들거나 푸딩에 얹기 위해서, 아니면 갓 구운 빵에 발라먹기 위해서 딸기잼이 필요하리라는 것을 알았다. 하지만 토머스의 애수를 느끼는 순간, 어떠한 망설임도 없이 한 병을 통째로 털어 넣었다. 그녀는 그 정도로 필사적이었다.

오븐에서 꺼낸 파이는 거대한 금색꽃처럼 보였다. 갑자기 토머스 부인이 낯선 부드러움을 드러내며 말했다.

"나한테 양초 두 개가 있었더라면 그걸 꽂아서 촛불을 밝혔을 거다. 앤, 네 생일이 지난주였긴 했지만."

앤은 양초 따위는 상관없었다. 지금 이대로 완벽하게 행복했다. 토머스 부인은 자신의 접시에 파이를 한 조각도 놓지 않았다. 버트에게 특별히 커다란 조각을 주려고 남겨 놓았다.

"아주머니는 파이가 없잖아요."

"괜찮아, 오늘 밤에는 별로 배가 안 고파."

토머스 부인은 마음에 걱정이 있을 때 식욕을 완전히 잃었다.

토머스 부인에게 그날 저녁은 더디 흘렀다. 버트는 저녁 식사 직후 말을 타고 메리스빌로 출발했다. 아이들은 평소보다 일찍 잠자리에 들었고, 앤은 자기 방으로 사라졌다. 헨더슨 선생님과 존슨 씨가 떠났을 때 그들이 준 선물을 급하게 숨겼지만, 그보다 더 안전한 장소를 찾기 위해서였다. 리본과 작은 지갑은 책, 연필, 〈푸른 옷을 입은 소년〉과 함께 매트리스 밑에 넣었다. 하지만 너무나 아름답고 깨지기 쉬운 달걀은 어디에 둘까? 호러스가 엄지와 집게손가락만으로도 그걸 부숴 버릴 수 있었다. 발견하면 틀림없이 그럴 것이다. 그냥 매트리스 아래 넣어 둘 수는 없었다.

보물 상자에 넣을 수도 없었다. 지금 넣어 둔 다른 보물은 없지만, 뚜껑도 없었다. 창턱에 올려놓는 건 상상할 수도 없다. 장롱 서랍도 안전하지 않을 것이다. 어디에 둘까? 앤은 아래층으로 내려가 코트와 모자와 부츠들이 벽에 걸려 있거나 아래 쌓여 있는 널찍한 현관을 둘러보았다. 자신의 낡은 부츠가 눈에 들어왔다. 이제는 작아져서 안 신는 여자아이용 신발이었다. 꼬마 녀석들이 신을 신발이 아니었다. 앤은 토머스 부인이 앞쪽 창을 내다보는 동안 얼른 그것을 집어 들고 위층으로 달려갔다.

방으로 올라와서, 장롱 서랍에 넣어 두었던 달걀을 꺼내 부츠 한 짝 안에 조심스럽게 집어넣었다. 그다음에 처마 밑 북쪽 벽 옆에 붙어 있는 낮은 벽장에 부츠를 넣었다. 거기라면 달걀이 안전할 것이다. 보고 싶을 때마다 바라볼 수 있는 경대나 창턱에 올려놓을 수 있다면 얼마나 좋을까. 하지만 그것은 곧 달걀의 짧은 생을 의미했다. 앤은 나이 들어 할머니가 될 때까지 그걸 간직할 작정이었다. 그래서 무엇보다 큰 관심사가 안전이었다. 그리고 그 목표를 달성했다고 확신했다.

앤이 라킨바를 안아 올려 특별히 오래도록 끌어안았다. 그러고는 이 특별한 날의 완벽함에 기쁜 한숨을 내쉬며 침대로 갔다. 내일 이 모든 이야기를 케이티 모리스에게 해 줘야지.

50
비극

토머스 부인은 잠옷을 입고 기다렸다. 버트가 돌아오면 계단을 달려 올라가 침대로 뛰어들어 자는 척할 생각이었다. 그녀가 깨어서 기다리고 있는 것을 그가 싫어할 것 같았다. 술에 취했다면 그의 성미를 건드릴 수도 있었다. 하지만 그녀는 집으로 돌아오는 그를 볼 작정이었다. 밝은 달빛 아래서 그의 걸음이 비틀비틀하는지 확인해야 했다. 그래야 앞으로 닥쳐올 날들에 대해 마음을 다잡을 수 있을 것이다. 그녀는 벌써 여러 차례 이런 마음으로 앉아 있었다. 어떻게 대처해야 하는지 알고 있었다. 하지만 아무리 해도 쉬워지지 않았다.

이번에는 더더욱 힘들었다. 버트가 술을 마시지 않은 지 꽤 오래 됐으니까. 그녀는 분노나 폭력이 끼어들지 않은 생활에 익숙해진 상태였다. 불안한 희망 같은 것까지 품었다. 어쩌면 앞으로 좋은 인생이 올지도 모른다고. 아이들이 다 자라고 떠나서 둘만 남으면 들어갈 돈이 줄 테고, 지금보다 일을 덜해도 된다면 집 앞 베란다의 흔들의자에 앉아 지나가는 세상을 바라보는 늙은 부부처럼 살 수 있을지도 모른다고.

하지만 그녀는 어떤 신호를 느꼈다. 때론 자신이 토머스 씨의 머릿속에 들어가 있는 것처럼 느껴질 지경이었다. 전에도 여러 번 이 길을 걸어왔다. 그 길이 어디로 이어질지 너무 뻔했다.

그러나 불안한 와중에도 피곤이 몰려왔다. 결국 토머스 부인은 응접실의 낡은 소파에서 잠이 들었다.

새벽 3시 15분, 누군가 현관문 두드리는 소리에 잠에서 깼다.

현관문! 그 문으로 올 사람은 헨더슨 선생님과 서머스 씨뿐이었다. 하지만 설마 이 시간에? 그럼 누굴까? 무슨 일일까? 남편이 두드리는 거라면 정말로 인사불성으로 취한 게 틀림없었다. 그녀는 이제 완전히 정신을 차리고, 조심조심 문으로 다가갔다. 차가운 마룻바닥의 냉기가 맨발을 타고 올라왔다. 그녀는 서서 기다렸다. 밖의 사람이 누구든 당연히 다시 문을 두드릴 것이다. 이 집에 훔칠 만한 건 아무것도 없었다. 밖에 있는 사람이 설마?

쿵쿵, 전보다 두드림이 더 세졌다.

"문 열어요! 토머스 부인! 일어나요!"

"누구세요?"

그녀는 있는 힘을 다해서 큰 소리로 물었다.

"잭슨 히긴스예요. 버트의 친구예요. 제발! 문 좀 열어요! 좋지 않은 소식이 있어요!"

이런 상황에도 조애너는 낯선 사람에게 절대로 문을 열어 주면 안 된다는 버트의 경고를 의식했다. 문 열어 준 걸 알면 그가 굉장히 화를 낼 텐데. 하지만 그녀는 문을 열었다. 전에 본 적 없는 남자가 들어와서 부츠의 눈을 털어내고, 그녀를 지나쳐서 기름 램프 두 개가 환하게 타고 있는 부엌으로 향했다.

"여기 따뜻한 곳으로 와서 앉으세요."

조애너는 천천히 부엌으로 걸어갔다. 심장이 쿵쾅거렸다. 이 남자가 무슨 말을 하려는 건지 모르지만, 단순히 난폭하게 술 마시고 흥청거린 일에 대한 것은 아닌 듯했다. 버트가 이번에는 정말로 끔찍한 짓을 저지른 게 분명했다. 남의 재산을 파괴했을까? 아니면 더 심하게, 사람을 해쳤을까? 조애너는 더 이상 그의 일자리를 잃는 일을 걱정하지 않았다. 감옥을 생각하고 있었다. 버트가 취해서 그녀에게 주먹을 휘두른 적이 얼마나 많았던가! 다른 누군가에게 그렇게 주먹을 휘둘렀다면…… 그녀는 생각의 흐름을 닫아 버렸다. 그런 일은 감히 생각하기도 싫었다. 흔들의자에 앉아 두 손을 모아 쥐었다.

"말씀하세요."

그는 등받이가 곧은 부엌 의자에 앉았다.

"토머스 부인, 유감입니다만, 대단히 슬픈 소식을 말씀드려야겠습니다."

"뭔데요?"

그녀가 아까보다 높아진 목소리로 말했다.

"나한테 말하려는 게 뭐예요? 뭐냐고요?"

그는 그녀 쪽으로 의자를 가까이 끌어당겨서 앉았다.

"사고가 있었습니다. 기차 사고요. 볼링브룩 제재소로 통나무들을 운반하는 기차였습니다."

그녀는 거의 비명을 지르고 있었다.

"기차가 뭘 운반하고 있었는지는 관심 없어요. 그래서요? 버트가 무슨 짓을 했어요?"

남자가 목을 가다듬었다. 이런 일은 쉽지 않았다. 그는 간절히 이 일을 다른 누군가에게 미루고 싶었다.

"그는 아무 짓도 하지 않았습니다. 그게, 내 생각은…… 그래요. 그는 아무 짓도 안 했어요. 그냥 선로를 건너고 있었어요. 춤을 추듯이. 그런데 달려오던 기차와 부딪혔습니다."

조애너는 손바닥으로 입을 막았다. 토할 것 같았다.

"버트는 지금…… 괜찮은가요?"

아니다. 이 남자가 슬픈 소식이라고 말했다. 버트는 괜찮을 리 없다. 남자가 한숨을 쉬었다.

"아뇨, 괜찮지 않습니다. 토머스 부인, 말씀드린 대로…… 정말 유감입니다. 그는…… 죽었어요. 기회가 없었습니다. 기차가 아주 빠르게 달려오고 있었습니다."

조애너는 흔들의자 등받이에 머리를 기대고 눈을 감았다. 마음에 충격과 혼란과 공포, 그리고 두려움이 엄습했다. 그녀의 머릿속은 벌써 어지러웠다.

'이제 어쩌지? 어떻게 하지? 우린 어떻게 될까? 우리 일곱 명, 아니, 이제 여섯 명이지. 우리한테 무슨 일이 일어날까? 오늘은? 내일은? 누가 우릴 보살피지?'

거의 속삭이듯이 그녀가 말했다.

"우린 어떻게 될까요?"

히긴스 씨는 그녀의 말소리를 듣고 안심했다. 의자 뒤로 머리를 던지고 눈을 감은 채 꼼짝 않는 그녀의 모습에 겁이 나던 참이었다.

"거기에 남편 분을 아는 사람이 있었습니다. 볼링브룩에서 같이 일했던 남자죠. 그자가 당신네 일가친척들을 모두 알더군요. 사무실 문이 열리는 대로 그가 전보를 보낼 겁니다. 양쪽 가족 분들에게, 당신의 가족과 버트의 가족에게 소식이 전해질 거예요."

조애너는 다시 눈을 감았다. 관절이 하얘지도록 맞잡았던 손가락은 탁 풀려 있었다. 기운 없이, 생기 없이 무릎에 놓여 있었다.

'아무것도 못하겠어. 아침 준비도 못 하겠어. 아이들은 학교로 보내는 게 제일 낫겠어. 그럼 집에 노아만 남겠지. 그다음에는…… 뭘 하지? 짐을 꾸리기 시작해야 하나? 여긴 우리 집이 아니야. 철도 회사 소유야. 집도 돈도 없이 여섯 명이 어디로 가지? 그리고 버트는…… 어디에 묻을까? 장례식은? 그런 일들을 누가 처리하지?'

그녀는 눈을 뜨지 않고 말했다.

"그이는 어디 있어요?"

히긴스 씨가 한숨을 쉬었다. 그는 이 질문을 기다리고 있었다.

"메리스빌에 있습니다. 철로 옆 관리창고에."

갑자기 그의 진한 곱슬머리와 잘생긴 얼굴, 탄탄한 체격이 조애너의 눈앞에 떠올랐다. 현기증이 났다. 그녀는 눈을 떴다.

"히긴스 씨, 스토브 뒤에 찻주전자가 있어요. 어젯밤부터 끓던 거예요. 꽤 진할 거예요. 식탁에 컵이 있어요. 설탕 그릇도. 저에게 차 한 잔 가져다주시면 고맙겠어요. 설탕을 많이 넣어서. 기절할 것 같아서요. 아이들은 6시 반에 일어날 거예요."

그에게 차를 받아든 후에, 그녀가 말했다.

"그이를 여기로 데려올 건가요?"

또 하나의 끔찍한 질문에 히긴스 씨는 목을 가다듬었다.

"아뇨, 아뇨. 그러지 않는 편이 나아요. 그건…… 심각한 사고였어요. 여기 데려오지 않는 게 최선이에요. 아이들도 있으니까. 버트는 아마 자기 가족과 가까운 곳에 묻히고 싶을 겁니다. 우리 모두가 버트의 관을 맡기로 했어요. 비용 말입니다. 철로 옆에서 이 문제를 얘기했습니다. 우리 모두 파티에 있었거든요."

"파티요?"

"네. 우린 가까이에서 그 모든 걸 봤습니다. 철로에 걸려 넘어졌을 때도 그는 계속 춤을 추고 있었어요. 다른 사람들도 애도의 뜻을 전해 달라고 했습니다. 당신의 괴로움에 대해 우리 모두 유감스럽게 생각합니다. 그리고 토머스 부인……."

"네?"

"이 집에 당신을 보살펴 줄 사람이 있습니까? 난 이만 가 봐야 하거든요. 아내가 걱정으로 반쯤 미쳐 있을 겁니다. 하지만 당신을 혼자 두는 건 마음이 놓이질 않네요."

'나를 보살펴 줄 다른 사람?'

앤!

그녀는 앤을 잊고 있었다. 조애너가 똑바로 일어나 앉았다.

"네. 여기에 날 도와줄 사람이 있어요. 당신은 가세요. 추운 바깥에 말을 계속 세워 놓으면 안 되죠. 그분들께 내가 많이 고마워한다고 전해 주세요. 아시다시피…… 장례 절차에 대해서 말이에요. 대단히 감사합니다."

히긴스 씨가 떠난 후, 조애너는 계속 흔들의자에 앉아 있었다. 앤이 일어나기를 기다리면서.

51 아름다운 죽음은 없어

앤은 언제나 식구들보다 훨씬 먼저 일어났다. 이날도 꼬마들과 함께 학교로 걸어가는 일을 피하기 위해 일찌감치 일어났다. 그녀는 숲을 통과하면서 들판과 헛간들 옆으로 지나는 산책길이 좋았다. 생각을 방해하는 소음과 소동 없이 혼자 있으면 아주 많은 것을 상상할 수 있었다. 큰 소리로 말할 수도 있었다. 호러스만이 문제가 아니었다. 이제는 에드워드와 해리도 학교에 갔다. 그들이 옆에 따라붙으면 꿈을 꿀 수 없었다. 즐기는 것조차 불가능했다.

보통은 남쪽에서 돌아온 새들, 똑똑 녹아내리는 눈, 닫힌 헛간 문을 즐겁게 바라보았다. 그러면 새들의 노랫소리가 만들어 내는 불협화음, 곧 찾아올 초록 풀과 싱그럽게 피어나는 크로커스, 활짝 열린 헛간 문, 거기서 나온 소들이 넓은 들판에 가득한 모습까지 쉽게 상상했다. 그러면 울타리 꼭대기에 올라가 소 등에 올라타서 향기로운 언덕을 누비고 다니고, 따뜻한 소의 옆구리를 쓰다듬고, 고개 숙여 그 아름다운 머리에 얼굴을 부비는 상상도 할 수 있었다. 쥐를 쫓고, 풀밭을 껑충거리며 소들의 다리 사이로 걸어 다니는 회색 고양이가 보일 때도 있었다. 하지만 세 꼬마는 소들에게 돌을 던졌고, 손뼉을 쳐서 새들을 쫓았다. 안 돼! 앤은 절대로 그 애들과 함께 걷지 않을 것이다. 한 시간 일찍 일어나서 혼자 걸어가는 편이 훨씬 나았다.

그래서 앤은 5시 반에 일어났다. 그녀가 좋아하는 월요일 아침이었다. 앞으로 온전히 학교에 갈 수 있는 사흘이 펼쳐져 있었다. 게다가 3월이었다. 봄이 오고 있었다. 뭐, 금방은 아니어도 천천히 걸어오고 있으리라. 더군다나 어제는 거의 완벽한 날이었다. 그러니 오늘 메리스빌로 가는 긴 시간 동안에는 편안히 보물들을 되짚어 볼 수 있을 것이다. 헨더슨 선생님과 존슨 아저씨의 방문, 아름다운 달걀, 분홍 지갑, 딸기 파이, 부츠에 숨긴 달걀, 그녀의 보물이 모두 안전하다는 느낌까지.

지난 수요일에 헨더슨 선생님이 시를 외워 오는 숙제를 내주셨다. 앤은 주말에 그 시를 읽고 또 읽으며 마음으로 완벽하게 외웠다. 그래서 헨더슨 선생님이 암송해 보라고 시켜주기를 바랐다. 학교 가는 동안에도 더 연습하리라.

〈헤스페로스호의 난파The Wreck of the Hesperus〉라는 시였는데, 《로열 리더》에 나오는 많은 시들처럼 이 시 역시 죽음에 관한 것이었다. 하지만 어째서인지 시인들은 죽음을 무시무시하면서도 아름답게 만드는 방법을 알고 있었다. 이 시를 쓴 롱펠로Longfellow 씨도 그랬다. 앤은 메리스빌로 출발하기 위해 따뜻한 옷을 챙겨 입으며 시의 첫 구절을 암송했다.

지난주에 앤은 케이티 모리스에게 그 시의 일부를 읽어 주었다.

"케이티, 이 시는 슬프지만 아주 낭만적이기도 해. 큰 폭풍우가 일어나서 어린 딸이 아주 무서워하거든. 그러니까 아버지가 걱정하지 말라고 안심시켜. 그리고 딸을 안전하게 하려고 돛대에 '매'. 끈으로 묶었다는 뜻이야. 작은 아이가 젖은 갑판에서 미끄러져 물에 빠져 죽는 게 얼마나 쉬운 일이겠어. 아버지는 자신의 코트로 딸을 감싸서 돛대에 단단히 붙잡아 매. 그 후에 폭풍우가 점점 포악해지고, 선원들이 모두 배에서 휩쓸려 바다로 떨어지지. 읽어줄 테니 들어 봐.

뱃머리 바로 아래 부서지는 파도가 있었으니
그 배는 황량한 난파선이 되어 표류하였다.
굉음을 내는 물결이 선원들을 휩쓸어
갑판에서 고드름들처럼 떨어뜨렸다.

상상해 봐, 케이티 모리스! '고드름들처럼'이라니. 딱딱하게 얼어붙은 그거 말이야. 물론 그 작은 소녀는 배가 해안으로 밀려와 다음 날 어부에게 발견됐을 때 죽어 있었어. 헨더슨 선생님이 우리에게 처음 이 시를 읽어 주실 때 난 울어 버렸어. 하지만 지금은 이 모든 아름다움이 나를 '압도해'. 존슨 아저씨가 지난주에 알려 주신 단어야. 내가 기쁨과 슬픔에 끊임없이 압도되는 것 같다면서 말이야. 하지만 나를 압도하는 게 기쁜 일이라면 그건 좋은 거라고 하셨어."

앤은 이제 그날을 맞을 준비가 되었다. 책가방을 들고, 계단을 내려갔다. 시의 마지막 구절을 조용히 중얼거리고 있었다. 부엌에 토머스 부인이 앉아 있었다. 앤이 학교 가는 날 아침에 토머스 부인이 이렇게 일찍 아침 식사 준비를 하러 나온 적은 없었다. 게다가 그녀는 그냥 거기에 앉아서 앤을 쳐다보고 있었다.

"앤, 앉거라. 책가방은 복도 탁자에 내려 놔. 오늘 그건 필요하지 않을 거다."

앤은 책가방을 힘껏 끌어안았다. 무슨 뜻이지? 서머스 씨가 자신이 학교에 다녀야만 한다고 말했다. 일주일에 사흘씩. 토머스 부인이 메리스빌에서 일하는 날을 바꿔야 한다고.

앤은 꿈쩍 않고 서 있었다. 앉지 않았다.

"왜요?"

토머스 부인은 충격을 줄여 주려는 어떠한 노력도 없이 말했다.

"토머스 씨가 죽었으니까. 그이가 어젯밤 기차에 치여 죽었어."

앤은 바닥에 풀썩 주저앉았다. 그리고 상처 입은 커다란 눈으로 토머스 부인을 응시했다. 울음이 터져 나왔다. 처음에는 천천히 조용하게, 그러다가 거친 흐느낌과 신음으로 바뀌었다. 토머스 부인은 그저 가만히 앉아서 앤의 울음을 듣고 있었다. 그리고 앤의 흐느낌이 조금 잦아들자 이야기를 했다.

"난 기운이 하나도 없어. 앤, 일어나면 곧바로 쓰러져 버릴 것 같아. 방금 전의 너처럼. 난 어떻게 해야 할지 모르겠어. 어떤 남자가 와서 현관문을 두드리더니 토머스 씨가 죽었다는 거야. 파티가 있었대. 그래서 많은 사람들이 사고를 목격했대. 남자들 몇 명이 관을 짜서 그를 넣겠다는구나. 그러니까 그는 자기 집 가까이에 묻힐 수 있어. 볼링브룩에. 아이들은 학교로 보내야겠어. 걔들은 방해가 돼. 할 일이 많은데. 이사 짐을 꾸려야지."

"짐을 꾸려요? 이사를 해요?"

"그래, 여긴 우리 집이 아니잖니. 그런데 어디로 가지? 아, 미치겠어. 뭘 어떻게 해야 할지 하나도 모르겠어. 젖은 넝마처럼 힘이 다 빠져 버렸어."

"난 아저씨를 좋아했어요. 학교에 못 가게 한 일로 아저씨를 미워했었지만, 그 후로는 거의 사랑했어요. 아니, 사랑한 것 같아요. 크리스마스 때, 그 멋진 일들을 해 주셨을 때. 내 곰 인형도…… 오렌지도……."

앤이 조용히 흐느꼈다. 토머스 부인이 말을 이었다.

"그들이 죽음의 소식을 알리고 있어. 파티에 있었던 남자들이. 그러면 사람들이 올 거야. 그러면 우리가 어떻게 해야 하는지 알게 되겠지. 하지만 어쨌든 짐은 꾸려야 돼."

앤이 울음을 그쳤다.

"누가 와요?"

"우리 가족들. 내 가족과 버트의 가족."

"《로열 리더》에 나오는 시들에서는 그렇지 않던데요."

"뭐?"

"《로열 리더》에는 죽음에 관한 이야기들이 가득해요. 죽어가는 아이들, 죽어가는 개들, 죽어가는 선원들, 작가들은 난파선과 끔찍한 재난들을 좋아해요. 그리고 그걸 아주 비극적으로…… 하지만 그러면서도…… 멋지게 들리도록 만들어요. 시인들이 어떻게 그렇게 하는지 모르겠어요. 이제는 왜 그러는지도 모르겠어요. 그들은 아무도 원하지 않는 고아가 되는 것이나 빨강 머리를 가진 것, 학교에 갈 수 없는 것, 남자가 기차에 치여 죽은 후에 길거리로 쫓겨날 남은 가족들 얘기는 하지 않아요. 그저 리듬을 맞추고 단어들을 제대로 합해서, 죽음을 아름답게 들리도록 만들어요.

하지만 사실은 그렇지 않잖아요. 관에 담겨 볼링브룩으로 보내지는 게 뭐가 그리 아름답겠어요? 블랙버드와 흰 돌격자와 우리 소한테는 어떤 일이 일어날까요? 어디로 갈지도 모르는데 어떻게 짐을 꾸리죠? 그리고 라킨바는요? 라킨바도 우리와 함께 가게 될까요? 그 녀석이 괜찮을까요? 오, 토머스 아주머니, 배에서 휩쓸려 분노한 바다로 떨어지는 선원처럼 나도 영원히 죽고 싶은 기분이에요."

앤은 바닥에 주저앉아 두 손에 얼굴을 묻었다.

"한편으로는 화가 나요. 아저씨가 왜 하필 그 파티에 갔을까요? 기차들이 밤에 오가는 때를 알았을 거 아니에요. 아저씨가 왜 그런 바보 같은 짓을 했을까요? 견딜 수가 없어요!"

토머스 부인이 한숨을 쉬었다. 그녀는 짜증도 연민도 느끼지 않았다. 그저 공허할 뿐이었다.

"아이들 일어나는 소리가 들리는구나. 아이들한테 아침을 좀 먹여야겠다. 그런 다음 학교에 보내야겠어. 우리가 짐을 싸는 동안에 거치적거릴 테니까. 히긴스 씨한테 네가 날 도울 거라고 말했어. 앤, 네가 날 도와줘야만 해. 난 일어설 수도 없을 것 같구나."

앤은 더 이상 울지 않았다.

"혼자 일어나야 한다는 건 별로 기분 좋은 일이 아니에요. 토머스 아주머니, 나도 나를 도와줄 누군가가 있었으면 좋겠어요. 그래요, 난 아주머니를 도울 거예요. 하지만 때로는 내가 너무 철들어 버리기 전에 어린애처럼 살아 봤으면 좋겠어요."

하지만 앤은 더 말할 수가 없었다. 네 아이가 부엌으로 들이닥쳤기 때문이다. 앤은 어느새 그 아이들의 아침을 만들고 있었다. 토머스 부인은 여전히 흔들의자에 앉아서 벽을 쳐다보며, 아이들에게 아버지의 죽음을 어떻게 알려야 할지를 생각했다.

52

작별의 입맞춤

월요일이 지나고 다음날이 되었다. 화요일 저녁, 네 소년과 기진맥진한 토머스 부인까지 잠자리에 든 다음, 앤은 조용히 아래층으로 내려가서 찬장 앞에 서서 케이티 모리스와 긴 대화를 나눴다.

"아, 사랑하는 내 친구 케이티, 내 인생에 슬픈 밤들이 많았지만, 그중에서도 오늘이 가장 슬플 거야. 토머스 아저씨가 죽었어! 그리고 토머스 아주머니는 잠자면서 돌아다니는 것처럼 걸어 다녀. 하지만 울지는 않아. 아주머니는 아저씨를 조금이라도 좋아했을까? 아저씨가 술에 취하면 고래고래 소리치고 아주머니를 때렸다는 건 알아. 하지만 다른 때는 착해지려고 열심히 노력하셨어.

아저씨는 슬프고 괴로운 어른이었어. 그리고 나를 예뻐하셨어. 이제 내가 사랑하는 사람은 케이티 너랑 노아랑 라킨바밖에 안 남았어. 토머스 아주머니도 조금은 나를 예뻐하시는 것 같은데, 그렇다고 지금의 내게는 별로 소용없어. 게다가 아주머니가 직접 말해 주신 적도 없고.

오늘 어떤 일이 있었냐면 말이야, 온 식구가 왔어. 토머스 아주머니의 부모님이 제일 먼저 오셨는데, 해리건 할머니가 고약한 말들만 쏟아놓는 통에 결국 토머스 아주머니가 우셨지 뭐야.

'나는 너희가 결혼하던 첫날부터 버트가 마음에 안 들었어. 다른 여자들이랑 어울려 춤이나 추고, 술도 너무 많이 마셨지. 그 얼어죽게 추운 집구석은 끝끝내 고치지 않더군. 그래서 우리가 한 번도 방문하지 않았던 거야. 올 때마다 술 냄새에 고함 소리에! 애들은 또 죄다 제 아비만 쏙 빼닮았지. 어쩌면 그렇게 잘생기고 예쁘게들 생겨가지고는, 하나같이 천박하고 이기적이지. 일라이저는 꽤 착한 아이였지만, 나머지는 못돼먹은 녀석들이었어. 예의없는 말버릇들하고는. 틀림없이 아들놈들은 제 아비의 복사판이겠지.

아비라는 녀석이 그렇게 멍청한 짓들만 골라 하더니 결국에는 철로에 가서 죽어 버렸구나. 철로에서 춤추다가 죽다니, 원 세상에. 인생 대부분을 철로에서 보냈으면, 기차가 올 때 철로에서 내려오는 분별력쯤은 있어야 할 것 아니냐. 그런 것도 없다니! 애초에 멍청한 녀석은 별 수 없는거야. 그러니 자기 마누라랑 아들들을 집도 돈도 없이 남겨 놓았지. 한심하기 짝이 없구나.'

케이티 모리스, 그 할머니는 나쁜 말들을 쉬지 않고 쏟아냈어. 듣기에도 끔찍했어.

'나와 네 아버지가 너희 식구를 전부 받아 줄 거라 생각한다면, 큰 오산이다. 나는 겨우 쉰아홉 살이고 아직 살아갈 날들이 창창해. 남의 가족이나 돌보면서 살 생각이 추호도 없어.'

그러고는 두 분이 소파에서 일어나 볼링브룩으로 돌아갔어.

다른 가족도 왔어. 토머스 아저씨의 부모님과 그의 형제 셋이야. 남자들은 모두 둘러앉아서 자기 발만 쳐다봤고, 그 어머니라는 분이 할 말이 많은지 곧바로 쏟아내기 시작했지.

'바로 어제 들었는데, 그 여자가 외손자들 중에 아무도 데려가지 않겠다고 했다면서? 깔끔만 떨고 활기라곤 조금도 없는 집구석이면서. 게다가 버트에 대해서도 아주 끔찍하게 말했다던데. 사람이 죽은 지 채 여섯 시간도 안 돼서 그런 말을 하다니. 창피한 줄 알아야지! 뭐, 내 아들이 신통찮은 여자랑 결혼한 탓이지. 이렇게 말해서 미안하다만, 네가 볼링브룩의 남자들에게 딱히 인기 있는 아가씨는 아니었잖니. 그건 그렇다 치고, 우린 누구처럼 그렇게 고약하지 않아. 우리는 마땅히 해야 할 도리를 알아. 먹여 살릴 입이 다섯이나 늘어나는 게 기쁘지야 않지만, 어쩌겠니, 널 받아들이마.

우리 집은 그리 좋지는 않지만 꽤 크단다. 많던 애들도 다 자라서 떠났으니 남는 방도 있고. 조애너, 네가 마을에서 청소 일을 구해서 우리에게 돈을 얼마간 내거라. 주말에는 내 일을 거들고. 청소며 요리며 할 일들이 많아.'"

앤은 이야기를 멈추고 바닥에 앉았다. 케이티 모리스도 앉았다.

"자, 이제 다음 부분을 잘 들어. 이 얘기를 할 때는 앉아야 돼. 충격

적이고 슬프고 두려운 이야기거든. 그 할머니가 말했어.

'말들과 소와 가구는 모두 우리가 가져가마. 아들 녀석들이 결혼할 때 집에 있던 가구들을 가져가서 좀 휑하거든. 다른 것들을 들여놓을 수 있어. 복도에 찬장이 있더구나. 응접실에 놓으면 꽤 근사해 보이겠어. 우리가 전부 가져갈 거다. 쓰지 않을 것들은 불태우고. 내 아들들이 커다란 수레를 가져왔어. 여기 있는 수레랑 같이 운반하면 두 번만에 끝낼 수 있을 거야.'"

앤이 고통스러운 시선으로 케이티 모리스를 바라보았다.

"네가 어디로 가게 될지 알겠지? 넌 죽은 아들에 대해서 다정한 말 한마디 안 하는 그 끔찍한 여자와 함께 살 거야."

앤은 머리를 숙이고 두 손으로 감쌌다.

"하지만 훨씬 더 끔찍한 소식이 남아 있어. 혹시 너, 내가 그 끔찍한 여자의 응접실에 아주 가끔밖에 못 들르고 대화를 나눌 시간도 거의 없어지겠다고 걱정하고 있니? 잘 들어, 케이티 모리스. 더 나쁜 얘기를 해 줄게. 더 나빠, 아주 아주 나빠."

앤은 이제 울고 있었다. 말을 하는 것조차 힘겨워 보였다.

"버트의 어머니라는 분이 이렇게 말하는 거야.

'그래, 내가 마음씨가 참 좋아서 과부가 된 버트의 마누라와 네 명의 손자 놈들까지 받아들이는 거야. 버트의 아들처럼 생기지 않은 녀석까지도. 하지만 빨강 머리 계집애까지 내 집에 들여놓을 수는 없다. 암, 그럴 순 없지! 그 애를 데려가겠다고 나설 사람이 있을 게다. 예쁘진 않지만, 내가 말하지 않았니? 청소를 잘하고 요리도 도와주는 애라고. 그러니까 이 근처 여자들 중에서 그 애가 필요한 사람이 있을지도 모르지. 어쨌든 난 필요 없다. 버트의 자식이 아니니까 내 손녀도 아니고. 난 그 아이를 원하지 않아. 데려가지 않겠다.'

케이티 모리스, 그 말들이 내 가슴속 깊이 박혔어. 그런 여자랑 같이 사는 건 고문이겠지만, 넌 함께 살아야겠지. 그런데 말이야, 그 여자가 날 원한다고 말했다면 더 좋았을 거야.

옆에 다른 사람들도 꽤 많이 있었어. 토머스 아저씨를 아는 사람들이었는데, 나를 데려가겠다는 사람은 아무도 없었어. 그때 어떤 여자가 말했어.

'강 위쪽에 사는 해먼드라는 여자가 있는데, 아이를 데려갈지도 모르겠네요. 두 번이나 쌍둥이를 낳아서 늘 피곤에 시달리거든요. 비슷한 또래 애들이 넷이나 되니, 놀랄 일도 아니죠.'

그 여자가 토머스 부인을 돌아보며 묻더라.

'이사가 이틀 후라고 했죠? 그럼 그 동안 사람을 보내서 물어볼게요. 어쩌면 그 여자 남편이 앤을 데리러 올 수 있을지 모르겠네요. 우리가 데려다주기에는 좀 먼 거리라서요. 뭐, 그게 안 되면 우리가 고아원으로 데려다줄게요.'"

마지막 말을 하면서 앤의 목이 메었다. 고아로 살아온 평생 동안 그녀가 가장 두려워했던 게 바로 고아원으로 보내지는 것이었다. 한 지붕 아래 모든 아이들을 쑤셔 넣는 그런 무시무시한 장소에서 어떤 일이 벌어질지 자문해 본 적이 얼마나 많았던가. 앤은 지금 차디찬 마룻바닥에 앉아서 그 생각을 하고 있는 것이다.

"들어가서 잘 수 있는 자기만의 벽장조차 없다고 상상해 봐. 혼잣말을 건네고, 생각하고, 상상할 수 있는 곳이 어디에도 없는 거야. 아

마 일흔다섯 명의 어른과 아이들이 먹은 접시를 씻어야겠지. 그리고 틀림없이 랜돌프와 밀드레드처럼 고약하게 구는 고아들도 많을 거야. 엄청나게 커다란 방에, 침대 50개가 일렬로 늘어서 있겠지.

나만의 보물을 숨겨둘 장소도 없는 거야. 내 〈푸른 옷을 입은 소녀〉과, 내 곰 인형과, 내 조그만 분홍색 지갑과, 내 아름다운 달걀은 어디에 둘까? 오, 이 모든 상상이 너무 두려워. 두려워서 숨이 막힐 것만 같아. 아, 제발 어느 엄격한 고아원 사람이 나를 확 들어서 고아원으로 끌고 가기 전에 해먼드 아주머니가 날 데리러 오게 해 주세요."

제발이라고? 지금 누구에게 부탁하는 거지? 케이티 모리스는 앤을 구해 줄 수 없었다. 앤은 혼잣말을 걸고 있는 대상에게, 결국 자기 자신에게 스스로를 부탁하고 있었던 것이다.

그때 앤의 머릿속을 스치는 기억이 있었다. 오늘 이 집에 왔던 어느 인자한 인상의 아주머니가 해 준 말이 떠올랐던 것이다.

"내가 널 데려갈 수 있다면 정말 좋겠다만, 우리 집은 너무 좁아. 내 아이들만으로도 방이 부족하단다. 남는 침대도 없고. 가엾어라, 많이 두려운가 보구나. 얘야, 모든 일이 너를 위해서 잘 풀리게 해 달라고 기도하렴."

"기도요? 누구한테요?"

"물론 하느님께 해야지."

"하느님이요?"

"그래, 하늘에 계신 너의 아버지."

아, 존슨 아저씨의 천사들을 천국에서 다 쫓아낸 그 커다란 사람! 《로열 리더》에도 하느님이란 사람에 대한 얘기가 나왔다. 그래, 좋아, 노력해 보자. 그 친절한 여인이 한 가지 덧붙였다.

"'제발'이라고 말하는 거 잊지 말거라."

그래서 앤은 생애 최초로 기도를 시도했다. 바로 거기 바닥에서, 케이티 모리스 앞에서 기도했다.

"당신이 누구신지는 모르겠지만, 안녕하세요? 하느님. 지금 내 인생은 힘이 들어요. 당신이 내 일을 해결해 줄 정도로 똑똑한 분이라면, 고아원에 대해서도 알고 계시겠죠. 쌍둥이들을 키우는 여자 분이 나를 데리러 오지 않으면 그들이 나를 그리로 보내려 한다는 것도 아실 거예요. 쌍둥이가 넷이긴 하지만 조그만 애들이니까, 내가 좋아할 수도 있을 거예요. 그 애들은 호러스와 에드워드와 해리만큼 못된 아이들이 될 수는 없을 거예요.

케이티 모리스를 구하기에는 너무 늦었지만, 저를 위해서 〈푸른 옷을 입은 소년〉과, 내 분홍 지갑과, 아름다운 달걀과, 라킨바와, 가엾은 토머스 아저씨가 사준 보리스를 구하는 방법을 알려 주세요. 아! '제발'이라는 말을 깜박했네요. 지금 말할게요. '제발'요. 무엇보다 해먼드 부인이 와서 나를 데려가게 해 주세요. '제발'요. 아니면 해먼드 씨가 와도 돼요. 어쩌면 해먼드 부인은 쌍둥이들이 너무 많아서 집을 비울 수 없을지도 모르잖아요. 그리고 '제발' 여기서보다 삶이 더 낫게 해 주세요. 더 편하게 해 주세요. 너무 무리한 요구라고 생각하실 수도 있겠지만, 어쨌든 난 부탁드릴래요.

제발 해먼드 부인을 쾌활하고 친절한 분으로 만들어 주시고, 나를 조금이라도 사랑하게 만들어 주세요. 그리고 사랑하는 라킨바와도 헤어지게 될 테니까, 해먼드 부부에게 고양이도 한 마리 있으면 더 근사하겠어요. 내가 그 애랑 얘기할 수 있도록요. 케이티 모리스와 헤어지는 나한테는 그게 정말로 필요해요.

이게 너무 무리한 부탁이 아니었으면 좋겠어요. 아무래도 부탁을 너무 많이 하지 않도록 조심해야 할 것 같아요. 천국에서 그 모든 천사들을 쫓아낸 분이니, 절대적으로 참지 않는 일들이 있는 거잖아요. 그러니까 이 기도가 당신에게 잘 맞는 것이기를, 언짢게 해드린 게 아니기를 바랍니다, '제발'요. 감사합니다. 안녕히 주무세요."

앤은 일어나서 찬장 유리문에 입을 맞췄다.

"안녕, 케이티 모리스. 내 인생의 그 모든 세월 동안 내가 얘기하고 사랑할 수 있게 항상 여기 있어 줘서 고마웠어."

누군가 지켜보고 있었더라도 앤이 말하는 소리를 들을 수 없었을 것이다. 그녀는 너무나 슬프게 울고 있었다. 하지만 앤은 케이티 모리스가 자신의 말을 들었고, 그 말을 전부 이해한 것을 알았다.

53

해먼드 부인이 오다

해먼드 씨는 오지 않았다. 그 대신 해먼드 부인이 직접 왔다. 집에는 자신의 귀가가 늦어질 경우를 대비해서 해먼드 씨에게 젖병 스물네 개를 준비해 놓았다. 3월이었으니까. 3월의 날씨는 어떤 변덕을 부릴지 알 수 없었다. 강풍이 길 밖으로 마차를 밀어붙이거나 눈보라가 몰아칠 수도 있었다. 하지만 해먼드 부인은 부엌일과 빨래를 잘한다는 그 여자아이를 직접 보고 싶었다. 둘 중 하나만 잘해도 괜찮다고 생각했다. 먹여 살릴 입을 하나 더 늘리기 전에 토머스 부인을 만나서 직접 듣고 자신의 눈으로도 확인하고 싶었다. 게다가, 하루 동안 육아와 가사일에서 벗어날 수도 있었다.

하루를 꼬박 쉴 수 있다니! 해먼드 부인은 첫 번째 쌍둥이가 태어난 이후로 하루도 쉬지 못했다. 아니, 하룻밤을 편히 자 본 적이 없었다. 그녀만큼 피곤한 사람이 세상에 또 있을까? 마차에 앉아 말을 몰고 가는 하루가 그녀에게는 휴식처럼 느껴졌다. 아무 걱정 없이 나무와 들판들을 바라보고, 이따금 졸음에 빠질 수도 있으리라. 말은 자신이 해야 할 일을 알 것이다. 아무리 울퉁불퉁하거나 험해도, 길은 길이었다. 말이 벌떡 일어나 숲으로 달려 들어갈 리는 없었다. 그래, 꽤 많이 잘 수 있을 것이다. 그다음 토머스네 집에 도착하면 차와 케이크가 있을 것이다. 상갓집에는 언제나 차와 달콤한 것들이 있게 마련이었다.

가엾어라. 남편은 죽고, 여자 혼자 아들 넷을 키워야 하다니. 그 남편이라는 사람이 상당히 미남이었다는 말을 들었다. 하지만 술주정뱅이였다고 했다. 해먼드 부인은 남편을 떠올렸다. 사실 켄드릭은 잘생기지 않았다. 생머리에 키도 별로 크지 않다. 하지만 조용하고 착실했다. 술을 마시지 않았다. 철로에서 춤을 추다가 기차가 달려오는 길로 들어설 사람은 아니었다.

켄드릭은 친절하지만 조금 지루한 남자였다. 사촌의 결혼식장에서 처음 만났던 때가 기억났다. 당시 그녀는 메인 주에 살았다. 그는 그녀에게 자주 춤을 신청했고, 그녀의 곱슬머리를 마음에 좋아하는 듯했다. 그때까지 그녀는 항상 자신의 곱슬머리가 지독한 실패작이라고 생각했다. 하지만 이 생각만 하면 그녀는 킬킬 웃음이 났다. 누군가가 자신에게 그만한 관심을 기울이면 조금쯤 우쭐해지게 된다. 그가 자신이 '제재업자'라고 말하면서 청혼했을 때 그녀는 스스로도 놀랄 정도로 쉽게 허락했다. 티파티와 좋은 집과 훨씬 흥미진진한 삶이 펼쳐질 것 같았다. 그녀의 부모는 교육을 잘 받은 것에 대해 스스로 자부심을 가졌지만 돈은 하나도 없었다.

뉴잉글랜드*와 노바스코샤는 가까운 사촌 같았다. 자주 오갈 수 있을 것 같았다. 한편 노바스코샤가 지도상으로 흥미로워 보이기도 했다. 캐나다 본토에 좁은 연결부로 이어져 있을 뿐, 온통 바다로 둘러싸여 있었다. 켄드릭은 그녀를 노바스코샤로 데려 왔지만, 바다 냄새를 맡을 수 있는 곳에서도 20마일이나 떨어진 울창한 숲 한가운데 내려놓았다. 강의 상류, 나무 그루터기만 남은 작고 황량한 개간지, 그 삭막한 공터에 그들의 집이 있었다. 집은 창문들이 달린 헛간 같았다.

"내가 만들었어."

그가 자랑스럽게 선언했다.

"아주 크네요"

그녀가 말했다. 그가 미소 지으며 그녀의 팔을 꽉 잡았다.

"우리가 채워야지."

"무엇으로요?"

"두고 봐."

그녀는 이런저런 많은 것들을 생각하고 추억하는 데 잠겨 있느라 자신이 얼마나 멀리까지 왔는지 알아차리지 못했다. 그 길의 마지막 굽이를 돌기 직전에야 '제재업자'라는 켄드릭의 직업을 생각했다. 그는 나무들을 자르고, 근처 강가의 조그만 작업실에서 통나무들과

* 미국 동북부의 6개 주(메인, 뉴햄프셔, 버몬트, 매사추세츠, 코네티컷, 로드아일랜드)를 말한다.

판자들을 만들었다. 그는 의자든 탁자든 벽장이든 나무로 물건 만드는 일에 능숙했고, 뭐든 만드는 것을 좋아했다. 하지만 그가 주로 하는 일은 톱질이었다.

어느새 눈앞에 토머스네 집이 보였다. 해먼드 부인은 너무 빨리 도착한 게 유감이었다. 우는 아기들도 없어서 말 달리는 시간이 너무나 평화로웠다. 빨래할 기저귀들도 없었다. 심지어 기분 좋게 잠깐 쪽잠까지 잤다. 이제 그녀는 아홉 살짜리 소녀를 만나, 쓸모가 있을지 골치를 썩일지를 판단해서, 데려갈지 말지를 결정해야 할 것이다. 결정! 그녀는 그게 싫었다. 이 작은 결정조차 그녀를 다시 불안하게 만들고 있었다.

그녀는 첫 아기를 낳고부터 걱정하고 두려워하는 버릇이 생겼다. 여자들한테 이런 일이 일어나는 경우가 종종 있다는데, 지난번 출산 때 왔던 의사는 그런 증상을 어찌할 수 없다고 말했다.

"좀 더 자주 외출을 하세요."

'외출을 해? 어디로? 양쪽 방향으로 1마일을 걸어도 나무 말고는 아무것도 안 보이는데. 그건 부엌 창문으로도 얼마든지 잘 보여. 그리고 내가 밖에 나가면 이 아이들은 어떻게 하겠어?'

해먼드 부인이 문을 노크했다. 비쩍 마른 작은 소녀가 문을 열었다. 땋아 내린 선명한 빨강 머리와 얼굴을 뒤덮은 주근깨들이 눈에 확 들어왔다. 하지만 작은 소녀의 얼굴이 순식간에 기쁨으로 환해져서, 해먼드 부인의 뇌리에는 화사한 미소만 남았다.

여자아이가 외쳤다.

“오셨군요!”

토머스 부인이 문간으로 왔다. 평소보다 더 맥없는 모습이었다.

“해먼드 부인이세요?”

“네, 샬럿 해먼드예요.”

소싯적에는 친구들이 로티라고 불렀지만, 지금은 그녀를 친근하게 부를 정도로 집 근처에 가까이 사는 사람이 아무도 없었다. 켄드릭도 첫 아기를 품에 안은 순간부터 그녀를 ‘누구 엄마’ 이외의 다른 이름으로 부르지 않았다.

“전 실례해야겠어요. 감자가 끓어 넘치려고 하거든요.”

앤이 이렇게 말하고는 스토브로 달려갔다. 샬럿 해먼드는 그 모든 행동을 유심히 지켜보았다. 앤이 설거지통에서 컵 하나를 꺼내 닦고, 거기에 차를 부어 그녀에게 가져왔을 땐 더욱 관심이 커졌다.

“아주머니네 쌍둥이들은 비슷하게 생겼어요?”

앤이 조심스레 물었다.

“둘은 비슷하고, 둘은 별로 닮지 않았어.”

해먼드 부인이 흔들의자에 자리를 잡으며 대답했다.

“비슷한 아이들은 알아보기 힘들어요?”

“응. 둘 다 남자아이인데, 하나가 왼쪽 귀 뒤에 작은 점이 있어. 가끔은 그걸 확인해 봐야 돼.”

“머리를 다른 모양으로 자르면, 아마 구별하기 더 쉬울 거예요.”

앤이 말하면서 노아에게 줄 수프를 퍼 담고, 그의 이마에 입을 맞췄다.

“글쎄다, 지금 당장은 그렇게 자를 머리도 없어.”

해먼드 부인은 자기도 모르게 웃고 있었다.

앤은 더 이상 기다릴 수 없었다.

"절 데리러 오셨어요?"

이 질문에 대한 결정은 해먼드 부인이 켄드릭에게 청혼을 받았을 때만큼이나 빨랐다.

"그래."

그녀가 대답했다. 그러고는 차를 홀짝였다.

앤은 자신의 몸을 끌어안았다. 그날 아침에 제일 첫 번째 집으로 찬장과 케이티 모리스가 떠나갔다. 그때 이후로 초조해서 어쩔 줄 모르고 있었다. 해먼드 부인이나 고아원에 대해 생각하지 않으려고 했지만, 도저히 불가능했다. 하나는 '희망'을, 다른 하나는 '파멸'을 의미했다. 이제 해먼드 부인이 왔으니, 그녀는 구출되었다. 마음이 차분하게 가라앉았다.

라킨바가 좋은 집으로 가리라는 것을 알게 된 것도 또 하나의 위안이었다. 전날 저녁, 길 위쪽에 사는 농장집 여자가 와서 말했다.

"이런 부탁을 해도 될지 모르겠는데, 그 커다란 주황색 고양이를 원하는 사람이 없으면 내가 데려갔으면 해요. 몇 년 전 우리 집 근처 숲에 어슬렁어슬렁 돌아다니기 시작했을 때부터 내가 예뻐했거든요. 우리 젖소한테 나온 진짜 크림도 내가 자주 먹였어요. 내일 오후에 마차로 녀석을 데려갈 수 있어요."

앤은 슬픔과 안도감이 뒤섞이는 기분이었다.

앤이 준비하는 데는 그리 오래 걸리지 않았다. 전날 토머스 부인에게 낡은 양철 가방을 받아서 대부분의 짐을 꾸려 놓았기 때문이다. 가방은 보기보다 공간이 널찍해서, 장식 달걀을 담은 부츠까지 들어갔다. 앤의 옷은 얼마 없었지만, 내년에 맞을지도 모르니까 트루디의 오래된 드레스를 챙겨넣었다. 언젠가 토머스 부인이 볼링브룩에서 가져온 요리책을 찾아보라고 했을 때 낡은 트렁크에서 찾아낸 것이었다.

토머스 부인은 그 옷이 맞을 정도로 키가 클 때까지 앤이 가지고 있어도 된다고 했다. 앤의 옷들보다 훨씬 예쁜 옷이었다. 작은 레이스 칼라 아래 작은 금속 단추가 세 개 달렸고, 옷단 주위에 주름 장식이 있는 푸른색 드레스였다. 앤은 눈을 감고, 그 옷을 입고 여왕마마를 뵈러 가는 자신의 모습을 자주 상상했다. 여왕마마의 눈을 지그시 들여다보며, 넓은 치맛자락을 들어 올리고, 정중하게 예를 갖출 것이다. 여왕마마는 보석 관을 살짝 매만지면서 그녀를 향해 웃음 지으며 말하리라.

"세상에! 참으로 아름다운 드레스로구나!"

앤은 자신의 소중한 사전과 책들을 원피스 주름 사이에 끼워 넣었고, 〈푸른 옷을 입은 소년〉과 석판은 부서지지 않게 다른 옷가지들 사이에 아주 조심스럽게 넣었다. 곰 인형은 가방 구석에 집어넣고 살짝 토닥여 주고, 트루디의 원피스 소매 한쪽 안으로 작은 분홍 지갑을 밀어 넣었다. 꼼꼼하게 방을 둘러보고 한 번 더 매트리스를 들춰 보았다. 아무것도 남지 않았다. 창밖으로 사랑하는 다섯 자매와 거울웅덩이, 언덕과 이파리 없는 진달래 덤불에게 마지막으로 인사했다.

좀 전 위층으로 올라올 때 라킨바가 따라왔었다. 앤은 녀석을 안아 들고 그 털에 얼굴을 묻으며 꼭 껴안았다. 목구멍이 오그라들고 눈 안쪽이 불타는 것처럼 뜨거워졌다. 하지만 앤은 울지 않기로 굳게 마음먹었다. 아직 노아에게 작별 인사를 못 했는데 벌써 울기 시작하면 영영 그치지 못할 것 같아서였다. 앤은 자신에게 일어난 좋은 일 한 가지에만 매달렸다.

'해먼드 부인이 왔어. 고아원에 안 가도 돼!'

54

작별 인사

앤은 계단으로 내려가면서 웃었다. 어쩌면 슬피 울부짖지 않고도 노아와 이별의 포옹을 나눌 수 있으리라. 하지만 그런 일이 일어나기 전에 현관문 두드리는 소리가 들렸다. 토머스 씨가 세상을 떠난 이후로 많은 사람들이 찾아왔고, 그들 대부분은 토머스 부인이 처음 만나는 사람들이었다. 하지만 오늘 찾아온 손님은 헨더슨 선생님과 존슨 씨였다. 헨더슨 선생님은 앤이 예쁜 옷을 얼마나 좋아하는지 알고 있었다. 그래서 벨벳 제비꽃들로 테를 두른 사랑스러운 연자주색 모자를 쓰고, 따뜻한 검은 코트 안에 자주색 태피터 드레스를 정성껏 차려입었다. 작은 진주 단추들이 드레스 앞쪽의 겹쳐진 부분에 줄줄이 이어져 있었고, 각 소매 끝동에도 단추가 하나씩 달려 있었다. 자주색 드레스와 검은 코트는 문상용으로 어울리는 복장이었지만, 모자는 분명 앤을 위한 것이었다. 존슨 씨는 갈색 코트 차림에 장갑을 끼었고, 턱수염은 깔끔하게 정리했으며, 다정한 표정이었다. 여자를 보호하는 잘생긴 남자로 보였다. 헨더슨 선생님이 먼저 입을 열었다.

"토머스 부인, 당신의 모든 괴로움에 대해 저희도 매우 슬프게 생각합니다. 그런데 앤이 볼링브룩으로 함께 가지 못한다는 소식을 듣고 앤에게 작별 인사를 하려고 찾아왔습니다."

앤의 눈물이 터져 버렸다. 노아에게 웃으며 작별 인사를 할 가망은 없었다. 앤은 학교나 헨더슨 선생님, 존슨 씨에 대한 생각은 하나도 하지 않으려고 애써 외면해 왔는데, 두 사람을 보는 순간 이미 눈물이 흘러내리고 있었던 것이다. 앤은 조용히 울고 있었다. 헨더슨 선생님이 아이에게 말했다.

"너를 떠나보내야 하다니 슬프구나, 앤. 너 같은 제자를 다시는 만나지 못할 거야. 언제까지나. 언젠가 나에게 딸이 생기는 행운이 따라주더라도, 너를 사랑하는 이 마음보다 더 어떻게 그 애를 사랑할 수 있을지 모르겠어."

헨더슨 선생님의 눈물 한 방울이 앤의 코로 떨어졌고, 그녀는 더 이상 말을 잇지 못했다.

이어서 존슨 씨가 말했다.

"앤, 내게 단어의 중요성을 다시 일깨워 줘서 고맙다. 네 덕분에 가르치는 즐거움도 다시 깨닫게 되었어. 용서가 가능한 일이라는 것도. 이 모든 것을 네가 나에게 보여 주었어."

존슨 씨는 한참 동안 말을 멈추고 목을 가다듬고 코를 풀었다. 그 후에 말을 이었다.

"지금은 우리에게 슬픈 시간이야. 떠나는 너를 보고 싶지 않구나. 하지만 우리가 너에게 해 주고 싶은 말이 있어. 네가 좋은 소식이라고 생각해 주면 좋겠다."

좋은 소식? 앤은 깊이 숨을 들이켜고, 앞치마로 눈과 얼굴을 닦았다.

"좋은 소식이 뭔데요?"

헨더슨 선생님이 웃고 있었다.

"존슨 씨와 내가 결혼을 약속했단다."

앤은 눈을 감고 두 손을 맞잡았다.

"어머나! 그건 제가 들어 본 소식 중에서 극도로 아름다운 소식이에요. 세상에서 제가 아주 좋아하는 두 사람이 '결혼'하다니요! 이렇게 완벽한 일이 일어나리라고는 감히 바랄 수도 없었어요. 하지만……."

갑자기 앤의 손이 입으로 올라가고 눈에 다시 눈물이 고였다.

"왜 그러니, 앤?"

존슨 씨가 앤의 어깨를 잡고 눈을 들여다보았다.

"하지만 전 여기 있지 못해요. 결혼식을 보지 못할 거예요. 두 분의 아기를 안을 수 없을 거예요. 달걀이나, 단어나, 포옹이나, 이집트와 피라미드에 대한 가르침을 구하러 갈 데가 아무 데도 없을 거예요. 난 여기 있지 못하니까요."

앤이 두 손에 얼굴을 묻고 엉엉 소리내어 울었다. 헨더슨 선생님이 다가와 앤을 꼭 껴안았다.

“내 말 들어봐, 앤. 우리도 여기 있지 않아. 결혼은 내년 7월이고, 나는 올가을에 볼링브룩 사범학교로 들어간단다. 교사 훈련을 받아서 교사 자격증을 받을 계획이거든. 존슨 씨는 다시 고등학교에서 아이들을 가르칠 거야. 이번에는 볼링브룩에서. 존슨 씨도 여기서 네 달걀을 주거나 단어를 알려 주지 못할 거야. 나 역시 이 학교에 없을 거고. 네가 가을에 여전히 여기 있더라도 우린 떠나야 돼. 그러니까 눈물을 그치렴. 앤.”

그녀가 자수 손수건을 가방에서 꺼내어 앤의 눈물을 닦아 주었다. 그러고는 손수건을 앤의 원피스 주머니에 넣어 주었다.

“그러니까 어차피 그렇게 끔찍할 건 없어. 그리고 앞으로 언젠가 우리 모두 다시 같은 곳에 살게 될지 누가 알겠니. 그런 일이 일어날 수도 있어. 그리고…….”

“그리고 뭐요? 그리고 뭐예요?”

앤은 더 이상 울고 있지 않았다.

“너의 앞길에 무엇이 놓여 있든, 너는 멋진 인생을 꾸려 나갈 수 있을 거야. 어떻게 아는지는 모르지만 그냥 알아. 네가 스스로 그런 일이 일어나게 만들 거라고 나는 확신한단다.”

앤은 언제나 헨더슨 선생님이 하는 모든 말을 믿었다. 이제 와서 그 믿음을 포기할 생각은 없었다. 초조하고 슬픈 마음이 가라앉는 것이 느껴졌다. 존슨 씨는 앤의 사전이 너무 크고 무거워서 들고 다니기 힘들다고 생각해서 호주머니에 들어갈 만큼 작은 사전을 선물했다. 헨더슨 선생님은 아치볼드 부인이 보낸 노란색 새 리본을 전해 준 다음, W. 스콧의 시집 《호수의 여인The Lady of the Lake》을 선물했다. 그것 역시 호주머니에 들어갈 정도로 작고, 빨간색 표지에 금색 글자로 제목이 씌어 있었다. 여행 길에 해먼드 부인이 얘기하고 싶어하지 않을 때 읽으면 될 것이다.

두 분의 선생님이 떠날 때, 앤은 진심으로 웃으며 작별 인사를 할 수 있었다. 헨더슨 선생님과 존슨 아저씨가 결혼을 하다니! 앤은 이별이 슬픈 동시에 행복했다. 그리고 평화로웠다.

노아와의 작별이 힘들었다. 아이가 부엌 구석의 작은 의자에서 전부 지켜보고 있었다. 노아는 앞으로 무슨 일이 벌어질지 알아차릴 수 있는 네 살이었다. 불행도 알았다. 그는 세상이 산산조각 나는 것 같아서 마음의 문을 걸어 잠갔다. 말하지도, 울지도 않았다.

해먼드 부인이 벌써 일어나서 기다리고 있었다. 떠날 시간이었다. 앤은 더 이상 출발을 늦출 수 없음을 알았다. 그래서 얼른 노아의 작은 의자로 걸어가 그 옆에 무릎을 꿇고 앉았다.

"난 떠나고 싶어서 떠나는 게 아니야."

앤은 이 말을 하면서, 일라이저가 떠나기로 '선택'했던 기억을 떠올렸다.

"난 너를 아주 많이 사랑해."

노아의 얼굴은 여전히 쓸쓸했고 눈은 메말라 있었다. 아이는 아무 말도 하지 않았다. 앤은 문득 자신이 노아에게 준 게 아무것도 없고, 그 아이가 자신을 기억하며 소중히 간직할 게 하나도 없다는 생각에 마음이 아팠다. 사전과 시집과 노란 리본을 받은 것이 자신에게 얼마나 위로가 되었는지를 생각했다.

"잠깐만."

앤은 바닥에 놓아둔 금속가방으로 급히 걸어가서, 가방을 열고 안을 들여다보았다. 책 두 권과 리본이 보였다. 앤은 가방 옆에서 잠시 생각했다. 가방 안에 든 것은 모두 '유일한' 보물들이었다. 앤은 구석의 곰 인형을 매만졌다. 그 껄껄한 털을 느끼며 얼굴과 다리를 손가락으로 쓸어 보았다. 침대에서 껴안을 수 있는 것, 토머스 아저씨가 자신을 좋아했음을 상기시켜 주는 것이었다. 토머스 아저씨는 이제 떠나고 없다……. 앤은 마음이 찢어지는 듯했다. '주고' 싶은 열망과 '간직하고' 싶은 열망이 엎치락뒤치락했다.

갑자기 앤이 곰 인형을 꺼내고 가방 뚜껑을 탁 닫았다. 인형을 가슴에 꼭 껴안고, 노아에게로 다가가 발받침에 앉았다. 그리고 무릎에 곰 인형을 놓고 노아에게 말했다.

"노아야, 보리스는 나의 '유일한' 보물이야. 난 이 애를 아주 많이 사랑해. 얼마나 사랑하는지 너는 상상도 못할 만큼. 네가 이 애를 데리고 있어 주면 좋겠어. 보리스가 너랑 함께 있고 싶어해. 밤에 잘 때 보리스를 꼭 껴안아 줘. 그리고 그때마다 내가 너를 얼마나 사랑하고 그리워하는지 생각해 줘."

노아의 쓸쓸한 눈이 서서히 밝아지더니 곰 인형을 향해 팔을 뻗었다. 그다음 아이는 작은 의자에서 일어나 앤의 무릎으로 기어올라 곰을 감싸 안은 채로 누나의 목에 두 팔을 감고 울었다. 앤은 아이의 등을 토닥이며 머리를 쓰다듬었다. 노아는 작은 의자로 돌아가 곰을 꼭 끌어안고, 슬픈 표정을 지었다.

앤이 일어나 토머스 부인을 보았다.

"토머스 아주머니, 태어나서 석 달만에 부모를 잃은 저를 고아원에 보내지 않고 손수 키워 주셔서 고맙습니다. 그리고 일라이저 언니를 주셔서 고맙습니다."

토머스 부인은 앤을 바라보며 이 아이의 도움 없이 자신이 어떻게 살아남을 수 있을지 속으로 걱정했다. 또 자신이 사랑스런 버사 셜리의 이 이상한 아이를 많이 사랑했다는 것을 깨닫고 깜짝 놀랐다. 그녀는 소리내어 말하고 싶었다.

'앤, 고마웠다, 그리고 사랑한다. 못된 계집애라고 소리쳐서 미안하다. 네가 우리와 같이 갈 수 있으면 얼마나 좋을까!'

앤도 그런 말이 듣고 싶었을 것이다. 하지만 토머스 부인의 눈에 눈물이 고이면서 그 말이 목에 걸려 버렸다. 그녀는 작별의 말조차 할 수 없었다. 앤을 잠깐 껴안고 그 뺨에 입을 맞췄을 뿐이다.

집에 다른 사람은 없었다. 빈 수레는 다음 날 돌아올 예정이었다. 앤과 해먼드 부인이 출발한 후, 토머스 부인은 노아 곁으로 가서 오랫동안 크게 소리내어 울었다. 그러고는 노아의 손을 잡고 흔들의자로 데려갔다. 의자에 앉아 노아와 곰 인형을 무릎에 앉히고, 그 둘을 조용히 끌어안고 의자를 흔들며 그녀의 남은 인생이 시작되기를 기다렸다.

55

숲속의 집

앤은 해먼드 부인의 옆자리로 올라타 허리를 곧게 세우고 앉았다. 머릿속은 여전히 그녀가 남기고 떠나는 모든 것들로 가득했다. 집, 처음 가져 본 '나의' 방, 다섯 자매들, 거울웅덩이, 헨더슨 선생님과 새이디와 학교, 존슨 아저씨와 그의 단어들과 천사들과 벽에 걸린 그림들, 토머스 아저씨와 호러스와 에드워드와 해리, 일라이저 언니, 토머스 아주머니와 그녀의 종잡을 수 없는 행동들, 라킨바, 그리고 노아……. 앤은 이 소중한 기억들을 커다란 상자에 담아서 보고 싶을 때마다 자주 꺼내 보듯 간직해 두고 싶었다. 하지만 지금은 뚜껑을 덮고 잠가야 하는 시간인 걸 알았다. 뒤돌아보기보다는 앞을 보아야 했다.

보리스와 라킨바와 노아와 작별한 슬픔이 생생했지만, 앤은 마차에 오른 다음에는 금세 여행에 집중했다. 거의 구름 한 점 없는 하늘에 태양이 쨍하게 빛났고, 3월치고는 유난히 따뜻한 날이었다. 어쩌면 좋은 징조일지도 몰랐다. '징조'는 존슨 씨가 마지막으로 가르쳐 준 단어 중의 하나였다. 앞으로 일어나려는 무언가를 미리 알려 주는 것이라고 했다. 좋은 것일 수도 있고, 나쁜 것일 수도 있었다. 앤은 그것을 믿는 게 그다지 어렵지 않았다. 앤은 종종 무슨 일이 일어날 거라는 이상한 느낌을 받았고, 그런 후에는 자주 그 일이 사실로 일어났으니까. 그래서 '징조'는 앤에게 낯선 개념이 아니었다. 맑은 날과, 눈부신 태양과, 따뜻한 날씨. 좋은 징조들을 한데 모은 것 같았다. 앤은 이 여행을 절대적으로 즐기기로 마음먹었다.

마차가 달리는 동안 숲과 들판, 꼴꼴거리는 조그만 개울, 길게 뻗은 강 풍경, 언덕, 커다란 호수, 넓게 펼쳐진 평지들이 옆으로 지나갔다. 늦봄에 성장하는 초록이 아직 영글지 않았지만, 앤에게는 눈에 보이는 거의 모든 것들이 싱그러웠다. 거대한 얼음 덩어리들을 바다로 나르며 민첩하게 움직이는 강, 평지 위로 외로이 날아가는 왜가리, 생생한 푸른 하늘을 배경으로 선 벌거숭이 나무들의 적나라한 형태, 주위를 둘러싼 모든 아름다움을 빨아들이는 동안 고통과도 같은 무언가가 아이의 가슴을 가득 채웠다.

"이 모든 게 좋아요."

앤은 옆에 조용히 앉아 있는 여인에게 말했다.

"전 아주 오랫동안 숲에서 살았어요. 연못이 하나 있고, 하늘로 열린 언덕이 하나 있었을 뿐이에요. 나무들을 좋아하긴 하지만, 나무들이 너무 다닥다닥 붙어 있으면 가끔은 그들이 드러누워 내게 공간을 좀 내줬으면 좋겠다는 생각이 들어요. 저는 바다를 딱 한 번 봤어요. 아주 드넓게 트여 있었죠. 그럴 것 같진 않지만…… 혹시…… 아주머니네 집이 바다 옆에 붙어 있나요?"

해먼드 부인은 고개를 돌려 생기 넘치는 작은 얼굴을 바라보았다. 대단히 완벽한 코, 부드럽지만 결연해 보이는 턱, 아주 열렬하고 희망적인 표정에 저절로 한숨이 나왔다. 그녀도 바닷가에 살고 싶었다. 그건 그녀의 어린 시절 꿈이기도 했다. 노바스코샤의 거의 전체가 바다로 둘러싸여 있지 않은가. 해변들, 절벽들, 사랑스러운 작은 항구들, 초록빛 섬들…… 음, 뭐랄까, 그 꿈들은 뭉개졌다. 그리고 지금 바로 자신이 앤의 꿈 하나를 뭉개기 시작해야 할 것이다. 바로 지금.

"우리 집은 숲 한가운데 있어. 커다란 집이야. 주위엔 온통 그루터기들이지. 근처에 작은 강이 있지만 보이지는 않아."

아, 또다시 숲속의 집이다. 하지만 앤은 '커다란 집'이라는 말에 솔깃했다. 이런 걸 너무 빨리 물어보면 안 된다는 걸 알지만, 당장 알아야만 할 것 같은 기분이었다.

"방이 많아요?"

"그래."

"제가 방 하나를 갖게 될까요?"

아기들은 많이 울었다. 그녀는 쌍둥이들과 한 방을 쓰고 싶지 않았다.

"그럼. 가구는 별게 없지만, 넌 앞쪽 방을 쓰면 될 거야. 당장은 매트리스밖에 못 주겠지만, 다음 주에 켄드릭이 침대를 만들어 줄 거야. 그이는 나무로 뭐든지 만들 줄 알아. 집도 그이가 지었어."

"아저씨가 목수세요?"

"꼭 그런 건 아니야. 하지만 그이가 만들 수 있어. 제재업자거든."

그녀는 자신의 목소리에 씁쓸함이 드러날까 봐 조심했다.

"그건 나무들을 벤다는 뜻이야. 그래서 주위에 온통 그루터기들이 널려 있단다."

"나무들을 베서 뭘 하는데요?"

"큰 가지들을 떼고 강물에 넣어서 하류의 제재소로 떠내려 보내. 아니면 강가의 작은 작업실로 가져가서 판자들을 만들지. 나무로도 팔고, 판자로도 팔아."

앤은 눈살을 찌푸렸다.

"그러면 제가 어떤 나무도 각별히 좋아하지 않아야겠군요. 아저씨가 벨지도 모르니까."

"그래, 그럴지도 몰라."

"슬픈 일이네요. 전 아름다운 나무들을 사랑하거든요. 제게는 나무도 사람과 같아요. 난 걔네들에 대한 이야기도 만들어요."

앤이 갑자기 해먼드 부인의 코트 소매를 움켜잡았다.

"어머나, 보세요! 저기, 저 커다란 바위 바로 옆에! 거대한 가문비나무요. 긴 초록색 가운을 입은 거인 나라 여왕처럼 완벽하네요. 저 작은 덤불들이 대단히 공손한 경의를 표하려는 신하들 같지 않으세요? 저 나무가 아주머니네 집 옆에 있다면 아침에 잠에서 깰 때마다 그게 땅에 누워 있는 걸 보게 될까 봐, 그 무섭고 흉악한 도끼가 비극적인 그루터기에 기대어 있을까 봐 밤에 한숨도 못 잘 것 같아요. 저

나무가 이곳 황무지에 있어서 참 다행이네요.

제가 이 근처에 산다면 저 나무를 '버든트 여왕Queen Verdant'이라고 부를래요. 사전에서 이 단어를 봤어요. '초록색 잎사귀들이 풍성한'이라는 뜻이에요. '풍성한'은 아주 많다는 뜻이죠. '제 얼굴에 주근깨가 풍성하다'는 식으로요. 아주머니네 집에 거울이 있나요? 제 방에도 하나 있으면 좋겠어요. 아직 못 봤지만 벌써부터 제 방이 마음에 들어요. 방에 거울이 없더라도, 아주 작은 거울이면 충분해요. 자주 내 주근깨들을 확인해야 하거든요. 그게 흐려지거나 없어지기를 바라는 열렬한 마음으로요. 주근깨가 좀 줄어든 것을 확인하면, 제게도 희망이 있다는 느낌이 들 것 같아요.

아름다워지겠다는 게 아니에요. 그 일은 절대적으로 불가능하다는 걸 알아요. 하지만 전 이제 겨우 아홉 살인걸요. 지난주에 아홉 살이 됐는데, 물론 생일 케이크는 없었죠. 그때는 아직 토머스 아저씨가 살아 계실 땐데. 한 번은 아저씨가 크리스마스 때 제게 곰 인형 대신에 예쁜 여자인형을 사 줬더라면 좋았을 거라고 말하는 걸 들었어요. 그래서 생일날 예쁜 여자인형을 기대하지 않으려고 노력했지만, 나는 많은 것들을 '희망'하는 버릇이 있거든요. 하지만 아저씨가 잊으신 것 같아요. 그리고 곧바로 기차에 치여 돌아가셨고요. 그런데요, 제가 막 아홉살이 되었는데 거울로 열 살이 되기 전까지 주근깨들이 흐려지거나 없어지는 걸 확인한다면, 결혼할 나이쯤에는 우윳빛 하얀 피부가 될 수 있겠다고 희망할 수 있잖아요. 그래서 제게는 거울이 필요해요. 변화를 기록하기 위해서요. 제가 많은 것을 희망한다는 건 이런 뜻이에요."

해먼드 부인은 옆자리에서 쉼 없이 흘러나오는 이야기에 귀를 기울였다. 이 아이가 항상 이런 식으로 말할까? 신경을 건드리는 아기들의 울음소리에 이 끝없는 말 사태까지 추가되는 걸까? 그녀는 한숨을 쉬었다. 피곤한 건 지긋지긋했다. 기운 빠지는 것도 넌더리가 났다.

"토머스 부인은 어떤 일을 시켰니?"

"아, '전부 다' 했어요. 물 양동이를 나르고, 지저분한 기저귀를 빨고, 저녁거리에 쓸 야채를 썰고, 설거지하고, 끔찍한 꼬마 녀석들 셋과 착한 노아를 보살폈어요. 아주머니네 쌍둥이들은 전혀 끔찍하지 않을 것 같아요. 너무 어리잖아요. 호러스조차도 아기였을 때는 꽤 착했거든요. 하지만 아무리 착해도 아기들이 있으면 일거리가 많아지죠. 아주머니는 이미 아실 것 같은데요."

"알지."

"그래서 저는 넷을 돌보기란, 그 애들이 아무리 아기라고 해도 고되다고 생각해요."

"여섯이야."

해먼드 부인이 말했다.

앤이 다시 입을 열기까지 긴 침묵이 흘렀다.

"여섯이요? 제가 제대로 들은 건가요? 아이가 '여섯'이라고요?"

"그래, 첫 번째 쌍둥이를 낳기 전에 낳은 딸이 둘 있어."

앤에게서 희망이 새어나가고 있었다. 앤은 다섯 자매와 거의 똑같이 생긴 자작나무 수풀을 전혀 알아보지 못하고 지나쳤다.

"그 애들은 몇 살이에요?"

"몇 살이더라…… 애들이 하도 많아서. 이럴 땐 거꾸로 세어 보면 알 수 있지. 결혼이 열아홉 살 5월이었고, 이듬해 5월에 첫 아이 엘라를 낳았고, 다시 그다음 해 5월에 거티가 태어났어. 매해 5월에 아이를 낳았어. 어쩔 땐 두 명씩. 그러니까 매년 9~10월에는 입덧을 했지. 11월까지 할 때도 있었어. 크리스마스 때쯤 괜찮아졌고. 하지만 피곤해. 너무나 피곤해. 그렇게 난 켄드릭의 집을 채워가고 있어."

마차가 달리는 동안 앤은 조용해졌다. 여섯 명의 아이들! 해먼드 부인이 피곤한 것도 놀랄 일이 아니었다. 앤은 생각만 해도 지쳐 버리는 느낌이었다. 큰딸 엘리가 5월에 네 살이 된다. 둘째 거티는 세 살이 되고……. 주변에 끝없이 이어지는 나무 숲 이외에는 아무것도 안 보였다.

"이웃은 없어요?"

앤이 물었다.

"없어, 켄드릭의 작업실 근처 강가의 작은 오두막집에 혼자 사는 할머니만 한 분 계셔. 그 할머니가 돌아가시면 큰일이야. 영원히 살아줘야 돼."

"왜요?"

"산파거든."

"그게 뭔데요?"

"아기를 받는 사람."

"하지만 아주머니는 이제 필요 없잖아요. 아주머니는 이미 가족이 있고, 아기도 전부 여섯이나 있으니까요."

해먼드 부인이 조심스레 앤을 바라보며 말했다.

"꼭 그렇진 않아."

앤은 당황했다.

"그렇지 않다니…… 뭐가요?"

"여섯 아기가 전부가 아니라고. 난 이제 겨우 스물네 살이란다. 앤, 마흔이 넘을 때까지 계속 아이를 낳는 여자들도 있어."

"하지만 올해도요? 5월이면 당연히……."

앤의 목소리가 흐려졌다.

"또 하나 태어나."

앤의 심장이 쿵쾅거렸다. 일곱. 앤은 지난밤의 기도를 떠올렸다.

'제발 더 낫게…… 더 편하게 해 주세요.'

당황한 앤은 다소 무례할 수 있는 질문을 불쑥 던졌다.

"아주머니 남편은 술을 많이 마셔요?"

"아니, 그이는 너무 바빠."

"고양이는 있나요?"

"응, 두 마리. 하지만 조심해야 돼. 고양이들이 둘 다 아주 정이 많아서 항상 사람한테 달라붙으려고 하거든. 그러다가 아기를 숨 막히게 하면 큰일이지."

앤은 숨을 크게 들이마셨다가 서서히 내뱉었다. 술은 마시지 않는다. 정 많은 고양이가 두 마리나 있다. 괜찮을지도 모르겠다. 토머스네 집보다 낫지 않다. 그래도 어쩌면…….

그때 모퉁이를 돌자 키다리 나무들로 둘러싸인 삭막한 공터 한가운데에 아주 커다란 집이 나타났다. 집 앞에 스물다섯 그루의 아름드리나무의 흔적이 그루터기들로 남아 있었다. 앤이 기대한, 아주 조그만 기쁨의 떨림이라도 주는 것은 아무것도 없었다. 마차가 완전히 섰을 때, 앤은 그 나무들의 장벽을 바라보며 생각하고 있었다.

'해먼드 아저씨는 저 나무들 사이로 난 길을 알고 계실 거야. 강과 작업실로 가야 할 테니까. 그 길이 다른 곳으로 이어지고, 너른 들판이 숨겨져 있을지도 몰라. 어쩌면 소들이 있을지도 모르지. 달려 내려갈 수 있는, 아니 그냥 바라보기라도 할 수 있는 언덕이 있을 거야. 달리거나 바라볼 시간이 많지는 않을 테니까. 어쩌면 오후에 가족 모두 낮잠을 잘지도 몰라. 그럼 난 도망칠 수 있어. 틀림없이 특별한 장소를 찾을 거야. 찾을 때까지 계속 찾아볼 거야.'

그렇다. 앤은 많은 것들을 희망하는 버릇이 있었다.

56

숲속 오아시스

훗날 앤은 해먼드 부부의 집에서 보낸 첫 주를 오래도록, 아니, 일생동안 기억했다. 해먼드 씨가 유난히 힘들고 잔혹한 전투를 마치고 살아돌아온 사람 같은 모습으로 문 앞에서 그들을 맞았다. 우유병을 든 손이 떨리고 있었다. 셔츠 자락이 바지에서 삐져나왔고, 셔츠에는 온통 찐득찐득한 손가락 자국들이 나 있었다. 숱이 얼마 없는 머리카락은 마치 물구나무선 채로 잔 사람 같았다. 뒤에서 울음소리가 들렸다. 분명히 여러 목구멍에서 터져 나오는 소리였다.

"당신이 돌아와서 다행이야."

그는 앤의 존재도 알아차리지 못했다.

"난 이런 일에 익숙하지 않아. 이런 일은 잘 못해."

"이런 일은 어느 누구도 잘해낼 수 없어요."

해먼드 부인은 이렇게 대꾸하면서 가까운 의자에 코트를 걸치고, 요람으로 걸어가서 우는 아기들 중 하나를 안아 올렸다.

"넌 저 애를 안아 줘. 등을 토닥토닥해. 트림을 못해서 그러는 건지도 몰라."

트림보다 훨씬 더 많은 것이 올라왔다. 하지만 앤은 자신의 코트 앞으로 흘러내리는 아기의 저녁 식사를 닦을 방법이 없었다. 어쨌든 적어도 똑같이 생긴 두 아기는 울음을 그쳤다. 아직도 멀리 떨어진 방에서는 울음소리 들려오고 있었지만. 앤은 냄새나는 액체로 젖어 있으면서도 이 아기가 아주 착하다는 것을 알 수 있었다.

"10개월쯤 됐겠어."

앤이 이렇게 중얼거렸다. 토실토실하고 짧은 곱슬머리가 귀여운 아기였다. 해먼드 부인이 아주 똑같이 생긴 아기를 안고 있었다.

"뭐?"

생전 처음 보는 애가 자기 아이들 중 하나를 달래고 있다는 사실을 방금 알아차린 해먼드 씨가 말했다.

"10개월쯤 됐겠다고요. 5월에 태어났겠네요. 이름이 뭐예요?"

앤이 말했다. 해먼드 씨는 죽도록 피곤해 보였다.

"몰라! 오른쪽 귀 뒤를 봐."

"점이 있어요."

"그럼 조지야."

그러더니 해먼드 씨가 부인을 돌아보며 말했다.

"여보, 시간이 늦었다는 건 아는데 저녁 준비할 시간이 없었어. 다른 일할 시간을 낼 수가 없었어. 쌍둥이들 먹을 거 조금밖에 없어. 당신이 낮에 뭐라도 먹었기를 바랄 뿐이야."

"아무것도 못 먹었어요. 거기서 아무것도 안 줬어요. 장례식 음식이 있을 줄 알았는데."

"장례식은 다음 주에 볼링브룩에서 해요. 사람들이 상자에 담아서 아저씨를 데려갔어요."

앤은 토머스 부인을 대신해서 창피한 기분이었다. 그리고 스스로에게도 부끄러웠다. 세 시간이나 마차를 타고 온 해먼드 부인에게 차 한 잔은 박한 대접이었다. 찬장에 빵도 있고 잼도 있었는데, 노아의 곁을 떠날 생각과 보리스에 대한 결정을 내리느라 다른 데 신경 쓸 겨를이 없었다.

'나는 너무나 많은 슬픈 생각들에 묶여 있느라고 음식 대접할 생각을 못했어. 그리고 토머스 부인은 흔들의자에 앉아 있기만 했어. 완전히 무감각하게.'

"당근이랑 감자 썰 줄 아니, 앤? 방법 알아? 냄비에 끓일 물 스토브에 올리는 방법도 아니?"

"네, 물론이에요. 하지만 아기를 안고서는 못 해요."

"아기를 요람에 내려놔. 울더라도 걱정하지 마. 울게 놔둬. 이 집 안에서 모든 일과 모든 사람을 돌보는 방법은 스물다섯 가지 일을 동시에 하는 것뿐이야."

그녀는 이미 식료품 저장실로 가서 차가운 상자에서 쇠고기 소금절이를 꺼내고 있었다. 조지가 울었다. 곧이어 다른 쌍둥이들이 칭얼대며 부엌으로 들어왔다. 하지만 두 아이 모두 말을 잘 못해서, 무슨 일로 우는 소리를 하는 건지 도무지 알아들을 수가 없었다. 해먼드 씨는 망연히 바라보고 있었다. 위층에서 엘라와 거티가 소리를 질러 댔다. 그게 기쁨으로 인한 소리이기를 바랐다.

"난 이제 작업실로 돌아가도 될까?"

해먼드 씨가 희망을 안고 물었다.

"금방 다 돼요. 20분 안에 저녁이 준비될 거니까, 당신은 올라가서 거티와 엘라가 서로 죽이진 않았는지 확인해 봐요."

집에 오는 내내, 해먼드 부인은 다른 누군가가 맛있고 따끈한 식사를 준비해 놓았기를 고대하고 있었다. 하지만 현실은 늘 빗나가기 마련이다. 그런데 앤이라는 아이가 자신이 쓸모 있는 존재라는 것을 증명하고 있었다. 이미 야채를 다 썰고 물을 끓이고 있었다. 내일은 하루치 빨래할 물을 우물에서 퍼나르는 일을 도울 수 있을 것이다. 날이 갈수록 힘차게 발길질해 대는 아이를 배 속에 담고 등짐으로 물 양동이를 나르는 건 힘이 들었다.

'그래, 앤을 데려오길 잘했어! 거의 말라깽이라 할 만큼 비쩍 말랐지만 힘이 세네. 조지를 마치 새끼고양이처럼 번쩍 안는 걸 봐. 게다가 재빠르기까지 하잖아.'

해먼드 부인은 자신이 그렇게 빠르게 야채를 썰 수 없다는 것을 알았다. 임신으로 몸이 무거운 요즘에는 도저히 못 할 일이었다. 하지만 한편으로, 앤이 좀 조용했으면 좋겠다는 생각은 했다. 마차에서 앤이 말하지 않을 때는 얼마나 편안하고 고요했던가. 아기 하나는 울어대고, 두 녀석은 칭얼대고, 거티와 엘리는 소리를 지르고, 이 집

안 어디에도 평화는 없었다. 그뿐이랴, 5월에 배 속의 아기까지 태어나면 또 어찌될까? 최소한 반 년은 단 하루도 제대로 잠들 수 없을 것이다. 해먼드 부인은 눈을 질끈 감았다. 그 생각을 하는 것만으로도 실제로 눈앞이 빙글빙글 도는 것 같았다.

"괜찮으세요?"

앤이 코트 앞자락에 묻은 얼룩을 지우며 물었다.

"그래, 5월을 생각하고 있었어."

앤이 생각하고 있었던 것과 정확히 똑같았다.

한 주가 지나는 동안, 앤은 새로운 집에 대해 전부 파악했다. 보통 하루에 1시간쯤 자유 시간이 생겼는데, 그때마다 집 안을 탐험했다. 방이 여덟 개였는데, 각 방이 누구의 것이며 무엇이 있는지 알아냈다. 앤의 방에서는 앞마당과 그루터기들이 내다보였다. 그 풍경을 보고 있자면 다섯 자매와 거울웅덩이가 내다보이던 예전 방에 대한 향수를 느꼈다. 방에 세간이라고는 거의 없었다. 바닥에 매트리스 하나, 앤이 들고 온 코바늘뜨개 러그 하나가 전부였다. 해먼드 씨는 앤의 침대를 거의 다 만들었고 시간이 나면 램프 놓을 작은 탁자도 만들어 주겠다고 했다. 그러면 밤에 책을 읽을 수 있을 것이다. 오래도록 깨어 있을 수 있다면 말이다.

아침에 아기들과 아이들을 깨우는 건 힘든 일이었다. 씻기고 잠잘 준비를 시키는 것은 더욱 힘들었다. 게다가 매일 물을 열세 통씩 퍼다 날라야 하는 빨랫감들이 쌓여 있었다. 삼시 세끼 식사 준비도 도와야 했다. 빨래를 널고 걷는 일도 앤의 몫이었다. 설거지할 접시들, 삶아야 할 젖병들, 쓸고 닦을 바닥들, 달래 주고 먹여 줘야 하는 아기들이 힘에 부쳤다. 그런 하루를 보내고 침대로 들어가면 책 읽을 기력이 남아 있지 않았다. 앤은 케이티 모리스가 그리웠다. 누군가와 얘기하고 싶었다. 마차를 타고 올 때는 해먼드 부인과 잠깐씩 기분 좋은 이야기를 나눌 수 있을 줄 알았다. 하지만 해먼드 부인은 언제나 지쳐 있었다.

다행히도 첫 주가 끝나기 전에 앤은 해먼드 부부 집에서의 생활을 견딜 만하게 해 줄 몇 가지 오아시스를 발견했다. 둘째 날 저녁, 앤이 시무룩한 해먼드 부인의 깊은 침묵을 깨고 질문을 던졌다.

"제가 학교에 다닐 수 있을까요?"

조지의 기저귀를 갈던 해먼드 부인의 손길이 딱 멈췄다. 그녀는 하루만에 이미 앤 덕분에 자신이 얼마나 편해졌는지 느꼈다. 앤이 없던 시절로 돌아간다면 견딜 수 없을 것 같았다. 물 양동이들, 쌍둥이들 네 명을 달래기, 아기들이 잠들었을 때 거티와 엘라가 소리지르지 못하게 하기, 산더미 같은 설거지거리…… 한숨이 나왔다.

"난 정말 네가 필요하다, 앤. 지금 나는 젖소만큼이나 몸이 무거워. 아기가 또 한 명 태어나면 네가 더 필요해질 거야. 아이를 낳고 나면 난 정말로 맥이 빠지고 슬퍼져. 그런 다음에는 끔찍한 불면증에 시달리지."

"학교가 있으면 다녀야 해요. 그게 법이니까요."

앤은 하나하나 열거되는 해먼드 부인의 슬픈 넋두리를 모르는 체하며 말했다.

"알아."

해먼드 부인이 또다시 한숨을 쉬며 기저귀 갈던 일을 마저 했다. 조지는 탁자에서 거의 떨어질 정도로 발길질을 해 대고 있었다.

"사실 난 미국인이야. 이곳과는 법이 다른 곳에서 자랐지. 내 아이들은 아직 어리니까, 그런 거 몰라도 돼. 네가 학교에 가지 않아도 아마 무사히 넘어갈 수 있을 거야. 난 몰랐던 척하면 되니까."

"난 학교에 가지 않고 넘어가는 거 싫어요. 난 학교가 좋아요. 세상에서 나를 제일 행복하게 만드는 게 학교예요. 내가 행복했던 게 아주 오래전처럼 느껴져요. 학교에 보내 주세요. 제발요."

해먼드 부인이 갑자기 울었다.

"학교는 2마일이나 떨어져 있어. 겨울에 눈이 오면 갈 수도 없을 거야. 하지만 넌 아침에 일찍 가서 늦게 집에 올 거야. 그 모든 물 양동이들…… 내가 더 이상 그걸 어떻게 할 수 있을지 모르겠어. 설거지할 접시들은 또 어쩌고. 서 있는 것만으로도 피곤해 쓰러질 지경인데. 오, 앤! 오늘 네가 도와줘서 너무너무 좋았어."

이때 처음으로 앤의 결심이 조금 약해졌다. 특히 마지막 문장! 그 말을 듣는 건 근사했다. 거의 '절묘'한 느낌이었다. 어차피 하루 종일 그녀에게 억수 같은 감사 세례가 쏟아지는 것은 아니지 않은가. 사실은 지금까지 누구에게도 고맙다는 말 한마디 들어보지 못했다.

"그러면 말이에요, 해먼드 아주머니. 해먼드 아저씨에게 커다란 욕조들을 꺼내 달라고 하세요. 하나는 빨래용이고, 다른 하나는 헹굼용이에요. 제가 이른 아침이나 잠자기 전에 물을 열세 통 모두 채울게요. 그리고 2마일 걸어가는 것쯤은 난 아무렇지 않아요."

'내가 그걸 싫어할 리 있겠어? 그 길이 처음부터 끝까지 나무들뿐이라 해도, 난 좋아. 고요할 테니까. 나 혼자일 테니까. 내 꿈을 꾸고, 100가지 이야기들을 꾸며낼 거야. 다시 상상할 거야. 아기들 넷이 동시에 울고 있을 때 뭔가를 상상하는 건 힘든 일이야.'

"집에 돌아와서는 야채들을 모두 썰고 물을 끓일게요. 어제 그랬던 것처럼요. 저녁 식사 후에는 숙제하기 전에 설거지부터 할게요."

해먼드 부인은 앤의 열정적인 얼굴을 보면서, 질퍽한 강물처럼 밀려드는 죄책감을 느꼈다.

'내가 어떻게 된 거지? 아이를 스물한 명이나 낳고도 오래오래 잘 사는 사람들이 있어. 난 이제 겨우 스물네 살밖에 안 됐으면서 왜 이렇게 힘들어하는 거지? 아이도 여섯뿐인데, 그들을 예뻐할 시간이 없어. 심지어…… 그래…… 아이들을 사랑할 시간도 없어. 이 빼빼 마른 빨강 머리 아이가 많이 거들어 주는데도.'

앤이 열망 가득한 큰 눈으로 두 손을 모아 쥐고 앞에 서 있었다.

"그래, 학교에 다니거라. 눈이 안 오면 월요일부터 나가도록 해. 지금부터 그때까지 사흘 동안은 날 좀 쉬게 해 줘야 돼."

"오, 해먼드 아주머니! 너무나 신나고 감사해서 몸이 막 저절로 움직여요! 내 다리에서 느껴지는 거친 에너지를 조금이라도 사용해야겠어요. 조지를 데리고 산책 다녀올게요. 조지는 물통보다 무겁지도 않고, 안고 다니기에도 좋아요. 다른 쌍둥이들은 잠들었어요. 한 시간쯤 누워서 쉬실 수 있을 거예요."

앤은 코트를 걸치고 조지를 따뜻하게 입힌 다음 품에 안았다. 눈은 없었다. 지난주에 내린 비로 단단한 땅이 모습을 드러냈다. 말과 소가 있는 헛간 앞을 지나다가 안을 슬쩍 들여다보았다. 고양이들이 축사 뒤쪽 상자 안에 서로 달라붙은 채 곤히 잠들어 있었다. 하나는 회색, 하나는 줄무늬 고양이로, 둘 다 털이 짧았다. 앤은 조지를 바닥에 앉혀 놓고 고개를 숙여 그들을 쓰다듬었다.

"오, 조지! 가르랑거리는 소리는 세상에서 가장 절묘하지 않니? 음악처럼 근사해. 아주머니가 이 녀석들한테 이름이 없다고 하셨어. 나는 이제 얘들을 길버트와 설리번이라고 부를 거야. 헨더슨 선생님께 들었는데 둘 다 아주 음악적인 재능이 뛰어난 사람들이었대."

해먼드 씨의 작업실로 가는 길이 보였다. 오솔길치고는 꽤 넓어서 아기를 안고도 걷기가 수월했다. 윙윙 톱질하는 소리와 쿵쿵 나무들 부딪히는 소리가 들렸다. 앤은 아저씨의 일을 방해하지 않기로 했다.

작업실 옆으로 강이 빠르게 흘러서 앤은 발 밑을 신중하게 살피며 걸었다. 그러다가 또 다른 길을 찾아냈다. 숲으로 이어진 길이었다. 조지를 안고 100걸음이나 갔을까, 길이 급경사로 휘더니 굽이를 돌자 작은 집이 나왔다. 엄마 배 속에서 아기가 나오도록 도와준다는 할머니가 사는 집. 그리고 그 너머에 들판과 양쪽 언덕이 있었다. 사하라 사막에서 목이 말라 죽어가다가 코앞에서 오아시스를 발견한 것보다 더 짜릿했다! 앤은 그제야 자신이 해먼드 가족과 숲에 완전히 숨이 막히지는 않을 것에 안도의 숨을 내쉬었다. '지금 당장' 들판에 발을 디디고 싶었다. 그래서 조지를 안고 길을 따라 내려갔다.

57
비올레타와 해거티 양

발을 내딛자마자 앤은 알아차렸다. 그것이 '나의 들판'인 줄을. 어느 농부가 들어와 소에게 줄 목초를 베거나 새로운 밭을 일구려고 파헤쳐도 상관없었다. '나의 들판'인 것에는 변함이 없으니까. 왜 여기에는 나무들이 들어차지 않았을까? 전나무와 가문비나무, 소나무들의 울창한 정글을 접근하지 못하게 하는 무언가가 땅속에 있는 걸까? 아무렴 어떠랴. 그대로 좋았다. 두 언덕 사이로 앤을 위해 하늘이 활짝 열려 있었다. 앤은 조지를 땅에 내려놓고 두 팔을 넓게 벌리며 크게 웃었다.

이게 무슨 소리지?

앤은 순간적으로 거의 공포에 질렸다. 느닷없이 낯선 소리가(행복한 웃음소리 같긴 했지만) 들렸던 것이다. 서쪽 언덕에서 들려왔다. 꿈을 꾸고 있는 게 아니었다. 앤은 그쪽 방향으로 크게 소리쳤다.

"안녕!"

그런데 서쪽 언덕에서 한 번이 아닌 두 번의 대답이 들려왔다.

"안녕! 안녕!"

앤은 메아리인 줄 눈치챘는데, 짐짓 모르는 체하기로 마음먹었다. 그러고는 저도 모르게 고함치듯이 조지에게 말했다.

"친구가 있어."

"친구…… 친구……."

멀리 언덕과 작은 계곡으로 울려퍼졌다. 앤은 이번에는 마음을 가라앉히고, 한쪽 엄지손가락을 빨면서 다른 손으로 풀들을 찰싹거리고 있는 아기 조지에게 속삭였다.

"이 친구를 뭐라고 부를까? 프리다? 아냐, 너무 짧아. 애나벨라? 아냐, 너무 나랑 비슷해. 라비니어? 좋긴 한데, 언덕으로 소리치기에는 적당하지가 않아. 비올레타? 와, 조지! 거의 완벽해! 4음절에 아주 낭만적이잖아. 벌써 눈앞에 그 애가 보여. 초록색 드레스 자락이 바람결에 물결치는 모습이! 말린 꽃으로 장식한 황금빛 머리카락(존슨 아저씨네에서 본 그림 속 비너스 여신처럼 말이야)이 길게 나부끼고, 손목에는 빨간 들장미 열매로 만든 팔찌를 감았을 거야. 백조처럼 우아한 목에도 목걸이를…… 그래, 별과 구름으로 만든 목걸이를 걸었어. 어떤 면에서는 요정과 비슷해서 날씬한 두 팔을 하늘로 뻗기만 해도 쉽게 구할 수 있거든. 그 애가 움직일 때마다 목걸이가 반짝반짝 춤을 추지. 그녀는 많이 움직여. 들장미 덤불 주위에서 춤을 추고 작은 시내와 개울들 위로 우아하게 뛰어오르지.”

앤이 언덕들을 향해 소리쳤다.

“비올레타! 비올레타!”

메아리가 네 번 돌아왔다. 앤이 다시 소리쳤다.

“앤! 앤! 앤!”

작은 계곡이 그녀의 이름으로 가득 찼다. 확실하게 반복되다가 소리와 소리가 겹치며 희미해졌다. 앤은 새로운 기쁨에 젖어 자신의 몸을 끌어안았다. 이번에는 조용하게 말했다

“비올레타! 네가 거기 있구나. 나한테 대답하지 않을 때에도 말이야. 난 네가 나의 진실하고 좋은 친구가 되어 줄 거라는 걸 알아. 나를 여섯 번이나 불러 줬으니까. 자주 올게. 조지와 함께도 오고 혼자서도 오고 말이야. 우리 함께 얘기하는 거야. 내가 케이티 모리스를 사랑하는 만큼 널 사랑하려면 시간이 좀 걸릴 거야. 하지만 슬퍼하진 말아 줘. 결국에는 그렇게 될 거니까. 두고 봐. 다만 내가 케이티 모리스가 어떻게 생겼는지 잘 아는데, 너와는 많이 달라. 분홍빛 뺨과 온화한 미소와 당당한 태도를 지닌 너만큼 아름답지는 않았어. 사실은 거의 나랑 똑같이 생겼어. 머리가 적갈색이고 주근깨가 별로 없다는 것만 빼고. 그러니까 당연히 그 애가 놀랍도록 아름답다고 말할 수는 없지. 하지만 난 내 마음의 모든 비밀을 그 애한테 말할 수 있었어. 너도 그걸 듣고 싶어할 거라는 거 알아. 그러니까…….”

앤이 고개를 들고 크게 외쳤다.

“비올레타! 비올레타! 내일 다시 만나러 올게!”

메아리가 서로 앞서거니 뒤서거니 하며 들판 위로 흩어졌다.

"비올레타…… 내일…… 비올레타…… 내일…… 올게…… 비올레타…… 올게……."

해먼드 부부의 집으로 돌아가기 전에 앤은 한 가지 볼일이 더 있었다. 그 작은집 문을 두드려 봐야 했다. 엄마 배에서 아기들 꺼내는 법을 아는 할머니가 궁금했다. 크고 뚱뚱하고 구부정하고 쭈글쭈글한 할머니일까? 그렇다면 어떻게 그 일을 해내는 걸까? 그렇게 특별하고 대단한 일을 하려면 젊고 강해야 하지 않을까?

작은 집 문 앞에 도착했을 때, 앤은 그 집이 생각만큼 작지 않다는 것을 알았다. 당연히 방 하나 있을 공간은 되고, 어쩌면 뒤쪽에 커다란 식품 저장고도 있을 것이다. 처음 존슨 씨의 집 문을 노크하던 때를 생각하자 이 나무문을 두드리는 게 두렵지 않았다. 하지만 앤은 똑똑 두드리기 전에 잠시 숨을 골랐다. 그때 문에 매달린 썰매 종 두 개를 발견했다. 앤은 종을 가볍게 흔들었다.

문을 연 여자는 뚱뚱하고 구부정한 할머니와는 거리가 멀었다. 키가 크고, 아주 마르고, 꼿꼿했다. 빈틈없이 머리 위로 쌓아 올린 머리카락은 앤이 본 적이 있는 어느 머리보다도 하얀색이었다. 눈에 보이는 모든 곳이 깊고 복잡하게 주름져 있었다. 얼굴과 목과 손과 팔뚝. 그러니까 그녀가 늙었다고 말하는 사람들 말이 맞았다.

"들어오너라."

여자가 말하면서 미소를 지었다. 그러자 주름들이 전혀 다른 모양을 이뤘다.

"해먼드 부부네에 새로 온 고아 아이로구나. 얘는, 어디 보자, 조지로구나."

"어떻게 아셨어요? 대부분의 사람들은 누가 누군지 모르는데요."

"난 알지. 내가 그 애를 받았는걸. 그 애가 태어난 지 5초만에 점을 봤어. 이 점 말이다. 내가 켄드릭이 있는 곳으로 나가서 '아들이에요. 이름은 뭐라고 할 거예요?'라고 물었더니, 그가 '조지!'라고 했지. 그런 다음 내가 다시 침실로 들어갔는데, 때맞춰 휴고가 나왔단다."

"이 집안에는 외워야 할 이름들이 참 많아요. 난 시를 외우는 게 더 좋은데."

"낭송하는 소리가 더 좋긴 하지. 잠깐 앉을래? 조지가 꽤 무거울 텐데."

"네, 괜찮으시면 잠깐 앉고 싶어요. 하지만 오래 있을 수는 없어요. 아기들이 전부 한꺼번에 울기 시작하면 해먼드 부인을 도와야 하거든요. 우유 먹이는 것부터, 전부요. 저녁 때 먹을 수프에 쓸 야채들도 썰어야 해요."

"넌 빨강 머리에 주근깨를 지닌 고아지. 그래서 내가 널 쉽게 내 집로 초대한 거야. 나도 똑같았거든."

"빨강 머리까지요?"

"빨강 머리까지."

그녀가 미소 짓자, 주름살들의 모양이 다시 변했다.

"머리숱도 아주 많았어. 몸도 비쩍 말랐고. 보다시피 지금도 마찬가지란다."

"물론 저만큼 빨간색은 아니셨겠죠."

"거의 비슷했어."

"그런데 색이 변했어요? 제가 하느님에 대해 알았더라면, 제 머리카락을 말할 수 없이 아름다운 적갈색으로 바꿔달라고 부탁했을 거예요. 그 대신 해먼드 아주머니네가 토머스 아주머니네보다 더 편하게 해 달라고 부탁했어요. 그분이 제 부탁을 들은 것 같지 않아요."

"글쎄, 때때로 그분은 아무것도 못 들으시는 것처럼 보이기도 하지. 하지만 그 대답이 정확히 어디로 이끌지는 절대로 모르는 일이란다. 그분은 널 놀라게 하실 거야."

"해먼드 아주머니가 앞으로도 계속 매년 5월에 아기를 낳는 것만 아니라면요. 5월마다 아기가 태어난다면, 아주머니가 마흔 살에는 아이가 스물세 명이 될 거예요. 제가 산수를 잘하는 건 아니지만, 그건 계산했어요."

그녀가 미소 지었다.

"그건 간단히 더했을 때 얘기고. 해먼드 부인은 곱셈도 아는 것 같더구나."

하지만 앤은 곱셈을 몰랐다. 그래서 주제를 바꿨다.

"이름이 어떻게 되세요? 토머스 아주머니는 그런 거 묻는 게 실례라고 하셨지만, 아주머니 말이 항상 맞는 건 아니었거든요. 그리고 이름을 알면 대화하기가 더 쉬울 거예요. 무슨 부인이에요?"

"부인이 아니야. 난 해거티 양이야."

"어머! 남편이 없으세요? 아이도 없으세요?"

"그래. 둘 다 없구나. 내 어머니는 아이를 열다섯 명이나 낳았는데, 내가 맏딸이었어. 1년 반마다 동생들이 태어났지. 스무 살이 됐을 때, 너무 많은 기저귀를 갈고 너무 많은 동생들을 키웠더니 독신으로 사는 게 세상에서 가장 멋진 일일 거라고 결정했어. 조용하잖니.

혼자 있는 시간도 있고."

앤은 자신이 혼자서 걷는 등교길을 얼마나 좋았하는지 생각했다. 아이들과 소음에 대해서도 생각했다.

"저, 그게 어떤 기분인지 정확히 알아요, 해거티 할머니! 하지만 전 아직 그 정도는 아니에요. 숨 막히게 잘생기고 점잖고 친절한 남자랑 결혼해서 사랑스러운 아이들 둘 정도 낳고 싶어요. 토머스 아저씨는 잘생겼지만 술 마시고 고함치고 아내를 때렸어요. 해먼드 아저씨는 점잖아 보이는데, 너무 많은 나무들을 잘라내고 톱질하느라 친절하거나 고약하게 굴 시간이 아예 없어요. 그 아저씨는 그냥 거기 계실 뿐이에요."

앤이 잠시 멈췄다가 말을 이었다.

"머리카락이 아름다운 적갈색으로 변했던 적은 없으세요?"

"아니. 그 대신 스물다섯 살이 되던 해에 눈처럼 하얗게 변했단다. 불과 석 달 만에 전부 다. 당시 나는 이스트버리에서 산파로 일하고 있었어. 머리가 하얘지니까 여자들이 내가 아기를 받아 주는 걸 더 좋아하더구나. 늙었다고 생각했던 거지."

"딱 한 가지 더 여쭤 볼 시간밖에 없어요. 얼른 가야 돼요. 여기 온 지 겨우 이틀만에 해먼드 아주머니를 화나게 만들고 싶지는 않거든요. 저를 고아원에서 구해 주셨으니까요. 하지만 어머니의 아이가 열다섯 명이었는데 어떻게 할머니가 고아였다는 건지 모르겠어요."

"그것도 산수 문제야. 친어머니는 나를 낳다가 돌아가셨어. 그리고 아버지가 6개월만에 새 아내를 얻었지. 차 한 잔도 직접 만들어 마시질 못했거든. 다른 일들도 마찬가지고. 그들은 몸이 아플 때 불평할 수 있는 누군가가 필요해. 그래서 아버지와 새어머니 사이에 첫 아이가 태어났는데, 그 직후에 아버지가 장티푸스로 돌아가셨어. 이번에는 새어머니가 아주 빨리 재혼을 했지. 나와 아기를 먹여 살릴 누군가가 필요했던 거야. 아주 아름다웠기 때문에 남편을 찾기가 어렵지 않았어. 본인 말로는 남자들이 떼로 몰려와서 결혼해 달라고 애원했다더구나, 원. 어쨌든 그들은 대가족으로 불어났고, 그중에서 나와 혈연 관계인 사람은 배다른 동생인 그 아들밖에 없었어. 진짜 엄마는 아니지만, 나는 그녀를 어머니라고 불렀어. 내가 아는 어머니는 그녀뿐이었어."

해거티 양이 일어섰다.

"이제 넌 해먼드 부부의 집으로 돌아가서 그 가엾은 여인의 저녁 준비를 도와라. 다음에 다시 날 만나러 오렴. 하지만 한 아이 이상은 데려오지 마. 아무리 갓난아기라 해도 애들이 뛰어다니면서 소란 피우는 건 싫다. 자라면서 너무 많이 겪어서 견딜 수가 없어. 아이들이 열다섯 명이나 됐으니! 내 나이가 일흔다섯 살인데도 여전히 견딜 수가 없구나."

"하지만 아기 받는 일을 하시잖아요. 이해가 안 돼요."

앤은 문간에서 꾸물거렸다. 해거티 양과의 대화가 재미있었다. 그녀는 앤의 이야기도 잘 들어주었다.

"그래, 내게는 완벽한 직업이지. 내가 아기를 받아 주면 사람들은 행복해 하고 고마워해. 아주 기분 좋은 일이야. 하지만 아기와 엄마를 씻기고 둘 다 편안히 만들어 주고 나서 난 집으로 온단다. 아기를 남겨 두고. 아기를 돌보는 건 다른 누군가의 일이야. 자, 이제 넌 어서 가 봐라."

"제 이름은 앤이에요."

"알아. 그 정도는 내가 이미 알아냈단다."

"끝에 꼭 'e'를 붙여야 돼요."

해거티 양이 다시 앤을 향해 미소를 지었다.

"오! 그렇게 하는 게 현명할 것 같구나."

그러고는 앤이 나가자 문을 꼭 닫았다.

58

지하실의 궤짝

해먼드 부부의 집에서 보낸 처음 몇 주는 눈 깜짝할 사이에 지나갔다. 하루하루가 피곤했지만 너무 많은 일들이 일어나서 시간이 비정상적인 속도로 날아가는 듯했다. 앤은 하루 중 학교로 가는 두 시간이 가장 좋았다. 상당히 이른 시간이라서 활기차고 힘찬 느낌이었고, 혼자만의 생각과 꿈을 좇을 수 있었다. 걸어가는 동안 몇몇 작은 들판들이 열어 준 하늘을 하나하나 눈에 담았다. 들판의 모양새들, 가장자리에 늘어선 비쩍 마르고 작은 나무들, 커다란 소나무 꼭대기에 자주 앉아 있는 독수리, 밭을 갈아엎은 어느 들판에 빽빽하게 엉켜 있는 옥수수 대들, 눈이 녹자마자 길옆으로 서둘러 흘러가는 조그만 개울…….

앤은 그것을 '낄낄대는 개울'이라고 불렀다. 개울이 정말로 낄낄대며 흘렀던 것이다. 거기에 작은 막대기를 던지고 떠내려가는 모습을 바라보는 게 좋았다. 이파리 하나 없는 활엽수 가지에 작은 연녹색 잎들이 돋아나고, 목초지의 마른풀 사이로 더 진한 초록빛들이 나타나는 날이 오기를 갈망했다. 따뜻한 날씨도 빨리 와 주기를 바랐다. 4월 중순인데, 아직도 돌풍에 눈발들이 상록수들 사이의 어둠을 가로지르고 날아다녔고, 털모자로 귀를 덮어야 하는 날이 잦았다.

클레어버그 마을의 학교는 메리스빌의 학교보다 조금 더 컸다. 그래도 전 학년이 모두 한 교실에 있는 건 같아서, 예전처럼 상급반에서 배우는 내용을 엿들을 기회가 있었다. 앤과 같은 학년에 학생이 한 명 더 있었다. '네'나 '아니오'로만 대답하면 되는 아주 간단한 질문에도 대답을 못하고 쩔쩔맬 정도로 수줍음을 많이 타는 키 작은 남자아이였다. 이름이 프레더릭이었다. 프레드가 아니라. 그 아이 엄마가 입학하는 날 이름을 분명히 그렇게 말했다. 그런데 프레더릭은 산수의 귀재였다. 그는 6학년 수학을 공부하고 있었다. 수학은 말할 필요 없이 그냥 풀면 된다. 앤은 수학 문제는 그에게 맡기기로 했다. 그녀의 관심은 다른 쪽에 있었다. 그래서 그들은 서로 경쟁하지 않았다.

앤은 처음 만나는 순간부터 맥도걸 선생님이 마음에 들었다. 갈색 더벅머리에 두꺼운 안경을 쓰고, 환한 웃음을 지닌 분이었다. 키가 크고, 팔이며 다리며 손가락 모두 길쭉길쭉했지만 운동 신경은 한심한 수준이었다. 책이나 부츠나 벙어리장갑 같은 것들에 걸려 넘어지기 일쑤였고, 끝도 없이 사람과 가구에 부딪히며 다녔다. 하지만 그는 그럴 때마다 자신의 실수를 공개했고, 아무도 그를 놀리지 않았다. 그의 서툰 동작 때문에 일어나는 문제들이 적지 않았음에도, 그는 안달하거나 화내지 않고 항상 웃었다. 앤은 그를 보자마자 안정감을 느꼈다. 그런 선생님이 있는 학교에는 랜돌프도 없고, 밀드레드도 없으리라고 짐작했다.

학교를 오가는 긴 거리 때문에 친구를 사귈 시간은 전혀 없었다. 하지만 학교는 앤에게 평화로운 장소였다. 새로운 것을 배우고, 책을 읽고, 시를 외우고, 상급반이 배우는 내용에 귀를 기울이고, 그간 뒤처진 공부를 따라잡기 위해 열심히 노력하는 곳이었다.

어느 날 맥도걸 선생님이 5학년에게 지리를 가르칠 때, 앤은 산수 문제를 푸는 대신 그 내용을 듣고 있었다.

"이번 주에는 캐나다에 대해 여러 가지 흥미로운 사실들을 배워 볼 거야. 작년에는 영국에 대해 많이 공부했지. 6학년이 되면 미국이 어떤 나라인지를 배울 거란다. 우리만이 아니라 이웃을 아는 것도 중요하거든. 미국은 우리에게 가장 가까운 이웃이야. 하지만 올해에는 일단 우리나라, 캐나다에 대해 배우도록 하자.

자, 오늘은 캐나다에서 가장 작은 주부터 얘기해 주마. 그곳은 심지어 노바스코샤보다도 더 작은 섬이란다. 온통 바다로 둘러싸여 있지."

바다! 앤은 토머스 씨가 온 가족을 해변으로 데려갔던 그 황홀했던 날을 기억했다. 바다를 처음 보았고, 바다를 깊이 사랑하게 된 날! 앤은 해먼드 부부의 집이 바닷가이기를 바랐지만 아쉽게도 아니었다. 해먼드 씨가 이 거대한 집을 드넓은 바다와 검은 숲 사이의 바닷가에 지었더라면 앤이 그 모든 물통들을 나르고 끝도 없는 접시를 닦는 일이 한결 쉬웠을 텐데. 바닷가에서의 생활은 앤의 '기운'을 엄청나게 북돋아줘서 '몸'도 더 건강해졌을 것 같았다.

그런데 저곳은 '섬'! 선생님은 그 주가 '작다'고 말했다. 섬 한가운데 살더라도 바닷가에서 그리 멀지 않다는 뜻이리라. 앤은 회상과 생각을 멈추고 다시 강의를 들었다. 맥도걸 선생님이 칠판으로 가는 중이었다. 그리 먼 거리도 아닌데, 도중에 프레더릭의 책상에 부딪히고, 분필을 두 번 떨어뜨리고, 자신의 의자에 팔꿈치를 부딪쳤다. 그러고서야 간신히 칠판에 이렇게 적었다.

프린스에드워드 섬

"여긴 아주 아름답단다. 믿어지지 않을 정도로 완벽한 초록빛을 띤 작은 들판이 있어. 조그맣고 하얀 농가들은 흙이 아주 비옥하고 두꺼워서 세상에서 가장 좋은 감자가 자라지. 빨간색이야!"

"뭐가 빨간색이에요?"

해럴드 액스워디가 물었다.

"흙 말이다! 빨간 벽돌 같은 색이야."

그가 잠깐 앤의 머리를 쳐다보았지만 '앤의 머리처럼'이라고 말하려는 충동을 억눌렀다.

"오솔길도 빨갛고, 모든 길들이 빨간색이야. 빨간 길과 초록빛 들판들은 마치 아름다운 누비이불 같단다."

"바다는요? 해변이 있나요? 아니면 그냥 바위들뿐인가요?"

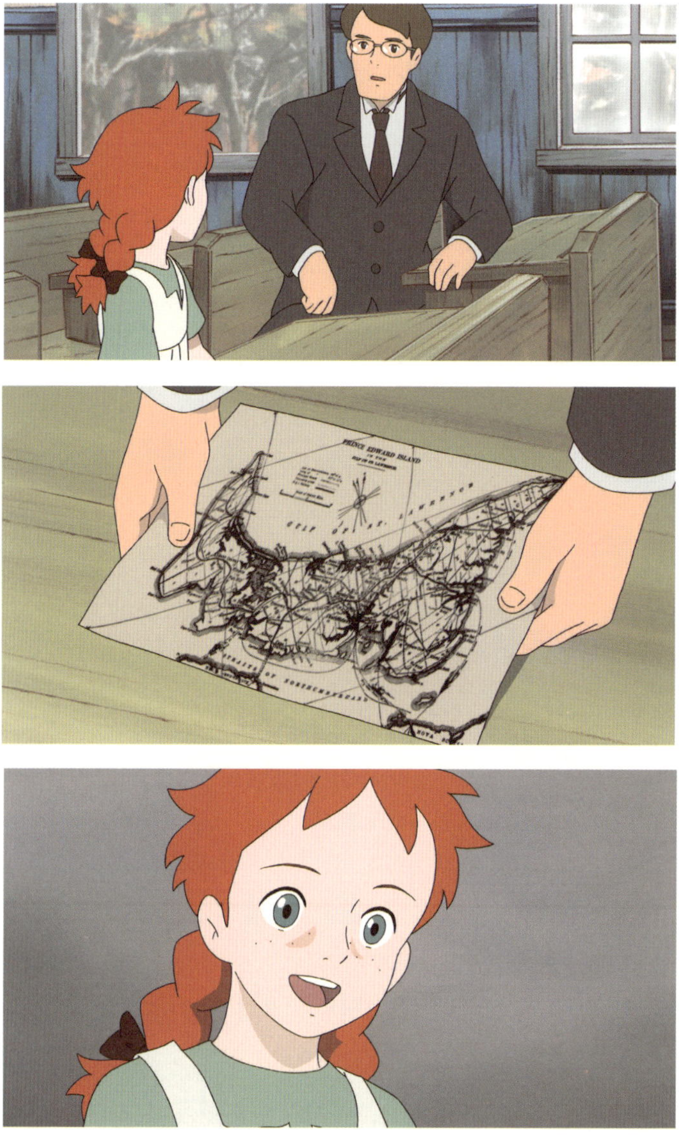
PRINCE EDWARD ISLAND
GULF OF ST. LAWRENCE

해럴드가 질문했다.

"오! 해변! 그 해변들! 있고말고! 게다가 높은 모래언덕에는 물결치는 풀들이 있어. 인어의 머릿결처럼 바람에 너울대는 풀들이 있단다. 아, 굉장한 곳이야! 세상에서 가장 아름다운 섬이지!"

그날 앤이 산수 공부를 마칠 가능성은 아예 사라졌다. 혼자서 질문을 다하는 해럴드가 다시 물었다.

"저기에 가 보셨어요?"

맥도걸 선생님이 그 사랑스러운 웃음을 지었다. 앤은 그가 거의 사랑하는 여인을 설명하고 있는 듯한 느낌을 받았다.

"난 저곳에서 태어났단다. 우리 가족이 감자농장을 팔고 노바스코샤로 이사해서 볼링브룩으로 건너올 때까지 거기 살았어. 아직도 해마다 여름이면 그 섬으로 돌아가 삼촌 댁에서 지낸단다. 해변을 따라 걷고, 바닷가에 누워 달을 바라보고, 폭풍우 치는 날 높게 이는 파도를 보며 감탄하고, 밤에는 부서지는 파도 소리를 듣지."

그는 꿈꾸다 방금 깨어난 사람처럼 갑자기 말을 멈췄다.

"이거야! 내가 사진들을 가져왔어. 한번 봐라. 그곳이 얼마나 사랑스러운지."

5학년 학생 세 명이 앞뒤로 사진들을 돌려보았다. 앤은 '나도 보여줘!'라고 소리치지 않기 위해 이를 꽉 깨물었다. 하지만 그 대신 수업이 다 끝났을 때 교실을 떠나지 않았다. 귀가가 늦어지겠지만 빠르게 걸으면 될 것이다. 집에 가서 특별히 더 열심히 일하리라.

"그 사진들을 볼 수 있을까요?"

수업이 끝나서 모두들 집으로 돌아간 다음 앤이 맥도걸 선생님께

다가가서 말했다.

"제발요. 저도 보고 싶어요."

그는 5학년 학생들에게 보여 줬던 사진들을 전부 꺼냈다. 하지만 그걸 앤에게 보여주기 전에 칠판에 재빠르게 프린스에드워드 섬의 지도를 그렸다. 그 해안선의 모든 굴곡을 기억하고 있는 것이 분명했다.

"하늘에서 보면 이렇게 보인단다."

앤이 간절히 보고 싶었던 것은 사진이었지만, 지도도 유심히 보았다. 그리고 즉시 지도에 매혹되었다.

"아주 길고 좁네요. 모양도 아주 웃기게 생겼어요. 가운데 이 조그맣게 찌부러진 곳을 보세요. 그대로 건너뛸 수 있을 것처럼 좁아 보여요. 바다에서 바다로요."

그제서야 맥도걸 선생님이 사진들을 보여 주었다. 하늘에서 바라본 섬 모양이 어떻든 상관없었다. 앤에게 그 사진들은 프린스에드워드 섬이 천국이라는 확신을 심어 주었다.

'이런 사진을 꼭 하나 가지고 싶어.'

하지만 겉으로는 큰 소리로 이렇게 말했다.

"언젠가 거기에 꼭 가 볼래요. 언제가 될지는 모르겠어요. 어쩌면 할머니가 될 때까지 못 갈지도 모르죠. 그래도 난 꼭 갈래요."

그렇게 프린스에드워드 섬에 대한 앤의 열애가 시작되었다.

바로 그날 저녁, 앤은 또 다른 발견을 했다. 그리고 그 얘기를 다음날 오후에 비올레타에게 전부 털어놓았다.

"비올레타! (비올레타!) 나야. 앤! (앤!)……."

비올레타는 끊임없이 대답해 주었다. 앤은 긴 머리를 휘날리면서 얇은 드레스 치맛자락을 바람에 펄럭이며 언덕에서 언덕으로 뛰어오르는 그녀의 모습을 상상했다.

"비올레타, 어제 내가 굉장한 걸 발견했어. 너무너무 굉장한 거라서 물 13통과 주말 기저귀 빨래의 절반까지 보상받은 것 같다니까.

어제 해먼드 아주머니가 파이를 만들다가 나더러 지하실에서 파이에 넣을 사과를 가져오라고 했어. 지하실 차가운 부분에 커다란 나무 궤짝에 있다고. 그래서 지하실에 처음으로 내려갔지. 어둠 속으로 내려갈 때 아주 두렵더라. 지하실은 어두컴컴하고 싸늘한 그림자들로 가득했어. 온갖 쥐들이 생각나고, 내가 사랑하는 길버트나 설리번이 갑자기 내 발 위로 달려가는 것도 싫을 만큼 굉장히 겁났어. 굳이 지하실의 어느 부분이 차가운지 알아보려고도 하지 않았어. 전부 다 차갑게 느껴졌으니까.

난 제일 처음에 보이는 나무 궤짝부터 열었어. 거기서 내가 뭘 발견했는지 알아? 세 번 기회를 줄 테니까 알아맞혀 봐. 모르겠다고? 음, 바로 수십 권의 책이야! 난 사과 심부름을 까맣게 잊고 랜턴으로 비추며 제목들을 읽었어. 대다수는 시집이었는데, 어떤 건 내가 지하실로 심부름 올 때마다 앞치마 주머니에 숨길 수 있을 정도로 아주 작더라. 앞으로는 지하실에 내려가는 게 절대로 무섭지 않을 거야. 거기가 기분 좋은 곳인 걸 알았잖아.

난 조그만 워즈워스 시집을 위층으로 가지고 올라왔어. 물론 파이에 쓸 사과 8개도 잊지 않았지. 해먼드 아주머니가 이마를 약간 찡그리신 걸 보니, 아마도 내가 사과를 가져오기를 오래 기다리신 모양이야. 하지만 해먼드 아주머니는 토머스 아주머니처럼 그렇게 호통을 치거나 못된 고아 계집애라고 악을 쓰지는 않아. 그냥 한숨을 쉬며 등에 힘겹게 손바닥을 대시는데, 차라리 혼나는 게 더 낫겠어.

요즘 아주머니는 등이 아파서 많이 힘들어 해. 배가 너무 커져서 몸이 앞으로 쏠리거든. 아주머니한테 미안한 기분이 들었어. 하지만 내가 책들이 있는 그 궤짝을 1초라도 더 빨리 떠나는 게 절대적으로 불가능했다는 건 너도 이해할 거야.

오늘은 시간이 별로 없어. 돌아가기 전에 해거티 할머니에게 잠깐 들러야 하거든. 해거티 할머니가 나한테 다시 오라고 했어. 내일은 수선화에 관한 워즈워스 씨의 시를 읽어 줄게.

책 궤짝이 있다는 얘기는 아무한테도 하지 않을래, 비올레타. 엘라와 거티가 심심풀이로 책장을 찢거나 찐득거리는 손가락으로 아름다운 표지들을 엉망으로 만들면 어떡해. 그 책들을 갖고 싶은 마음은 간절하지만, 그냥 빌려 보고 다시 조심조심 갖다 놓을 거야. 틀림없이 해먼드 아주머니의 어머니 책이었을 거야. 아주머니가 자기 어머니가 '지극히 지적'인 분이라고 했거든. 해먼드 아주머니도 지극히 지적일 수 있을 텐데, 도무지 단어 한 자 읽을 시간이 없어.

이제 진짜 가 봐야겠어. 비올레타. 그럼 안녕! 안녕! (안녕! 안녕!)"

앤이 허공에 소리쳤다. 앤이 계곡을 떠나려고 돌아설 때 언덕들이 대답을 돌려보냈다.

해거티 양은 항상 앤을 따뜻하게 진심으로 맞았지만 뭔가 어색했다. 앤이 그녀의 집에 들러서 얘기하고 일어설 때, 이제껏 단 한 번도

'오, 조금만 더 있다가렴, 앤!'이라고 말하지 않았다. 그녀의 인생에 너무나 많은 아이들이 있었던 게 분명했다. 하지만 이번에는 얼른 차 한 잔을 내오고, 생강 쿠키도 내주었다. 그리고 앤이 의자에 앉아 뜨거운 차를 홀짝일 때 입을 뗐다.

"앤, 내 말을 잘 듣거라."

앤은 그녀를 올려다보며 고개를 끄덕였다.

"해먼드 부인의 아기가 5월에 나올 예정이야. 지금은 4월 중순이고. 그런데 아기는 일찍 나올 수도 있어. 그런 경우가 흔하거든. 만약 그렇게 되었을 때, 해먼드 씨가 작업실에 나가 있다면 네가 날 데리러 와야 한다. 그러니까 네가 할 일을 잘 알아둬야 돼."

"말씀하세요."

앤이 말했다.

"해먼드 부인이 양수가 터졌거나 통증이 시작되면 날 데리러 와. 문에 달린 썰매 종은 소용없으니 망치를 가져와서 문을 두드려. 힘껏! 내가 잠들어 있을지도 모르니까 빨리 일어날 수 있도록 말이야. 한밤중에 올 경우에는 이게 특히 중요하단다."

'한밤중에!'

앤은 달빛도 없는 캄캄한 밤에 그 어둡고 구불구불한 길을 더듬더듬 걸어올 생각을 하지 않으려고 애썼다. 가끔은 숲 주변에서 곰을 보았다. 낮에는 곰이 덜 무서웠지만, 밤에 어둠 속에서 밝은 눈동자 두 개가 자신을 응시하면 어쩌란 말인가. 더 이상 아무 얘기도 듣고 싶지 않았다. 앤은 빈 컵을 탁자에 내려놓고 일어났다.

"한 가지 더. 항상 스토브에 큰 물통을 올려 놔. 끓인 물이 필요할 거야. 완전히 차가운 상태에서 끓이기 시작하는 것보다 더 빨리 데워진단다."

해거티 양이 잠깐 말을 멈췄다. 앤은 이미 문을 열고 있었다.

"앤."

"네?"

"이 일은 언제든 일어날 수 있어."

앤은 문밖으로 나서기 전에 돌아서서 해거티 양을 바라보았다.

"할머니, 전 아홉 살이에요. 무섭단 말이에요."

"겁내긴. 앤, 넌 잘 해낼 거야. 여자들은 세상이 시작된 이후로 쭉 아기를 낳아왔단다. 이제 가 봐라. 한기가 들어오는구나."

"쿠키 잘 먹었어요."

앤이 말하고 돌아갔다.

59

세 번째 쌍둥이

그날 밤 앤은 잠들지 못했다. 해거티 할머니의 집으로 이어진 어두운 길에 대한 수많은 영상들이 머릿속에서 오갔다. 오른쪽 왼쪽에서 자신을 응시하는 구슬 같은 선명한 눈동자들, 걸려 넘어지게 될 그루터기들, 고요한 밤에 불길하게 바스락거릴 덤불들, 커다란 나무에서 들리는 올빼미 울음소리들이 떠올랐다.

해먼드 씨가 해거티 양을 데리러 간 사이 집에 남아 해먼드 부인을 보살피는 일도 끔찍하기는 마찬가지였다. 나만 혼자 있을 때 아기가 나오면 어쩌지? 앤은 아기가 어디서 나오는지도 몰랐다. 배꼽에서 나올까? 내가 아기를 꺼내야 하나? 물은 왜 끓이라는 거지? 스토브에 나무토막을 몇 개나 더 집어넣으면 될까? 해먼드 부인이 괴성을 지르고, 노아가 태어날 때 토머스 부인이 그랬던 것처럼 여섯 아이들이 모두 깨면 어쩌지? 달려가서 그들을 달래야 할까? 아니면 해먼드 부인 곁을 그냥 지킬까? 아, 걱정거리가 너무 많았다! 잠들려고 애쓰는 게 소용없었다.

앤은 침대로 들어갈 때 방을 조금이라도 환하게 하고 위안을 얻으려고 기름램프를 아주 약하게 켜 두었다. 그러고는 매트리스 아래로 손을 넣어 워즈워스Wordsworth 시집을 찾아내어 〈수선화Daffodils〉를 처음부터 끝까지 완벽하게 외웠다.

다음 날 오후, 앤은 비올레타의 작은 계곡으로 달려갔다.

"사랑하는 내 친구, 비올레타. 오늘은 약속한 대로 워즈워스의 〈수선화〉를 읽어줄게. 아침에 눈발이 날리고 오후에는 세찬 바람이 불어서 날씨가 아주 쌀쌀해. 이런 날에는 〈수선화〉를 들어야 돼. 그렇지 않으면 봄이 오리라는 희망을 잃어버릴 수가 있거든. 그렇게 얇은 드레스를 입고 머리에 따뜻한 털모자 대신에 마른 꽃들만 달고 있는 너한테는 그게 특별히 더 힘들 거야. 자, 이제 들어 봐."

앤은 목소리를 약간 높여 단어와 단어들이 언덕에서 언덕으로 서로 쫓아다니게 했다. 책은 필요 없었다. 첫글자부터 마지막 글자까지 전부 다 외웠으니까. 앤은 고개를 자유롭게 뒤로 젖히고, 가슴에 한 손을 올리고는, 언덕과 하늘에 팔을 올린 자세로 암송했다. 낭송은 마지막 2행으로 접어들었다.

그런 내 마음은 기쁨으로 가득 차
수선화와 함께 춤을 추노니.

앤이 한숨을 쉬었다.

“아, 너무나 아름다워. 가슴 한가운데, 정확히 심장이 있을 그곳에 거대하고 절묘한 아픔을 일으킬 정도로.”

그런 다음 계곡을 떠난 앤에게는 준비해야 할 저녁, 갈아야 할 기저귀들, 채워야 할 젖병들, 달래줘야 할 아기들, 차려야 할 식탁, 설거지하거나 갓난아기한테 쓸 물을 데울 일들이 줄줄이 기다리고 있었다. 뭐든 닥치는 대로 하게 될 것이다.

아기는 그날도, 그다음 날에도 태어나지 않았다. 앤은 아기가 나오기만을 기다리다가 엘라의 손을 붙잡고 해거티 양의 집으로 이어진 숲속 공터로 갔다. 그곳에서 앤은 입구에 서 있는 전나무와 가문비나무 가지가지에 끈을 묶은 다음, 해거티 양의 현관문이 나올 때까지 나무 하나하나에 끈을 묶으며 갔다. 그런 다음 엘라에게 커다란 나무 숟가락을 쥐어 주면서 문을 세게 두드리라고 단단히 일렀다. 마침내 해거티 양이 문을 열었을 때, 앤이 말했다.

“오, 다행이에요! 엘라가 두드리는 소리를 들으셨군요. 제가 학교에 가 있을 때 아기가 나올지도 몰라서 엘라한테 할 일을 가르치는 중이에요.”

그러고는 엘라에게 말했다.

“이쪽은 네 엄마를 도와주실 분이야. 해거티 할머니.”

“학교!”

해거티 양이 소리쳤다.

“그걸 내가 깜빡했구나. 아기가 나올 때까지는 네가 집에 있어야 할 거다."

"한 달이 걸릴지도 모르는데 그동안 학교에 가지 말라고요?"

앤은 놀라며 마음을 단단히 다잡았다. 상상력의 문도 완전히 닫았다. 그녀가 학교에 있는 동안 해먼드 부인의 고통이 시작될 경우 무슨 일이 벌어질 수 있을지 생각하지 않으려 했다.

"안 돼요! 그럴 수는 없어요. 그건 위법이에요. 전 학교에 다니기로 돼 있어요. 메리스빌의 학교 일을 보는 남자가 노바스코샤에는 교육받은 시민들이 필요하다고 했어요."

해거티 양의 눈썹이 꿈틀했다.

"그렇구나. 엘라가 몇 살이지?"

"5월에 네 살이 돼요. 전 네 살 때 설거지를 하고 당근을 썰었어요. 네 살이면 그렇게 어리지 않아요. 게다가 제가 여기 오는 길에 있는 모든 나무에 끈을 묶었어요. 엘라는 그걸 따라오면 돼요. 강에서 멀리 떨어져서 걸으라고 얘기해 뒀어요. 그리고 해먼드 아저씨가 아버지잖아요. 아기 나올 때까지. 아저씨가 집에 있어도 돼요. 난 학교에 가고 싶어요."

해거티 양은 엄한 표정으로 오래도록 앤을 쳐다보았다.

"알았다. 잘될 거라고 기대해 보자. 잘 가거라."

그러고는 문을 쾅 닫았다.

목요일, 앤은 평소처럼 이른 시간에 옷을 입고 책가방을 챙겼다. 아침을 먹고, 점심때 먹을 것을 준비하려고 까치발로 계단을 내려갔다. 해먼드 부인이 부엌에서 등받이가 곧은 의자에 앉아 앞뒤로 몸을 흔들고 있었다.

"왜 그러세요?"

앤이 그녀의 팔을 살짝 만졌다. 해먼드 부인은 앉은 채로 뛰어오를 수 있는 만큼 펄쩍 뛰어올랐다.

"아, 이런, 미안해. 너 때문에 깜짝 놀랐잖니."

"왜 그렇게 하고 계세요? 조지랑 휴고가 요람에서 하는 것처럼 앞뒤로 흔드는 거요. 그…… 통증이 시작된 거예요? 그런 거예요?"

"모르겠어. 그냥 느낌이…… 이상해. 왜 그런지 모르겠네. 통 잠들 수가 없어서 여기로 내려왔는데. 몸을 따뜻하게 하고 싶었어."

헝클어진 곱슬머리가 그녀의 등으로 흘러내렸다.

"서둘러라. 학교에 늦겠다."

앤은 얼른 아침을 먹었다. 점심때 먹을 샌드위치를 만들고, 쿠키와 사과도 하나씩 챙겼다. 해먼드 씨가 소젖을 짜고 부엌으로 들어왔을 때 그의 아내가 말했다.

"켄드릭, 아침은 직접 챙겨 먹을래요? 난 느낌이…… 이상해요."

해먼드 씨가 우뚝 멈춰 섰다.

"혹시…… 아니지? 그건 아니지? 이게……?"

"아직 아니에요. 신호가 오면 내가 알죠. 전에도 해 봤잖아요."

그녀가 입꼬리를 아래로 내리며 힘없이 웃었다. 해먼드 씨는 안도의 한숨을 내쉬었다. 스토브에서 죽 한 그릇을 퍼 담아서 흑설탕을 듬뿍 뿌려서 빠르게 먹어치우고, 빵 한 조각을 잘라 딸기잼을 발랐다. 그걸 뒷문으로 가지고 나가며 소리쳤다.

"1시 반에 통나무 주문한 사람들이 가지러 온대. 그들이 오기 전에 준비해 둬야 돼."

앤이 나가려고 문을 열었을 때에도 해먼드 부인은 여전히 앞뒤로 몸을 흔들며 반대쪽 벽을 응시하고 있었다. 앤은 다시 문을 닫고, 엘라와 거티가 자는 위층방으로 올라갔다. 엘라의 어깨를 흔들었다.

"일어나서 옷 챙겨가지고 아래층으로 내려가. 부엌은 따뜻하니까 거기서 입어. 오늘은 네 엄마 옆에 붙어 있어. 만약을 위해서."

엘라는 아직 졸음이 가시지 않은 상태로 옷가지를 품에 안고 비틀비틀 계단을 내려갔다.

"무슨 만약?"

"엄마한테 네가 필요할지도 몰라. 해거티 할머니의 집으로 가야 할 일이 생기면 그 끈들을 따라가. 지난번에 알려 줬지? 제일 큰 나무 숟가락 가져가는 거 잊지 마. 문을 세게 두드리고."

"하지만 아직 아니잖아."

"응, 아직은 아니야. 네 엄마가 언제 가라고 말해 주실 거야. 오늘은 전혀 아닐 거야. 아니겠지. 하지만 옆에 붙어 있어."

그다음 앤은 가방을 집어 들고 학교로 출발했다.

'해거티 할머니가 노처녀가 되기로 결심한 것도 당연해. 조용하고 평화로울 수 있는 방법이 그것뿐이었을 거야. 하지만 난 도망쳤어! 해냈어! 다른 아이들 다섯 명이 일어나기 전에!'

하지만 길의 첫 번째 굽이를 돌아가려고 할 때, 날카로운 비명이 들렸다. 앤은 믿을 수 없을 정도로 빠른 속도로 집으로 달려 돌아가면서도 비명이 두 명의 것인 걸 알아차렸다. 해먼드 부인과 엘라가 둘 다 비명을 지르고 있었다. 앤은 달리면서 자책했다.

"내가 무슨 짓을 할 뻔했지? 언제라도 아기를 낳을 수 있는 아주머니와 여섯 아이들만 집에 남겨 두다니. 제일 큰 애가 겨우 네 살인데! 해거티 할머니가 내 앞에서 문을 쾅 닫아 버린 것도 놀랄 일이 아니야!"

비명이 그쳤다. 하지만 해먼드 씨는 오지 않을 것이다. 톱질 소리 때문에 못 들을 테니까. 앤이 부엌으로 들어서자 해먼드 부인이 바닥에 쓰러져 있었다. 엘라는 그 옆에 무릎 꿇고 앉아서 조용히 흐느끼며 엄마의 어깨를 흔들었다.

"일어나요, 엄마! 일어나요!"

"못 해. 아기가 나오려고 해! 나오려고 해!"

해먼드 부인이 속삭이고 있었다. 앤은 다시 문을 박차고 나가서 달리고 또 달렸다. 그루터기들을 지나, 숲으로 들어가, 길을 달려 내려가, 왼쪽으로 돌아서, 작은 집을 향해 전력 질주했다. 그리고 커다란 돌멩이로 문을 두드렸다. 망치 가져오는 걸 깜박 잊었다.

해거티 양이 문을 열었다. 잠이 깨지 않은 몽롱한 눈과 잠옷 바람으로.

"아기가 나와요! 나와요!"

앤은 해거티 양이 반 마일쯤 떨어져 있는 것처럼 소리쳤다.

"해먼드 부인이 의자에서 떨어졌어요. 비명을 지르고 있어요. 엘라가 있지만, 그 애는 아무것도 못해요."

해거티 양이 화들짝 정신을 차렸다.

"해먼드 씨더러 집으로 오라고 해. 부인을 들어 올리려면 도와줄 사람이 필요할 거야. 그다음 너는 최대한 빨리 집으로 돌아가. 나도 바로 갈게. 해먼드 부인이 거기 꼼짝 말고 누워 있게 해."

아기가 나오기까지는 상당한 시간이 걸렸다. 4시간 후, 해먼드 씨는 여전히 두 손을 쥐어짜며 부엌과 거실을 서성였다. 그 불안감이 아내의 출산 때문인지, 오후에 통나무를 가지러올 수레 때문인지 확실치 않았다. 앤은 물을 끓이고, 조지와 휴고에게 젖병을 물리고, 다른 네 아이들의 먹을거리를 준비했다. 주기적으로 아래층 침실 문 사이로 해먼드 부인의 비명이 터져 나왔다가 수그러들었다. 이따금씩, 해거티 양이 고개를 내밀고 외쳤다.

"앤! 깨끗한 시트!"

"앤! 물 한 잔!"

"앤! 담요 더!"

그러면 앤은 방을 들락날락하면서 해먼드 부인의 등을 문지르며 손을 잡아주고, 해거티 양에게 수건과 따뜻한 물과 가위를 전달했다.

마침내 부엌에 있던 해먼드 씨가 가늘고 날카로운 신생아의 울음소리를 들었다. 그는 눈을 감고, 숨을 깊이 들이마셨다가 서서히 내뱉었다. 그러고는 일어나서 방문으로 걸어갔다. 문을 두드리진 않았다. 그냥 기다렸다. 잠시 뒤, 놀라움과 피로감이 섞인 표정으로 앤이 문을 열었다.

"아들이에요. 그런데……."

"그런데 뭐? 아이는…… 괜찮니? 애들 엄마는 괜찮아?"

"네, 그런데……."

"뭐야? 뭔데? 그런데 뭐?"

"또 하나가 나오고 있어요."

해먼드 씨는 걸어가서 다시 자리에 앉았다. 뜨거운 차 한 잔 만들어 줄 누군가가 필요했다. 이제 다시 통나무들을 자르러 가도 된다는 걸 알았지만 그는 일어설 힘이 없었다. 최근 계속 기운이 떨어졌는데 지금은 어지럼증도 있었다. 그는 무릎에 팔꿈치를 대고 두손으로 머리를 감쌌다.

몇 분 뒤에 앤이 다시 문밖으로 나왔다. 커다란 눈이 경이로움으로 반짝였다.

"딸이에요. 작지만 완벽해요. 벌써부터 해먼드 아주머니 같은 곱슬머리가 한 줌 나 있어요. 둘 다 아름다운 아기들이에요. 남자애는 아저씨를 많이 닮았어요. 머리카락은 별로 없지만, 단정하고 깔끔해 보이는 얼굴이에요."

해먼드 씨는 천천히 일어나 응접실로 걸어 들어갔다. 가구는 많지 않았지만 벽 한쪽에 스프링이 고장난 낡은 소파가 있었다. 그는 스프링 위에 쿠션을 올리고 누워, 낡은 모포를 덮었다. 1시 반에 올 수레는 어떻게 하지? 이 아이들을 다 어떻게 하지? 다 어떻게 먹이고 입히지? 그는 눈을 감았다. 그 어떤 질문에도 답이 나오지 않았다.

60

줄리 애너와 로더릭

앤은 해먼드 부인의 몸에서 아기들이 나오는 것을 보았다. 해거티 양이 그들을 거꾸로 들고 엉덩이를 때려 울게 만드는 것도 보았다. 탯줄을 자르고, 몇 분간 두려움을 일으키는 완벽한 정적이 흐른 뒤, 기적과도 같은 아기의 첫 번째 울음소리를 들었다. 해먼드 부인의 얼굴에 지친 웃음과 동시에 만족스러운 자부심이 엿보였다.

앤은 해먼드 부인과 작은 아기들을 목욕시킬 따뜻한 물을 방으로 가지고 들어갔고, 해거티 양이 작은 담요로 쌍둥이들을 단단히 감싸는 모습을 지켜보았다. '아기 꾸러미들' 같았다. 어디 하나 부족한 구석 없이 완벽한 조그만 얼굴들을 바라보며, 앤은 이미 그들과 사랑에 빠졌다.

해거티 양이 떠나고, 해먼드 부인이 깨끗한 시트와 따뜻한 누비이불 안으로 들어가 곤히 잠든 다음, 앤은 무아지경에 빠진 사람처럼 할 일을 하며 돌아다녔다. 그 모든 경이로움에 할 말을 잃은 탓이었다. 아이들을 먹이고, 기저귀를 갈고, 빨래하고, 저녁 준비를 하고, 설거지를 하면서도 전혀 피곤하지 않았다. 학교도 생각나지 않았다. 오직 한 가지 생각에 빠져 있었다.

'나도 여자야. 나중에 예뻐질지도 몰라. 그리고 아기도 낳겠지.'

앤은 새로 태어난 쌍둥이들에게 이름을 지어 주고 싶었다. 사실은 이미 지어 두었다. 하나의 요람에 아기 꾸러미 두 개가 놓이는 모습을 보는 순간, 그 이름들이 마음속에서 불쑥 튀어올랐다. 하지만 해먼드 부부가 앤에게 아기들 이름을 짓게 맡길 리가 없다. '앤의 아기'가 아니니 말이다. 아마도 직접 쌍둥이를 낳을 때까지 기다려야 하리라. 갑자기 그 시간이 고통스러울 정도로 너무 멀게 느껴졌다.

며칠 후, 앤은 비올레타를 만날 시간을 얻었다. 그동안 일어난 모든 일을 누군가에게 얘기하지 못해서 폭발하기 직전이었을 때 해거티 양이 문 앞에 나타났다.

"잘 지냈니, 앤? 학교에 가지 않았구나."

평소와 다름없이 딱딱하고 형식적인 태도였다.

"네, 해먼드 아주머니가 아직 침대에 누워 있어요. 힘드신 것 같아요. 게다가 아무 말도 하지 않으세요. 갓난아기들한테도요. 아기들이 태어난 직후에 보였던 그 행복하고 황홀하던 표정이 사라졌어요.

해먼드 아저씨는 항상 작업실에 있고요. 집에 오면 저녁을 먹자마자 응접실 소파에 누워요. 가슴속에서 심장이 펄쩍펄쩍 뛴대요. 왜 그러는 걸까요?"

해거티 양이 기분 나쁜 미소를 지었다.

"너무 걱정스러워서 그런 게 아닐까. 여덟 명의 아이들과 아내와 공짜 하인을 먹이고 입힐 만큼 나무를 자를 수 있을지 고민스러워서 말이야. 몇 해 전 5월에 진즉 그런 생각을 했어야지."

앤은 해거티 양이 무슨 소리를 하는 건지 알 수 없었다. 하지만 어쨌든 그녀를 보니 반가웠다.

"차 한 잔 하실래요?"

"아니, 고맙지만 사양할게. 갓 구운 빵 두 덩이를 가져왔어. 그리고 네가 한 시간 정도 집에서 나가 있고 싶지 않을까 싶더구나. 오후에 그 작은 계곡으로 나가보렴. 네가 거기서 혼잣말하는 소리가 가끔 들리더구나."

"오, 해거티 할머니! 그렇게 할 수만 있다면 '지극히' 좋을 거예요! 그런데 난 계곡에 있을 때 혼잣말을 하는 게 아니에요. 비올레타와 대화하는 거예요. 지금은 그녀에게 말해 줄 것들이 너무너무 많아요. 새로 태어난 쌍둥이와 그 외의 모든 것에 대해서요. 내가 그 아이들을 위해 골라 놓은 이름도. 책들 속에서 새로 찾아낸 시 얘기도 해 줄래요. 비올레타가 아주 궁금해 할 거예요."

"비올레타?"

"네. 오, 제발 그녀가 진짜가 아니라는 말은 하지 마세요. 그녀는 있어요. 제게는요. 제가 지금 할머니를 보고 있는 것처럼 아주 분명하게 저는 그녀를 볼 수 있어요. 그리고 책들 얘기를 한 건 후회돼요. 아무한테도 말하지 않기로 결심했는데 불쑥 튀어 나왔네요."

"책들? 해먼드 부인은 자기 어머니가 교육을 받은 대단히 지적인 분이라고 늘 얘기하더구나. 그녀가 이 근처에 사는 대부분의 사람들보다 말을 더 잘한다는 것도 인정해야겠지. 하지만 책들이라니? 난 이 집에서 책을 한 권도 본 적이 없다."

앤이 속삭였다.

"비밀을 지키겠다고 약속하셔야 해요. 아래층 어두운 지하실에 책들이 가득한 커다란 궤짝이 있어요. 사과들이랑 커다란 감자 상자들 바로 옆에요. 진짜 비밀이에요. 아이들이 페이지를 찢거나 그림에 잼이나 당밀을 묻히면 어떡해요. 안 그래도 한 권에는 색칠한 그림들이 있어요! 어떤 건 해먼드 부인의 낡은 부츠의 부드러운 가죽처럼 구부릴 수 있는 표지로 되어 있고요, 금색 글자도 찍혀 있어요. 하지만 이 얘기, 아무한테도 안 하실 거죠, 그렇죠?"

"절대 하지 않으마. 이제 가 봐라. 비올레타가 기다리겠다."

비올레타는 정말로 기다리고 있었다. 앤이 비올레타를 불렀을 때 그녀의 인사가 유난히 힘차게 언덕에서 언덕으로 뛰어다녔다. 앤이 말하는 어떤 내용이든 듣고 싶어 하는 것이 분명했다. 물론 앤도 모든 것을 얘기했다. 그날 아침 학교 가는 길에 들었던 첫 번째 비명부터, 두 번에 걸친 탄생의 기적과, 해먼드 씨와 해먼드 부인 모두 움직이거나 말하거나 더 이상 살아 있는 것처럼 행동하기에는 너무나 피곤한 것 같다는 얘기까지.

"쌍둥이가 태어난 다음 해먼드 아주머니는 아주 자랑스럽고 평온

해 보이셨어. 그래, 쌍둥이를 세 번이나 낳은 사람은 흔하지 않으니까. 아주머니가 스스로를 자랑스러워하는 것도 당연해. 평온하지 않을 이유는 또 뭐가 있겠어? 따뜻한 플란넬 잠옷을 입고, 세겹 누비이불 아래 누워 있기만 하면 되는걸. 찻잔을 받아 드는 것 이상으로 피곤한 일도 없었어. 그런데 며칠 후에 자리에서 일어난 후부터는 모든 게 슬프고, 짜증스럽고, 고된 듯한 표정이었어. 활기라는 게 전부 몸에서 빠져나간 사람 같았어.

아기들이 동시에 울음을 터트리면 아주머니도 의자에 앉아서 같이 울어. 얼굴을 가리지도 않고 온통 찡그리고, 눈물을 주룩주룩 흘리면서 큰 소리로 통곡해. 머리카락을 틀어 올리는 일 같은 건 거의 신경도 안 쓰고, 그렇게 했을 때도 머리카락이 계속 핀에서 빠져나와 얼굴 주위로 흩어져. 아주머니는 활발하거나, 반짝거리거나, 즐거워하는 모습이 아니야. 이 조그만 쌍둥이가 태어난 뒤로는 딱 며칠만 그래 보였을 뿐이야. 게다가 절대로 웃지 않아. 설거지나 걸레질하는 일들을 하면서 비틀비틀 돌아다닐 뿐이야. 멍한 눈으로 말이야. 가끔은 내가 있는 것도 모른다는 느낌이 들어. 하지만 내가 없다면 아주 금방 알아차리겠지.

새로 태어난 쌍둥이들은 아주 작고 완벽해. 하루 종일 안고 있었으면 좋겠어. 하지만 그건 꿈일 뿐이야. 해먼드 아주머니가 걔네들한테 젖을 먹여. 아이들이 배고파서 한밤중에 깨도 다른 누구도 먹일 수가 없지. 조지와 휴고도 아기잖아. 그래서 내가 걔들의 젖병과 기저귀를 맡아. 해먼드 아저씨가 항상 자기 이마를 만져보고 펄쩍펄쩍 뛰는 심장 박동을 세려고 가슴에 손을 눌러보느라 그렇게 피곤하지만 않아도, 그중 어떤 일이라도 할 수 있을 텐데 말이야. 아저씨는 하루 종일 작업실에서 일하거나, 나가서 점점 더 많은 나무들을 잘라. 만약에 나라면 하루가 끝날 때쯤 아이들한테 관심을 좀 보여 주는 게 그렇게 어려울 것 같지는 않아. 하지만 아저씨는 저녁을 먹고 나서 바로 스프링이 고장난 소파에 쓰러져 버려.

때로는 엘라와 거티와 첫 번째로 태어난 쌍둥이들이 안됐다는 생각이 들어. 5월이 되면 그 쌍둥이는 두 살이 돼. 엘라와 거티도 겨우 세 살과 네 살이지. 그런데 누구도 그들을 껴안아 줄 시간이 없어. 아기 넷에 산더미 같은 일거리들 때문에. 어제 내가 해먼드 아주머니한테 말했어. 더 이상 아기를 낳으면 안 된다고. 쌍둥이는 더더욱 안 된다고. 항상 얼이 빠져 있는 것 같아서 아주머니가 내 말도 못 들을 줄 알았는데, 갑자기 울기 시작하더니 5분 동안 멈추질 않는 거야. 다 듣고 계시는 거야. 다시는 아주머니한테 그런 말하면 안 된다는 것도 알게 됐어.

그래도 너한테 얘기할 수 있어서 참 좋아. 난 항상 너와 학교가 너무나 그리워. 하지만 지금 내가 해먼드 부인을 혼자 놔두면 죽게 내버려 두는 거나 마찬가지야. 하루 빨리 아주머니가 기운을 차렸으면 좋겠어. 해먼드 씨의 심장이 가슴속에서 그만 좀 쿵쾅거렸으면 좋겠어. 이 괴롭고 질긴 4월이 가고 봄이 왔으면 좋겠어. 풀들이 초록빛으로 변하고, 이른 봄꽃들이 피어나 우리 모두를 기운 나게 해줬으면 좋겠어.

가끔 5센트짜리 동전 두 닢이 든 분홍색 지갑을 꺼내서 쳐다 봐. 낡은 부츠를 꺼내서 아주 절묘한 그림이 그려진 달걀도 꺼내 보고,

작은 사전을 들춰가며 특별한 단어도 찾아 봐. 베개에 〈푸른 옷을 입은 소년〉을 기대어 놓고 쳐다보고 또 쳐다 봐. 그리고 〈호수의 여인〉의 2행을 외워. 그러면 잠시나마 마음이 풍요로움으로 가득해지지. 해먼드 씨가 심장이 그렇게 쿵쾅대는 것 때문에 두려워하기 전에 램프 탁자를 만들어 주셨어. 내 방은 이제 신성한 곳이야. 여기도 신성한 곳이야. 비올레타, 난 이제 가 봐야겠어. 날 위해 여기 있어 줘서 고마워."

그날 저녁 식탁에서 앤이 해먼드 부부에게 말했다.

"새 쌍둥이들 이름 지으셨어요?"

그들은 불안하고 심란한 표정이었다. 긴 침묵이 흘렀다. 해먼드 씨가 입을 열었다.

"너무 바빠서 그걸 생각할 겨를도 없었네. 생각해 둔 이름 있어, 당신?"

해먼드 부인이 고개를 저었다.

"나도 없는데. 넌 어떠냐, 앤? 어떤 이름이 좋을지 생각해 봤니?"

앤은 자신 앞에 초록빛 초원과 햇살로 이어지는 거대한 문이 열린 것 같은 느낌이었다. 잠깐 동안 입이 떨어지지 않았다. 그런 다음 아주 조용히 말했다.

"네, 있어요."

그녀는 조그만 남자아기의 이름을 〈호수의 여인〉에서 본 '색슨, 나는 로더릭 두라고 하오'라는 매력적인 행에서 고르면 좋겠다고 생각했다. 여자아기 이름은 그 이름이 완벽하다는 이유 하나만으로 줄리 애너라고 정했다.

"음, 어디 한번 들어볼까."'

그가 말했다.

"제 생각에는 줄리 애너와 로더릭이 사랑스러운 이름인 것 같아요. 걔네들은 아주 사랑스런 아기들이잖아요."

아이들 부모가 눈에 띄게 안도하는 모습이었다. 그러고는 환하게 웃었다. 나흘 만에 처음으로 해먼드 부인이 입을 열었다.

"완벽해!"

"됐어!"

해먼드 씨가 이마나 가슴에 손을 대지 않고 말했다.

"이제 줄리 애너와 로더릭이 그들의 이름이야. 줄리 애너 해먼드, 로더릭 해먼드."

61

부모의 울타리

5월 중순쯤 앤은 학교로 돌아갈 수 있었다. 줄리애너와 로더릭이 태어난 지 5주가 지났다. 해먼드 부인은 여전히 우울해 했고 아기들의 울음소리와 혼란이 커지면 울음을 터트렸지만, 조금은 자신을 추스르기 시작했다. 어떻게든 모두를 먹이고 입히고, 빨래하고, 설거지를 했다. 해먼드 씨는 소젖을 짜고, 나무를 자르고, 나무를 팔고, 식료품 및 생필품들을 구하러 클레어버그를 오갔다. 그는 벌 수 있는 만큼 돈을 벌려고 노력했고, 그 돈으로 식구들에게 필요한 것들을 구입했다. 해먼드 부부는 최대한 열심히 노력했다. 다만 일뿐이었다. 쉴 시간이라곤 전혀 없었다.

앤도 바빴다. 하지만 그녀는 어떻게든 자투리 시간을 찾아냈다.

학교까지 2마일을 걸어다니고, 해먼드 부인을 도와 식사 준비와 설거지를 하고, 물을 길어오느라 몇 시간씩 쓰고 나서도, 지하실의 비밀 궤짝에서 책을 하나씩 가져와 잠들기 전에 시들을 읽고 그림을 만끽했다. 주말에는 새로 태어난 쌍둥이를 안아 주고 달래 주고 노래를 불러 주는 게 좋아서, 아기들이 울기를 바랄 정도였다. 앤은 그들이 세상에 태어날 수 있게 도왔을 뿐 아니라 이름까지 지어 주었다. 그래서 마치 그들이 자신의 아이들처럼 느껴졌다. 전에 노아가 그랬던 것처럼. 하지만 노아 생각은 애써 억눌렀다.

오랜만에 학교로 가면서 앤은 확연하게 달라진 날씨와 풍경에 놀랐다. 거의 봄처럼 따뜻했다. 나무에 깃털 같은 초록색이 선명했고, 들판도 더 이상 기운 빠지는 연갈색이 아니었다. 하루가 다르게 세상은 초록빛으로 변했다. 초록 풀밭과 숲에 야생초들이 자라기 시작했다. 앤이 사랑하는 민들레, 나도옥잠화, 산사나무, 산딸기꽃……. 남쪽에서 돌아온 새들의 노랫소리가 나무 꼭대기에서 울려퍼져 숲속 공터를 가득 메웠고, 지붕에서 울려퍼져 허공을 채웠다.

앤은 학교에 가려고 그길을 걸을 때마다 자신에게도 날개가 돋아난 것처럼 느껴졌다. 걷는 동안이 혼자 있는 유일한 시간이었고, 누구도 그녀를 찾지 않았다. 자신에게 큰 소리로 말할 수도 있었다. 가장 좋아하는 기쁨의 장소로 가는 길이었다. 세상 누구라도 그보다 더 많은 것을 요구할 수는 없을 것 같았다.

맥도걸 선생님은 앤이 학교로 돌아와서 기뻤다. 선생님들은 으레 열심히 배우려는 학생을 환영하지만, 그는 이토록 무엇이든 탐욕스럽게 배움에 목마른 아이를 처음 보았다. 그는 앤이 상급반 수업을 듣느라고 산수 공부를 게을리하는 것을 알고 있었다. 하지만 굳이 혼내지 않았다. 아이의 가정 형편을 비교적 자세히 들었던 것이다. 앤의 이야기를 들어 보면 아이에게 학교가 아주 캄캄한 어둠 속에서 태양 같은 존재로 자리하고 있는 것을 알 수 있었다. 결석이 잦았지만 워낙 학구열이 강해서 진도를 쉽게 따라잡고, 오히려 많은 학생들을 능가할 수 있는 것도 눈치챘다. 그래서 산수를 소홀히 하는 태도를 눈감아 주었다. 나중에 배워야 할 때가 되면 앤은 열심히 배울 테니까.

앤이 학교에 오지 못했던 5주 사이에 프린스에드워드 섬을 배우는 지리 수업이 끝나 버렸다. 하지만 맥도걸 선생님은 앤이 언제든 마음대로 볼 수 있게 교실 벽 여기저기에 그 섬의 멋진 사진들을 핀으로 꽂아 두었다. 앤은 그것들을 자주 바라보았다. 노바스코샤, 뉴브런즈윅, 퀘벡의 사진들도 있었다. 하지만 앤은 언제나 이런 사진들을 건너뛰고 프린스에드워드 섬의 단정한 초록 들판과 말끔한 울타리들, 빨간 길이 헛간들로 이어진 하얀 농가들, 광활한 해변과 모래 언덕들, 집집마다 다채로운 꽃들이 자라나는 모습, 풍성한 감자밭이 펼쳐진 농장 풍경으로 즐거워했다. 아, 저기에 갈 수 있었으면! 프린스 에드워드 섬의 사진을 한 장이라도 가질 수 있었으면! 그렇다면 침대에 누워도 너무 피곤해서 잠들지 못하는 밤에 들여다볼 수 있을 텐데.

어느 날 앤이 방과 후에 남아서 사진들을 보고 있을 때, 맥도걸 선생님이 말을 붙였다.

"집에 가면 뭘 하니, 앤? 오래 걸으니까 피곤하겠지. 책을 읽거나 낮잠을 자니?"

"아뇨, 집에 갈 때 전 피곤하지 않아요. 그 시간이 정말 좋은걸요. 들판이랑 헛간이랑 소랑 집들을 봐요. 하늘이 날 위해 열려 있고요. 제가 사는 곳은 키다리 나무들이 벽처럼 우뚝 솟아 있어서 하늘이 닫혀 있거든요. 그래서 가끔 나무가 싫어지기도 하지만, 그래도 나무를 싫어할 순 없죠. 어쨌든 학교로 오가는 시간은 제게 하늘을 되돌려줘요."

"그렇구나. 집에 도착하면 뭘 하는데?"

"해먼드 아주머니를 돕는 일은 뭐든지요. 저녁 식사용 당근과 감자를 썰어요. 남은 물로 기저귀를 빨고, 마른 옷은 걷어 와요. 아니면 설거지를 하고서 우는 아기들을 안고 달래요. 우리 집에는 아기들이 많아요. 한 녀석은 거의 항상 울어요. 운 좋으면 줄리 애너나 로더릭이 울 때도 있어요. 난 그 애들을 사랑해요. 내가 이름을 지어 줬거든요. 걔네들은 아주 작아요. 하지만 조지나 휴고를 안고 다녀야 할 때는 정말 무거워요. 그보다 더 큰 쌍둥이는……."

"더 큰 쌍둥이? 쌍둥이가 또 있니?"

"아주머니가 쌍둥이를 세 번 낳았어요."

"그러면 아이들이 여섯이겠구나."

"아뇨. 여덟이에요."

"여덟 명?"

"네. 아주머니가 쌍둥이를 낳기 시작하기 전에 둘을 낳았거든요. 그 후로는 쌍둥이들을 계속 낳으세요."

"그 애들은 몇 살이니?"

"거티하고 엘라인데 세 살과 네 살이에요."

맥도걸 선생님은 들은 내용을 이해하려고 애쓰듯 잠시 자리에 앉았다. 책상에 정강이를 부딪쳤지만, 알아차리지 못했다.

"그러니까 네 말은, 해먼드 부인에게 네 살도 안 된 아이들이 여덟 명 있다는 거니?"

"맞아요. 해먼드 아저씨 아이들이기도 해요. 두 분이 결혼했으니까요. 하지만 아저씨는 아주머니가 그렇게 계속 많이 낳지 않기를 바랄 뿐이에요."

"막내가 언제 태어났는데?"

"4월이요. 그 애들이 태어나는 걸 내 눈으로 봤어요. 굉장했어요. 내 인생에서 가장 절묘한 날들 중 하나였어요. 절대적으로 어쩔 수 없는 상황이라면, 아기 받는 일도 할 수 있을 것 같아요. 하지만 난 산파가 되고 싶지는 않아요. 선생님이 되고 싶고, 엄마도 되고 싶어요. 해먼드 아주머니는 항상 슬프고 지쳐 있지만요. 줄리 애너와 로더릭은 밤마다 세 번도 더 아주머니를 깨워요. 아주 작은데도 항상 배가 고픈가 봐요. 해먼드 아주머니는 전혀 웃지 않아요. 가끔씩 너무 시끄러우면 우시긴 해요."

이제 맥도걸 선생님까지 지친 듯했다. 그는 앞으로 고개를 숙여서 두 손으로 머리를 잡았다.

"그거야 그럴 테지. 앤, 놀 시간은 있니?"

"놀 시간이요?"

"그래."

"음, 때때로 산파일을 하는 해거티 할머니가 와서 해먼드 부인 곁에 있어 주세요. 그럴 때 계곡에 가서 비올레타랑 얘기하죠. 한 시간 정도. 보통은 토요일마다. 항상 그런 건 아니고요."

맥도걸 선생님이 한숨을 쉬었다.

"알았다, 앤. 넌 이제 집으로 출발해야 할 것 같구나. 숙제를 다 못 하더라도 걱정하지 마라. 절대 걱정하지 않겠다고 약속해라."

앤은 책상 위에 있는 시계를 보았다.

"어머, 세상에! 엄청나게 늦었어요. 학교가 좋고, 선생님의 사진들이 좋아서 발이 안 떨어져요. 하지만 서둘러야겠어요. 저녁 식사 전에 빨래통을 채워야 하거든요, 아침에 준비될 수 있게 하려면."

"통을 채워? 어떻게?"

"물 양동이로요."

"얼마나?"

"열세 양동이요. 양동이를 나르면서 그걸 세요. 그래서 열두 번이 되면 거의 다했다는 걸 알 수 있어요."

앤이 떠난 후, 맥도걸 선생님은 책상 의자에 앉아서 오랫동안 벽을 응시했다.

5월이 6월로 녹아들고, 여름 방학이 시작되었다. 앤은 따뜻함과 햇살과 꽃들이 있는 여름을 사랑했고, 학교로 가는 긴 산책로가 그리웠다. 소음과 사람과 아이들과 일이 가득한 거대한 집에서 도망쳐 나갈 핑곗거리가 없었다. 해거티 양은 이제 정기적으로 토요일마다 한 시간씩 다녀갔다. 어느 날 앤은 작은 집으로 이어진 길에서 그녀와 마주쳤다.

"앤, 해먼드 씨네 집에서 보내는 시간은 언제나 내게 유익해. 내 결정이 현명했다는 것을 깨닫게 해 주지."

"결정이요?"

"결혼하지 않기로 한 결정 말이다. 내가 그 집에서 한 시간에서 단 1분도 더 지체하지 않는 걸 너도 알아차렸겠지. 넌 오늘 2분 늦었고, 난 나왔어. 거기 있으면 내 어머니의 집으로 되돌아가서 그녀의 모든 아기들을 보살피는 것 같은 느낌이 들거든. 그런 게 아니라서 얼마나 다행인지! 그건 내 인생이 아니야. 난 아이들을 세상에 받고, 바로 그날 그들을 떠나올 수 있어. 내게는 이게 딱 맞아."

"줄리 애너와 로더릭을 사랑하지 않으세요? 저는 그 아이들이 태어나는 걸 봐서 그런지 마치 내 아이들처럼 느껴져요."

"그래도 네 아이들은 아니잖니. 세상에, 내가 받은 모든 아기들한테 그런 느낌이 들지 않아서 얼마나 다행인지. 그랬다면 지금쯤 내 집에 아기들이 가득하거나 가슴에 상처가 가득하겠지. 고마워라! 난 둘 중 어느 쪽도 아니야."

해거티 양은 앤을 내려다보며 그녀의 땋은 머리 하나를 부드럽게 잡아당겼다.

"이제 가 봐라. 해먼드 부인을 도와드려. 평소보다 훨씬 더 지쳐 보이더구나. 오늘은 날씨도 무척이나 더워서…… 조지도 소란을 피우고 있단다. 기저귀 차는 게 싫은 모양이야. 하지만 기저귀를 안 차면, 해 떨어지기 전에 새로운 재난이 일어나겠지. 내가 오늘 구운 빵 세 덩이를 가져다 놨다만, 내가 할 수 있는 선행은 거기까지야. 조지가 데굴데굴 구르면서 떼쓰는 건 절대로 보고 싶지 않다. 13개월 된 아이를 다루려면 네 개의 눈과 적어도 네 개의 팔이 필요해. 안 그러면 싸움이 일어나지. 그리고 지금 큰 싸움이 벌어지고 있단다."

그날 저녁, 설거지를 끝내자마자 앤은 응접실로 들어가 소파 옆 의자에 앉았다. 해먼드 씨가 누워 있었지만 잠들지는 않았다.

"아저씨는 나무로 만드는 건 뭐든지 잘 만드시죠? 주위에 나무도 많으니까 하는 말인데요, 혹시 집 앞 그루터기 사이에 네모난 울타리 하나 만들어 주실 수 있어요? 아무리 영리한 아이도 기어 넘을 수 없는 그런 울타리요. 부엌에서 아이들 여덟 명을 쫓아다니려니 아무것도 못 하겠어요. 아저씨가 안전하고 커다란 공간을 만들면, 따뜻한 날 아이들이 밖에 나가서 놀 수 있어요. 그루터기에 올라가 그게 산인 척할 수도 있고요. 가끔은 내가 거기 들어가서 책도 읽어 줄게요. 쓰고 남은 작은 나무토막들을 챙겨 두었다가 탑이며 성 같은 것들을 쌓으며 놀게 할 수도 있지요. 여섯 명은 밖에서 놀고, 줄리 애너와 로더릭은 안에 있으면 돼요. 아직까지 그 애들은 힘들지 않거든요."

앤은 잠시 말을 멈췄다가 조심스럽게 덧붙였다.

"그러면 해먼드 아주머니가 다시 미소 지으실지도 몰라요."

해먼드 씨가 일어나 앉아 앤을 뚫어져라 쳐다보았다. 그가 이마를 손으로 문질렀다.

"요즘 같아서는 하루를 헤쳐나가는 것만으로도 힘들다. 나무들을 잘라 가지를 쳐내고, 그것들을 회전 톱으로 밀어 넣어야 돼. 맞춰야 할 주문들이 있고. 수레들은 들어오고. 게다가 다들 급하다지. 그뿐만이 아니야. 내 심장이 시도 때도 없이 흔들리고 멈칫거려. 때로는 그것 때문에 반쯤 죽을 만큼 겁이 나. 내가 그 울타리를 만들 힘이나 시간이 있을지 모르겠다."

앤은 말없이 기다렸다. 부엌에서 소음들이 들렸다. 막내 쌍둥이 중 하나가 울고 있었다. 평소 같으면 앤이 해먼드 부인을 구하러 달려갔을 것이다. 이번에는 아니었다.

"난 뭐든지 만드는 걸 좋아해. 집, 침대, 네게 만들어 줬던 작은 탁자, 네게 작은 의자도 만들어 줄 계획이었어. 그런 게 내가 제일 좋아하는 일이야. 그런데 어찌된 일인지…… ."

"필요할 때 당장 아이들 몇 명을 울타리로 내보내고, 잠잘 준비 할 순서대로 하나씩 데려올 수 있어요."

"글쎄다."

"그게 펄쩍거리는 심장에도 더 좋을 거예요. 모든 게 너무나 거칠고 정신없고 소란스러울 땐, 쉬는 것도 분명히 힘들 거예요."

해먼드 씨는 무릎에 팔꿈치를 대고 두 손으로 머리를 감쌌다. 한숨을 내쉬었다. 그러고는 고개를 들어 앤을 바라보았다. 그의 눈꺼풀이 너무나 무겁고 이마에 주름이 져 있었다. 앤은 그가 걱정스러웠다. 하지만 마음이 약해지지는 않았다.

"그러면 해먼드 아주머니가 훨씬 편해지세요. 제가 가을에 학교로 돌아갈 때 말이에요. 전 갈 거거든요."

그가 다시 손가락들로 이마를 문지른 다음 말했다.

"노력해 보마."

62

멈춰 버린 심장

해먼드 씨는 노력했다. 게다가 그 일을 즐겼다. 주로 모기들의 극성이 그리 심하지 않은 따뜻한 저녁이나 주문한 목재를 실으러 올 수레가 도착하기를 기다리는 낮 시간에 울타리 작업을 했다. 일요일에는 그 일에 매달렸다. 솜씨 좋은 그는 멋진 울타리를 지었다. 아이들은 안에서 절대로 밖으로 기어 나올 수 없고, 밖에서만 열리거나 어른의 긴 팔로만 열 수 있는 작은 문이 달렸다. 그는 나무토막들도 갖다 두었다. 심지어 바퀴 달린 작은 수레나 동물 모양의 목각인형 같은 장난감들까지 만들었다. 사포질까지 해서 까끌까끌한 모서리가 하나도 없었다. 그는 일하면서 휘파람을 불거나 음조가 안 맞는 노래를 흥얼거렸다. 그는 행복했다.

노바스코샤의 가을은 맑고 파란 하늘에 따뜻한 온기가 남아 있는 아름다운 계절이었다. 장난감들은 오랜 시간을 들여서 하나씩 완성되었다. 10월이 다채로운 이파리들의 화려한 볼거리를 선사할 때쯤 일부가 완성되었다. 12월에서 4월까지 기나긴 겨울이 이어지는 동안 응접실 벽난로 가에서 또다른 장난감들이 만들어지리라. 겨울이 와도 눈이 깊이 쌓이지만 않으면, 아이들이 숲으로 들어갈까 봐 걱정할 필요 없이 집 밖에서 놀 수 있도록 울타리에 들여놓을 수 있을 것이다. 여름에는 아이들이 좋아하는 놀이터가 될 것이다.

울타리가 해먼드 부부의 문제를 전부 해결할 수는 없었다. 여전히 집안일들은 산더미처럼 쌓여 있었고, 아기들은 밤에 깨어나 먹을 것을 달라거나 안아 달라고 울었다. 해먼드 부인은 여전히 수면부족에 일감에 허덕였다. 하지만 울타리는 집 안에 배어 있던 혼돈의 분위기를 한결 완화시켰다. 줄리 애너와 로더릭이 태어난 후 첫 번째 겨울 몇 달 동안 학교까지 2마일을 걸어갈 수 없는 앤을 포함하여 그 모든 아이들이 6주간 꼬박 집 안에 있어야 했다. 울타리는 가끔씩 완전히 눈 속에 파묻혔다.

아무리 힘든 시간이라도, 시간은 흐른다. 봄과 함께 다시 학교가 열렸고, 여름이 지나고 겨울이 밀려들기 전의 약 석 달 동안의 가을에도 앤이 학교에 다닐 수 있었다. 이례적으로 가을이 길어지던 어느 날, 맥도걸 선생님은 북쪽으로 향해 있는 학교 창밖을 내다보았다. 12월인데도 눈이 오지 않고 있었다. 강력한 폭풍이 다가오고 있다는 신호였다. 오전 11시밖에 안 됐지만 그는 자리에서 일어나 모든 학생들에게 알렸다.

"얘들아, 공부 그만하고 선생님 말 들어라. 강한 폭풍이 몰려오고 있는 것 같구나. 나무들이 벌써부터 불길하게 흔들리기 시작했어. 아직 심하진 않지만 움직임이 분명해. 시내에 사는 학생들은 오후까지 남아 있어도 된다. 하지만 반 마일 이상 떨어진 곳에 사는 학생들은 책가방을 챙겨서 집으로 돌아가도록 해라."

그런 다음 그가 앤에게 말했다.

"앤 셜리, 네가 사는 곳이 제일 머니까 얼른 출발해야겠다. 내 예상처럼 폭풍이 심각하다면, 오늘이 봄이 오기 전에 학교에서 보내는 마지막 날이 될 것 같구나."

'마지막 날!'

전혀 예상치 못했던 뜻밖의 타격이었다. 앤은 마비된 듯 책상 뒤에 앉아 있었다. 게다가 봄은 한참 멀었다. 앤은 눈물이 그렁그렁한 눈으로 벽에 붙은 프린스에드워드 섬의 사진들을 바라보았다. 그것들을 다시 보려면 몇 달이 지나야 하리라. 어쩌면 맥도걸 선생님이 사진들을 떼어 내 다시 붙이지 않을 수도 있었다. 그 초록빛 들판과 푸른 바다와 빨간 길과 길게 뻗은 해변들이 앤에게서 영원히 사라질 것이다. 그건 견딜 수 없었다. 엄마도, 아빠도, 일라이저 언니도, 인형도, 노아도, 라킨바도, 보리스도, 케이티 모리스도 없는데, 저 사진들마저 볼 수 없다면! 그 순간 누군가 앤에게 말을 걸었더라면, 앤은 벌떡 일어나 비명을 지르고 또 질렀을 것이다.

앤은 아주 천천히 일어나 책들과 석필과 석판을 가방에 챙겨 넣기 시작했다. 맥도걸 선생님의 책상 서랍이 열려 있었다. 앤은 프린스에드워드 섬의 사진들이 그 속에 들어 있는 걸 알았다. 맥도걸 선생님은 1학년 학생이 책가방 싸는 것을 도와주느라 여념이 없었다. 모두가 바빠 보였다. 앤은 천천히 책상으로 걸어가 서랍 속을 슬쩍 들여다보았다. 맨 위에 창마다 빨간 덧창들이 달린 하얀색의 아담한 집과 초록빛 들판이 펼쳐진 아주 아름답고 작은 사진이 놓여 있었다.

'한 장쯤 없어져도 맥도걸 선생님은 모르시겠지. 다른 사진들이 아주 많으니까.'

앤은 자신의 손이 서랍 속으로 들어가 사진을 꺼내는 모습을 지켜보았다. 그 손이 자신의《로열 리더》책장 사이에 사진을 집어넣는 것을 지켜보았다.

'봄에 다시 가져올 거야. 그냥 빌리는 거야.'

안도감과 환희와 지독한 죄책감이 마구 뒤섞인 심정으로 앤은 코트를 걸쳐 입고 맥도걸 선생님에게 작별 인사를 한 다음, 점점 강해지는 폭풍의 기운을 뚫으며 집까지 2마일을 걸었다.

이미 앤은 해먼드 부부의 집에서 겨울을 보냈다. 눈이 너무 깊어져서 아이들이 밖에 나가는 게 위험했고, 스토브 연통과 벽난로로 바람이 세차게 들어왔다. 거대한 숲이 앤이 사랑하는 모든 것을 막아 버렸다. 이따금씩 앤은 가장 어린 쌍둥이 줄리 애너와 로더릭을 위층으로 데리고 올라가, 요람 하나에 나란히 앉히고 이야기를 들려주었다. 아기들은 이제 거의 20개월이 다 됐는데, 나이에 비해 아주 작았고 얌전했다. 그리고 누구보다 앤을 좋아했고, 이해할 수 없는 모든 단어들을 엮는 그녀의 얘기가 음악 같은지 깔깔거리며 사방으로 팔을 흔들었다. 줄리 애너가 웃을 때는 곱슬머리가 가볍게 흔들리고 너무나 사랑스러운 '꼴꼴' 소리가 났다. 로더릭은 그냥 환하게 웃었다.

"너희가 날 엄마로 생각한다는 거 알아. 하지만 난 너희 엄마가 아니야. 진짜 너희 엄마는 아름다운 곱슬머리를 지닌 분이야. 줄리 애너, 네 머리와 똑같아. 틀림없이 아주머니는 너희를 아주 많이 사랑하셔. 하지만 너희를 안거나 같이 놀아 줄 시간이 없어. 할 일이 너무 많거든. 그래, 너희 엄마가 잘 웃지 않으시지. 내 생각에는 말이야, 웃는 법을 잊어버리셔서 그래. 그러니까 너무 속상해 하지 마."

아기들이 속상해 하지 않는 것은 분명했다. 그들은 손뼉을 치며 웃고, 가끔씩 딸꾹질하는 것처럼 낄낄 웃었다. 앤은 일방적인 대화라고는 해도 막내 쌍둥이들에게 이렇게 얘기할 수 있는 게 좋았다. 때로는 학교나, 맥도걸 선생님이 뭔가에 걸려 넘어지는 일이나, 프린스에드워드 섬의 사진들에 대해서도 이야기했다. 하지만 너무나 부끄러워서 선생님의 책상에서 꺼내온 사진은 보여 주지 못했다. 앤은 비올레타에 대해, 토머스 가족과 해변에서 보낸 그 신성한 날에 대해, 일라이저 언니와 함께했던 행복한 시간들에 대해, 고아여서 슬픈 마음에 대해, 전에 가지고 있었던 작은 곰 인형 보리스에 대해, 노아에 대해서도 이야기했다.

매일매일 그렇게 하고 싶었지만, 이것저것 할 일들이 언제나 그녀의 시간들을 가득 메우고 있었다.

그해 1월은 유난히 춥고 바람이 세찼다. 해먼드 씨가 만든 멋진 울타리를 넘어 창문의 절반까지 눈이 쌓이는 날도 많았다. 헛간으로, 작업실로, 해거티 양의 집으로 이어진 좁은 오솔길은 거의 터널과도 같았다. 해먼드 씨를 제외하고는 모두가 집 안에 갇혀 있었다.

그러다가 2월 첫째 주로 접어들었을 때는 놀라울 만큼 따뜻한 온기가 눈을 녹였다. 하루 종일 '똑, 똑, 똑' 얼음 녹는 소리가 들렸다. 앤은 창밖에 눈 더미를 뚫고 나타나는 울타리와 그루터기들을 바라보면서 봄이 온 것을 확신했다. 눈과 숲을 통과하는 좁은 터널들이 깊숙한 통로처럼 넓어졌다. 신비롭게 그늘져 있었지만 그 사이로 햇빛이 뚫고 들어갔다. 그녀는 줄리 애너와 로더릭을 차례로 데려가 창밖을 보여 주면서 말했다.

"아직은 봄이 아니야. 하지만 봄이 오고 있음을 알려 주는 기적 같은 날이란다! 눈밭에 물을 뿌리면서 작은 구멍을 만드는 절묘한 고드름들을 보렴. 기뻐서 흐느끼는 저 나무들을 봐."

해먼드 씨가 코트를 걸치고 모자를 쓰면서 휘파람을 불며 작업실로 돌아갈 준비를 하고 있었다. 커다란 수레가 통나무들을 싣고 갈 예정이었다. 어쩌면 엘라와 거티를 위해 만들고 있는 작은 인형의 집을 마무리하는 데 시간을 쓰고, 거기에 맞는 조그만 의자와 탁자 만드는 법을 생각해 볼 수 있을 것이다. 그는 아내의 등을 한 번 치고는 문밖으로 나갔다.

"모두들 이따가 보자!"

그가 소리쳤다. 앤은 해먼드 부인이 웃었다고 믿어보려 했다. 그녀는 거의 웃었다.

오후 3시쯤 쿵쿵쿵 통나무들을 수레에 싣는 소리가 들렸지만, 작업실로 가는 입구가 뒤쪽으로 이어져 있기 때문에 그들이 일하는 모습은 전혀 보이지 않았다. 그런데 문득 나무들의 벽 사이에서 남자

하나가 불쑥 튀어나오더니 집으로 헐레벌떡 달려오는 게 보였다. 그가 있는 힘껏 고함을 치고 있었다. 앤은 문을 빼꼼히 열고 남자가 무슨 소리를 하는지 들었다.

"이리 와 봐요! 누구든 빨리 와요! 얼른!"

앤은 코트를 움켜쥐고 부츠를 신고 문밖으로 달려나갔다. 눈이 충분히 녹아 있어서 그 남자가 있는 곳까지 빠르게 닿을 수 있었고, 그대로 그를 따라 작업실로 달렸다. 작업실에 도착했을 때, 앤은 톱 근처 바닥에 누워 있는 해먼드 씨를 보았다. 그는 엎드린 채 꼼짝도 하지 않았다.

"아무나 좀 불러와! 커다란 통나무를 나르다가 갑자기 고꾸라졌어. 아무 이유도 없이! 이 사람 부인은 어디 있어? 부인을 데려와!"

앤은 그럴 수 없다는 것을 알았다. 최대한 빠르게, 굽이진 길 쪽으로 다시 달려가 해거티 양의 집으로 향했다.

해거티 양은 연로한 나이와 미끄러운 길 상태에도 불구하고 신속하게 움직였다. 해먼드 씨를 살펴보고 나서 그녀가 몸을 일으켜 세웠다.

"앤, 흔들리던 해먼드 씨의 심장이 마침내 멈춘 것 같구나."

앤은 아무 말도 나오지 않았다.

해거티 양이 남자들 쪽으로 돌아섰다.

"여기서 기다리세요. 내 집에 해먼드 부부의 가족 연락처가 있어요. 그걸 클레어버그로 가져가서 신부님께 전해 주길 부탁드립니다. 그분이 어떻게 해야 할지 알고 계실 겁니다. 당신들이 탁자에 그를 올려놓으면 어떨까요. 내가 거기에 덮을 시트를 가져올게요. 이 일을 도와주신다면 매우 감사하겠어요 .해먼드 부인에게는 내가 가서 얘기할게요. 그다음에는 도움을 기다리는 수밖에 없겠지요."

앤은 해거티 양과 함께 그녀의 집으로 갔다. 그 나이든 여인은 재빠르게 설탕 한 숟가락을 듬뿍 넣어 차를 만들어 앤에게 건넸다. 앤은 의자에 앉아서 부들부들 떨었다. 수많은 생각과 두려움과 반쯤 형성된 기억들이 머릿속에서 뒤죽박죽 엉켰다. 해거티 양이 해먼드 부부의 가족 연락처와 시트를 남자들에게 가져다주려고 집을 나섰을 때도, 앤은 뒤에 남아서 차를 홀짝이며 계속 떨고 있었다. 다시는 따뜻해질 수 없을 것 같았다.

63

통곡

나중에 돌이켜봤을 때, 나흘간의 일들은 앤의 기억에 남아 있지 않았다. 특히 처음 이틀간은 머릿속에 뿌연 안개가 낀 것처럼 몽롱했다. 셋째 날 해먼드 부부의 친척들이 도착하기 시작했을 때, 해거티 양은 계곡에 가서 비올레타와 얘기하라며 앤을 집 밖으로 내몰았다.

"지금은 일해 줄 사람들이 충분해. 그러니 얼른 네가 좋아하는 곳으로 가서 쉬었다 오거라."

앤은 시키는 대로 했다. 겨울 해빙기가 제 역할을 한 덕분에 울타리를 지나 작업실과 해거티 양의 집으로 이어진 길로 가는 것은 어렵지 않았다. 계곡에 도착하자 앤은 눈 속에 서서 하얀 산허리들을 향해 소리쳤다.

"비올레타! 대답해 줘! (비올레타!) 나야, 앤! (앤! 앤!)"

두 개의 언덕으로부터 다소 잦아든 소리로 대답이 돌아왔다. 그래, 그녀는 그대로 있었다. 추위와 눈도 비올레타를 쫓아내지 못했다. 앤은 평소 목소리로 말하기 시작했다.

"오, 비올레타! 아마 넌 언덕 위에서 모든 걸 봤을 거야. 모든 걸 들었을 거야. 하지만 혹시 모르니까, 해먼드 아저씨가 돌아가셨다는 얘기를 너한테 해야 할 것 같아. 난 아저씨가 정말 나아진 줄 알았어. 그 멋진 울타리와 그 모든 나무토막들과 장난감들을 만들면서 무척 행복해지신 것 같았거든. 바퀴 달린 수레까지 만들었단 말이야. 아저씨가 그렇게 행복해 하시는 건 처음 봤어. 일하면서 휘파람도 불고 알 수 없는 노래도 흥얼거리셨어. 하지만 아저씨가 오전 내내 무거운 통나무들을 들어 올렸대. 아저씨의 심장이 흔들리는 줄은 알았지만, 그래도 그게 영원히 뛸 거라고 굳게 믿었어. 통나무를 들어 올리는 건 아저씨가 매일 하는 일이잖아. 그런데 심장은 계속 뛰지 않고 멈춰 버렸어. 심장이 얼마나 중요한지 깨달았어. 심장이 뛰는 걸 멈추면 모든 게 멈춰 버리다니. 전에는 그런 줄 몰랐어. 해거티 할머니가 알려 주셨어.

널 만나고 오라고 날 이곳으로 보낸 분도 해거티 할머니야. 난 항상 할머니를 조금만 좋아했어. 나한테 좀 싸늘하게 대하시거든. 하지만 해먼드 아저씨가 돌아가신 후로는 한없이 부드럽고 따뜻해. 해거티 할머니가 그 남자들과 얘기하고 할 일을 말해 준 다음 집으로 돌아갔을 때, 해먼드 아주머니는 부엌 식탁에서 로더릭의 기저귀를 갈고 있었어. 그 끔찍한 소식을 듣는 순간, 아주머니의 손이 양옆으로 툭 떨어졌어. 아주머니는 꼼짝 않고 서서 넋을 잃었나 봐. 말하지도, 울지도 않았어. 그저 조용히 응접실로 갔어. 로더릭의 옷을 반쯤 벗겨 놓은 상태로 말이야. 아이가 바닥으로 떨어질 수도 있었어. 해거티 할머니가 로더릭을 가리키면서 놀라울 정도로 온화하게 '앤'이라고 말했어. 내가 가서 로더릭의 기저귀를 채웠지.

해거티 할머니가 해먼드 아주머니에게 남편의 사망 소식을 전했을 때, 엘라와 거티도 들었어. 그 애들이 울었어. 걔들은 아버지가 인형의 집을 만드는 걸 봤어. 작업실에서 일만 하는 게 아니라, 자기들한테 진짜 아버지가 있다는 걸 느끼게 됐는데. 그 애들은 죽음이 뭔지도 알아. 지난 8월에 그들의 강아지가 죽었거든. 조지랑 휴고도 울었지만, 한 녀석이 깔고 앉은 장난감을 다른 녀석이 갖고 싶어했기 때문이야. 다른 쌍둥이들은 해먼드 씨가 놔둔 나무토막들로 조용히 탑을 쌓으며 놀고 있었어. 줄리 애너와 로더릭은 배가 고파서 울어댔고. 난 그들 모두를 둘러보면서 내가 유일하게 할 줄 아는 걸 하기로 마음먹었어. 바로 당장. 저녁 식사 준비 말이야. 그러면서 어떤 소리도 들리지 않는 척했어. 쉽지는 않았어. 비올레타, 아이들 여섯 명이 모두 한꺼번에 우는 소리가 얼마나 요란한지 너도 알지? 하지만 난 〈호수의 여인〉에 나오는 구절들을 중얼거렸어. 그게 내 머리와 마음을 채우니까 소란도 들리지 않더라.

해거티 할머니가 해먼드 아주머니를 부엌으로 데리고 왔어.

'로티, 여기가 더 따뜻하니까 여기 있어요. 소란스럽긴 하지만.'

해먼드 아주머니는 멍해 보였어. 내가 다가가서 손을 잡아드렸어.

'너무나 슬퍼요. 아저씨는 참 좋은 분이었는데.'

하지만 아주머니는 그것도 모르시는 것 같았어. 아주머니 이름이 로티인 줄 처음 알았어. 해먼드 아저씨는 항상 애들 엄마라고 불렀거든. 아이들은 그냥 엄마라고 불렀고. 아주머니한테 이름이 있는지도 몰랐어. 그런데 로티라는 이름이 있었던 거야."

거기까지 얘기한 후, 앤은 들판 한가운데 서서 소리내어 펑펑 울었다. 슬픈 생각과 끔찍한 두려움이 마음속에 흘렀다. 앉을 만한 곳이 있으면 좋겠다고 생각했다.

'앉아서 울면 울기가 훨씬 편할 거야. 서 있는 건 힘이 들어. 이렇게 심하게 울면 기운이 다 빠져버려.'

하지만 울음을 그칠 수가 없었다. 앤은 한참을 서서 울었다.

"오, 비올레타! 사람들이 왜 죽어야 하는지 모르겠어. 그들이 떠나면 너무나 큰 공간이 텅 비어 버려. 전에 내가 절망의 구렁텅이에 떨어졌다고 생각한 적이 있었지만 이 정도는 아니었어. 이제 세상을 떠난 가엾은 해먼드 아저씨가 지은 그 커다란 집에 지금까지 손님이 찾아왔던 적은 없었어. 그런데 갑자기 사람들이 들어차기 시작했어. 지금 이 순간, 거긴 내 평생 한 번도 본 적 없는 사람들로 가득해.

아주 똑똑하고 교육을 잘 받았다는 해먼드 아주머니의 어머니도 있어. 그런데 그분은 아직 해먼드 아주머니를 웃게 만드는 방법이나, 반이라도 살아 있는 것처럼 보이게 하는 방법을 알아내지 못했어. 자매도 세 명 있는데 그들은 아기들을 달래려고 안아 들고 뛰어다니면서 끊임없이 차를 만들어. 모두에게 골고루 돌아갈 정도로 컵이 많지 않다고 불평하면서. 그냥 앉아 있는 형제도 두 명 있는데, 그들은 눈썹 사이를 심하게 찌푸리면서 몇 분에 한 번씩 주머니시계를 꺼내서 봐. 해먼드 아저씨의 아버지는 아직 킹즈포트에서 도착하지 않았어. 어머니는 돌아가셨고, 해먼드 아저씨가 외동아들이래. 그래서 아저씨가 그렇게 거대한 집을 지었던 거야. 아이들로 꽉 채우려고. 하지만 클레어버그에서 온 여자들이 다섯 명쯤 있어. 처음 본 사람들인데, 부엌에 들어가서 자기들이 가져온 음식을 어디다 놓을지 둘러보더라. 돼지허벅다리 햄을 통째로 가져온 사람도 있고, 익힌 닭 두 마리, 파이, 쿠키도 많이 가져왔어. 그리고 해먼드 아주머니의 가족이 서로한테 무슨 말을 했는지 알아?

'넌 어느 쪽을 고를래?'

'어느 쪽이 더 마음에 드니?'

가구 얘기가 아니야! 해먼드 아주머니의 아이들을 말하는 거야. 그 사람들이 얘기하고 싸우는 동안 아주머니는 완전히 멍한 얼굴로 한마디도 안 하고 거기 앉아 있었어.

누군가 이런 말도 했어.

'글쎄, 난 일란성 쌍둥이가 낫겠어. 조지와 휴고랬지, 아마.'

이건 나이든 언니가 한 말이야.

'난 큰애를 데려갈게.'

그다음 자매가 말했어.

'엘라라는 여자애. 곱슬곱슬한 갈색 머리도 예쁘고 조용해 보여. 하지만 분명히 말하는데 두 명은 못 데려가. 나도 내 인생이 있어.'

또 다른 자매는 이렇게 말했어.

'음, 나한테 선택의 여지가 없는 거라면, 난 다른 여자애를 데려갈

래. 해거티 양이 네 살이라고 말한 아이. 쌍둥이 짐을 짊어지고 싶지는 않아.'

그 여자가 말한 아이는 거티야. 그 사람들 얘기하는 게 무슨 식료품 얘기하는 것 같지 않니? 아무도 해먼드 아주머니한테 '네 생각'은 어떠냐고 묻지 않았어.

남자 형제들은 초조한 표정으로 모든 걸 지켜보고 있었어. 그중 하나가 목을 가다듬고 말했지.

'마르셔와 나는 아이가 없지. 아이를 원치 않았으니까. 지금도 마찬가지야. 하지만 마르셔가 가끔 외롭다는 말을 하니까, 로티가 우리 집에 와서 같이 사는 게 어떨까? 뱅거*는 좋은 곳이야. 기운 좀 차리고 나면 로티도 마음에 들 거야.'

세상에! 비올레타, 해먼드 아주머니를 빵 덩어리나 양배추인 것처럼 말하고 있는 거야. 바로 그때 해먼드 아저씨의 아버지가 도착했어. 마르고 작은 남자인데, 예쁜 여자와 함께 왔어. 젊지는 않지만 예뻤어. 그 여자가 어디에 앉을지, 무슨 행동을 할지, 무슨 말을 해야 할지 남자한테 일일이 지시하더라. 게다가 모두가 다 들을 수 있을 만큼 큰 소리로 이렇게 말했어.

'아이를 데려가겠다고 나서지 말아요. 다들 소란스러울 것 같아. 우린 쉰 살이나 됐잖아요. 이제 처음 부모 노릇을 시작하기에는 너무 늙었어요. 켄드릭의 미망인에게 애도를 표하고, 클레어버그로 가서 시신 문제나 정리합시다. 로티에게 몇 달러 쥐어 주는 거야 나쁘

* 영국 웨일스 귀네드카운티 보로에 있는 타운

지 않지만 많이는 안 돼요. 매장하는 데 돈이 많이 들 수도 있어요.'

비올레타, 아직 데려갈 사람이 정해지지 않은 쌍둥이가 넷이나 남았고, 나는 아무도 언급하지 않았다는 걸 너도 알아차렸겠지. 해거티 할머니가 가끔은 차갑지만, 무척 영리한 사람이야. 내가 줄리 애너와 로더릭에 대한 얘기나 나를 어떻게 처리할지에 대한 얘기를 듣고 싶지 않으리라는 걸 알았던 거야. 내가 왜 이렇게 눈밭에 서서 울고 있는지 알겠지?"

앤은 이야기를 멈추고 집으로 돌아가기 전에 한 가지 더 말하고 싶은 게 있었다. 아니, 말해야 할 것이 있었다.

"비올레타, 지금까지 살면서 죄책감 느낀 적 있어? 바람에 머리카락을 휘날리고 초록색 드레스를 펄럭이며 이 언덕들을 뛰어다니는 네가 무엇에 대해서든 죄책감 같은 거 느낄 일은 없을 거야. 하지만 나는 달라. 난 죄책감 때문에 괴로워. 죄책감을 느끼는 게 가질 수 없는 것을 갈망하는 마음보다 훨씬 더 힘들다는 걸 미리 알았더라면 얼마나 좋았을까.

난 프린스에드워드 섬 사진 하나를 너무나, 간절하게 갖고 싶었어. 그걸 갖지 못하면 죽을 것 같을 정도였어. 그래서 하나를 가져왔어. 난 사진을 빌리는 거라고 생각했어. 나 자신에게 그렇게 수도 없이 말했어. 하지만 나조차 그 말을 믿지 않았나 봐. 다시는 학교로 돌아가지 못할 것 같거든. 다시는 맥도걸 선생님 얼굴을 볼 수 없을 것 같아. 선생님은 2년동안 나에게 친구가 되어 줬고, 난 선생님을 사랑했어. 그런데 그 모든 은혜에 보답하지는 못할망정 내가 무슨 짓을 한 거니? 난 선생님의 아름다운 사진을 훔쳤어. 매일 밤 그걸 꺼내서 감상하려고 노력하지만, 사진을 봐도 아무런 기쁨이 느껴지질 않아. 볼 때마다 내가 느끼는 건 끔찍한 기분뿐이야!"

그런 다음 앤은 또다시 격렬한 울음을 터트렸다.

집으로 돌아가니, 마을에서 온 고든 부인이 가장 나이 많은 쌍둥이들을 데려갔다. 커다란 햄을 가져온 그 사람이었다. 그녀는 덩치가 크고 활기찼다.

"아이들이 귀엽게 생겼어요. 기저귀 찰 나이도 지났고 이제 막 열두 살이 된 내 딸 에이미가 귀여워할 거예요. 집 안에 어린애들이 있는 것도 괜찮을 것 같고요. 그래요. 달리 데려갈 사람이 없다면 내가 그 쌍둥이를 우리 가족으로 삼죠. 나에게는 에이미 하나뿐이에요. 하느님이 더 많은 아이들을 주실 생각이 없는 것 같았답니다. 하지만 방금 마음을 바꾸신 모양이에요."

그러고는 자신의 농담에 만족스러운 듯 웃었다. 이 모든 일이 진행될 때, 해먼드 부인은 얼어붙은 사람처럼 부엌 의자에 앉아 있었다. 그녀의 아이들이 하나 둘 배분되는 동안 아무 말도 하지 않았고, 얼굴에 아무런 표정도 떠오르지 않았다.

앤이 너무 울어서 빨갛게 부은 눈으로 부엌에 들어갔을 때, 수줍음을 많이 타는 키 작은 여자가 일어섰다. 사과 파이 세 개를 가져 온 그랜빌 부인이었다. 전에 많은 사람들 앞에서 자기 의견을 밝혀 본 적이 없었지만, 일어서서 말해야 한다는 걸 알고 있었다.

"난 해먼드 부인의 어머니가 선택하기를 기다리고 있었어요. 하지만 그분이 여길 빈손으로 떠나려는 것 같으니까, 여기 계신 모든 분들이 허락하신다면, 내가 가장 어린 아기들을 데려가고 싶어요. 줄리 애너와 로더릭 말이에요. 오늘 이 집에 들어왔을 때부터 쭉 그러고 싶었어요. 둘 다 아주 사랑스러워요. 게다가 난 항상 쌍둥이를 갖고 싶은 마음이 간절했거든요. 내 어머니도 쌍둥이를 낳으셨고, 할머니도 마찬가지였죠. 그런데 내게는 개 한 마리와 고양이 두 마리가 전부예요. 남편도 아주 실망했을 텐데 조금도 내색하지 않았어요. 그러니 내가 이 아름다운 아기들을 집에 데려가면 남편이 기뻐할 거예요. 해먼드 부인, 이렇게 멋진 선물을 주셔서 고마워요."

그랜빌 부인의 말에 해먼드 부인이 의자에서 일어나더니 지하실 문 쪽으로 걸어갔다. 그 문을 열고 들어간 다음 문이 닫혔고, 천천히 계단 내려가는 소리가 들렸다. 해먼드 부인의 행동에 모두가 침묵하고 있을 때, 지하실에서 커다랗게 울부짖는 비통한 울음소리가 들렸다. 앤은 곧장 계단을 뛰어올라가 침대에 엎드려 누웠다. 그날 앤에게 남은 눈물은 없었지만, 그녀의 인생이 이보다 더 절망에 뿌리를 내린 적도 없었다.

64

프린스에드워드 섬

다음 날 어제 왔던 사람들 대부분이 부엌에 모였다. 그들이 어디에서 밤을 보냈는지 앤은 알지 못했고, 관심도 없었다. 고든 부인과 그랜빌 부인은 각자 자신들이 선택한 쌍둥이들과 그 아이들의 옷가지와 필수품들을 가지고 떠났다. 그들의 남편들이 나중에 수레를 가지고 와서 요람과 침대를 실어갔다. 하지만 해먼드 부부 집안 사람들은 전부 그대로 남아 있었고, 클레어버그에서 몇몇 여자들이 상당한 호기심을 품고 음식을 더 많이 가져왔다.

아래층에서 벌어진 열띤 대화가 앤의 방까지 들려왔다. 하지만 계단에 그녀의 발소리가 들리는 순간 갑작스런 침묵이 내려앉았다. 부엌으로 들어갔을 때, 그녀는 거기에 에번스 신부님이 와 있는 것을 알아차렸다. 클레어버그에서 몇 번 본 적이 있는 분이었다. 그는 부엌을 돌아다니며 해먼드 부인과 그녀의 가족들에게서 서명을 받고 있었다. 해먼드 부인은 지하실에서의 그 맹렬한 폭발이 일어나지 않은 것처럼 전날 앉았던 의자에 다시 앉아 있었다. 그녀에게 종이가 내밀어질 때마다 이름을 적었지만, 그녀의 몸에서 유일하게 움직이는 부분은 손뿐이었다.

대화가 다시 시작됐지만 훨씬 조용하게 이루어졌다. 에번스 신부님이 서명을 기다리면서 '교회 기록을 위해 필요합니다'라고 말하는 게 들렸다. 해먼드 부인의 자매 중 하나가 옆으로 몸을 기울이며 물었다.

"네 생각은 어때, 로티?"

놀랍게도 해먼드 부인이 입을 열었다. 그녀가 한 말은 '뱅거'였다.

고개를 돌리던 에번스 신부님이 앤을 발견했다.

"그래!"

그가 불편하리만치 명랑한 목소리로 말했다.

"여기 작은 앤 셜리가 있군요. 누구 이 아이를 받아 주실 분이 있습니까? 모두 아시다시피 이 아이는 고아이고, 해먼드 부부가 지난 2년간 보살펴 왔지요. 이 가치 있는 일을 어느 분이 계속하시겠습니까? 맥도걸 선생님 얘기로는 매우 총명하고 싹싹한 아이라더군요."

클레어버그에서 온 다섯 명의 여자는 앤의 퉁퉁 부은 눈과 빗질하지 않은 빨강 머리, 넓게 퍼져 있는 주근깨들을 쳐다보았다. 이틀 동안 흘린 눈물이 그녀의 커다랗고 아름다운 눈을 막아 버렸다. 앤을 맡는 일은 그들에게 가치있는 일이 아니었다. 껴안아 주고 싶은 아기들과 너덧 살의 예쁜 소녀들은 그렇다쳐도 앤을 맡는 것은 전혀 다른 문제였다. 앤은 열한 살이었다. 열한살짜리 소녀가 11인분의 식사를 준비할 수 있고, 설거지를 할 수 있고, 크루프로 죽음 근처까지 갔던 해먼드 아이들의 생명을 적어도 두 번은 살려냈고, 주말과 휴일에는 그 모든 빨래를 다 하고, 잠자러 가기 전에 매일 저녁 우물에서 물 열세 양동이를 길어왔다는 사실을 아는 사람은 아무도 없었다. 누구도 그런 말을 듣지 못했기 때문에 아무도 알지 못했다. 그리고 그들에게 말해야겠다는 생각은 해먼드 부인의 머리에 떠오르지 않았다.

6년 동안 그녀는 심한 입덧과, 등의 통증과, 고통스러운 진통에 대한 보상으로 태어난 아기들로 힘겨운 세월을 보냈다. 그녀가 앤 대신 뱅거를 생각하고 있는 것은 그리 놀랄 일이 아니었다. 그 대신 앤이 누구의 집에서든 완벽한 무보수 하인이 될 수 있다는 것을 아무도 알지 못했다. 에번스 신부님의 질문에 대답하는 사람은 아무도 없었다. 여자들은 바닥이나 자기들 손을 쳐다보면서 자신이 이 상갓집에 얼마나 많은 음식을 가져왔는지를 생각하는데 집중했다. 어차피 그들은 해먼드 부인과 아는 사이도 아니었다.

라슨 부인은 특히 더 조마조마했다. 그녀는 딸린 자식이 없는 미망인이었다. 다른 사람들이 모두, 에번스 신부님이 앤의 새로운 양부모가 될 사람으로 그녀를 지목하듯이 쳐다볼까 봐 두려웠다. 그녀에게는 뚜렷하게 행해야 할 의무나 헌신해야 할 상대가 없었다. 하지만 이 주근깨투성이 얼굴의 고아를 맡아서 키우고 싶지는 않았다. 그녀의 남편은 생전에 매우 인색했고 음식에 까다롭게 굴었다. 그녀는 이제서야 조용하게 고독한 인생을 즐기고 있었다. 얌전한 고양이 세 마리를 제외하고 그녀의 에너지나 시간을 요구할 사람은 아무도 없었다. 에번스 신부님이 말했다.

"음, 그러면 호프타운 고아원을 고려해 봐야겠군요."

라슨 부인은 즉시 도움을 드리겠다고 자원했다.

"제가 아이를 데려다줄게요. 약간 여행을 해야겠지만, 기꺼이 맡을게요. 아이가 내일 아침에 준비할 수 있으면, 일찌감치 출발해서 아침 기차를 탈게요. 그럼 저녁에 호프타운에 도착할 거예요."

그녀는 무릎에 두 손을 겹치고 의자 뒤로 기대앉았다. 입에는 작고 고결한 미소를 지으며.

앤은 천천히 방으로 올라갔다. 앤에게 고아원은 두려움 자체였는데, 이제 그 일이 일어날 예정이었다. 내일 저녁쯤 자신은 고아원에 있을 것이다. 스무 명, 서른 명, 어쩌면 마흔 명의 애처로운 고아들과 거대한 방 하나에 밀어 넣어지겠지. 자신처럼, 그들 또한 아무도 원치 않는 아이들이리라. 얘기할 상대는 없을 것이다. 꿈과 다채로운 상상 속에 빠져 있을 시간도 없을 것이다. 아, 생각만 해도 머리도 가슴도 폭발해 버릴 것 같았다! 앤은 아래층에서 도움을 필요로 하든 말든 신경 쓰지 않았다.

이미 그 집의 아이들이 그녀를 필요로 했다. 조지와 휴고의 울음소리, 시도 때도 없이 신경 쓰이게 칭얼거리는 엘라와 거티의 소리가 들려왔다. 아래층에는 많은 사람들이 있었다. 그들이 아이들을 돌보겠지. 특히 그들의 새엄마가 되기로 자원한 그 자매들이. 그들이 아이들을 데려갈 결정을 바꾸기에는 너무 늦었다. 그들은 에번스 신부님의 서류에 서명했고, 해먼드 부인도 마찬가지였다

음식도 많았다. 그녀가 아래층 부엌으로 내려가 당근과 감자를 썰고, 짠맛을 빼기 위해 쇠고기 소금절이를 스토브에 올릴 필요는 없었다. 어쩌면 나중에 내려가서 해먼드 부인에게 차 한 잔 만들어 줄 수는 있으리라. 그녀의 오빠를 제외하고는 아무도 그녀에게 관심을 기울이지 않았다. 오빠는 불안감이 역력한 표정으로 동생을 지켜보고 있었다. 그녀는 그가 기억하는 로티가 아니었다. 이 말없는 나무토막 같은 여자를 집에 데려갔을 때, 마르셔가 뭐라고 할까? 우리가 이 바글거리는 아이들이 하나하나 보살핌을 받을 수 있도록 조치했는데, 어쩌면 고마워하는 기색 한번 보이지 않지?

앤은 옆문으로 빠져나가 계곡으로 달려갔다. 비올레타에게 작별 인사를 하고 싶었다. 하지만 막상 언덕에 도착하자 입이 떨어지지 않았다.

'슬픔으로 목이 메어와. 거의 숨을 쉴 수가 없어. 사랑했던 사람들을 모두 다 빼앗겼을 때 무슨 말을 할 수 있겠어? 부모님, 일라이저 언니, 토머스 아저씨, 노아, 헨더슨 선생님, 존슨 아저씨. 그리고 맥도걸 선생님.'

앤은 맥도걸 선생님만 생각하면 견딜 수가 없었다.

'내가 사진을 훔쳤어! 아, 이런! 세상에!'

앤은 얼른 해먼드 씨를 생각했다. 뭔가를 짓고 만드는 것을 좋아했지만, 나무를 자르고 톱질하느라 바빠서 정작 뭔가를 만들 시간은 없었던 아저씨. 이제 죽고 없는 아저씨. 인형의 집에 들어갈 조그만

가구도 다 못 만들어 주고……. 앤은 해거티 양도 그리웠다. 자신에게 이상하게 쌀쌀맞게 굴었는데도 불구하고.

하지만 가장 최악은, 어제 오후 앤이 침대에 엎드려 있는 동안 그랜빌 부인이 앤의 쌍둥이들을, 줄리 애너와 로더릭을 데려가 버렸다는 사실이었다. 작별 인사도 하지 못했다. 그들의 사랑스런 얼굴에 입 맞추며 두 팔이 아프도록 껴안아 줄 기회조차 없었다. 이제 앤의 팔이 느끼는 것은 공허뿐이었다. 완전히 텅 비어 버렸다. 게다가 그녀의 앞에 놓여 있는 것은 고아원이었다. 그래, 오늘은 도저히 얘기할 수 있는 상태가 아니었다. 그래도 두 손을 꼭 맞잡고 친구에게 작별을 고할 수 있는 만큼은 목소리를 내리라. 앤은 소리쳤다.

"비올레타! 나야, 앤! 작별 인사하러 왔어! 잘 있어! 내 사랑하는 친구가 돼줘서 고마워!

"비올레타…… 잘 있어…… 고마워…… 친구……."

두 개의 언덕으로부터 메아리가 돌아왔다. 희미하게. 슬프게.

앤은 언덕을 등지고 돌아서서 해거티 양의 집으로 갔다. 해거티 양은 해먼드 부인의 가족들이 도착한 후에 그 집에서 나와 버렸다. 앤이 그랬듯 그녀도 아이들을 물건처럼 얘기하는 그들의 태도에 속이 상했다.

"어서 와라, 앤. 네가 밖에서 비올레타와 함께 있는 걸 봤다. 그래서 찻주전자를 데우고 끓일 물을 올렸어."

"비올레타와 저는…… 얘기하지 않았어요. 너무 슬퍼서 목구멍이 닫혀 버렸거든요. 하지만 용기를 모아 간신히 마지막 인사를 했어요. 아주 구슬픈 소리가 되돌아왔어요."

"유감이다, 앤."

해거티 양이 앤의 옆에 앉았다. 그 눈에 눈물이 고여 있었다. 그날은 싸늘한 기색이 없었다.

"너의 쌍둥이는 누가 데려갔니? 누가 널 데려가기로 했니? 너를 얻을 운 좋은 사람이 누구니?"

앤이 화들짝 고개를 들었다. 해거티 양의 입에서 이런 말이 나오리라고는 상상도 못했다.

"그랜빌 부인이 줄리 애너와 로더릭을 데려갔어요. 착한 아주머니예요. 쌍둥이를 간절히 갖고 싶었대요. 특히 그 애들을 원했대요. 아이들한테 잘해 줄 거예요. 그래서 마음이 편해요. 하지만 조금만요. 그 아이들이 이제는 내 아이들이 아니니까요. 근데 더 슬픈 건, 줄리 애너와 로더릭이 떠날 때 난 위층 침대에 누워 베개에 얼굴을 파묻고 있었거든요. 그래서 작별 인사를 못했어요. 안아 주거나 입맞춰 주지 못했어요. 아무것도 못했어요. 사악한 마법사가 와서 잔인한 지팡이를 휘두른 것만 같아요. 휙! 나의 쌍둥이가 사라져 버렸어요."

"너는 누가 데려가니?"

그녀가 손을 뻗어서 무릎에 꼭 모아 쥐고 있는 앤의 손 위에 놓았다.

"아무도요. 아무도 날 원하지 않아요. 해먼드 부인이 무슨 말이든 해 주기를 바랐는데."

"어떤 말?"

"앤이 일을 열심히 잘 하니까 당신을 도와줄 거다. 그런 거요. 그랬으면 혹시라도 날 데려가는 걸 고려했을지도 모르는데. 난 호프타운 고아원으로 가요. 고아원! 내가 평생 두려워하고 무서워하던 곳인데. 거기에서 일주일 만에 너무나 비통해서 죽을지도 몰라요."

"앤, 너에게 이 말을 해 주고 싶구나. 널 알게 된 후로 결혼하지 않기로 한 나의 결정이 실수였을지도 모른다는 생각이 들었단다. 너 같은 아이가 내 아이였을 수도 있으니까. 내가 20년만 젊었다면 널 내 딸로 입양했을 거야. 하지만 난 일흔다섯 살이야. 몇 년 지나면 네가 날 돌봐줘야 할 상황이 될 거다. 넌 지금까지 너무나 많은 사람들을 돌봐왔잖니. 그럴 순 없어. 하지만 난 널 원했단다."

앤은 자리에서 일어나 해거티 양이 서 있는 스토브 옆으로 걸어갔다. 거기서 그들은 오랫동안 서로를 껴안았다. 둘 다 울고 있었다.

'널 사랑한다, 앤.'

해거티 양은 이렇게 말하고 싶었다. 하지만 누구에게도 그런 말을 해 본 적이 없었다. 가까스로 이렇게 말했을 뿐이었다.

"난 너를 아주 좋아한단다."

이 정도로 충분하지 않다는 걸 그녀는 알고 있었다. 하지만 앤에게는 기대 이상이었다. 앤은 알고 있었다.

"사랑해요, 해거티 할머니."

앤은 코트를 입고, 손을 한 번 흔들고 떠났다.

앤이 해먼드 부부의 집으로 돌아왔을 때 세 자매는 조지와 휴고와 어린 두 소녀를 데리고 떠났다. 해먼드 부인의 형제들과 어머니는 아직도 머무르고 있었다. 앤은 스토브로 가서 해먼드 부인을 위해 달콤한 차 한 잔을 준비했다. 해먼드 부인은 말없이 앉아 있었지만 불행해 보이지는 않았다. 어쩌면 절망적인 상황을 받아들이며, 방 안의 정적을 음미하고 있는 것일지도 몰랐다. 그녀는 앤이 찻잔을 들고 다가오는 것을 보았다. 하지만 그뿐이었다. 반응할 수 있는 능력이 완전히 사라진 듯했다.

바로 그때, 문을 두드리는 소리가 들렸다. 맥도걸 선생님이었다. 그는 해먼드 부인에게 다가가 그녀의 늘어진 손을 잡았다.

"이런 일이 생기다니 유감입니다."

그 형제들과 어머니에게도 잠깐 고개를 숙인 후, 그는 앤을 바라보았다. 맥도걸 선생님을 보는 순간 앤의 마음은 기쁨과 두려움 사이에서 오락가락했다. 사진을 훔친 뒤 맥도걸 선생님을 생각할 때마다 늘 고통이 따라다녔다. 그런데 그녀의 눈앞에 맥도걸 선생님이 있었다.

"네가 떠난다니 섭섭하구나, 앤, 너를 가르치는 게 좋았어. 언젠가 너도 선생님이 되면 좋겠다. 넌 그 일을 잘 해낼 거야. 힘찬 에너지와 사람에 대한 사랑, 지식에 대한 열정이 있으니까. 넌 그 모든 것을 가지고 있어."

"이 안은 더우니까, 무거운 코트를 받아 드릴게요."

앤은 코트를 뒷문 고리에 걸려고 가져갔다. 그 코트에 커다란 주머니들이 있었다. 앤은 조용히 위층으로 달려 올라가 베개 밑에서 프린스에드워드 섬의 사진을 꺼냈고, 내려와서 그걸 맥도걸 선생님의 주머니에 집어넣었다. 그러고는 맥도걸 선생님에게 차를 대접하려고 부엌으로 돌아가면서, 자신을 온통 뒤덮고 있는 그 모든 슬픔에도 불구하고, 12월에 학교를 떠나올 때 이후로 느껴보지 못한 가슴 깊은 곳의 평화와 안도감을 느꼈다.

맥도걸 선생님이 앤에게 작은 상자를 건넸다.

"이별 선물이란다."

앤은 죄책감에서 벗어난 홀가분한 기분으로 상자를 열었다. 액자였다. 모래 언덕들과 부서지는 파도와 반짝이는 바다 풍경이 담긴 프린스에드워드 섬의 해변 사진이 담겨 있었다. 앤은 와락 눈물을 터트리며 사진을 가슴에 꼭 끌어안고 맥도걸 선생님의 품으로 달려들었다.

집으로 돌아가는 길에, 맥도걸 선생님은 그동안 벌어진 일들을 생각했다. 그는 앤이 사진을 훔쳐간 걸 알고 있었다. 그는 자신의 고향 땅과 그 사진들에 대한 앤의 강한 애착을 알았고, 아이의 불우하고 고된 삶을 알았다. 그래서 앤이 그 사진을 가져간 것을 다행으로 생각했다. 하지만 한편으로는 앤에게 선물할 작은 액자를 준비하면서, 혹시 도둑질을 묵과하는 행동이 되지나 않을지, 사진을 훔친 일을 오히려 보상하는 것처럼 되는 건 아닐지 고민했다.

해먼드 부부의 집이 보이지 않는 지점까지 왔을 때, 맥도걸 선생님은 손수건을 찾으려고 코트 주머니로 손을 넣었다. 작고 빳빳한 종잇조각이 손가락에 걸렸다. 그것을 꺼내어 보았다. 사진이었다. 그는 앤이 자신의 코트를 걸어놓겠다며 가져갔다가 부엌으로 돌아오기까지 얼마나 오래 걸렸는지를 기억하고, 앤이 선물을 받기 전에 사진을 되돌려 줬다는 걸 알았다.

그는 어느 허름한 헛간 울타리 옆에 말을 멈춰 세웠다. 그러고는 사랑의 마음과 도덕적 의무 사이에서 전쟁을 벌이던 이 서른다섯 살의 남자는 엉엉 울어 버렸다.

65

절망으로 향하는 기차

앤의 모든 소지품이 2년 전 토머스 부인에게 받은 금속 여행 가방에 다시 들어갔다. 랜돌프의 사전이 가방을 무겁게 했고 풍성한 치마와 속치마들이 달린 트루디의 옷이 뚜껑을 닫기 힘들게 했지만, 앤은 보물들을 모두 넣었다. 〈푸른 옷을 입은 소녀〉 그림, 달걀을 넣은 부츠, 5센트 동전 두 닢이 담긴 분홍 지갑, 《로열 리더》 두 권, 《호수의 여인》 시집, 석판, '프린스에드워드 해변'의 사진 액자, 작은 사전……. 앤은 무거운 가방을 아래층으로 끌고 내려가 뒷문 옆에 놓았다.

해먼드 부인의 어머니가 아침을 만들고 있었다. 아주 똑똑하고 교육을 잘 받은 분이라고 해먼드 부인이 입버릇처럼 말했던 사람인데,

어쩌면 할머니가 되기에는, 심지어 엄마가 되기에도 스스로 너무 지성적이라고 여겼는지 모른다. 그는 완전히 상심한 그녀의 '딸'을 보고도 집으로 데려가겠다고 말하지 않았다.

오히려 로티를 데려가겠다고 제안한 건 그녀의 '아들'이었다. 그러나 그도 지난 24시간 동안 그 결정을 후회하고는 있었다. 그는 어떤 아이도 입양하고 싶지 않았지만, 소와 말에는 눈독을 들였다. 그는 성공한 농부였으므로 그런 짐승들의 가치를 알고 있었다. 게다가 그의 집에는 해먼드 씨의 별채에서 찾아낸 여러 가지 유용한 물건들을 놔둘 커다란 헛간이 있었다. 그러니 집에 소젖 짜는 방법을 아는 사람이 하나 늘어도 나쁘지 않을 것 같았다.

2인용 마차를 몰고 라슨 부인이 도착했을 때, 사람들은 여전히 집과 작업실과 잘라놓은 나무들과 쌓아둔 목재들을 어떻게 할지, 소와 말들과 별채의 많은 물건들과 커다란 수레를 어떻게 할지 다투고 있었다. 해먼드 부인은 핀도 꽂지 않고 빗지도 않아 헝클어진 곱슬머리로 여전히 똑같은 의자에 말없이 앉아 있었다. 앤이 그녀에게 다가갔다.

"뱅거에서 잘 사시길 바랄게요."

그녀가 고개를 끄덕인 것 같았다. 앤이 그녀의 뺨에 입을 맞췄다.

"안녕히 계세요. 줄리 애너와 로더릭을 낳아 주셔서 고마워요."

해먼드 부인이 늘어진 손을 들어올려, 아주 잠깐 앤의 팔에 올렸다. 그것이 그녀가 해낼 수 있는 전부였다. 앤은 가방을 들고 라슨 부인의 마차에 오르기 위해 문밖으로 걸어 나갔다.

땅에서 거의 눈을 찾아볼 수 없는 맑은 날이었다. 해먼드 부부의 집에서 클레어버그 너머 3마일 거리에 있는 칼리튼 센터 기차역까지 말은 빠른 속도로 달려갔다. 그 동안 앤은 내내 말이 없었다. 익숙한 길이어서 새로울 게 없었다. 오히려 마음에 추억과 슬픔, 두려움과 이별, 아쉬움이 넘쳐흘렀다. 클레어버그를 지날 때, 문득 길버트와 설리번에게 작별 인사를 못한 것이 떠올랐다. 라슨 부인이 화들짝 놀라 쳐다볼 정도로 크게 숨을 들이켰다. 하지만 곧, 해먼드 부부의 집에서 보낸 2년 동안 고양이들이 자신을 위로해 준 적이 거의 없다는 사실이 떠올랐다. 해먼드 부부는 갓난아기들의 숨을 틀어막는 일을 염려해서 항상 고양이들을 헛간에 넣어 두었고, 그 집에 갓난아기들이 너무나 자주 태어났기 때문에 계속 그 상태였다. 그래서 앤은 드물게 밖에 있는 시간에만 그들을 안거나 쓰다듬거나 가르랑거리는 음악소리를 듣기 위해 손을 뻗었다.

"괜찮니, 앤?"

라슨 부인은 두려웠다. 여행 도중에 아이가 병이 나거나 심지어 불행한 기분을 느낄지도 모른다는 생각 따위는 해보지 않았다. 그저 사람들이 자기를 어떻게 볼지를 신경썼고, 이 긴 여행을 하는 동안 열한 살짜리 아이에게 대체 무슨 말을 할지가 고민스러웠다.

"괜찮니?"

그녀가 다시 물었다. 앤이 한숨을 내쉬었다.

"네, 라슨 아주머니. 제가 깊은 절망의 구렁텅이에 빠져 있다는 사실만 빼면, 괜찮은 편이라고 할 수 있어요. 방금 전에는 길버트와 설리번 생각이 나서 놀랐던 거예요. 그들에게 작별 인사를 하는 걸 까맣게 잊었거든요. 하지만 더 괴롭고 비극적인 내 인생의 다른 일들을 나란히 놓고 보면, 그건 아마 그리 중요한 일이 아닐 거예요. 라킨바처럼 항상 나와 같이 잠을 잤던 것도 아니니까요. 라킨바에게 작별 인사를 하는 건 정말로 심장이 찢어지는 것 같은 경험이었어요. 하지만 아직 뗄 수 있는 조각들이 남아 있다는 게 기적일 정도로 제 심장은 너무나 자주 찢어졌어요. 그리고 해먼드 아저씨에게 일어난 일에서도 알 수 있듯이, 그건 정말로 중요한 거예요. 심장이 계속 뛰는 거 말이에요.

사람들이 자꾸 해먼드 아주머니가 쇼크 상태에 빠져 있다고 말하니까, 당연히 저도 그 단어가 무슨 뜻인지 알아요. 하지만 사실 해먼드 아주머니는 1년 넘게 쇼크 상태로 살아왔어요. 돌아가신 해먼드 아저씨 때문은 아니에요. 제 생각에는 너무 많은 아기들과 거의 죽을 정도로 너무 많은 일 때문이었던 것 같아요. 하루도 제대로 잠들지 못한 것도요.

저도 가끔 그 집에서 할 일이 너무 많아서 거의 죽을 것처럼 느꼈어요. 어리고 아주 강한데도 말이에요. 내가 항상 배 속에 아기 하나나 둘을 담고 다니면서 젖을 물리는 일을 하는 것도 아닌데 말이에요. 아주머니는 줄리 애너와 로더릭을 낳고 나서 가만히 누워서 쉴 때, 정말 평화롭고 만족스러워 보였어요. 하지만 셀 수 없는 기저귀와 접시와 식사와 우는 아기들을 책임져야 했어요. 그렇게 사랑스러운 평온함이 아주머니한테서 빠져나갔어요. 아주머니가 쌍둥이를 낳을 때 제가 해거티 할머니를 도왔다는 거 아세요? 그건 가장 놀라운……."

라슨 부인은 그런 얘기를 듣고 싶지 않았다. 다행히도 마차가 칼리튼 센터로 들어서고 있었다. 그녀는 거기에 마차를 맡겨 놓을 계획이었다. 그곳에 사는 그녀의 오라비가 말을 돌봐줄 것이다. 돌아오는 길에 말과 마차를 다시 가져가면 된다. 그녀는 이미 그 시간을 고대했다. 앤이 호프타운으로 가는 내내 이렇게 말을 많이 한다면 몹시 기운 빠지는 여행이 될 것이다. 말과 마차와 기차역까지 가는 문제를 오라비와 다 정리하고 난 뒤에, 라슨 부인은 앤과 함께 기차역 플랫폼의 차가운 벤치에 앉아서 기차를 기다렸다.

앤은 침묵 속으로 빠져들었다. 거대한 기관차가 도착할 일이 걱정스러웠다. 칙칙폭폭 씨근대는 소리를 내며 선로로 달려오는 그 거대한 괴물을 보면서 토머스 씨의 끔찍한 사고가 떠올랐다. 물론 전에 기차를 본 적은 있었지만, 토머스 씨가 죽은 후로는 처음이었다. 전에는 굽이를 돌아 나타나는 거대한 기관차를 지켜보는 것이나 그 두려우면서도 감미로운 소음을 좋아했다. 하지만 그건 과거의 일이었다. 이건 현실이었다.

"때로는 상상력이 상황을 힘들게 만들어요. 보고 싶지 않은 장면과 듣고 싶지 않은 소리들을 떠올려 주거든요. 정말이지 내 평생 기차를 두려워할 운명이 아니었으면 좋겠어요."

라슨 부인은 그저 앤을 쳐다보았다. 뭐라고 말해야 할지 알 수 없었다. 사실은 앤이 무슨 소리를 하는 건지 도무지 알 수 없었다. 다행히 얘기할 시간도 없었다. 기차가 이미 시야에 나타났다. 기다랗고 곧게 뻗은 선로 끝부분에 올라선 물체가 보였다. 칙칙폭폭 소리와 함께 엔진 위로 증기 구름들을 뿜어내며 달려오는가 싶더니, 어느새 기차역에 접근하며 속력을 늦추고 있었다. 앤은 머릿속에 두려운 장면들이 나타날까 봐 이를 악물었다. 하지만 아무것도 나타나지 않았다. 아주 천천히 가까워지는 기차는 실로 거대해 보였다. 그럼에도 친근했다. 누구든 수용할 준비가 돼 있었다.

앤 셜리, 그녀가 기차에 탈 것이다! 이미 알고는 있었지만, 심란한 마음 한구석에서 어렴풋이 알았을 뿐이었다. 이제 갑자기 그 사실이 크게 다가왔다. 그녀는 이 기차를 타고 호프타운에 닿을 때까지 내내 여행할 것이다. 목적지를 잊을 수 있다면 이 여행을 진심으로 즐길 수 있을 텐데. 머릿속 끄트머리에서 목적지가 끈질기게 반짝였다. 그럼에도 기차는 흥미로웠다. 역에서 증기를 뿜어내는 식식 소리, 기차 안으로 이어져 올라가는 작은 계단들, 기차가 움직이기 시작할 때 느껴지는 떨림과 갑작스런 움직임, 서로 마주 보게 돼 있는 2인용 좌석들, 전에 보았던 어느 풍경보다 더 널따랗고 광대하게 펼쳐진 시골 풍경을 드러내는 창문들, 구경할 수 있는 승객들, 친절한 차장…… 앤은 이 여행이 영원하길 바랐다. 결코 멈추지 않기를, 절대로 호프타운 역에 도착하지 않기를.

처음 몇 마일은 이것저것 구경하느라 바빠서 말할 시간이 없었다. 숲조차도 그녀를 놀라게 했다. 앤은 자라는 내내 숲에서 보냈다고 해도 과언이 아닌데, 가까우면서도 만질 수 없이 창 옆으로 휙휙 지나가는 울창한 나무들을 바라보는 것은 숲을 전혀 새로운 차원으로 변화시켰다. 결국 앤의 입이 다시 열렸다.

"그곳까지 절 데려다주시다니 참 친절하세요, 라슨 아주머니. 제가 가고 싶은 곳은 아니지만요. 하지만 아주머니에게도 이런 기차 여행은 지독히 부담스러우시겠죠. 전 지금 가고 있는 곳이 싫어요. 하지만 그곳으로 가는 방법은 좋아요. 기차 타는 걸 제가 왜 좋아하는지 알려 드릴까요?"

"그래라, 이유가 뭐니?"

"일하지 않아도 되거든요. 저녁마다 물을 열세 통씩 나르지 않아도 돼요."

"열세 통?"

"네. 하지만 그건 전혀 놀랄 일이 아니에요. 기저귀가 하루에 서른 개도 넘었으니까요. 시트도 있고. 거티는 오줌싸개였어요. 해먼드 아주머니의 자매 분한테 그 얘기를 한 사람은 아무도 없을걸요. 수건들, 냄새나는 양말들을 세탁하려면 적어도 열세 통은 있어야 돼요. 하지만 그건 그냥 빨래하는 거고요. 널기도 하고 걷기도 해야죠. 음식 준비도 해야죠. 썰어야 할 야채도 많죠. 안고 달래야 하는 아기들이 얼마나 시끄럽다고요. 이 아름다운 기차에 있으니까 아주 조용해요. 덜거덕거리는 바퀴 소리가 들리긴 하지만 난 그 소리가 좋아요. 앉아서 쳐다보는 것 말고는 할 게 없는 것도 좋아요. 정말로 천국이 있다면 틀림없이 비슷할 거예요."

라슨 부인은 약간 졸았다. 준비해 온 샌드위치를 먹으니 졸음이 왔다. 앤의 이야기를 듣는 것도 피곤했다. 그 복잡한 얘기들을 따라가거나, 자신이 경험하거나 상상해 보지 못한 생활에 대한 내용을 이해하는 게 쉽지 않았다. 그녀는 그저 듣고 있었다. 앤 부모의 죽음, 일라이저의 사랑과 배신, 헨더슨 선생님과 달걀 장수에 관한 뜻밖의 사실들, 토머스 씨의 알코올 중독 증세 및 자기 인생과 자신을 이해해 보려던 몸부림들, 해먼드 부부의 집에서 이어진 고된 노동과 소란스러운 생활, 맥도걸 선생님의 감탄스러운 가르침에 이르기까지. 라슨 부인은 자다 깨다 하며 앤의 이야기를 들었다.

기차가 호프타운에 가까워질수록 앤의 이야기는 멈칫거렸다. 해가 저물며 바다에서 안개가 날아들었다. 보이지는 않았지만 바다가 아주 가까이에 있는 것은 분명했다. 그때 라슨 부인은 잠에서 깨어나 고아원으로 타고 갈 마차를 구하기 위해 밟아야 하는 단계들을 마음속으로 되새겼다. 기차역 가까운 곳에 다른 오빠가 살고 있었지만, 말을 이미 축사에 집어넣은 상태라면 다시 마차에 묶는 수고를 피하고 싶어 할 수도 있었다.

기차가 서서히 정지하며 역에 도착했다. 라슨 부인과 앤은 곧장 그녀 오빠 집으로 걸어갔다. 방금 일터에서 돌아온 그는 기꺼이 마차를 빌려주었다. 라슨 부인은 내심 흐뭇했다. 모든 것이 착착 맞아떨어지고 있었다. 어두워지기 전에 고아원에 도착할 수 있을 것이고, 오빠 집에서 하룻밤 기다릴 필요 없이 그날 저녁에 앤을 시설로 들여보낼 수 있을 것이다. 그렇게 의무를 다하고, 내일 다시 기차에 올라, 그녀를 기다리는 조용하고 고독한 클레어버그 집으로, 그녀의 귀가를 열렬히 환영해 줄 고양이들 곁으로 돌아갈 수 있으리라.

앤은 웃지 않았다. 근사한 기차 여행은 끝이 나고, 더 이상은 현실을 외면할 방법이 없었다. 고아원이 생각했던 것처럼 가깝지 않아서 라슨 부인은 점점 진해지는 어둠 속에서 얽히고 설킨 거리들을 헤맸다. 하지만 결국 마을 중심지에서 벗어난 길로 접어들었고, 길을 제대로 찾아가고 있다는 것도 알게 되었다. 고아원이 근처에 있을 게 틀림없었다. 그녀는 안도의 한숨을 내쉬었다. 하지만 마지막 굽이를 돌아 황량하게 펼쳐진 땅에 세워진 고아원 건물이 나타났을 때, 라슨 부인조차도 불길한 예감에 몸을 떨었다.

하늘 아래 단조로운 건물의 윤곽이 드러났다. 소용돌이치는 안개를 뚫고 현관문에 가스등 하나가 깜박거렸고, 2층 대부분의 판유리 뒤에는 침침한 불빛들이 켜 있었다. 아래층 문 가까운 곳에 불빛 하나가 반짝였다. 누군가 서 있었다. 라슨 부인이 진입로로 마차를 몰아갈 때 앤이 그 휑한 건물을 바라보며 희망이 점점 시들어가는 것을 느낄 때, 위층 불빛들이 하나둘 꺼지기 시작하더니 삽시간에 건물이 어둠에 잠겼다. 입구의 램프와 1층 창 하나에만 불빛이 켜 있었다.

라슨 부인이 말을 멈춰 세우고 마차에서 내려 안전하게 묶었다. 앤이 따라 내렸다. 금속 가방이 무거워서 균형을 잃고 비틀거리며 땅으로 내려섰다. 두 사람은 말없이 현관문으로 이어진 계단으로 걸어갔다. 계단 위에 사자 머리 모양의 청동 문고리가 있었다. 구름 덮인 밤에 그들이 볼 수 있는 한, 건물은 나무 상자처럼 아무런 특색이 없었다. 라슨 부인이 사자 머리를 들어 올려 문을 두드렸다. 그리고 그들은 기다렸다.

66

고아원

고아원은 침례교에서 운영하는 시설이었다. 원장은 요시야 페어웨더 목사였다. 하지만 사감으로 있는 칼라일 양이 사실상 그곳의 책임을 맡고 있었다. 페어웨더 목사는 예배를 인도하러 일주일에 한 번씩 들렀다. 그날 아이들에게 교리문답을 가르치고, 그들의 사악한 방식을 고치라고 강조하며, 아이들이 이해하기에는 너무나 길고 장황하고 난해한 설교와 기도를 했다. 따라서 고아들의 일상과 행동, 의복, 청결, 교육, 전반적인 진행을 감독하는 일은 칼라일 양에게 달려 있었다.

그녀가 감당하기에는 벅찬 일이었지만 쉽사리 남에게 권한을 넘기는 사람이 아니었다. 일이 있으면 제대로 행해질 수 있도록 직접 나섰다. 공부를 가르치는 교사들과 식사를 준비하는 요리사들이 있는 건 사실이었다. 하지만 칼라일 양의 꼼꼼하고 비판적인 눈은 보다 전문성을 요하는 활동의 모든 면까지 감독했다. 그 시설에서 이루어지는 다른 일은 아이들이 했다. 건물 청소, 빨래, 식사에 쓰이는 야채 준비, 창문을 얼룩 없이 닦는 일 등. 특별한 기술과 훈련이 필요치 않은 모든 일이 아이들의 몫이었다.

칼라일 양은 감독할 게 너무 많은 관리자였을 뿐 아니라, 그녀를 방해하는 또 다른 요소들도 있었다. 그녀는 엄격한 도덕관과 절대적인 청결의 중요성을 강조하는 가정에서 자랐다. 가치 있는 일에 헌신해야 한다고 배웠지만, 사랑하거나 사랑받는 것에 대해서는 아무것도 배우지 못했다. 그래서 그녀는 다른 무엇보다 사랑받기를 열망하며 자랐다. 안타깝게도 그녀가 사랑받은 일이 없었기 때문에 사랑하는 방법도 몰랐다. 그리고 마흔네 명의 고아를 돌보며 그들을 엄격하게 정렬시키고 얌전히 굴도록 통제하는 것은, 그녀 안에 비밀스럽게 숨겨진 이 사랑받고 싶은 욕망을 만족시키는 데 아무런 도움이 되지 않았다.

청결과 완벽에 대한 강하고 흔들림 없는 집착도 마찬가지였다. 그녀에게 '조용하다'는 '말이 없다'의 뜻이었고, '좋은 것'은 '완벽한 것'을 의미했으며, '깨끗한 것'은 '반짝반짝하면서 얼룩 하나 없음'이었다. 그녀는 닦고 윤내는 작은 군대를 자기 마음대로 부리기 위해 고아원 아이들을 쥐어짜고 있었다. 그녀의 몸은 너무 말라서 옷걸이에 걸린 옷처럼 보였다. 요즘 유행하는 풍성한 속치마로도 그 몸을 가릴 수 없었다. 눈에는 두꺼운 안경을 썼고, 입은 웃으려 할 때조차 일직선으로 비뚤어졌다.

어두침침한 불빛 속에 서서 새 고아가 도착하기를 기다리던 칼라일 양은 피곤했다.

'도대체 뭣 때문에 이렇게 늦어지는 거야?'

그녀는 기차 시간표를 외우고 있었다. 시간 엄수가 그녀의 융통성 없는 원칙 중 하나였으므로 짜증이 치밀었다. 말 울음소리와 함께 문 두드리는 소리가 들렸다. 그녀는 수수한 드레스의 허리춤과 허벅지 부분을 매만지며 문을 열러 나갔다. 등을 꼿꼿이 세우고 턱을 치켜 올리며 최대한 친절한 표정으로 라슨 부인과 앤을 맞았다.

"우리 행복한 고아원에 오신 것을 환영합니다."

앤은 이 인사에 속지 않았다. 눈앞에 보이는 광경이 그녀가 고아원에 대해 생각했던 모든 것과 똑같았다. 장식과 아름다움이 빠진 어두운 공간, 엄격한 폭군이 지배하는 게 분명해 보이는 장소였다. 칼라일 양의 사무실로 걸어가면서 앤은 복도 위아래를 훑어보았다. 어두컴컴한 가운데서, 길고 넓은 복도 바닥이 매우 반짝거렸다. 앤은 마룻바닥이 저절로 반짝이지 않는다는 것을 누구보다 잘 알았다.

케이티 모리스와 비올레타가 그리웠다. 예상은 했었지만 아무런 위로가 되지 않았다. 다시는 꿈 꾸는 시간, 혼자 있을 시간을 갖지 못하리라.

'쌍둥이 여섯보다 더 심한 게 있구나.'

음침하고 얼룩 하나 없는 복도를 훑어보며 앤은 자신에게 말했다. 칼라일 양과 달리 앤은 웃음 지으려 애쓰지도 않았다.

"앉으세요."

사무실로 들어갔을 때, 칼라일 양이 말했다. 라슨 부인은 기운이 다 빠져 버린 느낌이었다. 팔걸이가 있는 의자에 기대어 앉아 이제 모든 수고가 끝났다고 생각했다. 앤은 여행 가방을 다리 사이에 끼고, 등받이 곧은 의자 끄트머리에 걸터앉았다.

"우리는 지금 인원이 꽉 찼어요. 도대체 어떻게 아이 하나를 더 끼워 넣을지 모르겠군요. 연락을 드릴 수는 없었지만, 꽤 어려운 상황이에요."

앤의 가슴에 작은 희망이 꿈틀거렸다. 자신을 돌려보낸다는 뜻일까? 감히 그런 기적을 바라도 되는 걸까? 라슨 부인이 짜릿하고 흥분되는 사람 같지는 않았지만, 아이가 없고 고양이 세 마리를 키운다고 했다. 지금은 목표를 너무 높이 잡을 때가 아니었다. 앤은 라슨 부인을 바라보며 웃었다. 라슨 부인은 그 미소의 의미를 알 것 같았다. 그녀의 등줄기와 가슴속으로 두려움의 물결이 밀려들었다.

"침대가 충분치 않다는 말씀인가요?"

"아, 침대는 있어요, 항상 비상시를 대비해서 빈 침대 하나를 마련해 두거든요. 사고나 화재나 갑자기 버려진 아이들이 생기는 그런 경우를 말하죠. 그런 아이들에게는 즉시 침대와 보살핌이 필요해요."

그녀는 앤의 마른 팔과 다리를 보았다.

"우리에겐 자기 책임을 감당할 수 있는 아이들이 필요합니다. 자기 밥값은 할 정도로 일할 수 있는 아이요. 이 커다란 건물은 깨끗이 관리돼야 해요. 마흔네 명의 아이들을 위한 음식 준비에도 많은 손이 필요하지요. 제가 보기에는……."

그녀는 목소리를 흐리면서 머리를 흔들었다. 라슨 부인의 머릿속에 기차에서 들었던 앤의 이야기가 번개처럼 떠올랐다.

"이 아이는 대단히 놀라워요. 전에 있던 집에서 아이 여덟 명을 보살폈어요. 쌍둥이가 여섯 명이고, 거기에 두 명이 더 있었죠. 전부 다섯 살도 안 된 아이들이었답니다. 그런 걸 상상하실 수 있을지 모르겠지만요. 이 아이가 허약해 보여도 사실은 11인분의 음식을 준비할 수 있어요. 그 집에 열한 명이 살았거든요. 그 어머니는 건강이 좋지 않았죠. 빨래도 굉장히 많았어요. 가족 중에 오줌싸개가 하나 있었다더군요. 매일 밤 자러 가기 전에 물 열세 양동이를 길어다 빨래통에 채웠대요. 대단한 아이예요, 정말로."

앤은 이런 칭찬을 들으려고 평생을 기다려 왔지만 전혀 잘못된 방향으로 흐르고 있었다. 앤은 한숨을 내쉬고, 의자에 구부정하게 앉아 고아원에 머물 각오를 했다.

"글쎄요, 어쩌면 어떻게든 끼워 넣을 수 있을 것 같군요. 비상 침대를 내줄 수 있어요. 다른 문제가 생기면 바닥에 매트리스를 깔면 되겠지요."

칼라일 양은 앤을 받아들일 생각이었다. 단지 상대가 자신에게 고마워하기를 바랐다. 이렇게 애매한 태도를 취하는 것이 사랑받으려는 그녀의 헛된 노력 중 하나였다.

라슨 부인은 과연 고마움을 느꼈다. 칼라일 양이 상상할 수 있는 이상으로 감사했다.

"정말 감사합니다, 칼라일 양."

그녀가 인사를 하고는 떠나려고 일어섰다.

"앤, 네가 이 사랑스러운 건물에서 새로 사귀는 모든 놀이 친구들과 함께 행복하길 바란다."

앤은 그게 사랑스런 건물이라고 생각하지 않았다. 마흔네 명의 애처로운 고아들 중 누구와도 친구가 될 생각이 없었다. 대단히 안도한 라슨 부인은 더 많은 감사 표현을 넘치도록 퍼붓고 떠났다.

손님이 떠나는 것을 지켜본 다음 칼라일 양은 사무실로 돌아와 앉았다.

"이름이 앤 셜리고, 열한 살이라지. 언제부터 고아였니?"

"처음부터요. 부모님은 제가 3개월 됐을 때 돌아가셨어요."

"그 뒤로 대단히 너그러운 두 가정이 너를 받아들여 잘 보살펴 주었구나. 정말이지 매우 감사해야겠어."

앤은 아무 말 없이 자신의 가방을 쳐다보았다.

"가방이 크구나, 앤. 안에 뭐가 들었니? 지나치게 많은 개인 소지품을 보관할 공간은 없다. 장난감이나 인형은 안 돼. 그런 것들은 항상 다른 아이들을 슬프거나 질투하게 만들지. 화나게 하기도 하고. 가방을 열어 보겠니?"

앤이 가방을 열었을 때, 트루디의 아름다운 드레스가 거의 밖으로 튀어나왔다.

"음, 그건 포기해야 할 거다. 다른 개인 옷들도 마찬가지고. 우리에게는 대단히 튼튼한 원시 직물이 300마나 있어. 실용적인 중간색이지. 우리 고아원의 모든 아이들은 그 우수한 천으로 된 옷을 입는다. 너한테 맞을 옷이 두 벌 정도 있겠구나. 거의 딱 맞겠어."

"그걸 입었던 여자애는 어디 있는데요?"

"그 애는…… 죽었어. 이곳에 적응을 못했지. 먹지도 못했고. 그 부츠는 뭐니?"

그녀는 재빨리 주제를 바꿨다. 하지만 앤은 공포에 가까운 감정을 느끼느라 미처 알아차리지 못했다.

'오! 나의 사랑하는 달걀! 존슨 아저씨의 선물. 이걸 빼앗으려 한다면, 당장에 이 역겹도록 깨끗한 복도를 내달려서 현관문을 박차고 나가 어두운 밤 속으로 영원히 달려가 버릴 거야. 잡을 수 있다면 잡아서 감방에 가두라지. 적어도 감방에 들어가면 혼자 있게 될 것이고, 아마 누군가가 먹을 것도 줄 거야.'

번득이는 1초 동안 이 모든 생각이 앤의 뇌리에 스쳐갔다.

"그건 부서지지 않게 뭘 담아두는 곳이에요. 그걸 나한테서 빼앗아 가면 죽어 버릴 거예요. 부츠는 가지셔도 돼요. 난 안에 든 것만 있으면 돼요. 내가 여기서 죽으면 좋지 않으실 걸요. 일자리를 잃게 되실 수도 있어요."

이 고아원의 누구도 칼라일 양에게 이런 식으로 말한 적이 없었다. 그녀는 벌떡 일어나 앤을 호되게 꾸짖을 뻔했다. 하지만 앤의 시선에 담긴 포악한 강렬함이 갑자기 그녀를 조금 불안하게 만들었다.

칼라일 양은 목을 가다듬었다.

"한 사람당 작은 상자가 하나씩 주어져. 침대 옆 벽에 붙어 있지. 그 상자에 들어가는 것이면 뭐든지 넣어도 돼. 열쇠가 있어. 열쇠는 개인적으로 보관해도 된다. 신발에 넣어 두든지. 아니면 끈에 달아서 목에 걸고 다녀도 되고. 가방을 위층으로 가져가거라. 네가 뭘 넣어 둘 것인지 선택해라. 상자에 들어가지 않는 것들은 버려야 해. 그런 물건은 버리거나 남들에게 주는 게 우리 규칙이야."

칼라일 양이 기름 램프를 밝혀 위층으로 가지고 올라갔다. 앤은 가방을 들고 따라갔다. 문 하나를 열자 양쪽에 침대들이 쭉 늘어선 거대한 방이 나타났다. 각 침대마다 여자애 하나씩 잠들어 있었다. 어두운 불빛 속에서도 앤은 침대 옆 벽에 못 박힌 상자들을 볼 수 있었다. 아주 작았다. 그것을 보자마자 랜돌프의 사전을 떠나보내야 하리라는 것을 알았다. 앤이 결정을 내리는 동안, 칼라일 양은 서 있을 때처럼 꼿꼿하게 침대에 앉아 있었다.

앤은 소지품들을 하나씩 꺼내 침대에 올려놓았다. 5센트 동전들이 든 분홍 지갑, 달걀, 〈푸른 옷을 입은 소년〉 그림과 '프린스에드워드 해변' 사진, 《호수의 여인》 시집, 작은 사전까지. 《로열 리더》 두 권과 석판은 포기해야 했다. 다른 것들은 다행히도 작았다. 조심조심 꾸려 넣는다면 틀림없이 모두 들어갈 것이다. 앤은 노아에게 준 보리스를 생각했다. 칼라일 양은 곰 인형을 결코 허락하지 않았을 것이다. 앤은 잠시 눈을 감고 노아에게 그걸 주고 오게 해 준 자신의 수호 별들에게 감사했다.

칼라일 양이 낡은 천으로 만든 손가방을 그녀에게 건넸다.

"이건 너의 빗과 솔과 칫솔, 속옷과 양말을 넣어 두는 가방이다. 침대 밑에 놔 두고 냄새나기 전에 빨도록 해라. 마른 것들은 상자 아래 선반에 놓으면 돼."

그녀가 상자의 열쇠와 작은 수건과 큰 수건을 내밀었다.

"여기 네 잠옷과 원복도 있다. 다른 원복은 내일 줄게. 잠자기 전에 확실하게 램프를 꺼라. 이불 안으로 들어가서 누가 너한테 말을 걸면 잠든 척해. 아침에 종소리가 들리면 일어나고. 잘 자라."

칼라일 양이 여행 가방을 집어 들고 그 방을 떠났다. 앤은 그 가방과 커다란 사전을 다시 보지 못하리라는 것을 알았다.

앤은 사람이 하나씩 누워 있는 침대들을 훑어보았다. 이 새로운 집이 전에 살았던 어느 집보다 훨씬 컸지만, 그 어느 때보다 가장 작은 공간이 되리라는 것을 직감했다. 조심스레 작은 상자에 보물들을 집어넣고, 상자를 잠그고, 열쇠를 끈에 매달아 목에 걸었다. 옷을 벗고, 천 가방에 속옷을 넣고, 꽉 조일 정도로 작은 고아원 잠옷을 입은 다음, 램프를 끄고, 침대로 기어들었다. 앤은 얇은 베개에 얼굴을 묻고 숨죽여 울었다.

67

친구는 필요 없어

앤은 고아원 식당에서 죽과 흐느적거리는 토스트를 간신히 목으로 넘겼다. 허기가 지면 힘겨운 날들이 더 위태로워진다는 것을 모를 정도로 어리지 않았다. 앞으로 무슨 일이 벌어질지는 전혀 알 수 없는 일이었다. 그녀는 다른 고아들을 쳐다보지 않았다. 혼자 있는 척하는 데 정신을 집중했다. 그렇지 않으면 단 한 입도 삼키기가 불가능했을 것이다.

다행히 '학교'가 있었다. 그 전에 남녀가 여섯 명씩 짝을 지어 아침 먹은 접시들을 설거지하고 물기를 닦았다. 그동안 다른 아이들은 위층에 올라가서 이를 닦고, 몸을 씻고, 침대를 완벽하게 정리하고는 바닥을 청소했다. 앤은 다른 아이들이 하는 행동을 지켜보며 그들과 똑같이 하려고 했다. 도움을 청하지는 않았다. 이상하게 누구 하나 도와주겠다고 나서는 아이도 없었다. 대부분의 고아원 아이들은 슬픔과 외로움과 열등감을 느끼는 게 어떤 것인지 알고 있었다. 새로운 아이가 들어오면 다른 아이들은 누군가에 대해 우월감을 느낄 기회를 포착했다. 아니면 그 시간에 얘기하는 게 허락되지 않는 것인지도 모른다. 어쨌든 아무도 앤에게 도와주겠다고 하지 않았다.

종이 울렸다. 아이들이 즉시 각자 침대 발치로 가서 섰다. 그러고는 질서정연하게 한 줄로 열을 맞추더니, 방을 나가서 계단을 내려갔다. 몇 개월 동안 군사훈련을 받은 병사들처럼 소리 없이 완벽하게 시행했다. 용의주도하리만치 깨끗한 복도에서 건물의 다른 편 계단으로 방금 내려온 남자애들이 비슷하게 줄 맞춰 기다리고 있었다.

칼라일 양이 손뼉을 한번 치자, 모두가 복도를 따라 건물 동쪽 끝에 있는 두 개의 교실로 움직였다. 처음 여섯 반이 한 교실로 들어가고, 나이든 학생들은 다른 방으로 들어갔다. 하지만 중간의 넓은 미닫이문이 양옆으로 밀쳐져 열려 있어서, 서로 바라볼 수 있었다.

첫 수업은 기도 시간이었다. 나이든 학생들이 있는 방에서 째지는 소리가 나는 피아노로 국가의 첫 소절을 어설프게 연주했다. 마흔네 명의, 이제 마흔다섯 명이 된 고아들이 모두 〈신이여 여왕을 구하소서God Save the Queen〉를 서툴게 부르기 시작했다. 앤은 그 노래와 서툰 피아노 소리가 마음에 들었다. 지금까지 합창을 들어본 적이 없었다. 물론 앤도 여왕을 알고 있었다. 여왕에 대해 읽었고 사진도 보았다. 여왕님이 그렇게 늙고 뚱뚱해 보이는 것이나, 머리를 이마에서 엄격하게 뒤로 넘긴 것이나, 그 얼굴에 아무런 표정도 없어 보이는 게 유감이었다.

하지만 국가를 들으며 머릿속에 그려지는 여왕의 모습은 전혀 달랐다. 밤색 머리에 에메랄드와 다이아몬드 들이 박힌 정교한 왕관을 쓰고, 높은 레이스 깃을 감싸는 목걸이들이 반짝반짝 빛나고, 머리를 자랑스럽게 쳐들고, 걸을 때 빽빽하게 수놓은 치마와 망토 자락이 우아하게 뒤로 끌리는, 키가 크고 위풍당당한 모습의 여왕이었다.

노래가 너무 금방 끝났다. 앤은 1절이라도 더 불렀으면 했지만 칼라일 양이 방 앞에 서서 눈을 감고 큰 소리로 오랫동안 기도하고 있었다. 진짜 빅토리아 여왕의 사진이 벽에서 앤을 내려다보았다.

앤은 눈을 감지 않았다. 그녀는 모든 아이들을 관찰하고 있었다. 제2의 랜돌프일 수 있을 것 같은 덩치 큰 남자애, 머리가 완전히 직모인 쌍둥이일 게 틀림없는 조그만 여자애, 손으로 입을 가리고 속닥거리는 금발 머리 남자애, 곱슬곱슬한 금발 머리에 분홍빛 뺨의 하얀 피부를 가진 사파이어빛 눈동자의 열두 살쯤 된 예쁜 여자애, 안경을 쓰고 앤의 빨강 머리처럼 길고 숱 많은 검은 머리를 두 갈래로 땋은 여자애……. 누가 나의 친구가 될까?

앤은 양쪽 교실에서 숙인 머리가 칼라일 양뿐임을 알아차렸다. 다른 아이들 모두 앤을 쳐다보며 평가하고 있었다. 속닥이고 낄낄거리고 흘겨보았다.

한 남자아이는 자기 머리를 톡톡 치면서 앤을 가리키고는 웃음을 터트리지 않으려고 입을 가렸다. 오! 또다시 머리색이 문제였다. 맥도걸 선생님 반에서는 그런 식으로 행동한 아이가 없었다. 그런 일이 일어나지 못하게 하다니 그가 기적을 행한 것이리라. 하지만 메리스빌에서도 아이들이 앤의 머리와 주근깨를 놀렸다. 다만 이 고아원에는 앤의 손을 잡아줄 새이디가 없었다. 앤은 끔찍하게 부들부들 떨리면서 울어버릴 것 같은 기분이 들었다. 그다음에 아주 재빠르게 슬픔과 두려움이 분노로 바뀌었다.

칼라일 양의 이야기는 '다윗과 골리앗'으로 접어들었다. 그녀가 앞을 보고 있었기 때문에 낄낄거림과 손가락질이 멎었다. 하지만 앤은 이미 화가 났다. 그 아이들이 대체 뭔데 나를 조롱하는가? 기껏해야 고아 일당에 불과하지 않은가. 앤은 그들 누구와도 친구가 되고 싶지 않았다. 칼라일 양의 이야기에 반쯤만 귀를 기울이고 있었지만, 자신에게 이런 말을 할 정도로는 충분히 들었다.

'난 다윗이야. 소름끼치는 윈시 직물로 만든 원피스와 셔츠 차림의 남루한 고아 패거리는 골리앗이야. 난 그들에게 자비를 베풀 마음이 없어. 이 경쟁에서 이길 거야! 저런 애들이라면 누구도 필요 없어.'

칼라일 양이 방을 떠나고 교사들이 들어오자, 교실 사이의 커다란 문이 닫혔다. 앤은 작고 뾰족한 턱을 높이 쳐들고, 작고 완벽한 코를 도도하게 올리며 키가 커 보이도록 똑바로 섰다. 커다란 초록 눈동자는 맹렬한 자신감으로 빛났다. 그녀는 숨죽여 속삭였다.

"저 아이들한테 본때를 보여 줄 거야!"

55세인 케일 선생님은 몹시 지쳐 보였다. 이 음침한 고아원에서 가르치는 일에 진력이 났다. 어릴 적 꿈꾸던 미래는 이런 게 아니었다. 낯선 외지로 나가 문둥병자들에게 봉사하는 영웅적인 선교사가 되거나, 제복을 입은 하인에게 침대에서 아침상을 받는 잘생기고 부유한 남자의 아름다운 아내가 되거나, 객석에서 울려 퍼지는 우레와 같은 박수갈채를 들으며 너울거리는 얇은 의상을 입고 오케스트라가 연주하는 〈지젤〉 곡에 맞춰 한쪽 발끝으로 빙글빙글 도는 무용수가 되리라고 생각했다.

하지만 지금 그녀의 현실은 55세의 투실투실한 독신이었고, 또 한 주 동안 책상 밑으로 해리 우즈워스를 발길질하는 제임스 힌턴을 지켜봐야 할 운명이었다. 그리고 지독히도 빨강 머리에 주근깨투성이 얼굴을 지닌 말라깽이 고아가 새로 와 있었다. 케일 양은 아직 꿈을 꿀 능력은 남아 있었지만, 아주 오랫동안 그 어느 꿈도 쫓지 못했다.

앤이 들어간 반의 수업은 '암송'이었다. 다섯 명의 아이들이 하나씩 일어나 아무런 감정 없이 더듬더듬 짤막한 시를 외워 나갔다. 다섯 명의 암송이 모두 끝났을 때, 케일 선생님이 말했다.

"앤 셜리. 네가 암송하고 싶은 시가 있니? 없어도 괜찮다. 학교 교육을 별로 못 받았을 테니까. 이 반이 너무 어려우면 한 학년 아래 수업을 듣게 해 주마."

앤은 아주 똑바로 일어섰다.

"아는 시가 하나 있어요. 몇 행까지 외울까요?"

케일 선생님은 가슴속에서 낯선 기대가 일렁이는 걸 느꼈다.

"상관없어. 네가 그만두고 싶을 때까지 하면 돼."

앤이 암송하기 시작했다.

머낸 시내에 달이 춤추는 그곳에서
저녁에 수사슴은 양껏 마셨으며,
외로운 글래나트니 개암나무 그늘

깊숙이 한밤의 은신처가 지어졌으니
그러나 태양 그 빨간 봉화가……

앤이 〈호수의 여인〉 스물다섯 행을 암송했을 때, 오전 내내 그 드라마틱한 시 낭송을 들으라고 해도 행복하게 들을 수 있었던 케일 선생님은 이제 다음 수업으로 넘어가야겠다는 생각이 들었다.

"앤, 얘야, 매우 훌륭했다. 하지만 이제는 산수 공부로 넘어가야겠구나".

이 끔찍한 곳에서 어떠한 친구도 만들지 않겠다고 다짐했지만 앤은 케일 선생님이 마음에 들었다. 헨더슨 선생님처럼 아름답지는 않지만 그녀를 '얘야'라고 불렀고 '고맙다'고 말했다. 앤에게 그 단어를 말했던 마지막 사람은 맥도걸 선생님이었다.

다른 학생들은 그녀의 암송을 들으며 놀랐고, 마음속으로 각자 자신들이 어떤 반응을 보여야 할지 고민했다. 부러운 마음이 드는가? 아니, 부러워해야 할까? 아니면 '질투'해야 할까? 특히 케일 선생님이 '얘야'라고 부른 아이는 아무도 없었다. 아니면 그렇게 긴 시를 외우는 게, 특히 저런 빨강 머리 여자애가 그런 시를 외우는 게 웃기는 일이라고 해야 할까? 개중에는 그게 무슨 뜻인지도 모르면서 그 단어들의 아름다움에 가슴떨려 하는 아이들도 몇몇 있었다.

조지프 머피는 웃기는 짓이라는 쪽에 표를 던졌다. 그날 식사 시간에, 그는 시를 암송하면서 보인 앤의 몸짓을 놀림감으로 삼았다. 다른 남자애들이 그걸 듣고 웃으며 앤을 쳐다보았다. 다른 아이들은 곤혹스럽게 그녀를 지켜보았다. 그렇게 행동하는 아이는 이제껏 없었다. 빨강 머리 여자애에게는 눈길을 끄는 뭔가가 있었다. 하지만 너무 도도하고 냉담해 보여서 말 걸기가 쉽지 않았다. 그렇지만 앤과 친구가 되고 싶다고 생각하며 그렇게 될 수 있는 방법을 궁리하기 시작하는 몇몇 용감한 학생들도 있었다. 앤이 선생님의 총애를 받게 될 가능성이 커 보였지만, 대부분의 아이들은 그 문제에 별 관심이 없었다. 그들은 선생님의 사랑을 두고 다툴 정도의 열의가 없었다. 분홍빛 하얀 피부, 곱슬곱슬한 금발 머리와 사파이어빛 파란색 눈동자를 지닌 에드너 고드프리는 앤을 지켜보면서 기다렸다.

그렇게 하루하루 지내는 동안, 앤은 굳은 마음과 결연한 자신감으로 새로운 생활을 헤쳐 나갔다. 앤은 자신을 놀리는 남자아이들과 석판 뒤에서 수군거리며 앤을 흘끔거리는 아이들을 똑바로 쳐다보았다. 누구도 앤의 가슴에 구멍을 내지 못했고, 누구도 용기의 갑옷을 벗겨내지 못했다. 케일 선생님을 좋아하는 마음은 자신에게 허락했다. 시와 그림들은 부끄러움 없이 흠모했다. 그 정도까지만 기꺼이 사랑을 허락했다.

앤은 거의 웃지 않았다. 그 대신 눈물도 흘리지 않았다.

68

원수 상자

앤의 고아원 생활은 대단한 비극도, 소소한 기쁨도 없이 10주가 흘렀다. 마음을 꽁꽁 묶어놓았기 때문에 슬픈 일이나 기쁜 일이 일어날 수가 없었다. 그저 가끔 다른 아이들을 쳐다보며 고아원에 오기 전에 그들이 살았을 삶을 혼자서 상상했다. 그들의 부모가 사망한 원인을 극적으로 꾸며냈다. 화재로, 굉음을 내며 달려오는 말발굽 아래 밟혀서, 서서히 외양을 망가뜨리는 질병으로, 냉혹한 도둑에게 찔린 상처로 생을 마감했으리라. 그다음에는 부모가 죽은 뒤에 그 애들이 겪었을 어려움들을 생각했다. 무시, 학대, 외로움, 굶주림……이렇게 상세하게 상상하다 보면 때로는 그 아이를 좋아하는 마음마저 마지못해 들었다.

그녀는 감정의 석판에서 그런 느낌들을 신중하게 지워 없앴다. 전에 사람들을 사랑해 보지 않았던가. 그것은 위험한 짓이었다. 사랑하는 사람이 떠나가거나 배신했을 때 어떤 느낌이었는지 기억하자. 아니, 단순히 어떤 존재가 사라져 버렸을 때조차 어땠는지 떠올리자. 일라이저 언니, 헨더슨 선생님, 존슨 아저씨, 노아, 라킨바, 케이티 모리스, 비올레타, 맥도걸 선생님, 해거티 할머니, 사랑하는 줄리 애너와 로더릭……. 앤은 그들 덕분에 자신의 삶이 얼마나 풍요로웠고, 그들이 현재의 자신을 만드는 데 어떻게 일조했는지 단 한번도 생각하려 들지 않았다.

그녀의 부드러움은 어딘가로 사라졌고, 굳이 불러내지도 않았다. 때로는 자신이 모든 사람에게서 떨어져 말없이 의자에 앉아 있던 해먼드 부인 같았다. 하지만 큰 차이가 있었다. 해먼드 부인은 모든 감정이 말라붙었다. 지하실에서 불같이 쏟아낸 비탄의 울음이 그녀의 영혼이 아직 살아 있었음을 내보인 마지막 신호였다. 앤의 영혼은 더할 나위 없이 분명하게 살아 있었다. 마음속의 분노와 억울함 때문에 일부러 냉랭한 상태로 억눌러 놓았을 뿐이다. 하지만 수업 시간에 느끼는 즐거움까지 억누를 수는 없었다.

앤은 모든 에너지를 문학, 지리, 역사 수업에 쏟아부었다. 수학적인 균형과 완벽함에도 아주 조금 거북한 즐거움을 느끼기까지 했다. 그녀는 자신이 영리하다는 것을 알았고, 그 사실이 기뻤다. 자부심을 느꼈고, 턱을 올리고 아주 꼿꼿한 자세로 누구와도 대화하지 않고 똑바로 앞만 쳐다보는 모습은 겉으로도 그렇게 보였다. 앤은 자신이 사랑을 갈구하면서도 전혀 사랑받지 못하는 칼라일 양과 거의 똑같은 모습으로 보인다는 것을 깨닫지 못했다. 아이들은 영리하고 재능 있는 이들에게 끌린다. 하지만 앤의 태도는 때로 다른 아이들이 용서하기 힘들 만큼의 오만함을 드러냈다.

에드너 고드프리는 앤의 영민한 머리와 도도한 태도에 호기심을 느꼈다. 이제까지 모든 사람들이 에드너의 아름다움과 준비된 웃음에 매료되었다. 하지만 앤은 그녀에게 관심을 보이지 않았다. 그녀는 앤도 자신의 숭배자로 만들고 싶었다. 앤의 독특한 외모, 완벽한 코와 타는 듯이 붉은 머리도 조금 부러웠다. 친해지기 어려운 인물이라는 사실이 더욱 매력적이었다. 에드너는 앤에게 신호를 보냈다. 앤이 하는 일에 간간이 칭찬의 말을 던진 것이다.

"잘했어, 앤! 냄비를 굉장히 깨끗이 닦았네. 거울처럼 반짝반짝해!"

"나도 너처럼 빨리 외울 수 있다면 얼마나 좋을까."

"네 부모님은 아주 머리가 좋으셨을 거야. 그렇지 않고서야 네가 어떻게 이렇게 영리하겠어?"

제일 효과적인 말은 '난 너의 아름다운 빨강 머리가 참 좋아'였다. 에드너는 앤이 항상 친구로 사귀고 싶었던 바로 그런 아이였다. 아름답고, 명랑하고, 사랑스러웠다. 그렇게 솔직하게 인정해 주고, 빨강 머리를 칭찬해 주는 아이한테 앤이 어떻게 저항할 수 있겠는가? 당연히 불가능하다. 그건 에드너와 앤이 함께 설거지를 하던 날 시작되었다.

"너와 함께 설거지를 하게 되다니 난 참 운이 좋아. 전에는 설거지하는 게 이렇게 행복한지 몰랐어."

앤은 자신의 단단했던 껍데기가 말랑말랑해지는 것을 느끼기 시작했다. 하지만 여전히 신중을 기했다.

"대체 왜, 오늘 설거지하는 게 그렇게 즐겁다는 거야? 항상 똑같은 물에, 항상 똑같은 접시들이잖아."

"어머나 앤! 너무나 소중한 친구와 그 일을 하고 있기 때문이라는 걸 모르겠어?"

'너무나 소중한 친구.'

뜨거운 물에 손을 담그고 있는데도, 앤은 자신의 등으로 전율이 오르내리는 것을 느꼈다.

'조심해야 해. 이건 함정일 거야. 전에도 배신을 당해 봤잖아.'

"정확히 얼마나 소중한데?"

앤은 행주의 물이 바닥에 뚝뚝 떨어지고 있는 것도 의식하지 못한 채, 여전히 머리를 높이 쳐들고 말했다.

"얼마나? 내게 있는 가장 소중한 친구지. 증명할 수 있어."

"해 봐."

"영원한 헌신을 약속하는 것으로 증명할 수 있어. 봐! 손가락을 꼬아서 내 이마에 올려놓고, 내가 항상 친절하고 충실하고 믿음직한 친구가 되겠다고 너한테 말하는 거야. 절대로 너한테 거짓말하지 않고, 고약하게 굴지도 않으며, 언제나 널 보호할게. 이제 너의 이마에 손가락을 꼬아서 올려놓을게. 이 약속에 도장을 찍는 거야."

그녀가 손을 뻗어 앤의 이마에 젖은 손가락들을 갖다 댔다. 그것으로 완성이었다. 비눗기와 눈물로 인해 흐려진 눈으로, 앤은 똑같은 말과 똑같은 의식을 반복했다. 그들은 이제 제일 친한 친구였다. 약속에 도장을 찍어 그 사실을 증명했다.

영원한 헌신을 서약한 그날 저녁, 앤은 진정한 행복감을 느끼며 잠자리에 들었다. 요시야 페어웨더 목사님이 하느님을 소개해 주었으므로 그녀는 이렇게 말했다.

"에드너를 주셔서 감사합니다, 하느님."

그분이 해먼드 부부의 집으로 가기 전날 밤 기도했던 그 하느님과는 다를 거라고 생각했다. 그 기도에는 아무도 응답하지 않았으니까. 앤은 다시 한 번 눈을 감고 울면서 잠이 들었다. 하지만 이번에는 기쁨의 눈물이었다. 친구가 생겼다! 게다가 항상 갈망해 왔던 그런 친구였다. 아름답고, 영리하고, 즐거운 친구. 앤은 내일이 얼른 왔으면 하고 안달을 냈다.

케일 선생님은 앤의 얼굴에 전에 없이 번지는 웃음과 그 커다란 눈에 담긴 광채에 감탄했다. 앤은 창밖 진입로 옆에 심은 애처로운 작은 나무들을 봐도 마음이 부드러워지는 느낌이었다. 5월에는 주위에 바라볼 만한 들판이나, 꽃이나, 당당한 나무 하나 없다는 사실에 슬퍼하던 일을 그만두었다. 에드너와 함께하면 중앙 복도를 닦는 것도 기쁨이었다. 앤의 경직된 자세가 풀렸다. 누군가 웃기는 말을 하면 웃었다. 설거지물에서 보글보글 이는 거품들이 기쁨으로 춤추는 듯했다. 그녀는 더 이상 고아들이 밖으로 나가는 게 허락되는 드문 시간을 안절부절 초조하게 보내지 않았다. 밖에 나가서 할 수 있는 일이라고는 기껏해야 둥그렇게 생긴 진입로를 빙빙 걸어 다니는 것뿐이었지만, 이제는 함께 얘기할 사람이 생겼다.

마침내 앤은 침묵을 깨뜨리고 에드너에게 모든 것을 이야기했다.

"내 훌륭한 아빠와 비할 데 없이 아름다운 엄마의 죽음은 거대한 비극이었어. 일라이저 언니는 한동안 내게 기쁨을 주는 존재였어. 하지만 지독한 로저 아저씨와 떠나려고 나를 버렸어. 소음과 분노가 가득한 집에 나를 남겨 놓고 가 버렸어. 하지만 어디에 살든지, 학교로 가는 길은 언제나 큰 기쁨이었어. 선생님들과 달걀 장수 단어 선생님이 가장 어두운 절망의 구렁텅이에서 날 구해 주셨지. 나중에 크면 이런 나의 놀라운 인생 이야기를 독자들과 나눌 수 있는 작가가 되고 싶어. 그중 한 부분에는 완전히 너에 대해서만 쓸 거야. 넌 내가 깊이 사랑하는 친구니까. 케이티 모리스와 비올레타처럼 충실하면서도…… 음, 진짜인 친구."

에드너는 앤의 생각들, 살아온 이야기, 그 묘하게 복잡한 표현법들을 즐겼다. 게다가 앤이 지속적으로 전하는 열렬한 애정 표현이 좋았다. 그것이 앤의 마음을 붙잡으려고 손을 내밀었던 이유였으니까. 하루하루 지날수록 그것은 거의 완벽한 우정처럼 느껴졌다.

하지만 영리하고 관찰력이 예리한 에드너는 상황이 불안하게 돌아가기 시작하는 것을 알아차렸다. 다른 아이들이 앤을 좋아하기 시작했다. 앤이 인기 있는 아이가 되어가고 있었다. 게다가 훨씬 더 걱정스러운 문제는, 앤도 다른 아이들을 좋아하기 시작했다는 사실이었다. 이것은 전혀 에드너가 예상하지 못했던 일이었다. 앤이 좋아하는 단어를 사용해서 말한다면, 에드너는 앤을 '소유'하고 싶었다. 그런데 이제 다른 모든 아이들과 앤을 공유해야 할 상황으로 변해가고 있었다.

에드너는 우두커니 앉아서 맘에 안 드는 상황이 일어나는 것을 두고 보는 부류가 아니었다. 다른 아이들이 앤을 좋아하지 않게 되면, 앤도 그들을 좋아하지 않으리라. 그러면 앤은 나만의 친구로만 남을 것이다. 아주 간단한 일이었다. 에드너는 기쁨과 고통에 앤이 과도하게 반응하는 걸 알았다. 고통이 닥쳐왔을 때, 에드너 자신이 앤을 구하기 위해 거기 있을 것이다. 그래, 이 모든 골칫거리들은 정리될 수 있었다. 그것도 아주 쉽게.

앤도 에드너에 대해 여러 가지 사소한 것들을 알아차리기 시작했지만 신경 쓰지 않으려고 노력했다. 에드너는 가끔 유쾌함을 넘어서 남을 업신여기는 식으로 웃었다. 특히 남의 결점이나 특이한 점을 비꼬는 습관이 있었다.

"그 아이 코는 정말 멍청하게 생겼어. 바다오리 같아 보여."

"누가 그러는데 지난 일요일에 페어웨더 목사님이 교리문답을 암송해 보라고 했을 때 제리가 바지에 오줌을 쌌대."

"난 베티가 싫어. 말을 더듬잖아. 말을 안 하면 될 거 아냐?"

지난 화요일에 새로 고아원으로 들어온 테서에 대해서는 이렇게 말했다.

"내가 그 애한테 그만 울어대라고 했어. 우리도 여기 처음 왔을 때는 이곳을 좋아하지 않았어. 무슨 근거로 자기가 그렇게 특별하다고 생각하는 거야? 부모님이 월요일에 죽었으니까? 하! 그게 어제건, 지난달이건, 작년이건 뭐가 중요해? 어차피 우린 다 고아야."

앤은 그런 말에 신경 쓰지 않으려고 노력했다. 에드너를 사랑했으니까.

'에드너가 완벽하기를 기대하면 안 돼. 토머스 아저씨를 봐. 맨날 사람들을 때리고 고함쳤지만, 난 여전히 아저씨를 좋아하잖아.'

그러던 어느 날 저녁 설거지를 하고 있을 때, 앤은 어디선가 들려오는 자신의 이름을 들었다.

"앤 셜리 말이야……."

에드너의 목소리였다. 에드너는 다른 여자애 둘과 같이 내일 아침 식사 때 쓸 그릇들을 정리하는 중이었다. 앤은 설거지를 하다 말고 귀를 쫑긋 세웠다. 냄비와 팬들이 달가닥거리는 소리와 많은 소음들 때문에 무척 소란스러웠지만 에드너의 얘기가 띄엄띄엄 들렸다.

"걔는 자기가 제일 똑똑한 줄 안다니까. 우스꽝스러운 빨강 머리에…… 너무너무 재미없어…… 게다가 그 희번덕거리는 눈이라니!"

부엌의 소음들이 일시적으로 고요해졌다가 다시 들렸다.

"말이 너무 많아. 또 얼마나 우스꽝스럽고 거창한 단어들을 쓰는지. 자기가 사전을 통째로 삼킨 것처럼 말한다니까."

에드너는 앤에게 배운 단어인 '우스꽝스럽다'는 말을 심지어 두 번이나 사용했다. 앤은 분노가 치밀어 오르는 것을 느끼며 싱크대 위쪽 벽을 응시했다. 고아원에 들어온 지 3개월이 넘었고, 드디어 사랑할 사람을 찾았다. 그런데 그 사람이 알고 보니 악당이었다. 마귀, 흉악한 악마, 곱슬곱슬한 금발 머리와 사파이어빛 파란 눈 뒤에 사악한 영혼을 숨기고 있는 괴물.

앤은 씻고 있던 접시 중 하나를 집어서 허공에 높이 들었다가 바닥으로 내던졌다. '힘껏!' 대단히 만족스러운 소리가 났다. 누군가 그릇 깨지는 소리를 듣고 조사하러 들어왔다.

"어머나, 이런! 손이 미끄러졌네!"

앤은 이렇게 말하며 사기 조각들을 쓸어냈다. 그러고는 설거지통에 두 손을 걸치고 두 눈을 감았다. 에드너에게 징들이 박힌 검은 의상을 입힌 다음, 그녀의 머리에 뿔들이 자라나고 입에서 기다란 송곳니 두 개가 튀어나오는 모습을 상상했다.

"또 공상을 하고 있구나!"

무슨 일인지 알아보려고 부엌으로 들어온 칼라일 양이 다그쳤다.

"어서 눈 뜨고 하던 일 계속해라. 우린 여기에 재미 삼아 마흔여섯 명의 고아를 데리고 있는 게 아니야. 자기 밥값을 해야지!"

그날 밤 침대에 누워 앤은 불운하게 죽어 버린 우정을 생각했다. 앞으로도 계속 에드너와 함께 일하고, 가끔은 얘기도 할 것이다. 필요한 일이니까. 하지만 다시는 절대로 그녀를 향해 웃지 않으리라. 앤은 상상 속에 '원수 상자'라는 제목이 붙은 커다란 상자를 만들어 냈다. 그 안으로 에드너의 검은 의상과 사방으로 날리는 그 끔찍한 금발 머리까지 모조리 쓸어 넣고, 상자에 뚜껑을 올려 두 손으로 쾅 닫았다. 그런 다음 덤으로 상자 위로 뛰어올라 뚜껑을 짓밟았다.

현실 세계로 돌아온 앤은 험악하게 웃으며, 꺼칠한 침대 담요 밑으로 깊숙이 들어갔다. 다시는 이 끔찍한 장소에서 친구를 찾지 않을 것이다.

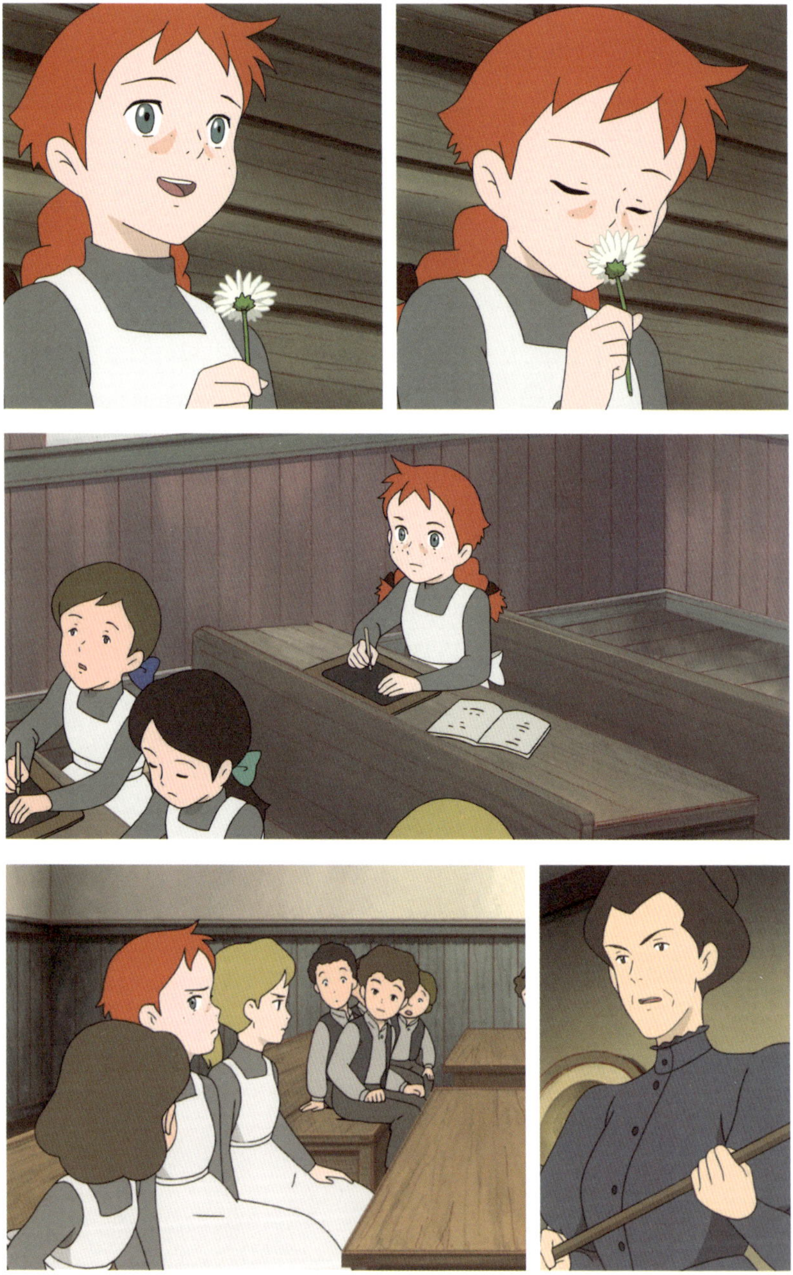

69

별님에게 기도합니다

에드너는 자신이 앤의 험담을 할 때, 앤이 겨우 몇 발짝 떨어진 곳에서 설거지를 하고 있는 줄 몰랐다. 앤을 꾸짖는 칼라일 양의 호통소리를 듣고서야 앤이 근처에 있었다는 걸 깨달았다. 에드너 자신이 칼라일 양의 소리를 들을 수 있다면, 앤도 자신의 소리를 들었을 가능성이 컸다. 이 때문에 불안해졌지만, 그녀는 자신에 대한 앤의 맹목적인 헌신이 이 사소한 타격을 능히 밀어낼 줄 알았다.

하지만 이튿날 아침 앤이 자신을 지나쳐서 다른 아이의 옆자리로 가서 앉자, 에드너는 인생이 생각대로 되지 않고 호락호락하지도 않다는 것을 절감했다. 부엌에서 음식을 준비하거나, 청소와 설거지를 하거나, 학교 수업을 받을 때도 앤은 필요한 대답만 했다. 말들은 최대한 짧게 끊어졌다.

"그래."

"아니."

"난 그렇게 생각하지 않아."

"안 되겠어."

폭우처럼 쏟아지던 앤의 단어들이 느리고 차가운 가랑비로 줄어들었다. 게다가 절대로 웃지 않았다. 에드너는 한 대 얻어맞은 것처럼 심란했다. 에드너는 솔직하게 드러내던 앤의 애정과 개인적으로 속삭여 주던 비밀 이야기들이 그리웠다. 그리고 예전처럼 재미있지 않았다. 그녀는 앤의 우정을 다른 아이들과 나누는 게 싫었을 뿐이다. 그 우정을 완전히 잃는 것은 또 다른 차원의 충격이었다. 하지만 감정을 터트리거나 공개적으로 폭발하는 사건은 없었다. 그들은 각자의 방식으로 상황에 대처했다.

에드너는 전처럼 은근슬쩍 앤의 결점들을 이야기했다. 그렇지 않을 때는 화사한 웃음으로 어두운 복도를 밝히고, 음악적인 웃음으로 공기를 채우며, 다른 사람들을 완벽하게 상냥한 태도로 대했다. 많은 아이들이 에드너의 속내를 꿰뚫어 보았지만 아무도 그녀에게 맞서지 않았다. 그들은 그녀의 매서운 말씨에 익숙했다. 그녀가 위험 인물이라는 것을 알고 있었다.

에드너의 배신에 대처하는 앤의 방식은 다시 제 안으로 파고드는 것이었다. 자신의 상상력을 피난처 삼아 정교한 꿈들을 꾸며, 앞으로 어떤 아이가 관심을 표해도 친구가 되지 않겠노라고 맹세했다. 그녀는 행복하지 않았고, 불행하지도 않았다. 그녀에게는 여전히 학교와 케일 선생님이 있었다. 아무도 그것을 빼앗을 수 없었다. 대개의 시간에 그녀는 이도 저도 아닌 상태로 지냈다.

어느 토요일 오후, 앤과 에드너와 테서는 무릎을 꿇고 엎드려서 건물 1층의 거대한 복도를 커다란 수세미로 닦고 있었다. 그들 주위로 양동이들과 샛노란색 큰 비누 세 개가 놓여 있었다. 앤이 고아원에 온 첫날 저녁에 놀라울 정도로 반짝거린다고 알아보았던 그 마룻바닥이었다. 테서는 고아원에 도착한 다음 며칠 동안은 울기만 했다. 테서의 부모님은 어두운 밤에 마차를 몰고 가다가 이스턴쇼어 절벽 아래로 추락해 즉사했다. 그들은 부유했지만, 친척도 없었고 유언장도 남기지 않았다. 매력 없는 헤어스타일에 뚱한 얼굴, 자신감마저 결여된 이 뚱뚱한 여자애를 받아들이겠다고 나서는 사람은 아무도 없었다.

누군가 커다란 여행 가방에 인형과 아름다운 옷들을 꾸려서 그녀를 고아원에 데려다놓았다. 칼라일 양은 인형들을 당장 압수했지만, 옷은 계속 입을 수 있도록 허락했다. 테서의 작고 뚱뚱한 몸에 맞는 원시 직물의 원복이 없었기 때문에, 두 벌이 만들어질 때까지 자신의 옷을 입는 수밖에 없었다.

의자에 앉아서 거의 쉬지도 않고 울어대는 테서를 지켜본 칼라일 양은 에드너가 느꼈던 것과 비슷한 짜증을 느끼기 시작했다.

"테서, 이젠 울 만큼 운 것 같구나. 이 고아원의 아이들 모두가 이런저런 사정이 있단다. 그러니까 네가 다른 아이들과 다르다는 생각은 그만해라. 여기 있게 됐으니 넌 아주 운이 좋은 아이야. 3개월

반 전에 앤 셜리가 왔을 때도 우린 받아들일 공간이 없었다. 그러니 널 끼워넣기가 얼마나 힘들었을지 상상할 수 있겠지. 자, 오늘부터는 네 밥값을 해. 에드너, 앤과 같이 중앙 복도 바닥을 닦아라. 우린 여기를 깨끗이 유지해야 하고, 청결은 마법처럼 저절로 일어나지 않아."

테서는 무슨 뜻인지 알 수 없었지만 그게 무엇이든 해야 한다는 건 알았다. 그녀는 앤과 에드너의 옆에 엎드려 자신의 몫을 다하고 있었다. 더 이상 울지는 않았지만, 기분이 나아진 것도 아니었다. 앤은 잠시 마루 닦는 일을 멈추고 주위를 둘러보았다. 천장에 매달린 갓 없는 등유 램프들이 무자비하게 번득이며 긴 복도를 밝히고 있었다. 벽들은 어두운 베이지색이었고, 그림이나 어떤 다른 장식도 없었다. 앤은 한숨을 쉬었다.

"저 휑하니 드러난 램프 유리에 작고 예쁜 갓을 씌우는 게 정말로 그렇게 엄청나게 힘든 일일까? 자칫 잘못 쳐다보면 7월 어느 날에 태양을 똑바로 쳐다보는 것 같겠어. 그랬다간 5분도 안 돼서 장님이 될 수 있다는 건 아무리 멍청한 사람도 알 수 있을 거야."

테서가 바닥을 닦다 말고 두려움 가득한 눈으로 앤을 바라보았다.

"앤, 내가 저 램프들을 보면 장님이 되는 거야?"

앤은 겁에 질린 작은 얼굴을 쳐다보며 스스로 부끄러워졌다. 그녀가 테서를 딱하게 여기는 건 사실이었다.

'매 시간마다 치맛자락으로 눈과 코를 닦는 여덟 살짜리 여자애가 슬픔을 느끼지 않는다면, 그 아이의 심장은 단단한 화강암으로 만들어진 게 틀림없어.'

하지만 한편으로는 테서가 부러웠다. 8년 동안 부모님과 함께 살았다. 그것은 앤이 부모님과 있었던 시간보다 7년 9개월이나 더 길었다. 게다가 자신은 부모님에 대한 기억이 전혀 없었다. 그 정도면 테서를 부러워할 만한 충분한 이유가 되지 않을까? 테서가 자신의 옷을 입을 수 있도록 허락받은 것도 앤을 고문했다. 그 옷들을 보라! 테서가 어제 입은 원피스는 볼록 소매(퍼프 소매)까지 달려 있었고, 그렇게 부드럽고 풍성하지 않았더라면 치마로 눈과 코를 닦을 수 없었을 것이다. 그때는 부러운 마음이 너무나 커서 테서의 울음소리가 들리지도 않았다. 테서의 옷장에 대한 생각이 앤의 귀를 완전히 막아 버렸다.

그래서 어제는 의자에 앉아 있는 그 슬프고 조그만 형체가 아주 조금 싫기도 했다. 머리카락은 너무 짧고 똑바르며 얼굴은 아주 창백하고 젖어 있었다. 그런데 어제와 똑같은 얼굴이 오늘은 온통 두려움에 질려서 자신을 올려다볼 때, 앤은 그 지저분한 양동이에 자신의 부끄러움을 처박고 싶은 심정이었다. 문득 자신이 토머스 부인을 떠나야 했을 때 케이티 모리스를 얼마나 그리워했는지, 해먼드 부인을 떠나야 했을 때 비올레타를 얼마나 그리워했는지 기억났다. 자신이 그들을 얼마나 깊이 사랑했건, 그들이 자신을 얼마나 진심으로 대했건, 어딘가에 비친 영상이나 메아리를 그리워하는 것보다 친부모를 그리워하는 심정이 틀림없이 수백만 배는 더 간절할 텐데.

앤은 손을 뻗어 테서의 어깨를 토닥였다.

"아니야, 램프를 봐도 장님이 되진 않아. 하지만 빛이 꽤 밝으니까 그걸 쳐다보는 게 눈에 좋을 리는 없겠지. 그런데 걸칠 것 하나 없이 벌거벗은 저 램프 유리들도 가엾잖아. 그래서 내 상상력으로 뛰어들어가 아름다운 갓들을 꿈꿔 본 거야. 내 눈에는 그게 아주 분명하게 보여. 기다란 술 장식과 은색 장식들이 달린 분홍색 실크로 만든 갓이 말이야. 그보다 더 아름다운 걸 상상할 수 있니?"

테서가 처음으로 웃었다. 앤은 수세미를 내려놓고, 가느다란 다리를 앞으로 뻗은 채 베이지색 벽에 기대어 앉아 있었다. 눈을 감자 우아한 램프 갓들이 가득 보였다.

갑자기 에드너가 벌떡 일어났다.

"앤 셜리! 당장 무릎 꿇고 일해. 난 열두 살이야. 칼라일 양이 나한테 책임을 맡겼어. 테서는 어려서 아무 소용없고 이 모든 복도를 나 혼자 다 닦을 순 없어!"

앤은 램프 갓을 상상하는 데 푹 빠져 있어서 에드너의 말을 듣는 둥 마는 둥 했다. 제대로 들었더라도, 에드너가 혼자 그 바닥을 모두 닦는다면 그녀에게는 더할 나위 없이 좋은 일이라는 생각까지 했다.

"오, 앤! 넌 나를 너무너무 화나게 만들어! 게다가……."

여기서 에드너는 극적인 효과를 내기 위해 말을 멈췄다.

"오늘과 내일은 모든 일을 확실히 하는 게 좋을걸. 칼라일 양이 특별히 주의 깊게 지켜보고 있으니까."

"왜지?"

"월요일이 특별한 날이거든. 아주 특별한 일이 일어날 거야."

아주 특별한 일! 특별한 날! 앤은 자신이 들어보기만 했을 뿐 단 한 번도 경험해 보지 못한 그 모든 특별한 날들을 생각했다. 고아원에서조차, 다른 아이들은 그곳에 와서 살기 전에 그들의 인생에서 일어났던 멋진 일들을 이야기했다. 음악회와 주일학교 소풍과 결혼식과 생일파티와 불꽃놀이에 대해 끝없이 이야기했다.

"오, 테서, 특별한 날을 가질 수만 있다면 뭐든 아깝지 않을 거야. 이 바닥을 모두 나 혼자서 세 번이라도 닦을 거야. 그런 것들을 책으로 읽고 듣긴 했지만, 내게는 나만의 특별한 날이 하루도 없었어. 당의를 입힌 케이크에 촛불을 켜고 자기 나이랑 똑같은 개수로, 아주 조그만 양초들을 꽂아 불을 붙이고, 오직 나를 위해 많은 사람들과 함께 사랑스러운 노래를 부르는 생일파티! 얇고 치렁치렁한 주름 장식 드레스를 입고 길게 늘어진 베일을 쓴 신부들이 있는 결혼식에는 감미로운 음악을 연주하는 오르간도 있을 거야.

오, 그런 웅장한 구경거리에 참석한다면 얼마나 좋을까! 무대에 올라선 사람들이 내가 좋아하는 시들을 외우는 낭송회나, 만돌린 같은 악기의 연주에 맞춰 사람들이 노래를 부르는 음악회 말이야. 만돌린을 본 적도 없고 소리를 들은 적도 없지만, 그렇게 신비롭고 음악적인 단어를 지닌 악기니까 분명히 거의 참을 수 없을 정도로 아름다운 소리가 날 거야."

앤이 멈칫했다. 자신이 어쩌다 이렇게 특별한 날에 대해 찬사를 늘어놓게 됐는지 이유를 잊고 있었다. 호기심 때문에 에드너에게 말을 걸 수밖에 없었다.

"에드너! 그 특별한 날에 대해서 얘기해 줘."

에드너는 으스대는 표정이었다.

"그날이 몽땅 특별한 건 아니야. 그날 일어날 일이 특별하다는 것이지. 게다가 그 일이 모두에게 일어나지도 않을 거야. 딱 두 사람한테만 일어날 거야. 그게 너일 수도 있겠지. 아니면 나일 수도, 아니면 테서일 수도 있어. 하지만 물론 눈 감고 빈둥거리는 흔해 빠진 게으름뱅이한테는 일어나지 않아. 칼라일 양이 굉장히 쓸모 있다고 알아차릴 만큼 아주 열심히 바닥을 닦는 아이한테 일어나겠지."

앤은 무릎 꿇은 자세로 돌아가 노란 비누를 수세미에 묻혀서 문지르고 있었다.

"그걸 다 어떻게 알아? 그 특별한 일이라는 게 뭐야?"

"칼라일 양이 미니한테 월요일 오전 10시에 사무실로 차 두 잔을 가져오라고 말하는 걸 들었어. 그리고 검은 제복에 프릴 달린 작은 앞치마를 입으라고 했어. 그걸 풀 먹이라고 했어. 앞치마 말이야. 왜냐하면……."

에드너가 말을 멈추고 긴장감이 자라나게 했다.

"왜냐하면 뭐?"

앤이 거의 고함치듯 말했다.

"손님이 오니까. 프린스에드워드 섬에서 스펜서 부인이라는 멋진 숙녀 분이 오실 거야."

프린스에드워드 섬!

앤의 손에서 수세미가 떨어졌다. 앤이 꿈꾸던 곳! 말쑥한 초록 들판과 작고 하얀 농가들, 모래 언덕들과 길쭉한 풀들과 모래사장이 있는 해변…… 목사님이 고아원 주일학교에 와서 아이들한테 좋은 것을 내려주십사 기도하라고 말했을 때, 앤은 언젠가 어떤 식으로든 그곳을 보게 해 달라고, 맨발로 그 해변을 거닐 수 있게 해 달라고,

그 초록빛 들판에 누워 미나리아재비 사이에서 잠들 수 있게 해 달라고 항상 중얼거렸다.

'그분이 이곳엔 왜 오는 걸까?"

앤에게 그것은 여왕님에게 닭장을 방문해 달라고 초대하는 것과도 같았다. 그 섬의 고상한 숙녀는 아마도 바스락거리는 태피터 치마 위에 앞면 위아래로 온통 진주 단추들이 달렸고 실크 칼라가 높이 솟아 있는 드레스를 입고, 우아한 모자를 썼을 것이다. 아, 그리고 물론 볼록 소매도 달려 있을 것이다. 그런 고상한 숙녀가 궁색한 윈시 직물 원피스와 셔츠 차림의 이 모든 애처로운 아이들과 음침한 복도들, 갓 없는 램프들을 어떻게 생각할까?

앤은 머릿속으로 이렇게나 많은 말들을 중얼거렸지만, 실제로 소리내서 한 말은 한마디뿐이었다.

"왜?"

에드너는 완벽한 진주 같은 이를 드러내며 웃었다. 지금 자신이 하려는 말이 이 드라마에서 가장 결정적인 부분인 걸 알았고, 흥분되는 일이 생겼을 때 앤이 어떻게 반응하는지 이미 본 적이 있었다.

"왜냐하면 그 숙녀 분이 우리 중에서 여자아이 두명을 프린스에드워드 섬으로 데려갈 거거든. 자신이 데려갈 예쁜 아이 하나와 농부가정에 데려다줄 쓸모 있는 아이, 이렇게 두 명이 입양될 거야."

에드너는 회심의 미소를 지었다. 그 예쁜 아이가 누가 될지 정확히 알고 있었다. 그리고 칼라일 양이 공상한다는 이유로 앤을 꾸짖는 소리를 몇 번 들었다. 누구도 그녀를 쓸모 있는 아이로 선택하지 않을 것이다.

앤은 절대적인 침묵으로 빠져들었다. 이런 경우에는 어떠한 말도 결코 적절하지 않았다. 마치 강력한 마법의 손이 그녀 앞에 이 세상 것이 아닌 따뜻한 빛 속에서 모두 금빛으로 반짝이는 천국의 문을 세워 놓고 그녀에게 말하는 것 같았다.

"누군가 저 문을 통해 곧장 천국으로 들어가게 될 것이다. 그것이 너일 수도 있다."

예쁜 아이. 음, 거기에 앤이 뽑히지는 않을 것이다. 11년 동안 그 누구도, 단 한 번도 그녀에게 예쁘다고 말하지 않았다. 그 대신 앤은 똑똑했다. 그것은 사실이었고, 자신에게만 인정하는 거라면 그 사실을 인정하는 게 벌 받을 일이 아니기를 바랐다. 하지만 농부와 그의 아내는 그녀가 똑똑한 것에는 신경쓰지 않을 것이다. 하지만 쓸모 있다는 건 전혀 다른 문제였다.

앤은 마룻바닥에 칠한 왁스가 닳아 없어지지 않은 게 놀라울 정도로 아주 열심히, 굉장히 빠르게, 아주 맹렬하게 바닥을 닦기 시작했다. 에드너는 스펜서 부인 얘기를 듣고도 앤이 차분한 게 실망스러웠다. 사실 전혀 반응을 보이지 않는 듯했다. 그래도 에드너는 자신과 테서가 바닥을 닦는 일을 많이 할 필요가 없다는 사실에서 어느 정도 만족을 얻었다. 앤이 대부분의 일을 다했다.

10시 30분에 식당문을 열고 내다본 칼라일 양은 어린 앤 셜리가 너무나 열심히 일하는 모습에 깊은 인상을 받았다. 어쩌면 자신이 앤을 잘못 판단한 것일지도 모른다고 생각했다. 보기에는 자주 꾸물거리고 공상만 하는 것 같지만 실제로는 아마 그보다 더 쓸모 있는 아이일지 모른다.

다음 날 저녁, 앤은 침대로 쓰러졌다. 기운이 다 빠져 버렸다. 쌍둥이 여섯을 보살피던 시기를 포함해도, 지난 이틀이 가장 열심히 일한 시간이었다. 복도 바닥을 다 닦은 후에는 왁스칠을 돕겠다고 나섰고, 광내는 일까지 거들었다. 너무 긴장해서 점심식사에 거의 손도 못 댔다. 토요일이라 오후 수업이 없었으므로 앤은 설거지를 자원했다. 그리고 전에 어느 고아가 했던 것보다 더 빠르고 철저하게 이 일을 해냈다. 이건 대단히 쾌활하고 효율적으로 일하는 앤을 보고 놀란 미니와 그녀의 자매가 한 말이었다. 그다음 앤은 몇 시간 동안 빨래를 했고, 그 지긋지긋한 작은 원피스들과 남자아이들의 셔츠와 손수건들을 다림질했다. 그런 다음 수프에 쓸 감자 껍질을 벗기고, 토마토 가리비 요리에 들어갈 엄청나게 많은 달걀을 휘젓겠다고 자원했다. 저녁 식사 뒤에는 점심때와 똑같은 속력과 똑같은 조심성으로 다시 접시들을 닦았다. 일요일에도 역시 토요일과 똑같은 강도로 일했다.

하지만 침대에 눕자 잠이 달아났다. 벽을 따라 늘어선 침대마다 들려오는 작은 색색거림과 코 고는 소리들이 주위의 모든 아이들이 잠들었음을 알려 주었다. 앤은 조그맣게 속삭여도 아무도 못 들을 거라고 확신했다. 아무 말도 할 수 없다면 터지거나 부서지거나 폭발할 것 같았다. 분출해 버릴 것 같았다. 앤은 원하는 것을 하느님께 부탁해 볼까 잠깐 생각했다가, 이전의 기도들이 썩 좋은 결과를 얻지 못했기에 그만뒀다. 해먼드 부부의 집으로 가기 전날 밤 기도는 여섯 쌍둥이로 응답받았다.

앤은 침대에서 기어나와 의자에 올라서서 높이 달린 창밖을 내다

보았다. 따뜻한 6월의 저녁이었고, 하늘에는 별들이 살아 있었다. 그녀의 마음에 노랫말들이 떠올랐다.

별빛 밝은 별, 환하게 빛나네…….

별들에게 기도하자. 하느님이 계신다면, 듣고 계신다면, 앤이 왜 자신에게 기도하지 않는지, 왜 별들에게 얘기하는지 이해하실 것이다.

"아름다운 별님들, 오, 무척이나 사랑하는 별님들, 내가 이토록 간절하게 스펜서 부인에게 선택되고 싶어 하는 이유를 제발 이해해 주세요. 그분이 다른 아이를 고르더라도 괜찮아 해야 한다는 건 알지만, 사실은 조금도 괜찮지 않아요. 지금까지 내 인생에서 너무나 많은 기저귀들을 빨았고, 너무 많은 아기들을 돌보았으며, 너무나 까다로운 아이들을 보살폈어요. 그러니까 나도 너무 나이 들어 버리기 전에 어린 시절을 조금 가져야 공평하다고 생각해요. 6년 후에는 열일곱 살이 되어서 결혼할 수도 있잖아요. 그렇다고 어느 잘생긴 남자가 새빨강 머리와 6천 개의 주근깨와 비쩍 마른 다리를 가진 여자를 선택할 거라는 건 아니에요.

거기 하늘 위에서, 살아 있는 매일 밤마다 분명 멋진 시간을 보내며 반짝반짝 빛나고 있는 별님들! 나를 집어다가 바다 한가운데 있는 그 황홀한 작은 섬에 내려 놔줄 수 없을까요? 당신들의 빛나는 마음을 움직여 줄 수는 없나요? 그게 그렇게 무리한 부탁인가요? 난 농장에서 열심히 일할 거예요. 소젖 짜는 법이랑 교유기로 버터 만드는 법을 배울 거예요. 주인 아주머니의 접시들을 닦고, 빨래를 하고, 그걸 특별히 하얗게 만들 거예요.

내 방 창밖을 내다보면, 그 사진들에서 보았던 프린스에드워드 섬의 나무들과 꽃들과 그 모든 깔끔한 초록 들판들을 볼 수 있겠죠. 해변을 거닐거나, 사과꽃을 따거나, 빨래를 너는 나를 내려다 보는 것이 틀림없이 별님들을 더 기운차게 반짝이게 해 줄 거예요. 그런 모습을 보면 지금보다 훨씬 기쁜 마음이 들 거라고 장담해요.

한쪽 면만 얘기하면 불공평하니까 다른 쪽도 얘기할게요. 내 인생에 술 취한 토머스 아저씨의 난동뿐 아니라 코흘리개 아이들과 울어대는 아기들이 너무나 많기는 했지만 별님들이 나한테 정말로 멋진 것들도 주었다는 것을 알아요.

내가 목록을 만들어 볼게요. 처음 나를 태어나게 해 준 것에 감사해요. 탁월한 재능을 준 것에 대해 지극히 감사해요. 떠나가기 전에 나를 사랑해 줬던 일라이저 언니, 내가 항상 슬프거나 화나거나 지루하지 않을 수 있게 상상력 사용하는 법을 알려 주고 단어를 가르쳐 주고 달걀을 먹을 수 있게 해 준 존슨 아저씨를 만나게 해 준 것, 토머스 아저씨가 나를 해변으로 데려가 준 것, 내 모든 사랑을 쏟아부을 어느 누구도 없었을 때 케이티 모리스와 비올레타를 준 것, 나에게 읽는 법을 가르쳐 준 너무나 아름다운 헨더슨 선생님, 노아와 줄리 애너와 로더릭, 해먼드 부부의 지하실에 있던 책 상자, 다섯 자매와 거울웅덩이, 소들과 까마귀들과 고양이들을 준 것에 대해 감사해요.

이 모든 좋은 것들을 준 점에 감사해요. 하지만 제발, 내 소중하고 관대한 별님들, 예쁜 것이라고는 하나도 없고 진정으로 나를 사랑하는 이 하나 없는, 이 황량하고 구슬프고 비참한 고아원에서 이제 나를 꺼내줘요. 그리고 영원히 행복하게 살 수 있는 프린스에드워드섬에 나를 내려놔줘요. 제 얘기를 들어줘서 대단히 감사해요."

앤은 의자에서 기어 내려와 조용히 침대로 들어갔다. 그리고 5분 만에 잠들었다.

70

행운의 여신

스펜서 부인이 호프타운에 사는 오라비에게 빌린 마차는 다음 날 정확히 9시 55분에 고아원에 도착했다. 둥그런 진입로를 돌아 반쯤 달린 후, 말과 마차는 출입구 바로 앞에 정지했다. 마부석의 남자가 마차 뒤로 달려가 스펜서 부인이 내리는 것을 도왔고, 부인이 현관문으로 이어진 계단을 오르자 마부석으로 돌아갔다.

스펜서 부인은 집을 떠날 때 항상 신중하게 차려입었다. 술 장식, 늘어지는 장신구, 수많은 나비매듭 등 장식이 과도하게 달린 옷은 절대로 고르지 않았다. 버슬과 패니어*를 착용할 때도 있었지만, 아

* 스커트를 풍성해 보이게 만드는 도구들이다. 버슬(bustle)은 뒷부분을 부풀리는 허리받이고, 패니어(pannier)는 양옆을 부풀리는 치마 버팀테로 고래뼈로 만들곤 했다.

주 특별한 경우에 한했다. 그녀는 샬럿타운*에 자주 나갔고, 심지어 패션이 훨씬 과감한 호프타운에도 가끔 들렀지만, 꼴사나울 정도로 선명한 색상 위로 레이스가 겹겹이 달린 옷들은 피하는 편이었다.

어떤 종류의 여행을 하든, 고아원에 아이 둘을 데리러 가는 심부름을 할 때라도, 스펜서 부인은 자신의 옷차림에서 깔끔한 품위가 묻어나기를 바랐는데, 과연 의도대로 그래 보였다. 게다가 이번에는 특별한 목표가 있는 만큼 사회적으로 중요한 인물처럼 보이려고까지 애썼다. 예쁜 아이와 쓸모 있는 아이를 정확히 찾아서 데려가고 싶었기 때문이다. 그녀는 사감이 아이들을 제대로 선택해 주지 않기라도 해서 이 여행을 두 번 해야 하는 상황이 생기지 않기를 바랐다.

마차에 기차, 연락선까지 타야 하는 이 복잡한 여정을 위해 그녀는 자신의 옷장에서 두 번째로 좋은 옷을 선택했다. 허리가 딱 맞는 고급스러운 베이지색 모직 드레스로, 진갈색 벨벳으로 높이 세운 칼라와 같은 감으로 덮인 단추들이 특징이었다. 긴 소매의 넓은 끝동도 진갈색 벨벳이다. 가느다란 갈색 벨벳 한 줄이 넓은 치마의 아랫부분을 장식하여, 베이지색 모직 드레스를 보완했다. 따뜻하고 깔끔하며 우아한 의상이었다.

스펜서 부인은 사자 머리 모양의 문고리를 두들겼다. 그리고 차분하고 당당하고 꼿꼿히 서서 기다렸다.

미니가 문을 열었다. 그녀의 둥글둥글한 몸에 신중하게 다림질한 검은 제복과 빳빳하게 풀 먹인 흰색 앞치마, 하얀 레이스 칼라가 돋

* 프린스에드워드 섬의 항구도시 겸 정치, 문화의 중심 도시.

보였다. 다른 사람들의 좋은 자질에 그다지 감탄하지 않는 스펜서 부인조차 즉시 이곳이 체계적이고 능률적인 시설임에 틀림없다고 느꼈다. 미니가 그녀를 칼라일 양의 사무실로 안내한 다음 문을 두드렸다. 문이 열리고 여사감이 나타나자 미니는 홀연히 사라졌다.

"스펜서 부인이신가요?"

물론 그녀가 누군지 정확히 알고 있으면서도 칼라일 양이 물었다. 그리고 스펜서 부인이 위엄 있게 고개를 끄덕여 보였을 때, 칼라일 양은 덧붙였다.

"안녕하십니까? 들어오시지요."

그녀가 그 방에 있는 편안한 의자 하나를 가리켰다. 스펜서 부인은 드레스의 주름들을 정리하며, 발을 확실하게 모아 누르고, 무릎에 작은 가방과 두 손을 내려놓고 앉았다.

"무엇을 도와드릴까요?"

물론 자신이 도울 일이 무엇인지도 정확히 알고 있었다. 이미 그녀에게서 통지를 받았으니까.

"나는 다섯 살 난 작고 예쁜 여자애를 데려가고 싶어요. 그리고 내 친구들인 커스버트 남매를 위해서는 열한 살쯤의 쓸모 있는 아이 하나를 데려가려고 합니다."

칼라일 양은 부인의 말을 제대로 듣지 않았다. 그녀는 스펜서 부인이 두 번째 아이의 외모에 대해 구체적으로 지정하지 않았다는 사실을 알아차리며 안도했다.

칼라일 양은 어제부터 줄곧 어떤 아이를 보낼지 고민하고 있었다. 결정하기가 쉽지 않았다. 스펜서 부인이 말하는 '예쁜 아이'라는 건 무슨 뜻일까? 그 점을 전혀 고민할 필요가 없는 아이들도 있다. 예를 들어, 에드너는 누구나 한눈에 예쁘다고 말할 아이다. 하지만 에드너는 열두 살이다. 스펜서 부인이 원하는 아이는 다섯 살이어야 했다. 그 나이 또래의 여자아이는 네 명인데, 다들 그리 놀라울 정도로 예쁘게 생기지 않았다. 하지만 새로 들어온 테사처럼 가망이 없을 정도로 못생기지도 않았다.

칼라일 양은 결국 성격이 쾌활한 릴리 존스를 추천하기로 했다. 그 아이가 자연스러운 밤색 곱슬머리인 것도 명백한 장점이었다. 칼라일 양은 자신이 현명하게 선택한 것이기를 바랐다. 그건 중요한 문제였다. 스펜서 부인은 분명 그녀의 지역 사회에서 어느 정도 영향력을 가진 인물일 것이다. 한눈에 그것을 확신할 수 있었다. 우아한 외모에서 평온하고 위엄 있는 분위기가 풍겨 나오고 있었다. 그녀가 자신과 커스버트 남매를 위해 데려간 아이들을 마음에 들어한다면 다른 입양들이 뒤따를 수 있었다. 그녀가 자신의 지역 사회와 샬럿타운에 좋은 소문을 퍼뜨려 줄 것이다. 고아들을 입양할 부모들을 찾는 것도 칼라일 양이 해야 하는 일들 중 하나였다. 교회나 주 정부 모두 고아들을 영원히 부양하고 싶어 하지 않았기 때문이었다. 칼라일 양은 이 직책을 유지하고 싶었다. 아니, 이 자리가 꼭 '필요했다.' 하지만 지난 11개월 동안 단 한 건의 입양도 성사시키지 못했다. 그래서 스펜서 부인이 이번에 데리고 갈 두 아이에게 만족하기를 간절히 바랐다.

칼라일 양에게 '쓸모 있는 고아'를 고르는 건 더욱 어려운 일이었다. 마지못해 그녀는 아이들 대부분이 웬만큼은 일을 해내고 있다고 인정해야 했다. 그곳에서는 그래야만 했다. 그녀가 아이들을 그렇게 훈련시켰다. 하지만 다른 아이들보다 월등히 더 일을 잘하는 아이들도 있었다. 예를 들어, 토요일에 그녀는 말라깽이 앤 셜리의 탁월한 일 솜씨를 직접 목격했다. 칼라일 양은 대단히 깊은 인상을 받았다. 그 아이가 혼자서 11인분의 식사를 준비할 수 있다고 했던 라슨 부인의 말은 사실이었다. 하지만 다른 한편으로 그 아이는 꾸물거리거나 공상에 빠져 있기 일쑤였고, 한 주는 쾌활했다가 그 다음 주에는 말수가 적어지고, 그다음에는 거의 거만해지는 듯했다. 그 점이 걱정스러웠다. 놀랍도록 일을 잘 해내는 게 어쩌다 하루일 수도 있었다.

그래서 칼라일 양은 일요일에도 앤을 눈여겨보았다. 앤은 한 번도 눈을 감고 벽에 기대지 않았다. 설거지할 때 설거지통에 손을 걸치고 서서 천장을 응시하는 일도 없었다. 둥그런 진입로를 걸어 다니는 의무적인 산책 시간 중 어느 순간에도 혼잣말을 하는 것처럼 입술을 움직이지 않았다. 그 모든 단점들이 일시적인 것이었을까. 칼라일 양의 우수한 훈련이 그런 바람직하지 않은 자질들을 앤에게서 몰아낸 것일 수도 있었다.

칼라일 양은 케일 선생님을 찾아가 의견을 물었다. 그 교사가 말하는 내용은 모두 긍정적이었다. 앤은 분명 똑똑하고 공부도 열심히 하며 탁월한 성적을 거두는 아이였다. 그녀가 〈호수의 여인〉 75행을 암송할 수 있다는 것은 칼라일 양에게 관심사가 아니었지만, 부정적인 자질도 아니었다. 커스버트 남매가 앤의 외모에 다소 놀라겠지만 칼라일 양은 큰맘 먹고 앤을 추천하기로 결정했다.

미니가 차를 준비해서 가지고 들어왔다. 20년 전에 어느 독지가가 정교한 문양으로 장식된 은 찻잔 한 벌을 고아원에 유증했는데 거의 사용하지 않고 모셔 두다가 그날은 아낌없이 내놓았다. 칼라일 양은 사무실을 나가려는 미니에게 말했다.

"릴리 존스를 데려와요."

차를 마시면서 스펜서 부인은 릴리에게 이런저런 질문을 했고, 칼라일 양은 남모르게 손톱을 깨물었다. 이 두 건의 입양이 성공하느냐 마느냐에 고아원 사감으로서의 그녀의 미래가 달려 있었다.

"뭘 좋아하니, 릴리?"

"노는 거요."

"인형이 있니?"

"아뇨. 여기서는 인형을 못 갖게 돼 있어요. 전에 하나 있었는데 이분이 가져갔어요."

그녀가 칼라일 양 쪽으로 고갯짓을 했다.

"프린스에드워드 섬에 가서 내 딸이 되고 싶니?"

"네."

"잘됐구나! 우린 분명히 아주 사이좋게 지낼 수 있을 거야. 우리 집 어딘가에 인형이 있는지 찾아보자꾸나. 내 딸아이가 어렸을 때 가지고 놀던 게 몇 개 있을 거야."

칼라일 양이 불안한 침묵에서 빠져나와 말했다.

"이제 가서 네 물건을 챙기렴, 릴리. 수건은 가져가지 마라. 그건 고아원 거니까. 상자를 비운 후에 열쇠는 남겨 놓도록 해."

"쓸모 있는 아이는요?"

릴리가 나간 뒤에 스펜서 부인이 물었다.

"아, 네, 쓸모 있는 아이요. 여기에 온 지 4개월 정도밖에 안 된 아이인데, 그 아이를 데려온 분이 놀라운 아이라고 말씀하셨어요. 여기 오기 전에 설거지하고, 빨래하고, 쌍둥이 여섯 명에 다른 두 아이까지 보살폈지요. 11인분의 식사를 준비할 수 있답니다. 학교 공부도 잘하고요."

스펜서 부인이 시계를 보며 말했다.

"그 애를 데려갈게요. 더 얘기할 거 없어요. 볼 필요도 없고요. 외모는 중요하지 않아요."

"그래도, 제 생각에는 한번 만나보시는 게 좋을 것 같습니다."

앤이 고아원으로 돌아온다면, 다른 누구도 아닌 그녀가 현명하지 못한 선택을 했다는 원망을 듣게 될 것이다. 결정을 내리기 전에 어떤 아이를 데려가는 것인지 스펜서 부인이 조금이라도 알아야 한다. 칼라일 양은 앤을 찾아 사무실로 데려오라고 했다.

앤이 도착하기 전에 칼라일 양은 스펜서 부인의 마음이 조금 더 끌릴 수 있게 하려고 노력했다.

"그 아이의 부모는 똑똑하고 존경받는 학교 선생님이었어요."

그들이 얼마나 똑똑했는지, 얼마나 존경받았는지는 알 수 없지만 과감히 뛰어들어 모험을 계속하기로 마음먹었다. 그래서 이런 말도 덧붙였다.

"말라 보이지만 굉장히 튼튼한 아이랍니다."

스펜서 부인은 아이가 얼마나 말랐는지 알아차리지 못했다. 그 엄청나게 많은 주근깨도 알아보지 못했다. 앤이 방으로 들어올 때 스펜서 부인의 눈에 들어온 것은 오로지, 강렬한 기쁨과 불안한 희망으로 생생하게 살아 있는 얼굴이었다. 앤은 자신이 아직 선택되지 않았으리라고 짐작했다. 질문이나 모종의 시험이 있을 거라고 생각했고, 이미 어떤 대답을 할 것인지 생각해 두었다. 하지만 사무실로 불려왔다는 자체로 틀림없이 상당한 의미가 있었다. 적어도 자신이 고려 대상에 올라 있다는 뜻일 테니까.

앤은 그 커다랗고 아름다운 눈으로 스펜서 부인의 우아한 몸가짐과 신중한 미소를 바라보며, 여왕이나 여신을 배알하듯이 부인에게로 다가갔다. 실제로 예를 갖춰 인사하기까지 했다. 이런 앤의 등장에 다소 당황했던 스펜서 부인은 마침내 앤의 머리가 지금까지 그녀가 보았던 어느 머리보다 더 선명한 빨간색인 것을 알아차렸다. 하지만 그녀는 주저 없이 호의적으로 이렇게 말해서, 앤과 칼라일 양을 깜짝 놀라게 했다.

"앤, 우리는 너를 커스버트 집안의 양녀로 선택했단다."

앤은 할 말을 잊었다. 그저 멍하니 스펜서 부인을 바라보며 짧은 숨을 몰아쉬었다. 칼라일 양이 앤의 뒤에 서 있었다. 스펜서 부인은 '내'가 아니라 '우리'라고 말했다. 그렇다면 칼라일 양이 그녀를 추천한 게 틀림없었다. 연습하지 않은 재빠른 동작으로 앤은 빙그르르 돌아서 격렬한 감사의 몸짓으로 칼라일 양을 끌어안았다. 아주 잠깐이지만 칼라일 양은 사랑받는 게 어떤 느낌인지 알았다.

앤이 천천히 돌아서서 다시 스펜서 부인을 마주 보았다.

"그분들에게 아이가 몇 명이나 돼요?"

사실은 상관없었다. 아이들이 열여섯 명이면 어떠랴. 그토록 사랑하는 섬에서, 바다 가까운 곳에서, '나의 집'에서 살게 될 테니.

"아이는 없어. 매슈 커스버트와 마릴라 커스버트는 남편과 아내가 아니라, 오라비와 누이란다."

앤은 완전히 기절하기 직전이었다. 사실 그녀는 자기 옆에 있는 의자에 털썩 주저앉아 손바닥으로 이마를 짚었다.

"괜찮니, 앤?"

칼라일 양이 진심으로 걱정하며 물었다. 그녀를 껴안아 준 고아는 앤뿐이었다.

"오, 아주 괜찮아요. 잠시, 너무 기뻐서 어지러웠을 뿐이에요."

칼라일 양은 이미 그녀가 떠나리라는 사실에 아쉬움을 느끼며 물었다.

"준비하는 데 얼마나 걸리겠니, 앤? 기차 시간에 맞춰야 하거든."

"5분이면 돼요."

앤이 말했다. 전날 밤 터무니없이 긍정적인 마음으로 가방에 소지품들을 다 꾸려 놓았으니까.

71

희망의 바다

앤은 스펜서 부인을 따라 고아원 계단을 내려가서 밖에서 대기하고 있는 마차를 향해 가는 내내 말이 없었다. 프린스에드워드 섬은 앤의 목표이자, 목적지이자, 새로운 인생이었다. 게다가 아이가 하나도 없는 집으로 가는 길이었다. 앤의 마음속에 '바람직한 부정'이라 부를 만한 생각들이 소용돌이쳤다. 기저귀가 없다. 우는 아기들도 없다. 잠 못 드는 밤도 없다. 배앓이나 크루프나 이불에 오줌 싸는 사건으로 인한 비상사태도 없다! 앤은 흥분으로 마비되어 얄팍한 숨을 몰아쉬고 있었다. 당연히 그녀의 성대도 꽉 막혀버린 듯했다. 스펜서 부인은 이 이상하게 생긴 아이가 지칠 줄 모르는 똑똑한 일꾼이라는 얘기를 들은 게 만족스러웠다. 하지만 앤이 이야기를 할 것 같은 어떠한 신호도 보이지 않는 것 때문에 이 긴 여행이 다소 염려스러웠다.

릴리는 아주 조용한 아이라는 게 증명되고 있었다. 그건 괜찮았다. 다루기 힘든 다섯 살짜리 아이는 긴 여행에 엄청난 문제들을 일으킬 수 있으니까. 하지만 분명 놀라움 때문인 듯한 이 앤이라는 아이의 침묵은 부인을 조금 불안하게 만들고 있었다. 내가 먼저 대화를 시작해야 할까? 아냐, 그럴 필요는 없어. 그런 것까지 내가 할 일은 아니야. 커스버트 남매를 위해 이 복잡한 심부름을 해 주는 것만으로도 이미 충분해. 굳이 사교적인 분위기까지 만들 필요는 없지.

앤은 마차에 올라탄 다음에야 서서히 머리가 돌아가기 시작했다. 문득 자신이 꿈의 땅으로 가는 방법에 대해 조금도 생각해 보지 않은 것을 알았다. 그리고 여기 그녀는 매우 분명한 위엄을 지닌 여인과 함께 마차에 앉아 있었다. 짐을 운반하는 수레도 아니고, 심지어 농가의 짐마차나 2인용 경마차도 아니었다. 앤의 상상력으로는 이렇게 으리으리한 마차로 여행하게 될 가능성을 전혀 꿈꿔 본 적이 없었다. 볼링브룩에서 이런 마차를 보긴 했지만, 그건 오래전 일이었다. 여왕님도 틀림없이 이런 것을 타고 다니리라. 여기엔 마부가 있었다. 스펜서 부인이 직접 말들을 부릴 필요가 없었다.

이 멋진 마차를 타고 달리는 경험은 앤이 그 놀라움들을 충분히 감상할 수 있기 전에 끝이 났다. 그녀가 거리에 늘어서서 환호하는 군중에게 나른하게 손을 흔들어 보이는 빅토리아 여왕의 어느 딸인 척할 시간은 충분하지 않았다. 앤은 마차에서 땅으로 내려서는 스펜서 부인과 릴리를 따라 내린 다음, 어느 건물로 들어가 나무 플랫폼으로 올라서야 했다. 그러자 거기, 눈앞에 '기차'가 있었다. 앤은 눈을 감고, 마음 깊은 곳에서 우러나오는 기쁨의 한숨을 내쉬었다.

'또다시 기차다!'

하지만 이번 기차는 달랐다. 무시무시하게 무서운 목적지 대신 황홀한 '프린스에드워드 섬'으로 그녀를 데려다줄 기차였다. 그녀는 시의 첫머리 같은 단어들을 속삭여 보았다. 모두 'ㅍ'으로 시작되는 단어들…… 단어에 대한 그녀의 관심이 어리벙벙한 황홀경 사이로 뚫고 나왔다. 그들은 계단을 올라 기차로 들어가서, 서로 마주 보게 돼 있는 2인용 좌석 두 개를 찾아냈다. 제복 입은 남자가 스펜서 부인의 가방을 받아주었다. 릴리도 가방을 내맡겼지만, 앤은 자신의 가방을 꼭 끌어안았다. 고장난 손잡이 때문에 자칫 〈푸른 옷을 입은 소년〉이나 작은 분홍 지갑이나 조심스럽게 포장된 달걀이나 작은 사전이 기차 바닥 사방으로 쏟아질까 봐 염려했던 것이다.

그때 기차가 크게 한번 기울더니, 바퀴들이 움직이기 시작했다. 아래쪽에서 새어나오는 칙칙 증기소리와 규칙적으로 폭폭 하는 엔진 소리를 들을 수 있었다. 플랫폼에서 사람들이 손을 흔들며 키스를 날려 보내고 있었다. 그들이 자신에게 작별 인사를 하는 게 아니라는 것을 알았지만, 그래도 앤은 손을 흔들며 키스를 날려 보냈다. 자신이 아주 짧고 몸에 꽉 끼는 누런빛이 도는 볼품없는 회색빛 혼방 원피스를 입고 있는 게 아니라, 공주 같은 신분에 어울리는 드레스를 입고 있고, 지금 자신을 배웅하러 나온 충성스러운 신하들에게 열렬히 손을 흔드는 거라고 생각했다. 출발하는 기차의 흔들림과 충돌음, 새어 나오는 증기, 탁탁거리는 바퀴 소리들을 들으며 앤의 생각과 동작이 서서히 되살아났다.

앤은 목을 가다듬었다.

“스펜서 부인, 제가 지금 절대적으로 행복한 상태라는 걸 말씀드리고 싶어요.”

‘그래, 이 아이는 말을 할 줄 알았어.’

물론 칼라일 양의 사무실에서 몇 마디 하긴 했지만, 고아원을 나서면서부터 전혀 말을 할 수 없게 돼버린 듯했다. 그런데 그런 상태가 이제 지나간 모양이었다.

“제 인생이 얼마나 자주, 어느 정도까지 깊은 절망의 구렁텅이에 빠졌는지 아마 상상도 못하실 거예요. 그렇기 때문에 이 여행이 저에게 천국의 심장부로 들어가는 것과 같다는 것 역시 이해하기 힘드실 거예요.”

말문이 막히는 경우가 별로 없는 스펜서 부인이었지만 지금은 말하기 전에 멈칫했다. 이런 말을 듣고 나서는, 대답은 고사하고 무슨 생각을 해야 할지도 알 수 없었다. 끔찍한 고아원복을 입은 이 열한 살짜리 고아가 그렇게 특이하게 자기 생각을 표현하는 방식을 어디서 터득했을까? 그녀는 앤이 이 짧은 말을 하기 전에 10분 동안 연습했다는 것을 알지 못했다.

“네가 이 여행을 즐기고 있다니 다행이구나.”

부인이 목기침을 했다. 환희를 억제한 것 같은 느낌이 묻어나는 그 커다랗고 밝은 눈으로, 아주 꼿꼿이 차분하게 무릎에 두 손을 내려놓고 앉아 있는, 이 꽉 죄는 윈시 원피스 차림의 작은 소녀가 그녀를 조금 불편하게 만들고 있었다.

"오, 스펜서 부인! '즐긴다'는 지금 제가 느끼는 감정을 묘사하기에 너무나 부족한 단어예요. 프린스에드워드 섬을 보는 건 제 평생의 꿈인걸요. 지난 2년 동안 말이에요. 그 섬의 사진들을 본 후에 제 눈으로 직접 볼 수 있기를 너무나 갈망해 왔거든요. 그런데 이제 제가 정말로 가고 있잖아요. 그것도 그냥 보러 가는 게 아니라, 거기서 살려고요. 그러니 이제 '즐긴다'가 전적으로 부적절한 단어라는 걸 알 수 있으시겠죠? 오! 거대한 들판에 어린 양들이 보이는 듯해요. 제게 엄마가 안 계신 게 아쉬워요. 스펜서 부인도 엄마신가요?"

이 예상치 못한 말의 흐름에 허를 찔린 스펜서 부인은 질문에 대답할 준비가 돼 있지 않았다.

"뭐?"

앤이 다시 또박또박 물었다.

"엄마시냐고요."

"그래, 다 큰 딸이 하나 있어."

"오, 다 큰 딸도 사랑스러울 수 있어요. 저를 배신하기 전의 일라이저 언니처럼요. 부인의 따님도 어렸을 때 엄마와 꼭 껴안았겠죠. 그건 엄마와 딸 모두에게 아주 행복한 기분일 게 틀림없어요."

사실 앤은 어린아이든 아니든 스펜서 부인을 껴안는 누군가를 상상할 수 없었다. 그녀에게는 예를 갖춰 인사하는 게 어울렸다. 포옹은 전혀 다른 문제였다. 스펜서 부인은 이제 십대 후반이 된 플로라 제인을 별로 많이 안아 주지 않았다는 생각을 하고 있었다. 그런데 그건 딸도 마찬가지였다.

"엄마가 된다는 건 좋은 일이지."

스펜서 부인이 뭔가 할 말을 찾으며 말했다.

"좋은 일."

앤은 어딘지 실망스러운 이 표현을 곰곰이 생각해 보았다. 토머스 부인과 해먼드 부인이 완벽한 어머니상이야 아니었지만, 그들에게는 모성애를 보일 수 없도록 방해하거나 심지어 그런 능력을 훼손시켰을 문제점들이 있었다. 하지만 그 쌀쌀한 해거티 양조차 앤을 입양할 수 있는 젊은 나이이기를 바란다고 인정한 바 있었다. 그리고 앤의 엄마는 갓 태어난 앤을 보면서 완벽하게 아름답다고 감탄했다고 들었다. 이 우아한 스펜서 부인에게 무슨 문제가 있는 걸까? 왜 이렇게 억제돼 있을까? 그녀는 그저 우아하고 완벽한 척하고 있을 뿐인 듯했다.

앤은 얼른 다른 주제로 대화를 시도했다.

"스펜서 부인, 저는 아까 탄 마차가 아주 좋았어요. 굉장히 으리으리했어요. 여왕님이 타는 게 바로 그럴 거라는 생각이 들었죠. 그리고 이제는 이 기차가 좋아요. 전에 한 번 기차를 타본 적이 있는데, 그것도 좋았어요. 하지만 그게 저를 비극적인 여행으로 데려간다는 걸 알고 있었으니까 그 시간이 그다지 완벽하지 않았으리라는 걸 상상할 수 있으시겠지요. 하지만 이건 황홀한 곳으로 저를 데려다주는 마법의 기차예요. 프린스에드워드 섬으로. 진짜 집으로. 제가 매일 물 열세 양동이를 나르거나, 항상 시끄러운 소리를 듣거나, 서로 때리는 사람들을 보지 않아도 될 가능성이 큰 곳으로요. 그러니까 지금까지 제가 천 번의 기차 여행을 했더라도, 이번처럼 근사하진 못할 거예요. 보세요! 저 밖에 나무들에 매달린 꽃송이들을 보세요. 나무들이 숨 막힐 정도로 꽃들이 뒤덮었어요. 저게 무슨 꽃이에요?"

"사과꽃인 것 같구나. 체리꽃 같기도 하고. 꽃피는 나무에 대해서는 별로 생각해 보질 않았어. 나무에 과일이 달리면 그게 뭔지 알 뿐이야."

스펜서 부인은 자신이 대답할 수 없는 것들을 앤이 묻지 않기를 바랐다. 그녀는 상황을 책임지고 주관하는 데 익숙한 여성이었다. 앤과의 대화는 자신이 어딘지 좀 부족하다는 느낌이 들게 만들었고, 그런 느낌이 불편했다. 다행히 앤에게는 더 중요한 질문이 있었다.

"그 섬에는 어떻게 가요? 커다란 배가 있나요? 기차가 배를 타고 거기 도착할 때까지 계속 가는 건가요? 하늘에 닿을 때까지 뻗어 나가는 바다를 보게 될까요?"

스펜서 부인은 안도했다. 그런 질문에는 대답하기 쉬웠다.

"그래, 큰 배를 타고 섬에 갈거야. 하지만 기차에 탄 채로 배를 타고 바다를 건너지는 않아. 기차에서 내린 다음, 걸어서 배를 타야 돼. 그리고 맞아, 넌 땅이라고는 보이지 않는 수평선을 볼 수 있을 거다."

앤은 자신의 몸을 끌어안았다. 그것이 기대감으로 인한 떨림을 자제시키는 유일한 방법이었다. 앤이 이 기차에서 내리고 싶지 않은 이유는 여러 가지가 있었다. 단단한 참나무 패널과 처음 보는 모양의 창문들을 구경하는 게 즐거웠다. 처음으로 기차 화장실에 갔을 때는 단단한 놋쇠 수도꼭지들과 붙박이 시설들이 설치돼 있을 뿐 아니라, 변기 의자가 따뜻한 색의 멋진 나무(마호가니)로 돼 있다는 것을 보았다. 그때까지 거의 평생 동안 옥외 변소와 침실용 변기를 사용해야 했으며, 게다가 무거운 양동이로 우물물을 길어다 써야 했던 앤에게, 교회 창문과 같은 창들이 달린 이 조그만 화장실은 지극히 감동적이었다. 그 뒤 그녀는 수시로 릴리를 데려갔다 오겠다고 나섰다. 아직 다섯 살밖에 안 된 릴리는 화장실에 자주 가야 할 수도 있으니까, 적어도 앤은 그러기를 바랐다. 하지만 배를 탄다는 생각은 그보다 훨씬 더 자극적이었다.

기차 왼편으로 커다란 강이 나타나더니 앞쪽에서 넓어지는 게 보였다. 누가 말해 주지 않아도 그 강이 바다로 흘러가고 있으며 바다가 그리 멀지 않다는 것을 알 수 있었다. 드디어 앤은 3728.4마일이나 되는 노바스코샤 해안선을 보기 직전이었다. 비록 아주 짧은 구간뿐이겠지만 말이다. 앤은 몸을 꼿꼿이 세우고 앉아서 조금이라도 더 눈에 담아두려고 창밖을 응시했다. 이제 곧 떠나게 된다 해도 어쨌든 여긴 그녀의 고향이다. 버사 셜리와 월터 셜리의 집이 있는 곳. 그래서 앤은 떠나기 전에 최소한 이 해안의 작은 한 조각이라도 보아야 했다. 단 한 번 토머스 가족과 함께 해변에 다녀온 이후로 앤은 노바스코샤 지방에서 자신이 가장 사랑하는 부분이 바다일 거라고 생각했다. 해초 냄새를 맡으며 들어왔다 나가는 물결을 지켜보고 싶었다. 강이 확확 더 넓어져서 거의 다 왔다는 것을 알았다.

기차가 굽이 길을 돌자, 나무들이 성글어지고 앤의 눈앞에 도저히 시선을 뗄 수 없는 매혹적인 광경이 나타났다. 저 멀리 바다가 영원히 하늘과 맞닿은 수평선이 있었다. 기차 속력이 느려지는 동안, 그녀는 한시라도 빨리 나무 플랫폼으로 내려서고 싶은 심정이었다. 톡 쏘는 바다 냄새를 들이키고, 끽끽대는 갈매기들의 비행을 따라가보고, 잡은 물고기들을 쏟아내는 어부들을 바라보고, 처음 보는 이 고향 땅의 일부분에 소속감과 열망을 느껴보고 싶었다. 지금이 떠나기 전에(어쩌면 남은 생에서) 마지막으로 그걸 할 수 있는 기회였다.

하지만 슬프게도 기차 여행이 끝났을 때, 스펜서 부인은 통로로, 계단으로 아이들을 재촉했다. 부두에 도착해서도 그들을 다급하게 연락선으로 이끌어갔다. 얼른 따뜻한 실내에 들어가서 나란히 붙은 세 좌석을 차지하고 싶었기 때문이다. 게다가 기차도 연착했다. 앤이 부두나 그곳의 크고 작은 건물들을 살펴볼 시간은 없었다.

처음에 앤은 실망스러워서 미칠 것 같았다. 처음으로, 아니 두 번째로 바다 풍경을 보기 위해 노바스코샤의 울창한 숲에서 여기까지 먼 길을 달려왔는데, 커다란 부두에 서서 그것을 보고 냄새 맡고 생각할 시간을 스펜서 부인이 허락해 주지 않았다. 배 안에 자리를 잡자마자 앤은 얼른 일어나 창문에 코를 누르고 바다갈매기들과 분주한 항구의 배들과 꾸러미와 가방들을 자기 배로 싣는 남자들을 바라보았다. 그것은 거의 부두에서 보는 것만큼이나 좋았다. 그녀는 자신에게 말했다.

'난 영원히 섬에서 살 거야. 내 인생의 나머지를 바다 가까이에서 보낼 수 있어.'

배가 묵직한 떨림을 일으키며 부두를 떠날 때, 앤은 어떤 남자가 아내에게 말하는 소리를 들었다.

"난 갑판에 나가 있을게."

그가 무거운 문을 열고 밖으로 사라졌다. 앤은 급히 스펜서 부인에게로 달려갔다.

"갑판에 나간다는 게 무슨 뜻이에요?"

"바깥에 난간이 설치된 갑판이 있단다. 찬 바람을 싫어하지 않는 사람들은 밖에 서 있기도 해. 아니면 앉아 있든지. 난 도대체 이유를 모르겠더라."

"그래도 6월이잖아요. 제발 저도 나갈 수 있게 허락해 주세요."

"6월이라고는 해도 오늘은 4월처럼 느껴지는구나. 게다가 트인 바다로 나가면 3월처럼 느껴질 거야. 안 돼, 여기 있으렴. 커스버트 씨 댁에 폐렴에 걸려 아픈 아이를 데려다주고 싶진 않구나."

트인 바다! 그런데 나는 이 안에 갇혀 있어야 한다고? 고작 '따뜻해지기' 위해서?

앤은 스펜서 부인에게 느끼던 놀라운 경외감을 잃어버렸다. 예를 갖추는 시간은 지났다. 그녀는 결국 여왕 같은 사람이 아니었다. 앤은 앉아서 그녀의 팔에 손을 올렸다.

"부탁이에요. 아니, 이렇게 간청드릴게요. 밖에 나갈 수 있게 허락해 주세요. 제 인생에서 딱 한 번 바다를 보았을 뿐이에요. 상상해 보세요. 10월의 단풍나무보다 더, 거울웅덩이나 고양이들보다 더, 심지어 시보다 더 좋아요. 제가 영원히 바다를 가장 사랑하리라는 걸 알았어요. 제발요, 스펜서 아주머니. 전 따뜻해요. 전혀 춥지 않아요. 인생의 대부분을 얼음장처럼 차가운 집에서 살았는걸요. 토머스네 집은 때로 집 안에서 털모자를 써야 할 정도로 추웠어요. 하지만 전 한 번도 아프지 않았답니다. 그러니까 제발요. 조심할게요. 난간 밖으로 떨어지지 않을게요. 하지만 저는 환희가 도달할 수 있는 절대적인 최고봉에 도달할 거예요. 그런 경험을 할 수 있는 기회를 저에게서 빼앗으시려는 건 아니죠?"

그 순간 스펜서 부인의 뇌리에 스친 생각은, 한동안 앤과 대화하고 싶지 않다는 것이었다. 아이를 내보내는 게 최선이었다. 창밖을 가끔 내다보면서 안전을 확인하면 되리라. 저 밖에는 아이가 바다에 빠지는 일이 없도록 확실히 해 줄 사람들도 많다. 앤은 사람들의 이목을 끌 수밖에 없는 아이다. 빨강 머리에 우스꽝스러운 밀짚모자, 거기에 주근깨들과 끔찍한 원피스…… 그래, 이 아이는 안전할 거야.

"그래, 나가봐라. 하지만 분별력 있게 조심해야 돼."

햇빛이 밝았지만 바람이 몰아치는 싸늘한 날씨였다. 하지만 앤은 전혀 싸늘한 기운을 느끼지 못했다. 그녀는 망망히 펼쳐진 바다와 질주하는 하얀 파도, 선회하는 갈매기들, 소금과 해초 냄새에 매혹되어, 점점 뒤로 물러나는 노바스코샤의 해안선을 바라보았다.

'이게 바로 내가 평생 동안 기다려 왔던 거야.'

앤은 배 안을 이리저리 걸어다니고 뛰어다니며 부속품들을 살펴보고 엔진 소리를 즐겼다. 보이는 모든 것이 마음에 들었다. 우는 아기조차 그녀를 기쁘게 했다. 그 아기를 안고 달래거나 우유를 먹이지 않아도 된다는 것을 알기 때문에. 앤은 주위 사람들에 대한 이야기들을 지어냈다. 돌고래들의 행렬을 보고는 너무나 즐거워서 거의 비명을 질렀다. 스펜서 부인이 앤의 안전을 확인하려고 선실 창으로 지켜보거나, 우아하기보다는 짜증스러운 모습으로 갑판에 잠깐 나왔다 들어가는 것도 알아차리지 못했다. 앤은 자신의 기쁨 안에 온전히 갇혀 있었다. 프린스에드워드 섬이 눈에 보일 정도로 가까워졌을 때는 양손이 하얘지도록 난간을 움켜쥐고, 무아지경 비슷한 상태로 눈물을 흘렸다. 앤은 마치 남은 인생을 따뜻하고 안전하고 만족스럽게 지탱할 수 있을 만큼의 충분한 행복을 빨아들인 것 같았다.

배가 샬럿타운에 도착하자마자 그들은 또 다른 기차를 타야 했다. 그래서 시간에 맞추기 위해, 또 투명한 창문이 있고 화장실도 가까운 자리를 잡기 위해 다시 한 번 서둘렀다. 하지만 연락선에서 내려 부두를 벗어나 마른 땅에 발을 디딜 때까지, 앤은 그 짧은 순간에도 생각할 수 있는 기회를 포착했다.

'아, 여기에 왔어. 내 섬에 왔어. 내가 바로 그 섬에 온 거야. 영원히 여기 있을 거야. 여기가 내 집이야.'

그래서 앤은 기차에 올라 아주 가만히 자리에 앉았다. 조용히 웃음을 지으면서.

기차가 연기를 뿜으며 구불구불 굽이진 길을 따라 달려나갈 때, 앤은 자신에게 내려앉는 낯선 평화로움을 느꼈다. 달리는 기차 양쪽 차창을 모두 내다보며 맥도걸 선생님의 사진이 전부 사실이라는 것을 알았다. 산뜻한 초록 들판에 말뚝 울타리를 단정하게 둘러친 하얀 집들, 붉은색 길들, 꽃이 만개한 나무들이 있었다. 여기저기서 언뜻언뜻 모습을 드러내는 바다는, 때로는 진한 코발트빛이었고 때로는 거의 순백색으로 반짝였다. 그 모든 게 거기에 있었다. 그 모든 게 '앤의 것'이 되리라.

오랫동안 앤은 입을 열지 않았다. 그러다가 갑자기 이야기를 시작했다. 갑자기 지난 일들을 기억 속 멀리 뒤편에 묻고 다시 새롭게 시작하고 싶었고, 그러기 위해서 얼른 과거의 삶을 자기 밖으로 내보내고 싶었던 것이다. 앤은 스펜서 부인에게 자신의 이야기를 들려주었다. 여행에 지친 부인은 좋든 싫든, 출생 직후부터 유년기를 거쳐 가장 최근의 삶까지 앤의 이야기를 처음부터 끝까지 고스란히 들을 수밖에 없었다.

앤은 일찌감치 세상을 떠난 부모님, 토머스 가족과 함께했던 파란만장한 삶, 일라이저와 로저의 배반, 그 시끄러운 소음들, 호러스의 폭력, 토머스 씨의 양면적인 성격과 비극적인 죽음에 대해 말했다. 그런 다음 해먼드 부부의 집에서 보낸 고된 세월, 수많은 아이들, 지치는 일들, 이상하게 움츠러든 해먼드 부인의 태도, 해먼드 씨의 심장마비와 죽음에 관한 얘기들이 이어졌다.

과거의 삶에서 느낀 기쁨들도 이야기했다. 달걀 장수 존슨 씨, 헨더슨 선생님, 라킨바, 그녀의 가방에 담긴 소중한 선물들, 노아에 대한 사랑, 줄리 애너와 로더릭의 탄생의 기적……. 기쁨들은 간단하게 나열하는 것으로 그쳤다. 힘들었던 시절에 그녀의 영혼을 살아 있게 해 준 사람들이나 사물들을 한마디로 규정짓는 것에 어쩐지 불편한 마음이 들었다. 케이티 모리스와 비올레타에 대해서는 한마디도 하지 않았다. 너무나 신성해서 잘 알지 못하는 사람에게는 얘기해 줄 수 없는 그런 기억들도 있는 법이다.

하지만 어쨌든 그게 전부였다. 앤은 나쁜 것과 좋은 것 모두를 저기에, 노섬벌랜드 해협 반대편에 두고 싶었다. 나쁜 일들은 그만 잊고, 좋은 일들도 이제 그만 그리워하고 싶었다.

고아원에 대한 그녀의 설명은 짧았다.

"최악이었어요."

에드너의 우정과 배신에 대해, 전혀 혼자가 될 수 없는 곳이기에 자신의 안으로 도피했던 것에 대해 말했다. 그다음에 스펜서 부인의 방문과 그 끔찍한 곳에서의 해방을 이야기했다.

"아주머니께서 저를 죽음 같은 상태에서 구해 주셨어요."

그러고서, 앤에게 놀랍도록 짧게 느껴지는 시간이 지난 뒤에 기차가 서서히 느려지고 있는 것이 느껴졌다. 앤은 그야말로 자리에서 벌떡 일어나 소리쳤다.

"여기예요?"

"오, 아니야. 승객들을 몇 명 내려주려고 멈추는 것뿐이란다. 하지만 거의 다 왔어. 곧 도착할 거다."

'아, 이제 얼마 남지 않은 걸 하늘에 감사해. 무엇 때문에 더 지치는지 모르겠어. 앤의 지난 세월 때문인지, 아니면 앤이 그 세월에 대해 설명해서인지.'

앤이 자신의 과거를 요약 설명하는 동안 지쳐 버린 스펜서 부인은 꽤 능숙하게 생각의 문을 걸어 잠갔다. 연락선에서 앤의 안전을 확인하느라 들락날락한 것만으로도 정신이 없어서 속이 울렁거렸다. 그녀는 릴리의 손을 토닥이면서, 자신이 "길이 왜 붉은색이냐?"고 묻지 않는 조용한 아이를 선택해서 정말 다행이라고 생각했다.

기차가 다시 움직이기 시작하자마자 앤은 침묵으로 빠졌다. 이제 그 시간이 코앞에 다가왔다는 것을 알았다. 바랐던 대로 순식간에 과거의 생활들이 스르르 멀어지는 느낌이었다. 그리고 이제 새로운 인생으로부터 단 몇 분 떨어져 있다는 사실에 직면했다. 차장이 들어와서 다음 정차할 역이 브라이트리버라고 알렸을 때, 앤은 이제부터 살게 될 집이 경마차를 타고 갈 수 있는 거리만큼만 떨어져 있음을 실감했다. 그 집을 보게 되리라. 내 방과, 그 창문에서 보이는 풍경

과, 새로운 가족이 될 낯선 사람들을 보게 되리라.

문득 기차에서 신속하게 내려야 할 상황이 올지도 모른다는 생각이 들었다. 바퀴들이 아주 빠르게 덜거덕거리고 있었다. 그래서 그녀는 침묵을 깨고 스펜서 부인을 돌아보았다.

"정말 감사합니다. 저를 과거의 삶에서 꺼내 새로운 삶으로 데려다주셔서 감사합니다. 릴리, 너도 나만큼 프린스에드워드 섬을 사랑하게 됐으면 좋겠어. 행복해야 돼."

그런 다음 앤은 기차가 다음 역을 향해 달리는 동안 꼼짝 않고 앉아 있었다. 더 이상 초록 들판과, 단정한 집들과, 꽃피는 과실수들을 보고 있지 않았다. 머릿속으로, 자신의 앞에 놓여 있는 것들을 상상해 보려고 노력했다. 초조하고 두려워서가 아니었다. 이제까지의 힘들고 불확실했던 긴 여정이 끝나고, 앞으로는 그야말로 놀라운 경험을 하게 되리라는 조용한 확신이 있기 때문이었다.

기차가 느려지고 차장이 "브라이트리버 역입니다!"라고 소리쳤을 때 앤은 뒤돌아보지 않고 말없이 일어났다. 두 손으로 가방을 움켜쥐고 통로를 지나 기차 계단을 내려갔다.

새로운 인생을 향해서!

헌사

희망과 용기의 탄생

이 책을 준비하는 동안 내게 도움을 주신 많은 분들께 감사드린다.

모니카 소르모바는 내가 손으로 쓴 600쪽의 원고를 컴퓨터에 입력해 주었다. 여러 법률상의 이유로 책이 완성되기 전에 미리 3분의 1 분량을 읽어 줄 사람이 필요했는데 다이앤 와일 브룸이 기꺼이 맡아 주었다. 그녀는 앤이 노바스코샤에서 학교에 다니던 시절에 쓰이던 《로얄 리더》를 비롯한 많은 교재들도 빌려 주었다. 전직 트루로교육대학 교사인 아치 킬러위는 책들을 통해 교육적 배경지식의 빈 공간을 메워 주고 조언해 주었다. 캐런 폰멀찬은 자신의 수집품인 《루시 M. 몽고메리의 일지들》를 내가 5개월이나 빌려서 작업하도록 기꺼이 내주었다.

앤의 팬들인 메리 제인콥스, 캐럴 맥도걸, 글리니스 윌슨 볼트비, 로레인 허티크, 캐슬린 마틴, 리저 두셋에게도 감사한다. 그들은 앤이 프린스에드워드 섬의 기차역에서 매슈 커스버트를 만나기 이전의 삶에 대해 언급된 부분을 찾고 있던 내게 빛을 비춰 주었다. 뭐든 질문하면 10분 안에 '어떤 책의 몇 쪽' 내용인지 알려주었다. 볼링브록과 메리스빌, 강 위쪽인 해먼드 부부의 집과 고아원에 어울릴 장소들을 찾으러 다닐 때 앤드리어 윌슨이 노바스코샤의 다양한 지역으로 나를 안내했다. 매리언

헵과 샐리 키프 코헨은 자신들의 전문지식을 관대하게 나눠 주었고, 이 프로젝트를 한결같이 응원해 주었다.

펭귄 출판사의 캐런 맥멀린은 처음부터 끝까지 무한히 신뢰할 수 있는 지원자였다. 이 프로젝트와 관련된 계약상의 문제들을 살피고 내게 여러 가지 설명과 충고를 해 주는 데 많은 시간을 할애해 준 노바스코샤 작가연맹의 제인 부스 사무국장에게도 특별한 감사를 전한다. 루시 M. 몽고메리의 일생과 저작에 관한 권위자이자 프린스에드워드대학의 명예교수인 엘리자베스 에퍼리 박사는 원작에 언급되는 시기. 장소, 인물을 일관되고 정확하게 표현할 수 있게 도와주었고, 루시 M. 몽고메리가 살았던 시대의 방대한 지식도 늘 너그럽게 베풀어 주었다.

《빨강 머리 앤》의 속편을 출판하자는 아이디어는 펭귄 출판사의 편집주간인 헬렌 리브스의 머리에서 나왔다. 이 책을 작업하는 내내 내 이야기를 경청하고 분별 있는 충고를 해 준 그녀에게 매우 감사한다. 그녀는 내게 글에 대한 무제한적인 자유 재량권을 부여했고, 초고가 끝날 때까지 내가 누구에게든 단어 한 자 보여주지 않았을 때도 불평하지 않았다. 그녀의 편집에는 통찰력과 우아한 기품이 깃들어 있다. 독수리처럼 날카로운 눈으로 작은 결점들까지 잡아내고, 그러면서도 언제나 내 목소리를 존중하며 작업해 주었다. 여느 때와 다름없이 신중하게 교열해 준 앨리슨 리드에게 감사하고 싶다.

내 남편 앨런 윌슨에게 가장 크게 감사한다. 그는 내 긴 질문 목록들에 굴하지 않고 그 대답을 찾아내기 위해 도서관과 인터넷을 뒤졌다. 앤이 살던 시기의 역사(패션, 운송 수단, 발명품, 의학적 믿음, 종교적 풍습, 달걀거품기나 안전핀 같은 간단한 기계장치들, 취업 기회, 사회적 관습 등등)에 대해 상당한 분량의 내용을 자료로 정리해 주었다. 저녁 식사 준비를 늘 맡아 주었을 뿐만 아니라, 이 작업에 대한 내 근심 걱정을 들어주고, 어지럽게 널려 있는 앤에 관한 자료 뭉치들을 참아 주었다.

가능하다면 앤의 책들을 써낸 루시 M. 몽고메리에게 가장 감사하고 싶다. 힘들고 불우한 어린 시절을 보낸 아이가 어떻게 야무지게 성장할 수 있었는지 궁금하도록, 그래서 내가 그 수수께끼를 풀어 보고 싶은 마음이 생기도록, 앤을 처음 프린스에드워드 섬의 기차역에 내렸을 때의 그 모습처럼 너무나 생기있고 매력적이고 명확한 아이로 만들어 준 것에 감사한다. 끝으로 내게 이런 기회를 허락해 준 몽고메리 협회에도 감사드린다.

작품 해설

어린 앤의 참 따스한 시선

'빨강머리 앤이 커스버트 남매를 만나기 전에 어떤 삶을 살았을까?'

이 책은 이 의문에서 출발한다. 루시 M. 몽고메리의 원작에서 앤 셜리는 노바스코샤의 한 고아원에서 프린스에드워드 섬으로 온 열한 살짜리 고아 소녀다. 앤의 과거는 마릴라와의 대화에서 잠깐 언급될 뿐 별다른 설명이 없다. 물론 그것만으로도 그녀의 과거가 순탄치 않았음을 눈치챌 수 있다. 엄마도, 아빠도 없는 고아의 삶이 어떻게 쉽고 편했겠는가. 눈 앞에 닥친 시련을 앤이 어떻게 극복해 왔고, 어떤 과정을 통해 그토록 상상력 풍부하고 사랑스러운 아이가 되었을까 하는 부분은 누구나 한번쯤 궁금하게 여겼을 법하다.

버지 윌슨이 이 궁금증에 해답을 제시하기 위해 나섰다. 그 작업이 쉽지는 않았을 것이다. 원작이 100여 년간 전 세계 독자들에게 사랑받아 온 작품이니, 조금이라도 원작에 어긋나거나 작품의 명성에 흠집을 내면 안 된다는 부담감이 얼마나 컸겠는가. 하지만 캐나다에서 이미 작가로서의 역량을 인정받은 버지 윌슨은 원작을 연구해서 빨강머리 앤에게 있는 고유의 독특함을 살려내며 앤의 어린 시절을 실감나게 그려냈다.

앤 셜리는 태어난 지 3개월 만에 부모님을 여의고 남의 집을 전전하며 자란다. 하지만 삶에 대한 열정이 넘치는 아이다. 그래서 힘겨운 현실을 상상력의 힘으로 헤쳐 나갈 뿐만 아니라, 웬만한 일에는 까딱도 않고 늘 기운차게 활로를 뚫고 나간다. 말하기를 좋아하고, 단어를 사랑하며, 누구하고든 피하지 않고 얘기하고 싶어 한다. 자신의 생각과 감정과 느낌과 경험을 전부 표현하고 공유하고 싶어서 안달한다. 아름다운 것을 지극히 사랑하고, 상상과 공상과 수다를 특기로 내세운다. 고아로서의 삶은 결코 녹록지 않지만, 그 속에서도 늘 밝고 힘이 넘치는 아이, 앤! 앤은 길이 없으면 찾아내고, 친구가 없으면 만들어 낸다. 시련에 쓰러지면 일어서고, 또 시련이 닥쳐도 또다시 일어난다.

그런 앤의 앞에 다양한 인간 군상들이 오간다. 잘하고 싶은 마음은 간절한데 도무지 뜻대로 되지 않아 절망하며 자포자기하는 토머스 씨, 천성이 악한 것은 아니지만 자신을 보호하려고 앤의 고통에 눈을 감는 토머스 부인, 과거의 상처 때문에 제 안으로 파고들어가 버린 존슨 씨, 버거운 일상의 무게에 치어 무기력에 빠진 해먼드 부인, 어린동생들 뒤치다꺼리만 하다가 진력이 나서 고독한 삶을 선택한 해거티 양, 사랑받고 싶은 마음은 간절하지만 사랑받는 법을 모르는 칼라일 양…… 다들 나름의 사연이 있고 채워지지 않는 모자람이 있다. 그런데 그들을 바라보는 앤의 시선이 참으로 따스하다. 인간에 대한 연민과 애정이 곳곳에 드러난다. '우리는 결점을 지닌 사람들이므로 서로 끌어안고 사는 수밖에 없다'는 진리를 이미 터득한 아이 같다. 그런 따뜻함이 있기에 그녀의 곁에는 항상 따뜻한 사람들이 있다.

게다가 앤에게는 독특한 버릇이 있다. "나는 많은 것들을 희망하는 버릇이 있어요"라고 직접 고백한다. 사실 이 작품에 나오는 거의 대부분의 사람들이 부러워 하는 장점이다. 낙천성을 타고나는 이가 있는가 하면, 마음을 편하게 먹으려고 노력해도 잘 안 되는 사람이 있다. 8개가 있어도 불만인 사람이 있는가 하면, 2개만 있어도 기쁨을 찾아내는 이들이 있다. '긍정적인 자세와 포기하지 않는 의지가 삶을 바람직한 방향으로 인도할 거예요.' 글쎄, 말이야 쉽지만 현실에서 그렇게 실천하기가 어디 쉬운가. 그래서 앤의 낙천성과 불굴의 용기를 닮고 싶지만 그저 부러워만 하던 토머스 씨도 이해된다. 앤에게는 자신이 원하는 것을 추구하는 열정이, 시련이 닥쳐도 어떻게든 버텨낼 힘이, 혼란과 소용돌이가 몰아쳐도 평정심을 유지할 능력이 있다. 자신을 다독이고 위로해 줄 사람이 없을 때 스스로 만들어내서라도 자신에게 사랑을 보내고 든든한 버팀목을 이끌어내는 앤처럼 행동할 수 있다면, 어떠한 상황에서라도 행복하고 희망적으로 살아갈 수 있을 듯하다.

끝이 없을 듯 이어지는 앤의 시련을 읽다가, 문득 시련이 우리에게 왜 주어지는지 생각해 본다. 우리를 강하게 담금질하기 위해, 무딘 연장을 다듬듯 현명한 인간으로 벼리기 위해 필요한 일련의 과정일지 모른다. 똑같은 시련 앞에서 누군가는 더 강하고 지혜로워지고 다른 누군가는 밑바닥으로 곤두박질치니, 모든 결과가 자신의 몫이라는 생각이 든다.

앤은 언제부터인가 마음속 환상으로 자리한 프린스에드워드 섬으로 가기 위해 애를 쓴다. 그리하여 결국 그 섬에 도착한다. 미래에 대한 설렘과 희망을 안고 기차역에 내려서는 것으로 이 책은 끝을 맺는다. 독자들이 마지막 책장을 덮으며 앤이 겪어낸 많은 시련이 행복한 결말로 이어진 것을 흐뭇해 하고, 더 나아가 앤의 용기와 지혜와 사랑을 되새기는 모습이 눈앞에 보이는 듯하다.

앤의 과거가 궁금했던 분들에게 이 작품이 반가운 선물이 될 것이다.

나선숙

옮긴이 나선숙

이화여자대학교 사회사업학과와 성균관대학교 번역대학원을 졸업, 현재 전문번역가로 활동 중이다. 《제인 에어》, 《메모리 키퍼》, 《셰익스피어 이야기》, 《유리 성》, 《애널리스트》, 《블랙리스트》, 《캘리포니아 걸》, 《게으름뱅이 아내의 고백》 등을 번역했다.

안녕, 앤

빨강 머리 앤이 어렸을 적에

초판 1쇄 2020년 8월 15일
초판 4쇄 2020년 10월 15일

지은이 버지 윌슨
옮긴이 나선숙

펴낸곳 더모던
전화 02-3141-4421
팩스 02-3141-4428
등록 2012년 3월 16일(제313-2012-81호)
주소 서울시 마포구 성미산로32길 12, 2층 (우 03983)
전자우편 sanhonjinju@naver.com
카페 cafe.naver.com/mirbookcompany

ISBN 979-11-6445-294-1 03840